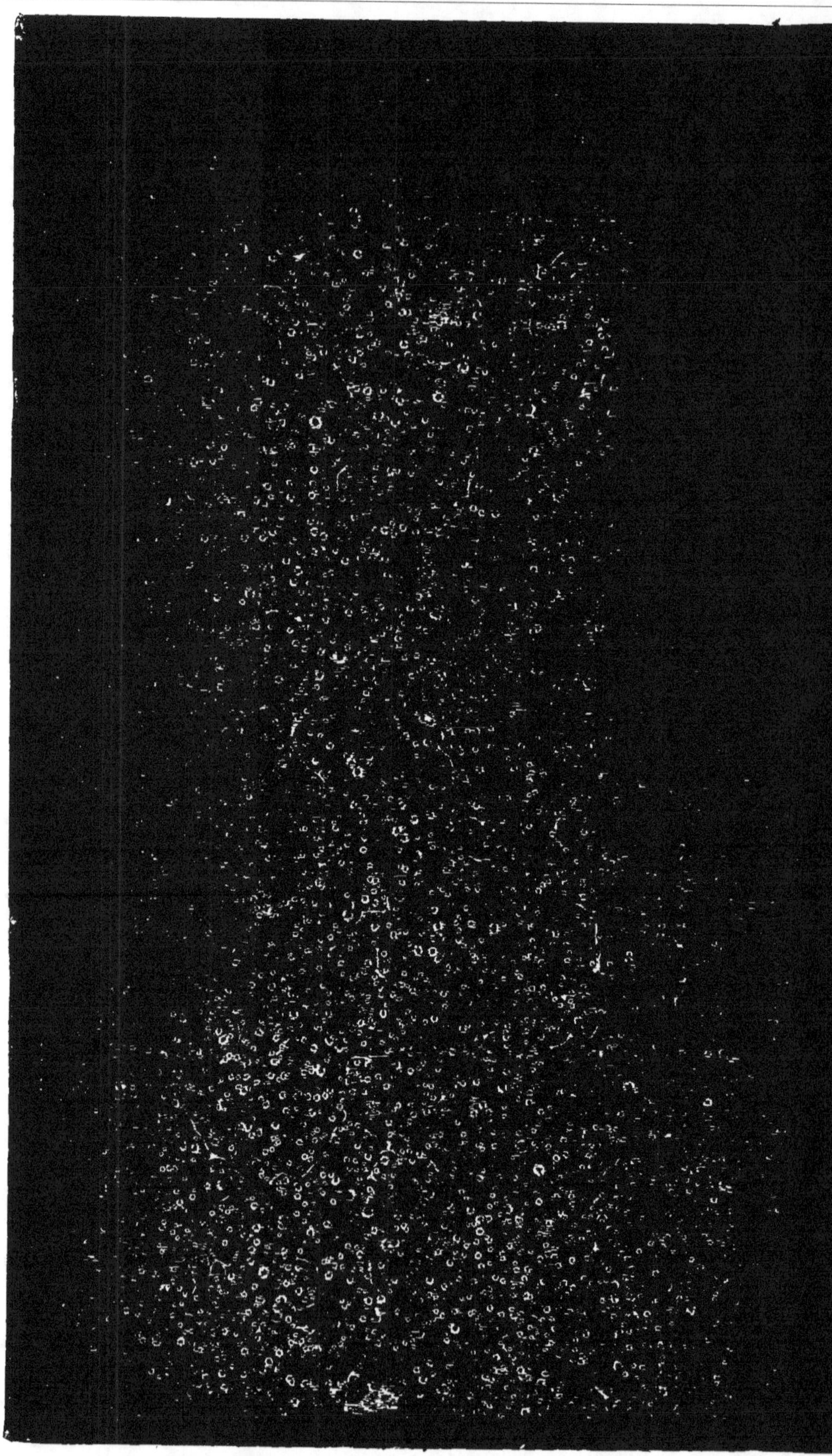

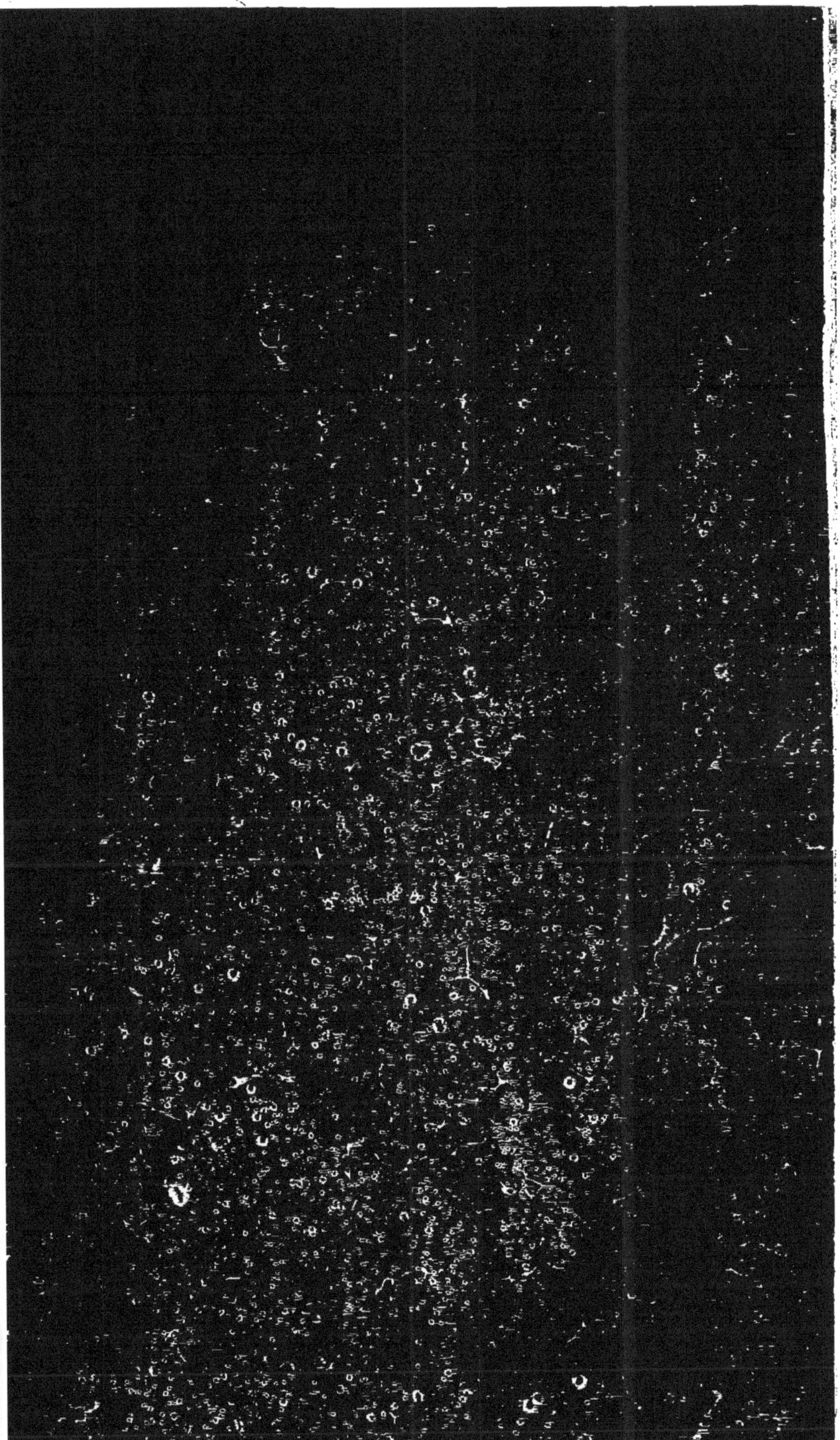

ŒUVRES

DE

SAINT DENYS L'ARÉOPAGITE

BAR-LE-DUC, IMPRIMERIE CONTANT-LAGUERRE ET Cⁱᵉ.

ŒUVRES

DE

SAINT DENYS

L'ARÉOPAGITE

Traduites du Grec en Français

Avec Prolégomènes, Manchettes, Notes, Table analytique et alphabétique,
Table détaillée des matières

PAR

L'ABBÉ J. DULAC

PARIS

LIBRAIRIE CATHOLIQUE MARTIN-BEAUPRÉ FRÈRES, ÉDITEURS

21, rue Monsieur-le-Prince

—

1865

PROLÉGOMÈNES.

Dans ces prolégomènes, le traducteur ne se propose ni de prouver l'identité de Denys, évêque d'Athènes, et de Denys, évêque de Paris, ni d'établir l'authenticité des œuvres de l'Aréopagite : deux points aujourd'hui hors de conteste.

L'identité, entre autres défenseurs, compte, au dix-septième siècle, le moine Germain Millet, et, au dix-neuvième, M. l'abbé Darras.

Vindicata Ecclesiæ gallicanæ de suo Areopagitâ Dionysio gloria, Auctore Domno Germano Millet, etc.

Ad dissertationem nuper evulgatam de duobus Dionysiis responsio, in quâ evidentissimè demonstratur unum et eumdem esse Dionysium Areopagitam et Parisiensem episcopum, Auctore Domno Germano Millet, etc.

Saint Denys l'Aréopagite, premier évêque de Paris, par l'abbé J.-E. Darras.

Parmy les patrons de l'authenticité se distinguent le P. Pierre Halloix, au dix-septième siècle, et M. l'abbé Darboy, au dix-neuvième.

R. P. Petri Halloix è Soc. Jesu de S. Dionysii vitâ et operibus Quæstiones quatuor [1].

Œuvres de saint Denys l'Aréopagite, traduites du grec, précédées d'une introduction où l'on discute l'authenticité de ces livres, et où l'on expose la doctrine qu'ils renferment, et l'influence qu'ils ont exercée au moyen âge, par l'abbé Darboy [1].

I. Exposer quelques considérations de biographie ou d'histoire, destinées à jeter du jour sur la doctrine du philosophe-théologien;

II. Parcourir, à vol d'oiseau, cette doctrine, coordination éminemment utile à l'intelligence des détails;

III. Réunir sur le génie de Denys des témoignages irrécusables;

IV. Examiner, succinctement, quelle influence il a exercée, à différentes époques, sur les productions de l'esprit humain;

V. Emettre des observations concernant notre traduction;

VI. Conclure par certaines raisons qui, à présent plus que jamais, recommandent l'étude de l'Aréopagite :

Tel est notre plan.

Nous marcherons, soit dans les prolégomènes, soit dans la traduction, sur un terrain glissant; s'il nous arrivait d'y choir, nous désavouons d'ores et déjà tous les faux pas, sincèrement et pleinement soumis à l'Eglise qui a reçu la mission de redresser.

[1] *V.* Question deuxième.
[1] *V.* Introduction, Article premier.

ARTICLE PREMIER.

Saint Paul dit ici : *A l'autre est donnée la parole de la gnose* γνώσεως [1] , et là : *O Timothée, garde le dépôt, évitant la vacuité des discours profanes et les contradictions de la fausse gnose, par la profession de laquelle certains sont déchus de la foi* [2].

Ainsi, deux espèces de gnoses, la vraie et la fausse.

La vraie consiste à connaître Notre-Seigneur, centre de tout, *Croissez dans la gnose de Notre-Seigneur* [3], e la fausse converge au diable, négation de tout, père du mensonge, τῆς ψευδωνύμου γνώσεως [4].

La vraie n'est que le développement de la foi qu'elle prend pour point de départ. *La foi est la gnose abrégée de l'urgent, du nécessaire* τῶν κατεπειγόντων, *et la gnose est la démonstration forte et solide des données de la foi* [5]. *Pas de gnose sans foi et pas de foi sans gnose* [6].

La fausse ne s'appuyant que sur la raison rompt avec la foi.

Sur le chemin des siècles, depuis Pierre jusqu'à Pie IX, dans le monde livré aux disputes des hommes, à travers les affirmations et les négations, deux lignes se dessinent : à son sillon, droit comme elle, se reconnaît la vérité ; les zigzags du serpent trahissent le mensonge.

Fusionner le polythéisme et le judaïsme à l'encontre du christianisme, essai de Philon ; saper le polythéisme,

[1] I. Cor.. xii. 8. — [2] I. Tim.. vi, 20, 21. — [3] ii. Pet., iii, 18. — [4] i. Tim., vi, 20. — [5] S. Cl. d'Al., *Str.*, vii, 10. — [6] *Ibid.*, v, 1.

le judaïsme et le christianisme, à l'instar de Simon, Basilide, etc.; restaurer le polythéisme à l'exclusion du judaïsme et du christianisme, rêve de Julien : que de plis et de replis chez ces ophidiens entortillés à l'arbre de la science du bien et du mal !

L'Ecole d'Alexandrie s'efforça d'exposer philosophiquement le christianisme et d'élever le chrétien au γνῶσις, perfection du πίστις. Si le Didascalée avait pour but de tenir en respect l'hérésie d'une audace extrême à remuer les grandes questions du bien, du mal, de la création, de la fin, de la destinée, il ne se proposait pas moins de servir de médiateur entre l'Eglise et le Paganisme, en montrant aux diverses sectes, particulièrement aux Platoniciens, que le christianisme répond aux exigences de l'esprit humain. Glorieuse fut la tâche des Pantène, des Athénagore, des Clément, de tous ces gnostiques, qui, par l'avenue d'une foi scientifique, tentaient de guider les intelligences au Père des lumières !

L'Ecole positive, fille de l'Occident, se récria contre cette tendance spéculative, prétextant que le γνῶσις était une œuvre vaine, contraire au christianisme. Qu'avait à démêler la foi avec la science ? Quelle union possible entre les dogmes de l'Eglise et les imaginations de tel ou tel système ? N'était-il pas périlleux d'effacer la démarcation de la philosophie et de la théologie ? Réclamations dont se firent les organes Irénée, Tertullien, Cyprien, Jérôme, etc.

La différence entre les deux écoles n'est pas aussi tranchée qu'elle en a l'air. Les adversaires du γνῶσις se donnent le change à eux-mêmes; c'est à côté que portent leurs coups, ils ne frappent que la fausse gnose, et peu à peu, sans qu'ils s'en doutent, ils se convertissent eux-mêmes au gnosticisme du Didascalée. Que de fois, à preuve Tertullien, ne leur arrive-t-il pas de forger sur

l'enclume même de leurs antagonistes les traits les plus
terribles qu'ils leur lancent !

Où voulons-nous en venir? A poser Denys à la tête de
ce mouvement philosophico-théologique, lui, des platoniciens l'élite, des chrétiens la gloire, de la foi philosophique et de la philosophie fidèle tout ensemble
l'inventeur, l'ordonnateur et le propagateur [1].

Que le lecteur daigne seulement, dans la table analytique, parcourir le mot *gnose* γνῶσις, il concevra de
quelle sommité l'Aréopagite a tout vu, l'idée qu'il s'est
formée de la gnose, et que c'est honorer l'ampleur de
son coup d'œil, avec la date de son apparition, que de
le proclamer le premier des gnostiques.

La gnose du chrétien se divise en gnose proprement
dite γνῶσις, et gnose par agnosie ἀγνωσία; Hiérothée per-
cevait le divin οὐ μόνον μαθὼν, gnose proprement dite, ou
par l'intelligence, ἀλλὰ καὶ παθὼν, gnose par agnosie, ou
de sentiment [2]. Denys les formule admirablement toutes
deux, en trace les limites respectives, et nous enseigne,
de notre demeure mobile, mélangée, variable, mal-
heureuse, à nous exhausser vers l'être, le bon, le beau,
l'immuable, le béatifique [3].

*Or, Paul, se tenant au milieu de l'Aréopage, dit :
Hommes d'Athènes, je vois que, sous tous les rapports,
vous craignez les démons jusqu'à l'excès en quelque
sorte. Car, ayant regardé, en passant, les objets de
votre culte, j'ai trouvé même un autel où il est écrit :
Au Dieu agnoste. C'est donc ce Dieu que vous adorez
sans le connaître, que je vous annonce. Le Dieu qui a*

---

[1] *V.* Gorres, *Mystique divine, naturelle et diabolique*, l. i, c. v.

[2] N. D., c. ii, § ix.

[3] *V.* Bossuet, *Tradition des nouveaux mystiques.* Dans ce
traité, il est question de la gnose, et S. Denys en occupe spécialement les sect. iv, v, vi du chap. xvi.

fait le monde et tout ce qui est dans le monde, le Seigneur qui préside au ciel et à la terre, n'habite pas dans les temples bâtis à la main. Ce n'est pas par les mains des hommes qu'il est servi, comme s'il manquait de rien, lui qui donne à tous la vie, la respiration et toutes choses. Il a fait, d'un sang unique, toute la race des hommes s'établir sur toute la surface de la terre, ayant marqué, avec l'ordre des saisons, les bornes de leur demeure, afin qu'ils le cherchassent à palpes et à tâtons, d'autant qu'il ne subsiste pas loin de nous. Car c'est en lui que nous vivons, que nous nous mouvons, que nous sommes; en effet, comme quelques-uns de vos poètes l'ont dit, nous sommes même sa race. Étant donc la race de Dieu, nous ne devons pas penser qu'à l'or, à l'argent ou à la pierre où s'exprime l'art ou le génie de l'homme, soit semblable le divin. Or, Dieu ayant vu d'en-haut les temps de l'ignorance, déclare maintenant à tous les hommes, en tous lieux, qu'ils aient à changer d'intelligence, parce qu'il a arrêté un jour où il doit juger les habitants de la terre selon la justice par l'homme qu'il a défini, fournissant à tous la foi, à le ressusciter des morts [1].

Paroles accoucheuses μαιευτικὰ λόγια [2], plus que jamais les paroles de Socrate; sous leur action paraît au jour de la vérité Denys tout entier; ce discours fixe le point de départ dans la carrière où il s'élance vers le but des aspirations humaines, en répandant le long de sa route les doubles rayons de la science et de la vertu. Sa doctrine n'est que le développement de ce discours, et sa vie, que l'application de sa doctrine; sage et saint, il fut l'enfant παῖς de Paul dont il illustra avec tant d'éclat la paternité.

Act., XVII, 22-32. — [2] H. E., c. VI, p. I, § I.

La philosophie régnait dans la Grèce ; Athènes en était
le foyer ; là, du petit au grand, chacun s'en allait criant :
Qu'y a-t-il de nouveau[1] ? Denys avait suivi le courant
général : il avait médité dans les jardins d'Académe, il
s'était promené sous les colonnades du Lycée, il avait
visité le Pœcile, etc. ; rien ne l'avait satisfait, ni Zénon,
ni Aristote, ni Platon ; autre chose sonnait creux, moins
cependant, que le tonneau du Chien.

Désireux de la vérité, pour la chercher avec plus de
chances de succès, Denys la poursuit jusque dans les
sanctuaires des initiations mystérieuses ; il franchit l'enceinte d'Eleusis ; l'hiérophante lui explique les sacrés
symboles, et, à la lueur de son flambeau, l'adepte essaie
de remonter de l'emblème à la réalité, du sensible à
l'intelligible.

La Grèce n'avait guère soulevé le voile ; ce n'était
qu'après coup, comme un son qui s'affaiblit d'écho
en écho, qu'y avait pénétré l'initiation, originaire
de l'Egypte. Le sphinx hellénique, furieux d'être deviné, s'était depuis longtemps précipité du haut de
son rocher ; celui du Nil gardait toujours la clef de
l'énigme, à la solution de laquelle les génies de toutes
parts, mais en vain, venaient travailler les uns après les
autres. Denys se rend en Egypte ; philosophie et religion,
terre et ciel, il scrute tout ; Isis le voit entrer dans ses
sanctuaires, dégager de leurs formules ses cérémonies
et sous le multiple démêler le simple. Que d'hiéro-
glyphes, sur les murs et les colonnes des temples, autour des obélisques, il s'anime à débrouiller ! Peut-être
Héliopolis, la ville du soleil, éclaircirait-il les ombres
de son esprit, et un aigle inconnu le prendrait-il sur
ses ailes, lui, faible aiglon, pour le porter droit au

[1] Act., XVII, 21.

soleil de l'intelligence intolérable au hibou d'Athènes.

Un jour le soleil d'Héliopolis, contre les lois de la nature, s'enveloppe de ténèbres. Denys se trouvait avec Apollophane. Que signifie ce prodige, ô Apollophane? s'écrie Denys. — C'est, ô beau Denys, répond Apollophane, une révolution dans les choses divines [1]. — Un Dieu inconnu souffre dans la chair, réplique Denys, c'est là la cause qui obscurcit l'univers τὸ πᾶν [2].

Denys avait alors environ vingt-cinq ans. Il regagna sa patrie, riche d'observations, instruit par son commerce avec les sages et les prêtres, mais surtout préoccupé du Dieu inconnu ἄγνωστος θεὸς [3].

La science et la vertu, jointes à l'illustration de sa naissance, ouvrirent à Denys le sein de l'Aréopage, ce tribunal législateur, surveillant des mœurs, préposé à la religion et à ses cérémonies, juge et arbitre des causes les plus graves, des causes capitales, hélas! en deux occasions environné d'une double nuit.

Devant l'Aréopage comparurent, à quatre siècles de distance, en proie à la même accusation, celle d'introduire des dieux nouveaux [4], les deux prévenus les plus célèbres sur le compte desquels il ait eu à prononcer, l'un, Socrate, qui avait fait pressentir au paganisme l'incarnation de la divinité, l'autre, Paul, qui en proclamait la réalité.

Socrate but la ciguë, et Paul, la dérision. Le σπερμολό-γος [5], le *seminiverbius*, le *semeur de parole*, titre plus vrai que ne l'imaginaient les railleurs, ne fut condamné qu'au mépris, et de ce terrain où il l'avait jetée, l'Apôtre s'éloigna, n'espérant guère qu'elle y fructifiàt. Toute graine, néanmoins, ne fut pas perdue : Denys,

<hr>

[1] Ep. vii, § iii. — [2] Mich. Sync., *Panég. de S. Denys.* — [3] Act., xvii, 23. — [4] Plat., *Apol. de Socr.*, i, 19.; — Act., xvii, 18. — [5] Act., xvii, 18.

gagné à la foi, s'agenouillait devant l'autel du Dieu inconnu.

Paul, ravi au troisième ciel, lui en révèle les secrets :

> *E se tanto segreto ver profferse,*
> *Mortale in terra, non voglio ch'ammiri :*
> *Che chi'l vide quassù, gliel discoverse* [1].

Et Hiérothée, le sublime inspiré , οὐ μόνον μαθὼν, ἀλλὰ καὶ παθὼν τὰ θεῖα [2], lui ouvre à la fois les trésors de son cœur et de son intelligence, couronnant l'œuvre de Paul dans le transfuge du paganisme au christianisme.

Le sophiste Apollophane ne se contente pas d'appliquer cette épithète à son ancien ami, il lui reproche un parricide, d'avoir retourné contre la philosophie les traits dont la philosophie l'arma. Admirable riposte que celle de Denys, toujours attaché à son Apollophane, mais d'une affection transfigurée : Parricide toi-même, lui dit-il, trois fois parricide, qui te sers du divin contre le divin dans ces efforts à détruire le règne de la vérité divine par la divine lumière dont elle vous éclaira, vous les Grecs en particulier [3].

Le philosophe est devenu théologien ; le Calvaire élargit devant son intelligence , à l'étroit dans l'Académie ou sous le Pœcile, l'horizon qui en contraignit si longtemps l'essor ; sa raison s'agrandit par sa foi ; à ses systèmes incohérents succède la doctrine une ; de ce qui constitue les premiers, pêle-mêle bon et mauvais, il ne garde que les éléments en harmonie avec la seconde. Lutteur ramassé dans l'unité divine, il déploie, avec une énergie irrésistible, la force de sa logique ; sans s'escrimer après l'ombre, il se pose en pleine lumière, stratégie trop oubliée, qui, en dehors de

---

[1] Dant., *Ciel*, 28. — [2] N. D., c. II. § IX. — [3] Ep. VII, § II.

toutes les erreurs de la discussion, mène en droite ligne à la victoire. Ne soufflez pas sur la nuit, allumez des flambeaux, elle s'évanouira [1].

Denys composa plusieurs ouvrages; ce qui nous en reste inspire des regrets amers pour ce qui a péri; péri! nous aimons à croire que ni la flamme ni le temps ne les ont dévorés, qu'ils dorment ignorés dans leur sépulcre, et qu'un jour connu du Verbe, éternelle lumière, ils en sortiront pour multiplier sur le monde des esprits le rayonnement de leurs frères, astres étincelants.

Numénius pythagoricien disait : Qu'est-ce que Platon? Moyse *atticisant* ἀττικίζων. Luther arrive, qui accuse Denys de *platoniser, platonizans magis quàm christianizans*. Ainsi entre Moyse et Denys, trait d'union. Y a-t-il rien d'étonnant à ce que le christianisme, par Denys, reprenne au paganisme ce que, par Platon, le paganisme avait pris au judaïsme ? L'Aréopagite avait étudié la philosophie sous toutes les formes et dans tous les systèmes; à première vue, on s'aperçoit que les bords du Céphise ont attiré de préférence ses pas dans ses méditations de sage; pénétré de Platon, de son enseignement, sorte de préliminaire à celui du Christ, il lui emprunte idées et mots, et le met, épuré de tant de souillures, au service de la théologie. A chaque instant saillit l'imitation; le lecteur n'a pas de peine à rapprocher les deux termes, à constater les nombreux points de contact, à établir sur le parallélisme la conformité, constamment ravi d'achever la juxtaposition en reconnaissant que, si Thomas a baptisé Aristote, Denys a baptisé Platon.

A propos d'Aristote, ce dont on ne se douterait guère,

---

[1] Ep. vii, § i.

à raison de sa divergence avec Platon, l'un tourné vers le ciel et l'autre vers la terre, c'est que l'Aréopagite, sous son style grandiose, serre de près la pensée, l'entrave des *Catégories*, de l'*Interprétation*, des *Analytiques*; c'est qu'il s'est instruit de la vertu et de la béatitude dans l'*Ethique*, que le traité *De la génération et de la corruption* a excité ses réflexions sur la mutabilité de certaines choses, que l'*Histoire des animaux* lui a dicté plus d'une considération ingénieuse : il est facile de s'en convaincre par la lecture des deux auteurs. Denys était versé dans l'astronomie, à témoin l'éclipse de la passion sur laquelle s'exercent ses calculs, plus d'un passage de ses ouvrages où il parle des phénomènes sidéraux en homme qui s'y entend ; à coup sûr, le *Ciel* et les *Météorologiques* ne lui étaient pas étrangers. N'a-t-il pas, comme le Stagyrite, un traité *Du sensible*, un traité *De l'âme? Au point de vue scientifique*, a dit Ernest Hello, *j'appellerais volontiers saint Denys le Docteur de l'Etre* [1]. Oui, l'Aréopagite enlève par ses élans dans ce domaine où, tout en planant infiniment au-dessus du Péripatéticien, il se pose à découvert, tantôt ici, tantôt là, sur les cimes de sa *Métaphysique*. Le traité *De l'intelligible* nous manque ; où s'y arrêtait son vol ?

Denys qualifie de δεύτερα λόγια [2] *seconds oracles*, *seconde Ecriture*, les ouvrages d'Hiérothée ; cet éloge remonte à sa source, tant pour la sûreté de conception qui distingue l'Aréopagite, qu'à cause de l'expression jaillissant à la hauteur de la pensée. Quel commentateur de Paul surpasse Denys, que dis-je surpasse, marche de pair avec lui, c'est encore trop, le talonne même ? A

[1] Ernest Hello, *Saint Denis l'Aréopagite*, *Revue du Monde catholique*, 6 octobre 1861.

[2] N. D., c. III, § II.

lui l'honneur d'avoir fondu en corps de doctrine les
données de Paul répandues, d'un bout à l'autre de ses
Epîtres, suivant les temps, les lieux, les hommes, les
circonstances. Ce que le conquérant revenu du troisième
ciel a contemplé, il l'a confié à sa conquête, et c'est à
compléter aussi bien qu'à coordonner le maître, que tendent les travaux du digne disciple [1].

Quel est cet Hiérothée, ce contemplateur sacré et du
sacré, comme le nom l'indique, comme le testifient les
fragments conservés à la postérité par la reconnaissance
et l'enthousiasme de son élève, l'histoire l'ignore; sa
figure se détache radieuse, bien qu'insaisissable, sur
les chefs-d'œuvre de Denys.

Avec quels personnages fameux dans les annales
évangéliques Denys n'a-t-il pas entretenu des relations
de science ou d'amitié! Paul le convertit, Hiérothée le
cultive; il se réunit aux Apôtres, à Jérusalem, pour as-
sister à la mort de la Vierge, et admire de ses yeux le
tabernacle du Dieu vivant, il reçoit l'hospitalité chez
Carpus, il visite Clément; c'est à Timothée qu'il dédie
ses œuvres; ses Epîtres s'adressent à Caïus, à Dorothée,
à Sosipatre, à Polycarpe, à Tite, à Jean; il réprimande
des Thérapeutes. Son ton est d'un être en possession de
l'absolu, auquel, sans faiblesse mais aussi sans dureté,
il ramène le contingent, bon aux méchants, tendre aux
pécheurs, compatissant envers les infirmes, bref, comme
son maître, se faisant tout à tous.

Mieux que Pythagore, Denys a prêté l'oreille à l'harmonie des mondes, et lorsqu'il montre quelles raisons
ont creusé l'enfer, force est à qui comprend son explication, d'avouer que le mal de tel degré est à sa place.

Musée chrétien, au son de la harpe davidique, plus

---

[1] *V.* Gorres, *Mystique divine, naturelle et diabolique,* l. I., c. v.

attrayante que la lyre du fils d'Orphée, il cadence les puissances désordonnées des âmes qui l'accompagnent, dans le rhythme de la vertu, jusqu'aux frontières où la terre finit et où commence le ciel, à l'union divine.

La vie de l'Aréopagite s'écoule entre la neuvième et la cent vingtième année de l'ère chrétienne. Il naît, au confluent des trois parties de l'univers antique, sur le sol de la Grèce ; il foule l'Europe, l'Afrique, l'Asie ; à ses vagissements se mêle le bruit d'un monde qui vient et d'un monde qui s'en va : lutte formidable où les bourreaux sont vaincus, et les victimes, victorieuses ; triomphe de l'extrême faiblesse sur la force extrême, de l'esprit sans autres armes que le vrai, le beau, le bon, sur la chair aux mille instruments de supplice.

Les échos de Philippes redisaient encore le cri du dernier des Romains : Vertu, tu n'es qu'un nom ! Et à mesure que Denys se développe, une voix secrète lui proteste qu'il n'y a de grandeur réelle que par la vertu.

Sa raison s'est fatiguée à percer l'obscurité de la science ; la foi brille sur sa raison, et, le voile qui la sépare de la réalité s'amincissant de plus en plus, il entrevoit la clarté du jour éternel.

Où il a revêtu les insignes d'Aréopagite, il ceint la mitre de l'hiérarque.

Né dans Athènes, Lutèce d'Orient, il meurt à Lutèce, Athènes d'Occident, successivement époux de deux Églises dont l'une possédera son berceau, et l'autre, sa tombe. Montmartre vaudra la colline de Mars.

Le Denys [1] du paganisme, sur son char traîné par des panthères, voyageait, le thyrse en main, vers les champs

---

[1] Διονύσιος, Denys (Bacchus). R. δίδωμι je donne, οἶνος vin. R. de οἶνος, οἴομαι je pense, νοῦς intelligence, « parce que la plupart des buveurs, sans en avoir, pensent avoir de l'intelligence. » (Plat. *Craty.*, I, 219.)

de l'aurore, pour enseigner aux mortels la culture de la vigne : itinéraire à l'inverse duquel s'achemine le Denys du christianisme, s'en allant, pieds nus, avec un bâton, du côté du couchant, parmi les forêts où la serpe d'or coupe le gui mystérieux, planter une autre vigne d'où ruisselle le vin destiné à rajeunir le monde.

Quelle rosée était nécessaire à l'accroissement de cette vigne ? Comme toujours, le sang.

Sous le règne d'Adrien, et par l'ordre de Fescenninus, l'Apôtre de la Gaule tendit à la hache du licteur sa tête couronnée de plus de cent dix ans.

Le tronc de Denys se relève, ramasse la tête détachée des épaules, la prend dans les mains, à l'instar d'un trophée, et, marchant l'intervalle de deux milles, sous la conduite d'un ange, au milieu de l'escorte des chœurs célestes, qui chante l'*alleluia*, il ne s'arrête qu'à l'endroit où depuis s'éleva l'abbaye et la ville de son nom. O nouveau Capitole, base gigantesque de la conquête spirituelle de la Gaule que cette tête, pierre philosophale qui transmue non-seulement les corps mais encore les âmes en or que la rouille ne rongera jamais !

Clovis adoptera pour cri de guerre *Mont-joie-Saint-Denys*, brûlant ce qu'il a adoré et adorant ce qu'il a brûlé, et c'est du sanctuaire érigé sous le vocable de ce martyr, qu'aux jours de danger suprême sortira le propice étendard, cette oriflamme teinte au centre d'une couleur de sang et avec une bordure d'or, double image du martyre et de son prix.

ARTICLE DEUXIÈME.

Avant d'entamer l'exposé de la doctrine de S. Denys,
voici le catalogue de ses œuvres; l'astérisque au-dessus
de certains traités en indiquera la disparition :

> * Ame (De l');
> Épîtres (Dix) [1] ;
> Hiérarchie céleste (De la);
> Hiérarchie ecclésiastique (De la);
> * Hymnes divins (Des);
> * Hypotyposes théologiques (Des);
> * Intelligible et du sensible (De l');
> * Jugement (Du juste et divin);
> Noms divins (Des);
> * Propriétés et ordres angéliques (Des);
> Théologie mystique (De la);
> * Théologie symbolique (De la).

Denys annonce que des *Noms divins* il passe à la
Théologie symbolique, N. D., c. XIII, § IV.

A la *Théologie symbolique* succède immédiatement l
Théologie mystique, T. M., c. III.

La *Hiérarchie céleste*, élaborée après la *Théologie symbolique*, comme il appert du c. XV, § VI de la première
où l'auteur parle d'explications déjà données dans la

---

[1] Il existe encore deux épîtres apocryphes de S. Denys,
adressées l'une à Appollophane, l'autre à Timothée; le texte
grec des deux est perdu; S. Em. le cardinal Pitra a récemment
traduit la dernière de l'arménien en latin, latin que M. l'abbé
Davin a traduit lui-même en français. *V. Le Monde*, N° du
23 juin 1864.

seconde, se place, faute de lacune entre la *Théologie symbolique* et la *Théologie mystique*, à la suite de celle-ci.

La *Hiérarchie ecclésiastique* est postérieure à la *Hiérarchie céleste* : un renvoi, H. E., c. I, § II, ne laisse aucun doute à cet égard.

Donc, de par l'extrait de naissance, la critique rangera ces trésors ainsi :

1. Noms divins.
2. Théologie mystique.
3. Hiérarchie céleste.
4. Hiérarchie ecclésiastique.

Aux *Hypotyposes théologiques* se rapportent les Epîtres III, IV, où il s'agit de Jésus-Christ.

Aux *Noms divins*, l'Epître II, où l'on demande comment celui qui est au-dessus de tout est au-dessus de la théarchie et de l'agatharchie ;

A la *Théologie symbolique*, l'Epître IX roulant sur divers symboles ;

A la *Théologie mystique*, les Epîtres I, V, qui dépeignent la divine obscurité ;

A la *Hiérarchie ecclésiastique*, l'Epître VIII, *De l'opération propre*, etc.;

A tous les traités en général, les Epîtres VI, VII, énormes de controverse.

Nous dérangeons la classification en usage, *Hiérarchie céleste*, *Hiérarchie ecclésiastique*, *Noms divins*, *Théologie mystique*, incivilité dont le lecteur nous fera grâce, en apprenant surtout que la logique marche ici avec la chronologie, les œuvres de Denys lui offrant beaucoup moins de difficulté dans cet ordre nouveau : *Noms divins*, *Théologie mystique*, *Hiérarchie céleste*, *Hiérarchie ecclésiastique*.

I. UNIONS.

Les sacrés auteurs de notre tradition théologique nomment unions divines ἑνώσεις les occultes et inexprimables superfondements de la superineffable et superagnostique stabilité, — et distinctions διακρίσεις les processions προόδους et manifestations ἐκφάνσεις de la théarchie en harmonie avec le bon [1].

L'union renferme des propriétés ἴδια [2].

Dans sa divine union ou supersubstantialité, à la Triade, principe du un, est un et commun la substance supersubstantielle, la divinité superdivine, la bonté superbonne, la mêmeté sans borne de toute propriété sans borne, l'unité au-dessus du principe du un, l'ineffabilité, la multivocation, l'agnosie, l'omniintelligibilité, la composition avec tout, la division d'avec tout, la supériorité à toute composition et à toute division, la mansion et la fondation des hypostases, principes du un, les unes dans les autres, si je puis ainsi parler, superunion totale sans confusion partielle [3].

Dans la divinité est un à la totalité le superbon, le superdivin, le supersubstantiel, le supervivant, le su-

[1] N. D., c. II, § IV. — [2] *Ibid.* — [3] *Ibid.*

*persage, et tout ce qui s'obtient par division transcen-
dantale, et aussi chaque terme de causalité, le bon, le
beau, l'être, le vivifiant, le sage, et tout ce qui, de par
ses dons propres au bon, désigne la cause de tous les
biens* [1].

*Unies sont dans la divine distinction les incompréhen-
sibles transmissions* μεταδόσεις, *substancifications, vivifications, sapientifications, et d'autres dons de la bonté,
cause universelle, d'où, à raison tant du participant que
du participé, est loué l'imparticipablement participé.*

*Il est, en outre, commun, uni et un à toute la divi-
nité que d'être participée par les participants tout entière par chacun, et par aucun en nulle fraction* [2].

Dieu ne renferme pas de parties quantitatives, il n'est
pas corps; il ne se compose pas de matière et de forme;
en lui, autre n'est pas la nature, et autre, le suppôt:
autre n'est pas l'essence, et autre, l'être; il n'a ni genre,
ni différence, ni sujet ni accident : Dieu est donc simple,
ἁπλουστάτην θεότητα [3].

<hr>

Une chose est plus ou moins parfaite, selon qu'elle est
plus ou moins en acte. Or, Dieu est le premier principe
comme un ἑνοποιὸς [4], le premier agent, et partant souverainement en acte ou souverainement parfait τέλειον, parfait par soi αὐτοτελὲς, parfait au-dessus du concevable
ὑπερτελὲς, d'une perfection inaugmentable ἀναυξὲς ou indiminuable ἀμείωτον, d'une perfection indéfectible ἀεὶ
τέλειον, d'une perfection débordante ὑπερβλύζον, etc. [5].

<hr>

[1] N. D., c. II, § III. — [2] N. D., c. II, § V. — [3] N. D., c. XII,
§ III. — [4] N. D., c. I, § I. — [5] N. D., c. XIII, § I.

La bonté d'une chose, c'est sa perfection. En Dieu, trois espèces de bonté : bonté naturelle ἀγαθότης, bonté morale ou vertu et sainteté ἁγιότης, et bonté de bienfaisance ou bénignité ἀγαθουργία.

La bonté naturelle de Dieu est l'excellence de la nature divine, *elle constitue la subsistance théarchique* θεαρχικὴν... ὕπαρξιν [1], elle embrasse toute perfection *in toto genere entis*, et, conséquemment, la sainteté et la bénignité, en tant qu'elles se rattachent à la perfection de la nature divine.

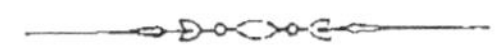

La matière est terminée par la forme, et la forme, par la matière.

D'autre part, la matière est perfectionnée par la forme qui la termine, de sorte que l'interminé concernant la matière implique l'idée d'imperfection, puisqu'il est la matière sans forme.

Au contraire, la forme n'est pas perfectionnée par la matière qui en resserre plutôt l'amplitude; ainsi, l'interminé, à le prendre du côté de la forme non terminée par la matière, s'offre sous la raison de la perfection.

Or, ce qu'il y a de plus forme, c'est l'être même, et comme l'être divin n'est reçu dans aucun sujet, mais qu'il subsiste en lui-même, il en résulte manifestement que Dieu est interminé ἄπειρον [2].

Dieu est en toutes choses, comme leur donnant l'être, la vertu et l'action ; de même il est dans tous les lieux, comme leur donnant pareillement l'être et la vertu locative : deux éléments constitutifs de l'ubiquité.

[1] N. D., c. II, § I. — [2] H. C., c. II, § III.

Le premier être est un acte pur sans mélange de puissance, parce que le potentiel est postérieur à l'acte. Or, tout ce qui est muable est, d'une certaine façon, en puissance. Donc Dieu, acte pur, ne subit pas de mutation, ἀναλλοίωτος [1].

Etre interminable, c'est-à-dire, sans principe et sans fin, puisque le terme regarde l'un et l'autre, ensuite, exister, non pas d'une manière successive, mais tout à la fois, voilà les deux conditions de l'éternité ἀίδια [2].

L'éternité dépend de l'immutabilité.

Puis donc que Dieu est souverainement immuable, il est souverainement éternel, et non-seulement il est éternel, mais il est son éternité.

Dieu est simple, parfait, interminé, immuable, donc il est un ; *il est un, parce que, dans la superexcellence de son unité une, il est unement tout,* ἕν δὲ, ὅτι πάντα ἑνιαίως ἐστὶ κατὰ μιᾶς ἑνότητος ὑπεροχὴν [3].

Dieu *est la gnose radicale de toutes les gnoses, se contemplant éternellement en soi par soi,* γνῶσιν πασῶν γνώσεων ὑπάρχουσαν, καὶ ἀεὶ δι' ἑαυτῆς ἑαυτὴν θεωμένην [4].

L'intelligence divine, pour les connaître, n'étudie

[1] N. D., c. ɪɪ, § ᴠɪ. — [2] N. D., c. x, § ɪɪ. — [3] N. D., c. xɪɪɪ, § ɪɪ. — [4] Ep. ɪx, § ɪ.

pas les êtres par les êtres, mais c'est d'elle-même et en elle-même qu'en sa qualité de cause, elle possède au préalable et rassemble par anticipation la notion, la gnose et la substance de tout, au lieu de considérer chaque chose par son idée, percevant et concevant tout sous son étreinte une de cause [1].

La divine sagesse en se connaissant connaît tout, le matériel immatériellement, le divisible indivisiblement, le multiple simplement; elle connaît tout et produit tout [2].

Dieu connaît les êtres, non par la science qu'il a de ces êtres, mais par la science qu'il a de lui-même [3].

Qu'est-ce que l'idée ἰδέα? C'est la forme des choses, existant en dehors de ces choses, forme qui est ou l'exemplaire ἀρχέτυπον, παράδειγμα, ou le principe gnostique ἰδέα à proprement parler, car le cognoscible par sa forme (εἶδος, d'où ἰδέα) est dans le connaissant.

Comment Dieu, architecte du monde, n'aurait-il pas dans son intelligence le plan, archétype ou paradigme, dont le monde est l'image? Comment encore, connaissant son essence sous le rapport de l'imitation par les créatures, ne le connaîtrait-il pas en tant qu'idées des créatures [4]?

Dieu *est la vérité simple et substantielle* ἁπλῆ καὶ ὄντως οὖσα ἀλήθεια [5].

---

[1] N. D., c. vii, § ii. — [2] *Ibid.* — [3] *Ibid.* — [4] *V.* Table analytique, *Idée, Archétype, Paradigme.* — [5] N. D., c. vii, § iv.

La vérité réside dans l'intelligence qui appréhende la chose telle qu'elle est *ut est* [1], et dans la chose elle-même par la conformité de son être avec l'intelligence : deux conditions que Dieu réunit souverainement.

Dieu s'appréhende essentiellement tout entier : pleine conformité, que dis-je ? identité parfaite entre son intelligence et son être. Son intelligence perçoit aussi de bout à fond les créatures, d'autant qu'il les connaît dans leur principe suprême, qu'il en est la mesure et la cause.

La vérité se trouve-t-elle dans l'être de Dieu ? Evidemment : son être est son intelligence *esse ejus..... est ipsum suum intelligere* [2], et, par ailleurs, l'être de Dieu renferme éminemment tous les êtres.

Ainsi, Dieu, à la fois son être et son intelligence, non-seulement possède la vérité en lui, mais encore est à lui-même la vérité souveraine et première ἀπλῆ, etc.

Vivre, c'est agir ou opérer par soi, et sans se mouvoir sous une influence étrangère, et plus l'être jouit de cette spontanéité d'action ou d'opération, plus la vie est parfaite en lui.

Donc l'être dont la nature sera son intelligence, et qui, dans le ressort de sa nature, ne marche pas sous une impulsion extérieure, cet être atteindra au plus haut degré de la vie.

Tel est Dieu, intelligence très-parfaite et toujours en acte. *Dieu donc est la vie* ζωὴν *perpétuelle* [3], et *la bonne et perpétuelle vie est sage* [4].

[1] S. T., p. I, q. XVI, a. V. — [2] *Ibid.* — [3] N. D., c. VI, § I.
[4] N. D.. c. VII, § I.

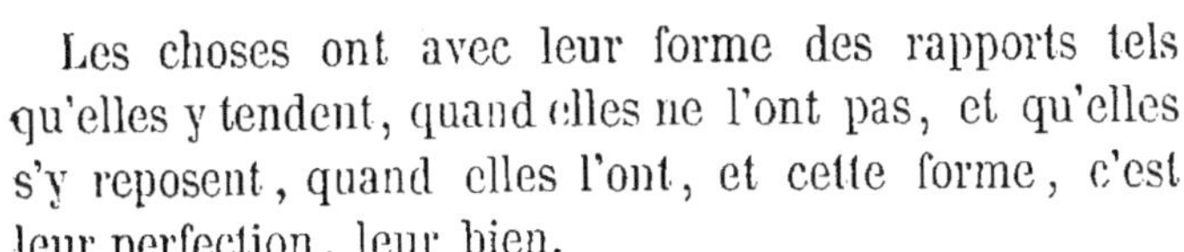

Les choses ont avec leur forme des rapports tels
qu'elles y tendent, quand elles ne l'ont pas, et qu'elles
s'y reposent, quand elles l'ont, et cette forme, c'est
leur perfection, leur bien.

Or, la nature intellectuelle a les mêmes rapports avec
le bien appréhendé par sa forme intelligible : elle s'y
repose, quand elle l'a ; elle y tend, quand elle ne l'a
pas, deux actes du domaine de la volonté.

L'intelligence évoque donc la volonté, et Dieu qui
possède la première possède la seconde, et comme son
intelligence est son être, de même son être est son vouloir.

Certains actes de la volonté se réfèrent au bien dans
des conditions spéciales : ainsi, la joie et la délectation
sont d'un bien présent et acquis ; le désir et l'espérance
ont pour objet un bien futur et pas encore acquis ; mais
l'amour s'attache au bien en général, présent ou futur,
acquis ou à acquérir.

L'amour est donc le premier acte de la volonté, et
c'est pour ce motif que les actes de la volonté le suppo-
sent comme leur racine : nul ne se réjouit que du bien
aimé, nul ne se délecte que dans le bien aimé, nul ne
désire que le bien aimé, etc., nul ne hait que ce qui
s'oppose au bien aimé.

Dieu a la volonté, et, par suite, l'amour qui en est
le premier mouvement. Le bien que Dieu se veut n'est
autre que lui-même, bon qu'il est par essence..... *il est
mu par l'amour* τῷ (ἔρωτι) μὲν χινεῖται [1].

_____

[1] N. D., c. IV, § XIV.

II. DISTINCTIONS.

Les sacrés auteurs..., avons-nous dit, *nomment... distinctions* διακρίσεις *les processions... de la théarchie en harmonie avec le bon.*

Le bien de chaque chose est son action et sa perfection ; or, chaque chose agit, parce qu'elle est en acte, et, en agissant, elle répand son être et sa bonté dans d'autres : d'où le signe de la perfection d'un être consiste en ce qu'il puisse produire son semblable. Aussi répète-t-on que le bien est diffusible de son être. Dieu, acte pur, est le bien par essence ; comment évaluer sa diffusion ?

Le beau n'est pas l'objet de l'amour, c'est la génération et la production dans le beau [1].

L'amour, auteur du bon dans les êtres, préexistant avec superéminence au sein du bon, ne lui permet pas de demeurer ingénérateur ἄγονον, *mais le meut à exercer son excellence génératrice de tout* [2].

Pour peu qu'on veuille y regarder de près, on verra que, parmi tous les termes qui désignent l'origine, celui de procession offre le sens le plus large : nous l'employons pour désigner une origine quelconque ; nous disons, par exemple, que du point procède la ligne, du soleil, le rayon, de la source, le ruisseau, ainsi de suite [3].

---

[1] Plat., *Banq.,* I, 683-687. — [2] N. D. c. IV, § x. — [3] S. T., p. I, q. XXXVI, a. II.

Cette façon de prendre le mot *procession*, devant laquelle ne tremble pas S. Thomas, a effarouché M. l'abbé Darboy [1] qui l'affecte exclusivement au mystère de la Trinité : restriction fàcheuse ! S. Denys déploie, des hypostases divines au plus vil atome, le πρόοδος, et, en le mutilant, son traducteur coupe, au désagrément du lecteur embarrassé d'en renouer les bouts, le fil de cette doctrine dont la méthode dévide l'écheveau.

Toute procession est déterminée par une action : quand la procession reste dans l'agent, c'est une procession ad intra, *et quand l'action passe hors de l'agent, une procession* ad extra [2].

1. PROCESSIONS AD INTRA.

La distinction dans la théologie supersubstantielle résulte soit... de ce que chaque hypostase, principe du un, au sein de l'union même, se pose inconfuse, soit de ce que les merveilles de la supersubstantielle génération de Dieu ne se réciproquent pas entre elles [3].

Dans la divinité... sont distincts les noms et les choses supersubstantiels du Père, du Fils et de l'Esprit, sans qu'il règne entre eux sur ces points aucune espèce de réciprocation ou de communicabilité [4].

La distinction renferme des unions propres : ainsi, il est commun au Fils et à l'Esprit de procéder du Père, tout comme au Père et au Fils de produire l'Esprit; *et des distinctions propres :* ainsi, il est propre au Fils de

----

[1] Introduction, p. cix-cx. — [2] S. T., p. i, q. xxvii, a. i. — [3] N. D., c. ii, § v. — [4] N. D., c. ii, § iii.

procéder du Père par génération, et à l'Esprit par spiration passive [1].

2. PROCESSIONS AD EXTRA.

C'est encore une divine distinction que la procession, en harmonie avec le bon, de l'union divine qui superunement se pluralise et se multiplie avec bonté [2].

Dans la divinité..... distincte encore la parfaite et inaltérable subsistance de Jésus comme homme, avec tout ce qu'il y a réalisé de mystérieux dans son amitié pour nous [3]....... *La distinction intervient encore dans l'œuvre divine, marque de bonté, à notre égard, d'autant que c'est le Verbe supersubstantiel, qui, comme nous et de nous, totalement et véritablement se substancifia, de*

[1] Denys fraye la route à la scolastique distinguant en Dieu :

2 Actes notionels.....	Génération.
	Spiration.
3 Personnes.........	Père.
	Fils.
	Esprit.
3 Propriétés........	Paternité.
	Filiation.
	Spiration passive ou procession.
4 Relations.........	Paternité.
	Filiation.
	Spiration active.
	Spiration passive ou procession.
5 Notions..........	Innascibilité.
	Paternité.
	Filiation.
	Spiration active.
	Spiration passive ou procession.

[2] N. D., c. II, § V. — [3] N. D., c. II, § III.

même qu'il accomplit et souffrit, seul et unique, toutes les choses relatives à cette œuvre divine de son huma-nité. Car ni le Père ni l'Esprit n'y eurent part sous au-cun rapport, à moins, pourrait-on dire, que par leur volonté assortie au bon et pleine d'amour pour les hommes, comme à raison de toute cette superéminente et ineffable œuvre divine qu'exécuta, généré à notre instar, l'inaltérable, en tant que Dieu et Verbe de Dieu [1].*

1. CRÉATION.

La bonté en soi définit et caractérise la subsistance théarchique entière [2].

Subsistance de la bonté, la providence πρόνοιαν *de la théarchie, par son être même, est la cause de tous les êtres.... tout est autour d'elle et pour elle, et elle-même est avant tout, et tout se conserve en elle ; c'est parce qu'elle est que l'univers fut produit et qu'il se maintient, et que tous les êtres gravitent vers elle, les êtres intelligents et raisonnables par la gnose, les êtres d'un degré inférieur par la sensibilité, et les êtres placés plus bas par le mouvement vital, ou au moins par leur disposition substantielle ou modale [3].*

L'auteur universel, en son bel et bon amour de toutes choses.... sort de lui-même par ses providences envers les différents êtres.... tellement que de sa sublimité ab-solue au-dessus de tous les êtres, il s'abaisse jusqu'à tous, avec une supersubstantielle puissance, se répandant à l'extérieur sans se déplacer à l'intérieur [4].

La providence *une et même* τῆς μιᾶς αὐτῆς [5] se ramifie en providences *générales* παντελῶν [6], ex. : *Roi, panto-*

---

[1] N. D., c. II, § VI. — [2] N. D., c. II, § I. — [3] N. D., c. I, § V. — [4] N. D., c. IV, § XIII. — [5] N. D., c. I, § VII. — [6] N. D., c. I, § VIII.

crate, etc., et en providences *particulières* μερικῶν [1], ex. :
Roi des rois, Dieu des dieux, etc.

*De Dieu un sont toutes les bonnes processions....
exprimant la providence du Dieu un, tantôt selon son
universalité, et tantôt plus ou moins en général, et plus
ou moins en particulier* [2].

Une marque de perfection dans un être, c'est sa puissance à produire un être semblable à lui. Dieu, être souverainement parfait, n'exercera-t-il pas une pareille fécondité? N'émanera-t-il pas de lui, à l'exclusion de tout mode panthéistique, des êtres empreints de sa similitude? Oui, son amour excitera sa fertilité. De là, les *processions* des créatures.

Tout agent agit pour une fin. La fin du patient est la même que celle de l'agent, bien que sous des rapports divers ; ce que celui-ci veut imprimer, celui-là veut le recevoir. Il est des êtres, agents imparfaits, qui, en même temps qu'ils agissent, pâtissent, et partant, en agissant, acquièrent. Mais le premier agent, acte pur, n'agit pas pour l'acquisition de quoi que ce soit ; il se propose uniquement de communiquer sa perfection, c'est-à-dire, sa bonté.

Produxit (Deus) res in esse propter suam bonitatem communicandam creaturis et per eas repræsentandam [3].

Le bon envoie à tous les êtres suivant leur aptitude les rayons de sa bonté complète [4].

---

[1] N. D., c. i, § viii. — [2] N. D., c. v, § ii. — [3] S. T., p. i, q. xlvii, a. i. — [4] N. D., c. iv, § i.

Toute cause efficiente engendre un effet semblable à
elle, et la cause est d'autant plus glorifiée que l'effet la
retrace avec plus d'exactitude. C'est donc à la plus intime conformité avec Dieu que tendront les créatures,
images destinées à concentrer le plus de traits possible
de sa bonté, de sa perfection, dans l'ordre, soit naturel
soit surnaturel, où ses *paradigmes* fixent leur orbite.

La bonté d'une chose consiste d'abord dans son être,
y compris tout ce qui s'ajoute à cet être pour l'améliorer,
perfection première; puis dans son opération, *perfection seconde.* Deux faces sous lesquelles les créatures
réfléchissent Dieu, s'ordonnent vis-à-vis de Dieu, s'assimilent à Dieu.

Toutes les créatures aspirent à la déification, sur l'obtention de laquelle le minéral le cède à la plante, la
plante à la brute, la brute à l'homme, l'homme à
l'ange en règle générale. *La déification.... est la participation au véritable être beau, sage et bon* θεώσεως....
τοῦ ὄντως ὄντος καλοῦ καὶ σοφοῦ καὶ ἀγαθοῦ [1].... *dans la
mesure du possible, l'assimilation et l'union à Dieu* ἡ
πρὸς Θεὸν, ὡς ἐφικτὸν, ἀφομοίωσίς τε καὶ ἕνωσις [2].

La *perfection première* est la cause de la *perfection
seconde,* parce que la forme est le principe de l'opération, d'où résulte la *béatitude* μαχαριότης, εὐδαιμονία,
perfection dernière.

En Dieu, la *béatitude* existe par essence, vu que l'être
même de Dieu est son opération, *quia non fruitur alio,
sed seipso* [3]. La *béatitude* implique la *perfection dernière, suprême.* Conclusion : *La perfection* (et partant
la *béatitude) consiste à s'élever de toutes ses forces
jusqu'à l'imitation de Dieu, et, chose plus admirable*

---

[1] H. E., c. I, § II. — [2] H. E., c. I, § III. — [3] S. T., I. II, q.
III, a. II.

encore, à devenir coopérateurs de Dieu, et à manifester en soi, avec tout l'éclat possible, l'opération divine [1].

⸺•∙❍∙❍∙❏•⸺

Or, nous appelons paradigmes παραδείγματα *les raisons* λόγους *qui, en Dieu, substancifient les êtres et préexistent selon l'unité, raisons que la théologie nomme prédéfinitions* προορισμοὺς, *et divins et bons vouloirs* θελήματα, *définissant et effectuant les êtres, d'après lesquelles le supersubstantiel prédéfinit et produit tous les êtres* [2].

⸺•∙❍∙❍∙❏•⸺

De toutes ses participations μετοχῶν (*de celui qui est le premier* προὼν), *celle qui s'offre d'abord, c'est l'être* τὸ εἶναι, *et l'être soi en soi a la priorité sur l'être vie en soi, et sur l'être sagesse en soi, et sur l'être similitude divine en soi, et sur tout ce à quoi les êtres qui y participent ne participent qu'après avoir participé à l'être* [3].

Dieu commence par produire l'être en soi, et par l'être en soi, il finit par produire les êtres quelconques [4].

Tous les principes des êtres, en tant qu'ils participent à l'être, sont et sont principes, d'abord sont, et ensuite sont principes [5].

Et si tu veux appeler principe de tout ce qui vit τῶν ζώντων, *en tant qu'il vit* ὡσ ζώντων, *la vie en soi, et principe de tout ce qui ressemble, en tant qu'il ressemble, la similitude en soi, et principe de tout ce qui est uni,*

[1] H. C., c. III, § II. — [2] N. D., c. V, § VIII. — [3] N. D., c. V, § V. — [4] *Ibid.* — [5] *Ibid.*

en tant qu'il est uni, l'union en soi, et principe de tout ce qui est ordonné, en tant qu'il est ordonné, l'ordre en soi, et principe du reste, ce qui participant à telle ou telle chose, à deux ou à plusieurs, est telle ou telle chose ou deux ou plusieurs, tu trouveras que ces participations en soi participent d'abord à l'être et se maintiennent d'abord par l'être, qu'elles sont ensuite principes de ceci ou de cela, et que ce n'est qu'en participant à l'être qu'elles sont et sont principes. Or, si ces principes ne sont que par la participation à l'être, à plus forte raison ce qui participe à ces principes [1].

Ainsi, Dieu crée d'abord l'*être en soi*, la *vie en soi*, etc., *priorités en soi* τῶν πρώτων αὐτῶν [2] par quoi commencent les *processions*.

Mais l'être en soi ou abstrait embrasse l'être intelligent et l'être matériel, ou les êtres universels. De même la vie en soi, de même, *etc*. Inaugurées par les πρώτων, les processions continuent dans les *universalités en soi* ὅλων αὐτῶν [3].

Mais l'être intelligent renferme l'ange, l'âme, des espèces enfin; de l'universel en soi, la procession descend vers le *particulier en soi* μερικῶν αὐτῶν [4].

Le particulier en soi se pose tel vis-à-vis de qui le précède; mais il est clair qu'il se change en universel par rapport à qui le suit, jusqu'à ce que, de proche en proche, la procession aboutisse à l'individu.

Creatio..... emanatio totius esse ab ente universali [5]. La création a pour objet les choses composées et subsistantes, les choses constituées par la réunion de leurs principes et existant en dehors d'un sujet d'adhésion, les choses avec tous leurs éléments, la matière, la forme et les accidents.

---

[1] N. D., c. v, § v. — [2] N. D., c. xi, § vi. — [3] *Ibid.* — [4] *Ibid.*
— [5] S. T., p. i, q. xlv, a. iv.

Bref, les participateurs de l'être en soi, de la vie en soi, etc., *s'appellent et sont êtres, vivants, etc.* [1].

<hr>

Dieu est simple, parfait, interminé, immuable, un ; cause, il se réfléchira dans le causé, et les créatures, à leur manière, sortiront des mains du créateur, revêtues de ces propriétés avec toutes les différences, qui, sans exclure la similitude, repoussent l'identité.

<hr>

Il n'est pas possible que les créatures atteignent à la similitude avec Dieu, si elles se réduisent à une seule espèce ; la cause excédant le causé, ce qui est dans la cause *simpliciter* et *unité* se trouve dans le causé *composité* et *multipliciter*, à moins toutefois que le causé ne rentre dans l'espèce de la cause, chose inadmissible tout à l'heure, car rien n'égalera Dieu.

Les créatures sont *multiples par les parties* πολλὰ ταῖς μέρεσιν... *par les accidents* τοῖς συμβεβηκόσιν... *par le nombre* τῷ ἀριθμῷ... *par les puissances* ταῖς δυνάμεσιν..... *par les espèces* τοῖς εἴδεσιν [2].

<hr>

La perfection de tout causé consiste dans la similitude avec la cause, dont la forme passe dans le causé, tantôt

---

[1] N. D., c. xi, § vi. — [2] N. D., c. xiii, § ii.

suivant un mode, et tantôt suivant un autre mode. Si la
cause n'appartient à aucune espèce ni à aucun genre, le
causé aura avec la cause une similitude éloignée *non
secundùm eamdem rationem speciei aut generis, sed
secundùm aliquam analogiam*, l'être étant commun à
tout. C'est ainsi que ce qui procède de Dieu lui ressemble, en tant qu'être, comme au premier et universel
principe de tout être.

*Il n'y a pas d'exacte comparaison entre le causé et la
cause : à la vérité, le causé a jusqu'à un certain point
des traits de ressemblance avec la cause, mais la cause
siége en dehors et au-dessus de tout, par la raison
même qu'elle en est le principe.*

*C'est pourquoi il faut dire que les effets sont sem-
blables à Dieu, en vertu de l'image et de la ressemblance* [1].

*Les mêmes choses sont semblables et dissemblables à
Dieu : semblables, en ce qu'elles imitent, au possible,
l'inimitable; dissemblables, en ce que le causé reste au-
dessous et en arrière de la cause dans des mesures infinies et inappréciables* [2].

Une chose est dans un être : 1º par *propriété* ἰδιότης,
lorsqu'elle y est d'une façon adéquate et proportionnée
à sa nature ; 2º par *excès* ὑπεροχή, lorsque ce qui est attribué à cet être est moindre que l'être auquel il est
attribué ; 3º par *participation* μετοχή, lorsque ce qui lui
est attribué ne se rencontre pas en lui pleinement, mais
défectueusement. Triple distinction qui, sur un terrain
difficile, conduira la marche intrépide du voyageur en
danger de s'égarer par l'inadvertance à ce jalonnement.

La bonté toute parfaite παντελὴς ἀγαθότης *qui envahit
tout, ne s'épanche pas seulement sur ces excellentes*

----

[1] N. D., c. IX, § VI. — [2] N. D., c. IX, § VII.

*substances qui l'environnent, mais elle s'étend jus-
qu'aux plus reculées, présente aux unes dans sa plénitude, à d'autres selon moins d'abondance, à d'autres
avec exiguïté, en raison de la faculté de chacun des
êtres à y participer* [1].

Dieu, avons-nous dit, a la bonté de nature, la bonté
de sainteté, la bonté de bienfaisance.

Aucun être n'est mauvais par nature [2].

La vertu assimile à Dieu [3].

*Tous les êtres appètent, aiment et chérissent le beau
et le bon, de sorte que, par lui et pour lui, ils s'attachent, les inférieurs aux supérieurs en sollicitant leur
attention, les égaux aux égaux en se faisant de mutuelles communications, les plus excellents aux moins
nobles en leur servant de providence, et chacun à soi-
même en se conservant* [4].

———◦❦◦◯◦❧◦———

La matière première n'existe point par elle-même
dans la nature des choses, être non pas en acte mais
en puissance, plutôt concréée que créée. A la considérer
donc comme être en puissance, elle n'est pas *interminée
simpliciter*, mais *secundùm quid*, parce que la puissance
ne s'en étend qu'à des formes.

Tout être en acte a une forme, et sa matière est terminée par cette forme. Mais comme la matière à forme
substantielle reste en puissance par rapport à une multitude de formes accidentelles, ce qui est *terminé simpliciter absolument* sera *interminé secundùm quid relati-*

---

[1] N. D., c. IV, § XX. — [2] N. D., c. IV..., *passim.* — [3] H. E.,
c. IV, p. III, § I. — [4] N. D., c. IV, § X.

vement. Ainsi, le bois *terminé* dans sa forme actuelle, comme bois, est *interminé* en puissance, susceptible de prendre, sous la hache ou le ciseau, des formes incalculables.

Si nous parlons de l'*interminé* en tant qu'il s'applique à la forme, les êtres (hommes, par ex.) dont la forme (àme) se rattache à la matière, *quorum formæ sunt in materiâ*, sont *terminés simpliciter* et ne sont *interminés* d'aucune manière. Les formes créées qui n'existent pas dans la matière, mais qui subsistent *per se* (anges, par ex.), se posent bien *interminées,* en ce sens qu'elles ne sont restreintes par aucune matière; mais comme une forme ainsi subsistante a l'être et qu'elle n'est pas son être, nécessairement, son être est reçu par une certaine nature qui le termine.

La grandeur de Dieu est *sans quantité* ἄποσον [1] et *sans nombre* ἀνάριθμον [2]. Qu'on prenne toute grandeur actuelle, par cela même qu'elle est affectée de l'accident de la quantité, elle prête à l'accroissement et à la diminution vers l'*interminablement* grand et l'*interminablement* petit qui n'existent qu'en puissance, à jamais irréalisables. *L'interminé* de nombre n'existe pas plus en acte que *l'interminé* de quantité ; comme la grandeur dont il est l'expression, le nombre s'enfonce dans l'*interminablement* grand par la multiplication et dans l'*interminablement* petit par la division, sans jamais se dégager de la forme qui le conserve, de cet *un* en dehors duquel il ne saurait être ; mais le nombre jouit lui aussi, en puissance, de l'*interminé*.

Etre en tout lieu primitivement et par soi, c'est le propre de Dieu. Le reste, quel qu'il soit, ne sera partout que secondairement et par accident. Plus les êtres agis-

______
[1] N. D., c. ix, § ii. — [2] *Ibid.*

sent sur les êtres, plus ils étendent leur présence ; plus les êtres enveloppent les êtres dans la rapidité du mouvement, plus ils embrassent d'ubiquité ; plus les êtres se simplifient en échappant aux étreintes de la matière, plus ils conquièrent l'espace par l'omnilocation.

Les substances incorporelles, formes subsistantes, sont immuables et invariables dans leur être... *Elles subsistent et possèdent une vie inamissible et inaltérable, totalement affranchies de la corruption, de la mort, de la matière, de la génération, et habitant loin des vicissitudes qui, dans un mouvement de va-et-vient, flottent avec inconstance*[1]. Néanmoins, les substances incorporelles ou immatérielles sont muables à deux titres, d'abord parce qu'elles se trouvent en puissance relativement à la fin τέλος, libres de passer, par leur élection, du bien au mal, etc., puis, au point de vue du lieu, en ce sens que, par leur vertu *terminée*, il leur est donné d'atteindre certains lieux qu'auparavant elles n'atteignaient pas.

Les corps sont muables, premièrement, dans leur être substantiel, parce que leur matière peut être avec la privation de leur forme substantielle ; deuxièmement, dans leur être accidentel, lorsque le sujet souffre la privation de l'accident ; troisièmement, eu égard au lieu.

L'*éternité* ἀΐδιον n'est qu'en Dieu ; l'éternité dérive de l'immutabilité, et Dieu seul tout à fait immuable est tout à fait éternel ; cependant il est des choses qui, de

[1] N. D., c. IV, § I.

même qu'elles participent à son immutabilité, ainsi participent à son éternité.

L'éternité est la mesure de l'être permanent, et plus une chose s'écarte de la permanence de l'être, plus elle s'écarte de l'éternité.

L'être que mesure l'éternité n'est pas soumis à la mutabilité.

L'être que mesure la *perpétuité* αἰών n'est soumis à la mutabilité que par accident. *Le propre de la perpétuité, c'est d'être principale, immuable, et de mesurer totalement l'être* [1]. *A ce qui est incorruptible, immortel, immuable, identique..... la perpétuité* [2].

L'être que mesure le *temps* χρόνος sert de sujet à la mutabilité ou consiste dans la mutabilité même. *Le temps dans la génération, la corruption et les vicissitudes* [3].

⟶⟶⟶✦⟵⟵⟵

Cet un, cause de tout, n'est pas un un multiple, mais antérieur à tout un et à tout multiple, il détermine tout multiple et tout un;

Car il n'y a pas de multiple qui, par quelque endroit, ne soit un :

Ce qui est multiple en parties est un dans sa totalité;

Ce qui est multiple en ses accidents est un dans son sujet;

Ce qui est multiple en nombre ou en puissances est un dans l'espèce;

Ce qui est multiple en espèces est un dans le genre;

Ce qui est multiple en processions est un dans le principe;

[1] N. D., c. x, § III. — [2] *Ibid.* — [3] *Ibid.*

Et pas un être n'existe qui, d'une façon ou d'autre, ne participe au un de celui qui, dans l'unité une sous tous les rapports, anticipe toutes choses, et toutes choses ensemble et malgré leur opposition [1].

2. MOTION.

1. Opération.

C'est d'elle (de la cause supersage et toute sage) que les anges, puissances intelligibles et intelligentes, reçoivent leurs simples et béatifiques intellections.

Ils ne recueillent la gnose divine ni dans le divisible ni du divisible, sens ou raisonnements sériels, pas plus qu'ils ne se posent, sous ce rapport, à des points de vue généraux, mais purs de toute matérialité et de toute multiplicité, ils perçoivent l'intelligible divin intellectuellement, immatériellement, uniformément. Et leur faculté et opération intellectuelle resplendit d'une pureté sans mélange et sans tache, et embrasse d'un coup d'œil les intellections divines dans l'indivision, l'immatérialité, le un déiforme, façonnée, autant que possible, par la divine sagesse, sur le type de l'intelligence et de la raison supersage de la divinité.

C'est d'elle encore que les âmes obtiennent le raisonnement τὸ λογικὸν, *avec lequel, par des détours et des révolutions, elles arrivent de proche en proche jusqu'à la vérité des êtres, et toutefois en ramenant au un le multiple, elles rivalisent, autant que leur nature le permet à des âmes, avec les anges dans leurs intellections.*

[1] N. D., c. XIII, § 11.

Ensuite que la sensibilité soit un écho de la sagesse, on peut l'affirmer sans crainte de se tromper [1].

Restreignons notre étude à la *gnose* de l'âme.

La perfection de l'intelligence est le vrai en tant que connu, perfectio enim intellectus est verum ut cognitum [2]. Dieu est la vérité même : à le connaître gît la béatitude.

Sur la question de savoir si, pendant que l'âme habite le corps, l'homme peut voir l'essence de Dieu, les sentiments se partagent : Denys se déclare pour la négative. *Si l'on prétend que Dieu est apparu lui-même à quelques saints, on saura..... que ce qu'il y a de secret en Dieu, personne ne l'a vu et ne le verra jamais, et que, dans les théophanies à de pieuses créatures, Dieu s'est montré à l'aide de sacrées visions en rapport avec les voyants* [3].

Pour la béatitude parfaite, il faut que l'intelligence atteigne l'essence même de Dieu, qu'elle la voie, non plus dans des espèces ou images, mais en elle-même, objet et moyen de la vision ; néanmoins, dans ce face à face, l'intelligence ne comprend pas Dieu totalement, sa gnose se sublimisant en raison de son union avec lui sans jamais évaluer tous les effets de sa puissance.

Cela posé, avançons.

Les théologiens ont deux doctrines :
L'une inexprimable ἀπόρρητον *et mystique* μυστικὴν ;
L'autre évidente ἐμφανῆ *et plus notoire ;*

------

[1] N. D., c. VII, § II. — [2] S. T., p. I, q. XVI, a. II. — [3] H. E., c. IV, § III.

La première symbolique συμβολικὴν *et télétique* τελετικὴν ;

La seconde philosophique φιλόσοφον *et apodictique* ἀποδικτικὴν.

Mais l'inexprimable τὸ ἄῤῥητον *est impliqué dans l'exprimable* τῷ ῥητῷ *; celui-ci persuade et inculque la vérité en question, et celui-là, par d'inapprenables mystagogies, pousse et attache à Dieu* [1].

⸺⚬⚬⚬⸺

Il faut chercher... comment nous connaissons Dieu, qui n'est ni intelligible, ni sensible ni absolument rien de ce qui existe.

Or, n'est-il pas vrai de dire que, sans connaître Dieu dans sa nature dont la gnose, en effet, surpasse toute raison et toute intelligence, par l'ordonnance de tous les êtres qu'il a extraite de son sein, et où reluisent les images et les similitudes des paradigmes divins, nous nous élevons, autant que possible, ainsi que par une route graduelle, en dehors de tout, au-dessus de tout, en la cause de tout, jusqu'à l'être au delà de tous les êtres [2] *?*

Dieu se célèbre dans tous les êtres en vertu de l'analogie de tous avec lui qui en est la cause [3].

La cause de tout renferme tous les êtres unement ἡνωμένως, *insaisissablement* ἀσχέτως, *éminemment* ἐξηρημένως [4].

Une chose est contenue *éminemment* dans une autre à deux conditions :

La première, c'est que le contenant soit d'une nature plus noble que le contenu ;

[1] Ep. ıx, § ı. — [2] N. D., c. vıı, § ııı. — [3] *Ibid.* — [4] N. D., c. ı, § vıı.

La seconde, c'est que le moins noble existe, d'une certaine façon, dans le plus noble. Cette certaine façon s'offre en quatre cas :

1º Une chose, par elle-même, est contenue dans une autre comme dans sa cause. Une chose en produit une autre, marque que la seconde est contenue dans la première. Ainsi, les rayons sont contenus dans le soleil. Plus la cause est parfaite, plus l'effet est contenu dans la cause avec éminence. Quelle cause parfaite comme Dieu? Tous les êtres donc, avec leur nature, leur forme, leurs raisons individuelles, leurs qualités, leurs modes, seront contenus en lui le plus sublimement, ἐν αὐτῷ πᾶσα ἀρχὴ... ποιητική [1].

2º Une chose est contenue dans une autre par certaines images d'elle-même. Ainsi, tous les objets appréhendés par l'intelligence y sont éminemment contenus ; ils s'y trouvent par leurs espèces ou images, au moyen desquelles l'intelligence devient l'intelligible lui-même. Or, Dieu contient tout à raison des idées, vivantes similitudes par lesquelles et suivant lesquelles il a produit les choses, ἐν αὐτῷ πᾶσα ἀρχὴ παραδειγματική [2].

3º Une chose est contenue dans une autre selon la force d'action ou d'extension, de manière que ce que peut la cause inférieure, la cause supérieure le peut aussi, et avec plus de noblesse. Ainsi, les sens externes sont contenus éminemment dans le sens interne, et le sens interne dans l'intelligence. Dieu cause universelle, contient toutes les causes particulières, ἁπλῶς πᾶσα ἀρχὴ [3].

4º Une chose est contenue dans une autre en vertu de l'ordination et du prix, ou bien sur le pied du bon et de l'appétible. Ainsi, les moyens sont éminemment contenus dans la cause finale ; ils s'ordonnent à la fin, ils ne sont

[1] N. D., c. iv, § x. — [2] *Ibid.* — [3] *Ibid.*

appréciés que par rapport à la fin, et c'est de la fin que dépend leur bonté. Dieu est la cause finale, ἐν αὐτῷ πᾶσα ἀρχὴ... τελικὴ [1] ; il faut tout lui référer ; sinon quel profit tirer du monde, de la vie, etc. ?

Dieu est le principe superprincipal de tout πάντων ἀρχὴ... ὑπεράρχιον [2].

Dieu n'est pas ceci plutôt que cela ; il n'est pas d'une façon plutôt que d'une autre ; mais il est tout comme auteur de tout [3].

Dieu renferme à l'avance en lui-même de même jusqu'aux contraires, en tant que une et unique cause de toute mêmeté superéminente [4].

Toutes les choses en Dieu sont au fond une seule et même chose *unum et idem* [5] ; rien d'accidentel, tout substantiel ; elles diffèrent non par la définition, mais spéculativement. *Les théologiens n'osent pas louer Dieu d'après ce qui est de Dieu même* ἐκ μὲν τῶν αὐτοῦ τοῦ θεοῦ, *c'est-à-dire, d'après sa substance* οὐσίας, *car c'est agnoste; mais ils le célèbrent d'après sa procession* ad extra, ἐκ τῆς εἰς τὰ ἔξω προόδου, *providence, d'après le causé* αἰτιατὰ, *c'est-à-dire, d'après ce qui existe par lui cause* [6].

Les théologiens empruntent les noms divins aux providences générales ou particulières, et aux objets de ces providences [7].

Les théologiens... louent de par tout le causé cette cause de tout qu'ils proclament tout à tour bonne, belle, sage, chérissable..... soleil, étoile, rocher, tous les êtres [8].

Les noms divins sont imposés d'après les processions de la divinité.... mais ils ne sont pas imposés pour signifier les processions elles-mêmes, de façon que lors-

[1] N. D., c. IV, § X. — [2] *Ibid.* — [3] N. D., c. V, § VIII. — [4] N. D., c. IX, § IV. — [5] S. T., Op. LX, c. III. — [6] S. Max., *N. D.*, c. I, § V. — [7] N. D., c. I, § VIII. — [8] N. D., c. I, § VI.

qu'on dit « *Dieu est vivant,* » *le sens soit* « *De Dieu procède la vie ;* » *mais cette expression marque le principe même des choses, en tant que la vie préexiste en lui, d'une manière beaucoup plus éminente qu'on ne peut le concevoir ou le dire* [1].

On doit conférer τιθέναι *à Dieu, en affirmer* καταφάσκειν *toutes les compositions* θέσεις *des êtres, puis que de tous il est la cause* [2].

Pour les compositions, débutant par les supérieures, nous descendons à travers les moyennes jusqu'aux inférieures [3].

C'est qu'il fallait, pour composer celui qui est au-dessus de toute composition, commencer à composer, affirmation base des compositions, par ce qui a le plus d'affinité avec lui... N'est-ce pas qu'il est vie et bonté plus qu'air et pierre [4].

Le traité *Des Noms divins* touche les processions intelligibles.

C. IV. *Bon, beau.*
C. V. *Être.*
C. VI. *Vie.*
C. VII. *Sagesse, intelligence, raison, vérité, foi.*
C. VIII. *Puissance, justice, salut, rédemption, inégalité.*
C. IX. *Grand, petit, même, autre, semblable, dissemblable, station, mouvement, égalité.*
C. X. *Pantocrate, ancien des jours.*
C. XI. *Paix.*
C. XII. *Saint des saints, Roi des rois, Seigneur des seigneurs, Dieu des dieux.*
C. XIII. *Parfait et un.*

---

[1] S. T., p. I, q. XIII, a. II. — [2] T. M., c. I, § II. — [3] T. M., c. II. — [4] T. M., c. III.

Après que Denys, du c. IV au c. XI, a exposé les noms
divins qui dénotent l'émanation des perfections de Dieu
sur les créatures, il explique, c. XII, les noms divins
affectés au gouvernement de ces créatures :

1° *Divinité* θεότης : Divine connaissance ;

2° *Domination* κυριότης : Pouvoir d'exécuter la divine
connaissance ;

3° *Royauté* βασιλεία : Exécution de la divine connaissance ;

4° *Sainteté* ἁγιότης : Résultat de l'exécution de la divine connaissance.

L'Aréopagite a-t-il composé un traité *Des Noms divins*
concernant les processions sensibles? S'il ne l'a pas fait,
il aurait pu le faire; aucun indice à ce sujet. La *Théologie symbolique*, prenons-y garde, ne comble pas ce
vide; si, par le matériel, elle découvre le spirituel, par
le sensible, l'intelligible, par les créatures, le créateur,
ce n'est pas en nous élevant du *causé* à la *cause*,
mais grâce à des rapprochements métaphoriques qu'elle
effectue son initiation.

⸺⸻◦❦◦⸻⸺

On parvient à la gnose d'une chose, non-seulement
par *affirmation* κατάφασις ou *composition* θέσις, comme
nous sortons de le voir, mais encore par négation ἀπόφασις
ou *division* ἀφαίρεσις, procédé à examiner d'arrache-pied.

De même que le propre de l'homme est d'être un
animal raisonnable, de même le propre de l'homme est
de n'être ni inanimé ni irraisonnable. La méthode par
affirmation apprend ce qu'est une chose (*animal*) et
comment elle se sépare des autres (*raisonnable*), tandis
que la méthode par négation apprend, non ce qu'est

une chose, mais seulement comment elle se sépare des autres.

S'il est besoin de recourir à la méthode par négation, c'est surtout en étudiant la substance divine. Car la substance divine excède, par son immensité, toutes les données à la portée de notre intelligence. *Nulle conception ne conçoit cet un inconcevable..... Comme l'intelligible ne peut être vu et saisi par le sensible, ni le simple et l'atypique, par le multiple et le typique, etc., ainsi..... reste supérieure à toutes les substances l'infinité supersubstantielle, et à toutes les intelligences, l'unité superintelligible* [1].

Si, pour cette raison, nous ne pouvons saisir la substance divine en découvrant ce qu'elle est, nous en avons quelque notion à voir ce qu'elle n'est pas, et plus notre intelligence aura droit de lui refuser, nier, plus nous serons près de la connaître; car la gnose que nous avons de chaque être est d'autant parfaite, que nous apercevons mieux ses différences vis-à-vis des autres, puisque chacun d'eux a en lui-même son être propre distinct de tout autre. C'est pour cela qu'en traitant des choses dont nous possédons les définitions, nous les rangeons d'abord dans un genre, par où nous savons en commun τὸ τί ou *quid est;* puis nous ajoutons les différences qui les distinguent entre elles, arrivant ainsi à la gnose complète de la substance de chaque chose.

Mais attendu que, dans l'étude de la substance divine, on n'est pas admis à l'arrêter à un τί comme genre, *n'étant comme rien de ce qui est* [2], et qu'on ne peut pas trouver ce qui la distingue des autres êtres au moyen de différences affirmatives, il faut atteindre ce but, la distinction, par des différences négatives.

---

[1] N. D., c. 1, § 1. — [2] *Ibid.*

De même aussi que pour les différences affirmatives, l'une restreint l'autre, et conduit à une désignation plus parfaite de la chose, à mesure qu'elle la montre comme différant d'un plus grand nombre d'autres; ainsi, une différence négative est restreinte par une autre qui différencie la chose d'un plus grand nombre d'autres. En disant, par exemple, que Dieu *n'est pas un corps* οὐδὲ σῶμά ἐστι [1], nous le distinguons de tous les corps; si nous ajoutons qu'*il n'est pas une âme* οὔτε ψυχή ἐστι [2], nous le séparons de toutes les âmes; et, en continuant ainsi, il sera isolé, par de semblables négations, de tout ce qui existe en dehors de lui. Alors on considérera proprement sa substance, terme de la gnose jusque-là, par négation comme par affirmation, diversement imparfaite.

Voir pour exemples de négations, relativement à Dieu, les chapitres IV et V de la *Théologie mystique*, où Denys retranche tout de Dieu, cause de tout, depuis l'insubstantialité οὔτε ἀνούσιός ἐστι [3] jusqu'à la vérité οὔτε ἀλήθεια [4].

Dieu n'est rien de ce qui est, mais quelque chose de plus éminent, au-dessus de toute raison concevable à une intelligence créée. A toutes ces choses niées de Dieu, en tant qu'elles sont concevables à une intelligence créée, correspondent des concepts objectifs limités au point de vue de l'être, limités, dis-je, non pas du côté de la chose conçue, mais du côté du mode de la conception. Partant, conçue telle ou telle, la chose, formellement, ne renferme pas d'autres perfections. Ainsi, l'idée de substance, dans la conception de la créature, ne renferme pas l'idée·de sagesse ou d'autres perfections, ni réciproquement; à chaque chose son concept limité. Or, Dieu est la raison illimitée; donc, formelle-

---

[1] T. M., c. IV. — [2] T. M., c. V. — [3] T. M., c. IV. — [4] T. M., c. V.

ment ou éminemment, il renferme toute perfection concevable [1]. *Dieu est appelé raison* λόγος..... *parce qu'il renferme uniformément en lui-même les causes de tous les êtres... que la raison divine se simplifie au delà de toute simplicité... et qu'elle s'affranchit supersubstantiellement de tout au-dessus de tout* [2].

Comment Denys s'y prend-il pour exprimer l'élévation de Dieu au-dessus de toute chose compréhensible à l'intelligence créée? Au nom qui désigne l'objet de notre conception, il prépose ὑπερ :

Supersubstantialité ὑπερουσιότης [3] ;
Superbonté ὑπεραγαθότης [4] ;
Supersage ὑπερσοφος [5] ;
Superparfait ὑπερτελὴς [6], etc.

Supersubstantialité, c'est-à-dire, *substantialité* plus éminente que toute *substantialité* concevable par une intelligence créée. *Superbonté*, c'est-à-dire, *bonté* plus éminente que toute *bonté* concevable par une intelligence créée. Ainsi de suite, *mutatis mutandis*, de tous les termes avec le préfixe ὑπερ. Ces noms équivalent à de véritables négations, à la négation de la substantialité, à la négation de la bonté, etc., telles que nous les concevons.

Pour les divisions..... des inférieures remontant aux supérieures, nous retranchons tout, afin de connaître sans voile cette agnosie, dissimulée par tout ce que nous connaissons des divers êtres, et de voir cette supersubstantielle obscurité, dérobée par tout ce que nous offrent de lumineux les divers êtres [7].

[1] *V.* Lessius, *De perfectionibus moribusque divinis,* l. i, c. iii.
[2] N. D., c. vii, § iv. — [3] N. D., c. i, § v. — [4] *Ibid.* — [5] N. D.. c. vii, § i. — [6] N. D., c. ii, § x. — [7] T. M., c. ii.

N'est-ce pas qu'il ne se livre à la crapule ni il ne conçoit du ressentiment plus que ni il n'est parlé ni il n'est intellectionné [1]?

Cette seconde manière (méthode par négation) lui convient davantage, car, à en croire la mystique et hiératique tradition, nous disons avec vérité qu'elle n'est comme rien de ce qui est, mais nous ignorons sa supersubstantielle, intelligible et inexprimable illimitation [2].

Denys appelle Dieu πάντων θέσις [3], *thèse, composition, collation de tout*, parce qu'il pose (τίθημι *je pose*) tout éminemment, en tant qu'il le contient, — et ἀφαίρεσις *ablation, division de tout*, parce qu'il enlève (ἀφαιρέω *j'enlève*) tout formellement, en ce sens que la *raison* [4] λόγος propre suivant laquelle est Dieu, exclut de lui-même toute raison formelle concevable par une intelligence créée.

Les affirmations et les négations ne sont pas *contradictoires* ἀντικειμένας [5].

Les négations offrent une idée plus sublime que les affirmations [6].

Les négations ne sont pas impies ni les affirmations panthéistiques.

— ⚬ᴼᵒᴼ⚬ —

Que sont-ce que les symboles σύμβολα? τῶν θείων ὄντα χαρακτήρων ἔκγονα, καὶ εἰκόνας ἐμφανεῖς τῶν ἀπορρήτων καὶ ὑπερφυῶν θεαμάτων [7] *l'empreinte des divins caractères et les images manifestes des ineffables et supernaturels spectacles.*

[1] T. M., c. III. — [2] H. C., c. II, § III. — [3] N. D., c. II, § IV. — [4] *Ibid.* — [5] T. M., c. I, § II. — [6] H. C., c. II, § III. — [7] Ep. IX, § II.

Ce que la hiérarchie renferme de sensible est le signe de l'intelligible auquel il achemine en manuducteur, et l'intelligible est le principe de tout ce que la hiérarchie renferme de sensible dont il constitue la science [1].

Les symboles reposent *sur les causes et les puissances* κατ' ἄλλας καὶ ἄλλας αἰτίας τε καὶ δυνάμεις [2]. La cause se révèle par la puissance, et la puissance, par l'effet insaisissable ou saisissable; on remontera donc de l'effet saisissable ou *symbole* à l'effet insaisissable ou *raison* du symbole, de l'effet insaisissable à la puissance, de la puissance à la cause.

Le monde est la théophanie universelle ou l'apparition générale de Dieu. Ne regardons plus le monde comme le *causé*, mais comme un *symbole*, au *propre*, mais au *figuré*, vaste métaphore où sous le sensible notre esprit perçoit l'intelligible, et sous l'intelligible, le divin.

Les Écritures affectionnent l'enseignement métaphorique. *Tout ce que pour représenter Dieu on a osé employer de fictions sacrées, qui sous le manifeste accusent l'occulte, sous le multiple et le divisible, le un et l'indivisible, sous le typique et le polymorphe, l'atypique et l'amorphe* [3].

La nature est le symbole de la Loi; la Loi, le symbole de la Grâce; la Grâce, le symbole de la Gloire : transition ascendante du multiple au simple, vrai progrès où l'âme se déprend de la créature pour se transformer dans le créateur [4].

---

[1] H. E., c. ii, p. iii, § ii. — [2] N. D., c. i, § viii. — [3] Ep. ix, § i. — [4] « Ad cuncta vero pertinet, id quod totius rei nostræ caput est, ut quilibet demum de christianis symbolis sermo fiat, semper ab ordine naturali ad sublimiorem ascendatur : adeo quamdiu intra humani ordinis fines constiteris, non habueris nisi metaphoram, etc. » (Dom Pitra, *De Re symbolicá.*)

Des plasmes il faut remonter à la simplicité[1].

Nous nous élevons par les symboles à l'uniforme déification[2].

Les symboles ont l'efficace instructive et l'efficace curative.

Toutes les choses visibles du monde créé reflètent les choses invisibles de Dieu, au dire de Paul et de la véritable raison.

C'est pourquoi encore les théologiens considèrent les choses,

Ici, politiquement πολιτικῶς *et légalement* ἐννόμως;

Là, purement καθαρτικῶς *et inviolablement* ἀχράντως;

Ici, humainement ἀνθρωπικῶς *et médiatement* μέσως;

Là, supermondainement ὑπερκοσμίως *et parfaitement* τελεσιουργικῶς;

Ici, de par des ordonnances manifestes ἀπὸ τῶν νόμων τῶν φαινομένων;

Là, de par des ordonnances immanifestes ἀπὸ τῶν ἀφανῶν θεσμῶν[3].

Génération, providence, dons, manifestations, puissances, propriétés, repos, demeures, processions, distinctions, unions, etc., tout en Dieu se symbolise, tantôt sous des objets physiques, tantôt sous des objets moraux[4].

Le symbolisme emploie des *images semblables* ὁμοίων εἰκόνων et des *images dissemblables* ἀνομοίων εἰκόνων[5].

La similitude (*image*) semblable se rapproche plus de Dieu, ex. : *lumière*[6].

La similitude dissemblable, *copies qui s'écartent des originaux*[7], s'éloigne davantage de Dieu, ex. : *ver*[8].

---

[1] H. C., c. I, § I. — [2] H. E., c. I, § II. — [3] Ep. IX, § II. — [4] Ep. IX, § I. — [5] H. C., c. II, § III. — [6] *Ibid.* — [7] H. C., c. II, § V. — [8] *Ibid.*

A l'affirmation répond la similitude semblable, et à la négation, la similitude dissemblable.

De même que la négation élève plus l'intelligence que l'affirmation, ainsi la similitude dissemblable l'élève plus que la similitude semblable.

Il convenait... que la vie humaine où subsistent ensemble l'impartible et le partible s'illuminât des diverses gnoses conformément à sa nature; de façon qu'à l'impartible de l'âme fussent assignés les simples et intimes spectacles des emblèmes déiformes, et que son passible, comme de juste, se guérît tout à la fois et tendît au divin par des symboles qui le représentent sous l'emblème d'ingénieuses fictions : sorte de déguisement en harmonie avec notre être, à témoin tous ceux qui, pour ouïr parler de Dieu à découvert et sans détour, se forgent néanmoins certaines images pour arriver à l'intellection de cette susdite théologie [1].

Il convenait que le Saint des saints échappât à la prise de la multitude [2].

La doctrine sacrée emprunte aux créatures de l'ordre inférieur plutôt qu'aux plus éminentes, les images sous lesquelles est transmis le divin, et cela pour trois raisons principales :

1° L'esprit humain est moins exposé à l'erreur, l'intelligence se tenant en garde contre ces dissimilitudes dont l'absurdité l'excite à en scruter le sens [3].

2° Ce mode d'expression s'adapte mieux à la gnose que nous avons de Dieu dans cette vie; ce qu'il n'est pas nous est plus manifeste que ce qu'il est : si bien que les similitudes prises des choses qui divergent plus de lui, nous en donnent une idée plus vraie, savoir qu'il

____

[1] Ep. ix, § 1; V. H. C., c. ii, § ii. — [2] *Ibid.* — [3] H. C., c. ii, § iii.

est au-dessus de tout ce que nous pouvons dire et penser [1].

3° Le divin est ainsi mieux caché aux indignes [2].

Notre cadre nous interdit une plus vaste analyse; sur un sujet qu'il serait doux d'agiter au long et au large dans un siècle où le goût en reverdit, nous ne saurions nous taire, sans renvoyer l'amateur des symboles au *De Re symbolicâ* de Dom Pitra, en véritable enfant de Solesmes, admirateur de Denys, à la *Théologie symbolique* duquel connive son ouvrage.

Saint Paul a défini la foi....... ἐλπιζομένων ὑπόστασις πραγμάτων, ἔλεγχος οὐ βλεπομένων [3], *l'hypostase des choses espérées, l'argument des choses qu'on ne voit pas.*

Argument, la foi πίστις se distingue de l'opinion δόξα, qui n'enclôt pas la ferme adhésion de l'intelligence à la vérité; *qu'on ne voit pas*, elle se différencie de la science ἐπιστήμη, qui rend apparent son objet.

Hypostase, la foi forme le soutien, le support des *choses espérées*, discernée de la foi en général, qui ne se réfère pas à la béatitude que nous espérons.

L'être de Dieu et les autres objets de ce genre, connus par la raison naturelle, ne sont pas des articles de foi, mais des préambules aux articles de foi; car la foi présuppose la gnose naturelle, de même que la grâce la nature, et la perfection le perfectible. Cependant rien n'empêche que ce qui est en soi du ressort de la démonstration ἀπόδειξις et de la science ne soit admis sur le pied de la foi par quiconque ne mord pas à la science

[1] H. C., c. II. § III. — [2] H. C., c. II, § V. — [3] Heb., XI, 4.

et à la démonstration; mais là n'est pas notre affaire.

Dieu est proclamé raison λόγος... *Cette raison même est la vérité simple et substantiellement existante, vérité qui, pure et infaillible gnose de tout, constitue l'objet de la foi divine, cette inébranlable base des fidèles qu'elle fixe dans la vérité en même temps qu'en eux la vérité, invincible identification de la vérité divine et des fidèles, par la gnose qu'ils en possèdent à l'état de simplicité* ἁπλῆν τῆς ἀληθείας γνῶσιν.

Car si la gnose unit le connu et le connaissant, et si l'ignorance est pour l'ignorant une source d'incessante versatilité et d'incohérence personnelle, le fidèle à la vérité... rien ne l'ébranlera dans le foyer de la foi véritable, où il conservera la fixité d'une immuable et invariable identité [1].

La foi tient le milieu entre la science et l'opinion. Or, le milieu et les extrêmes sont du même genre. Si donc la science et l'opinion ont des propositions pour objet, de même l'objet de la foi, constitué par des propositions, est quelque chose de *complexe*.

Le connu est dans le connaissant selon le mode du connaissant. Or, tel est le mode propre à l'intelligence humaine : elle ne connaît la vérité que par *composition* θέσις et *division* ἀφαίρεσις, par *affirmation* κατάφασις et *négation* ἀπόφασις; et voilà pourquoi ce qui est simple en soi, l'intelligence humaine ne le connaît que dans une condition de complexité, tandis que l'intelligence divine, au contraire, connaît d'une manière incomplexe ce qui est complexe en soi.

Ainsi donc deux façons d'envisager l'objet de la foi : 1º par rapport à la chose crue elle-même, et, sous ce rapport, l'objet de la foi est quelque chose d'incom-

---

[1] N. D., c. VII, § IV.

plexe, comme la chose elle-même sur laquelle porte la foi; 2° par rapport au croyant ou fidèle, et, sous ce rapport, l'objet de la foi est quelque chose de complexe susceptible d'être énoncé dans une proposition.

C'est donc avec raison que les auteurs, sur cette question, professent deux sentiments opposés, vrais l'un et l'autre dans un certain sens.

L'acte du croyant ne se termine pas à la proposition qu'il énonce, il atteint la vérité exprimée par cette proposition; car nous ne formons des propositions que pour arriver par elles à la gnose des choses; et cela s'applique à la foi aussi bien qu'à la science.

La foi perçoit les choses invisibles de Dieu en plus grand nombre que la raison naturelle s'élevant des créatures à Dieu.

La superéminente cause de tout..... est au-dessus de toute composition ὑπὲρ πᾶσαν... θέσιν *et de toute division* ὑπὲρ πᾶσαν ἀφαίρεσιν [1].

Par les affirmations ou les négations à l'aide desquelles notre intelligence se rend compte de Dieu, au fur et à mesure que grandit sa gnose en se simplifiant, les énonciations se réduisant de plus en plus, n'est-il pas rigoureux en herménie que *la cause de tout* devienne πολύλογός [2] ou βραχύλεκτος [3] ? *Au terme de son ascension..... dans sa complète union avec l'ineffable* [4], l'homme sera *aphone* [5], ἄλογος [6] sera *la cause de tout.*

⸻ ⁕ ⸻

---

[1] T. M., c. ɪ, § ɪɪ. — [2] T. M., c. ɪ, § ɪɪɪ. — [3] *Ibid.* — [4] T. M., c. ɪɪɪ. — [5] *Ibid.* — [6] T. M., c. ɪ, § ɪɪɪ.

Il y a vis-à-vis de Dieu une très-divine gnose qui s'obtient par agnosie, au moyen d'une union supérieure à l'intelligence, lorsque l'intelligence, détachée de tous les êtres et en sus dépouillée d'elle-même, s'unit aux clartés supersplendides, en elles et par elles s'illuminant de l'inscrutable abîme de la sagesse [1].

Pour toi, cher Timothée, exerce-toi sans relâche aux spectacles mystiques, laissant de côté les sens et les opérations intellectuelles, tout sensible et intelligible, tout non-être et être, et par l'agnosie élève-toi, autant que possible, à l'union avec celui qui est au-dessus de toute substance et de toute gnose [2].

Hauteur où les simples, absolus et immuables mystères de la théologie se découvrent au sein de la super-lumineuse obscurité κατὰ τὸν ὑπέρφωτον... γνόφον [3].

Pour lui (Dieu), superétabli par delà l'intelligence et par delà la substance, c'est parce qu'absolument il n'est pas connu et n'est pas, qu'il est supersubstantiellement et est connu superintellectuellement.

Et cette agnosie, aussi parfaite que possible, est la gnose de celui qui est au-dessus de tous les objets connaissables [4].

L'agnosie n'est pas un défaut, mais un excès de connaissance [5].

La gnose, de bas en haut, traverse ces degrés-ci :

I. Par l'*imagination seule* φαντασία, nous considérons le sensible.

II. Par l'*imagination* avec la *raison* λόγος, nous examinons l'ordre du sensible.

III. Par la *raison* avec l'*imagination*, nous nous élevons du sensible à l'intelligible.

IV. Par la *raison seule*, nous scrutons l'intelligible.

[1] N. D., c. VII, § III. — [2] T. M., c. I, § I. — [3] *Ibid.* — [4] Ep. I. — [5] *Ibid., passim.*

V. Par delà la *raison*, mais non en dehors de la *raison*, nous obtenons de la révélation divine la gnose de ce qui, sans lui répugner, défie néanmoins son essor.

VI. Par delà la *raison*, et en dehors de la *raison*, nous obtenons de la révélation divine la gnose de ce qui lui répugne en apparence [1].

Faisons table rase de tout le sensible et de tout l'intelligible envahissant les sens et l'intelligence à partir du premier jusqu'au cinquième degré, inclusivement, de cette ascension vers la vérité même; autour de l'âme dont les puissances d'ailleurs suspendent leur exercice, s'épaissit *l'obscurité* γνόφον [2], *una noche escura* [3]; une sorte de *cécité* ou d'*ablepsie* ἀϬλεψίας [4] la frappe; elle *s'aveugle*; d'active qu'elle était dans la gnose μαθὼν [5], elle y devient passive παθὼν [6]. Trève au mode d'opérer naturellement, le mode d'opérer supernaturellement s'inaugure, ce qui ne signifie pas que, dans la pratique, les deux modes n'alternent ou ne se combinent.

La privation où l'âme se constitue en s'évacuant de tout, sensible et intelligible, sens et intelligence, n'est ni du mode d'opérer naturellement ni du mode d'opérer supernaturellement, passage accidentel, sur un obscur abîme, du bord où les choses s'aperçoivent selon les raisons humaines au bord où elles se contemplent selon les raisons divines, préliminaire à l'*union* ἔνωσις mystique.

Denys dit d'Hiérothée.... *non-seulement saisissant* οὐ μόνον μαθὼν, *mais encore pâtissant* ἀλλὰ καὶ παθὼν *le divin* τὰ θεῖα, *consommé (perfectionné, fini)* ἀποτελεσθεὶς *par un rapport de passion (une sympathie)* συμπαθείας *avec ce divin à l'union* ἔνωσιν *à l'égard de ce divin* [7].

[1] *V.* Richard de Saint-Victor, *De contempl.*, l. i, c. vi. — [2] T. M., c. i, § i. — [3] S. Jean de la Croix, *Montée du Mont-Carmel*, Argument. — [4] T. M., c. ii. — [5] N. D., c. ii, § ix. — [6] *Ibid.* — [7] *Ibid.*

L'intelligence divine, pour les connaître, n'étudie pas les êtres par les êtres, mais c'est d'elle-même et en elle-même qu'en sa qualité de cause, elle possède au préalable et rassemble par anticipation..... la gnose de tout, au lieu de considérer chaque chose dans son idée, percevant et concevant tout sous son étreinte une de cause..... la divine sagesse en se connaissant connaît tout [1].

Dieu compénètre l'âme, par une récollection ascétique, prédisposée à cette infusion du *un*. Le feu sèche, noircit, embrase le bois ; Dieu dégage, obscurcit, illumine l'âme ; de là, perfection, ou transformation du perfectionné dans le perfectionnant, πρὸς ἑαυτὸ τῶν τελουμένων ἐναρμονίως ἀπαραλλάκτον μόρφωσιν [2]. Dès lors, il y a *vision du principe visio principii* [3] : l'âme appréhende tout, non plus selon les raisons humaines, par la science ou l'intelligence, mais selon les raisons divines, par la sagesse, Τρίας... ἔφορε θεοσοφίας [4].

La sagesse σοφία a sa cause, l'*amour* ἔρως, *force unitive et concrétive* [5], dans la volonté, mais elle a son essence dans l'intelligence, et de même que l'amour ou la charité, elle présuppose la foi.

L'âme, ornée de ce don de la sagesse, *voit toujours Dieu dans elle-même ; elle connaît qu'il agit toujours de même, qu'il meut, qu'il gouverne, qu'il donne aux créatures leur essence, leur vertu, leur puissance, leur beauté, tout ce qu'elles ont ; qu'il les contient en lui-même intellectuellement et d'une façon infiniment éminente. Elle a aussi quelque connaissance de ce qu'est Dieu en soi-même, de ce qu'il est dans les choses créées..... Il est difficile d'expliquer nettement comment... s'effec-*

---

[1] N. D., c. VII, § II. — [2] H. C., c. III, § I. — [3] S. T., II . II, p. II, q. XLV, a. III. — [4] T. M., c. I, § I. — [5] N. D., c. IV, § XV.

tue cette vision qu'elle a de Dieu et des créatures. Pour moi, je crois, autant que je puis le concevoir, que Dieu tire quelques-uns des rideaux qui sont entre l'âme et lui, afin qu'elle puisse le voir. Il ne les ôte pas tous, car il laisse toujours le voile de la foi. Et alors Dieu se montre au travers..... mais de loin et avec obscurité [1]. Gnose imparfaite qui deviendra parfaite, lorsque l'homme connaîtra Dieu comme Dieu connaît l'homme [2].

Il nous retombe en mémoire un article publié par la *Revue des Sciences ecclésiastiques*, où, parmi d'excellents aperçus sur l'ascétique et la mystique [2], s'est glissée la plus étrange appréciation de la mystique, comme l'entend ou plutôt ne l'entend pas l'Aréopagite. Citons :

Le terme de mystique ou de théologie mystique est souvent employé dans des acceptions diverses. Selon les anciens docteurs, la théologie est appelée mystique ou symbolique quand elle explique les vérités de la foi par des allégories, les choses divines par des termes figurés; les expressions alors doivent être prises, non d'après le sens littéral, mais d'après un sens caché ou mystique. Il s'agit d'entrer, au moyen d'analogies, de métaphores « ou par une sainte ignorance dans l'éclat mystérieux » de la divine obscurité (S. Dion. Areop., *de Mystica theol.*, c. i); *on » l'oppose alors à la théologie démonstrative. Mais la mystique, telle qu'on l'entend aujourd'hui, se prend dans un sens assez différent, c'est-à-dire pour cette discipline qui se préoccupe de la perfection chrétienne dans ses formes les plus sublimes, les plus rares, les plus extraordinaires* [3].

Au vu de notre légère esquisse de la doctrine dionysienne, que serait-ce si l'on en étudiait le vivant tableau ?

[1] S. Jean de la Croix, *Vive flamme de l'amour*, iii Cantique. — [2] I. Cor., XIII, 8-12. — [3] *Revue des Sciences eccl.*, t. vi, p. 68-69.

peu d'arbitres, et pour cause, se rangeront à l'avis du signataire de cet article. La mystique moderne n'a pas franchi le cercle de la *gnose par agnosie*; Gorres, au bout de son œuvre, aurait enfanté dix volumes, que Gorres ne serait tout au plus qu'un Denys en détrempe. La plume a fourché à M. l'abbé Grandclaude : l'Aréopagite distingue la *Théologie symbolique* et la *Théologie mystique*; pourquoi les confondre, à moins que par une de ces méprises dont le talent, au service de la vertu, aime à revenir?

Toute espèce de vie..... intellectuelle, raisonnable, sensible, nutritive, augmentative ou autre enfin, tout principe de vie, toute substance de vie, vit et vivifie de par elle (vie éternelle) au-dessus de toute vie, et préexiste en elle comme dans sa cause sous l'idée du un[1]:

Ainsi, c'est d'elle et par elle qu'est et subsiste chez les anges impérissables la vie et l'immortalité avec l'indéfectibilité du supernaturel mouvement propre à ces messagers.

C'est d'elle encore que les âmes reçoivent l'incorruptibilité, et que tous les animaux et les plantes, comme par un dernier écho de la vie, tirent le vivre[2].

Tous les êtres appètent, aiment et chérissent le beau et le bon...., et c'est dans leur passion du beau et du bon que tous font et veulent tout ce qu'ils veulent et

[1] N. D., c. VI, § III. — [2] N. D., c. VII, § III.

font[1] ..... *dans la perspective du bon au moins apparent*[2].

Au bon tout aspire, ce qui est intelligent et raisonnable par la gnose, ce qui a des sens par la sensibilité, ce qui ne jouit pas de la sensibilité par un mouvement végétatif, élan vers la vie, ce qui ne possède que l'existence sans la vie par son aptitude à participer simplement à l'être[3].

Le bon appelé lumière intelligible illustre toute intelligence supermondaine, circamondaine et mondaine... La lumière intelligible rapproche et unit les êtres qu'elle éclaire, les tourne vers l'être essentiel, les délivre de leurs multiples opinions, ramène leurs diverses vues, ou, pour mieux dire, leurs imaginations à une gnose unique, vraie, pure et simple, et les inonde d'une splendeur une et unificatrice[4].

Si les intelligences, en vertu de leur liberté d'élection, repoussant la lumière intelligible, ferment, par amour du mal, à la lumière chargée de les éclairer, les puissances dont la nature les avait enrichies, elles se dérobent à la présence de la lumière qui, néanmoins, ne les abandonne pas, brillant sur elles, lorsqu'elles émoussent leur regard, et lorsqu'elles la fuient, s'élançant à leur rencontre avec bienveillance[5].

Par l'amour, du quel que nous parlions, divin, angélique, intellectuel, animal, physique, entendons une force unitive et concrétive, qui meut les supérieurs à des

---

[1] N. D., c. IV, § X. — [2] N. D., c. IV, § XIX. — [3] N. D., c. IV, § IV. — [4] N. D., c. IV, § VI. — [5] H. E., c. II, p. III, § III.

soins providentiels à l'égard des inférieurs, les égaux à de réciproques communications, et les subalternes à la gravitation vers les chefs au-dessus d'eux[1].

Rassemblant donc ces vertus dans le un, disons que une est la vertu simple qui se meut de par l'univers, du bon jusqu'au dernier des êtres et du dernier des êtres jusqu'au bon, parmi tous circulant d'elle-même, par elle-même, en elle-même, révolution toujours identique[2].

Incompréhensible est à la foule l'uniformité de l'amour divin et un[3].

L'amour est le premier acte de la volonté, et c'est pour ce motif que tous les actes de la volonté en dépendent comme de leur racine.

Denys enseigne à Timothée à se perfectionner par l'amour divin ἔρωτι θείῳ... ἀποτελεσθεὶς[4].

II. Coopération.

L'être en acte, seul, donne l'être. Si rien est, c'est parce que Dieu est, être des êtres, τὸ εἶναι τοῖς ὁπωσοῦν οὖσι[5].

Dieu, cause première, s'est associé des causes secondes. Avait-il besoin de leur concours dans la production de certains effets? Non; sa vertu règne sur l'illimité. La causalité met le sceau à la perfection d'un être; exister et agir en soi et sur soi, brillante ébauche de la similitude divine, que la bonté suprême complètera, en conférant à l'être la faculté d'opérer vis-à-vis d'autres êtres, soit substantiels, soit accidentels.

[1] N. D., c. IV, § XV. — [2] N. D., c. IV. § XVII. — [3] N. D., c. IV, § XII. — [4] H. E., c. VII. p. III, § X. — [5] N. D., c. V, § IV.

Gardons-nous d'attribuer le même effet à la cause naturelle et à la cause divine, comme s'il avait lieu partie par l'agent divin et partie par l'agent naturel ; l'un et l'autre le réalisent tout entier, chacun suivant son mode spécial d'opération.

Denys nomme Dieu *guide de l'opération* ἐνεργείας καθηγεμόνα [1].

Par elle (bonté divine) sont... les opérations ἐνέργειαι [2].

Les êtres intelligents et raisonnables exercent, avec le plus d'éclat, cette fonction de *coopérateurs* de Dieu συνεργὸν [2].

Dieu meut l'ange et l'homme par l'intelligence et la volonté ; la créature ne les meut que par l'intelligence.

Tout agent ne sortit son effet que sous l'influence de la vertu divine ; partant, est-ce sur Dieu que pèse la responsabilité du mal ?

Le mal, ou le défaut dans les êtres régis par la providence, résulte de la condition des causes secondes sujettes au défaut. Il est donc clair que les actions mauvaises, en tant qu'entachées de défaut, ne proviennent pas de Dieu, mais des causes secondes en défaut ; considérées, au contraire, quant à l'entité, évidemment, c'est à lui que ces actions remontent. Ceci soit dit en passant ; on sentira mieux la justesse de l'assertion à la théorie du *mal*.

La *coopération* se stéréotype dans la *hiérarchie*.

Une *hiérarchie* ἱεραρχία est une *principauté* ἀρχή *sacrée* ἱερά.

---

[1] H. C., c. III, § II. — [2] N. D., c. IV, § I. — [3] H. C., c. III. § II.

La *principauté* comprend le prince lui-même et la multitude ordonnée sous le prince.

Dieu étant unique prince des anges, des hommes, de toutes les créatures, tous les êtres à même, par leur intelligence ou leur raison, de participer au *sacré* ne forment qu'une hiérarchie. *Il y a deux cités ou sociétés, l'une des anges et des hommes bons, l'autre des mauvais* [1].

Mais à considérer la principauté du côté de la multitude ordonnée sous le prince, la principauté est une dans le cas où elle se prête, d'une seule et même manière, au gouvernement du prince. Les êtres qui ne marchent qu'à modes variés sous la conduite d'u prince, appartiennent à des principautés diverses. Ainsi, sous un chef unique, s'élèvent différentes villes réglées par des lois et des ministres différents.

L'ordre d'un gouvernement, l'ordre d'une multitude existant sous une principauté, s'envisage relativement à la *fin* τέλος.

La fin de la créature est naturelle ou surnaturelle ; il a plu à Dieu d'assigner aux êtres intelligents et raisonnables une fin surnaturelle, sa gnose même par la vision intuitive ; la providence harmonise tout en ce sens ; son opération tend à ce but de l'illumination, et c'est de ce soleil de la vérité même que la hiérarchie, prisme merveilleux, s'il faut ainsi parler, décompose, à l'avantage de débiles regards, la lumière une et absolue en multiples et progressifs rayons. Et puisque Dieu, *télétarchie*, perfectionne, comme on l'a remarqué, en s'adjoignant des coopérateurs, ou imitateurs de son opération, chacun devine à l'avance que, de Dieu au dernier des êtres raisonnables, la lumière se répandra successivement à

____

[1] S. Aug., *Cité de Dieu*, l. XII, c. I.

travers des milieux, déificateurs subalternes, ou aides du principe de la déification.

La hiérarchie est..... une sacrée ordination, science et opération, à reproduire, autant que possible, la déiformité, et à monter, en proportion des illustrations divinement infuses, jusqu'à l'imitation de la divinité[1].

La perfection des membres de la hiérarchie consiste à s'élever de toutes les forces jusqu'à l'imitation de Dieu, et, chose plus divine encore..... à devenir les coopérateurs de Dieu, et à manifester en soi, avec tout l'éclat possible, l'opération divine[2].

Les hommes reçoivent autrement que les substances célestes les illuminations divines.

La vérité brille pour les substances célestes *dans une pure et immatérielle lumière..... avec autant de simplicité que d'unité*[3]..... et pour les hommes *sous une variété et une multitude de symboles divisibles*[4].

Ainsi tranchent la hiérarchie céleste et la hiérarchie humaine, légale ou ecclésiastique.

Toutes les substances célestes voient immédiatement l'essence de Dieu, et, sous ce rapport, l'une ne saurait instruire l'autre; mais les *raisons des êtres* ὄντων... λόγους qui sont connues en Dieu comme dans leur cause, il n'y

[1] H. C., c. III, § I. — [2] H. C., c. III, § II. — [3] H. E., c. I, § IV. — [4] *Ibid.*

a que Dieu qui les connaisse toutes à fond en lui-même,
puisque, seul, il se comprend ; aussi des créatures qui
voient Dieu, chacune connaît en Dieu d'autant plus de
raisons, qu'elle le voit plus parfaitement.

Remémorons-nous que les dons gratuits ont été dévolus
aux substances célestes en proportion de leurs dons naturels, ce qui n'a pas lieu dans les hommes chez lesquels
la nature ne sert pas de mesure à la grâce.

Ainsi, une substance céleste supérieure connaît en Dieu
plus de *raisons* des divines opérations qu'une substance
céleste inférieure, *raisons* sur lesquelles la précédente
illumine la subséquente.

Les intelligences supérieures puisent la *gnose* dans
un principe plus élevé. En toute disposition de providence, de la forme des agents dérive l'arrangement
des actions ; car le causé, nécessairement, procède de
la cause selon une certaine similitude, et l'agent ne
communique à ses actions la similitude de sa forme qu'en
vue d'une fin. Le premier principe, dans la disposition
de la providence, est la fin ; le deuxième, la forme de
l'agent ; et le troisième, l'arrangement lui-même des
actions.

Sur ces considérations, pour couper court, nous bà-
tissons ce tableau :

¹ N. D., c. iv, § i.

ILLUMINATION DE LA HIÉRARCHIE CÉLESTE SELON LES RAISONS DES ÊTRES.

PROVIDENCE UNIVERSELLE. — I *Hiérarchie.*

Fin..........	Séraphins....	Σεραφίμ.	I Ordre.
Forme.......	Chérubins....	Χερουβίμ.	II Ordre.
Arrangement..	Trônes.......	Θρόνοι.	III Ordre.

PROVIDENCE GÉNÉRALE. — II *Hiérarchie.*

Fin..........	Dominations..	Κυριότητες.	I Ordre.
Forme.......	Vertus.......	Δυνάμεις.	II Ordre.
Arrangement..	Puissances...	Ἐξουσίαι.	III Ordre.

PROVIDENCE PARTICULIÈRE. — III *Hiérarchie.*

Fin.........	Principautés..	Ἀρχαί.	I Ordre.
Forme.......	Archanges ...	Ἀρχάγγελοι.	II Ordre.
Arrangement..	Anges	Ἄγγελοι.	III Ordre.

Saint Grégoire remanie cette classification en mettant les *Principautés* à la place des *Vertus* et les *Vertus* à la place des *Principautés*, changement dont se joue Dante, admirateur de l'Aréopagite :

> *Ma Gregorio da lui poi si divise,*
> *Onde sì tosto, como gli occhi aperse*
> *In questo ciel, di se medesmo rise* [1].

Il est triplement à regretter que chez les interprètes, de temps immémorial, *Puissances* traduise Ἐξουσίαι au lieu de Δυνάμεις, qu'à Ἐξουσίαι ne corresponde pas un mot particulier, et que *Vertus* s'applique à Δυνάμεις et à ἀρεταὶ, contraire de vices : nous aurions souhaité d'obvier à ce louche ; le remède étant pire que le mal par l'inconvénient de renouveler Babel en parlant une autre langue que le reste des ouvriers, on renonce à le hasarder. Avis au lecteur.

Parmi les substances aptes à la gnose, l'âme humaine occupe le dernier rang. D'elle-même, elle ne perçoit que confusément la disposition de la providence, entre le monde intellectuel et le monde matériel, indigente, pour dissiper ce vague, d'*une manuduction hylique* [2] et de l'assistance des anges, *avant comme après la Loi, les anges guidaient à Dieu nos illustres pères* [3].

L'homme..... est né pour le principat et l'hégémonie... il règne sur tous (les animaux irraisonnables) ..... par l'éminente vertu de son intelligence, par la

---

[1] Dant., *Ciel*, 28. — [2] H. C., c. ɪ, § ɪɪɪ. — [3] H. C., c. ɪᴠ, § ɪɪ.

souveraineté de sa science logique, et par son âme natu-rellement libre et invincible [1].

Quoique les brutes manquent d'intelligence, *les sens* étant *un écho de la sagesse* [2], elles prennent, dans la gnose de la providence, le pas sur les plantes, *dernier écho de la vie* [3].

Pour les êtres totalement privés de gnose, nous les voyons les uns commander aux autres, à quel titre ? tout simplement, par une plus grande puissance d'action ; ils ne connaissent pas la disposition de la providence ; ils en assurent l'exécution. Exemple..... *le soleil... con-court à la génération des corps sensibles ; il les amène à la vie, les nourrit, les accroît, les perfectionne, les purifie, les renouvelle* [4].

⸻⸺◦◯◦⸺⸻

[1] H. C., c.xv, § III. — [2] N. D., c. VII, § II. — [3] N. D., c. VI, § I. — [4] N. D., c. IV, §IV.

HIÉRARCHIE.

				HIÉRARCHIE CÉLESTE.	HIÉRARCHIE HUMAINE — LÉGALE.	HIÉRARCHIE HUMAINE — ECCLÉSIASTIQUE.
ORDRE.	Initiateurs. (ἱεροτελεστής).	Purificateurs	(Innommés.)	Lévites.	Liturges.
		Illuminateurs	(Innommés)	Prêtres.	Prêtres.
		Perfecteurs (τελεσιουργός) .	Hiérarques.	Grand-prêtre ou Hiérarque.	Hiérarques.
	Initiés. (τελούμενος).	Purifiés	(Innommés.)	(Innommés.)	Catéchumènes, Energumènes, Pénitents.
		Illuminés	(Innommés.)	(Innommés)	Peuple saint.
		Perfectionnés (τελούμενος).	(Innommés.)	(Innommés.)	Moines.
	Télètes. (τελετή.)	Purification	Gnose de Dieu et du divin.	Anagogie à la latrie spirituelle.	Anagogie unifique à la théarchie. — Baptême
		Illumination			Synaxe. Onguent.
		Perfection (τελειότης) . . .			Consécration { Hieratique. Monacale.
SCIENCE.	Sensible (Théologie symbolique).				
	Intelligible (Hypotyposes, Noms divins).				
	Divin (Théologie mystique).				
OPÉRATION.	Purification des Impurs ou Profanes (ἀτέλεστος).				
	Illumination des Purifiés.				
	Perfection des Illuminés.				

Qu'on ne l'oublie pas : *La déification est la partici-pation au véritable être beau, sage et bon..... dans la mesure du possible, l'assimilation et l'union à Dieu* [1]. Devant la créature douée d'intelligence et de volonté s'ouvrent deux voies, celle du bien et celle du mal; c'est dans la première que la hiérarchie aide à marcher, et si l'on s'en détourne, à rentrer. Où placerions-nous avec plus d'à-propos qu'ici la question du mal si mé-thodiquement, si savamment, si lucidement résolue par l'Aréopagite?

Les choses ont plus ou moins d'être selon qu'elles ont plus ou moins de bon [2].

Le bon et l'être sont la même chose réellement et ne diffèrent que rationnellement [3].

Le mal est le contraire du bon τῷ ἀγαθῷ τὸ κακὸν ἐναντίον [4].

Le mal n'est pas un être οὐκ... ὄν [5].

Le mal est le bon imparfait ἀτελὲς... ἀγαθὸν [6].

Dieu est non-seulement bon, mais la bonté même [7]. *Le bon est la subsistance de Dieu* [8]. *Le mal n'est donc en Dieu ni absolument* οὔτε ἀπλῶς *ni accidentellement (par temps)* οὔτε κατὰ χρόνον [9].

Tout ce qui est, sans être Dieu, anges, âmes, corps, matière, tout est imparfait, en ce sens qu'il n'a pas la plénitude de l'être, mal métaphysique de l'école et qui se comprend.

Le mal n'existe pas dans la nature universelle; car comme toutes les raisons naturelles se rattachent à la nature universelle, rien ne lui est adverse.

Et quant à la nature individuelle, il est un selon-

---

[1] H. E., c. I, § III. — [2] N. D., c. IV, § XX. — [3] S. T., p. I, q. V, a. I. — [4] N. D., c. IV, § XXXI. — [5] N. D., c. IV, § XX, § XXXIV. — [6] N. D., c. IV, § XX. — [7] S. C. G., l. I, c. XXXIX. — [8] N. D., c. IV, § XXI. — [9] *Ibid.*

*nature et un contre-nature ; en effet, le contre-nature
ici est selon-nature là, et le selon-nature là est contre-
nature ici.*

*Le mal d'une nature, c'est un contre-nature, pri-
vation du propre de la nature* [1].

*Ce qui est contre-nature n'est pas dans la nature,
de même que l'irrégularité n'a pas sa raison dans la
règle* [2].

*Ainsi, la nature n'est pas mauvaise, mais mauvaise
est pour la nature l'impossibilité d'accomplir le propre
de la nature* [3].

*Si tout ce qui vient par génération ne se perfec-
tionne qu'avec le temps, l'imperfection n'est pas toujours contre-nature* [4].

*Le mal consiste non pas à être puni, mais à mériter
la peine* [5].

*Pour les intelligences, pour les âmes et pour les
corps, le mal consiste dans l'affaiblissement et la ruine
de l'habitude relative aux biens propres* [6].

*En quoi... sont mauvais les démons, sinon en ce
qu'ils délaissent, d'habitude et d'opération, les biens
divins* [7]?

*Ce qu'occasionna en eux de mauvais la déchéance de
leurs biens propres, consiste dans la variation de la
mêmeté et dans l'affaiblissement de l'habitude par rapport à la perfection angélique qui leur convenait* [8].

Quand ils désirent le non-être, ils désirent le mal [7].
*En tant qu'ils ne désirent pas le bon, ils désirent le
non-être* [9].

En quoi les âmes deviennent-elles mauvaises, sinon

[1] N. D., c. iv, § xxvi. — [2] N. D., c. iv, § xxx. — [3] N. D.,
c. iv, § xxii. — [4] N. D., c. iv, § xxvii. — [5] N. D., c. iv, § xxiii.
— [6] N. D., c. iv, § xxxiv. — [7] N. D., c. iv, § xxiii. — [8] N. D.,
c. iv, § xxxiv.

en ce qu'elles défaillent dans leurs bonnes habitudes et opérations [1]?

Mais cette faiblesse, dira-t-on, n'est pas punissable; au contraire, elle est pardonnable.

Si point n'était permis d'être fort, l'allégation porterait coup; mais comme il est possible d'être fort de par le bon, qui..... départ à tous absolument ce qui leur convient, il n'est rien moins que louable d'abdiquer, de répudier, d'abandonner, de déserter l'habitude des biens répandus sur chacun par le bon [2].

Il faut attribuer l'être au mal à titre d'accident κατὰ συμβεβηκὸς *et de dépendance* δι'ἄλλο, *mais nullement en vertu d'un principe propre* οὐκ ἐξ ἀρχῆς οἰκείας.

Autre est le désiré, autre est le généré.

Le mal est contre-route, contre-but, contre-nature, contre-cause, contre-principe, contre-fin, contre-terme, contre-volonté, contre-hypostase.

Par suite, le mal est privation, défectuosité, faiblesse, démesure, erreur, inconsidération, laideur, mort, inintelligence, déraison, imperfection, instabilité, infécondité, inaction, inertie, improduction, irrégularité, indétermination, ténèbres, spoliation de substance; enfin il n'est d'aucune façon, ni en aucun temps ni rien du tout [3].

Le diable est le singe de Dieu, et le mal, la grimace du bien : bonté du diable, beauté du diable, sagesse du diable, vie du diable, etc., tout se diablifie, comme tout se déifie. Etre ou non-être, ciel ou enfer.

⸺ ⸙⸙⸙ ⸺

[1] N. D., c. iv, § xxiv. — [2] N. D., c. iv, § xxxv. — [3] N. D., c. iv, § xxxii.

Dieu connaît le mal sous la raison du bon, et par devers lui les causes du mal se tournent en puissances effectrices du bon [1].

Même des choses qui deviennent mauvaises, la providence, comme il sied à sa bonté, se sert dans leur intérêt propre, et dans l'intérêt général ou particulier des autres, se déployant sur tous les êtres selon que chacun le requiert.

Ce n'est pas le propre de la providence que de violenter la nature.

Par suite, la providence maintient les êtres dans leur nature, traite la liberté en liberté, l'universalité en universalité, la particularité en particularité [2].

Ainsi, nous réprouvons la parole inconsidérée de plusieurs qui prétendent que la providence devrait nous entraîner forcément à la vertu [3].

Si quelques êtres, entraînés au dérèglement et au désordre, subissent un déchet quelconque dans la perfection de leurs biens propres, il (le salut σωτηρία, Dieu) les rachète de leur passion, de leur lâcheté et de leur désastre, suppléant à ce qui leur manque, soutenant paternellement leur infirmité, les relevant du mal, et, mieux encore, les réintégrant dans le beau, comblant le vide de leur bon évanoui, ordonnant leur désordre, réglant leur dérèglement, les perfectionnant de bout à fond et les délivrant de tout préjudice [4].

Il existe entre la gnose de l'ange et celle de l'homme cette différence, que l'ange perçoit tout immuablement par l'intelligence, tandis que l'homme n'appréhende immuablement avec l'intelligence que les premiers principes dont il saisit, à l'aide de la raison, les consé-

---

[1] N. D., c. iv, § xxx. — [2] N. D., c. iv, § xxxiii. — [3] *Ibid.* — [4] N. D., c, viii, § ix.

quences, passant d'une chose à une autre, avec la faculté d'aboutir à des conclusions opposées.

Ainsi, la volonté de l'ange adhère immuablement, au lieu que la volonté de l'homme adhère muablement, l'intelligence ou la raison la mouvant avec une inégale force.

A considérer l'ange avant l'adhésion, il peut, en dehors de ce qu'il veut naturellement, adhérer librement à tel ou tel objet ; mais, après l'adhésion, il adhère immuablement. Sitôt donc que les anges ont eu adhéré au bien ou au mal, ils ont été les uns confirmés dans la justice, et les autres obstinés dans le péché.

L'âme est dans un état muable, tant qu'elle est unie au corps, dont les passions modifient plus ou moins ses dispositions à elle, mais non après qu'elle est séparée du corps à la réaction duquel elle échappe. Quand donc elle aura rompu avec lui, elle ne sera plus dans une condition à se mouvoir vers sa fin, mais à se reposer au sein de la fin acquise. Il ne faut pas croire, toutefois, qne les âmes, à nouveau revêtues de leurs corps par la palingénésie, perdent l'immutabilité de la volonté : elles y persévèreront, parce que les corps, à la résurrection, s'assoupliront aux exigences de l'âme, qui, loin d'en ressentir, par contre-coup, les variations hostiles à son immutabilité, les ennoblira eux-mêmes, au possible, sous les rejaillissements de sa mêmeté.

L'immutabilité de la volonté ainsi entendue ne répugne pas au libre arbitre dont l'acte est de choisir ; car le choix, élection, porte sur ce qui regarde la fin, mais non sur la fin même.

De même que l'intelligence foncièrement faussée par rapport aux premiers principes ne peut être redressée à ces principes par quelque chose de plus évident, ainsi la volonté pour laquelle la fin dernière remplace les premiers principes, une fois que par une disposition spéciale et indestructible, elle a pris une fin mauvaise pour la bonne, ne saurait être détournée de la fin soi-disant dernière par un objet plus désirable.

Dieu n'a pas racheté l'ange ; il a racheté l'homme.

Il entre dans la raison de Dieu, en sa qualité de souverain bien, qu'il se communique à la créature de la manière la plus excellente, ce qui advient surtout, lorsqu'il s'unit notre nature *hypostatiquement.*

En l'une de ses hypostases elle (la théarchie) communiqua véritablement et totalement à notre condition, en appelant à soi, pour se l'appliquer, la bassesse humaine, alliance où, d'une manière ineffable, le simple Jésus fut composé, où l'éternel se soumit à une étendue temporelle, où celui qui dépasse supersubstantiellement tout ordre en toute nature, se renferma dans les limites de la nôtre, sans que ses propriétés immuables en fussent altérées ou confondues [1].

En s'abaissant par amour pour les hommes jusqu'à notre nature, prenant, en vérité, notre substance, lui superdieu, Jésus n'en garda pas moins le supernaturel et le supersubstantiel....... [2]

Par cet adorable et irrésistible abaissement, il daigne avec bonté arracher ceux qui sont baptisés en sa mort... à l'antique gouffre de la mort corruptrice, afin de les renouveler dans une divine et perpétuelle subsistance [3].

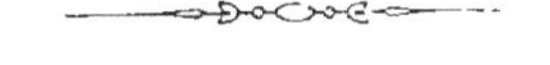

Ici encore il règne une différence entre les saints et les profanes : de même que leur vie respective présente

[1] N. D., c. i, § iv. — [2] N. D., c. ii, § x. — [3] H. E., c. iv, p. iii, § x.

*une forme diverse, ainsi leur mort offre de la dissi-
militude[1].*

*Ceux qui ont mené une vie pure, attentifs aux véridi-
ques promesses de la théarchie, dont ils ont contemplé,
en quelque sorte, un gage dans la résurrection même,
arrivent, avec une ferme et sincère espérance, au milieu d'une gaîté divine, au terme de la mort, comme à
la fin de leurs pieux combats, pleinement certains que
la future résurrection les mettra tout entiers en possession d'une vie et d'un salut parfaits et incirconscrits[2].*

*Effectivement, les âmes innocentes, qui, durant leur
séjour sur la terre, peuvent se laisser aller au mal,
seront élevées, dans la palingénésie, au plus haut degré
d'une immuable déiformité[3].* Quand nous serons devenus incorruptibles et immortels, et que nous aurons atteint à la félicité bienheureuse et christiforme, alors...
Nous serons pour toujours avec le Seigneur : *d'un côté,
pleinement admis à la chaste contemplation de Dieu
visible à nos regards, nous serons inondés des torrents
d'une pure lumière....; d'un autre côté, nous participerons par notre intelligence, à l'abri des passions et
de la matière, à ses clartés intelligibles, dans une
union au-dessus de l'intelligence, au milieu des inouïs
et béatifiques rejaillissements de ses rayons supersplendides, de la même manière que les intelligences supermondaines.....* Nous serons les égaux des anges et les
fils de Dieu, nous, les fils de la résurrection[4].

*Les chastes corps de ces âmes sacrées, leurs compa-
gnons de pèlerinage, qui furent enrôlés et militèrent
avec elles, pour prix de leurs nobles sueurs, ressusciteront à la vie divine dans laquelle les âmes sont invinciblement fondées. Car réunis aux âmes avec lesquelles
ils furent associés ici-bas, eux qui sont devenus mem-*

---

[1] H. E., c. VII, p. I, § I. — [2] *Ibid.* — [3] *Ibid.* — [4] N. D., c. I, § IV.

bres du Christ, ils obtiendront un incorruptible, im-*
mortel, heureux et déiforme repos [1].

Pour ceux, au contraire, qui sont remplis de taches
et de souillures criminelles, à supposer qu'ils aient
reçu une instruction religieuse qu'ils ont misérable-
ment rejetée de leur intelligence, pour se précipiter
dans les convoitises corruptrices..... ils sortent de ce
monde, avec des pleurs et des regrets, dénués de toute
pieuse espérance, à cause de leur coupable vie [2].

Encore un autre tableau, synopsis des irradiations
divines dans l'homme vertueux, au jour où, chacun
recevant selon son mérite, *nous parviendrons à l'unité...*
de la gnose du fils de Dieu, en homme parfait, à la
mesure de la grandeur complète du Christ [3].

S- ES.	VERTUS *théologales.*	DOTS DE L'AME.	VERTUS :	DOTS DU CORPS	DÉIFICATION.
			1° *Intellectuelles.*		
			Sagesse.		
Foi.	Vision [4].		Science.		Union.
			Intelligence.		
			2° *Intellectuelle-morale.*		
			Prudence.	Clarté.	Simplicité.
			3° *Morales.*		
Charité.	Délectation.		Justice.	Subtilité.	Perfection.
		Concupis-cible.	Tempérance.	Impassibilité.	Eternité.
Espérance.	Fruition.	Iras-cible.	Force.	Agilité.	Ubiquité.

[1] H. E., c. VII, p. I, § I. — [2] H. E., c. VII, p. I, § II. — [3] Eph., IV, 13.
— [4] « La vision peut se prendre en deux sens : d'abord, actuelle-

L'âme obéit à Dieu, et à l'âme, le corps; la gloire, émanée de sa source, se répand sur l'esprit qui en renvoie les effusions à la chair; la partie matérielle de l'homme se transfigure aux fulgurations de la partie immatérielle sur ce Thabor où, commerçant avec Dieu, dieu lui-même, il plantera à jamais sa tente : flux et reflux, descente et ascension, écoulement et absorption, baiser circulaire de l'extatique amour.

Les dots sont des habitudes, des dispositions, des qualités en harmonie avec l'opération parfaite qui unit l'âme à Dieu : cette opération parfaite constitue la béatitude.

Les hommes, au-dessous des substances célestes par nature, tirent de la grâce la faculté de prendre place dans leurs divers rangs. *Il n'y aura pas deux cités, l'une des hommes, et l'autre des anges, mais une*[1], la béatitude de tous est d'adhérer au Dieu un.

Je suis l'alpha et l'oméga, le premier et le dernier, le principe et la perfection[2].

ment, c'est-à-dire, pour l'acte même de la vision, et, de la sorte, la vision n'est pas une dot, mais bien la béatitude elle-même ; puis, habituellement, c'est-à-dire, pour l'habitude qui excite cette opération, ou pour la clarté de la gloire qui illustre divinement l'âme à l'effet de voir Dieu, et, de la sorte, la vision est une dot, un principe de béatitude, et non la béatitude elle-même. » (S. T., Sup., q. xcv, a. 2.)

[1] S. Aug., *Cité de Dieu*, l. xii, c. i. — [2] Apoc., xxii, 13.

ARTICLE TROISIÈME.

A l'ongle on connaît le lion : Denys n'en vêt-il que la peau ? Ce qui sent le fagot a prétendu remarquer *Un petit bout d'oreille*[1]; le faible analyste de sa doctrine n'a rien vu qu'un légitime descendant du lion de Juda ; dans son admiration , il le saluerait de tous les noms les plus magnifiques, illustre, sage, grand, divin, etc., que les antagonistes répondraient : fétichisme! N'ayant pas voix en chapitre, il se contentera, pour démontrer la non consanguinité de son héros avec l'*autre*,

> ..... *animal sans vertu,*
> *Il faisait trembler tout le monde*[2],

de recueillir entre mille quelques suffrages d'une valeur moins contestable.

Origène : *Comme dit le grand Denys Aréopagite*[3].....

S. Jean Chrysostome : *Où est Denys , l'oiseau du ciel* πετεινὸν τοῦ οὐρανοῦ[4]?

Anastase le Sinaïte : *Denys très-célèbre et apostolique mystagogue dans les choses divines*[5].

S. Grégoire le Grand : *Denys Aréopagite, véritablement antique et vénérable père*[6].

S. Maxime : *L'excellent* ἄριστον *Denys.... Il est permis d'admirer la vaste érudition* πολυμάθειαν... *de ce Denys*[7].

---

[1] Laf., *Fab.* — [2] *Ibid.* — [3] Hom. 1, *Sur cert. pass. du N. T.* — [4] *Serm.* — [5] L. VI, *Sur l'Hexaméron.* — [6] Hom. XXXIV. — [7] *Prologue sur les œuvres de S. Denys.*

S. Jean Damascène : *Le très-fort théologien* θεολογικώτατος *Denys Aréopagite*[1]. — *Denys immensément et profondément versé dans les choses divines*[2]. — *Le divin Denys Aréopagite*[3].

Michel Syncelle : *Une langue vraiment céleste et divine, une de ces langues de feu, envoyées de Dieu, qui furent distribuées aux contemplateurs et aux ministres du Verbe, et une voix angélique, voilà ce qu'il faudrait pour célébrer Denys le théophante.... l'interprète le plus théologien* θεολογώτατον *des noms divins et des ineffables mystères divins..... l'exégète de la hiérarchie céleste, le docteur, le mystagogue et l'explicateur des ordres ecclésiastiques*, etc.[4].

Suidas : *Denys Aréopagite, homme très-éloquent, ayant atteint au faîte du savoir profane..... fort instruit dans chaque système*[5].

S. Thomas : *Cette source est élevée, et il n'est pas donné à tous d'y puiser..... Denys y puisa et en abreuva*[6].

George Pachymère : *Entre tous, le divin livre du grand Denys, demeure d'une spirituelle et douce sirène, te captive, t'attire tout entier, et t'enivre de ses charmes, si tu ne bouches de cire... les oreilles de ton âme*, etc.[7].

Nicéphore Calixte : *Ecrits tout à fait merveilleux par la sublime contemplation des choses divines, par les pensées, par le langage, et à une grande distance de tout ce qui est sorti de la conception humaine*[8].

Jean Gerson : *Ce grand Denys Aréopagite, autrefois*

---

[1] *De la foi orth.*, l. II, c. XVIII. — [2] *De ceux qui sont morts dans la foi.* — [3] *De la foi orth.*, l. I, c. XII. — [4] *Panég. de S. Denys.* — [5] *Lex.* — [6] Op. LX. — [7] *Préface aux œuvres de S. Denys.* — [8] *Hist. eccl.*, l. II, c. 24.

tien, que la prédication accompagnée de miracles fit mien[1]. — L'heureux Denys instruit par Paul initié aux divins secrets[2].

Bessarion : *Denys Aréopagite, qui fut le premier et le plus sublime auteur de la théologie chrétienne, ne cède le pas, comme écrivain sur les choses divines, qu'à Paul et à Hiérothée.... maîtres sous lesquels il se forma[3].*

Marcile Ficin : *Denys Aréopagite, au faîte de la philosophie platonicienne et la colonne de la théologie chrétienne[4].*

S. François de Sales : *Or, comme dit excellemment l'angélique saint Thomas, après le grand saint Denis, la beauté et la bonté, etc.[5]. — Le grand Apostre de France... escrit... que l'amour est unifique, etc.[6]. — Mays le grand saint Denis, comme excellent docteur de la propriété des noms divins, etc.[7]. — Ce discours, Theotime, est presque tout composé des paroles du divin saint Denis Aréopagite[8].*

Corneille de la Pierre : *Denys Aréopagite, juge fameux et célèbre, au premier rang dans le tribunal de l'Aréopage. C'est lui qui a composé ces sublimes livres de la Hiérarchie Céleste, de la Hiérarchie Ecclésiastique, des Noms Divins, de la Théologie Mystique, etc., où il a décrit la cité céleste des anges et les attributs de Dieu aussi parfaitement que s'il avait tout contemplé de ses yeux..... En vérité, la profondeur de ces livres et la sublimité majestueuse du langage, par où ils surpassent*

---

[1] *De la chasteté des ecclésiastiques* (Dialogue entre la Nature et la Sagesse). — [2] *Théologie mystique spéculative*, Considération première. — [3] *Apologie de Platon*, l. II. — [4] *Comment. sur Denys*, c. III des *Noms divins*. — [5] *De l'Amour de Dieu*, l. I, c. I. — [6] *Ibid.*, l. I, c. IX. — [7] *Ibid.*, l. I, c. XIV. — [8] *Ibid.*, l. VII, c. V.

les œuvres de tous les Théologiens et Pères, décèlent dans l'auteur un homme disciple de Paul et divin[1].

M. l'abbé Darboy, successeur de S. Denys sur son siège de Paris :.... *saint Denys soumit à l'analyse les doc_trines philosophiques, qui avaient pris possession des intelligences..... Ainsi furent épurées, et au moyen de cette transformation, ramenées à la hauteur de la pensée chrétienne les conceptions qui avaient fait le plus d'honneur à l'esprit humain. Le platonisme et la philosophie orientale prêtèrent leurs formules pour exprimer ce résultat nouveau. Tel fut le premier système de la philosophie catholique : système vaste, plein de force et d'harmonie : œuvre qui porte le sceau d'une intelligence profonde et d'une foi pure*[2].

Ernest Hello : *Une mécanique incurable pèse sur la France rhétoricienne : l'ombre de son vieux professeur lui défend de se rajeunir le sang : l'écho des froides paroles qui lui imposaient, il y a deux siècles, son programme intellectuel, lui impose encore aujourd'hui le même programme.*

Or, saint Denis ne fait pas partie du programme : donc la France ne le connaît pas.

Mais direz-vous que la France l'ignore, parce qu'il est chrétien?

Mais la France connaît un peu saint Augustin, elle connaît beaucoup l'Imitation de Jésus-Christ, elle connaît parfaitement Bossuet.

Il y a des livres qui parlent de Dieu et qui trouvent grâce devant le programme. Saint Denis n'est pas du nombre. Son génie ferait éclater le programme.

---

[1] *Comment. sur les Actes des Ap.*, XVII, 34. — [2] *Introd.. Art. deuxi.*

*Ce grand homme était populaire autrefois. Il fut,
pendant des siècles, la pâture des intelligences* [1].

M. l'abbé V. Davin : *On disait alors que le grand
Aréopagite s'était trouvé là, dans ce jardin « des deux
oliviers et des deux candélabres debout en présence du
Seigneur de la terre, » quand le Vase d'élection du
Christ et son Vicaire se rendaient à leur Passion ; que
le représentant de la sagesse des Hellènes avait entendu
les derniers oracles de « notre bienheureux législateur
de la part de Dieu, » et du « coryphée des théologiens, »
..; que le jeune mathématicien de l'école d'Egypte, etc.
......; que le chantre prédestiné de la hiérarchie des
anges et des saints, après s'être instruit des lèvres de
Paul, était venu, avant d'écrire, s'inspirer des parfums de la tombe de Pierre, ce fondement visible de
la cité de Dieu, sous lequel l'invisible, c'est-à-dire le
Christ, est caché* [2].

A ces suffrages, si la crainte d'une prolixité plus
insupportable au lecteur qu'au citateur, n'eût entravé
ce dernier, il s'en ajouterait bien d'autres, voire même
de conciles, d'universités, symphonie assez éclatante
pour couvrir tout haro. Martin n'a ici aucun office à
remplir, pas plus Martin Luther [3] que Martin-bâton, et le
martinet, — de Martin à martinet il n'y a pas loin, — le
martinet, dis-je, du professeur de rhétorique se trom-
pera de siècle à frapper sur les ongles de notre lion
dans la gueule duquel l'abeille distille le miel, et dont
la moelle nourrit les enfants divins.

---

[1] *Saint Denis l'Aréopagite, Revue du Monde catholique*, 6 octobre 1861.

[2] *Lettre apocryphe de S. Denis l'Aréopagite à S. Timothée, etc.,
Le Monde*. N° du 29 juin 1864.

[3] *V. De la Captivité de Babylone.*

ARTICLE QUATRIÈME.

I.

Les barbares avaient vaincu l'empire romain, l'Eglise vainquit les barbares. Un chaos avait résulté de cette collision entre un monde qui s'en allait et un monde qui venait; l'Eglise y répandit la lumière, que l'épée de Charlemagne, comme un miroir fidèle, refléta de l'Ecole du Palais aux extrémités de son empire.

L'Ecole du Palais, *Schola Palatii* sous Charlemagne (742-814), avait quitté, du temps de Charles le Chauve (823-877), ce titre pour cet autre : *Palatium Scholæ*.

Louis le Débonnaire (778-840), dévot, par tradition de famille, à l'Apôtre de la France, dans l'abbaye duquel lui fut rendu le sceptre impérial, reçoit un jour une ambassade de Michel le Bègue, chargée de le féliciter. De tous les présents que l'Empereur d'orient lui envoya. aucun ne lui sourit autant que les œuvres de S. Denys. son protecteur bien-aimé.

Par son ordre, Hilduin, son chapelain, les traduisit. Soit que la traduction fût égarée, soit qu'elle ne satisfît pas, Charles le Chauve en demanda une, sur nouveaux frais, à Scot Erigène.

C'était le savant de l'époque, d'un talent original, mi-parti d'orient et d'occident, plutôt philosophe que théologien; il se met à la besogne.

Scot traduit Denys pour la forme, et Denys traduit Scot pour le fond. L'enfant d'Erin, dans ses écrits, raffole de l'Aréopagite, et, de la baguette de son génie, à la

joie des uns, à la terreur des autres, à l'admiration de
tous, il fait tourner le cercle de l'amour.

Ici, Dieu ingénéré; là, nature qui n'est pas créée et
qui crée;

Ici, participations; là, nature qui est créée et qui crée;

Ici, participateurs; là, nature qui est créée et ne crée
pas;

Ici, Dieu fin; là, nature qui n'est pas créée et ne crée
pas.

Ce parallélisme entre les deux auteurs marchant côte
à côte indique à quel point l'imitateur s'est imbibé de
son modèle et l'a absorbé quasi goutte à goutte.

Est-ce à dire que l'auteur du Περὶ τῆς φύσεως μερισμοῦ
De la division de la nature, s'attache à l'auteur des
Noms Divins, etc., de si près qu'une certaine distance
ne les sépare? Non. Les panthéistes, tant des temps
modernes que du moyen âge, se remparent de l'autorité
d'Erigène. Qu'il ait par des expressions hardies ou in-
comprises, par des propositions audacieuses ou mal
entendues, prêté le flanc au glaive de l'orthodoxie, ce
n'est ni le moment ni le lieu de l'examiner : tant y a
que si l'accusation est fondée en droit, elle ne retombe
pas sur celui qu'il a choisi pour maître; nous n'avons
visé qu'à constater une chose, la vaste influence du
maître sur le disciple.

En un mot, le résultat acquis des recherches mo-
dernes, c'est que les œuvres de saint Denys sont la
source de la philosophie d'Erigène, et que des œuvres
d'Erigène sort la philosophie du moyen âge et par
suite la science moderne [1].

Or, la philosophie du moyen âge, fille de la philosophie ancienne et mère de la philosophie moderne,

[1] M. l'abbé Darboy. Introd.. Art. deuxi.

s'agita principalement autour de cette triple question :

1º Les idées générales, espèces ou genres, subsistent-elles ailleurs que dans la pensée ?

2º Au cas où elles subsistent ailleurs que dans la pensée, sont-elles corporelles ou incorporelles.

3º Au cas encore où elles subsistent ailleurs que dans la pensée, sont-elles séparées des choses ou coexistent-elles avec elles ?

Champ de bataille où deux partis extrêmes et contraires se disputent la victoire, *Réalistes* (*à parte rei*) et *Nominalistes* (*à parte mentis*), sous le commandement de Platon ou d'Aristote.

1º *Les espèces existent dans la nature comme paradigmes, et le reste en s'y conformant en est la similitude* [1].

2º *Si l'intelligence et l'opinion vraie diffèrent en genre, il faut absolument qu'il existe de ces choses en soi* καθ'αὐτὰ ταῦτα, *espèces que nous ne saisissons pas par les sens, mais par l'intellection* [2].

3º *Est-ce que les égaux sont la même chose que l'égal en soi, nullement, à ce qu'il me paraît* [3].

1º *Dire que les espèces sont des paradigmes et que le reste y participe, c'est tenir un vain discours.*

2º *Les espèces seront les paradigmes non-seulement du sensible, mais encore d'elles-mêmes espèces ; par exemple, le genre, comme genre, sera un paradigme d'espèces ; ainsi le paradigme et l'image seront le même.*

3º *Il semblerait impossible que la substance et ce dont elle est la substance fussent séparés ; comment donc les idées substances des choses en seraient-elles séparées* [4].

<hr>

[1] Plat., *Parmén.*, I, 630. — [2] Plat., *Tim.*, II, 219. — [3] Plat., *Phéd.*, I, 58. — [4] Arist., *Métaphy.*, I. I, c. IX.

Avec Platon, les *Réalistes* disaient :

1º Les idées générales, espèces ou genres, sont des réalités distinctes de la pensée.

2º Ce sont des réalités incorporelles.

3º Substances des choses, ces réalités ne coexistent pas, ou, du moins, ne se confondent pas avec les choses.

Avec Aristote, les *Nominalistes* disaient :

1º Les idées générales, espèces ou genres, sont de pures pensées, et, comme les pensées s'expriment par des noms, ce sont de purs noms.

2º Il n'y a que des réalités corporelles.

3º Il n'y a de réalités que des individus.

Le *Réalisme*, dérivant tout de l'intelligible, et le *Nominalisme*, réduisant tout au sensible, proclament tour à tour l'unité de substance spirituelle ou corporelle, d'où, conclusion dernière, le panthéisme !

Denys intervient dans la mêlée :

Mais parce que tu (Timothée) m'as écrit un jour pour me demander ce que j'appelle donc l'être en soi, la vie en soi, la sagesse en soi, et que tu ne vois pas, dis-tu, comment je nomme Dieu tantôt la vie en soi, et tantôt le créateur ὑποστάτην *de la vie en soi, j'ai cru nécessaire..... de résoudre, selon mes moyens, cette difficulté.*

Nous prétendons que l'être en soi, la vie en soi, la divinité en soi, se réfèrent, — si nous les considérons en Dieu sous le rapport de la principalité et de la causalité, à l'unique principe superprincipal et cause supercausale de toutes choses, — et si nous les prenons au point de vue de la participation, aux puissances providentielles προνοητικὰς δυνάμεις *qui émanent du Dieu imparticipable, la substancification en soi* αὐτοουσιώσιν, *la vivification en soi* αὐτοζώωσιν *et la déification en soi* αὐτοθέωσιν, *dont les participateurs, selon leur capacité,*

*s'appellent et sont êtres, vivants et divins. Et ainsi
du reste.*

*Voilà pourquoi l'on dit que le bon est l'auteur, —
d'abord des priorités en soi, — puis des universalités
en soi, — puis des particularités en soi, — puis des
choses qui participent aux universalités en soi, — enfin
des choses qui participent aux particularités en soi.*

*Mais est-il besoin de nous étendre sur ce sujet, quand
maints de nos pieux initiateurs nous enseignent que
le superbon et le superdivin a créé la bonté en soi et
la divinité en soi, appelant bonté en soi et divinité
en soi le don qui, émané de Dieu, bonifie et déifie,
et beauté en soi l'effusion qui effectue cette beauté
en soi, la beauté universelle et la beauté particulière,
le beau universel et le beau particulier.*

*Langage dont les diverses locutions employées ou
employables dans ce sens expriment les providences
et les bontés qui, participées par les êtres, du sein du
Dieu imparticipable, procèdent avec une libérale profusion à flots superabondants* [1].

Les idées générales, espèces ou genres, ne sont ni
de pures pensées ni des réalités sensibles ou intelligibles ; Denys nous y signale des lois divines dont les
individus deviennent les expressions.

Bien que l'Aréopagite n'admette pas, à la façon des
platoniciens, dans les idées générales, des *choses subsistantes subsistentes res* [2] d'après la remarque de
S. Thomas, il n'en est pas moins vrai que sa philosophie
se meut plus des ailes que des pieds, familière de hauteurs même immensément supérieures à celles de l'A-
cadémie.

Ceux que l'histoire représente comme ayant le plus

[1] N. D., c. XI. § VI. — [2] S. T., p. I, q. XLIV, a. III.

scrupuleusement étudié ses écrits devinrent les adver-saires ardents du nominalisme [1].

Cordier, dans ses observations générales pour faci-liter l'intelligence de S. Denys, s'explique ainsi : *Chose très-digne d'observation, c'est S. Denys qui le pre-mier a jeté les fondements de la théologie scolastique, sur lesquels les autres théologiens ensuite ont édifié toute la doctrine enseignée dans les écoles sur Dieu et le divin* [2].

La *Somme théologique* de S. Thomas, formulaire de la théologie universelle, se déroule sur le tracé de Denys. Le modelage saute aux yeux ; ceci, seulement pour mémoire : les curieux, à moins qu'ils ne préfèrent juger pièces en main, s'en iront consulter les *Annota-tions* de notre même Cordier ou Corderius sur le cha-pitre III de la *Théologie mystique* de S. Denys ; le savant en us ajuste membre à membre, corps à corps, l'Ange de l'école avec l'Aréopagite.

II.

Denys avait essayé la conciliation de la philosophie avec la foi ; ami, plus que pas un, de la gnose la plus vaste, la plus solide, la plus béatifique, il avait exposé scientifiquement la doctrine de ses maîtres Paul et Hiérothée, dirigé l'homme par les deux voies qui mè-nent à la vérité, l'intellectuelle et la superintellectuelle, et montré que ce n'est pas tant par l'action de l'étude μαθὼν que par la passion de l'amour παθὼν, qu'en sont dévolues à l'âme les plus hautes manifestations.

---

[1] M. l'abbé Darboy, Introd., Art. deuxi.
[2] Cord., *Observat. génér.*, XI.

Il nous reste, après avoir examiné quel rôle Denys joua dans les luttes de la scolastique, à noter l'influence qu'il exerça sur la tendance de l'esprit humain au mysticisme.

Or, de même que Denys avait tenté de ramener le paganisme au christianisme, ainsi certains sages, à l'inverse de ses efforts, tentèrent de ramener le christianisme au paganisme. Allégoriser et spiritualiser les données de la mythologie grecque, tel fut le but de leur entreprise. Les génies se donnaient rendez-vous dans Alexandrie, et c'est là que le Musée s'occupe de cette transformation, en face et à l'encontre de laquelle le Didascalée travaille aussi à la sienne, double édification de la Cité du diable et de la Cité de Dieu.

Ammonius Saccas (?), né de parents chrétiens, déserté le christianisme. Son enseignement restait enseveli sous le sceau du secret. Plotin, son disciple, le trahit. Connaître la doctrine du disciple Plotin, c'est donc connaître la doctrine du maître Ammonius.

Plotin (205-270) imite Denys autant que l'erreur peut imiter la vérité. Sans doute que Plotin, ainsi que les alexandrins qui le précédèrent ou le suivirent, aura jusqu'à un certain point respiré au milieu de l'atmosphère de l'époque les idées développées dans ses Ennéades; on le comprend. Mais se rencontrer avec Denys sur tant de questions, par exemple, l'expansion et la concentration de Dieu, la multiplicité et la simplicité de l'âme, le retour à l'unité, etc., revêtir ce système des mots propres à la langue de l'Aréopagite, être platonicien par la méthode et mystique par l'aspiration comme le converti de Paul, dont il diffère, au reste, par les inévitables conséquences du panthéisme, voilà qui accuse le rapt et convainc d'une manœuvre dès longtemps en usage chez le père des voleurs.

Denys était mort ; Plotin recueillait sa succession, n'en répudiant tout juste que les lots incompatibles avec l'orgueil de la raison. Si, loin de venir avant Plotin, Denys n'eût paru qu'après, évidemment, l'accusation se retournerait contre l'auteur des *Noms divins, etc.*, en légitime suspicion d'avoir jeté l'idée chrétienne au moule de l'alexandrinisme.

Porphyre (232-305), biographe de Plotin, compose des variations fantastiques sur le thème de ce maître-là, dont il adopte, en les compliquant, les hypostases et la métempsycose.

Élève de Porphyre, Jamblique (mort 333) va plus loin encore ; l'enthousiasme le possède. A l'homme, l'empire de la nature, la domination sur les forces qui y président. Oracles, théurgie, magie, rien n'y manque. La mystique diabolique s'accentue de jour en jour, et chez les païens ainsi que chez les chrétiens, la Cité du diable recrutait ses habitants.

Pendant que le Musée branlait en ces extravagances de l'erreur, le Didascalée grandissait affermi sur le Symbole des Apôtres ; le temple du mensonge acheva de crouler sous le coup de l'édit de Milan (312).

La philosophie se réfugia chez la superstition ; après le Musée, le Sérapéon, pandémonium au premier chef. L'École d'Alexandrie, dans cette seconde période, compte Edésius, Chrysanthe, Thémistius, Libanius, Maxime, Eunape ; Julien, apostat en germe, n'attendant pour croître contre le ciel que les rayons de la couronne, s'enivre de leurs élucubrations, et, parmi les mystères de l'initiation païenne, abjure son baptême. Le défenseur du paganisme expirait à trente-deux ans. à peu près l'âge du fondateur du christianisme : le Galiléen avait vaincu ! Théodose ordonna la fermeture du Sérapéon (391).

Alexandrie n'avait été, en quelque sorte, pour la philosophie ancienne, qu'un lieu de passage, de transformation, ou, si l'on veut, d'inspiration. C'est à Athènes qu'elle était née; c'était à Athènes aussi qu'elle devait finir [1].....

Proclus (412-485) est le type achevé du faux mystique..... toute la doctrine de Proclus n'est..... guère autre chose qu'une reproduction de la doctrine de Plotin. C'est le même fond de panthéisme, avec quelques légères modifications dans la forme, et, çà et là, quelques brillants épisodes [2].

L'école ne jetait plus que des lueurs mourantes; elle s'éteignit avec Simplicius; Justinien démolit son foyer, la chaire d'Athènes, et sous les cendres s'il couva quelques étincelles, ce fut seulement vers le milieu du quinzième siècle qu'au souffle des Arabes, vainqueurs des Grecs, elles volèrent en occident rallumer l'ardeur des mystico-théurgico-goético-philosophes.

L'alexandrinisme avait duré de 193 à 529, grossière parodie du christianisme. Lors de la prise de Constantinople, les Grecs donc divulguent leurs ouvrages; savants d'helléniser. Les faux mystiques, libres penseurs de l'époque, n'avaient que prélibé Platon; ils en savourent la totalité; Plotin et Proclus surexcitent leur imagination; Denys, déjà connu, n'est pas dédaigné, mais il ne suffit plus. Comment tenir en bride ces impatients d'autorité modératrice, décidés à chevaucher sur Satan après les leurres de leur orgueil? Magie blanche, magie noire, nul grimoire ne fait peur; le puits de l'abîme hallucine; on y a regardé, on y regarde, on y regardera; peu importe le nom des regardeurs; les spi-

---

[1] Nourrisson, *Tableau des progrès de la pensée humaine*, XXI.
[2] *Ibid.*

itistes de nos jours renchérissent sur les illuministes d'au-
refois, et le diable, *maçon à truelle* infatigable, bâtit sa
ité avec des têtes détraquées.

III.

Sitôt que Scot Erigène, en les traduisant, eut propagé
es œuvres de Denys, le mysticisme dont l'Aréopagite
vait tracé les trois voies, *purificative, illuminative,
erfective*, gagne de proche en proche, ainsi systéma-
isé, le moyen âge et les temps modernes; l'histoire est
à qui le constate. Les auteurs mystiques se groupent
utour de ce centre de chaleur et de lumière, qui leur
ayonne la connaissance et l'amour, sublime sage à
'imitation duquel les âmes connaîtront en aimant. Nous
iterons quelques noms, quelques extraits; pourquoi
out fouiller? Amis et ennemis admettent, les uns en
)ien, les autres en mal, divergence à dédaigner *hic et
lunc*, l'influence, la vaste influence du disciple de Paul
.ur l'évolution du mysticisme.

Hugues, de St-Victor (mort 1140), se pénètre de Denys[1],
.t Richard, de St-Victor encore (mort 1173), le reproduit.

Que dit S. Bonaventure (1221-1274)? Augustin est le
naître dans le dogme, Grégoire dans la morale, Denys
lans la contemplation; *Denys enseigne l'union de Dieu et
le l'âme, Dei et animæ unionem docet Dionysius*[2]. —
*Denys voulant nous instruire de ce qui regarde les ra-
vissements de l'âme donne l'oraison comme premier
moyen..... Celui donc qui veut s'élever à Dieu, doit,*

---

[1] *V.* Gorres, *Mystique etc.*, l. I, c. X, où l'auteur analyse les
systèmes de Hugues et de Richard.

[2] S. Bonaventure. *de Reductione artium ad theol.*

après avoir évité le péché, qui défigure sa nature, exercer les puissances dont nous venons de parler à acquérir par la prière la grâce qui réforme, par une vie sainte la justice qui purifie, par la méditation la science qui illumine, et par la contemplation la sagesse qui rend parfait [1]. Itinéraire tout à fait dionysien.

Est-ce par d'autres sentiers que s'élèvera Tauler (1294-1361)? *Saint Denys, cet homme tout divin, nous apprend que l'homme est composé de quatre parties, qu'il est à propos de bien considérer, si l'on veut parvenir à l'état de vie le plus parfait. (1° sens, 2° âme, 3° intelligence.) Et la quatrième qui vaut mieux que les autres précédentes, est l'unité de l'homme avec Dieu, qui consiste dans une ressemblance parfaite et dans une proximité incompréhensible et ineffable de l'homme avec le Seigneur, où ceux qui veulent arriver doivent en quelque sorte transformer leurs autres parties et châtier tellement leur corps, qu'il passe, pour ainsi dire, à la nature de l'âme, l'âme à celle de l'intelligence, l'intelligence à celle de l'unité avec Dieu* [2].

Et Gerson (1363-1429) ne marchera-t-il pas à la suite de l'Aréopagite dans ses ouvrages de spiritualité, notamment le *Theologia mystica speculativa* et le *Theologia mystica practica?* Denys ne quitte pas sa pensée, et à chaque instant, même de nom, revient sous sa plume : *Vobis datum est nosse mysterium regni cælorum..... Confiteor tibi, pater, rex cæli et terræ, quia abscondisti hæc à sapientibus et revelasti ea parvulis. — Hæc mystica sunt quæ loquebatur apostolus perfectis et in quibus excedebat Deo, qualia tradidit ex divinâ*

---

[1] S. Bonaventure, *Itinéraire de l'âme à Dieu*, c. i., trad. par M. l'abbé Berthaumier.

[2] Tauler, *Institutions*, c. xxx.

revelatione suâ divinus Dionysius de Mysticâ Theo-logiâ *et de* Divinis Nominibus, *præsertim* c. VII, *vocans hanc sapientiam irrationalem, stultam et amentem. Quâ super sapientiâ dudùm opuscula duo scripsimus* [1].

Commentateur de Denys l'Aréopagite, Denys-le-Chartreux (1403-1471) le nomme son auteur favori.

S. Jean de la Croix (1542-1595) a laissé : *Montée du Mont-Carmel, Nuit obscure de l'âme, Vive flamme de l'amour, Cantiques spirituels, Lettres spirituelles, Précautions spirituelles, Sentences spirituelles, Maximes spirituelles.* Tous les ouvrages de S. Jean de la Croix, comme le P. Berthier l'a fort bien remarqué [2], se ramènent, à vrai dire, à la Montée du Mont-Carmel, sa théologie mystique à lui. L'Espagnol cite [3], *expressis verbis*, S. Denys, en s'appuyant sur sa définition de la théologie mystique ; cet esprit des plus philosophiques, excessivement habile à analyser les facultés et les notions de l'âme, part de cette définition, il la féconde, il la développe ; du reste, purification, illumination, perfection, comme chez l'Aréopagite, tout pivote là-dessus. Le Carme chante d'abord son plan :

(PURIFICATION.)

> *En una noche escura,*
> *Con ansios amores inflamada,*
> *O dichosa ventura !*
> *Sali sin ser notada,*
> *Estando ya mi casa sossegada.*

---

[1] Gerson, *De Elucidatione scholasticâ mysticæ theol.*

[2] P. Berthier, *Lettres sur les Œuvres de saint Jean de la Croix*, Prem. Lett.

[3] *Montée du Mont-Carmel*, l. II, c. VIII.

A escuras y segura ,
Por la secreta escala diffrazada ,
O dichosa ventura !
A escuras y enzelada ,
Estando ya mi casa sossegada.

(ILLUMINATION.)

En la noche dichosa ,
En secreto que nadie me veia ,
Ni yo mirava cosa ,
Sin otra luz ni guia ,
Sino la que en el coraçon ardia.

Aquesta me guiava
Mas certo que la luz de medio dia ,
Adonde me esperava ,
Quien yo bien me sabia ,
En parte , donde nadie parecia.

(PERFECTION , *union*.)

O noche que guiaste ,
O noche amable mas que el alborada .
O noche que juntaste
Amado con amada ,
Amada en el amado transformada [1].

S. Jean de la Croix nous parle de *noche escura* comme
S. Denys de γνόφος ou σκότος.

S. François de Sales (1567-1622) est formé à l'école de
S. Denys ; il l'honore, on l'a vu, des noms les plus glorieux ; les ouvrages de l'évêque de Genève respirent la

[1] *Montée du Mont-Carmel*, Argument.

doctrine de l'Aréopagite; son *Traitté de l'Amour de Dieu*, en particulier, avec son éclat et son parfum, s'épanouit sur cet arbre, planté au bord du fleuve de la grâce, dont il est une des plus charmantes fleurs.

Né sur ce sol fécond où avaient germé Pierre d'Alcantara, Jean d'Avila, Thérèse, Jean de la Croix, encore tout resplendissants sous leur auréole mystique, Michel Molinos, tête brûlante d'Espagnol, dans l'effervescence qui lui rend impossible la modération de ces irréprochables devanciers, rêve un système d'union panthéistique.

Les doctrines de l'Espagnol trouvèrent, par deçà les monts, dans cette France où les subtilités du jansénisme desséchaient le cœur, plus d'estime et un meilleur accueil qu'elles n'eussent mérité. Ce mysticisme s'y glissa sous la forme du *quiétisme*. Au souvenir de qui ce nom de quiétisme n'évoque-t-il pas la belle, pieuse, pure madame Guyon sur qui ces idées déteignirent, son doux et spirituel champion Fénelon, qui abrita la colombe sous ses ailes de cygne, et l'impétueuse attaque de Bossuet, aigle sous les griffes duquel furent étreints le cygne et la colombe, *fulminis ales* s'en allant chercher les foudres du Vatican pour réduire en cendres l'*Explication des Maximes des Saints*.

M. de Meaux n'accepte ni l'authenticité des écrits de Denys, *Ceux qui ont cherché des raisons pourquoi l'ouvrage du prétendu Aréopagite* [1], etc., ni la date apostolique de ces mêmes écrits,...*je remarquerai avant toutes choses qu'elle (la doctrine de saint Denys) paroît prise de quelques endroits de saint Clément d'Alexandrie* [2]; n'importe, il ne disconvient pas de l'ascendant

----

[1] Bossuet, *Tradition des nouveaux mystiques*, c. XVI, s. XII.
[2] *Ibid.*, s. VI.

de ce système sur les compositions ultérieures des mystiques : *Ce qui paroît principalement leur avoir inspiré ce langage exagératif, c'est que prenant pour modèle les livres attribués à saint Denys l'Aréopagite, ils en ont imité le style extraordinaire* [1]. Le ton de l'aveu n'en diminue pas la valeur. *Cet habile inconnu* [2] hérissait les plumes à l'aigle de Meaux; s'il ne l'a pas griffé, attribuons-le moins à un manque d'intention qu'à un ménagement conseillé par la conscience de s'en prendre à un autre aigle qui lui ferait cher payer sa griffade. Jean Alzog émet une opinion des plus judicieuses : *Celui-ci (Bossuet) entama, par conséquent, une polémique dans laquelle, en combattant le pseudo-mysticisme, il porta peut-être quelque atteinte à la vraie mystique* [3].

Le dix-huitième siècle se voile de sombres nuages, sortis de l'encrier de la philosophie, qui finissent par crever en pluie de sang; horrible, mais féconde pluie, si, sur la terre où l'*Ane d'or*, en train de se métamorphoser, ne trouvait à brouter pour toutes fleurs que des chardons, le mysticisme chrétien, spéculatif et pratique, lève de nouveau sa moisson de génies et de saints! Aujourd'hui la gnose de l'Encyclopédie n'abuse plus que de niais retardataires; la mêlée entre le bien et le mal se rengage sur le théâtre autrement vaste de leurs antiques combats. Gorres, *avec ce regard prophétique que donne le génie appuyé sur une longue expérience, apercevait déjà les premiers symptômes de ces désordres monstrueux de l'esprit et du cœur que nous voyons se produire au grand jour sous nos yeux. Il voyait se préparer, pour un avenir prochain, une*

---

[1] Bossuet, *Instruction sur les états d'oraison*, t. I, l. I.

[2] Bossuet, *Tradition des nouveaux mystiques*, c. XVI, s. V.

[3] Jean Alzog, *Histoire universelle de l'Eglise*, § 365.

nouvelle manifestation des puissances infernales, semblable à celles que nous offre le paganisme antique ; et il croyait qu'il était urgent de prémunir les esprits contre ce nouveau danger, en déterminant avec précision les signes auxquels on peut distinguer les opérations du démon de celles de Dieu et de la nature, et en traçant d'une main ferme les limites qui séparent le monde surnaturel et divin du monde sous-naturel et infernal [1]. L'auteur de la *Mystique divine, naturelle et diabolique*, réfractaire, comme Bossuet, à l'authenticité et à la date des livres aréopagitiques, en prône, avec plus d'élan que l'exterminateur du quiétisme, l'excellence et la propagation : *Ces livres donnaient aussi à la mystique spéculative une base solide, sur laquelle les siècles suivants devaient continuer l'édifice commencé* [2]. On s'est inscrit en faux contre la division de la *Mystique* en *divine, naturelle* et *diabolique*, division qui, d'après M. de Mirville, et son mot, nous l'adoptons, n'implique rien moins qu'un suicide [3]. Toujours est-il que Gorres construira lui aussi son œuvre sur la *base solide* de l'Aréopagite, partageant, somme toute, en *purgative, illuminative* et *unitive*, sa mystique, malheureusement inachevée.

Denys, sans cesse Denys, sans cesse sa trilogie ; il est le roi de la mystique, roi dans le passé, roi dans le présent, roi dans l'avenir. Quelles seront les destinées de la mystique ? Tout lui en présage de favorables, la difficulté de respirer sous la poussière du siècle, les déserts repeuplés d'anachorètes qui cherchent un air

[1] Charles Sainte-Foi. *Préface de la Mystique divine, naturelle*, etc.

[2] Gorres, *Mystique* etc., l. I, c. V.

[3] J*.-E*. de Mirville. *Pneumatologie*, t. III, c. XII, § V.

moins crasse, plus vital, la réimpression des *Vies des saints* et des ouvrages ascétiques ou contemplatifs, la mise au jour de ces pages consacrées à la réhabilitation du froc et du voile, oui, tout jusqu'aux efforts, en sens contraire, de Satan et de ses suppôts pour restaurer la mystique diabolique.

De la terre faire le ciel et de l'exil la patrie[1], Bossuet estime que ce n'est pas possible, affirmation, hélas! qui n'est que trop vraie; non moins vraie est la tendance des belles âmes à réaliser, au plus haut degré permis, ce changement qui, chez les profanes, s'appelle *progrès,* et, chez les saints, *perfection*, et par quoi ce changement, union de l'homme avec Dieu, s'opèrerait-il sinon par la mystique ?

Le traducteur a prétendu non pas tant démontrer du tout au tout l'influence de saint Denys sur la théologie scolastique ou mystique, que planter de distance en distance quelques jalons, moyennant lesquels le lecteur, mis en goût, pût sonder de lui-même plus à fond ces domaines de la pensée.

IV.

De l'aveu des connaisseurs, l'art chrétien doit ses plus magnifiques inspirations à la mystique. *L'art chrétien s'attacha à faire ressortir la beauté intérieure, qui gît au fond même de l'âme. Il n'est pas une vertu, et, dans chaque vertu, pas un degré qui n'ait trouvé sous la main des artistes qu'il a formés son expression. L'antiquité cherchait surtout à manifester les passions qui agitent le cœur de l'homme; l'art chrétien cherche*

---

[1] Bossuet, *Instruction sur les états d'oraison*, t. i, l. i.

avant tout à purifier les sentiments et les idées qu'il exprime. C'est surtout dans la peinture sur verre que cette mystique de l'âme se révèle [1]. La divine Comédie est un poème tout mystique dans sa nature et sa composition [2]. Quelle part ne revient-il pas à Denys dans cette transformation de l'art! Tous ces illustres du compas, du pinceau, du ciseau, de la lyre, ne devaient-ils pas, avec les variantes de leur génie, s'écrier comme Dante :

> Dionisio, con tanto disio,
> A contemplar questi ordini si mise,
> Che li nomó, e distinse, com'io [3].

La chevalerie aussi..... mais nous n'en finirions pas. O Denys, homme un, non, sur cette planète il n'y a rien de bon, de beau, de grand, que n'embrasse le cercle de ton action, et les dénicheurs de saints n'ont qu'une chose à faire, c'est de te réintégrer dans une niche à la hauteur de ton mérite, s'ils ont d'assez longs bras pour atteindre à l'une, et d'assez vastes têtes pour concevoir l'autre.

[1] Gorres, *Mystique etc.*, l. i. c. viii. — [2] *Ibid.* — [3] Dant.. *Ciel*. 28.

ARTICLE CINQUIÈME.

*Ie donne avecques raison, ce me semble, la palme à
Iacques Amyot sur touts nos escrivains françois, non
seulement pour la naïfveté et pureté du langage, en
quoy il surpasse touts aultres, ny pour la constance
d'un si long travail, ny pour la profondeur de son
sçavoir, ayant peu developper si heureusement un
aucteur si espineux et ferré (car on m'en dira ce qu'on
vouldra, ie n'entends rien au grec, mais ie veois un
sens si bien ioinct et entretenu par tout en sa traduction,
que, ou il a certainement entendu l'imagination vraye
de l'aucteur, ou ayant, par longue conversation,
planté vifvement dans son ame une generale idee de
celle de **Plutarque**, il ne luy a au moins rien presté
qui le desmente ou qui le desdie); mais, sur tout, ie
luy sçais bon gré d'avoir sceu trier et choisir un livre
si digne et si à propos, pour en faire present à son
païs* [1].*

La disjonctive de Montaigne est désopilante! Lecteur
bénévole, il tient quitte à bon compte. N'est-ce pas,
bon Dieu! à cette enseigne que logent tant d'acheteurs
de traductions.

Ajoutez, retranchez, torturez, pourvu que du traducteur par rapport au traduit, on puisse dire : *Il ne luy
a au moins rien presté qui le desmente ou qui le desdie*,
la version fera florès.

Qui le desmente ou qui le desdie! Montaigne en parle à

<hr>

[1] Montaigne, *Essais*, l. ii, c. iv.

l'aise. Ici, son scepticisme aurait eu beau jeu. Est-il
si facile de s'assurer que Plutarque ne dit pas oui,
quand Amyot dit non, ou *vice versâ*? La sophistique
cheville assez bien ses joints pour donner le change
sur le sens ou des nuances de sens, et il y aurait à re-
douter que cette mode, non sans danger même avec
la bonne foi de l'évêque d'Auxerre, n'en entraînât un
plus grave, octroyée à des translateurs dont la bonne
foi est le moindre défaut. A supposer, d'ailleurs, que
l'idée mère ne déménage pas, est-il permis, par je ne
sais quelle flasque parturition, de la faire produire sous
l'incubation d'un traducteur? Tolérés, nécessaires même
dans des notes, les éclaircissements, en s'interpolant à
travers le texte, loin d'y répandre le jour, ne font qu'y
épaissir la nuit. Dans tous les cas, c'est une trahison,
traduttore, traditore.

Trahison encore que de procéder par mutilation : tel
ou tel passage, telle ou telle idée, choquerait le goût du
siècle, son raffinement en morale, sa culture scientifique, etc., biffage au recto, biffage au verso ; on casse
bras et jambes à l'auteur; je prétendais l'acheter d'une
pièce, on me le vend en morceaux.

La pensée de l'auteur, ni plus ni moins. Y atteindre,
c'est là le *hic*! Indépendamment des traductions, commentaires, scolies, qui aplanissent la route de ce
sommet ardu, un des expédients les plus aptes à la
réussite consiste à remonter à la source dont l'auteur à
translater but lui-même les flots.

Par exemple, qui se flattera de jamais rendre Denys,
je ne dis pas d'une manière digne de lui, mais avec
une scrupuleuse fidélité, s'il ne s'aide, pour en venir à
bout, de Platon et des Écritures où l'Aréopagite ne cesse
de puiser?

Un de nos principaux soins a donc été de parangonner Denys à Platon [1], comme aussi de le confronter aux Ecritures. La sobriété nous a condamné à restreindre les notes; au goût a été sacrifié le plaisir, doux qu'il eût été, en multipliant les citations, de fournir un plus ample extrait de naissance concernant un génie dont l'origine pique tant l'intérêt. Nous ne nous posons ni en paraphraste ni en scoliaste, ni en Pachymère ni en Maxime, notre ambition d'explicateur n'étant que de crayonner, sur les éléments de la doctrine aréopagitique, des points ou des lignes de repère, juste ce qu'il en faut à un novice pour en comprendre de droit fil la divine charpente.

On ne saurait disconvenir que, à peine de méditer Platon, un helléniste de force supérieure, en vain se prendrait-il corps à corps avec le texte de Denys, n'aboutirait pas de sitôt à lui faire rendre l'âme. Les *Dialogues*, la *République*, les *Lois*, les *Lettres*, circulent dans les *Noms divins*, la *Théologie mystique*, les *Hiérarchies*, les *Épîtres*, d'une lecture plus accessible, plus gracieuse, plus courante, lorsque le Maître de l'Académie nous en enseigne l'abécédaire. Préludons par l'étude de Platon à celle de Denys; il n'y aura plus alors tant de brouillamini.

Quant à ce qui est des Ecritures, il ne faut pas oublier que Denys cite d'après les Septante; renvoyer le lecteur à la Vulgate, ce serait le dévouer à des marches et à des contre-marches sans fin; que de fois la discordance des versets ne le dérouterait-elle pas! Puis, et ceci s'adresse aux lecteurs qui savent le grec et donnera à ceux qui ne le savent pas l'envie de l'apprendre, l'exégèse gagne infiniment en rapidité et en clarté à vérifier

---

[1] Nous citerons soit Platon soit Aristote sur l'édition grécolatine de Firmin Didot.

la citation sur le texte analogue. Tel mot d'une langue quelconque s'y explique naturellement, qui, dans une autre, faute d'équivalent, tourne à l'énigmatique, à l'indéchiffrable. Nous n'avons pas regret au temps que nous a coûté l'indication des versets, l'Ecriture élucidant Denys, si Denys élucide l'Ecriture. L'Aréopagite, étranger à l'hébreu, n'en hasarde trois ou quatre mots avec leur signification, que sous le couvert des hébraïsants; le traducteur a pris sur soi de les éplucher en rabbin au petit pied; n'est pas qui veut un Drach ni surtout un Renan; où en serait-on, si pour dénicher quelques racines, il ne s'agissait de rien moins que d'être professeur émérite au Collége de France.

Les œuvres de Denys, océan où les génies ont plongé et replongé à la pêche des perles de la plus belle eau! S. Thomas en a enrichi son écrin angélique, tant et si bien que, si, d'aventure, ce qui de l'Aréopagite a échappé à l'injure du temps ou de l'envie, en éprouvait les délétères atteintes, il n'y aurait qu'à secouer *Somme théologique, Somme contre les gentils, Opuscules, etc.,* pour en faire ruisseler *Noms divins, Théologie mystique, Hiérarchie céleste, etc..* Quel avantage à consulter le Dominicain, lui qui voit d'ensemble et de haut! Nos annotations ont prélevé sur son bonnet le majeur contingent : docteur universel, jette les perles! Bernardin de Saint-Pierre a dit je ne sais pas où : *La vérité est une perle fine, et le méchant un crocodile qui ne peut la mettre à ses oreilles, parce qu'il n'en a pas. Si vous jetez une perle à un crocodile, au lieu de s'en parer, il voudra la dévorer, il se cassera les dents, et de fureur il se jettera sur vous.* Si les crocodiles mangent S. Thomas, dure sera la digestion.

Le mot est le signe de l'idée; à tous deux même respect. Arrière, les syncopes et les périphrases, bien qu'à éviter ces deux écueils, le traducteur ne surgisse pas encore au port ; reste le terme auquel se substitue le terme ; c'est ici que, sur la mer du dictionnaire, il interroge salutairement la boussole de la métaphysique. Cette remarque a d'autant plus de portée, que les termes en question relèvent eux-mêmes plus directement de cette science des sciences : l'absolu évince la synonymie, quand même l'élégance crierait à l'indignité. Les profanes seuls jouent avec ces mots de *principe, cause, substance, genre, espèce*, etc., etc..... On périclite à en affronter, à pleines voiles, d'autres qui pour ne pas se hérisser ainsi, n'en blessent pas moins les téméraires. Ἱεράρχης est à traduire ; *hiérarque* ou *pontife*, que choisir ? Point d'hésitation, *pontife*. On comprendra mieux. N'est-ce pas par trop se moquer de l'auteur, de l'antiquité, de la linguistique ? *Hiérarque* et *pontife*, à cent piques l'un de l'autre. *Pontifex* sent la chaux et le sable, pèche, au mépris des lois du *Cratyle*, par l'imitation de l'essence, jure avec la chose ; de bon aloi pour exprimer des saliens préposés à l'édification des ponts, il ne rend qu'avec dépréciation tout ce que sonne de sublime ἱεράρχης. Ainsi de *diacre* et de *liturge*, *initiateur* et *mystagogue*, *sacrement* et *télète*, etc., toutes nuances dont il est requis, n'en déplaise aux laxistes, que le traducteur ne fasse pas tant fi, pour peu qu'il se respecte, lui, l'original et le lecteur.

Saint Denys n'est pas viande de tout estomac ; les galactophages s'accommoderont difficilement de cette nourriture solide faite pour des viscères d'une autre trempe ; le liquéfier, c'est remettre les forts avec les faibles à la mamelle. Dieu nous garde de ronsardiser ; mais, certes, nous aviserons aussi à ce que la mode ne retaille pas une chlamyde..... en queue de morue. La langue de Denys, nous la conserverons de notre mieux.

Libre à l'entomologiste d'appeler *anommates* des coléoptères pentamères, ou au crustacéologue, *agnostes* des trilobites qui ont pour type l'asaphe pyriforme, et l'on chicanera le mystique qui de ces deux noms, préférablement à *aveugle,* moins juste, moins expressif, applique le premier aux intelligences pour caractériser un nouveau mode de perception, ou, en place d'*inconnu*, qui laisse à désirer, emploie le second à désigner l'inaccessibilité de l'Etre souverain vis-à-vis des intelligences créées.. L'Aréopagite préfixe ὑπέρ *super* à une foule de mots, *supersubstance, superintelligence, superdivinité,* etc., etc., terminologie à laquelle les lexiques interdiraient abusivement leurs colonnes ornementées, dans le même style, par la chimie, l'anatomie, la physiologie, etc. Voyez donc : *hypersulfocyanide*, *hypergénèse*, *hyperendosmose*, etc., etc.......

Quittons la terre, et en remontant vers le ciel, de monde en monde, de soleil en soleil, de cime en cime, allons à l'Etre plus haut que toute cime, plus brillant que tout soleil, plus grand que tous les mondes; où sont les expressions pour l'inexprimable, les noms pour l'innominable? Quelle substance désignera ce qui est au-dessus de toute substance, quelle lumière, ce qui est au-dessus de toute lumière, quelle puissance, ce qui est au-dessus de toute puissance....? Le *super* ὑπέρ nous tire d'embarras, heureux si la gent porte-férule ne tape sur les doigts au dionysiaque traducteur qui le lâche, et si les académies, soit pour elles-mêmes, soit pour leurs adeptes, n'en confisquent le monopole. *Style extraordinaire*, dira Bossuet lui-même avec une pointe d'ironie, comme si le style ne devait pas cadrer avec les pensées, et que les pensées de Denys fussent ordinaires! Les voyages en Barbarie nous récréent médiocrement, et ce n'est pas de gaîté de cœur que notre traduction s'aventure de ce côté, ne se faisant pas faute, si la disette l'y pousse, de prendre ses passeports à Rome ou à Athènes. Qu'y a-t-il à objecter? Toutes les sociétés secrètes, socialistes, mystiques, etc., ont leurs termes à elles; ainsi, le carbonarisme, *vente, vente suprême*; le saint-simonisme, *artistes, savants, industriels*; le cosmosophisme, *actif* et *passif*, *progrès infini, produire* et *jouir*; le spiritisme, *typtologie, sématologie, médiums*, etc., etc. A cela joignez l'argot inventé par les filous, les truands; aristocratisé par les dramaturges, les romanciers; hébergé par les lexicographes, les vocabulistes, ce sera plus qu'il n'en faut pour lever les scrupules d'un traducteur à qui l'emploi de quelques paroles insolites mais justes, transcendantales mais techniques, ferait craindre de crisper les nerfs à ses lecteurs.

Une ressource était encore laissée à notre ambition de vulgariser saint Denys, ressource exploitable à grand renfort de fatigue, de patience, d'ennui; c'était la fabrication d'une table analytique des plus détaillées; le traducteur s'est exécuté. Dans l'édition gréco-latine de l'Aréopagite, J.-P. Migne a bien publié un *Index rerum et verborum*, en tout une douzaine de colonnes, ébauche d'index plutôt que véritable index, d'une nullité quasi radicale, par la mutation des mots, respectivement à notre table analytique. Enorme en est l'utilité : les traités, les chapitres, les paragraphes, les phrases, les termes, se débrouillent les uns par les autres; du rapprochement jaillit la clarté; joint que, d'ordinaire le mot grec étant accolé au mot français, les moins forts hellénistes, en l'absence du texte, toute investigation à part, en démêleront avec plaisir les matériaux essentiels.

Pour en revenir à la traduction, les paragraphes de

saint Denys filés d'une venue comme chez les anciens
dont les yeux de lynx ne s'y éblouissaient pas, ont été
coupés en alinéas moins revêches à l'héméralopie des
modernes. Par surcroît, les marges portent manchettes.
Notre œuvre plaira-t-elle?

L'Aréopagite a été plusieurs fois translaté en latin, un
latin, franchement, plus inextricable que le grec. La
langue de Cicéron et de Tacite ne se prête pas à cette
version au même degré que celle de Sales et de Fénelon. En 1608, Jean de Saint-François, prieur des Feuil-
lantins de Paris, publia une traduction de Denys en
français; M. l'abbé Darboy en a mis au jour une autre,
en 1845.

M. Ernest Hello a prononcé ce jugement : *Mgr Darboy
a rendu à l'Europe l'immense service de traduire saint
Denis. Je ne dirai qu'un mot de cette traduction : elle
est fidèle; elle est digne de saint Denis. Je me garderai
bien d'ajouter un autre éloge* [1].

Plus récemment et dans la même *Revue*, M. l'abbé
Lecanu rendait une sentence contradictoire : *Saint
Denys l'Aréopagite a bien pu concevoir et faire passer
dans le langage son traité sublime de la Céleste Hiérarchie; si sublime, qu'aucun traducteur n'a pu le rendre
encore d'une manière satisfaisante. Mais si aucun
traducteur n'a pu l'exprimer en aucune langue, quel
architecte oserait entreprendre de le traduire en un
monument de granit* [2]? Nous souscrivons à cet arrêt,
selon nous, sans appel.

Pourquoi encore une traduction? M. l'abbé Darboy a
profité du frère Jean de Saint-François; nous profiterons

[1] *Saint Denis l'Aréopagite*, *Revue du Monde catholique*, 6 octobre 1861.

[2] *La Mystique des églises gothiques*, *Revue du Monde catholique*, 25 juillet 1864.

du frère Jean de Saint-François et de M. l'abbé Darboy,
avec ombre d'espoir que cette succession littéraire se
déroulera contre la loi d'Horace :

> *Ætas parentum, pejor avis, tulit*
> *Nos nequiores, mox daturos*
> *Progeniem vitiosiorem* [1].

Tant pis, si l'ombre s'évanouit au soleil de la publi-
cité ; elle s'en retournera dans son royaume.

Bénévole ou malévole lecteur, un éloge au moins à
chacun des traducteurs de saint Denys, il t'en souvient,
cet éloge de Montaigne à Amyot : ... *sur tout, ie luy
sçais bon gré d'avoir sceu trier et choisir un livre si
digne et si à propos, pour en faire present à son païs* [2].

Nous n'étendons pas nos souhaits pour le livre de Denys, à ce que *les dames en regentent les maistres d'es-
chole* [3], mais, s'il faut ne rien cacher, ils seraient accomplis, du moment que les messieurs se diraient : ... *c'est
nostre breviaire* [4].

---

[1] *Od.*, l. III, Aux Romains. — [2] Montaigne, *Essais*, l. II, c. IV.
— [3] *Ibid*. — [4] *Ibid*.

ARTICLE SIXIÈME.

I.

Le diable disait à nos premiers parents : *Vous serez comme des dieux* [1]. — *Nous serons comme des dieux*, ont répété de siècle en siècle leurs enfants, aveugles au résultat de la fatale tentative d'Adam et d'Ève ; insensés qui, en butte à la séduction d'une apothéose chère à leur orgueil, n'ont pas voulu de celle que Dieu lui-même promet à l'humilité sur un ton non moins formel : *Vous êtes des dieux* [2].

La déification jadis avait ses favoris ; la masse a protesté ; le grand Pan nivelle tout : *Vous n'êtes que par moi, et c'est moi qui suis Dieu, et vous, mes développements.*

Le panthéisme est le secret public de l'Allemagne. Dans le fait, nous avons trop grandi pour le déisme. Nous sommes libres et nous ne voulons point de despote tonnant ; nous sommes majeurs et nous n'avons plus besoin de soins paternels ; nous ne sommes pas non plus les œuvres d'un grand mécanicien ; le déisme est une religion bonne pour des esclaves, pour des Génevois, pour des horlogers [3].

La philosophie ne mâche pas ce qu'elle pense ; chut, la poésie chante :

[1] Gen., III, 5. — [2] Ps. LXXXII, 6. — [3] Henri Heine, *V.* Nourrisson, *Progrès de la pensée humaine*, XLIII.

Le Dieu qu'adore Harold est cet agent suprême,
Le Pan mystérieux, insoluble problème,
Grand, borné, bon, mauvais, que ce vaste univers
Révèle à ses regards sous mille aspects divers ;
Être sans attributs, force sans providence,
Exerçant au hasard une aveugle puissance ;
Vrai Saturne, enfantant, dévorant tour à tour,
Faisant le mal sans haine et le bien sans amour ;
N'ayant pour tout dessein qu'un éternel caprice,
Ne commandant ni foi, ni loi, ni sacrifice,
Livrant le faible au fort et le juste au trépas,
Et dont la Raison dit : — Est-il, ou n'est-il pas [1] ?

C'est ce qui s'appelle ne pas mettre une sourdine à la guimbarde.

II.

On a tout chiffonné Dieu, l'ange, l'âme.

Jean Reynaud remue *Terre et Ciel.* La lutte éclate entre un théologien et un philosophe, un champion, vous devinez lequel, monté sur un hippogriffe, pégase du moyen âge, l'autre fier de sa locomotive, cette gorgone du XIXᵉ siècle. Point n'est douteuse l'issue de la lutte : le théologien n'est pas un père, mais un compère.

Soixante pages dialoguées sur les anges ! Le théosophe s'attaque à l'Aréopagite ; il le cite, lui et ses œuvres ; il sait à quel ennemi il a affaire, et qu'en le démontant, il démonte les héritiers de sa doctrine. Ecoutons le philosophe : *Vous avez, dès le début, défini les anges en qualité d'êtres supérieurs, incorporels, divinement*

[1] De Lamartine, *Le dernier chant du pèlerinage d'Harold*, x.

illuminés, immuables, immaculés : il y a là une péti-
tion de principes que je ne dois pas accepter [1].

Et par ainsi, Jean Reynaud traite de corporelles les
substances célestes; de chimère leur illumination surnaturelle, la classification fondée sur ce principe, leur
immuabilité, leurs apparitions; bref, de rêve la théorie
dionysienne. Il refait à neuf, ou, du moins, ramasse des
systèmes déjà tombés, et relevés pour retomber encore,
nonobstant l'appui de ses épaules ultra-atlantiques.

A ton tour, Allan Kardec : *Comme le germe d'un*
fruit est entouré du périsperme, de même l'Esprit
proprement dit est environné d'une enveloppe que,
par comparaison, on peut appeler périsprit [2]. — *Les*
Esprits sont-ils égaux, ou bien existe-t-il entre eux
une hiérarchie quelconque? « *Ils sont de différents*
ordres selon le degré de perfection auquel ils sont par-
venus [3]. » Pour la curiosité du fait, on nous permettra
d'exhiber, en substance, l'échelle spirite.

Ordres.	Classes.
	10ᵉ Esprits impurs.
	9ᵉ Esprits légers.
IIIᵉ. Esprits imparfaits.	8ᵉ Esprits faux-savants.
	7ᵉ Esprits neutres.
	6ᵉ Esprits frappeurs et perturbateurs.
	5ᵉ Esprits bienveillants.
IIᵉ. Bons Esprits.	4ᵉ Esprits savants.
	3ᵉ Esprits sages.
	2ᵉ Esprits supérieurs.
Iᵉ. Purs Esprits.	1ᵉ Classe unique.

Purs Esprits, à un millième près, ne vous y trompez
pas, le périsperme s'est aminci, subtilisé, diaphanéisé,

---

[1] Jean Reynaud, *Terre et Ciel*, v *Les anges.* — [2] Allan Kardec, *Le Livre des Esprits*, l. II, c. 1. — [3] *Ibid.*

voilà tout. Jean Reynaud se gausse *des classifications artificielles auxquelles se plaisent vos docteurs* [1] (ô théologie!); aurait-il pris au sérieux, en tant que *naturelle*, la classification d'Allan Kardec? *L'échelle spirite* provoque la curiosité à l'ascension; seulement, on s'y casse le cou.

Vision intuitive, insipide régal! A la face de Dieu, Cédar préfère celle de Daïdha :

> *Ah! l'ange ne sait pas ce que c'est que l'amour!*
> *Être unique et parfait qui suffit à soi-même,*
> *Non, il ne connaît pas la volupté suprême*
> *De chercher dans un autre un autre but que lui,*
> *Et de ne vivre entier qu'en vivant en autrui* [2].

Emmanuel gémira :

> *Que n'ai-je pu mourir lorsque mourut ta mère!*
> *J'ai failli; je l'aimais; Dieu punit cet amour :*
> *Elle fut enterrée en te laissant au jour* [3].

O Vénus populaire, née de l'écume des passions, si les anges sont ces blanches colombes que la volupté attelle à ton char, comme elle y enchaînera à quatre pattes, avec des guirlandes de myrte et de roses, leurs inférieurs du monde sublunaire!

III.

Les plus sublimes habitants des zones les plus sublimes du ciel ne sont que nos frères aînés [4].

Adieu la ligne qui sépare l'ange de l'homme et l'âme

---

[1] Jean Reynaud, *Terre et Ciel*, v *Les anges.* — [2] De Lamartine, *Chute d'un ange*, 1re vision. — [3] De Vigny, *Déluge.* — [4] Jean Reynaud, *Terre et Ciel*, v *Les anges.*

de l'esprit, la différence de l'illumination ; adieu la hiérarchie céleste, la hiérarchie humaine, les irradiations qui, avec des nuances assorties à la nature ou à la grâce, en décorent diversement les ordres ou les degrés ; adieu mort, résurrection, enfer : c'est une refonte totale.

L'homme est ainsi formé de trois parties essentielles :

1o Le corps, ou être matériel analogue aux animaux et animé par le même principe vital ;

2o L'âme, Esprit incarné dont le corps est l'habitation ;

3o Le principe intermédiaire ou périsprit, *substance semi-matérielle qui sert de première enveloppe à l'Esprit et unit l'âme et le corps. Tels sont, dans un fruit, le germe, le périsperme et la coquille* [1].

A qui vend-il ses coquilles le *coq sans plumes* non encore sorti de la sienne ? Le patriarche du spiritisme a tort de se fêler le crâne à matagraboliser un système qui, pour toute trompette de renommée, ne fera bruire à son oreille que les grelots de la folie.

IV.

La hiérarchie s'écroule donc à commencer par la clé de voûte. L'Homme-Dieu est un *mystique archétype*, au sentiment de Reynaud, pas si *mystique*, selon Renan [2]. que de ses yeux baignés des larmes de sang de l'agonie, il n'ait reluqué les belles galiléennes. Jésus timbré ! Jésus menteur ! Jésus amoureux ! ô hiérarque des hiérarques !

Monseigneur Myriel [3], dit Bienvenu, demande sa bé-

____

[1] Allan Kardec, *Le Livre des Esprits*, l. II, c. II. — [2] *Vie de Jésus*. — [3] Victor Hugo, *Les Misérables*.

nédiction à un Conventionnel, à un collègue de Robespierre. *Dans ce siècle de surprises, en voilà une, ma parole d'honneur, à laquelle je ne m'attendais pas*[1].

Le prêtre ne passe pas dans la rue, dont sa robe balaie la boue, que les lecteurs de romans ne lui crient après, *Jocelyn, Frollo, Julio.*

> *.... Oh ! si tu vis, j'abjure*
> *Mes infâmes vertus et mon sacré parjure !*
> *Je n'ai rien prononcé ! plus d'autel ! plus d'adieu !*
> *Dans ton cœur, dans tes bras ! ah ! c'est là qu'est mon Dieu ;*
> *C'est là que je n'aurai de flamme que ta flamme,*
> *D'autre ciel que tes yeux, d'autre âme que ton âme.*
> *Non, non, ils ont menti ; reviens, reviens au jour ;*
> *L'enfer n'est pas possible avec un tel amour*[2].
>
> . . . .
>
> *Son âme avait passé dans ce dernier baiser* [3]*!*

Baiser sur un lit de mort ....*in manus tuas, Domine, commendo spiritum meum.*

Jocelyn et *Laurence, Frollo* et *Esméralda, Julio* et *Louise ! Loubaire* grognera ses amours avec *Marion la Champise.* L'Eglise pleure ses larmes les plus amères ; l'écharpe municipale elle-même répugne à doubler la ceinture de Vénus..... la populaire.

Il y a trois quarts de siècle, des porcs défilèrent processionnellement à travers Paris, affublés d'ornements sacerdotaux ; la révolution allégorisait ; sa fiction parle aux yeux. A la suite de ces verrats en qui la Circé de la littérature métamorphose les oints du Seigneur, les pécores courent pâturer la glandée que le démon de la luxure leur fait pleuvoir dans la fange en secouant l'arbre de la science du bien et du mal.

[1] De Mirecourt, *Les Vrais Misérables.* — [2] De Lamartine, *Jocelyn*, v^e Epoque. — [3] *Ibid.*, ixe Epoque.

V.

Il s'agit bien d'ascèse et de mystique !

Comme le moyen-âge procède toujours avec ordre, voici le mécanisme qui conduit à la perfection. Cela se fait en trois temps.

Première période ; purgative.

. . . . . .

Deuxième période, illuminative.

. . . . . .

Troisième et dernière période, unitive.

. . . . . .

L'opération est finie ; et en quinze jours vous voilà avec les séraphiques, avec saint Ignace, avec saint Jean de la Croix, avec sainte Thérèse. Tout cela avec un petit livre qui n'aura pas coûté plus d'un franc. O puissance de la méthode des exercices spirituels [1] *!*

O bouquets spirituels des méditations de Loubaire ! Avec quel amour platonique sa main consacrée les offre à Vénus Uranie, Marion la Champise !

Peuples, levez-vous et marchez, les trois étoiles de l'abbé, auteur de la *Religieuse*, vous éclairent sur le chemin du progrès.

La *Cité mystique*, de Marie d'Agréda, est un des plus magnifiques livres sortis d'une plume humaine. Or, cette *Cité*, par le fait seul qu'elle est flanquée de *mystique*, que n'a-t-elle pas provoqué d'attaques, soutenu de siéges, essuyé d'escalades ! Bouillet à une grêle

---

[1] L'abbé ***, *La Religieuse*, II partie, Suite des méditations de Loubaire. *Le moyen-âge, saint Ignace et la spiritualité.*

de projectiles joint un obus tête de mort : Marie d'A-gréda *crut avoir reçu de Dieu et de la sainte Vierge l'ordre d'écrire la vie de la mère de Dieu ; elle obéit et publia en 1655 le recueil des visitations dont elle avait été honorée; ce n'est qu'un tissu de visions ridicules et quelquefois indécentes..... L'ouvrage a été censuré à Rome , mis à l'index.....* [1].*

L'auteur du *Dictionnaire universel d'Histoire et de Géographie*, lui qui, ayant eu, sur ce livre, maille à partir avec la Congrégation romaine, tient à honneur d'en relater l'approbation dès le premier feuillet d'une édition expurgée, ne devait-il pas à une femme, vision-naire fût-elle, faire la galanterie de clôturer la critique de la *Cité mystique* en citant ces deux pièces qui en accompagnent une récente publication ?

Innocentius Papa XI.

In negotio librorum sanctimonialis Mariæ à Jesu de Agreda, supersedendum duximus, quamvis sacræ hujus inquisitionis ratio et stylus aliter suaderent.

Datum Romæ, sub annulo Piscatoris, die 9 novembris 1681.

Sanctissimus D. N. Benedictus XIII, ad humillimas preces postulatoris causæ beatificationis et canoniza-tionis servæ Dei Mariæ de Jesu de Agreda, per orga-num R. P. D. Pitoni, Episcopi Imeriæ, Sanctitatis Suæ auditoris, mediante ejus rescripto, subinfrascriptâ die mandavit ut causa prædictæ servæ Dei prosequa-tur in sacrâ Rituum Congregatione ; absque novo exa-mine librorum Mysticæ Civitatis Dei, *iidem libri reti-neri et legi possint. Et ita , etc.*

Die 21 Martii 1729.

-----

[1] Bouillet, **Dictionn. universel** *d'Histoire et de Géographie.*

*Ce n'est qu'un tissu de visions ridicules et quelque-
fois indécentes. Indécentes!* La *Cité mystique* est tout ce
qu'il y a de plus pur, de plus chaste, de plus céleste :
un ange en la lisant n'aurait pas à couvrir de ses ailes
sa face pudibonde, et tel est le virginal parfum qui s'en
exhale, que l'homme, à le respirer, s'y surprend, au-
dessus des miasmes terrestres, vivre en frère de l'ange.
Ridicules! Notre dictionnariste a savamment annoté Plotin, et si tant il avait envie de rire, le chef de l'alexandrinisme revendiquait bien sur Marie d'Agréda le droit
de le défrayer; en voilà des visions, et des cornues, par
parenthèse !

Le traducteur insiste à ce propos, parce que, jaloux
de reconquérir l'opinion avec l'étude aux œuvres de
Denys, où la théorie de la mystique est touchée de main
de maître, il lui compétait, pour en faire aimer la pratique, de venger des sarcasmes des anti-mystiques un
livre, où cette théorie, en la personne de la Mère de
Dieu, reçoit la plus glorieuse application. Nous avons
pris à partie Bouillet, non qu'il ménage le moins l'injure, mais à la pensée que son dictionnaire jouit d'une
certaine vogue, discréditant auprès des naïfs ce que
précisément ses travaux sur Plotin, mystique plus fou,
lui soufflaient de recommander. Marie d'Agréda est une
montagne; montagne, Plotin aussi, le veut-on? Mais
s'il faut un *ridiculus mus*, d'honneur, nous savons laquelle des deux en accouchera. Au fait, qui ne rirait de
certains livres des *Ennéades*, serait lui-même risible ;
quoi de plus propre à épanouir la rate que les coqueci-
grues de Plotin sur les *hypostases, le démon, l'âme, etc.*
Echantillon : *En descendant du monde intelligible, les
âmes viennent d'abord dans le ciel, et elles y prennent
un corps au moyen duquel elles passent même dans
des corps terrestres, selon qu'elles s'avancent plus ou*

moins (*hors du monde intelligible*). Bouillet avouera bien qu'il ne sanctionne pas jusqu'à un iota toute la doctrine de son alexandrin ; de déclarer à quelle dose sont drolatiques des contes inacceptables, l'universitaire n'en aura pas l'ingénuité.

VI.

Nous avons, à la course, signalé les plus funestes erreurs en circulation dans les veines de ce siècle fiévreux, dont le délire, toujours croissant, prend le fantastique pour du réel. Délire entremêlé de quelles clameurs ! plus de Dieu que moi, plus d'autorité que la raison, plus de hiérarchie que la révolution, plus de Christ qu'un sans-culotte Jésus, plus de prêtres que les adorateurs de la matière, plus de mysticisme que l'union de la chair avec la chair : toutes atrocités contre lesquelles proteste la doctrine de Denys, résolvant, d'ailleurs, de la manière la plus satisfaisante, ces hautes questions, aujourd'hui carrément posées, de la fin, de la perfection, de la béatitude. Le traducteur a, de son mieux, mis en relief cette doctrine, d'une opportunité si incontestable là où, sur les bancs, aux chambres, dans la rue, se discute le progrès ; superflu serait-il d'en repasser, de point en point, les principes et les conclusions, en pleine discordance avec des systèmes sur le résultat desquels les extraits ci-devant mentionnés dissipent tous les nuages de l'illusion. Seulement, quelques réflexions sur le prêtre et la femme.

L'Aréopagite, comme s'il habitait déjà ce séjour où *neque nubent neque nubentur, sed erunt sicut angeli Dei,* exclut de son ouvrage une moitié du genre humain ; pas une syllabe pour le beau sexe ; on dirait que l'époux de Damaris a oublié qu'il existe des femmes. Paul, le grand amant de la virginité, sème çà et là ses épîtres de doux souvenirs de femmes, *Phœben sororem nostram.......Mariam.......Juniam....... Tryphænam....... Tryphosam....... Persidem carissimam....... matrem ejus (Rufus), et meam... Juliam.... Priscam ;* l'austère Jérôme écrit à Paula; François de Sales échange de tendres lettres avec Jeanne-Françoise de Chantal. Denys ne trahit sa tendresse pour aucune fille d'Eve; point de nom propre sous sa plume qui révèle une figure aimée ; nulle part en ses ouvrages n'est cité le mot femme. Qui plus que Denys cependant fut l'admirateur de la femme, et, en témoignage de son admiration, exhala des accents plus inouïs que son cri d'enthousiasme à l'aspect de l'idéal de la femme : *Si je ne savais qu'il n'y a qu'un Dieu, je l'aurais adorée.* Il avait vu celle qui enfanta la vie, le tabernacle de Dieu, le chef-d'œuvre de la nature et de la grâce, ravissante à se mettre à genoux devant elle, si ravissante, que ses yeux, éblouis de tant de charmes, ne devaient plus apercevoir de femme sur la terre à travers cet éclat. La lecture de Denys infuse la chasteté, et, tandis que des écrivains d'un autre bord s'évertuent à poétiser le prêtre fémineau, en imprègne tellement celui qui s'engagea au Seigneur par le lien virginal du sacerdoce, que, sans regret de ne pouvoir appeler même une des plus belles filles d'Eve, *ma femme,* il ose à peine lui dire, *ma sœur.*

Certes, de grands écrivains, n'escomptant pas la gloire en scandale, réagissent contre le torrent des confusions écumeuses, *despumantes suas confusiones* [1]; Denys fortifiera leur résistance. Et puis aussi, les *in-folio* du moyen âge n'effarouchent plus autant, tous les jours

---

[1] Judæ, 13.

exhumés de la poussière des bibliothèques ; entre tous ou plutôt avant tous ces prodiges de science, S. Thomas, l'encyclopédiste de ces temps, ressuscite, fêté, couru, étudié. *Tous ses écrits renferment, sous une logique exacte et rigoureuse, une mystique gracieuse et profonde à la fois ; aussi peut-on les considérer comme l'expression complète de la science de ce temps. L'esprit mystique dont ils sont pénétrés est tellement manifeste que Cordier, dans son introduction aux ouvrages de l'Aréopagite, remplit quatre pages in-folio de citations des livres du Docteur angélique. Saint Thomas avait cherché à unir au point de vue de la science l'élément terrestre avec l'élément divin* [1]. Cordier n'a pas, tant s'en faut, de tous les livres de S. Thomas extrait les citations de S. Denys qui eussent allongé son catalogue ; dans ceux même qu'il mentionne, il en omet, et dans ceux où il n'a pas glané, *Chaîne d'or*, *Commentaire sur les Epîtres de S. Paul*, etc., il reste à recueillir. Or, tout naturellement, veut-on entrer dans S. Thomas, qu'on en prenne les clés ; S. Denys en est une, et d'or, ouvrant toutes les portes ; elle n'est pas de refus.

Et puis enfin, à une époque où les beaux-arts, trop long-temps victimes d'une renaissance qui les assassinait sur les autels des faux dieux, renaissent vraiment sous le *spiraculum vitæ* du Dieu seul beau, Denys, le contemplateur de la beauté, activant ce retour du paganisme au christianisme, découvrira au sensible de splendides échappées sur l'intelligible. Grand dommage que la *Théologie symbolique* soit perdue ; les amateurs doivent être d'autant plus inconsolables, que les fragments éparpillés dans les ouvrages à notre connaissance accusent, en fait de symbolisme, les sommités de la science.

---

[1] Gorres, *Mystique*. etc., l. ı, c. vııı.

Revenons au progrès : Denys en a tracé la route, l'infaillible route. L'humanité n'avait que faire de la *Psyché* de Victor de Laprade :

> *Convive du nectar, à l'Amour même unie,*
> *Psyché revêt des dieux la nature infinie.*
> *Tous ses jours, mesurés comme on mesure au ciel,*
> *Ne forment qu'un instant, mais il est éternel.*
> *Sans s'épuiser jamais, aux plaisirs qu'elle goûte*
> *Des biens déjà sentis la volupté s'ajoute ;*
> *Et, des fleuves d'en haut merveilleux réservoir,*
> *Son cœur, toujours rempli, peut toujours recevoir* [1].

L'académicien déifie à la païenne ; merci de son Olympe ; nous voulons et savons mieux ; Lucius-Apuleius lui-même était venu trop tard, et, en conscience, c'est nasarder les gens, que de leur repasser. dix-sept siècles après, l'*Ane d'or*.

[1] Victor de Laprade, *Psyché*, l. III.

FIN DES PROLÉGOMÈNES.

DES NOMS DIVINS

DE

SAINT DENYS L'ARÉOPAGITE.

DENYS, PRÊTRE,

A TIMOTHÉE, AUSSI PRÊTRE.

CHAPITRE I.

QUEL EST LE BUT DE CE DISCOURS, ET QU'EST-CE QUI NOUS EST ENSEIGNÉ TOUCHANT LES NOMS DIVINS.

§ I.

Or, maintenant, ô bienheureux, après mes *Hypoty-poses théologiques*, j'essaierai, selon mes forces, d'expliquer les noms [1] divins.

Ici encore, suivons la règle tracée par les oracles : ne pas établir ce qui se dit de Dieu par les paroles persuasives de la sagesse humaine, mais par l'ostention de

L'Écriture révèle Dieu. Par le sensible ne se saisit pas l'intelligible, et encore moins Dieu.

---

[1] Ὀνομάτων. Ὄνομα nom. R. Ὄν être; μάω j'aspire, je recherche. « C'est l'être ὄν, dont le nom est la recherche μάσμα. » (Plat., *Crat.*, I, 310.) Le dialogue tout entier du *Cratyle* jette le plus grand jour sur le traité des *Noms divins*.

la vertu dont l'Esprit meut les théologiens [1], vertu où, ineffablement et agnostiquement, nous commerçons avec l'ineffable et l'agnoste, grâce à une union au-dessus de notre puissance et faculté rationnelle et intellective [2].

Donc il ne faut avoir la présomption de rien exprimer par le discours ni de rien saisir par l'intelligence touchant la supersubstantielle et mystérieuse divinité, que ce que cette divinité nous a manifesté dans les sacrés oracles, elle à qui doit se référer d'ailleurs la super-substantielle science d'agnosie relativement à cette supersubstantialité, agnosie au delà de toute raison, de toute intelligence et de toute substance.

Ainsi, ne perçons pas du regard plus avant que ne rayonne la splendeur des oracles théarchiques, le retenant, avec discrétion et sainteté, vis-à-vis des plus sublimes lumières touchant le divin [3].

En effet, à en croire la toute sage et très-véritable théologie, le divin est révélé dans une épopsie proportionnée à chaque intelligence, salutaire justice de la bonté théarchique qui divise, avec une convenance divine comme incompréhensible, l'immensurable au mensurable [4].

Car, comme l'intelligible ne peut être vu et saisi par le sensible, ni le simple et l'atypique par le multiple et le typique, ni l'informité impalpable et inostensible de l'incorporéité par la forme palpable et ostensible de la corporéité; ainsi, vraie déduction, reste supérieure à toutes les substances l'infinité supersubstantielle, et à toutes les intelligences l'unité superintelligible.

Nulle conception ne conçoit cet un inconcevable, nulle expression n'exprime ce bon inexprimable, unité

---

[1] I. Cor., II, 4. — [2] *V. T. M.*, c. II, § I. — [3] Rom., XII, 3. — [4] *Ibid.*

unifiant toute unité, substance supersubstantielle, intelligence inintelligible, parole imparlable ; irraisonnabilité [1], inintelligibilité [2], innommabilité [3], n'étant comme rien de ce qui est ; causant l'être de tout et n'étant pas lui-même, parce qu'il est au delà de toute substance, tel que proprement et sciemment il lui appartient de se découvrir.

§ II.

C'est pourquoi, ainsi que je l'ai dit, il ne faut avoir la présomption de rien exprimer par le discours ni de rien saisir par l'intelligence touchant la supersubstantielle et mystérieuse divinité, que ce que cette divinité nous en a manifesté dans les sacrés oracles. Car, et c'est elle-même qui bénignement nous en avertit par ces oracles, il n'est donné à aucun être de pénétrer de sa science ou de son intuition sa nature, supersubstantiellement en dehors de tout [4].

On ne doit touchant Dieu dire et penser que ce que nous enseigne l'Écriture.

Et tu verras, en effet, la foule des théologiens proclamer, non-seulement qu'elle est invisible [5] et incompréhensible [6], mais encore qu'elle se dérobe à toute recherche [7] en même temps qu'à toute investigation [8], n'y ayant pas de trace qui mène à son occulte infinité.

Ce n'est pas toutefois que le bon exclue aucun être de sa participation ; au contraire, la splendeur supersubstantielle qui repose inséparablement en lui-même, il la rayonne, de par sa qualité de bon, à tous les êtres, dans

----

[1] Ἀλογία, R. à pr., λόγος raison. — [2] Ἀνοησία, R. à pr., νόησις intellection. Rom., xi. 34. — [3] Ἀνωνυμία, R. à pr., ὄνομα nom. Ex., vi. 3. — [4] i. Cor., ii. 11. — [5] i. Tim., i, 17. — [6] Phili., iii. 12-13. — [7] Rom. xi, 33. — [8] *Ibid.*

des illuminations analogues à leur capacité; de plus, il élève, autant que possible, à sa contemplation, à sa communion, à sa similitude, les pieuses intelligences qui, s'y élançant dans les limites légitimes et avec un saint respect, ne revendiquent pas, en proie à un orgueil imbécile, plus de lumière divine qu'il ne leur en fut raisonnablement départi, et ne se laissent pas glisser non plus, en butte à de vils entraînements, sur la pente de la dégradation, mais qui, sans inconstance et sans fluctuation, s'attachent à la clarté illuminatrice, et, avec un amour assorti à leurs illustrations spéciales, pleines d'une religieuse révérence, prennent prudemment et saintement leur vol vers la sublimité.

§ III.

Sous l'empire de cette théarchique pondération qui gouverne même toutes les phalanges des ordres super-célestes, honorant, dans la théarchie, par une religieuse et discrète réserve d'intelligence, l'arcane au-dessus de toute intelligence et de toute substance, et, par un sobre silence, l'ineffabilité, nous nous rattachons aux splendeurs dont les sacrés oracles nous éclairent, et qui nous initient radieusement aux louanges théarchiques, supermondaine illumination et modelage aux saintes hymnologies, de manière à voir la lumière théarchique qui nous est dispensée à notre mesure dans ces sacrés oracles, et à célébrer le bienfaisant principe de toute pieuse illustration d'après ce qu'il nous y apprend à son égard.

Par exemple, nous apprend-il, il est la cause [1], le

____
[1] Heb., v, 9.

principe [1], la substance [2] et la vie [3] de tout ; le rappel [4] et la résurrection [5] de ceux qui s'étaient séparés de lui [6] ; la rénovation [7] et la restauration [8] de ceux qui s'étaient ravalés jusqu'à corrompre en eux la déiformité [9] ; l'auguste fondement [10] de ceux qui chancellent sous les secousses de l'iniquité ; le soutien [11] de ceux qui restent debout ; la manuduction [12] énergique de ceux qui s'élèvent à lui ; l'illumination [13] des illuminés ; la perfection [14] des perfectionnés ; la divinité [15] des divinisés ; la simplicité [16] des simplifiés ; l'unité [17] des unifiés ; le principe supersubstantiellement superprincipal de tout principe [18] ; la bonne effusion, au possible, de son arcane [19] ; en un mot, la vie des vivants, la substance des substanciés, le principe et la cause de toute vie et de toute substance, par sa bonté qui produit et conserve les êtres à l'existence.

[1] Apoc., xxii, 13. Aristote dit des *principes* : « Πασῶν μὲν οὖν κοινὸν τῶν ἀρχῶν τὸ πρῶτον εἶναι ὅθεν ἢ ἔστιν ἢ γίγνεται ἢ γιγνώσκεται..... » confondant *cause* αἰτία ou αἴτιον avec ἀρχή : « πάντα γὰρ τὰ αἴτια ἀρχαί. » (*Mét.*, l. iv, c. 1.) « Omnis enim causa potest dici principium, et omne principium causa ; sed tamen causa videtur addere supra principium communiter dictum, quia id quod est principium, sive ex eo consequatur esse posterioris, sive non, potest esse principium..... Causa solum dicitur de illo principio ex quo consequitur esse posterioris. » (S. Tho., Op. xxx, *De Princip. nat.*) — [2] Ex., iii, 14. — [3] Jo., xiv, 6. — [4] Luc., v, 32. — [5] Luc., ii, 34. — [6] Luc., xv, 4. — [7] Ps. civ, 30. — [8] Phili., iii, 21. — [9] Ps. xlix, 12. — [10] Ps. lxxiii, 4. — [11] ii. Tim., ii, 19. — [12] Os., ii, 14. — [13] Ps. xxvii, 1. — [14] Apoc., xxii, 13. Τελεταρχία télétarchie, τέλος fin, perfection, ἀρχή principe, commencement. — [15] Deut., x, 17. Θεαρχία théarchie, θεός dieu, ἀρχή principe. — [16] ii. Cor., xi, 3. — [17] Eph., iv, 3. — [18] Apoc., iii, 14. — [19] Gal., v, 22.

§ IV.

Voilà ce que nous révèlent les sacrés oracles, et tu remarqueras que presque toute la pieuse hymnologie des théologiens, pour manifester et louer Dieu, façonne ses noms sur les processions [1] bienfaisantes de la théarchie.

Aussi que voyons-nous dans quasi tout le cours de la théologie? La théarchie y est saintement célébrée, tantôt comme monade [2] et énade [3], à raison de la simplicité et de l'unité de son indivisibilité supernaturelle, par quoi, ainsi que par une puissance unifiante, nous sommes unis, et, grâce à la supermondaine copulation de nos autretés partielles, nous sommes ramenés à la monade déiforme et à l'union imitatrice de Dieu [4]; tantôt comme triade [5], pour exprimer en ses trois hypostases la fécondité supersubstantielle dont tire son être et son nom toute paternité au ciel et sur la terre [6]; ici, comme cause des êtres, parce que tous reçoivent l'existence de sa bonté substancifiante [7]; là, comme sage [8] et belle [9], d'autant que tous les êtres qui gardent incorruptibles les attributs de leur nature, sont pleins, sans réserve, de divine harmonie et d'auguste convenance; enfin, comme excellemment amie de l'homme [10], attendu qu'en l'une de ses hypostases, elle communiqua véritablement et totalement à notre condition, en appelant à soi, pour se l'appliquer, la bassesse humaine [11], alliance

---

[1] Πρόοδους processions, R. Πρό en avant, ὁδός route, action de sortir. — [2] Rom., XVI, 27. Μονάδα, R. Μόνος *solus*, seul. — [3] Rom., III, 29. Ἑνάδα, R. Εἷς *unus*, un. *V. N. D.*, c. XIII. — [4] Jo., XXII, 22-23. — [5] I. Jo., V. 7. — [6] Eph., III, 15. — [7] Act., XVII, 24, 28. — [8] Rom., XVI, 27. — [9] Cant., I, 16. — [10] Jo., III, 16. — [11] Phili., II, 7.

où, d'une manière ineffable, le simple [1] Jésus fut composé [2], où l'éternel [3] se soumit à une étendue temporelle [4], où celui qui dépasse supersubstantiellement tout ordre en toute nature [5], se renferma entre les limites de la nôtre [6], sans que ses propriétés immuables en fussent altérées ou confondues [7].

Bref, il y a une foule d'autres lumières déifiques, en rapport avec celles des oracles, que la tradition secrète de nos sublimes chefs nous a départies ; or, nous les avons recueillies aussi, mais sous le déguisement de religieux symboles à notre portée ; car, dans sa tendresse pour l'humanité, la tradition hiérarchique, aussi bien que les oracles, cache l'intelligible sous le sensible, et le supersubstantiel sous le substantiel ; elle revêt de forme et de figure ce qui n'a ni figure ni forme, et, par la variété de ces emblèmes divisibles, elle multiplie en la façonnant l'infaçonnable simplicité.

Mais quand nous serons devenus incorruptibles et immortels [8], et que, sur le modèle du Christ [9], nous aurons atteint à la félicité bienheureuse, alors, selon les oracles, *nous serons pour toujours avec le Seigneur* [10] ; d'un côté, pleinement admis à la chaste contemplation de Dieu visible à nos regards [11], nous serons inondés des torrents d'une brillante lumière, comme il arriva aux disciples dans sa divine transfiguration [12] ; d'un autre côté, nous participerons par notre intelligence, à l'abri des passions et de la matière, à ses clartés intelligibles [13], dans une union [14] au-dessus de l'intelligence,

---

[1] II. Cor., xi, 3. — [2] Jo., i, 14. — [3] Jo., i, 30. — [4] Rom., v, 6. — [5] Phili., ii, 6 ; Eph., i, 21. — [6] Phili., ii, 7. — [7] Phili., ii, 6. — [8] I. Cor., xv, 54. — [9] I. The., iv, 14. Mot-à-mot, *félicité christiforme et bienheureuse.* — [10] I. The., iv, 17. — [11] Ὁρατῆς αὐτοῦ θεοφανείας *de sa visible théophanie.* Job, xix, 26-27. — [12] Matth., xvii, 2. — [13] Jo., xvii, 24. — [14] Jo., xvii, 22.

milieu des inouïs et béatifiques rejaillissements de ses rayons supersplendides, de la même sublime manière que les intelligences supermondaines ; car, comme dit la vérité des oracles, nous serons *les égaux des anges et les fils de Dieu, nous, les fils de la résurrection* [1].

Mais ici-bas, ce n'est que par des symboles accommodés à notre capacité, que nous nous exhaussons au divin, que nous parvenons jusqu'à un certain point à la vérité [2] simple et une des spectacles intelligibles, et qu'après avoir atteint, selon nos moyens, à l'intellection du monde déiforme, suspendant nos opérations intellectuelles, nous nous attachons, autant qu'il est permis, à la supersubstantielle splendeur, où préexistent inénarrablement tous les termes de toutes nos gnoses, et qui échappe à l'intelligence, à la parole, et à la vision, de n'importe quel genre, parce qu'elle est en dehors de tout, qu'elle se dérobe éminemment à la gnose, qu'elle anticipe en soi supersubstantiellement toutes ensemble les limites des gnoses et des puissances substantielles, sans exception, et que, par son incompréhensible puissance, elle s'élève au-dessus même des intelligences supermondaines. Car si toutes les gnoses ont les êtres pour objets et se bornent aux êtres, elle, au delà de toute substance, se soustrait, par le fait même, à toute gnose.

----

[1] Luc., xx 36. — [2] Ἀλήθειαν vérité. *V.* N. D., c. vii, § 1.

§ V.

Mais si elle l'emporte sur toute parole et toute gnose,
et qu'elle domine absolument toute intelligence et toute
substance, embrassant, contenant, anticipant [1] tout ;
si elle est entièrement incompréhensible, à outrepasser
sens, imagination, opinion, appellation, narration,
taction, science, comment exécuterons-nous un traité
des noms divins, quand il est démontré que la divinité
supersubstantielle n'a pas de nom et qu'elle excède tout
nom ?

Assurément, comme nous l'avons exposé dans le
cours de nos *Hypotyposes théologiques*, on ne saurait
exprimer par le discours ni saisir par l'intelligence ce
qu'est cet un, cet agnoste, ce supersubstantiel, ce bon
en soi, c'est-à-dire, cette énade triadique, semblablement divine, semblablement bonne.

Il y a plus : les unions des saintes intelligences,
comme elles conviennent aux anges, unions qu'il faut
appeler ou immissions [2] ou susceptions [3] vis-à-vis de la
bonté superagnoste et supermanifeste, sont aussi incompréhensibles qu'inexplicables, n'existant que dans
les anges élevés, par delà la gnose angélique, à cette
dignité.

Les intelligences déiformes, ainsi unies, autant que
possible, à l'imitation des anges, car c'est par la ces-

Dieu est tout ce qui est, et rien de ce qui est. On peut donc lui appliquer des noms affirmatifs, ou des noms négatifs. Les noms négatifs le louent mieux que les noms affirmatifs.

---

[1] Ces trois mots « *embrassant* περιληπτική, *contenant* συλληπτική,
anticipant προληπτική » se composent d'un élément commun
ληπτική *apte à prendre*, R. Λαμϐάνω *je prends*, et d'un élément
spécial περί *autour*, σύν *avec*, πρό *à l'avance*. Le mot « *incompréhensible* ἄληπτος » dérive de ἄ *priv.*, et aussi de λάμϐανω. —
[2] Ἐπιϐολὰς immissions, R. Ἐπί sur, ϐάλλω je lance. — [3] Παραδοχὰς, susceptions, R. Παρά chez, δέχομαι je reçois.

sation de toute opération intellectuelle que s'accomplit
l'union des intelligences divinisées avec la lumière superdivine, la célèbrent, on ne peut mieux, à la diviser
d'avec tous les êtres, apercevant à sa clarté de par leur
union avec elle, qu'elle est la cause de tous les êtres,
et qu'elle n'en est aucun, par la raison que supersubstantiellement elle les excède tous.

Ainsi, cette supersubstantialité théarchique, quelle que
soit d'ailleurs la supersubsistance de sa superbonté, quiconque aime la vérité au-dessus de toute vérité devra
la louer, non pas en tant que raison, puissance, intelligence, vie, substance, mais comme superéminemment
par delà toute habitude, tout mouvement, toute vie,
toute imagination, tout nom, toute parole, toute pensée, toute intellection, toute substance, toute station,
toute fermeté, toute union, toute limitation, toute illimitation, tous les êtres enfin.

Puis donc que, subsistance de la bonté, la providence
de la théarchie, par son être même, est la cause de tous
les êtres, il faut la louer, principe du bon, d'après le
causé ; car tout est autour d'elle et pour elle, et elle-
même est avant tout, et tout se conserve en elle ; c'est
parce qu'elle est, que l'univers fut produit et qu'il se
maintient, et que tous les êtres gravitent vers elle, les
êtres intelligents et raisonnables par la gnose, les êtres
d'un degré inférieur par la sensibilité, et les êtres placés plus bas par le mouvement vital, ou au moins par
leur disposition substantielle ou modale.

§ VI.

C'est d'après ces idées que les théologiens célèbrent la théarchie comme innommable et en lui appliquant tous les noms.

D'une part, comme innommable : car ils rapportent qu'elle-même, dans une de ces mystiques visions de symbolique théophanie, reprit le mortel qui lui dit : *Quel est ton nom* [1]? et que, pour le détourner de toute gnose du nom divin, elle ajouta : *Pourquoi me demandes-tu mon nom? Il est admirable* [2]. Et n'est-il pas réellement admirable ce nom, nom supérieur à tous les noms, nom sans nom, nom *placé au-dessus de tout nom qui se nomme, soit dans la perpétuité présente, soit dans la perpétuité future* [3].

D'autre part, en lui appliquant tous les noms : car les théologiens la représentent se définissant elle-même *Je suis celui qui est* [4], la vie [5], la lumière [6], le dieu [7], la vérité [8]. Et ils louent de par tout le causé cette cause de tout, qu'ils proclament tour à tour bonne [9], belle [10], sage [11], chérissable [12], Dieu des dieux [13], Seigneur des seigneurs [14], Saint des saints [15], perpétuelle [16], être [17], origine des perpétuités [18], distributrice de la

[1] Judic., XIII, 17. Pas littéralement cité. — [2] S. Denys compose sa citation et de la réponse de l'ange à Manué, Judic., XIII, 18, et de la réponse de l'ange à Jacob, Gen., XXXII, 29. — [3] Eph., I, 21. L'Aréopagite cite encore avec variante au commencement ce texte où S. Paul représente d'ailleurs le Christ, sans parler de nom, assis par le Père à sa droite..... au-dessus.... de tout nom..... — [4] Ex., III, 14. — [5] Jo., XIV, 6. — [6] Jo., VIII, 12. — [7] Gen., XXVIII, 13. — [8] Jo., XIV, 6. — [9] Ps. CXVIII, 4.— [10] Cant., I, 16. — [11] I. Cor., I, 25. — [12] Cant., I, 3. — [13] Ps. L, 1. — [14] Apoc., XIX, 16. — [15] Dan., IX, 24. — [16] Is., XL, 28. — [17] Ex., III, 14. — [18] Heb., I, 2.

vie [1], sagesse [2], intelligence [3], raison [4], gnostique [5], superpossesseur des trésors complets de toute gnose [6], puissance [7], puissante [8], Roi des rois [9], ancien des jours [10], agéronte [11], inaltérable [12], salut [13], justice [14], sanctification [15], rédemption [16], supérieure à tout en grandeur [17], vent subtil [18]. Elle est, continuent-ils, dans les intelligences [19], dans les âmes [20], dans les corps [21], dans le ciel [22], dans la terre [23], et à la fois la même dans le même [24], dans le monde [25], autour du monde [26], par delà le monde [27], par delà le ciel [28], par delà la substance [29], soleil [30], étoile [31], feu [32], eau [33], esprit [34], rosée [35], nuée [36], pierre [37], rocher [38], tous les êtres [39], et aucun des êtres [40].

§ VII.

Ainsi, à la cause de tout et au-dessus de tout ne convient aucun nom et conviennent tous les noms des êtres, d'autant que rigoureusement elle est la royauté de l'univers [41], que tout est autour d'elle [42], et dépend

.[1] Act., XVII, 25. — [2] Col., II, 3. — [3] Rom., XI. 34. — [4] Heb., IV, 12 — [5] II. Tim., II, 19. — [6] Col., II, 3. — [7] I. Cor., I, 18. — [8] Ps. XXIV, 8. — [9] I. Tim., VI, 25. — [10] Dan., VII, 9. — [11] Ps. CII, 27. — [12] Mal., III, 6. — [13] Ps. LXXXV, 9. — [14] I. Cor., I, 30. — [15] *Ibid.* — [16] *Ibid.* — [17] Ps. LXXIX, 7. — [18] III. Reg., XIX, 12. — [19] Phili., IV, 7. — [20] I. Thes., V, 23. — [21] *Ibid.* — [22] Ps. CXV, 3. — [23] *Ibid.* — [24] Ps. CII, 27. — [25] Jo., I, 10. — [26] Ps. XCV, 4. — [27] Is., LXVI, 1. — [28] Ps. CXIII, 4. — [29] Matth., VI, 11. — [30] Mal., IV, 2. — [31] Apoc., XXII, 16. — [32] Deut., IV, 24. — [33] Apoc., XXI, 6. — [34] Jo., IV, 24. — [35] Os., XIV, 5. — [36] Os., VI, 4. — [37] Αὐτόλιθον pierre par soi, I. Pet., II, 5; les autres, *Pierre lui-même,* pierres par participation. (*V.* Corn. à Lap.) — [38] L'Ecriture emploie simplement λίθος. — [39] Πέτραν rocher, II. Reg., XXII, 2. — [40] Col., III, 11. — [41] Apoc., III, 17. — [42] Ps. XXII, 28. *V.* N. D., CXII.

d'elle [1], comme de sa cause, de son principe, de sa fin,
qu'elle-même, selon les oracles, *est tout en tout* [2], et
qu'en vérité elle est réputée procréer [3], commencer [4],
perfectionner [5], conserver [6], garder [7], loger [8], et convertir [9] à elle tout; et cela, unement [10], insaisissablement [11],
éminemment [12], car la bonté superinnommable n'est pas
cause seulement de la conservation, ou de la vie, ou de
la perfection, pour ne se nommer que d'après telle ou
telle providence; elle a anticipé en soi tous les êtres,
simple et incirconscrite, par les bontés consommées de
cette providence une [13] et même, cause de tous les êtres,
en sorte qu'elle se célèbre harmonieusement sous les
noms de tous ces êtres.

§ VIII.

Au reste, les théologiens chantent les noms divins
empruntés non-seulement aux providences générales ou
particulières, ainsi qu'aux objets de ces providences [14],
mais encore à de divines apparitions qui, tantôt dans
les temples sacrés [15] et tantôt ailleurs [16], éclairent les

Non-seule-
ment ses pro-
vidences, mais
encore les for-
mes de ses ap-
paritions four-
nissent des noms
vis-à-vis de
Dieu.

[1] Is., XLIX, 18. V. Plat., *Epit.* II, II, 549. — [2] Os. XI, 7. V.
Plat. *Lo.*, IV, II, 326. — [3] I. Cor., XV, 28. — [4] Ps. XXXIX, 7.
— [5] I. Reg., III, 12. — [6] *Ibid.* — [7] Is., XI, 12. — [8] Ps. XVII,
8. — [9] Judic., I, 6. — [10] Ps. LIII, 6. — [11] Ἡνωμένως unement.
« *Sans parties et dans une propre unité, ou mieux par delà
l'unité.* » (Pachy., *Paraph.*). — [12] Ἀσχέτως insaisissablement.
« *Rien ne l'absorbe ni ne la borne.* » (Pachy., *Paraph*).— [13] Ἐξηρημένως éminemment. « *En dehors de tout.* » — [14] V. Plat. *Parmén.*, *Tim.* — [15] Προνοιῶν providences, — παντελῶν générales, parfaites, par ex.: *Roi, pantocrate,* — μερικῶν particulières, par ex.:
Roi des rois, Dieu des dieux. — Προνοουμένων objets de ces providences, mot-à-mot *les* (objets) *providenciés,* par ex.: *pierre, rose,
cerf, homme. V.* Pachy., *Par.* — [16] Is., VI, 1. — [17] Eze., I, 3.

initiateurs et les prophètes ; suivant les diverses causes et puissances [1], ils imposent divers noms à cette bonté supersplendide et superinnommable ; ils lui appliquent les formes et les figures de l'homme [2], du feu [3], de l'électre [4] ; ils la représentent avec des yeux [5], des oreilles [6], une chevelure [7], un visage [8], des mains [9], des épaules [10], des ailes [11], des bras [12], un dos [13] et des pieds [14] ; ils lui assignent des couronnes [15], des trônes [16], des calices [17], des cratères [18], et maints autres emblèmes [19] que nous nous efforcerons d'expliquer dans la *Théologie symbolique.*

Mais, pour l'heure, recueillons parmi les oracles tout ce qui se rapporte à notre traité actuel, et suivant, à titre de canon, ces prémisses, objet de notre attention, arrivons à l'explication des noms divins intelligibles [20]. Or, sur l'invariable prescription de la loi hiérarchique à propos de toute théologie [21], ouvrons l'œil divin de la pensée à l'épopsie des spectacles déiformes [22], à proprement parler, et inclinons une oreille [23] sacrée vers l'interprétation des sacrés noms divins, réservant, d'après la pieuse tradition, les choses saintes aux saints, loin de les livrer à la risée et aux moqueries des profanes [24], que

---

[1] La cause se révèle par la puissance, et la puissance par l'effet ; les théologiens remontent donc mystiquement du symbole ou effet saisissable à l'effet insaisissable, d'où à la puissance, d'où à la cause, d'où à Dieu. — [2] Gen., xviii, 2. — [3] Deut., iv, 36. — [4] Eze., viii, 2. — [5] Ps. xxxiii, 48. — [6] Jac , v, 4. — [7] Dan., vii, 9. — [8] Ps. xxxiv, 16. — [9] Job., x, 8. — [10] Ps. xci, 4. — [11] *Ibid.* 4. — [12] Ps. lxxxix, 23. — [13] Ex., xxxiii, 23. — [14] Gen., iii, 8. — [15] Apoc., xiv, 44. — [16] Is., vi, 4. — [17] Ps. lxxv, 8. — [18] Prov., ix, 2. — [19] Apoc., i, 46. — [20] Νοητῶν θεωνυμιῶν noms divins intelligibles, — pour les distinguer *des noms qui désignent des objets sensibles.* — [21] II. Tim., II, 15. — [22] II. Cor., iii, 18. — [23] Apoc., ii, 7. — [24] Matth., vii, 6.

nous essaierons plutôt, s'il se rencontre de tels hommes, de détourner de la guerre livrée à Dieu sur ce point-là.

Il te faut donc, ó beau Timothée, conformément à la religieuse ordonnance, garder ces choses-là, et ne pas divulguer ou extériorer le divin parmi les profanes.

Pour moi, qne Dieu m'accorde de célébrer, avec une convenance divine, les multiples noms de sa bienfaisance dans cette bonté indicible, innommable, et qu'il n'ôte pas de ma bouche la parole de vérité [1].

[1] Ps. cxix, 43.

CHAPITRE II.

NOMS DIVINS COMMUNS ET DISTINCTS, ET CE QUE C'EST
QU'UNION ET DISTINCTION EN DIEU.

§ I.

Les oracles apprennent que la bonté en soi définit et caractérise la subsistance théarchique entière, quelle qu'elle soit. Et de fait, quel autre enseignement tirer de la sacrée théologie, quand elle montre la théarchie s'exprimant en ces termes : *Pourquoi me parles-tu de bon? Nul n'est bon que Dieu seul* μόνος [1].

Or, nous avons vérifié et établi ailleurs que perpétuellement les noms divins qui conviennent à Dieu, les oracles les appliquent tous à la divinité sans particulariser, mais dans sa totalité, dans sa perfection, dans son intégrité, dans sa plénitude, et qu'ils les donnent tous indistinctement, absolument, indifféremment, universellement, à l'entière totalité de la pleinement parfaite divinité.

Effectivement, comme nous l'avons remarqué en nos *Hypotyposes théologiques*, nier que cette parole ait été prononcée sur la divinité tout entière, c'est entreprendre criminellement de blasphémer et de déchirer l'énade superunie.

Confessons donc que cette locution se prend de la

[1] Matth., XIX, 17.

divinité tout entière ; car le Verbe lui-même, bon par nature, a dit : *Je suis bon* [1] ; et l'Esprit, un des prophètes ravis en Dieu le proclame bon [2].

Et cette affirmation : *Je suis celui qui est* [3], si l'on soutient qu'elle ne s'étend pas à la divinité tout entière, si l'on s'efforce de la circonscrire en la particularisant, comment entendre cette proposition : *Voilà ce que dit celui qui est, qui était, qui viendra, le pantocrator* [4] ; et cette autre : *Pour toi, tu es le même* [5] ; et cette autre : *L'Esprit de vérité, qui est, qui procède du Père* [6]?

Et si l'on prétend que la théarchie tout entière n'est pas vie, comment sera vraie la sacrée parole : *Comme le Père ressuscite les morts et les vivifie, de même le Fils vivifie ceux qu'il veut* [7] ; et cette autre : *L'Esprit est vivifiant* [8]?

Que la divinité tout entière possède la seigneurie de l'univers, pour Dieu le Père et Dieu le Fils, je crois qu'il est impossible de nombrer en combien d'endroits de la théologie est attribué au Père et au Fils le titre de seigneur. Or, l'Esprit est seigneur aussi.

Egalement, la beauté et la sagesse sont assignées à la divinité tout entière ; et la lumière, la déification, la causalité, enfin tout ce que la théarchie renferme de propriétés, est chanté par les oracles à la gloire de toute la théarchie, succinctement, comme lorsqu'ils disent : *Tout est de Dieu* [9] ; avec développement, comme lorsqu'ils s'écrient : *Tout a été fait par lui* [10] *et pour lui* [11] ; et : *Tout subsiste en lui* [12] ; et : *Tu enverras ton Esprit, et ils seront créés* [13].

---

[1] Matth., xx, 15. — [2] Ps. cxliii, 10. — [3] Ex., iii, 14. — [4] Apoc., i, 8. — [5] Ps. cii, 27. — [6] Jo., xv, 26. — [7] Jo., v, 21. — [8] Jo., vi, 63. — [9] i. Cor., xi, 12. — [10] Jo., i, 3. — [11] Rom., xi, 36. — [12] Act., xvii, 28. — [13] Ps. civ, 30.

En un mot, le Verbe théarchique lui-même s'est énoncé ainsi : *Le Père et moi, nous sommes un*[1] ; et : *Tout ce qu'a le Père est mien*[2]; et : *Tout ce qui est mien est tien, et ce qui est tien est mien*[3]. Et puis ce qui est au Père et à lui, il l'affecte par indivis et dans l'unité à l'Esprit théarchique, ainsi les œuvres divines[4], l'adoration[5], la fontale et inépuisable causalité[6], et la distribution des dons convenables au bon[7].

Quiconque a été nourri dans la droite intelligence des oracles, avouera donc, je pense, que tout ce qui appartient à Dieu, la théarchie entière le possède à raison de la perfection divine.

Ainsi, chose démontrée et déterminée, ici d'une manière brève et partielle, mais ailleurs avec assez d'étendue, d'après les oracles, tous les noms divins universels que nous essaierons d'expliquer, doivent s'entendre de la divinité entière.

§ II.

Il ne faut pas en Dieu distinguer les attributs essentiels ni unir les attributs hypostatiques.

Si quelqu'un objecte qu'ainsi nous venons à confondre en Dieu ce qu'il sied d'y distinguer, il lui serait impossible, croyons-nous, de prouver la légitimité de son assertion.

Car s'il s'élève du tout au tout contre l'autorité des oracles, il est absolument étranger à notre philosophie, et puisqu'il n'a souci de la divine sagesse de nos oracles, pourquoi en aurions-nous nous-même d'être son manuducteur dans la science théologique[8] ?

---

[1] Jo., x, 30. — [2] Jo., xvi, 15. — [3] Jo., xvii, 10. — [4] Luc., xi, 20. — [5] Luc., xii, 10. — [6] Jo., iv, 14, 23, 24. — [7] Act., i, 8. — [8] « Les raisons qu'apportent les saints pour prouver ce qui

Mais s'il accepte la vérité des oracles, nous-même, à
l'aide de ce canon [1] et de cette lumière [2], nous nous em-
presserons, sans tergiverser, autant que nous en sommes
capable, d'exposer nos moyens de défense : nous répondrons que la théologie nous présente certaines choses
comme unes, et certaines choses comme distinctes ;
qu'on ne doit pas diviser ce qui est un, ni confondre ce
qui est distinct ; et que dociles de toutes nos forces à ses
leçons, il nous faut lever les yeux vers les divines splendeurs.

Oui, c'est de là que recevant les divines révélations
comme le plus beau canon de vérité, tout ce qui y est déposé, nous aspirons à le garder en nous-mêmes sans addition [3], ni soustraction [4], ni altération [5], gardés en la
garde des oracles [6], et aptes par eux à garder quiconque
les garde.

§ III.

Ainsi, comme nous l'avons longuement démontré en
nos *Hypotyposes théologiques* d'après les oracles, dans
la divinité, — est un à la totalité le superbon, le superdivin, le supersubstantiel, le supervivant, le supersage,

Noms communs. Noms distincts. Les noms communs expriment les attributs essentiels, et les noms distincts expriment les attributs hypostatiques.

est de la foi, ne sont pas des démonstrations, mais des persua-
sions qui font voir qu'il n'y a rien d'impossible dans ce que la
foi nous propose ; ou bien ces raisons s'appuient sur les principes de la foi, c'est-à-dire, sur les autorités de la sainte Ecriture, comme dit Denys, *Noms div.*, II. Or, de même que par les
principes naturellement connus on prouve une vérité à tous,
ainsi par les autres principes on prouve une vérité aux fidèles.
Ainsi, la théologie elle-même est une science. » (S. T., p. II.
q. II, a. I.)

[1] Gal., VI, 16. — [2] II. Cor., IV, 6. — [3] Luc., XI, 46. — [4] Matth..
V, 17-19. — [5] II. Cor., II, 17. — [6] Luc., XI, 28.

et tout ce qui s'obtient par division transcendantale, et aussi chaque terme de causalité, le bon, le beau, l'être, le vivifiant, le sage, et tout ce qui, de par ses dons propres au bon, désigne la cause de tous les biens ; — sont distincts les noms [1] et les choses [2] supersubstantiels du Père, du Fils et de l'Esprit, sans qu'il règne entre eux sur ces points aucune espèce de réciprocation ou de communicabilité ; distincte encore la parfaite et inaltérable subsistance de Jésus comme homme, avec tout ce qu'il y a réalisé de mystérieux dans son amitié pour nous.

§ IV.

Les attributs essentiels se désignent sous le nom d'unions ou d'unités.

Nous devons, ce nous semble, reprenant de plus haut, exposer le mode parfait de l'union et de la distinction divine, afin que toutes nos paroles se saisissent à première vue, en dehors de tout ambage et de toute obscurité, par des définitions, autant que possible, précises, claires et méthodiques.

Or, ainsi que nous l'avons dit ailleurs, les sacrés auteurs de notre tradition théologique nomment unions divines les occultes et inexpansibles superfondements de la superineffable et superagnostique stabilité, et distinctions les processions et manifestations de la théarchie en harmonie avec le bon.

Puis ils ajoutent, conformément aux saints oracles, qu'en cette question, l'union renferme des propriétés, tout comme la distinction, des unions et des distinctions propres.

Par exemple, dans sa divine union ou supersubstan-

---

[1] Ὄνομα nom. — [2] Χρῆμα chose. ce qui est désigné par ὄνομα.

tialité, à la Triade, principe du un, est un et commun
la subsistance supersubstantielle, la divinité superdivine, la bonté superbonne, la mêmeté sans borne de
toute propriété sans borne, l'unité au-dessus du principe
du un, l'ineffabilité, la multivocation, l'agnosie, l'omniintelligibilité, la composition avec tout, la division
d'avec tout, la supériorité à toute composition et à toute
division, la mansion et la fondation des hypostases, principes du un, les unes dans les autres [1], si je puis ainsi
parler, superunion [2] totale sans confusion partielle.

C'est ainsi, pour me servir d'exemples sensibles et
familiers, que les lumières des flambeaux, au sein d'un
seul appartement, existent réciproquement toutes en
toutes, et gardent entre elles, sans se confondre ni se
mélanger, leur individualité respective, unies dans la
distinction, et distinctes dans l'union.

Effectivement, lorsque plusieurs flambeaux éclairent
un appartement, nous voyons toutes les lumières, s'u-
nissant en une lumière une, ne briller que d'un unique
et indistinct éclat, et personne, que je sache, ne pourrait, dans l'air qui entoure tous ces feux, distinguer la
lumière d'un flambeau d'avec les lumières des autres
flambeaux, ni percevoir celles-ci indépendamment de
celle-là, coépanchées qu'elles sont toutes en toutes en
dehors de toute mixtion.

Que si l'on retire de l'appartement un de ces flambeaux, sa lumière spéciale sortira à la fois, sans rien
emporter avec elle de la lumière des autres, comme
aussi sans rien leur laisser d'elle-même ; car, ainsi que
je l'ai dit, l'union de toutes avec toutes était parfaite, à
l'exclusion du moindre mélange et de la plus légère
confusion ; et cela, lorsque c'était dans un air grossier

_____

[1] Jo., x, 38. — [2] Jo., x, 30.

que se trouvait et d'un feu matériel qu'émanait la lumière.

Or, nous disons que l'union supersubstantielle est supérieure à toutes les unions, non-seulement dans les corps, mais encore dans les âmes et dans les intelligences mêmes, déiformes et supercélestes lumières qui s'unissent, supermondainement et inconfusément, du tout au tout, suivant que, par une participation en rapport avec leurs forces, elles participent à l'union au-dessus de toutes les unions.

§ V.

La distinction dans la théologie supersubstantielle résulte, soit, comme je l'ai dit, de ce que chaque hypostase, principe du un, au sein de l'union même, se pose inconfuse, soit de ce que les merveilles de la supersubstantielle génération [1] en Dieu ne se réciproquent pas entre elles.

Ainsi, le Père seul est la source de la supersubstantielle divinité, et le Père n'est pas le Fils, et le Fils n'est pas le Père, et les hymnes gardent inviolablement à chaque hypostase théarchique ses propriétés.

Telles sont, dans l'union et la subsistance ineffable, les unions et les distinctions.

Que si c'est encore une divine distinction que la procession, en harmonie avec le bon, de l'union divine qui superunement se pluralise et se multiplie avec bonté, unies sont, dans la divine distinction, ces incompréhensibles transmissions, substancifications, vivifications, sapientifications, et autres dons de la bonté, cause uni-

Les attributs hypostatiques se désignent sous le nom de distinction. Les êtres créés se distinguent, tant par le nom que par la réalité, de Dieu, dont ils portent plus ou moins l'empreinte.

[1] Ps. II, 7.

verselle, d'où, à raison tant de la participation que du participant, est loué l'imparticipablement participé [1].

Il est, en outre, commun, uni et un à toute la divinité que d'être participée par les participants tout entière par chacun, et par aucun en nulle fraction.

Ainsi, au point central d'un cercle participent tous les rayons circonjacents du cercle.

Ainsi encore, les nombreuses empreintes d'un sceau participent au sceau archétype, qui est tout entier dans chacune de ces empreintes sans être par fraction quelconque en nulle d'elles.

Mais au-dessus de ces exemples s'élève l'imparticipabilité de la divinité, cause universelle, entre laquelle et ses participants il n'y a ni contact ni communion par commixtion.

§ VI.

Cependant, dira-t-on, le sceau dans toutes les empreintes n'est pas absolument le même. La faute n'en est pas au sceau, qui s'applique à tout avec une parfaite identité; mais la différence des matières qui y participent détermine l'inégalité parmi les effigies d'un unique et même et entier archétype.

Une supposition : si la matière est pure, aisément imprimable, polie, vierge de caractères; si elle ne ré-

Comment les êtres créés participent inégalement à la divinité. L'œuvre de l'incarnation est particulière au Fils; en quel sens seulement le Père et l'Esprit y ont coopéré.

---

[1] *L'union divine* se *distingue* en divines hypostases, processions *ad intra*. La création du monde par l'épanouissement de la bonté divine, processions *ad extra;* le monde ne se réciproque. pas avec Dieu, *distinction*, et les trois hypostases ont produit le monde, *union. Participé,* comme la cause par l'effet; *imparticipablement,* à raison de la superéminence de la cause à laquelle l'effet ne répond pas *adœquaté.*

siste pas trop par sa dureté, ni ne cède pas trop par sa mollesse, elle revêtira l'image nette, claire et durable.

Mais s'il lui manque quelqu'une des propriétés énoncées, il en résultera qu'elle ne reproduira le sceau d'aucune façon, ou qu'avec inexactitude, à raison de son inaptitude plus ou moins grande à y participer.

La distinction intervient encore dans l'œuvre divine, marque de bonté, à notre égard, d'autant que c'est le Verbe [1] supersubstantiel qui, comme nous [2] et de nous [3], totalement [4] et véritablement [5] se substancifia [6], de même qu'il accomplit [7] et souffrit [8], seul et unique, toutes les choses relatives à cette œuvre divine de son humanité.

Car ni le Père ni l'Esprit n'y eurent part sous aucun rapport, à moins, pourrait-on dire, que par leur volonté assortie au bon et pleine d'amour pour les hommes [9], comme à raison de toute cette superéminente et ineffable œuvre divine qu'exécuta, généré [10] à notre instar, l'inaltérable en tant que Dieu et Verbe de Dieu [11].

C'est ainsi que nous essayons d'unir et de distinguer dans nos discours le divin, selon que ce divin est lui-même uni ou distingué.

§ VII.

Or, au sujet de ces unions et de ces distinctions, toutes les raisons divinement convenables que nous en avons trouvées dans les oracles, nous les avons expliquées, autant que possible, en nos *Hypotyposes théolo-*

[1] Jo., 1, 14. — [2] Heb., iv, 15. — [3] Matth., i, 16. — [4] Heb., x, 5 ; Jo., x, 15. — [5] Luc., xxiv, 39. — [6] Jo., i, 14. — [7] Act.. i, 1. — [8] i. Pet., ii, 24. — [9] Jo., iii, 16. — [10] Jo., i, 14. — [11] Phili., ii, 6.

giques, avec des détails propres à chacune ; partie les
déroulant en des développements d'une vraie déduction,
où notre intelligence pure et tranquille s'appliquait aux
lumineuses contemplations de ces oracles; partie, lorsqu'elles étaient mystiques, nous y élevant, d'après la
tradition sacrée, par un élan superintellectuel.

Car tout le divin, sous quelque aspect d'ailleurs qu'il
nous apparaisse, on ne le connaît que par les participations; mais qu'est-il dans son principe et au fond, secret
au-dessus de toute intelligence, de toute substance et
de toute gnose.

Aussi lorsque nous nommons l'arcane supersubstantiel
ou dieu, ou vie, ou substance, ou lumière, ou raison,
nous n'avons l'intellection que des puissances émanées
de lui à nous, ou déificatrices, ou vivificatrices, ou
substancificatrices, ou sapientificatrices; mais pour lui,
ce n'est que par le repos de toutes les forces intellectuelles que nous l'atteignons, ne découvrant ni déification, ni vie, ni substance, à comparer exactement à la
cause qui l'emporte en toute excellence sur toutes choses.

Ainsi encore, nous avons appris des sacrés oracles,
que le Père est la divinité originelle [1], et que Jésus
et l'Esprit sont, pour parler de la sorte, les rejetons
poussés [2] par la divinité divinement féconde, et comme
ses fleurs [3] et ses lumières [4] supersubstantielles; mais
comment cela se fait-il, c'est ce qu'on ne peut ni dire
ni concevoir.

---

[1] II. Cor., XI, 31. — [2] Zach., IV, 3. — [3] Is., LXI, 11. — [4] Jac.,
I, 17.

§ VIII.

Tout vient de Dieu, et lui ressemble, avec cette réserve que l'effet ressemble à la cause, sans que la cause ressemble à l'effet à moins qu'éminemment.

Au reste, notre capacité intellectuelle se borne à entendre que de cette archipaternité et de cette archifiliation dérive, parmi nous et chez les puissances supercélestes, toute paternité et filiation [1], par où les intelligences déiformes sont générées et appelées dieux [2], fils

[1] « La relation de la paternité se trouve même dans d'autres êtres, bien que non univoquement, *non univocè.* » (S. T., p. 1, q. XXXI, a. 3.) — « Un être parfait en participation d'une nature, fait son semblable, non pas, à la vérité, en produisant absolument cette nature, mais en l'appliquant à quelque chose : ainsi, l'homme ne peut être la cause de la nature humaine, car autrement il serait sa cause à lui-même, mais il est la cause que la nature humaine est dans tel ou tel homme généré, si bien qu'il présuppose dans son action une matière déterminée par laquelle est tel ou tel homme. Eh bien ! de même que l'homme participe à la nature humaine, ainsi tout être créé participe, pour parler de la sorte, à la nature de l'être, *participat, ut ità dixerim, naturam essendi*, parce que Dieu est son être..... donc l'être créé ne peut produire un être quelconque absolument ; il cause seulement l'être en telle ou telle chose ; de manière que ce par quoi un objet est telle ou telle chose doit se préconcevoir par rapport à l'action dans laquelle il fait son semblable. Or, dans la substance immatérielle on ne peut rien préconcevoir par quoi elle soit telle, attendu qu'elle est telle par sa forme, par laquelle elle a l'être, car c'est une forme subsistante. La substance immatérielle ne peut donc produire une autre substance immatérielle semblable à soi, quant à son être, mais bien quant à quelque perfection surajoutée, comme si nous disions qu'un ange supérieur en illumine un inférieur, ainsi que s'exprime Denys..... Voilà à quel titre, même dans les êtres célestes, *etiam in cœlestibus*, existe la paternité, comme il appert des paroles de l'Apôtre, Eph., III : *De qui est nommée toute paternité dans le ciel et sur la terre.* » (S. T., p. 1, q. XLV, a. V.) — [2] Ps. LXXXII, 6.

de dieux [1] et pères de dieux [2]; paternité et filiation qui s'accomplissent sans doute spirituellement, c'est-à-dire, incorporellement, immatériellement, intellectuellement, avec cela que l'Esprit théarchique s'élève au-dessus de toute intellectuelle immatérialité et déification, et que le Père et le Fils l'emportent à l'excès sur toute paternité et filiation divine.

Car il n'y a pas d'exacte comparaison entre le causé et la cause; à la vérité, le causé a jusqu'à un certain point des traits de ressemblance avec la cause; mais la cause siége en dehors et au-dessus du causé, par la raison même qu'elle en est le principe.

Et pour me servir d'exemples à notre portée, les plaisirs et les douleurs sont dits effectuer le plaire et le douloir, sans qu'eux-mêmes se plaisent ni se deuillent; pareillement, le feu est dit échauffer et brûler, mais non échauffé ni brûlé lui-même.

Ainsi, affirmer que la vie en soi vit, et que la lumière en soi illumine, ce n'est pas, à mon avis, s'énoncer avec justesse, à moins peut-être que ces paroles ne signifient encore que ce qui est dans le causé est dans la cause excellemment et substantiellement.

§ IX.

Or, ce qu'il y a de plus manifeste dans toute la théologie, Jésus revêtant de l'humanité sa divinité, ne saurait être exprimé par aucune parole, ni conçu par aucune intelligence, non pas même par le premier des plus augustes anges.

Or, que, de vrai. Jésus ait pris la substance d'homme [3],

[1] Ps. XXIX, 1. — [2] I. Cor., v, 15. — [3] Jo., I, 14.

nous l'avons recueilli de la mystique tradition; mais comment fut-il formé du sang d'une vierge[1] contrairement à la loi de la nature? comment d'un pied sec, malgré la gravité du corps et la pesanteur de la matière, marcha-t-il sur une substance liquide et inconsistante[2]? bref, comment a lieu tout ce qui concerne la nature supernaturelle de Jésus? nous l'ignorons.

Mais à ce propos nous en avons assez dit ailleurs, et notre illustre maître, dans ses *Eléments de théologie*, a produit des idées tout à fait remarquables, soit qu'il les eût reçues des pieux théologiens; soit qu'il les eût découvertes dans les oracles, grâce à une scientifique investigation et après de longues et laborieuses études; soit enfin qu'il en eût été imbu par une plus divine inspiration, non-seulement saisissant, mais encore pâtissant les choses divines, οὐ μόνον μαθὼν, ἀλλὰ καὶ παθὼν τὰ θεῖα, consommé par ce rapport de passion συμπαθείας avec elles, s'il faut ainsi parler, à l'inapprenable et mystique union et foi à leur égard[3].

---

[1] Luc., I, 27, 35; II, 7. — [2] Matth., XIV, 25. — [3] « La sagesse implique une certaine rectitude de jugement selon les raisons divines. Or, la rectitude du jugement peut avoir lieu de deux manières : premièrement, par l'usage parfait de la raison; secondement, à cause d'un certain rapport naturel, *propter connaturalitatem quamdam*, avec les choses dont il faut juger. Ainsi, pour tout ce qui touche à la chasteté, celui-là en juge sainement par l'investigation de la raison, qui a appris la science de la morale; mais celui qui a l'habitude de la chasteté en juge sainement par un certain rapport naturel avec elle, *per quamdam connaturalitatem ad ipsam*. De même donc, quand il s'agit des choses divines, il appartient à la sagesse, en tant qu'elle est une vertu intellectuelle, d'en porter un jugement droit de par l'investigation de la raison; mais il appartient à la sagesse, en tant qu'elle est un don du Saint-Esprit, d'en porter un jugement droit de par un certain rapport naturel avec elles, d'où Denys

Et pour exposer en raccourci maintes bienheureuses spéculations de cette forte intelligence, voici ce qu'il dit de Jésus dans les *Eléments de théologie* par lui colligés.

Extrait des ELÉMENTS DE THÉOLOGIE
du très-saint Hiérothée.

§ X.

La divinité de Jésus, cause [1] et consommation [2] de tout, maintient l'accord des parties avec le tout [3]; elle n'est ni partie ni tout, et elle est tout et partie, parce qu'en soi elle comprend, elle superpossède, elle anticipe les parties et le tout [4].

Elle est parfaite [5] dans les imparfaits [6], comme principe de perfection, et elle est imparfaite dans les parfaits, comme superparfaite et protoparfaite.

Elle est forme [7] formatrice dans les informes, comme principe de forme, et elle est informe dans les formes, comme superforme.

Elle est substance [8], pénétrant, sans souillure, toutes

Jésus est tout en tout, et au-dessus de tout. Comment il a supernaturelle-ment participé à notre nature.

dit, N. D., ii : *Hierotheus est perfectus in divinis, non solùm discens, sed et patiens divina.* Or, cette compassion ou connaturalité relativement aux choses divines se fait par la charité, qui nous unit à Dieu, d'après ces paroles, i. Cor., vi, 17 : *Celui qui est attaché au Seigneur, est un esprit un.* Ainsi donc, la sagesse, comme don, a sa cause, la charité, dans la volonté; mais elle a son essence dans l'intelligence, dont l'acte est de juger droitement. » (S. T., ii. ii, q. xlv, a. ii.)

[1] Heb., v, 9. — [2] Matth., v, 17. — [3] Eph., ii, 21-22. — [4] i. Cor., xii, 27. — [5] Jo., v, 36. — [6] Col., i, 28. — [7] Phili., ii, 6. — [8] Jo., i, 1.

les substances, et elle est supersubstantielle [1], élevée au-dessus de toutes les substances.

Elle définit [2] tous les principes et tous les ordres, et elle siége au delà de tout principe et de tout ordre [3].

Elle est la mesure [4] et la perpétuité [5] des êtres, et elle est au delà de la perpétuité [6] et avant la perpétuité [7].

Elle est pleine [8] dans les indigents, et elle est super-pleine [9] dans les pleins.

Elle est indicible [10] et ineffable [11], par-dessus l'intelligence, par-dessus la vie, par-dessus la substance.

Elle a supernaturellement le supernaturel, et super-substantiellement le supersubstantiel.

De là vient qu'en s'abaissant par amour pour les hommes jusqu'à notre nature, prenant, en vérité, notre substance [12], s'appelant homme [13], lui superdieu [14] (puisse l'objet de nos louanges, supérieur à toute intelligence et à toute raison, nous être propice), Jésus n'en garda pas moins le supernaturel et le supersubstantiel, non-seulement parce qu'il s'associa l'humanité sans altération ni confusion, et que sa superplénitude ne souffrit pas de cette inénarrable exinanition [15], mais encore, merveille des merveilles, parce qu'il fut supernaturel en notre naturel, et supersubstantiel en notre substantiel, d'autant qu'il eut excellemment toutes choses à nous, de par nous, au delà de nous [16].

[1] Matth., vi, 11. — [2] Act., xvii, 26. — [3] Is., xl, 12. — [4] Heb., i, 4-5. — [5] Dan., vii, 27. — [6] Heb., i, 2. — [7] Ps. lxxiv, 12. — [8] Jo., i, 14, 16. — [9] Eph., iii, 19-20. — [10] ii. Cor., xii, 4. — [11] ii. Cor., ix, 15. — [12] Phili., ii, 7. — [13] Luc., xxiv, 7. — [14] Phili., ii, 6. — [15] Phili., ii, 7. — [16] « Ὅς, εἴχαι θεός ὑπάρχει καὶ ἄνθρωπος, ὅμως οὐ δύο, ἀλλ' εἷς ἐστὶ Χριστός· εἷς δὲ οὐ τροπῇ θεότητος εἰς σάρκα, ἀλλὰ προσλήψει ἀνθρωποτητος εἰς θεότητα · εἰς καθόλου, οὐ συγχύσει φύσεων, ἀλλ' ἑνώσει ὑποστάσεων. Qui, licet Deus sit et homo, non duo tamen, sed unus est Christus; unus autem non conversione divinitatis in carnem, sed assumptione humanitatis in

§ XI.

Mais assez sur ce point : revenons au but de notre discours, en développant, selon nos forces, les noms communs et uns de la divine distinction.

Et afin de nous fixer, au péalable, sur les matières subséquentes, nous appelons distinction divine, comme il a été dit, les processions de la théarchie en harmonie avec le bon.

Car, en accordant et en infusant avec abondance à tous les êtres les participations de tous ses biens, elle se distingue dans le un [1], elle se pluralise avec le un [2], elle se multiplie sans sortir du un [3].

Ainsi, parce que Dieu, être supersubstantiel [4], distribue l'être aux entités et produit les substances, cet être un est dit se multiplier en tirant de son sein les multiples entités, et néanmoins il demeure un dans la multiplication, un dans la procession, plein dans la distinction, vu qu'il s'élève supersubstantiellement au-dessus de toutes les entités, qu'il les procrée toutes selon le un, et qu'il épanche sans s'amoindrir ses inépuisables participations.

Ainsi encore, Dieu, être un [5], transmettant le un [6] à chaque partie et à chaque tout, à chaque un et à chaque pluralité, reste un dans sa mêmeté supersubstantielle, sans être ni partie de pluralité, ni tout de parties ; de cette manière, il n'est pas un, il ne participe pas au un, il n'a pas le un ; loin de là : il est un, au delà du un, un dans les êtres, il est pluralité impartible, il est

Deum (divinitatem) ; unus omnino, non confusione substantiæ (naturarum), sed unitate personæ (personarum). » (S. Athan., *Symb.*)

[1] I. Cor., VIII. 6. — [2] I. Cor., VIII, 5. — [3] I. Cor., XII, 55. — [4] Eph., IV, 6. — [5] Deut., VI, 4. — [6] I. Cor., XII, 12.

superplénitude irremplie, produisant, perfectionnant et contenant tout un et toute pluralité.

Enfin, lorsque par sa déification, suivant leur aptitude spéciale à la déiformité, sont générés plusieurs dieux, à la vérité, il semble et l'on dit qu'il s'opère une distinction et pluralisation du Dieu un, bien que néanmoins l'archidieu et le superdieu persévère Dieu supersubstantiellement un, impartible dans le partible, uni à lui-même, sans se composer ni se multiplier à travers cette multiplicité.

C'est ce qu'entendait supernaturellement notre commun manuducteur à mon maître et à moi[1] concernant l'illumination divine, personnage versé dans le divin, lumière du monde, lorsque l'enthéastique écrivait ces paroles : *Quoiqu'il y en ait qui soient nommés dieux, tant au ciel que sur la terre, ainsi qu'il est plusieurs dieux et plusieurs seigneurs, pour nous, il est un Dieu un, le Père, de qui et pour qui toutes choses et nous, et un Seigneur un, Jésus-Christ, par qui toutes choses et nous*[2].

Car, dans le divin, les unions dominent et précèdent les distinctions, et il n'en est pas moins uni, voire même après la distinction, une au lieu de rompre avec le un.

Or, ces communes et unes distinctions de la divinité entière, ou, en d'autres termes, ses processions en harmonie avec le bon, nous tâcherons, suivant nos moyens, de les célébrer sous les noms divins par lesquels les oracles nous les représentent, avec la réserve préliminaire, nous l'avons dit, que chaque nom divin de bienfaisance, à quelque hypostase théarchique qu'il s'applique, se prenne, inséparablement, de la théarchie tout entière.

---

[1] Act., xvii, 33-34. — [2] I. Cor., viii, 5-6.

CHAPITRE III.

DE LA FORCE DE LA PRIÈRE; DU BIENHEUREUX HIÉROTHÉE;
DE LA PIÉTÉ ET DES ÉCRITS THÉOLOGIQUES.

---

§ I.

Et d'abord, si tu l'agrées, examinons le nom de bon, ce nom parfait et exprimant toutes les processions de de Dieu, après avoir invoqué la Triade qui, principe du bon et au-dessus du bon, révèle l'universalité de ses très-bonnes providences.

Car il faut, au préalable, nous élever par la prière[1] vers elle, ainsi que vers le principe du bon, et, nous en approchant davantage[2], nous initier de la sorte aux très-saints dons qui l'environnent : au vrai, elle est présente à tout[3], mais tout ne lui est pas présent.

Mais lorsque nous la supplions en nos très-pieuses oraisons, d'une intelligence sans trouble, et avec une disposition favorable à l'union divine, alors nous lui sommes présents; en effet, pour être absente de rien, elle n'habite pas un lieu, ni ne passe d'un endroit à l'autre; et même l'affirmation de sa présence en tous les êtres reste en deçà de son illimitation, qui les comprend et les excède tous.

Erigeons-nous donc nous-mêmes par la prière à l'intuition de ses divines et bonnes splendeurs.

---

[1] Plat., *Tim.*, II, 203. — [2] Ps. XXXIV, 5. — [3] Col., III, 11.

Tels, si une chaîne lumineuse pendait du faîte des cieux et descendait jusqu'à terre, nous croirions, en la prenant toujours en avant tantôt d'une main et tantôt de l'autre, la tirer à nous, tandis qu'en réalité nous ne l'entraînerions pas du tout, présente en haut et en bas, et que c'est nous qui monterions vers les brillantes clartés de son radieux sommet.

Tels encore, si, sur un navire, nous saisissions un câble qui de quelque rocher nous serait tendu à l'effet de nous secourir, c'est, non pas le rocher vers nous, mais bien assurément nous et le navire vers lui, que nous ébranlerions.

Tels enfin, si du bord d'un bateau quelqu'un poussait le granit du rivage, il ne remuerait nullement la pierre stable et fixe, mais lui-même s'en éloignerait, et plus il la presserait, plus il s'en écarterait.

C'est pourquoi il faut avant tout, et spécialement dans la théologie, commencer par la prière[1], en vue, non pas d'attirer cette puissance partout et nulle part présente, mais de nous remettre entre ses mains[2] et de nous unir à elle par des mémoires et des invocations pieuses[3].

§ II.

Hiérothée et son enseignement.

Or, ici il convient peut-être de justifier pourquoi, du moment qu'Hiérothée, notre illustre maître, a composé un admirable recueil des *Eléments de théologie*, nous avons, nous, comme s'ils ne suffisaient pas, écrit ce traité et d'autres sur la théologie.

Certes, s'il eût daigné continuer l'exposition de toutes

---

[1] I. Cor., xiv, 13. — [2] Luc., xxiii, 46. — [3] I. Tim., iv, 5.

les matières théologiques, et développer partie à partie
la somme de la théologie entière, nous ne serions jamais tombé dans cet excès de folie et d'incivilité,
que de nous croire, plus que lui, à même de pénétrer
d'une vue divine les divins objets; que de dire des su-
perfluités, répétitions périssologiques des mêmes choses;
et enfin que de nous montrer injuste envers un maître
et un ami, par les leçons duquel, après saint Paul, nous
avons été formé, en lui dérobant à notre profit la gloire
de ses contemplations et de ses enseignements.

Mais comme, dans son explication vraiment auguste
des divins objets, il nous établissait des définitions
synoptiques et sous le un renfermant le multiple, c'est
à moi et à mes collègues, instituteurs des jeunes âmes,
qu'il recommanda de démêler et de dérouler, avec un
langage à notre portée, les synoptiques et unes conglo-
mérations de sa mâle et puissante intelligence, et souvent tu m'y as engagé toi-même, qui m'as renvoyé son
propre livre, à cause de son excessive sublimité.

Nous l'assignons donc, ce maître des parfaits et mûrs
penseurs, aux hommes en dehors de la foule, comme
de seconds oracles à la suite des oracles divinement
inspirés.

Quant à nous, nous transmettons, selon nos moyens,
les divins objets à nos pareils. Car, si la nourriture solide n'est que pour les parfaits, quelle ne doit pas être
la perfection de celui qui en repaît les autres! Nous
avons donc eu raison de dire que la vue autoptique et
l'enseignement synoptique des intelligibles oracles réclament une mûre puissance; mais que la science et
l'apprentissage des considérations qui y ont trait, conviennent à des initiateurs et à des initiés moins éminents.

Nous nous sommes aussi fort soigneusement gardé

de toucher, en aucune façon, aux points que ce divin maître a tranchés par une claire démonstration, pour ne pas donner dans la tautologie en expliquant les mêmes oracles qu'il a déjà développés.

Et puis, tu te le rappelles, lorsque nous vînmes, moi, toi, et beaucoup de nos saints frères, contempler le corps, principe de la vie et réceptacle d'un Dieu, dans cette réunion où se trouvaient Jacques[1], le frère de ce Dieu[2], et Pierre, le plus haut et le plus auguste chef des théologiens[3], il fut décidé, à la suite de cette contemplation, que tous les hiérarques, chacun selon ses moyens, exalteraient la bonté toute-puissante de la théarchique infirmité[4]; eh bien! parmi les hiérarques inspirés d'en haut[5], il excellait, après les théologiens, comme tu sais, sur tous les autres initiateurs sacrés, tout ravi, tout hors de lui-même, intimement pénétré de ce qu'il célébrait, et, au jugement de ceux qui l'entendaient ou le voyaient, qu'ils le connussent ou ne le connussent pas, possédé divin, et divin hymnologue. Mais à quoi bon te citer les discours théologiques de cette assemblée? Car, si ma mémoire ne m'abuse, il me semble avoir souvent ouï de ta bouche des fragments de ces enthéastiques hymnodies, tant tu déploies d'ardeur à t'occuper sérieusement des choses divines!

§ III.

Mais, à laisser de côté ces mystères qu'il n'est pas permis de révéler au vulgaire, et dont tu possèdes la gnose, lorsqu'il fallait conférer avec la multitude et

[1] Jacques le Mineur. — [2] Gal., i, 19. — [3] Matth., x, 2. — [4] Heb., v, 2. — [5] Act., iv, 8.

amener autant d'individus que possible à notre sainte doctrine, il l'emportait à l'excès sur la plupart des maîtres sacrés par l'emploi du temps, par la lucidité de l'intelligence, par l'exactitude des démonstrations, enfin, par ses hiérologies : tellement que nous n'essayions pas de fixer ce grand soleil!

Car nous avons conscience de nous-même, certain que nous sommes incapable, tant de bien atteindre à l'intellection de l'intelligible divin, que d'exprimer par nos paroles l'exprimable de la divine gnose.

Arriéré que nous sommes, ces hommes divins nous distancent de si loin dans la science de la vérité théologique, que, débordant d'une religieuse frayeur, nous en serions venu à ne rien écouter et à ne rien dire sur la divine philosophie, si notre intelligence n'avait compris qu'il ne faut pas négliger la gnose possible du divin.

Ce qui me persuade ainsi, c'est, non-seulement ce désir inné des intelligences qui aspirent sans cesse avec amour à la contemplation licite du supernaturel, mais encore l'excellente disposition des divines lois, qui, en même temps qu'elles défendent de s'agiter après des objets au-dessus de nous [1], parce qu'ils surpassent notre mérite et notre portée, ordonnent, pour tout ce qui nous est loisible et accordé, de l'apprendre soi-même avec ardeur, et de le transmettre aux autres avec bonté.

Ces motifs donc nous ont décidé, et, sans reculer de fatigue ou par lâcheté devant les recherches légitimes des choses divines, pour ne pas souffrir que ceux qui ne peuvent contempler des sublimités au-dessus de nos puissances, languissent sans secours, nous nous sommes

[1] Rom., xii. 3. — Tit., i, 9.

résolu à écrire, prétendant, non pas introduire quelque nouveauté, mais bien démêler et développer par des investigations plus détaillées de chaque point les matières que le parfait Hiérothée a exposées dans un synopsis.

CHAPITRE IV.

DU BON ; DE LA LUMIÈRE ; DU BEAU ; DE L'AMOUR ; DE L'EXTASE ;
DU ZÈLE ; ET QUE LE MAL N'EST PAS UN ÊTRE, NE PROCÈDE
PAS DE L'ÊTRE, NE SUBSISTE PAS DANS LES ÊTRES.

§ I.

Ainsi en soit-il donc. Passons, dès cette heure, dans notre discours, au nom du bon [1] que les théologiens, au-dessus de tout et avant tout, attribuent à la divinité superdivine, lorsqu'ils affirment, je crois, que la bonté constitue la subsistance théarchique [2], et que, par cela même qu'il est, le bon, d'une bonté substantielle, répand la bonté sur tous les êtres [3].

Car, comme notre soleil, sans qu'il y songe ou qu'il se le propose, mais par le seul fait qu'il existe, éclaire tout ce qui de sa nature propre est capable de participer à la lumière ; ainsi le bon, qui dépasse aussi éminemment le soleil, qu'un original, à raison de ce qu'il est, dépasse sa pâle copie, envoie à tous les êtres, suivant leur aptitude, les rayons de sa bonté complète [4].

[1] Ἀγαθωνυμίαν nom du bon, R. Ἀγαθός bon — ὄνομα nom. Ἀγαθός, R. Ἀγαστός admirable — θέω je cours — θοός prompt. Le bon est donc le mouvement admirable. *V.* Plat., *Crat.*, ɪ, 301. — «.... ἀπεφήσαντο τἀγαθόν, οὗ πάντ' ἐφίεται, on a défini le bon, ce que tout appète. » (Arist., *Eth. Nic.*, l. ɪ, c. ɪ.) — [2] Marc., x, 18. — [3] Ps. cɪɪɪ, 5. — [4] Plat., *Rép.*, ɪ, 125. De ce passage faut-il conclure que Dieu, agissant par nature, n'agit pas avec in-

C'est par eux que sont produites toutes substances, puissances et opérations intelligibles et intelligentes [1];

C'est par eux qu'elles subsistent et possèdent une vie inamissible et inaltérable, totalement affranchies de la corruption, de la mort, de la matière, de la génération, et habitant loin des vicissitudes qui, dans un mouvement de va-et-vient, flottent avec inconstance [2];

C'est par eux qu'à cause de leur incorporéité et de leur immatérialité, elles sont intelligibles, et, à cause de leur intellectuabilité, elles sont supermondainement intelligentes, éclairées sur les raisons propres des êtres [3] et transmettant à leurs semblables leurs prérogatives [4].

C'est de la bonté qu'elles reçoivent leur permanence, à cette bonté qu'elles doivent la fondation, la conservation, la garde et le foyer de leurs biens; enflammées de son désir, elles obtiennent l'être et le bien-être, et, se moulant sur ce modèle autant que possible, elles deviennent boniformes, et communiquent, ainsi l'a réglé la loi divine, au rang au-dessous du leur, les dons qui du bon émanent jusqu'à elles [5].

§ II.

De là, leurs ordres supermondains, leurs mutuelles unions, leurs pénétrations réciproques, leurs inconfuses distinctions, l'énergie des inférieures à s'approcher des supérieures, les providences des plus parfaites à l'égard

De la bonté proviennent les anges et leurs fonctions, les âmes et leurs facultés, les êtres animés ou inanimés.

telligence et volonté? S. Thomas répond : « Comme l'essence de Dieu est son intelligence et sa volonté, de ce qu'il agit par essence, précisément il s'ensuit qu'il agit avec intelligence et volonté. » (S. T., p. 1, q. xix, a. iv.)

[1] Ps. civ, 4. — [2] Matth., xxii, 30. — [3] Matth., xviii, 10; *V.* Tableau, *Prolégomènes,* p. 66. — [4] Is., vi, 3. — [5] *V.* H. C.

des moins avancées, le maintien de chaque rang dans
ses attributions, leurs immuables révolutions sur soi,
leur même et souveraine aspiration au bon, et tout ce
dont nous avons parlé en notre livre *Des propriétés et
ordres angéliques* [1].

Egalement, tout ce qui constitue la hiérarchie céleste,
les purifications telles qu'elles conviennent aux anges,
les illuminations supermondaines, et les perfections consommatrices de leur entière sublimité d'anges, tout dérive de l'omnicausale et féconde bonté, qui leur a donné
d'être boniformes, de la manifester en elles-mêmes,
elle secrète bonté, et de devenir anges, c'est-à-dire,
hérauts du divin silence, et brillantes lumières placées
à l'entrée du sanctuaire pour annoncer l'être qui s'y cache.

Après ces sacrosaintes intelligences, existent par la
bonté superbonne les âmes [2] avec tous leurs biens [3], de
jouir de l'intellection, de posséder une vie substantielle
à l'abri de la corruption, de ressembler aux anges par
leur être et par leurs puissances dans leur sublime condition [4], de s'élever sous la direction de ces chefs si
bons jusqu'au bien principe de tous les biens, de recevoir selon leur aptitude respective les illuminations
qui en jaillissent, de participer en raison de leurs
forces au don de la boniformité, et tout ce que nous
avons énuméré dans le traité *De l'âme* [5].

Ensuite, s'il faut parler des âmes irraisonnables ou des
animaux [6], ceux qui fendent l'air [7], ceux qui marchent
sur le globe ou rampent à terre [8], ceux qui habitent
dans l'eau ou sont amphibies [9], ceux qui restent cachés
ou enfouis sous le sol [10], enfin tout ce qui a âme sensible
et vie, tout fut animé et vivifié par cette bonté.

<hr>

[1] V. H. C. — [2] Gen., ii, 7. — [3] Ps. cvii, 9. — [4] Ps. viii, 5. —
[5] V. H. C. — [6] Gen., i, 30. — [7] Gen., i, 20. — [8] Gen., i, 24. —
[9] Gen., i, 20. — [10] Gen., i, 24.

C'est encore de cette bonté que les plantes reçoivent cette vie nutritive et végétative [1].

Bref, n'importe quelle substance sans vie ni âme est par cette bonté, et par elle a obtenu son état de substance [2].

§ III.

La bonté est supérieure à tout, et elle est tout avec super-éminence.

Or, si le bon est au-dessus de tous les êtres [3], comme il y est en effet, alors, sans forme, il forme; par soi seul, sans substance, il est la superexcellence de la substance; sans vie, il est la vie superéminente; sans intelligence, il est la superplénitude de la sagesse, et ainsi de tous les attributs des formes desquels l'absence constitue au plus haut point dans le bon la présence de ces mêmes formes.

Et s'il est permis de parler de la sorte, à ce bon au-dessus de tous les êtres, il n'y a pas jusqu'au non-être [4]

[1] Gen., i, 11. — [2] Gen., i, 10. — [3] Le bon précède-t-il l'être dans l'idée, *secundùm rationem?* « Denys classe les noms divins selon leurs rapports avec Dieu comme cause; car (il le dit lui-même) nous nommons Dieu d'après les créatures, ainsi que la cause d'après les effets. Or, comme le bon renferme l'idée de l'appétible, il implique le rapport de cause finale dont la causalité marche la première; car l'agent n'agit qu'en vue d'une fin, et c'est l'agent qui meut la matière vers la forme; d'où la fin est appelée la cause des causes. Ainsi, dans l'ordre des causes, *in causando,* le bon précède l'être, comme la fin précède la forme; et voilà pourquoi, parmi les noms qui expriment la causalité divine, le bon se place avant l'être. » (S. T., p. 1, q. v, a. ii.) — [4] « ..... premièrement, *le généré* τὸ...γιγνό-μενον; deuxièmement, *le en quoi* a lieu la génération; troisièmement, *le à la ressemblance de quoi* se produit le généré......; ce qui doit recevoir en soi tous les genres (c'est-à-dire, *le en quoi* a lieu la génération, ou bien le *non-être*), ne doit avoir aucune

qui n'y aspire, quasi jaloux d'atteindre lui-même à ce bon vraiment supersubstantiel, en vertu d'une division d'avec tout[1].

§ IV.

Mais, objet échappé dans la masse à notre souvenir, c'est le bon qui produit les principes et les fins des cieux[2]; cette substance qui n'augmente ni ne s'altère jamais[3]; ces mouvements[4] silencieux, si je puis ainsi parler, dans la carrière de l'espace à l'étendue immense; les dispositions[5], les magnificences[6], les lumières[7], les fixités[8] des astres[9]; les courses excessivement vagabondes de certains de ces astres[10]; la révolution périodique, des mêmes points aux mêmes points, de ces deux luminaires que les oracles appellent *grands*[11], au moyen desquels se déterminent nos jours et nos nuits[12], et se mesurent les mois et les années[13], qui

La bonté a créé les cieux, leurs mouvements, et le soleil, qui, à l'imitation de cette bonté, attire tout à lui.

forme......; ceux qui travaillent à façonner en figures de molles substances, n'y laissent apparaître absolument aucune figure.... : donc à ce qui est destiné (le *non-être*) à bien recevoir en tout lui-même à chaque instant (de là *le généré*) les similitudes de ce qui est toujours (le *à la ressemblance de quoi, etc., être, bon, etc., universaux, archétypes*), il convient de se trouver en dehors de toutes formes. » (Plat., *Tim.*, ii, 248-249.) S. Denys, N. D., c. iv, § iii, nous a dit du *bon* : « .... sans forme ἀνείδεον, il forme εἰδοποιεῖ. » Le *bon* n'a pas de forme, mais par excès; le *non-être* n'en a pas non plus, mais par privation, *division d'avec tout*, N. D., c. iv, § iii; c'est justement parce qu'il n'en a pas, que le *non-être* tend à les prendre toutes, et parce qu'il tend à les prendre toutes, qu'il est bon.

[1] Plat., *Tim.*, ii, 248. — [2] Gen., i, 1, 16. — [3] Dan., xii, 3. — [4] Jud., v, 20. — [5] *Ibid.* — [6] Job. xxxviii, 31. — [7] Jer., xxxi, 35. — [8] Ps. viii, 4. — [9] Gen., i, 16. — [10] Judic., v, 20. — [11] Gen., i, 16. — [12] *Ibid.* — [13] Gen., i, 14.

distinguent, comptent, rangent et embrassent les mobiles circuits du temps et des choses du temps [1].

Que ne dirait-on pas du radieux soleil en particulier? Car du bon dérive la lumière [2], qui est une image de la bonté; aussi le bon se célèbre sous le nom de lumière, par la raison que l'archétype se reflète dans son image.

En effet, comme la bonté de la divinité au-dessus de tout, depuis les plus élevés jusqu'aux moins avancés en dignité, pénètre tous les êtres, et, de plus, les surpasse tous, sans que ceux d'en haut atteignent à son infinité, ni ceux d'en bas échappent à sa confinité, de manière que tout ce qui en est susceptible, elle l'illumine [3], elle le façonne [4], elle le vivifie [5], elle le maintient [6], elle le perfectionne [7], et que de tous les êtres, elle est la mesure [8], la perpétuité [9], le nombre [10], l'ordre [11], le nœud [12], la cause [13] et la fin [14];

Ainsi, sensible image de la bonté divine, le soleil [15], avec son vaste volume [16], sa splendeur parfaite [17] et son perpétuel éclat [18], où se retrace pâlement le bon [19], reluit sur tout ce qui est apte à y participer et déploie au loin ses coruscations, en déversant sur le monde visible tout entier, tant supérieur qu'inférieur, ses limpides rayons.

Et si quelques objets n'y participent pas, ce n'est point qu'il manque de force ou de portée pour communiquer sa lumière, mais c'est que les objets eux-mêmes

---

[1] Eccle., III, 1. *V.* pour la création des cieux et du temps, Plat., *Tim.*, II, 209-210. — [2] Gen., I, 3. — [3] Ps. LXXVI, 4. — [4] Δημιουργεῖ façonne, crée, Gen., I, 1. — [5] I. Tim., VI, 13. — [6] Eph., IV. 6. — [7] Jo., IV,34. — [8] Rom., XII, 3. — [9] Eccle., III, 14. — [10] Ps. CXLVII, 4. — [11] I. Cor., XV, 23. — [12] Phili., III, 12. — [13] Heb., V, 9. — [14] Apoc., XXII, 13. — [15] *V.* Plat., *Rép.*, l. VI, II, 121. — [16] Gen., I, 16. — [17] Matth., XIII, 43. — [18] Job., XXXII, 26. — [19] Ps. XIX, 4.

ne se prêtent pas à la transmission de la lumière, à cause de leur inhabileté à recevoir la lumière.

Sans doute, il y a beaucoup d'objets ainsi disposés sur lesquels glissent ses rayons pour en illuminer d'autres à leur suite; mais il n'est rien de visible où ne parvienne l'immense extension de ses feux.

Et même il concourt à la génération des corps sensibles; il les amène à la vie, les nourrit, les accroît, les perfectionne, les purifie, les renouvelle.

La lumière nous mesure et compte les heures, les jours et tout le temps.

Et c'est cette lumière même, bien qu'alors elle ne se dessinât pas, d'après le récit de Moyse [1], qui distingua les trois premiers de nos jours.

Puis, de même que la bonté attire tout à elle [2], et rassemble sous son empire tous les êtres dispersés, en tant que divinité énarchique et unifiante [3], et que les diverses choses aspirent à elle [4] comme à leur principe, comme à leur sauvegarde, comme à leur fin;

De même que c'est le bon, selon la parole des oracles, par lequel tout a été créé et existe, produit ainsi que d'une cause absolument parfaite [5]; dans lequel tout se maintient, protégé et enveloppé ainsi que dans un fond pantocrate [6]; vers lequel tout converge ainsi qu'à son propre terme [7]; et auquel tout aspire [8], ce qui est intelligent et raisonnable par la gnose [9], ce qui a des sens par la sensibilité [10], ce qui ne jouit pas de la sensibilité

---

[1] Gen., I, 3-19. La lumière fut créée le premier jour, et le soleil avec les autres astres, le quatrième. Système émissif! système vibratoire! La physique a fini par justifier Moyse. — [2] Jo., XII, 32. — [3] Jo., XVII, 25. — [4] Rom., VII, 19. — [5] Act., XVII, 24-25. — [6] Act., XVII, 28. — [7] Phili., III, 8. — [8] Ps. CIV. 27. — [9] Jo., XVII, 3. — [10] Ps. CXLV, 16.

par un mouvement végétatif [1] , élan vers la vie, ce qui
ne possède que l'existence sans la vie par son aptitude
à participer simplement à l'être [2]:

Ainsi, à titre de sa manifeste image, la lumière réunit
et appelle à elle tout ce qui est [3], ce qui se meut, ce
qui s'éclaire, ce qui s'échauffe, en général tout ce qui
est frappé de ses rayons; et de là ἥλιος soleil, parce
qu'il fait toutes choses ἀολλῆ [4] ramassées, et qu'il concentre les objets disséminés.

Et tout ce qui est sensible l'appète, dans le but d'en
obtenir la vision, le mouvement, la clarté, la chaleur,
enfin la conservation, de par sa lumière.

Au reste, je dis, non pas assurément, d'après l'opinion des anciens, que le soleil est dieu, qu'il a créé
l'univers entier, qu'il en règle seul la manifeste ordonnance, mais bien que, *depuis la fondation du monde,
les créatures rendent visible à l'intelligence ce qui est
invisible* en Dieu, *même son éternelle puissance et sa
divinité* [5].

§ V.

Mais à la *Théologie symbolique.*

Il faut examiner maintenant le bon sous le nom de
lumière intelligible [6].

---

[1] Luc., XIII, 19. — [2] Job., XXVIII, 2. — [3] Ps. CIV, 22. — [4] Ἀολλῆ,
R. Ἀνά parmi, εἰλέω je roule. *V.* Plat., *Crat.*, I, 305. — [5] Rom., I, 20.
— [6] Φῶς lumière, R. Φάω briller, ἄω souffler auquel s'ajoute φ pour
donner de la force. « Lorsqu'il imite ce qui souffle τὸ φυσῶδες,
l'instituteur des noms paraît, en général, dans tous ces cas,
employer de pareilles lettres. » (Plat., *Crat.*, I, 314.) Le mot ἄω
s'entend du souffler selon le sens le plus large, du spirer, de
l'exciter, du vivifier, etc. « Un nom peut être pris, dans le langage, de deux manières : l'une, selon son imposition primitive;

Or, disons-nous, le bon est appelé lumière intelligible pour ces motifs :

Il remplit d'une lumière intelligible toute intelligence supercéleste ;

Il chasse complètement l'ignorance et l'erreur[1] de toutes les âmes où il règne; il leur dispense à toutes une lumière sainte; il dissipe loin des yeux de leur intellection le nuage dont l'ignorance les enveloppe; il les réveille de leur assoupissement sous cette épaisse couche de ténèbres; d'abord, il leur départ une splendeur modérée; puis, lorsqu'elles ont goûté, pour ainsi dire, la lumière, et qu'elles en réclament davantage, il la leur distribue avec plus d'abondance, et leur en verse plus de rayons, parce qu'elles ont beaucoup aimé[2], et il

[1] l'autre, selon son usage. Cela est patent dans le nom vision, lequel a été d'abord imposé pour exprimer l'acte du sens de la vue, mais à cause de la dignité et de la certitude de ce sens, ce mot a été étendu, dans l'usage du langage, à toute connaissance des autres sens. Nous disons en effet : Vois comme c'est sapide, vois comme c'est odorant, vois comme c'est chaud; et, en outre, même à la connaissance de l'intellect, suivant cette parole, Matth., v : *Heureux ceux qui ont le cœur pur, parce qu'ils verront Dieu.* Il faut en dire autant du nom lumière. Car, d'abord, il a été établi pour signifier ce qui fait la manifestation dans le sens de la vue; puis, il a été étendu à tout ce qui fait une manifestation par rapport à une connaissance quelconque. Si donc le nom lumière est pris selon son imposition primitive, c'est métaphoriquement qu'il s'applique aux choses spirituelles, comme dit Ambroise; mais s'il est pris selon qu'il est étendu, dans l'usage du langage, à toute manifestation, il s'applique ainsi proprement aux choses spirituelles. » (S. T., p. I, q. LXVII, a. I.)

[1] « La lumière, en tant qu'elle concerne l'intellect, n'est autre chose qu'une certaine manifestation de la vérité. » (S. T., p. I, q. CVI, a. I.) — « Le fruit de la lumière est en toute bonté, et justice et vérité. » (Eph., v, 9.) — [2] Luc., VII, 47.

les pousse toujours en avant en raison de leur zèle à élever leurs regards.

§ VI.

Dieu est la lumière intelligible ; son excellence et ses effets.

Donc le bon au-dessus de toute lumière est appelé lumière [1] intelligible, parce qu'il est une source de clarté, déversant à larges flots ses rayons, qui illustre de sa plénitude toute intelligence supermondaine [2], circamondaine [3] et mondaine [4]; qui renouvelle, de fond en comble, leurs puissances intellectuelles ; qui les enveloppe toutes de son immensité ; qui les domine toutes par son élévation ; qui, enfin, dans la simplicité, principe de lumière et lumière suprême, résume en soi, renferme supérieurement et possède avec antériorité l'entière et souveraine faculté d'illuminer, groupe tous les êtres intelligents, et opère leur unification.

Car, comme l'ignorance divise les êtres égarés [5], ainsi la lumière intelligible, à son apparition, rapproche et unit les êtres qu'elle éclaire, les perfectionne, les tourne vers l'être essentiel, les délivre de leurs multiples opinions, ramène leurs diverses vues, ou, pour mieux dire, leurs imaginations à une gnose unique, vraie, pure et simple, et les inonde d'une splendeur une et unificatrice [6].

[1] Jo., I, 4. — [2] Is., VI, 2. — [3] Apoc., XVI, 1. — [4] Jo., I, 9. — [5] Heb., V, 2. — [6] Jo., XVII, 19-26.

¿ VII.

Le bon [1] est qualifié, par les sacrés théologiens, de beau [2] et de beauté [3], de charité [4] et de chérissable [5], et de tous autres noms divins qui conviennent à cette magnificence pleine de charmes et source de grâces [6].

Or, il faut distinguer le beau et la beauté en dehors de la cause qui renferme tout en un [7].

Les divisant donc chez les divers êtres en participant et en participation, nous nommons beau le participant à la beauté, et beauté la participation à la cause qui embellit tout beau [8].

Mais le beau supersubstantiel est appelé beauté, parce que la beauté passe de lui à tous les êtres dans une mesure particulière; parce qu'il crée en tous une écla-

Dieu est beau et la beauté même; cause de toutes les créatures, il en possède superéminemment les beautés.

---

[1] « Le beau et le bon dans le sujet, à la vérité, sont la même chose, parce qu'ils reposent sur une seule base, savoir, sur la forme, et voilà pourquoi le bon est qualifié de beau; mais rationnellement ils sont différents. En effet, le bon proprement regarde l'appétit, car c'est le bon que tout appète; et ainsi, il renferme l'idée de fin, attendu que l'appétit est une sorte de mouvement vers un objet. Au contraire, le beau regarde la puissance cognitive, car on appelle beau ce dont la vision fait plaisir; il consiste donc dans une juste proportion, les sens se délectant dans les choses à juste proportion, ainsi que dans leurs similaires, parce que les sens eux-mêmes ne manquent pas d'harmonie, de même que toute puissance cognitive. Et comme la connaissance s'opère par assimilation, et que l'assimilation se rapporte à la forme, le beau, proprement, implique l'idée de cette cause formelle. » (S. T., P. I, q. V, a. IV.) — [2] Cant., I, 15. — [3] Ps. XLV, 4. — [4] I. Jo., IV, 8. — [5] Ps. LXVIII, 13. — [6] V. Plat., *Banq.*, I, 680. — [7] V. Plat., *Phéd.*, I, 714-715. — [8] V. Plat., *Phédo.*, I, 78-79.

tante harmonie, leur versant à tous, à l'instar de lumière, les flots de sa splendeur originale qui les revêtent de grâce ; parce qu'il les appelle tous à lui , et de là son nom κάλλος [1], et qu'il les rassemble en soi tous en tous.

Il est aussi appelé beau, en tant que tout beau à la fois et superbeau ; beau éternellement, sous les mêmes rapports et de la même sorte ; beau qui ne se génère ni ne périt, n'augmente ni ne diminue ; non point en partie beau et en partie laid, tantôt beau et tantôt laid, ici beau et là laid, pour les uns beau et pour les autres laid, mais le même, par lui-même, avec lui-même, dans l'uniforme, toujours beau , et possédant en soi avec antériorité et superéminence la beauté source de tout beau [2].

Effectivement, dans cette nature simple et superexcellente , ensemble de grâces , préexistent, indivisés, comme dans leur cause, toute beauté et tout beau.

C'est ce beau qui rend beaux tous les êtres, chacun suivant sa raison propre ;

Ce beau qui constitue, chez tous, leurs rapports, leurs amitiés , leurs alliances ;

Ce beau qui les unit tous ;

Ce beau qui est le principe de tous, comme cause efficiente , qui les meut, et qui les embrasse par amour pour leur beauté respective ;

Ce beau qui est le terme de tous, et l'objet de leurs affections, comme cause finale, car tout se fait en faveur du beau ;

Ce beau ,qui est leur paradigme, parce que c'est sur lui qu'ils sont formés.

Aussi le beau est-il identique au bon, tout aspirant au beau et au bon sous un motif quelconque, et n'y ayant rien, en réalité, qui ne participe au bon et au beau.

[1] Κάλλος beauté, R. Καλέω j'appelle. *V.* Plat., *Crat.,* I, 306-307. — [2] *V.* Plat., *Crat.,* I, 306.

J'oserai dire que le non-être même participe au bon et au beau ; car il est bon et beau, alors que, par une division d'avec tout, il s'applique supersubstantiellement à Dieu.

Cet un bon et beau est donc unement la cause de toute cette multitude d'objets bons et beaux.

De là, les substantielles subsistances des choses en général, leurs unions et distinctions, leurs mêmetés et autretés, leurs ressemblances et différences; les alliances des contraires, les inconfusions des mixtionnées, les prévoyances des supérieures, les harmonisations des égales, la dépendance des inférieures; et, dans toutes, leurs permanences conservatrices et leurs inébranlables fixités.

De là encore, les influences de toutes choses sur toutes choses, d'après leurs qualités spéciales ; leurs convenances ; leurs accords sans confusion ; les harmonies de l'ensemble ; le concert de toutes les parties ; les indissolubles nœuds des êtres ; les perpétuelles successions des générations; tous les stations et mouvements des intelligences, des âmes et des corps; car celui-là est station et mouvement pour tous, qui, au-dessus de tout mouvement et de toute station, *stationne* chacun dans sa propre raison, et le meut suivant une direction particulière.

§ VIII.

Or, les célestes intelligences se meuvent [1], comme on dit,

Mouvement circulaire, droit et oblique des anges.

---

[1] Κινεῖσθαι se mouvoir, κίνησις mouvement, κίειν aller, ἴεσις élan. V. Plat., *Crat.*, I, 344.

Aristote définit le mouvement : ἡ τοῦ δυνάμει ὄντος ἐντελέχεια, ἢ τοιοῦτον, κίνσίς ἐστι, l'entéléchie de l'être en puissance, en tant que

Circulairement, tandis qu'elles s'unissent aux splendeurs, sans commencement et sans fin, du beau et du bon ;

tel, *Phys.*, l. III, c. 1 ; ou bien encore : ἡ κίνησις τοῦ ἀτελοῦς ἐνέργεια, l'opération de l'imparfait, *Ame,* l. III, c. 7. Comme l'opération de l'imparfait s'appelle mouvement, ainsi, par analogie, l'opération du parfait, ἐνέργεια τοῦ τετελεσμένου, s'est appelée mouvement ; l'intelligible se réfléchit dans le sensible, et les langues empruntent les termes du dernier pour désigner le premier. A ce titre, l'intelligence et la volonté ont leurs mouvements, par le fait même qu'elles ont leurs opérations. *V.* S. T , p. I, q. XVIII, a. IV.

« Parmi les mouvements corporels, les mouvements locaux sont les plus parfaits et les premiers... et voilà pourquoi c'est sous leur image, de préférence, que sont représentées les opérations intelligibles.

« Il y a trois mouvements différents : le circulaire, suivant lequel une chose marche uniformément autour du même centre ; le direct par lequel une chose avance d'un point à un autre, et l'oblique, composé des deux. Ainsi donc, dans les opérations intelligibles, ce qui offre absolument un caractère d'uniformité, est affecté au mouvement circulaire ; l'opération intelligible qui va d'un objet à un autre, est affectée au mouvement direct ; et, enfin, l'opération intelligible qui offre une certaine uniformité en allant d'un objet à un autre, est affectée au mouvement oblique. » (S. T., II. II, q. CLXXX, a. VI.)

« Le beau se rapporte à la faculté cognitive..... et le bon regarde proprement la faculté appétitive. » (S. T., p. I, q. V, a. 4.)

« C'est dans le genre que l'intellect est commun à l'ange et à l'homme ; mais la faculté intellective est beaucoup plus élevée chez l'ange que chez l'homme, motif pour lequel ces mouvements doivent être autrement déterminés dans les anges et dans les hommes, suivant leur diverse manière d'être au point de vue de l'uniformité.

« L'intellect angélique possède la connaissance uniforme sous deux rapports : premièrement, parce qu'il n'acquiert pas la vérité intelligible par la variété des choses composées ; et deuxièmement, parce qu'il n'appréhende pas cette vérité intelligible d'une façon discursive, mais par une simple intuition....... Et c'est pour cela que Denys applique aux anges le mouvement

Directement, lorsqu'elles se portent à des soins providentiels envers leurs subalternes, traversant tout en ligne droite ;

circulaire, en tant qu'uniformément et incessamment, sans commencement et sans fin, ils contemplent Dieu, tout comme le mouvement circulaire s'accomplit uniformément, sans commencement et sans fin, autour du même centre.....

« Le mouvement direct dans les anges ne peut pas être pris en ce sens que, pour considérer, ils aillent d'un objet à un autre, mais seulement comme l'expression de l'ordre de leur providence, à savoir, en tant que l'ange supérieur illumine les inférieurs par les intermédiaires. Pensée formulée ainsi par Denys : « Les célestes esprits se meuvent directement, lorsqu'ils se portent à des soins providentiels envers leurs inférieurs, traversant tout en ligne droite, » c'est-à-dire, d'après des dispositions en harmonie avec la droiture de l'ordre.....

« Il (Denys) attribue à l'ange le mouvement oblique, composé du direct et du circulaire, en tant qu'en contemplant Dieu, il se porte à des soins providentiels envers ses inférieurs....

« L'intellect de l'âme reçoit des choses sensibles la vérité intelligible, à laquelle il parvient par des raisonnements discursifs.....

« L'âme, avant d'atteindre cette uniformité, doit avoir dépouillé ses deux difformités. L'une dérive de la diversité des choses extérieures, et elle s'en dégage en s'éloignant des choses extérieures ; et c'est ce qu'il (Denys) entend, quand il exige avant tout, pour le mouvement circulaire de l'âme, que « des choses extérieures elle se replie sur elle-même. » L'autre résulte de ses raisonnements discursifs, dont il faut aussi qu'elle s'affranchisse ; ce qui a lieu, lorsque toutes les opérations de l'âme se résolvent dans la simple contemplation de la vérité intelligible ; et voilà pourquoi il (Denys) réclame ensuite « qu'elle ramasse en l'unité ses facultés spirituelles, » c'est-à-dire, que, toute discursion cessant, son intuition se fixe dans la contemplation de la vérité une et simple. Dans une telle opération de l'âme, plus d'erreur possible, pas plus qu'il n'y a évidemment d'erreur possible dans l'intelligence des premiers principes que nous connaissons par pure intuition. C'est après avoir parlé, au préalable, de ces deux points, qu'il (Denys) en vient à l'uni-

Obliquement, quand, venant en aide à ces subalternes, et demeurant fermes dans leur immutabilité par rapport au beau et au bon, principe de cette immutabilité, elles tournent sans jamais s'arrêter.

§ IX.

Mouvement circulaire, oblique et direct de me.

L'âme aussi a d'abord un mouvement circulaire, par lequel des choses extérieures elle se replie sur elle-même, elle ramasse en l'unité ses facultés spirituelles, de manière à ne pouvoir pas plus s'égarer que dans un cercle, et, après avoir rompu avec la multiplicité du dehors, et s'être recueillie en elle-même par la simplicité

formité imitée des anges, par laquelle, séparée de tout, elle (l'âme) s'attache à la seule contemplation de Dieu. Il (Denys) ajoute donc : « Unifiée dans ses puissances uniformément unes, elle atteint le beau et le bon.....

« Il (Denys) assigne à l'âme le mouvement direct, en tant que, des choses sensibles extérieures, elle passe à la connaissance des choses intelligibles. ...

« Il (Denys) place dans l'âme le mouvement oblique, c'est-à-dire, le mouvement composé du droit et du circulaire, en ce sens qu'elle se sert, en raisonnant, des illuminations divines... » (S. T., II.II, q. CLXXX, a. VI.)

« La vie contemplative, quant à l'essence même de son action, dépend de l'intellect ; et, quant à ce qui meut dans l'accomplissement d'une telle opération, elle regarde la volonté qui meut toutes les autres puissances, et l'intellect lui-même, à leurs actes respectifs. » (S. T., II.II, q. CLXXX, a. I.) *Nihil volitum nisi præcognitum* ; l'intelligence et la volonté agissent et réagissent l'une sur l'autre ; leurs mouvements se ressemblent, et elles gravitent simultanément vers le vrai qu'elles poursuivent, l'intelligence comme beau, et la volonté comme bon.

Στάσις station, R. ἀ privatif, ἴεσις élan, privation de la station, d'où par élégance στάσις. *V.* Plat., *Crat.*, I, 314.

qu'elle a conquise, unifiée dans ses puissances uniformément unies, elle atteint ainsi le beau et le bon, au-dessus de tous les êtres, un et même, sans commencement et sans fin.

Elle a ensuite un mouvement oblique, en ce que, selon sa capacité, elle est éclairée des divines gnoses, non point par intuition et dans l'unité, mais grâce au raisonnement et au moyen des déductions, et comme en vertu d'opérations complexes et transitoires.

Elle a enfin un mouvement direct, non pas en tant qu'elle rentre en elle-même et qu'elle déploie son intellect unique, car il y aurait, comme je l'ai dit, mouvement circulaire, mais bien en tant qu'elle gravite vers ce qui l'environne, et des objets extérieurs, ainsi que de divers et multiples symboles, elle s'élève aux simples et unes contemplations.

§ X.

Or, des trois mouvements de ces êtres, ainsi que du sensible dans l'univers, et, mieux encore, des stations, maintiens et stabilités de chaque objet, le principe, la conservation et la fin, c'est le beau et le bon, au-dessus de toute station et de tout mouvement. Ainsi, tout mouvement et toute station, de lui, en lui, vers lui et pour lui.

Effectivement, de lui et par lui, la substance et la vie en général, soit de l'intelligence, soit de l'âme;

Dans la nature entière, les petitesses, les égalités, les grandeurs, les diverses mesures;

Parmi les êtres, les rapports, les harmonies, les alliances;

Les totalités et les parties, les unités et les multipli-

cités, les liaisons des parties, les unions des multipli-
cités, les perfections des totalités ;

La qualité, la quantité, la quotité, l'immensité ;

Les convenances et les disconvenances ;

Tout interminé et tout terminé ;

Toutes limites, ordonnances, supériorités ;

Les éléments, les formes, toute substance, toute puissance, toute opération, toute habitude, tout sentiment,
toute raison, toute intelligence, toute action, toute
science, toute union.

En un mot, tout vient du beau et du bon, subsiste
dans le beau et le bon, et aspire au beau et au bon.

C'est par le beau et le bon que tout ce qui existe et
se génère, se génère et existe; vers lui que tout regarde, sous lui que tout se meut et se conserve ; grâce
à lui, moyennant lui et en lui, qu'est tout principe paradigmatique, perfectif, efficient, formel, élémentaire;
bref, tout principe, toute conservation, toute fin.

Et, pour tout dire en résumé, tous les êtres dérivent
du beau et du bon ; et tous les non-êtres se trouvent
supersubstantiellement dans le beau et le bon; et c'est
le principe superprincipal et la fin superfinale de tout :
Car de lui, et par lui, et en lui, *et vers lui toutes
choses* [1], comme s'exprime la parole sacrée.

Aussi tous les êtres appètent, aiment et chérissent le
beau et le bon, de sorte que, par lui et pour lui, ils
s'attachent, les inférieurs aux supérieurs en sollicitant
leur attention, les égaux aux égaux en se faisant de
mutuelles communications, les plus excellents aux
moins nobles en leur servant de providence, et chacun
à soi-même en se conservant ; c'est dans leur passion du

---

[1] Rom., XI, 36. Καὶ ἐν αὐτῷ, *et en lui,* ne se trouve pas dans
ce texte de saint Paul.

beau et du bon, que tous font et veulent tout ce qu'ils veulent et font [1].

Nous oserons encore avancer, en toute vérité, que même la cause universelle, par un excès de bonté, aime tout, fait tout, perfectionne tout, conserve tout, attire tout, et qu'elle est le divin amour bon du bon pour le bon [2].

Car l'amour [3], auteur du bon dans les êtres, préexis-

---

[1] *V.* Plat., *Ménon*, I, 447. — [2] Ἔρως amour, R. Εἰς dans, ῥέω je cours. « Ἔρως amour est ainsi appelé, parce qu'il court du dehors au dedans ἐσ-ρεῖ, et que le courant ῥοὴ n'est pas propre au sujet, mais qu'il s'introduit par les yeux, et c'est pour cela qu'anciennement il se nommait ἔσρος, de ἐσρεῖν courir dans. » (Plat., *Crat.*, I, 309.)

« Dieu aime tout ce qui existe; car tout ce qui existe, en tant qu'il est, est bon; car l'être même de chaque chose est un certain bien, de même que chacune de ses perfections. Or... la volonté de Dieu est la cause de toutes les choses; de sorte qu'il faut que quoi ce soit ait l'être, ou n'importe quel bien, en tant que Dieu l'a voulu. Dieu veut donc du bien à tout ce qui existe. Partant, comme aimer n'est rien autre que vouloir du bien à quelqu'un, il est manifeste que Dieu aime ce qui existe. Cependant, il n'aime pas de la même manière que nous aimons. En effet, attendu que notre volonté n'est pas la cause de la bonté des choses, mais qu'elle est mue par cette bonté comme par son objet, l'amour par lequel nous voulons du bien à quelqu'un, n'est pas cause de sa bonté, mais, au contraire, sa bonté (ou vraie ou supposée) provoque l'amour par lequel nous voulons, à son endroit, la conservation du bien qu'il a et l'acquisition de celui qu'il n'a pas, en même temps que nos efforts dans ce sens. L'amour de Dieu répand et crée la bonté dans les choses. » (S. T., p. I, q. XX, a. II.) — [3] « Les hommes aiment le bon..... Ils aiment aussi à posséder le bon..... Et non-seulement à le posséder, mais à le posséder toujours..... En somme donc... l'amour aspire à ce qu'ils possèdent toujours le bon..... Tel étant l'amour, en général..... quel est le mode et l'acte particulier où la poursuite zélée et ardente du bon prend le nom d'a-

tant avec superéminence au sein du bon, ne lui permit
pas de demeurer ingénérateur en lui-même, mais le
mut à exercer son excellence génératrice de tout.

§ XI.

Dieu est appelé amour dans les Écritures.

Et qu'on ne nous accuse pas de célébrer ce nom d'a-
mour contrairement aux oracles.

Car il est, ce me semble, aussi absurde que gauche
d'insister, non pas sur la valeur de l'objet, mais sur les
mots, et c'est le propre, non pas de ceux qui cherchent
à entendre le divin, mais de ceux qui, ne recueillant
que de faibles sons et ne les percevant qu'à l'exté-

mour?..... C'est la production dans le beau, soit par le corps,
soit par l'âme.....

Tous les hommes sont féconds dans le corps et dans l'âme,
et, lorsqu'ils arrivent à un certain âge, leur nature désire produire; or, elle ne peut produire dans le laid, mais dans le beau.

Car, l'union de l'homme et de la femme est une production;
c'est là une chose divine; et l'immortel dans l'animal mortel,
quel est-il? la fécondité et la production. Ceci ne saurait avoir
lieu dans le discordant; or, le laid ne s'accorde pas, mais le beau
s'accorde avec le divin..... Aussi lorsque le fécond s'approche
du beau, il s'épanouit de joie et de plaisir, et il produit..... Au
contraire, s'il s'approche du laid, triste et affligé, il se resserre,
se détourne, se retire, et ne produit pas, mais, retenant son
germe, il le porte avec peine. De là, chez l'être fécond et plein
de sève, cette passion extrême du beau, qui doit le délivrer de
la grande douleur de la parturition. Car..... le beau..... n'est
pas l'objet de l'amour..... C'est la génération et la production
dans le beau..... Parce que la génération perpétue et immor-
talise le mortel..... Or, il est nécessaire de joindre au désir du
bon le désir de l'immortalité....., puisque l'amour consiste à
désirer que le bon nous appartienne toujours.....

Ceux donc qui sont féconds selon le corps..... se tournent de
préférence vers les femmes, par quoi ils sont amants, dans la

rieur, sans leur ouvrir l'ouïe, ne veulent pas savoir ce que signifie telle expression, ni comment il est nécessaire de l'éclaircir certaines fois par des termes de même force et plus explicites, qui s'arrêtent avec passion à des points et à des lignes inintelligibles, à des syllabes et à des paroles inconnues, ce qui, loin de pénétrer jusqu'à l'intelligence de leur âme, ne bruit que sur leurs lèvres et autour de leurs oreilles.

Comme s'il n'était pas permis d'exprimer le nombre τέσσαρα *quatre* par δὶς δύο *deux fois deux*, ou εὐθύγραμμα *rectiligne* par ὀρθογράμμων *ortholigne*[1], ou μητρίδα[2] *matrie*

pensée de s'assurer, en procréant des enfants, immortalité, renommée et bonheur de siècle en siècle à tout jamais.

Il en est aussi..... de plus féconds selon l'âme que selon le corps... Or, que regarde cette fécondité? La sagesse et les autres vertus..... Quand donc un être divin porte en son âme, dès l'enfance, les germes des vertus, arrivé à un certain âge, il désire engendrer et produire; il s'en va donc aussi çà et là cherchant le beau dans lequel il engendrera; car il n'engendrera jamais dans le laid.....

Il doit regarder la beauté de l'âme comme plus précieuse que celle du corps..... Les enfants sont plus beaux et plus immortels..... Lancé sur l'immense océan du beau, et le contemplant, il produira une multitude de beaux et magnifiques discours et pensers dans une abondante philosophie, jusqu'à ce que par là affermi et agrandi, il n'aperçoive plus que cette science une de ce beau.....

Celui qui dans les mystères de l'amour se sera élevé jusqu'à ce point, après avoir contemplé successivement et régulièrement les beaux, parvenu au terme des mystères de l'amour, il découvrira tout à coup un beau naturellement admirable, celui-là même..... qui était le but de tous ses travaux antérieurs, beau qui est toujours, ne devient pas, ne périt pas..... » (Plat., *Banq.*, 1, 683-687.)

[1] Γράμμα écrit, trait, ligne. Εὐθύς, εὖ bien — θέω je vais. 'Ορθός, ὅρος borne, règle — θέω je vais. Ce qui va bien va selon la règle, et *vice versá*.

par πατρίδος *patrie*, et pareillement pour toutes les locutions qui avec divers éléments du discours marquent la même chose [1].

Il faut savoir, de par la saine raison, que c'est à cause des sens que nous nous servons de lettres, de syllabes, de mots, d'écriture et de paroles; tellement que, lorsque l'âme, par ses puissances intellectuelles, s'applique aux choses intelligibles, les sens avec les choses sensibles deviennent inutiles, de même que les puissances intellectuelles, lorsque l'âme, atteignant la déiformité s'élance à bonds aveugles, en vertu d'une mystérieuse union, dans la splendeur de la lumière inaccessible.

Mais si l'intelligence, au moyen des choses sensibles, essaie de s'élever aux intellections spéculatives, la préférence revient de plein droit aux plus manifestes transmissions des sens, aux paroles les plus claires, aux visions les plus nettes; car, lorsque les sens ne perçoivent que du vague, ils ne sauraient transporter à l'intelligence les choses sensibles.

Cependant, pour que nous n'ayons pas l'air, en parlant ainsi, de pervertir les saints oracles, que ceux qui attaquent le nom d'amour, les écoutent eux-mêmes : *Aime-la (Sagesse)*, disent-ils, *et elle te gardera. Enlace-la, et elle t'exaltera; honore-la, afin qu'elle t'embrasse* [2]. Et tant d'autres passages où est glorifié le nom divin d'amour.

§ XII.

[3] Même il a semblé à quelques-uns de nos auteurs sacrés que le nom d'amour était plus divin que celui

[1] Μητρίδα, mot usité chez les Crétois. V. Plat., *Rép.*, l. IX, II, 164. — [2] Prov., IV, 6-8. — [3] V. S. François de Sales, *De*

le charité. Car saint Ignace a écrit : *Mon amour a été crucifié*. Et dans les introductions aux oracles [1], tu trouveras qu'on dit à propos de la divine sagesse : *Je suis devenu amoureux de sa beauté* [2].

Ainsi, certes, ne redoutons pas ce nom d'amour, et qu'aucune parole ne nous trouble avec cet épouvantail.

Car, à ce qu'il me paraît, les théologiens considèrent comme synonymes amour et charité [3], mais ils attribuent de préférence le véritable amour au divin, à cause de la grossière préconception de certains hommes.

[*Amour de Dieu*, l. i, c. 14, où il s'agit précisément de la question présente.
[1] Les livres sapientiaux servent d'introductions au reste de l'Ecriture : la vertu épure l'âme, et plus l'âme acquiert de diaphanéité morale, plus la vérité la pénètre de ses rayons. *Heureux ceux qui sont purs par le cœur ; car ils verront Dieu*, Matth., v, 8. Et Dieu a dit : *Je suis... la vérité*, Jo., xiv, 6. — [2] Sap., viii, 2. — [3] « 1. On partage l'amour en deux especes, dont l'une est appellée amour de bienveuillance, et l'autre amour de convoitise. L'amour de convoitise est celuy par lequel nous aymons quelque chose pour le profit que nous en pretendons ; l'amour de bienveuillance est celuy par lequel nous aymons quelque chose pour le bien d'icelle ; car qu'est-ce autre chose, avoir l'amour de bienveuillance envers une personne, que de luy vouloir du bien ?
2. Si celuy à qui nous voulons du bien l'a desja et le possede alors nous le luy voulons par le playsir et contentement que nous avons de quoy il l'a et le possede ; et ainsy se forme l'amour de complaysance, qui n'est autre chose que l'acte de la volonté par lequel elle s'unit et joint au playsir, contentement, et bien d'autruy. Mais si celuy à qui nous voulons du bien ne l'a pas encor, nous le luy desirons ; et partant cet amour se nomme amour de desir.
3. Quand l'amour de bienveuillance est exercé sans correspondance de la part de la chose aymée, il s'appelle amour de simple bienveuillance ; quand il est avec mutuelle correspondance, il s'appelle amour d'amitié. Or la mutuelle correspon-

Car, lorsque, par rapport à Dieu, le véritable amour, non-seulement chez nous, mais encore dans les oracles eux-mêmes, résonne de louanges, la foule, ne comprenant pas l'uniformité de ce divin nom d'amour, se rabat à son ordinaire, sur un amour convenable au corps, susceptible de partage et soumis à la division, lequel est, non pas certes le véritable amour, mais l'image, ou plutôt une dégradation du véritable amour.

Effectivement, incompréhensible est à la foule l'uniformité de l'amour divin et un; et c'est parce que ce mot semble incongru à la foule, qu'il s'adapte à la

dance consiste en trois points : car il faut que les amis s'entr'ayment, sachent qu'ilz s'entr'ayment, et qu'ilz ayent communication, privauté et familiarité ensemble.

4. Si nous aymons simplement l'ami, sans le preferer aux autres, l'amitie est simple; si nous le preferons, alors cette amitie s'appellera dilection, comme qui dirait, amour d'election parce qu'entre plusieurs choses que nous aymons, nous choisissons celle-là pour la preferer.

5. Or quand par cette dilection nous ne preferons pas de beaucoup un ami aux autres, elle s'appelle simple dilection mais quand, au contraire, nous preferons grandement et de beaucoup un ami aux autres de sa sorte, alors cette amitie s'appelle dilection d'excellence.

6. Que si l'estime et preference que nous faysons de l'ami quoyqu'elle soit grande et n'en ait point d'egale, ne laisse pas neantmoins de pouvoir entrer en comparayson et proportion avec les autres, l'amitie s'appellera dilection eminente. Mais si l'eminence de cette amitie est hors de proportion et de comparayson au dessus de toute autre, alors elle sera ditte dilection incomparable, souveraine, sureminente, et en un mot, ce sera la charité, laquelle est deuë à un seul Dieu. » (S. François de Sales, *De l'Amour de Dieu*, l. I, c. XIII.)

V. N. D., p. 181, l'étymologie de ἔρως amour. Ἀγάπη charité, R. Ἄγαν extrêmement, ποιέω je fais, en latin, *nimis facio*. Les racines expliquent la différence des idées qui se rattachent à ces termes.

divine sagesse, afin de l'élever par anagogie à la gnose du véritable amour, et dissiper ainsi son idée d'incongruité.

Au contraire, s'agit-il de nous, là où des êtres qui rampent à terre seraient souvent exposés à des pensées ignobles, on use, en apparence, de plus d'euphémisme : *Ta charité*, est-il dit, *m'a envahi ainsi que la charité des femmes* [1].

Mais vis-à-vis de ceux qui entendent, comme il faut, le divin, les sacrés théologiens, dans leurs pieuses explications, emploient les noms de charité et d'amour en signe de la même force, à savoir, une force qui unifie, rassemble et concentre excellemment dans le beau et le bon, qui préexiste de par le beau et le bon, qui émane du beau et du bon à raison du beau et du bon, qui étreint les êtres égaux en de réciproques communications, anime les supérieurs à la providence envers les inférieurs, et rattache les subalternes aux plus élevés vers lesquels elle les tourne.

§ XIII.

Le divin amour est extatique [2], lui sous l'empire duquel celui qui aime n'est plus à soi, mais à ce qui est aimé [3].

L'amour est extatique et jaloux.

---

[1] Nous avons traduit S. Denys, Ἐπέπεσε..... ἡ ἀγάπησίς σου ἐπ'ἐμὲ ὡς ἡ ἀγάπησις τῶν γυναικῶν. On lit, II, Reg., I, 26 : Ἐθαυμαστώθη ἡ ἀγάπησις σου ἐμοὶ ὑπὲρ ἀγάπησιν, γυναικῶν, *la charité m'a ravi au delà de la charité des femmes.* — [2] Ἐκστατικὸς extatique, R. Ἐκ hors de, ἵστημι je tiens. — [3] « On dit que quelqu'un est en extase, lorsqu'il est mis hors de soi ; ce qui peut arriver du côté de la faculté appréhensive, et du côté de la faculté appétitive. Du côté de la faculté appréhensive, on dit que quel-

Et à preuve, les supérieurs qui, dans leur providence, se dévouent aux inférieurs ; les égaux qui s'harmonisent les uns avec les autres ; les moins avancés qui se tournent, à un plus sublime degré, vers les plus élevés.

Aussi Paul le grand, possédé du divin amour dont la force le ravissait en extase, s'écriait avec sa voix d'enthéastique : *Je vis, mais ce n'est plus moi, c'est le Christ qui vit en moi* [1] ; tel qu'un véritable amant, passé, comme il le dit, de lui-même à Dieu, vivant, non plus

qu'un est mis hors de soi, lorsqu'il est mis en dehors de la connaissance à lui propre ; ou parce qu'il est élevé à une connaissance supérieure, ainsi, de l'homme qui est élevé à la compréhension de ce qui surpasse le sens et la raison, on dit qu'il est en extase, en tant qu'il est mis en dehors de la compréhension naturelle de la raison et du sens ; ou parce qu'il est rabaissé vers des perceptions inférieures, ainsi, de l'homme qui tombe dans la fureur ou la démence, on dit qu'il est en extase. Du côté de la faculté appétitive, on dit que quelqu'un est en extase, lorsque son appétit se porte ailleurs, sortant, en quelque façon, de lui-même. Or, la première extase, l'amour la produit *dispositivè dispositivement*, à savoir, en tant qu'il faut méditer sur l'objet aimé, car la méditation intense sur un objet éloigne des autres. Mais la seconde extase, l'amour la produit *directè directement, simpliciter entièrement,* si c'est l'amour d'amitié, non pas *simpliciter entièrement,* mais *secundùm quid partiellement,* si c'est l'amour de concupiscence. Effectivement, dans l'amour de concupiscence, jusqu'à un certain point, l'amant est transporté hors de lui-même, en tant que, non content de jouir du bien qu'il possède, il cherche à jouir de quelque chose en dehors de lui ; mais, comme il poursuit pour son avantage ce bien extérieur, il ne sort pas entièrement de lui-même, et une telle affection finit par se renfermer en lui-même. Au contraire, dans l'amour d'amitié, l'affection sort entièrement de lui-même, car il veut le bien pour l'ami, et il opère le bien, comme sa soigneuse providence, dans l'intérêt de l'ami lui-même. » (S. T., I.II. q. XXVIII, a. III.)

[1] Gal., II, 19. S. Denys a omis δέ et transposé ἐγώ.

de sa vie propre, mais de la vie souverainement chère
de l'objet de son amour.

Osons encore avancer, conformément à la vérité, que
même l'auteur universel, en son bel et bon amour de
toutes choses, grâce à un excès d'amoureuse bonté,
sort de lui-même par ses providences envers les différents êtres, et se délecte dans la bonté, la charité et
l'amour; tellement que de sa sublimité absolue au-
dessus de tous les êtres, il s'abaisse jusqu'à tous, avec
une supersubstantielle puissance, se répandant à l'extérieur sans se déplacer à l'intérieur [1].

Aussi les divins sages le proclament-ils jaloux [2], parce
qu'il montre un surcroît de bon amour à l'égard des
êtres, de l'ardeur à convertir en jalousie leur amoureuse
aspiration vers lui, et une propre jalousie, jalousie dont
est digne ce qu'il désire, jalousie dont est digne ce qu'il
produit.

Bref, l'aimable et l'amour marchent avec le beau et le
bon, sont préétablis dans le beau et le bon, et existent
et se développent à raison du beau et du bon.

[1] *Objection* : « Il est inconvenant de dire que Dieu sort de lui-
même et passe dans d'autres êtres. » *Réponse :* « L'amant sort
de lui-même et passe dans l'aimé, en ce sens qu'il veut du bien
à l'aimé, et qu'il le lui procure par sa providence ainsi qu'à
soi-même. D'où Denys dit : « Osons encore avancer, conformément à la vérité, que même l'auteur universel, etc. » (S. T.,
p. I, q. XX, a. II.) — [2] Ζηλωτὴν jaloux, R. Ζῆλος jalousie, ζέω je
bouillonne; la jalousie, c'est le bouillonnement de l'amour. Ὁ
ζῆλος τοῦ οἴκου σου καταφάγεταί με, Jo., II, 17, *la jalousie de ta
maison me dévore.* — « La jalousie a sa source dans l'intensité
de l'amour..... Car il est évident que, plus une force tend avec
énergie vers un terme, plus elle repousse violemment ce qui
l'arrête ou l'entrave. Puis donc que l'amour est, comme dit Augustin....., un certain mouvement vers l'aimé, l'amour intense
cherche à écarter ce qui le contrarie..... » (S. T., I.II, q.
XXVIII, a. IV.)

§ XIV.

Dieu est amour et charité, aimable et chérissable ; cercle de l'amour divin.

Mais enfin que prétendent les théologiens qui le nomment tantôt amour et charité, tantôt aimable et chérissable?

C'est que de l'un il est la cause, et, en quelque sorte, le producteur et le générateur, et qu'il est lui-même l'autre. Par le premier il est mu , il meut par le second, c'est-à-dire, que, dans un va-et-vient, il tire de lui et il attire à lui.

Donc on l'appelle , d'une part, aimable et chérissable, en tant que beau et bon, et, d'autre part, amour et charité, en tant que force à entraîner et à élever vers lui, seul beau et bon par soi, et aussi épanouissement de lui-même, par lui-même, bonne procession de l'union absolue, mouvement amoureux, à l'état simple, avec une mobilité essentielle, d'une énergie propre, lequel préexiste dans le bon, du bon déborde sur les êtres, et puis retourne au bon.

Aussi apparaît-il excellemment que le divin amour n'a ni commencement ni fin. C'est comme un cercle éternel, qui, par le bon, du bon, dans le bon, au bon, tourne d'après une infaillible révolution, dans le même et selon le même, toujours avançant, stationnant et revenant.

C'est ce que notre illustre initiateur sacré a divinement expliqué dans ses *Hymnes d'amour*; il n'est pas sans à-propos d'en rappeler des passages, et de les ajouter, comme un auguste couronnement, à notre dissertation sur l'amour.

Extrait des HYMNES D'AMOUR
du très-saint Hiérothée.

§ XV.

Par l'amour, du quel que nous parlions, divin [1], angé-
ique, intellectuel [2], animal, physique [3], entendons une

Tout amour
est unitif.

[1] Jo., IV, 8. — [2] Jo., XVII, 24. — [3] « L'amour appartient à
l'appétit, parce qu'ils ont l'un et l'autre le bien pour objet; donc l'amour se différencie comme se différencie l'appétit. Or, il y a un appétit qui ne suit pas la perception de
l'appétant, mais celle d'un autre, et c'est appétit naturel
qu'il se nomme; car les choses naturelles appètent ce qui
leur convient d'après leur nature, non par leur propre perception, mais par la perception de l'instituteur de la nature.....
Ensuite, il y a un autre appétit qui suit la perception de l'appé-
ant, mais nécessairement, sans libre arbitre, et tel est l'appé-
it sensitif dans les brutes, lequel néanmoins, chez l'homme,
participe à une certaine liberté, en tant qu'il obéit à la raison.
Enfin, il y a un autre appétit qui suit la perception de l'appé-
ant avec libre arbitre; et c'est l'appétit raisonnable ou intel-
ectif, qui s'appelle volonté. » (S. T., I.II, q. XXVI, a. I.) La
volonté s'applique à l'homme, à l'ange et à Dieu. « L'être qui a
l'intelligence a la volonté, de même que l'être qui a le sens a
l'appétit animal. » (S. T., p. I, q. XIX, a. I.) « Autre est l'appétit
qui tend au bien particulier, objet des sens, autre l'appétit
qui tend au bien général, objet de la raison..... La raison connaît en passant de l'un à l'autre, et l'intelligence connaît par
la simple intuition. Cependant la raison, par la discursion, par-
ient à connaître ce que l'intelligence connaît sans discursion,
c'est-à-dire, l'universel; c'est donc le même objet qui est
offert à l'appétit, et de la part de la raison, et de la part de l'in-

force unitive et concrétive [1], qui meut les supérieurs à des soins providentiels à l'égard des inférieurs, les égaux à de réciproques communications, et les subalternes à la gravitation vers les chefs au-dessus d'eux.

Autre extrait des mêmes Hymnes d'amour.

§ XVI.

Nous avons de l'amour un tiré, avec harmonie, des amours multiples, en disant tour à tour quelles sont les gnoses et les vertus des amours mondains et supermondains ; en quoi excellent, de par la raison assignée, les ordres et hiérarchies des amours intelligents et intelli-

telligence. » (S. T., p. i, q. lix, a. i.) Ainsi se distinguent l'appétit de l'homme et l'appétit de l'ange : « Les anges ont l'élection, mais ils l'ont sans délibération. » (S. T., p. i, q. lix, a. iii.) « Dieu a la volonté, comme il a l'intelligence, et comme sa connaissance est son être, de même son être est son vouloir. » (S. T., p. i, q. xix, a. i.) « Eh bien ! l'on appelle amour, dans chacun de ces appétits, ce qui est le principe du mouvement vers le but aimé. Le principe de ce mouvement, dans l'appétit naturel, c'est l'affinité de l'appétant avec l'appété ;... dans l'appétit sensitif, c'est la complaisance de l'appétant dans un bien particulier ;..... dans l'appétit raisonnable ou intellectif, c'est la complaisance de l'appétant dans le bien général,... » (S. T., i.ii, q. xxvi, a. i.)

[1] « L'acte de l'amour tend vers deux objets, à savoir, vers le bien qu'on veut à quelqu'un, et vers ce quelqu'un à qui l'on veut du bien. Car c'est proprement aimer quelqu'un que de lui vouloir du bien. Celui donc qui s'aime se veut du bien, et ainsi cherche à s'unir ce bien autant qu'il le peut ; et c'est sous ce rapport que l'amour est nommé force unitive, même en Dieu, mais sans composition, parce que le bien qu'il se veut n'est autre que lui-même, qui est bon par son essence....... D'autre

gibles ; comment à ces vraiment beaux amours-là sont préposés les amours intelligibles par soi et divins[1], objet propre de nos louanges.

Après cela, résumons rétrogressivement tous ces amours en l'amour un et collectif, père de tous les autres, multiplicité que nous simplifierons en réduisant d'abord à deux les vertus de ces amours, sur lesquelles règne et auxquelles préexiste absolument, au-dessus de tout, l'incompréhensible cause des amours particuliers, vers laquelle tend, d'après la nature de chaque individu, l'amour universel de tous les êtres.

part, quand on aime quelqu'un, on lui veut du bien, et ainsi on le traite comme soi-même, lui référant le bien comme à soi-même ; et c'est sous ce rapport que l'amour est nommé force concrétive, parce qu'on se l'associe en se posant envers lui comme envers soi-même. Et de cette façon encore l'amour divin sera une force concrétive, mais sans composition pour ce qui regarde Dieu, en ce sens qu'il veut du bien aux autres. » (S. T., p. I, q. xx, a. I.)

[1] « Pourquoi avons-nous l'intellection *intelligimus ?* Parce que notre intelligence... est informée en acte par l'espèce de l'intelligible..... L'intelligence ne se distingue de l'intelligible, que parce que l'intelligible est en puissance. Puis donc que Dieu n'a rien de potentiel et qu'il est un acte pur, il faut qu'en lui l'intelligence et l'intelligible ne soient qu'une même chose sous tous les rapports ; de manière qu'il ne manque jamais d'espèce intelligible, comme en manque notre intelligence, lorsqu'elle ne connaît qu'en puissance, et que l'espèce intelligible ne soit pas autre que la substance de l'intelligence divine, comme elle est autre que notre intelligence, lorsqu'elle connaît en acte. Ainsi, l'espèce intelligible est l'intelligence divine elle-même, et voilà comment Dieu se connaît lui-même par lui-même. » (S. T., p. I, q. xiv, a. ii). « Dieu se voit lui-même en lui-même, parce qu'il se voit dans son essence. Ensuite, il voit les choses différentes de lui, non pas en elles *tanquàm in medio videndi*, mais en lui-même, en tant que son essence contient la similitude des choses différentes de lui. » (S. T., p. I, q. xiv, a. v.)

Autre extrait des mêmes HYMNES D'AMOUR.

¿ XVII.

Révolution de l'amour divin.

Rassemblant donc ces vertus dans le un, disons que une est la vertu simple qui se meut de par l'univers, du bon jusqu'au dernier des êtres et du dernier des êtres jusqu'au bon, parmi tous circulant d'elle-même, par elle-même, en elle-même, révolution toujours identique.

¿ XVIII.

Pourquoi les démons ne recherchent pas le bon et le beau. Questions sur le mal.

On objectera peut-être : Si à tout, le beau et le bon est aimable, désirable, chérissable, car le non-être même, a-t-il été dit, y aspire et s'efforce, en quelque sorte, à y exister, parce qu'il donne la forme à ce qui n'a pas de forme, et qu'il s'appelle et est supersubstantiellement le non-être, comment la multitude des démons n'appète-t-elle pas le beau et le bon, mais, attachée à la matière et déchue de la mêmeté des anges dans la soif du bon, devient-elle cause de tous les maux et pour elle-même, et pour les autres dont on affirme qu'ils sont maléficiés [1].

Pourquoi la race des démons, dérivation du bon,

---

[1] Ὅσα κακύνεσθαι λέγεται dont on affirme qu'ils sont maléficiés, mot-à-mot, qui sont dits être maléficiés, rendus mauvais, viciés. Job, xx, 12.

n'est-elle nullement boniforme, ou de quelle manière, du bon émanée bonne, a-t-elle été altérée ?

Qu'est-ce qui la maléficie [1], et qu'est-ce que le mal [2] lui-même ?

De quel principe provient-il, et en quels êtres se trouve-t-il ?

Pour quel motif le bon a-t-il voulu produire le mal, et, le voulant, l'a-t-il pu ?

Et, si c'est d'une autre cause que découle le mal, il y a donc, outre le bon, une autre cause des êtres ?

D'ailleurs, pourquoi, du moment que la providence est là, le mal naît-il d'aucune façon, ou n'est-il pas supprimé ?

Et comment quelque être s'y affectionne-t-il, au mépris du bon ?

§ XIX.

Voilà donc les doutes que, d'aventure, exposera un interlocuteur.

Mais nous le prierons de considérer la vérité des choses [3], et d'abord nous nous permettrons de lui répondre ainsi :

Le mal ne dérive pas du bon, et, s'il dérive du bon,

Le mal ne vient pas du bon, et tout ce qui est, en tant qu'il est, est bon.

[1] Τί τὸ κακῦνον αὐτὸ qu'est-ce qui la maléficie, la rend mauvaise ? — [2] Κακόν mal. « Herm. Mais κακόν mal...., que signifie ce nom ? — Socr. Par Jupiter, ce nom me semble étrange et difficile à expliquer ; aussi recourrai-je à mon expédient. — Herm. Quel expédient ? — Socr. De dire que c'est un nom barbare. — Herm. Il me paraît que tu parles à merveille. » (Plat., *Crat.*, I, 306.) — Pachymère n'est pas de l'avis d'Hermogène. « Le bon harmonise, de même que le mal scinde, car κακόν dérive de χάζω je recule... » (Pach., *Parap.*) Avouons que le voyageur a changé en route. — [3] Plat., *Lo.*, X, II, 455.

il n'est plus le mal ; car il n'appartient pas au chaud de causer le froid, ni au bon de produire le non-bon [1].

Si tous les êtres procèdent du bon, puisque naturellement le bon produit et conserve, et le mal corrompt et dissout, rien de ce qui est n'émane du mal, et le mal même n'existe pas, mal qu'il serait à lui-même. Dans le cas contraire, le mal n'est pas absolument le mal, mais il renferme quelque portion du bon, grâce à laquelle il est entièrement.

Puis, si les êtres aspirent au beau et au bon; si tout ce qu'ils font, ils le font dans la perspective du bon au moins apparent, et s'ils prennent tous le bon pour principe et pour fin de leur intention, car aucun être ne fait ce qu'il fait en la vue radicale du mal [2], comment donc le mal se rencontre-t-il dans les êtres, ou y existe-t-il, à l'exclusion de cette générale appétence du bon?

Parce que tous les êtres proviennent du bon, et que le bon plane au-dessus de tous les êtres, le non-être même, à raison de son être, gît dans le bon; mais le mal n'est ni être, car alors il ne serait pas complètement le mal, ni non-être, car rien ne sera le non-être absolu qu'à la condition d'être avec transcendance dans le bon.

Le bon s'étend donc immensément loin au delà de tout être et de tout non-être, et le mal ne sera ni dans aucun être ni dans aucun non-être, mais il s'écartera du bon plus que le non-être même, dont n'approche pas son excès d'insubstantialité.

Mais répliquera-t-on, d'où procède donc le mal? Car si le mal n'existe pas, la vertu et le vice sont chose identique tout à tout et partie à partie, ou du moins ce qui combat la vertu ne sera pas un mal.

[1] Matth., vii, 17-18. — [2] N. D., c. iv, § x.

Or, la modération [1] et l'immodération [2], la justice [3] et l'injustice [4] sont contraires : en effet, je dis non-seulement de par l'être modéré et l'être immodéré, l'être juste et l'être injuste, mais encore longtemps avant que se manifeste au dehors la différence de l'être vertueux avec l'être opposé, au fond de l'âme même, du tout au tout, la discorde règne entre les vertus et les vices, et les passions s'arment contre la raison : d'où, nécessité d'admettre que le mal est un adversaire du bon.

Car le bon n'est pas son propre ennemi, mais, résultat d'un principe un et d'une cause une, c'est dans l'association, l'unité et l'amitié qu'il se délecte.

Aussi un moindre bon ne répugne pas à un bon plus grand, comme une chaleur moindre ou une moindre froidure, à une plus grande chaleur ou à une froidure plus grande.

Donc le mal est dans les êtres, il est un être, il est en hostilité et en guerre avec le bon.

Et quoiqu'il soit une corruption des êtres, il n'est pas exclu pour cela de l'être, non, il sera lui-même un être et un générateur d'êtres.

Et que de fois la corruption de l'un n'est-elle pas la génération de l'autre ?

Ainsi, le mal est là, qui concourt à la consommation de l'ensemble, et empêche par soi l'univers d'être imparfait.

---

[1] Σωφροσύνη modération, R. Σώζω je conserve, φρόνησις prudence. *V.* Plat., *Crat.*, I, 303, — Arist., *Des vert. et des vic.*, c. II, IV. — [2] Ἀκολασία immodération, R. à pr., κολάζω je réprime. *V.* Plat., *Crat.*, I, 322, — Arist., *Des vert. et des vic.*, c. III, VI. — [3] Δικαιοσύνη justice, R. Δίκαιον juste, σύνεσις compréhension. *V.* Plat., *Crat.*, I, 304, — Arist., *Des vert. et des vic.*, c. II, V. — [4] Ἀδικία injustice, R. à pr., δίκαιον juste. *V.* Plat., *Crat.*, I, 303, — Arist., *Des vert. et des vic.*, c. III, VII.

§ XX.

A quoi la vraie raison répond que le mal, en tant que mal, ne réalise ni substance ni génération, mais que seulement, par devers lui, il maléficie [1] et corrompt l'hypostase des êtres.

Si l'on ajoute qu'il est générateur, en ce sens que par la corruption de ceci il procure la génération à cela, il faudra répliquer, avec vérité, que le mal, comme corruption, ne procure pas la génération, mais plutôt, comme corruption et mal, corrompt et maléficie; que la génération et la substance dérivent du bon; que le mal, de soi, est corruption, et n'est génération que par le bon; qu'en tant que mal, il n'est ni être ni auteur d'êtres, et que c'est par le bon qu'il est et être, et être bon, et auteur d'êtres bons.

Et en outre, le même, sous le rapport du même, ne sera pas bon et mal, non plus que la même force, au même point de vue, corruption et génération de la même chose, ni la corruption en soi, la force en soi.

Donc le mal en soi n'est pas, n'est pas bon, ne génère pas, et ne produit nul être ni nul bon.

Au contraire, le bon, dans les choses où il pénètre au suprême degré, opère une bonté parfaite, pure, entière; pour les choses qui y participent avec moins de plénitude, elles acquièrent une bonté imparfaite, mélangée, par suite d'un défaut du bon.

---

[1] Κακύναι maléficie, assimile à lui mal κακόν. Le traducteur adopte maléficier, pour conserver entre les termes français *mal* et *maléficier* les traits de famille qui caractérisent les termes grecs κακόν — et κακύναι. La justesse vient parfois de la Barbarie.

Ainsi, le mal n'est aucunement ni bon ni auteur du bon ; mais suivant qu'une chose se rapprochera plus ou moins du bon, elle se bonifiera en proportion.

Car la bonté toute parfaite qui envahit tout, ne s'épanche pas seulement sur les excellentes substances qui l'environnent, mais elle s'étend jusqu'aux plus reculées, présente aux unes dans sa plénitude, à d'autres selon moins d'abondance, à d'autres avec exiguité, en raison de la faculté de chacun des êtres à y participer.

En effet, les premiers jouissent complètement du bon ; les deuxièmes sont plus ou moins privés du bon ; les troisièmes reçoivent un plus faible lot du bon ; les quatrièmes ne reflètent que de loin le bon.

Car, si le bon ne leur échéait à chacun selon sa mesure, les plus sublimes descendraient au niveau des plus infimes.

D'ailleurs, comment se peut-il que tous participent uniformément au bon dont tous ne comportent pas également l'entière communication ?

Il y a plus : le bon exerce sa force avec une si excessive étendue, qu'il fournit à ce qui en est privé, dans cette privation même, le moyen de s'élever à sa pleine participation.

Et, s'il faut dire hardiment la vérité, c'est par sa force que ce qui le combat subsiste et peut le combattre ; ou mieux, à parler bref, tous les êtres, en tant qu'ils sont, sont bons, et procèdent du bon, et, en tant qu'ils sont privés de bon, ils ne sont pas bons, et ne sont pas.

Sans doute, pour les autres habitudes, en fait de chaleur, froidure, les objets chauffés sont encore, voire après que la chaleur les a quittés ; que d'êtres, sans portion de vie ou d'intelligence ! Dieu même en dehors de toute substance, est cependant d'une façon supersubstantielle.

Et en général, que toutes les autres habitudes s'y évanouissent ou n'y apparaissent aucunement, les êtres sont et peuvent se maintenir; mais ce qui subit sous tous les rapports la privation du bon, n'a pas été, n'est pas, ne sera pas, et ne peut pas être en un temps quelconque ni de n'importe quelle sorte.

Aussi l'immodéré, que prive du bon sa convoitise déraisonnable, par ainsi n'est pas et ne désire pas des êtres, mais il ne laisse pas de participer au bon, vers lequel se répercutent sourdement son adhésion et son amour.

De même, la colère participe au bon par son émotion même, et par le désir de redresser et de ramener à ce qui paraît bon ce qui semble mal.

De même encore, celui qui appète la pire des vies, en tant qu'il n'appète que la vie qui lui paraît excellente, par son appétence même, par l'appétence de la vie, par l'appétence d'une vie excellente, participe au bon.

Enfin, si l'on supprime totalement le bon, il n'y aura ni substance, ni vie, ni appétence, ni mouvement, ni quoi que ce soit.

De sorte que, si de la corruption résulte la génération, ce n'est point puissance du mal, mais présence d'un bon inférieur; ainsi, la maladie n'est qu'un défaut d'ordre, non total, car s'il s'étendait jusque-là, la maladie même ne se maintiendrait plus, tandis que la maladie reste et dure, puisant sa substance en ce moindre ordre, où elle possède une quasi-existence.

Ainsi, ce qui ne participe nullement au bon n'est ni un être ni dans les êtres; ce qui est mixte n'existe que par le bon dans les êtres au sein desquels il s'élève à l'être, juste en proportion du bon où il atteint.

Ou mieux encore, tout ce qui est sera plus ou moins, selon qu'il communiquera avec le bon.

Car ce qui de par l'être en soi n'est en aucun temps ni d'aucune façon, n'est pas; et ce qui est partiellement, et partiellement n'est pas, en tant qu'il déchoit de ce qui est toujours, n'est pas, et en tant qu'il participe à ce qui est toujours, est, être et non-être, qui de cette sorte se maintiennent et se conservent dans leur intégrité.

Pour le mal en pleine rupture avec le bon, il n'est ni dans ce qu'il y a de plus excellent, ni dans ce qu'il y a de moins excellent.

Car ce qui est bon par un point, et par un autre n'est pas bon, s'oppose à un bon partiel, mais non à un bon total; il se maintient par le bon auquel il participe, et c'est le bon qui, en se communiquant, substancifie même sa privation.

Car, le bon disparaît-il complètement, une chose n'est plus ni bonne, ni mixte, ni simplement mauvaise, elle n'est plus du tout.

En effet, si le mal est le bon imparfait, avec le bon entier qui s'en va, s'en ira le bon et parfait et imparfait.

Et alors le mal n'existe et ne se manifeste, qu'autant qu'il est mal pour certaines choses, auxquelles il s'oppose, et qu'il se sépare de certaines autres choses, par cela même qu'elles sont bonnes.

Car il est radicalement impossible que les mêmes choses, sous les mêmes rapports, se combattent réciproquement.

Donc le mal n'est pas un être.

§ XXI.

Il y a plus : le mal n'est pas dans les êtres [1].

Car, si tous les êtres procèdent du bon, et que le bon

Le mal n'est pas dans les êtres ; il n'est pas dans le bon ; il n'est pas en Dieu ; il ne vient ni du bon ni de Dieu.

[1] « Denys entend que le mal n'est pas dans les êtres comme partie ou comme propriété naturelle de quelque être. » (S T., p. 1, q. XLVIII, a. III.)

soit dans tous les êtres et les comprenne tous, ou le mal ne sera pas dans les êtres, ou il sera dans le bon.

Or, il ne sera pas dans le bon [1]; car le froid n'est pas

[1] « Le mal emporte l'absence du bon. Toute absence du bon néanmoins n'est pas appelée mal. En effet, l'absence du bon peut être prise et privativement et négativement. Prise négativement, l'absence du bon n'offre pas l'idée du mal; sinon, il s'ensuivrait que ce qui n'est d'aucune façon serait mauvais, et aussi que chaque chose serait mauvaise, parce qu'elle ne posséderait pas le bon d'une autre chose : l'homme, par exemple, serait mauvais, faute d'avoir la vitesse de la biche ou la force du lion. Mais prise privativement, l'absence du bon est appelée mal, de même que la privation de la vue est appelée cécité. Or, le sujet de la privation et de la forme est un seul et même sujet, à savoir, l'être en puissance, que ce soit l'être en puissance *simpliciter*, comme la matière première, qui est le sujet de la forme substantielle et de la privation opposée, ou bien que ce soit l'être en puissance *secundùm quid*, et en acte *simpliciter*, comme le corps diaphane qui est le sujet des ténèbres et de la lumière. Eh bien! il est manifeste que la forme par laquelle une chose est en acte, est une certaine perfection et un certain bon, et ainsi, tout être en acte est un certain bon; et pareillement, tout être en puissance, comme tel, est un certain bon, en tant qu'il est ordonné par rapport au bon; car, de même qu'il est un être en puissance, ainsi est-il un bon en puissance. Reste donc que le bon est le sujet du mal..... Le mal n'a pas pour sujet le bon qui lui est opposé, mais un autre bon; car ce n'est pas la vue, mais l'animal qui est le sujet de la cécité. Mais ne violons-nous pas, comme le demande Augustin, *Enchir.*, xiv, la règle dialectique, portant que les contraires ne peuvent pas être à la fois (dans le même sujet)? Non : car nous entendons le bon et le mal en général, et nullement tel bon et tel mal en particulier. Le blanc et le noir, le doux et l'amer, et les contraires pareils, ne se prennent qu'en particulier, parce qu'ils existent dans certains genres déterminés; mais le bon embrasse tous les genres, et voilà pourquoi un bon peut être en même temps que la privation d'un autre bon (dans le même sujet). » (S. T., p. i, q. xlviii, a. iii.)

lans le chaud, et point n'emporte de mal ce qui bonifie
e mal.

Ou s'il est dans le bon, comment y est-il?

Est-ce en en dérivant [1]? absurdité, impossibilité : car,
omme disent les véritables oracles, *un arbre bon ne*

[1] « Tout mal a une cause quelconque. Car le mal n'est que le
éfaut du bon qu'une chose doit avoir d'après sa nature. Que
i donc cette chose éprouve un défaut dans l'état qu'elle doit
voir d'après sa nature, cela ne peut arriver que par une
ause qui tire la chose hors de son état. Mais il n'appartient
u'au bon d'être cause, parce que rien ne saurait être cause
u'en tant qu'il est être; or, tout être, comme tel, est bon. Et
i nous considérons les causes les unes après les autres, l'agent,
a forme et la fin impliquent une certaine perfection qui se
attache à l'idée du bon ; et la matière même, en tant qu'elle
est en puissance pour le bon, s'offre sous l'idée du bon.

Or, que le bon soit la cause du mal en tant que cause maté-
ielle, d'après ce que nous avons déjà exposé, c'est patent ;
ous avons montré, en effet, que le bon est le sujet du mal.
Par contre, le mal n'a pas de cause formelle, lui qui est
lutôt la privation de la forme. De même il n'a pas de cause
inale, lui qui est plutôt la privation de l'ordination à une fin
égitime..... Enfin, le mal a une cause agissante, non par soi à
a vérité, mais par accident. Pour comprendre cela, il faut
avoir que le mal est causé autrement dans l'action, autrement
lans l'effet. Dans l'action, le mal est causé par le défaut d'un
les principes de l'action, soit de l'agent principal, soit de
'agent instrumental : ainsi, dans le mouvement animal, le défaut
eut tenir à la débilité de la force motrice, comme chez les
enfants, ou à la seule inaptitude de l'instrument, comme chez
es boiteux. Ensuite, dans l'effet, le mal est causé, tantôt par la
vertu de l'agent (non pas néanmoins dans l'effet propre de
'agent), et tantôt par le défaut de cette vertu ou de la matière.
Le mal est causé par la vertu ou la perfection de l'agent.
quand la forme visée par l'agent entraîne nécessairement la
privation d'un autre forme : ainsi, la forme du feu entraîne la
privation de l'air et de l'eau ; car, plus le feu déploie de vertu,
plus il imprime sa forme, et corrompt son contraire. Donc le

peut produire des fruits mauvais [1], ni réciproquement.

Si ce n'est pas en en dérivant, évidemment, il découle d'un autre principe, d'une autre cause.

Car ou le mal émane du bon, ou le bon émane du mal, ou, si faire ne se peut, c'est d'un autre principe, d'une autre cause, qu'émanent le bon et le mal.

En effet, nulle dualité n'est principe, tandis que l'unité est le principe de toute dualité.

Or, il répugne que d'une seule et même chose descendent et soient deux choses totalement contraires, et que le même principe, au lieu d'être simple et un, soit partageable, double, opposé à lui-même, et sujet à la variation.

Mais il est inadmissible encore que deux principes contraires des êtres, l'un dans l'autre et dans l'univers, s'entre-combattent ; car, ce point accordé, d'abord Dieu lui-même ne sera pas exempt de trouble, ni sans contradiction, si toutefois il y a rien qui l'émeuve ; puis tous les êtres dans la confusion lutteront toujours entre eux.

mal et la corruption de l'air et de l'eau résulte de la perfection du feu, mais c'est par accident, car le feu ne vise pas à priver de sa forme l'eau, mais à lui imprimer sa propre forme. Mais si le défaut existe dans l'effet propre du feu, par exemple, s'il vient à défaillir dans la caléfaction, c'est, ou par un défaut de l'action, lequel retombe sur un défaut d'un principe, comme il a été dit, ou par un défaut de la matière, qui ne reçoit pas la vertu de l'agent..... Il est donc vrai qu'à tout point de vue le mal n'a de cause que par accident. Voilà comment le bon est la cause du mal. » (S. T., p. I, q. XLIX, a. I.)

[1] Matth., VII, 18. « Le Seigneur appelle arbre mauvais la volonté mauvaise, et arbre bon la volonté bonne. Or, la volonté bonne ne produit pas d'acte moral mauvais, puisque c'est par la volonté bonne que se juge l'acte moral bon ; mais le mouvement lui-même de la volonté mauvaise est causé par une créature raisonnable qui est bonne. Et ainsi, le bien est cause du mal. » (S. T., p. I, q. XLIX, a. I.)

Pourtant le bon transmet des amitiés à tous les êtres ,
et il est loué comme la paix en soi et le distributeur
de la paix [1] par les sacrés théologiens. Aussi tous les
êtres bons s'entr'aiment et s'harmonisent , émanés d'une
vie une [2], et ordonnés par rapport à un bon un, dans
une suavité, une assimilation et un commerce réciproque ; de sorte que le mal n'est ni en Dieu, ni rien de
divin.

Le mal ne vient pas de Dieu non plus [3] : car ou Dieu
n'est pas bon, ou, auteur du bon, il produit des choses
bonnes, non pas une fois, mais sans cesse, non pas certaines, mais toutes ; autrement, il souffrirait le changement et la mutation en ce qu'il y a précisément de plus
divin , la causalité.

Car ou le bon constitue la subsistance même de Dieu,
et alors Dieu, se transformant dans sa bonté, sera tantôt,
et tantôt ne sera pas; ou Dieu a le bon par participation ,
et, en ce cas, il l'aura d'un autre, l'ayant et ne l'ayant
pas tour à tour.

Donc le mal ne vient pas de Dieu, et n'est pas en
Dieu, ni absolument, ni par temps κατὰ χρόνον.

---

[1] Εἰρήνην τὴν ἐμὴν δίδωμι ὑμῖν, Jo., XIV, 27, je vous donne
ma paix. Texte où le bon se montre comme la paix en soi, τὴν
ἐμὴν, et comme le distributeur de la paix, δίδωμι. *V.* N. D.,
c. XI, *De la paix.* — [2] *V.* N. D., c. VI, *De la vie.* — [3] « La
forme que Dieu se propose avant tout dans les choses créées,
c'est le bien de l'ordre universel ; or, l'ordre universel
exige..... que certains êtres puissent défaillir et quelquefois
défaillent. Ainsi, Dieu, en causant dans les choses le bien de
l'ordre universel , cause conséquemment et comme par accident les corruptions des choses..... De plus, l'ordre universel renferme l'ordre de la justice, qui demande l'infliction
de la peine au pécheur. Ainsi, Dieu est l'auteur du mal qui est
la peine, mais il ne l'est pas du mal qui est la coulpe. » (S. T.,
p. I, q. XLIX, a. II.)

§ XXII.

Le mal n'est pas
dans les anges.

Le mal n'est pas non plus dans les anges.

Car si l'ange boniforme annonce la bonté divine, étant secondairement, par participation, ce qu'est premièrement, comme cause, l'objet qu'il annonce, l'ange est une image de Dieu, une manifestation de la lumière immanifeste, un miroir pur, limpide, intègre, immaculé, incontaminé, qui reçoit, s'il est permis de parler ainsi, tout l'éclat de la déiformité boniforme, et réfléchit en lui-même, autant qu'il se peut, la splendeur de la bonté du silence impénétrable. Donc le mal n'est pas dans les anges.

Mais sont-ils mauvais, parce qu'ils punissent les pécheurs [1]? A ce compte, mauvais sont aussi les correcteurs des coupables [2], et les prêtres qui des sacrés mystères excluent les profanes [3].

Or, le mal consiste, non pas à être châtié, mais à mériter le châtiment, non pas à être privé légitimement des choses saintes, mais à devenir, par les impuretés et les souillures, indigne des sacrements.

§ XXIII.

Les démons
ne sont pas essentiellement
mauvais en ce
qu'ils ont perdu
les biens angéliques; ils conservent leurs
forces naturelles.

Les démons eux-mêmes ne sont pas mauvais par nature.

Car s'ils étaient mauvais par nature, ils n'émaneraient point du bon, ni ne figureraient point parmi les êtres, ni n'auraient point rompu avec la bonté, de même que par nature, de tous les temps mauvais.

[1] II. Reg., XXIV, 16. — [2] Rom., XIII, 4. — [3] Matth., VII, 6.

Ensuite, sont-ils mauvais pour eux-mêmes, ou pour d'autres?

Si pour eux-mêmes, ils se corrompent.

Si pour d'autres, comment corrompent-ils, et que corrompent-ils?

La substance, la puissance, ou l'opération?

La substance? D'abord, point en dépit de la nature; car ils corrompent, non pas ce qui est incorruptible par sa nature, mais ce qui est susceptible de corruption. Puis, ce n'est pas là, pour tout et en tout, un mal.

Au reste, aucun des êtres n'est corrompu en tant que substance et nature, mais, par le dérangement de leur propre organisation, s'affaiblit, alors qu'ils devraient demeurer stables, leur harmonieuse et symétrique disposition.

Encore cet affaiblissement n'est-il pas universel; car s'il était universel, il supprimerait avec son sujet la corruption elle-même, de sorte que la corruption serait à elle-même sa corruption.

Aussi n'est-ce pas un mal, mais un bon imparfait; car ce qui d'aucune façon ne participe au bon, ne siége pas parmi les êtres.

Même raisonnement sur la corruption de la puissance et de l'opération.

D'ailleurs, créés par Dieu, comment les démons sont-ils mauvais? car le bon ne produit et n'établit que des choses bonnes.

Or, on répond qu'ils sont appelés mauvais, non pas pour ce qu'ils sont, car ils viennent du bon et ils ont obtenu en partage une nature bonne, mais pour ce qu'ils ne sont pas, ayant faibli, comme s'expriment les oracles, *dans la conservation de leur principe* [1].

---

[1] Saint Denys, dans ce passage ἀσθενήσαντες τηρῆσαι τὴν ἑαυτῶν ἀρχήν, rappelle, légèrement modifié, le passage de S. Jude μὴ

Car en quoi, dis-nous, prétendons-nous que sont mauvais les démons, sinon en ce qu'ils délaissent, d'habitude et d'opération, les biens divins [1] ?

τηρήσαντας τὴν ἑαυτῶν ἀρχήν, Judæ, 6. Ἀρχή signifie tant principe que principat, origine que dignité ; le principe des anges, c'était Dieu ; leur dignité consistait dans leur similitude avec Dieu ; par là, ils régnaient sur les créatures ; ou, si l'on veut, autre sens inférieur au premier, les anges ne demeurèrent pas tels qu'ils étaient au commencement.

[1] « Le diable a désiré d'être comme Dieu, sans lui être semblable quant à ce qui est de n'être soumis à rien absolument, parce qu'ainsi il aurait désiré son non-être, nulle créature ne pouvant être qu'en participant à l'être sous la dépendance de Dieu ; mais il a désiré illégitimement être semblable à Dieu, pour avoir désiré comme fin dernière de la béatitude ce qu'il pouvait atteindre par la vertu de sa nature, détournant son désir de la béatitude surnaturelle, qui résulte de la grâce ; ou bien s'il désira comme fin dernière cette similitude de Dieu qui résulte de la grâce, il voulut l'avoir par la vertu de sa nature, et non par le secours divin, contre la disposition de Dieu..... Ces deux explications, d'une certaine manière, reviennent au même, car, dans l'une comme dans l'autre, il désira d'avoir la béatitude finale par sa vertu, ce qui est le propre de Dieu. Et, comme ce qui est par soi est le principe et la cause de ce qui est par un autre, il s'ensuit encore qu'il affecta un certain principat sur les autres êtres ; en quoi encore il voulut perversement être semblable à Dieu. » (S. T., p. I, q. LXIII, a. III.) « La force appétitive, dans tous les êtres, est proportionnée à la force appréhensive qui la meut..... Or, l'appréhension de l'ange diffère de l'appréhension de l'homme en ce que l'ange appréhende immuablement par l'intelligence, tout comme nous appréhendons immuablement les premiers principes par l'intelligence, tandis que l'homme appréhende muablement par la raison, en passant d'une chose à une autre, dans une voie ouverte vers deux termes opposés. En conséquence, la volonté de l'homme adhère à un objet muablement, avec le pouvoir de s'en détacher pour adhérer à son contraire ; mais la volonté de l'ange adhère fixement et immuablement. Si donc on le consi-

Autrement, si c'est par nature que sont mauvais les démons, ils sont toujours mauvais.

Or, le mal n'est pas stable ;

Donc s'ils sont toujours les mêmes, ils ne sont pas mauvais ; car, être toujours le même, c'est le propre du bon.

Par suite, s'ils ne furent pas toujours mauvais, ils sont mauvais, non point par nature, mais par indigence des biens angéliques [1].

Au reste, ils ne sont pas entièrement déshérités du bon, puisqu'ils existent, et vivent, et ont l'intellection [2], et enfin s'émeuvent de quelque désir ; seulement, on les nomme mauvais, à cause de leur débilitation dans leur opération naturelle [3].

Pour eux donc, le mal, c'est la déviation, la déchéance, l'inobtention, l'imperfection, l'impuissance dans leur ressort ; c'est l'affaiblissement, le retrait, la ruine de la force qui les maintenait dans la consommation.

Qu'y a-t-il, en outre, de mauvais chez les démons ? une fureur déraisonnable, une convoitise inintelligente [4],

dère avant l'adhésion, il peut librement adhérer à ceci ou à cela, toutefois en ce qu'il ne veut pas naturellement ; mais après qu'il a adhéré, il adhère immuablement. » (S. T., p. I, q. LXIV, a. II.)

[1] « Multiple est la peine des démons : premièrement, perte de la justice et de la grâce sanctifiante ; deuxièmement, privation de la béatitude surnaturelle.....; troisièmement, certain obscurcissement de l'intelligence, et confirmation ou obstination de la volonté dans le mal. » (Perr., *Prœl. theol.*, t. *De Deo crea.*, p. I, c. IV.) — [2] Νοοῦσι ont l'intellection, *intelligunt*. — [3] « Cependant ces deux puissances spirituelles (l'intelligence et la volonté) ne leur ont été ni enlevées ni diminuées dans leur essentiel, *in essentialibus*. » (Perr., *Prœl. theol.*, *De Deo crea.*, p. I, c. IV.) — [4] « La colère, de même que la concupiscence,

une imagination vagabonde[1]. Mais ces choses, seraient-elles dans les démons, ne sont ni totalement, ni universellement, ni essentiellement mauvaises.

Car, pour d'autres êtres vivants, c'est, non pas l'inhérence, mais bien la soustraction de ces choses qui est, dans un de ces êtres vivants, une corruption, un mal ; au contraire, l'inhérence en sauvegarde et assure l'existence de cet être vivant qui en est affecté.

Donc la tourbe des démons n'est pas mauvaise en tant qu'elle est selon sa nature, mais en tant qu'elle n'est pas selon sa nature.

Tout le bon qui leur fut dévolu, n'a pas été altéré, mais ce sont eux qui ont déchu de tout le bon qui leur fut dévolu.

Et nous ne disons pas que les dons angéliques qui leur furent dévolus, aient été jamais altérés ; non, ils subsistent dans leur intégrité et dans tout leur éclat[2], bien

---

ne peut être sans une certaine passion ; ainsi, elle ne peut être dans les démons, à moins que par métaphore. » (S. T., p. I, q. LXIII, a. II.) — *V. H. C.*, c. XV, § VIII.

[1] « Les anges par l'essence d'une chose, *per quod quid est rei,* connaissent toutes les énonciations qui concernent cette chose. Or, il est manifeste que l'essence d'une chose peut être le principe de la connaissance, respectivement à ce qui convient ou ne convient pas naturellement à cette chose, mais non respectivement à ce qui ne dépend par l'ordonnance surnaturelle de Dieu. Ainsi les anges bons, à la volonté droite, ne jugent-ils point, par la connaissance de l'essence d'une chose, de ce qui se rattache surnaturellement à cette chose, sans tenir compte de l'ordonnance de Dieu ; d'où il ne peut y avoir en eux ni fausseté ni erreur. Mais les démons, à la volonté perverse, séparant leur intelligence de la sagesse divine, jugent parfois absolument des choses selon leur condition naturelle, et, en ce qui se rapporte naturellement aux choses, ils ne se trompent pas, mais ils peuvent se tromper en ce qui s'y rapporte surnaturellement..... » (S. T., p. I, q. LVIII, a. V.) — [2] Luc., X, 48.

que les démons ne les voient pas, pour avoir obturé leurs puissances à contempler le bon.

Ainsi, parce qu'ils existent, ils procèdent du bon, et sont bons, et désirent le beau et le bon, en désirant des réalités, d'être, de vivre, d'avoir l'intellection.

Et, parce qu'ils ont abandonné, quitté, perdu leurs biens compétents, on les nomme mauvais à raison de ce qu'ils ne sont pas, et quand ils désirent le non-être, ils désirent le mal.

§ XXIV.

Il y a au moins, objectera-t-on, des âmes mauvaises.

Si l'on entend par là les âmes qui ont des rapports avec les mauvais, en vue d'être leur providence et de les sauver [1], ce n'est pas mal, mais bon, et de par ce bon qui bonifie le mal même.

Si le mal est dans les âmes, il n'y est pas en tant que mal, mais comme défaut de leur propre bonté.

Si l'on soutient que les âmes deviennent mauvaises, en quoi deviennent-elles mauvaises, sinon en ce qu'elles défaillent dans leurs bonnes habitudes et opérations, et qu'en s'affaiblissant elles errent à l'aventure?

Ainsi disons-nous que l'air qui nous enveloppe s'enténèbre, quand la lumière pâlit et s'éteint; mais la lumière est toujours lumière, illuminant les ténèbres mêmes.

Donc le mal n'est ni chez les démons ni chez nous, en tant que mal, mais comme défaut et manque de perfection dans les biens propres.

---

[1] I. Cor., IX, 24.

§ XXV.

Le mal n'est pas dans les animaux.

Le mal n'est pas non plus dans les animaux sans raison.

Car ôte-leur l'irascible et le concupiscible, et tout ce qui est nommé, mais n'est pas absolument de sa nature mauvais;

Dès qu'il perd sa force et sa fierté, le lion n'est plus un lion; et le chien qui caresse tout le monde, n'est plus un chien, le propre du chien consistant à exercer la garde, à accueillir les gens de la maison, et à écarter les étrangers.

Ainsi, dans l'incorruptibilité de la nature il n'y a pas de mal, et la nature n'est corrompue que par l'affaiblissement et la dégradation des naturelles habitudes, opérations et puissances.

Et si tout ce qui vient par génération, ne se perfectionne qu'avec le temps, l'imperfection n'est pas toujours contre nature.

§ XXVI.

Le mal n'est pas dans la nature universelle, ou ensemble des êtres.

Le mal n'existe pas non plus dans la nature universelle.

Car, comme toutes les raisons naturelles se rattachent à la nature universelle, rien ne lui est adverse.

Et quant à la nature individuelle, il est un selon-nature et un contre-nature; en effet, le contre-nature ici est selon-nature là, et le selon-nature là est contre-nature ici.

Le mal d'une nature, c'est son contre-nature, privation du propre de la nature.

Ainsi, la nature n'est pas mauvaise, mais mauvaise est pour la nature l'impossibilité d'accomplir le propre de la nature.

§ XXVII.

Le mal n'existe pas non plus dans les corps, ἐν σώμασι [1].

Car la laideur [2] et la maladie sont un défaut de forme et une privation d'ordre ; or, ce n'est pas là un mal complet, mais un moindre bon, puisqu'en supposant l'entière dissolution de la beauté, et de la forme, et de l'ordre, le corps lui-même périrait.

D'ailleurs, que le corps ne cause pas le mal dans l'âme, c'est manifeste d'après la possibilité dont jouit le mal de se produire indépendamment du corps, comme chez les démons.

Effectivement, pour les intelligences, et pour les âmes, et pour les corps, le mal consiste dans l'affaiblissement et la ruine de l'habitude relative aux biens propres.

§ XXVIII.

Le mal n'est pas non plus dans la matière [3], en tant que matière, comme on répète à satiété.

---

[1] Σώμασι corps. Σῶμα corps, R. Σώζω je sauve, conserve, garde ; le corps est la prison de l'âme. V. Plat., *Crat.*, ι, 295. — [2] Αἶσχος laideur, R. à. pr., ἴσχω je tiens ; manque de tenue. V. Plat., *Crat.*, ι, 306. — [3] Ἐν ὕλῃ dans la matière. « La matière, lorsqu'elle est conçue sans forme et sans privation, mais qu'elle est susceptible de forme et de privation, s'appelle matière première, parce qu'avant elle il n'y a pas d'autre matière, et c'est celle-là que les Grecs nomment ὕλη, à savoir, chaos ou confusion..... On peut encore dire qu'une chose est matière

Car elle a aussi sa part d'ornement, de beauté et de forme.

Si, étrangère à ces choses, la matière ne possède en soi ni qualité ni forme, comment la matière jouira-t-elle d'aucune activité, elle qui, en soi, ne jouit pas même de la passivité [1]?

Ensuite, à quel titre la matière serait-elle mauvaise? Si elle n'existe nulle part ni d'aucune façon, elle n'est ni bonne ni mauvaise; si elle existe n'importe comment, tout ce qui existe provenant du bon, la matière elle-même proviendra du bon.

Alors, ou le bon crée le mal,

Ou le mal qui sort du bon, est bon;

Ou le mal crée le bon,

Ou le bon qui sort du mal, est mal;

Ou encore il y a deux principes qui remontent eux-mêmes à un autre unique principe supérieur.

D'ailleurs, si l'on prétend que la matière a été nécessaire à l'achèvement du monde entier, comment la matière est-elle mauvaise? Car autre ce qui est mauvais, autre ce qui est nécessaire.

Et comment le bon tire-t-il rien du mal par la génération?

Ou comment le mal a-t-il besoin du bon, puisque le mal s'éloigne, par nature, du bon?

premières à l'égard d'un certain genre, par exemple, l'eau à l'égard des liquides, bien que néanmoins elle ne soit pas première simplement, composée qu'elle est de matière et de forme. » (S. Thom., Op. xxx, *De princ. nat.*)

[1] « La matière est tantôt sous une forme et tantôt sous une autre....., mais ne pouvant jamais avoir une forme dans sa raison, elle ne peut être en acte, parce qu'être en acte suppose une forme; sinon c'est être en puissance. » (S. Thom., Op. xxx, *De princ. nat.*) L'être en acte, seul, agit; donc la matière qui n'est qu'en puissance, n'agit pas; avant d'agir, il faut pâtir ou être informé au moins sous le rapport de la catégorie οὐσία.

Et comment la matière, étant mauvaise, génère-t-elle
et nourrit-elle les êtres physiques? Car le mal, en tant
que mal, ne génère, ni ne nourrit, n'effectue, ni ne
conserve quoi que ce soit.

Puis, si l'on avance que la matière n'opère pas le mal
dans les âmes, mais qu'elle les y attire, cela est-il vrai?
Car plusieurs d'entre elles se tournent vers le bon; or,
agiraient-elles de la sorte, à supposer que la matière les
entraînât irrésistiblement au mal? Ainsi, ce n'est pas de
la matière, mais d'un mouvement irrégulier et désordonné, que le mal éclôt dans les âmes.

Enfin, si l'on ajoute qu'il est obéi universellement à la
matière, et que la matière instable est nécessaire à ce
qui ne peut se fixer en soi, comment le mal est-il nécessaire, ou le nécessaire, mal[1]?

§ XXIX.

Bien plus, ce que nous appelons privation, par sa
puissance propre, ne lutte pas contre le bon.

La privation
même n'est pas
de soi mau-
vaise.

En effet, totale, la privation est une radicale impuissance; et, partielle, si elle exerce de la puissance, c'est,
non pas en tant que privation, mais à raison de ce
qu'elle n'est pas totale.

Car, dans la privation partielle du bon ne consiste pas

[1] « Certains Grecs prétendent que c'est parce qu'ils sont générés du plus pur de la matière, que le ciel et les astres ne se
corrompent pas; les corps corruptibles, au contraire, disent-ils,
avec leurs éléments constitutifs, sont générés du sédiment et de
la crasse de la matière; nécessairement, en descendant à la base
du créé, elle devient telle; voilà pourquoi le créé inférieur se
corrompt et est instable, ne pouvant pas se fixer et s'asseoir
solidement en soi. » (S. Max., *Scol.* sur les N. D.)

encore le mal, et, devient-elle totale, la nature même du mal s'évanouit.

§ XXX.

Le bon est la perfection, et le mal est l'imperfection.

Pour tout dire en un mot, d'une cause unique et totale, le bon, et de multiples et particulières défectuosités, le mal.

Dieu connaît le mal sous la raison du bon, et, par devers lui, les causes du mal se tournent en puissances effectrices du bon.

D'ailleurs, si le mal est éternel, s'il crée, s'il a de la puissance, s'il existe, s'il opère, d'où cela lui vient-il? Le reçoit-il du bon? Ou le bon le reçoit-il du mal? Ou l'un et l'autre le reçoivent-ils d'une autre cause?

Tout ce qui est selon nature, dérive d'une cause déterminée; or, le mal n'ayant pas de cause déterminée, n'est pas selon nature; car ce qui est contre nature n'est pas dans la nature, de même que l'irrégularité n'a pas sa raison dans la règle.

L'âme est-elle donc la cause du mal, comme le feu de la chaleur, et remplit-elle de malice tout ce dont elle approche?

Ou, bonne de sa nature, est-ce que, par ses opérations, elle se poserait tantôt d'une façon, et tantôt d'une autre?

Si son être est naturellement mauvais, d'où tient-elle son être? Est-ce d'une cause bonne qui a créé tous les êtres? Mais, si c'est de cette cause, comment l'âme est-elle mauvaise dans sa substance, puisque cette cause ne produit rien que de bon?

Si son être est mauvais du côté des opérations, ce n'est pas immuablement; sinon, comment les vertus se développeraient-elles dans une âme qui ne deviendrait pas boniforme?

Reste donc que le mal est affaiblissement et atténuation du bon.

§ XXXI.

La cause du bon est une.

Si le mal est l'opposé du bon, multiples sont les causes du mal; non pas toutefois que ces effectrices du mal soient des raisons et des puissances; elles ne sont, au contraire, que défaillance, diminution, mélange inharmonique de dissimilitudes.

Le mal n'a pas d'immobilité ni de mêmeté d'un instant à l'autre; loin de là : sans plus de fixité que de délimitation, il flotte en diverses choses à leur tour indéterminées.

Le bon est le principe et la fin de tout, même du mal, et c'est en faveur du bon que s'accomplit tout ce qui est bon, et tout ce qui en est l'opposé; car voire ceci, nous ne le faisons que par amour du bon; en effet, il n'y a personne qui se propose le mal en faisant ce qu'il fait [1].

Ainsi, le mal n'a pas une hypostase [2], mais une contre-hypostase [3], commis, non en vue de lui-même, mais en vue du bon.

§ XXXII.

Il faut attribuer l'être au mal à titre d'accident et de dépendance, mais nullement en vertu d'un principe propre.

---

[1] Plat., *Mén.*, I, 447. — [2] Ὑπόστασιν hypostase. — [3] Παρυπόστασιν contre-hypostase, simulacre d'hypostase.

De manière qu'au moment de l'action, il semble tenir de la rectitude, parce que c'est en vue du bon qu'on agit, tandis qu'en réalité il s'écarte de cette rectitude, parce qu'on estime bon ce qui n'est pas bon. Nous l'avons montré, autre est le désiré, autre est le généré.

Donc le mal est contre-route, contre-but, contre-nature, contre-cause, contre-principe, contre-fin, contre-terme, contre-volonté, contre-hypostase.

Par suite, le mal est privation, défectuosité, faiblesse, démesure, erreur, inconsidération, laideur, mort, inintelligence, déraison, imperfection, instabilité, infécondité, inaction, inertie, improduction, irrégularité, indétermination, ténèbres, spoliation de substance ; enfin il n'est d'aucune façon, ni en aucun temps ni rien du tout.

Comment donc le mal peut-il quoi que ce soit ? par son mélange avec le bon ; car ce qui est absolument dénué de bon, n'est rien, ni ne peut rien.

Au fait, si le bon est réel, volontaire, fort, efficace, comment pourrait quoi que ce soit l'opposé du bon, privation de réalité, de volonté, de force, d'efficacité ?

Le même selon le même n'est pas mauvais tout en tout pour tout.

C'est un mal, pour le démon, d'être contre l'intelligence boniforme ; pour l'âme, contre la raison ; pour le corps, contre la nature.

₹ XXXIII.

Comment y a-t-il aucune espèce de mal sous l'empire de la providence ?

Le mal, en tant que mal, n'est ni un être, ni dans les êtres.

Pas un être même ne se dérobe à la providence ; car

il n'est point d'être mauvais dont l'existence n'implique le bon.

Que si tous les êtres participent au bon, si le mal n'est qu'un manque du bon, et si aucun être n'est entièrement privé du bon, la divine providence s'étend à tous les êtres, et pas un être ne se soustrait à cette providence.

Même des choses qui deviennent mauvaises, la providence, comme il sied à sa bonté, se sert dans leur intérêt propre, et dans l'intérêt général ou particulier des autres, se déployant sur tous les êtres selon que chacun le requiert [1].

Ainsi, nous réprouvons la parole inconsidérée de plusieurs qui prétendent que la providence devrait nous entraîner forcément à la vertu ; car ce n'est pas le propre de la providence, que de violenter la nature.

Par suite, la providence, maintenant les êtres dans leur nature, traite [2] la liberté [3] en liberté, l'universalité en universalité, et la particularité en particularité, suivant que la nature des objets de la providence admet les providentielles bontés de l'universelle et multiforme providence, qui les leur départ d'après leur capacité respective.

§ XXXIV.

Donc le mal n'est pas un être, et le mal n'est pas dans les êtres.

Le mal n'est qu'un défaut.

Car le mal, en tant que mal, n'est nulle part, et sa génération ne résulte pas d'une force, mais d'une infirmité.

Ainsi, pour les démons, d'un côté, leur être émane du bon, et est bon ; et, d'un autre côté, ce qu'occasionna

---

[1] Plat., *Lo.*, X, II, 455. — [2] Πρόνοεῖ traite, mot-à-mot, providencie. — [3] Αὐτοκινήτων liberté, mot-à-mot, les (êtres) se mouvant d'eux-mêmes. R. Αὐτός même, κινέω, je meus.

en eux de mauvais la déchéance de leurs biens propres , consiste dans la variation de la mêmeté et dans l'affaiblissement de l'habitude par rapport à la perfection angélique qui leur convenait.

Les démons désirent même le bon, en tant qu'ils désirent être, vivre , avoir l'intellection [1], et, en tant qu'ils ne désirent pas le bon, ils désirent le non-être : ce qui n'est pas un désir, mais un défaut de vrai désir.

℥ XXXV.

Comment la faiblesse par rapport au bon est punissable.

Ceux-là pèchent avec gnose [2], au dire des oracles, qui mollissent dans la gnose inoubliable et la pratique du bien [3], — qui connaissent la volonté et ne l'exécutent pas [4], — qui écoutent [5], à la vérité, mais faiblissent sur la foi ou l'accomplissement du bien ; même il en est qui refusent d'apprendre à bien faire par corruption ou faiblesse de volonté [6].

En un mot, le mal, comme nous l'avons souvent répété, est faiblesse, impuissance, défaut de gnose, de gnose inoubliable [7], de foi, de désir, ou d'opération dans le bien.

Mais cette faiblesse, dira-t-on, n'est pas punissable ; au contraire, elle est pardonnable.

---

[1] Νοεῖν avoir l'intellection , *intelligere.* — [2] Rom., i, 18 — [3] *Ibid.*, 19. — [4] Luc., xii, 47. — [5] Marc., iv, 18. — [6] Ps. xxxvi, 3. Pourquoi fait-on le mal? Parce qu'on ne sait pas, ou que, sachant, on ne veut pas. — [7] Gnose *inoubliable* ἀλήστου, R. ἀ pr., λανθάνω je cache, lumière naturelle, spontanée, expérimentale, à laquelle les plus fieffés coquins ne peuvent fermer les yeux, — par opposition à cette autre lumière d'emprunt, d'enseignement, d'école, qu'éteignent, si elle leur montre la potence ou l'enfer, quelques gouttes du *Léthé,* fleuve de l'*oubli*, à la vertu de faire oublier le passé, ayant joint celle de faire oublier l'avenir. *V.* S. Max., *Scol.* sur les N. D.

Si point n'était permis d'être fort, l'allégation porterait coup; mais, comme il est permis d'être fort de par ļe bon, qui, d'après les oracles, départ à tous absolument ce qui leur convient, il n'est rien moins que louable d'abdiquer, de répudier, d'abandonner, de déserter l'habitude [1] des biens répandus sur chacun par le bon.

Au reste, ceci fut expliqué suffisamment, eu égard à nos moyens, dans notre sacré traité *Du juste et divin jugement,* où la vérité des oracles a foudroyé les discours insensés de ces sophistes qui accusent Dieu d'injustice et de mensonge.

Voilà que nous avons de notre mieux célébré le bon,

Comme vraiment admirable [2],

Comme principe et terme [3] de tout,

Comme complexion de tout,

Comme formateur [4] du non-être,

Comme cause de tous les biens,

Comme non-cause du mal,

Comme providence et bonté parfaite, qui surpasse l'être et le non-être, et bonifie le mal et la privation d'elle-même,

Comme généralement désirable, aimable, chérissable,

Enfin, sous tous les traits dont notre parole l'a caractérisé plus haut, j'espère, avec exactitude.

---

[1] Ἕξεως habitude, R. Ἔχω j'ai. « L'habitude Ἕξις et la privation στέρησις forment la première opposition, non pas toute privation, car la privation se dit de plusieurs manières, mais la privation parfaite. » (Arist., *Mét.*. l. xi, c. iv.) — [2] *V.* la note sur ἀγαθωνυμία, p. 163. — [3] Πέρας terme. « On appelle terme πέρας l'extrême de chaque chose..... tout principe est un terme, mais tout terme n'est pas principe. » (Arist., *Mét.*, l. iv, c. xvii.) — [4] Εἰδοποιὸν formateur, R. Εἶδος forme, ποιέω je fais. Le bon *spécifie* le non-être, lui imprime un caractère essentiel, rien ne passant à l'existence que par cette voie.

CHAPITRE V.

§ I.

Dieu tel qu'il est ne peut être connu, ni expliqué. Son nom de bon a plus d'extension que son nom d'être.

Il faut aborder maintenant le nom divin de substance οὐσιωνυμίαν [1], qui est véritablement le nom de celui qui est ὄντος véritablement.

Seulement, nous rappellerons que ce discours a pour but, non pas d'expliquer la substance supersubstantielle, en tant que supersubstantielle, car, sous ce rapport, elle est ineffable, inconcevable, absolument inexprimable et insaisissable même par l'union [2], — mais de célébrer, dans

---

[1] Οὐσία substance, R. Ὄν être, — ἕσις désir, ἵημι je pousse. V. Plat., *Crat.*, I, 296.

« Certaines choses s'appellent êtres ὄντα, en tant que substances οὐσίαι ; d'autres, en tant que passions de substance ; d'autres, en tant qu'acheminement à la substance, ou corruptions, privations, qualités, actions, générations de la substance ou de ce qui se dit de la substance, enfin négations de quelqu'un de ces points ou de la substance, ainsi nous disons que le non-être est non-être. » (Arist., *Mét.*, l. III, c. II.) « La substance οὐσία est de la manière la plus propre, la plus capitale et la plus excellente, ainsi désignée, parce qu'elle ne se dit d'aucun sujet, et qu'elle n'est dans aucun sujet. » (Arist., *Cat.*, c. III.) *V.* l'opuscule de S. Thomas sur la logique d'Aristote, t. II, c. I-II. Le docteur angélique définit la substance, « *ens per se existens.* » — [2] « Ceux qui voient Dieu par son essence, voient ce qu'ils voient dans l'essence même de Dieu, non par des espèces, mais par l'essence même divine unie à leur intelligence. »

la substanciarchie théarchique, sa procession substancifiante vis-à-vis de tous les êtres.

En effet, le nom divin de bon, révélant toutes les processions de la cause universelle, s'étend aux êtres et aux
non-êtres, et outre-passe les êtres et les non-êtres, tandis
que le nom divin d'être ὄντος s'étend à tous les êtres, et
outre-passe tous les êtres ; le nom divin de vie s'étend à
tous les êtres vivants, et outre-passe tous les êtres vivants ; enfin, le nom divin de sagesse s'étend à tous les
êtres intelligents, raisonnables et sensibles, et les outre-
passe tous.

§ II.

J'ai donc l'intention de louer dans ce discours les
noms divins qui désignent la providence ; car je pro-
mets, non pas de manifester, supersubstantielle en soi,
la bonté, la substance, la vie, la sagesse de la divinité
supersubstantielle en soi, au-dessus de toute bonté,
divinité, substance, vie, sagesse, superfondée dans le

(S. T., p. i, q. xii, a. ix.) « Une chose est connaissable dans
la même mesure qu'elle est être en acte, *ens actu* ; or, Dieu
dont l'être est infini..., est infiniment connaissable. Mais nulle
intelligence créée ne peut connaître Dieu infiniment. En effet,
l'intelligence créée connaît l'essence divine plus ou moins parfaitement, selon qu'elle est plus ou moins pénétrée de la
lumière de la gloire ; et comme la lumière de la gloire, créée
elle-même, et reçue par une intelligence créée, ne peut être
infinie, il est impossible qu'une intelligence créée connaisse
Dieu infiniment, et, par conséquent, impossible qu'elle comprenne Dieu. » (S. T., p. i, q. xii, a. vii.) A plus forte raison,
Dieu ne peut-il être compris par la lumière de la grâce qui
inonderait de ses rayons une âme mystique dans l'union de
contemplation. d'illapsus, de transformation.

secret [1], comme disent les oracles, — mais de célébrer la providence dont les bienfaits éclatent, excellente bonté, cause de tous les biens, être, vie, sagesse, cause substancifique, vivifique et sapientifique de ce qui participe à la substance, à la vie, à l'intelligence, à la raison et au sens.

Je n'avance donc pas qu'autre est le bon, autre l'être, autre la vie, autre la sagesse, ni qu'il y ait plusieurs causes ou divinités, supérieures et inférieures, qui produisent tour à tour tels ou tels objets, — mais que de Dieu un sont toutes les bonnes processions et tous les noms par nous glorifiés, exprimant la providence du Dieu un, tantôt [2] selon son universalité, et tantôt plus ou moins en général, et plus ou moins en particulier.

§ III.

Ce qui participe le plus à Dieu se rapproche le plus de Dieu.

Mais on dira : Comment, l'être s'étendant plus que la vie, et la vie plus que la sagesse, ce qui est vivant l'emporte-t-il sur ce qui est, ce qui est sensible sur ce qui est vivant, ce qui est raisonnable sur ce qui est sensible, ce qui est intelligent sur ce qui est raisonnable, en rapport plus immédiat avec la divinité? Car ce qui participe aux plus grands dons de la divinité devrait exceller et primer sur le reste.

Oui, à supposer que ce qui est intelligent n'est pas et n'est pas vivant, l'objection ne manquerait pas de justesse. Mais si les intelligences divines ont un être au-dessus de tout être, une vie au-dessus de toute vie, une intellection au-dessus de tout sens et de toute raison; si, plus que tous les êtres, elles aspirent et communient au

[1] Ps. LXXXI, 7. — [2] A savoir, le bon.

beau et au bon, ce sont elles qui approchent le plus du
bon, auquel elles participent avec plus d'abondance, et
dont elles reçoivent les plus nombreuses et les plus
riches largesses.

De même, ce qui est raisonnable, par le surcroît de la
raison, surpasse ce qui est sensible ; ce qui est sensible,
par le surcroît du sens, ce qui est vivant ; ce qui est
vivant, par le surcroît de la vie, le reste.

Et c'est une vérité, je pense, que ce qui participe
davantage au Dieu un, dans l'infini de ses dons, atteint
et touche à Dieu de plus près que ce qui y participe
moins.

§ IV.

Mais comme nous avons parlé ailleurs de ce point-là,
proclamons que le bon est être véritable ὄντως ὄν [1], et qu'il
substancifie οὐσιοποιὸν tous les êtres.

Celui qui est [2] est être par delà l'être universel et
puissance [3], cause productrice [4] et créatrice [5] de l'être [6],

Dieu est superéminemment tout en tout.

---

[1] « Τὸ γὰρ ἓν οὐσία, l'être (mot-à-mot, le étant) est substance. »
(S. Max., *Scol.* sur les N. D.) — [2] Ὁ Ὢν celui qui est, le Étant.
Ex., III, 14. — [3] Κατὰ δύναμιν en puissance. L'être se divise
« par la puissance et l'acte κατὰ δύναμιν καὶ κατ᾽ ἐντελέχειαν. »
(Arist., *Mét.*, l. IV, XI.) Dieu, en soi, ignore le possible, il
est l'acte pur et parfait ; n'est-ce pas donc à lui qu'il appartient
d'agir sur le possible pour en tirer le réel qui ne l'épuisera
jamais ? — [4] Ὑποστάτις productrice, substituante, R. Ὑπό sous,
— ἵστημι statuer, placer. La cause substitue le réel au possible.
— [5] Δημιουργὸς créatrice, démiurge, artisan, R. Δήμιος public,
ἔργον ouvrage. La cause est une ouvrière qui travaille comme
un artisan public. — [6] « Le *un* se prend pour l'*être*, et l'*être*
signifie tantôt la quiddité, tantôt la quantité, tantôt la qualité. »
(Arist., *Mét.*, l. VI, c. IV.) V. Plat., *Parm.*, I, 626-657.

de la subsistance, de l'hypostase, de la substance, de la nature; principe et mesure des perpétuités αἰώνων, entité des temps χρόνων, et perpétuité des êtres; temps des générés quelconques [1].

« L'*être* premier et non quelconque sera la *substance* οὐσία. » (Arist., *Mét.*, l. vi, c. i.) *V.* S. T., p. i, q, xxix, a. ii.

La *substance*, entre autres choses, marque le *sujet* ὑποκείμενον, support de l'*accident* συμβεβηκός : « Le propre de la *substance*, c'est que, être même et un numériquement, elle admette les contraires en se modifiant. » (Arist., *Cat.*, c. iii.) « En tant que le *sujet* existe en lui-même et non dans un autre, il se nomme *subsistance* (ὕπαρξις, R. Ὑπό sous, ἀρχή principe). » (S. T., p. i, q. xxix, a. ii.) « En tant que le *sujet* sert de support aux accidents, il s'appelle *hypostase* (ὑπόστασις, R. Ὑπό sous, ἵστημι j'établis). (*Ibid.*)

« ..... est premièrement et proprement dite *nature* φύσις, la *substance* de ce qui a en soi et de soi un principe de mouvement. » (Arist., *Mét.*, l. iv, c. iv.) *V.* S. T., p. i, q. xxix, a. i.

Dans l'usage, soit chez les Grecs soit chez les Latins, les mots ci-dessus expliqués, outre le sens primordial, objet de notre note, en ont pris quantité d'autres. S. Thomas se met en quatre pour tout accorder; que de fusées encore à démêler !

[1] Ἀϊδιότης éternité, αἰών perpétuité, χρόνος temps, trois mots dont l'étymologie éclaircira le sens, en même temps qu'elle débrouillera ce passage. Χρόνος, R. Χύσις effusion — ῥοή courant — νη non — ὄν être, le temps est donc l'effusion du courant du non-être. Αἰών, R. ἀ non — ἰόν allant— ὄν être, la perpétuité est donc l'être qui ne va pas, l'être immobile, immuable. Ἀϊδιότης, R. Αἰών — ἴδιος propre, l'éternité est donc proprement l'être immuable. « L'éternité est la mesure de l'être permanent, de manière que, plus une chose s'écarte de la permanence de l'être, plus elle s'écarte de l'éternité. Or, certaines choses s'écartent de la permanence de l'être au point que leur être sert de sujet au changement ou consiste dans le changement, et ces choses sont mesurées par le temps, exemple, tout mouvement et encore l'être de tous les corruptibles. D'autres choses s'écartent moins de la permanence de l'être, parce que leur

De *Celui qui est*, la perpétuité, et la substance, et l'être,
et le temps, et la génération et le généré ; les êtres

être ne consiste pas dans le changement, et ne sert pas de sujet
au changement, mais elles subissent le changement accidentel,
soit en acte, soit en puissance, ainsi..... les anges qui ne changent pas du côté de leur nature, en changeant dans leur élection, en changeant sous le rapport de leurs intelligences, de
leurs affections, et des lieux, à leur façon. Et ces êtres sont
mesurés par la perpétuité qui est un milieu entre l'éternité et
le temps. Enfin, l'être que mesure l'éternité, ni ne change
essentiellement, ni ne change accidentellement. Ainsi donc, le
temps a l'antériorité et la postériorité ; la perpétuité n'a en soi
ni l'antériorité ni la postériorité, mais elles peuvent lui être
adjointes ; enfin l'éternité n'a pas l'antériorité et la postériorité,
et elle ne les souffre pas. » (S. T., p. 1, q. x, a. v.) « Dieu est
la même chose que son essence. » (S. T., p. 1, q. iii, a. iii.)
« Dieu est, non-seulement son essence, mais son être. » (S. T.,
p. 1, q. iii, a. iv.) « Dieu est un acte pur. » (S. T., p. 1, q. ix, a. 1.)
« Dieu seul est absolument immuable. » (S. T., p. 1, q. ix, a. ii.)
« Puisque Dieu est souverainement immuable, il est souverainement éternel ; et non-seulement il est éternel, mais il est son
éternité, aucune autre chose n'étant sa durée, parce qu'elle
n'est pas son être. » (S. T., p. 1, q. x, a. ii.) « Les effets de Dieu
sont ses images non parfaites, mais autant que possible, et le
défaut de l'imitation tient à ce que le simple et le un ne peut
être représenté que par le multiple. » (S. T., p. 1. q. iii, a. iii.)
Ainsi, le temps est l'image multiple de la perpétuité qui est
l'image multiple de l'éternité, principe de la perpétuité et du
temps. A la matière et à la forme, le temps ; à la forme, la
perpétuité ; à l'acte pur, l'éternité ; temps et génération, perpétuité et essence, éternité et acte pur. Le temps n'existe que
par le mouvement, et le mouvement que par le premier moteur,
qui est le premier immobile. Le simple mesure le composé, la
multiplicité est mesurée par l'unité. A proprement parler, il n'y a
qu'un temps, qu'une perpétuité, comme il n'y a qu'une éternité.
« Perpétuité se prend quelquefois pour siècle, période de la
durée..... et ainsi, on dit plusieurs perpétuités, de même que
plusieurs siècles. » (S. T., p. 1, q. x, a. vi.) Ainsi s'explique
encore temps au pluriel. *V. Prolégom.*, p. 36-37.

dans les êtres [1], et les êtres quelconques subsistants et substantiels.

Car Dieu est, non pas d'une manière telle quelle, mais simplement et infiniment, possédant dans son ensemble et possédant par anticipation la plénitude de l'être en lui-même.

Aussi est-il appelé *Roi des perpétuités* [2], parce qu'en lui et autour de lui tout être existe et subsiste, et que lui-même ne fut pas et ne sera pas, ne fut pas généré, n'est pas généré et ne sera pas généré, ou mieux n'est pas [3], mais est, au contraire, l'être de tous les êtres ; et non-seulement les êtres, mais encore l'être même des êtres procède de *Celui qui est* perpétuellement par anticipation ; car il est la perpétuité des perpétuités, et il présubsiste aux perpétuités.

§ V.

Tout vient de Dieu : le premier de ses dons consiste dans la participation à l'être.

Ainsi, nous disons de rechef que tous les êtres et toutes les perpétuités sont par celui qui est le premier.

Oui, c'est de celui qui est le premier, que dérivent toute perpétuité et tout temps ; il est le principe et la cause de tout temps, de toute perpétuité et de tout être quel qu'il soit.

[1] L'accident par opposition à la substance. — [2] I. Tim., I, 17. — [3] « Etre s'emploie dans deux acceptions ; d'abord il signifie l'acte d'être, *actum essendi*, et puis il signifie la composition de la proposition que l'âme trouve en unissant le prédicat au sujet. Or, en prenant être au premier point de vue, nous ne pouvons connaître l'être de Dieu, ni son essence, impossibilité qui disparaît au second point de vue ; car nous savons que cette proposition que nous formons sur Dieu, Dieu est, est vraie ; et nous le savons d'après ses effets. » (S. T., p. I, q. III, a. IV.)

Tous les êtres participent à lui, et aucun ne lui est étranger; et lui-même est avant tout, et tout subsiste en lui; bref, en celui qui est le premier, tout être, n'importe lequel, est, et se conçoit et se sauve.

¹ De toutes ses participations, celle qui s'offre d'abord c'est l'être; et l'être soi en soi a la priorité sur l'être vie en soi, et sur l'être sagesse en soi, et sur l'être similitude divine en soi, et sur tout ce à quoi les êtres qui y participent, ne participent qu'après avoir participé à l'être.

Voire, toutes ces choses en soi auxquelles participent les êtres, participent à l'être en soi, et point n'est d'être dont l'être en soi ne soit la substance et la perpétuité.

C'est donc à juste titre que Dieu, plus principal que tout le reste, se célèbre, comme être ὤν, par son don plus radical que ses autres dons.

Car possédant par anticipation et possédant avec superéminence la priorité de l'être et la transcendance de l'être, il commence par produire l'être universel, c'est-à-dire, l'être en soi, et par l'être soi en soi, il finit par produire les êtres quelconques.

---

¹ « L'universel peut-être considéré..... relativement à la nature..... telle qu'elle est dans les particuliers. Et, en ce sens, il faut dire qu'il y a deux ordres de nature : l'un, par rapport à la génération et au temps, voie où ce qui est imparfait et en puissance a la priorité, et, de cette manière, le commun a la priorité suivant la nature : cela se montre clairement dans la génération de l'homme et de l'animal ; car l'animal est généré avant l'homme, etc. » (S. T., p. I, q. LXXXV, a. III.) « Sous les expressions de vie en soi et de sagesse en soi..... Denys désigne tantôt Dieu lui-même, et tantôt les vertus accordées aux choses, mais jamais il ne désigne certaines choses subsistantes *quasdam subsistentes res* d'après un ancien système. » (S. T., p. I, q. XLIV, a. III.) Ici s'ouvre le champ de bataille où les nominalistes et les réalistes rompirent tant de lances ; le docteur angélique réclame l'Aréopagite pour son drapeau.

Ainsi, tous les principes des êtres, en tant qu'ils participent à l'être, sont et sont principes, d'abord sont et ensuite sont principes.

Et si tu veux appeler principe de tout ce qui vit, en tant qu'il vit, la vie en soi, et principe de tout ce qui ressemble, en tant qu'il ressemble, la similitude en soi, et principe de tout ce qui est uni, en tant qu'il est uni, l'union en soi, et principe de tout ce qui est ordonné, en tant qu'il est ordonné, l'ordre en soi, et principe du reste, ce qui, participant à telle ou telle chose, à deux, ou à plusieurs, est telle ou telle chose, ou deux, ou plusieurs, tu trouveras que ces participations en soi participent d'abord elles-mêmes à l'être, et se maintiennent d'abord par l'être, qu'elles sont ensuite principes de ceci ou de cela, et que ce n'est qu'en participant à l'être, qu'elles sont et sont participées. Or, si ces principes ne sont que par la participation à l'être, à plus forte raison ce qui participe à ces principes.

§ VI.

Aussi la superbonté par soi, dont la première effusion accorde l'être en soi, est-elle louée d'abord par sa capitale participation. Oui, d'elle et en elle, l'être en soi, et les principes des êtres, et tous les êtres, et les objets quelconques sous l'empire de l'être ; comment cela ? incompréhensiblement, simultanément, unement.

De même, tout nombre préexiste uniformément dans la monade, et la monade renferme uniformément tout nombre en elle-même, et tout nombre s'unifie dans la monade, et plus il s'éloigne de la monade, plus il se divise et se multiplie.

Egalement, tous les rayons du cercle coexistent au

centre en leur union une, et c'est un point qui comprend en lui-même ces droites uniformément unies entre elles, et avec le principe un d'où elles partent; elles sont parfaitement unies dans le centre même; s'en écartent-elles un peu, elles se séparent un peu; s'en écartent-elles davantage, elles se séparent davantage; en un mot, plus elles approchent du centre, plus elles s'unifient avec lui et entre elles, et plus elles s'en éloignent, plus elles se distinguent de lui, et les unes des autres.

§ VII.

Ainsi, dans la nature entière de l'univers, toutes les raisons des natures particulières se rassemblent selon une union une et inconfuse.

Ainsi encore, dans l'âme, se joignent uniformément les puissances providentielles des différentes parties du corps.

Rien n'empêche donc, remontant de grossières images à l'auteur de tout, de contempler, avec des yeux supermondains, tout, même les choses opposées les unes aux autres, dans l'auteur de tout, suivant la monade et l'unité.

Car c'est le principe des êtres, de qui découle l'être en soi, et tous les êtres quels qu'ils soient, tout principe, toute fin, toute vie, toute immortalité, toute sagesse, tout ordre, toute harmonie, toute puissance, toute conservation, toute fermeté, toute distribution, toute intellection, toute raison, tout sens, toute habitude, toute station, tout mouvement, toute union, tout embrassement, toute amitié, toute concorde, toute distinction, toute borne, bref, tout ce qui, étant par l'être, caractérise tous les êtres.

§ VIII.

Tout reçoit de Dieu l'être et le bien-être. Dieu est tout super-éminemment, parce que la cause renferme ses effets par transcendance. Paradigmes des êtres.

De cette même cause universelle procèdent les intelligibles et intelligentes substances des anges déiformes, les substances des âmes, les natures du monde entier, enfin, toutes les choses auxquelles on attribue une existence en d'autres, ou un être de raison.

Oui, d'elle et en elle reçoivent leur être déiforme ces puissances, vraiment substantielles, d'abord les plus saintes et les plus sublimes, établies, pour ainsi dire, au vestibule de la supersubstantielle Triade ; puis, après elles, les inférieures, à un degré inférieur ; et les dernières, au dernier degré, angéliquement parlant, mais d'une façon supermondaine à notre égard.

Pareillement et dans le même sens, les âmes et tous les autres êtres possèdent l'être et le bien-être, sont et sont bien, possédant, de par l'être qui les précède, l'être et le bien-être, étant et étant bien en lui, émanant de lui, durant par lui, et se terminant à lui.

A la vérité, il dispense l'être avec plus de magnificence à ces excellentes substances que les oracles nomment perpétuelles [1], mais l'être ne fait jamais défaut à aucun être dans l'univers.

Seulement, l'être même vient de celui qui est par antériorité ; l'être vient de lui, et lui ne vient pas de l'être ; l'être est en lui, et lui n'est pas en l'être ; et l'être l'a, et lui n'a pas l'être ; et c'est lui qui est la perpétuité, le principe et la mesure de l'être, étant, avant la substance, substancifique principe, milieu et fin de l'être, de la perpétuité et de toutes choses.

[1] Ps. XXIV, 7, 9.

Aussi celui qui est véritablement par antériorité, se diversifie-t-il en autant qu'il se conçoit d'êtres, dans les oracles, qui disent, à sa louange, qu'il fut, qu'il est, qu'il sera, qu'il fut généré, qu'il est généré, et qu'il sera généré.

Car toutes ces expressions, pour qui les comprend comme il sied à Dieu, signifient qu'il est supersubstantiellement à tout point de vue, et qu'il est la cause de toute sorte d'êtres.

En effet, il n'est pas ceci plutôt que cela ; il n'est pas d'une façon plutôt que d'une autre ; mais il est tout, comme auteur de tout, en soi possédant dans leur ensemble et possédant par anticipation les divers principes et termes de tout. Et il est au-dessus de tout, en tant qu'il est superlativement et supersubstantiellement avant tout.

C'est pourquoi tout simultanément s'affirme de lui, et il n'est rien de ce tout. Toute forme et sans forme, toute beauté et sans beauté, il renferme au préalable en lui-même, incompris et absolu, les principes, les milieux et les termes des êtres, sur chacun desquels sa cause une et superunie rayonne purement l'être.

Car si notre soleil, dans le monde sensible aux substances et aux qualités si nombreuses et si variées, bien qu'il existe solitaire et ne brille que d'une lumière uniforme, néanmoins renouvelle, alimente, conserve, perfectionne, sépare, unit, échauffe, féconde, accroît, change, affermit, produit, meut et vivifie tout ; si chaque partie de l'ensemble, selon sa capacité, participe au soleil identique et un, et si le soleil un embrasse à l'avance en lui-même, sous la raison de la monade, les causes de cette pluralité qui y participe ; à plus forte raison faut-il accorder que dans la cause du soleil et de l'univers, préexistent, selon une union une, supersubstantielle, tous les paradigmes [1] des êtres, puisque c'est elle qui produit les substances mêmes par une saillie de sa substance.

Or, nous appelons paradigmes les raisons qui, en Dieu, substancifient les êtres et préexistent selon l'unité [2], raisons que la théologie nomme prédéfinitions [3] — et divins et bons vouloirs [4], définissant et effectuant les êtres, — raisons d'après lesquelles le supersubstantiel prédéfinit et produit tous les êtres.

§ IX.

Que si le philosophe Clément [5] estime que ce qu'il y a de principal dans les êtres se qualifie de paradigme [6] par

[1] Πχραδείγματα paradigmes, R. Παρά en regard, δείκνυμι je montre; le paradigme est un modèle, un exemplaire, un prototype. « Les idées sont, d'après Platon, le principe de la connaissance et de la génération des choses; or, l'idée se présente dans l'entendement divin sous ces deux aspects : principe de connaissance, elle s'appelle proprement raison des choses, et se ramène à la science spéculative; principe de génération des choses, elle s'appelle exemplaire, et se ramène à la connaissance pratique. » (S. T., p. i, q. xv, a. iii.) Là similitude représentative ou bien l'idée, se renfermant dans l'intelligence où elle produit la connaissance, constitue le λόγος ou raison des êtres : de l'intelligence passe-t-elle à la volonté dont elle amène la causalité, elle se pose en paradigme παράδειγμα. — [2] « L'essence divine renferme en elle-même les noblesses, *nobilitates*, de tous les êtres, non par mode de composition, mais par mode de perfection... Il est donc patent que l'essence divine, en tant qu'elle est parfaite, peut être considérée comme la raison propre de chacun des êtres, *ut propria ratio singulorum*.» (S. C. G., l. i, c. liv.) — [3] Rom., viii, 30. — [4] Eph., i, 5. — [5] Phili., iv, 3. — [6] « L'intelligence ne se comporte pas comme la nature par rapport à ce qui contient plusieurs choses. La nature d'un être ne permet pas de diviser les éléments dont la

rapport à quelque chose, il n'emploie pas, en parlant ainsi, des termes propres, parfaits, simples ; et accordât-on que ce langage fût exact, il faudrait songer à ce passage de la théologie : Je ne t'ai pas montré cela pour lui courir après [1] ; pourquoi donc? afin que la convenable gnose nous en élève, proportionnellement à nos forces, jusqu'à la cause universelle.

Tous les êtres donc doivent s'attribuer à elle [2] dans une union une, au-dessus de tout : puisqu'elle part de l'être dans sa procession substancifiante et sa bonté, qu'elle se répand à travers tout, qu'elle remplit tout de son être, se réjouissant dans tous les êtres [3], certainement, elle anticipe tout en elle-même par une superéminence une de simplicité, à l'exclusion de toute duplicité.

réunion est requise pour l'existence de cet être : ainsi, la nature animale disparaît, si l'on sépare l'âme du corps. L'intelligence, au contraire, est libre de prendre séparément les choses unies en réalité, quand l'une ne rentre pas dans la raison de l'autre... Rien n'empêche donc de voir dans l'homme le propre exemplaire de l'animal irraisonnable, considéré comme tel, *in quantum hujusmodi,* et de toutes ses espèces... C'est ainsi qu'un philosophe, appelé Clément, a dit que le plus noble dans les êtres est l'exemplaire du moins noble, *nobiliora in entibus sunt minùs nobilium exemplaria.* » (S. C. G., l. I, c. LIV.)

[1] L'Aréopagite cite, *largo modo,* Ex., XXV, 40 : « Courir après », en style biblique, tenir pour Dieu, adorer. — [2] « Dieu est l'être même subsistant par soi... l'être subsistant est un nécessairement ; ainsi, la blancheur, si elle était subsistante, serait une, car les blancheurs ne se multiplient que par les récipients ; donc tout ce qui est autre que Dieu n'est pas son être, mais participe à l'être ; par conséquent, toutes les choses qui se diversifient en participant à l'être diversement, selon leur plus ou moins de perfection, sont causées par un être premier un, lequel est très-parfait, *causari ab uno primo ente, quod perfectissimè est.* » (S. T., p. I, q. XLV, a. I.) — [3] Ps. CIV, 34.

Elle embrasse également tout dans son illimitation supersimple, et elle est participée unement par tout, comme la voix une et même est participée, en tant que une, par plusieurs ouïes.

§ X.

Dieu principe et fin de tout.

Ainsi, celui qui est par antériorité, est le principe et la fin de tous les êtres : leur principe [1], comme auteur, et leur fin [2], comme *pour lequel* [3].

Il est la limitation [4] de tout, et l'illimitation de toute illimitation et de toute limitation par son éminence au-dessus de cette sorte d'*opposés*.

Car dans le un, nous l'avons souvent dit, il anticipe et produit tous les êtres, présent à tous, partout, selon le un et le même, et selon le même entier, s'épanchant vers tous et demeurant en soi, stationnant et se mouvant, ne stationnant pas et ne se mouvant pas, n'ayant ni principe, ni milieu, ni fin, n'étant en aucun des êtres, et n'étant aucun être des êtres.

En un mot, il ne lui convient rien de ce qui est dans

[1] Rom., xi, 36. — [2] « Le premier agent... se propose seulement de communiquer sa perfection, c'est-à-dire, sa bonté, et chaque créature se propose d'atteindre sa perfection, c'est-à-dire, la similitude de la perfection et de la bonté divine : voilà comment la bonté divine est la fin de toutes choses. » (S. T., p. i, q. XLIV, a. IV.) — [3] Οὗ ἕνεκα pour lequel, c'est-à-dire, comme celui pour lequel tous les êtres ont été faits, construction pleine qui ne vaut pas l'elliptique consacrée dans l'école de siècle en siècle à commencer par Aristote..... τὸ οὗ ἕνεκα, οἷον τοῦ περιπατεῖν ἡ ὑγίεια, le pour lequel, par exemple, la santé est ce pour lequel se fait la promenade, » la fin de la promenade, la cause finale de la promenade, (*Mét.*, l. iv, c. ii.) — [4] Πέρας limitation, terme.

la perpétuité, ni rien de ce qui subsiste dans le temps;
mais il s'élève en dehors du temps et de la perpétuité,
et de ce qui est dans la perpétuité et de ce qui subsiste
dans le temps, tout à la fois, parce que la perpétuité
même, et les êtres, et les mesures des êtres, et les choses
mesurées, sont de lui et par lui.

Mais ces questions se traiteront ailleurs avec plus d'à-
propos.

CHAPITRE VI.

DE LA VIE.

§ 1.

Dieu est la vie d'où procède tonte vie.

A présent, nous devons louer la vie [1], cette vie perpétuelle d'où procède la vie en soi, et qui distribue le vivre à tout ce qui participe n'importe comment à la vie.

[1] Ζωὴν la vie, R. Ζάω je vis, ἄω je souffle, ἀεί toujours — εἶμι je vais, d'où l'élision et la contraction conduisent au mot ἄω ; qu'on y prépose ζ, pour faire jouer à cette sifflante le rôle que Platon lui assigne dans le *Cratyle,* I, 314, et ζωή apparaît, dénotant dans sa lettre la chose qu'elle signifie. « On appelle vivant ce qui s'actualise dans un mouvement ou une opération quelconque; mais ce dont la nature n'est pas de s'actualiser dans un mouvement ou une opération quelconque ne peut s'appeler vivant que par figure. » (S. T., p. I, q. XVIII, a. I.) « Le nom de vie a été consacré à signifier la substance à laquelle appartient, en vertu de sa nature, de se mouvoir elle-même, ou de se porter à quelque opération que ce soit. Ainsi, vivre n'est pas autre chose qu'être dans une telle nature, et c'est là précisément, mais d'une manière abstraite *in abstracto,* ce qu'exprime le mot vie..... Vivant est donc un prédicat, non pas accidentel, mais substantiel. » (S. T., p. I, q. XVIII, a. II.)

« Comme un être est réputé vivre, selon qu'il opère par lui-même, sans être mu par un autre, plus il jouit parfaitement de cette prérogative, plus aussi parfaitement la vie se trouve en lui. Or, dans ce qui meut et dans ce qui est mu se présentent par ordre trois choses : d'abord, la fin meut l'agent; puis, l'agent principal opère par sa forme, et, en certains cas, opère par un instrument qui n'agit pas par la vertu de sa forme,

Ainsi, c'est d'elle et par elle qu'est et subsiste chez les anges impérissables la vie et l'immortalité avec l'indéfectibilité du perpétuel mouvement propre à ces messagers.

Aussi les nomme-t-on perpétuellement vivants, et immortels, — comme, par contre, non immortels, parce que ce n'est pas d'eux-mêmes, mais de cette cause vivifiante qui produit et conserve toute vie, qu'ils obtiennent d'être immortels et de perpétuellement vivre.

mais par la vertu de l'agent principal ; enfin, à l'instrument compète la seule exécution de l'opération.

Partant, il y a des êtres qui se meuvent sans égard à la forme ou à la fin que la nature leur impose, mais seulement par rapport à la seule exécution du mouvement..... Telles sont les plantes qui, d'après la forme dont la nature les a revêtues, ne se meuvent elles-mêmes que dans l'exécution du mouvement de croissance et de décroissance ?

D'autres êtres se meuvent au delà de cette limite, non-seulement dans l'exécution du mouvement, mais encore respectivement à la forme, principe du mouvement, par eux acquise : tels sont les animaux dont le mouvement a son principe dans la forme qui leur est donnée non par la nature, mais par le sens. Aussi ils se meuvent avec d'autant plus de perfection, qu'ils ont plus de perfection dans le sens : ceux qui n'ont que le sens du toucher, ne se meuvent que par un mouvement de dilatation et de constriction, comme l'huître, qui n'excède guère la plante dans le mouvement ; ceux qui, doués du sens complet, connaissent les objets à proximité ainsi que les objets à distance, se meuvent au loin d'un mouvement progressif.

Mais quoique ces animaux reçoivent par le sens la forme, qui est le principe du mouvement, néanmoins ils ne se fixent pas par eux-mêmes la fin de leur opération ou de leur mouvement ; elle leur est assignée par la nature dont l'instinct les meut à l'action par la forme sensiblement appréhendée. Au-dessus de ces animaux s'élèvent donc les êtres qui se meuvent en tenant compte aussi de la fin qu'ils se proposent ; ce qui ne saurait avoir lieu qu'au moyen de la raison et de l'intelligence, à qui il appartient de connaître la proportion de la fin et de ce

Et comme nous avons dit [1] de celui qui est, qu'il est
la perpétuité de l'être en soi, de même nous disons ici
que la vie au-dessus de la vie, la vie divine vivifie et
substancifie la vie en soi, et que toute vie et tout mouvement vital dérivent de la vie supérieure à toute vie
et à tout principe de vie.

C'est d'elle encore que les âmes reçoivent l'incorruptibilité, et que tous les animaux [2] et les plantes [3],
comme par un dernier écho de la vie, tirent le vivre.

qui mène à la fin, et d'ordonner l'un relativement à l'autre.
Ainsi, chez quels êtres se rencontre le mode le plus parfait de
vivre? Chez ceux qui ont l'intelligence, car ce sont eux qui se
meuvent le plus parfaitement. Voyez, dans un seul et même
homme la faculté intellective meut les puissances sensitives,
et les puissances sensitives, par leur empire, meuvent les organes
qui exécutent le mouvement.....
Toutefois, si notre intelligence s'actualise sur certains points,
il en est d'autres qui lui sont intimés par la nature : tels sont
les premiers principes, vis-à-vis desquels elle ne peut pas se
poser autrement, et la dernière fin, qu'elle ne peut pas ne pas
vouloir. De là, tout en se mouvant sous un rapport, il faut
que sous un autre rapport elle soit mue par une cause étrangère. Donc l'être, dont la nature est son intelligence *intelligere*,
et à qui n'est pas affecté par une cause étrangère ce qu'il a naturellement, est celui qui possède la vie au suprême degré; or,
tel est Dieu. » (S. T., p. i, q. xviii, a. iii.)
Dans un passage, Platon, cherchant l'étymologie du nom
de Jupiter, la découvre en ce que le Père des dieux et des
hommes est la cause de la vie. « Certains l'appellent Ζῆνα, et
certains Δία. Réunis, ces termes révèlent la nature du dieu...
car pour nous et pour tous les autres, il n'est pas une cause
de τοῦ ζῆν comme le chef et le roi de tous les êtres. Aussi est-
ce avec raison que ce dieu a été appelé δι᾽ ὃν ζῆν, celui par lequel
le vivre..... » (Plat., *Crat.*, i, 292.)
[1] N. D., c. v, § iv. — [2] Ζῶα animaux, *V*. la racine de ζωή vie,
p. 238, note. — [3] Φυτὰ plantes, R. Φύω je pousse, *V*. la racine
de φῶς lumière, p. 170, note.

Disparaît-elle, d'après les oracles, toute vie s'éteint, et tout ce qui, par sa débilité à y participer, s'était éteint, dès qu'il se retourne vers elle, se prend à revivre [1].

§ II.

Cette vie donne,

D'abord, à la vie en soi, d'être vie, et à la vie en général et à la vie en particulier, d'être chacune proprement ce que leur nature les convoque à être;

Puis, aux vies supercélestes une immatérielle, déiforme et inaltérable immortalité avec un mouvement perpétuel sans variation ni déclin, s'étendant, de par son exubérante bonté, jusqu'à la vie même des démons; car c'est à elle, et non pas à une autre cause, que la vie des démons doit d'être et de demeurer vie;

Ensuite, aux hommes, complexes qu'ils sont, une vie autant que possible angéliforme, dans son excès d'amour pour eux, du sein même de nos égarements nous rappelant et nous ramenant à elle, avec la promesse, merveille plus divine, de nous transférer tout entiers, c'est-à-dire, corps et âme ensemble, à la parfaite vie, à l'immortalité [2].

Chose que l'antiquité, sans doute, a jugée contre nature, mais pour toi et moi véritablement divine et par delà nature. Par delà nature, j'entends notre nature que nous voyons, mais non la nature toute forte de la vie divine, pour laquelle, en sa qualité de nature de toutes les vies et surtout des plus excellentes, il n'est pas de vie contre nature ni par delà nature.

_____
[1] Ps. CIV, 29-30. — [2] I. Cor., XV. 53.

Ainsi, loin de la divine assemblée et de ton âme pieuse les insensés discours de Simon [1] qui nous contredit sur ce point ! Non, il n'a pas compris, je pense, malgré la sagesse dont il se flatte sur ces questions, que la saine raison ne doit pas s'armer des arguments évidents des sens pour attaquer l'inévidente cause de l'univers. Et il faut dire à cet homme, que son langage même est contre nature ; car pour elle, rien ne lui est contraire ἐναντίον [2].

§ III.

Dieu est nommé la vie particulière et la vie universelle.

C'est par elle que les animaux et les plantes sont vivifiés et entretenus.

Toute espèce de vie, à ton choix, intellectuelle, raisonnable, sensible, nutritive, augmentative, ou autre enfin, tout principe de vie, toute substance de vie, vit et vivifie de par elle au-dessus de toute vie, et préexiste en elle comme dans sa cause sous l'idée du un.

Car elle est la vie supervivante, principe de la vie et cause de toute vie, produisant la vie, perfectionnant la vie et distinguant la vie, — louable en chaque vie, parce qu'elle procrée multiplement toutes les vies, sous la notion et à titre de vie universelle et particulière, sans aucun défaut, mais, au contraire, avec une superplénitude de vie, vivante, par soi, supervivante, et vivifiante au-dessus de toute vie, bref, au sein de tout ce que l'homme peut exprimer de glorieux touchant cette inexprimable vie.

---

[1] Act., VIII, 9, 13, 18, 24. — [2] Dieu est au-dessus de tout être, de tout genre, choses sans lesquelles la différence n'existe pas ; or, le ἐναντίον repose sur le διαφέρον (différent) ; point de διαφέρον, point de ἐναντίον. (*V*. Arist., *Mét.*, l. IV, c. X.)

CHAPITRE VII.

DE LA SAGESSE ; DE L'INTELLIGENCE ; DE LA RAISON ;
DE LA VÉRITÉ ; DE LA FOI.

§ 1.

A cette heure, si tu l'as pour agréable, célébrons la bonne et perpétuelle vie, en tant qu'elle est sage [1] et la sagesse en soi [2], ou plutôt, en tant qu'elle crée toute sagesse, et qu'elle est au-dessus de toute sagesse et de toute compréhension [3].

Car non-seulement Dieu possède la sagesse avec su-

---

[1] I. Cor., I, 25. — [2] Dan., II, 20. — [3] Sagesse σοφία. « Σοφία sagesse indique que l'âme atteint le flux φορᾶς..... Il faut se rappeler que les poètes, presque toute les fois qu'ils viennent à parler d'une chose qui se met à avancer avec rapidité, disent : ἐσύθη elle s'est élancée. Or, Σοῦς Elan était le nom d'un homme illustre de Lacédémone ; car les Lacédémoniens désignent ainsi une impétuosité vite. Σοφία sagesse indique donc ἐπαφὴν l'atteinte de ce flux, c'est-à-dire, des êtres soumis à ce flux φερομένων. » (Plat., *Crat.*, I, 303-304.) « Le vrai peut être considéré de deux manières, d'abord comme connu par lui-même, et puis comme connu au moyen d'un autre. Celui qui est connu par lui-même, présente la nature de principe, et se perçoit immédiatement par l'intelligence..... Au contraire, celui qui est connu au moyen d'un autre, n'est pas perçu immédiatement par l'intelligence, mais par la recherche de la raison, et il s'offre comme terme. Or, il y a deux sortes de terme sous ce rapport : l'un est le dernier vrai dans un genre quelconque, et l'autre,

perplénitude et *de sa compréhension point n'est nombre*[1], mais encore il s'élève par delà toute raison, toute intelligence, et toute sagesse.

C'est ce qu'avait supernaturellement conçu cet homme[2] vraiment divin, notre commun soleil à notre maître[3] et à nous, lorsqu'il disait : *Ce qui est folie en Dieu est plus sage que les hommes*[4], — d'abord, parce que toute intellectivité[5] humaine, avec sa fluctuation, est une espèce

le dernier vrai relativement à toute la pensée humaine, et comme les choses qui sont connues postérieurement selon nous, sont antérieures et plus connues selon la nature (Arist., *Phys.*, l. I, c. V, où ce philosophe dit : Πέφυκε δὲ ἐκ τῶν γνωριμωτέρων ἡμῖν ἡ ὁδὸς καὶ σαφεστέρων ἐπὶ τὰ σαφέστερα τῇ φύσει καὶ γνωριμώτερα), le dernier vrai relativement à toute la pensée humaine, est le vrai antérieur et le plus connaissable selon la nature. C'est sur ce vrai-là que roule la sagesse, qui considère les causes les plus élevées (Arist., *Mét.*, l. I, c. II : Ταύτην τῶν πρώτων ἀρχῶν καὶ αἰτιῶν... θεωρητική.) » (S. T., I. II, q. LVII, a. II.) « Le sage doit non-seulement savoir ce qui découle des principes τὰ ἐκ τῶν ἀρχῶν, mais encore être dans le vrai ἀληθεύειν sur les principes περὶ τὰς ἀρχάς. De sorte que la sagesse est intelligence et science... » (Arist., *Eth.*, l. IV, c. VII.)

Compréhension σύνεσις. « Σύνεσις... semble être la même chose que συλλογισμὸς raisonnement; lorsqu'on dit συνιέναι comprendre, c'est absolument comme si l'on disait ἐπίστασθαι savoir; car συνιέναι signifie que l'âme marche συμπορεύεσθαι avec les choses. » (Plat., *Crat.*, I, 303.) Συνιέναι dérive de σὺν avec, ensemble — ἰέναι aller.

« La compréhension σύνεσις juge κριτική..... des choses qui fournissent matière au doute et à la délibération. » (Arist., *Eth. Nic.*, l. VI, c. X.)

[1] Ps. CXLVII, 5. — [2] Ἀνὴρ homme. — [3] Hiérothée. — [4] I. Cor., I, 25. Ἀνθρώπων hommes. — [5] Διάνοια intellectivité, R. Διά à travers, νοῦς intelligence. « Λέγω δὲ νοῦν ᾧ διανοεῖται... ἡ ψυχή, j'appelle intelligence ce par quoi l'âme procède à l'intellection. » (Arist., *Ame*, l. III, c. IV.) « L'intellectivité a pour office de juger, τῷ τε κριτικῷ, ὃ διανοίας ἔργον ἐστί. » (Arist., *Ame*, l. III,

d'errement en comparaison de la stabilité et de la permanence des intellections [1] divines à l'extrême perfection, — ensuite, parce que c'est l'usage des théologiens, d'employer vis-à-vis de Dieu les expressions privatives dans un sens opposé.

Ainsi, les oracles appellent invisible [2], l'éblouissante lumière; ineffable [3] et innommable [4], l'objet de toutes louanges et de toutes qualifications; insaisissable [5] et investigable [6], l'être présent à tout et rencontré en tout.

C'est donc encore de cette manière que le divin Apôtre est censé louer la folie de Dieu [7], relevant ce qu'elle semble renfermer d'absurde, contre la raison, jusqu'à l'indicible vérité [8] avant toute raison.

c. ix.) A l'intellectivité ἐν διανοίᾳ, l'affirmation et la négation. » (Arist., *Eth. Nic.*, l. vi, c. ii.)

[1] Νοήσεων intellections. « L'intellection a pour objet ce qui n'admet pas le faux, νόησις ἐν τούτοις, περὶ ἃ οὐκ ἔστι τὸ ψεῦδος. » (Arist., *Ame*, l. iii, c. vi.) Le νόησις par là se distingue du σύνεσις. — [2] i. Tim., i, 17. — [3] ii. Cor., xii, 4. — [4] Gen., xxxii, 29. — [5] Rom., xi, 33. — [6] *Ibid.* — [7] i. Cor., iii, 18-20. — [8] Ἀλήθειαν vérité. « Le flux φορὰ divin θεία de l'être semble être exprimé par ce mot ἀλήθεια, comme étant une évolution ἄλη divine θεία. » (Plat., *Crat.*, i, 310.) « De même que le bon exprime ce à quoi tend l'appétit, ainsi le vrai exprime ce à quoi tend l'intelligence. Or, l'appétit et l'intelligence ou la connaissance en général diffèrent, en ce que l'appétit consiste dans l'inclination de l'appétant vers la chose appétée, tandis que la connaissance existe par la présence de la chose connue dans le connaissant....... Et comme le bon est dans la chose en raison de ses rapports avec l'appétit, d'où l'idée de bonté passe de la chose appétible à l'appétit qui est réputé bon pour appéter le bon, ainsi le vrai étant dans l'intelligence par la conformité de l'intelligence avec la chose intelligible, il faut que l'idée de vérité passe de l'intelligence à la chose intelligible, de manière que la chose intelligible soit dite vraie d'après ses rapports avec l'intelligence.

Mais, comme j'ai dit ailleurs, ramenant à ce qui nous est propre, ce qui est au-dessus de nous, roulant notre existence au sein du sensible, et comparant les choses divines aux nôtres, nous nous égarons à mesurer sur des apparences la divine et mystérieuse raison λόγον.

Il faut savoir que notre intelligence νοῦν a une puissance intellective, par laquelle elle contemple l'intelligible, mais que l'union qui la met en rapport avec les

Mais la chose intelligible peut avoir avec l'intelligence des rapports pas soi, ou par accident : elle a des rapports par soi avec l'intelligence dont elle dépend dans son être, et par accident avec l'intelligence à laquelle elle est intelligible... Or, on ne juge pas d'une chose d'après ce qui lui appartient par accident, mais d'après ce qui lui appartient par soi ; ainsi, toute chose est proclamée vraie absolument *absolutè*, d'après ses rapports avec l'intelligence dont elle dépend..... Ainsi, la vérité est, premièrement dans l'intelligence, et secondairement dans les choses; l'intelligence en est le principe, et les choses en sont le reflet. » (S. T., p. i, q. xvi, a. i.) Le docteur angélique ajoute que les auteurs définissent la vérité différemment, selon qu'ils l'envisagent dans l'intelligence ou dans les choses, après quoi il rappelle celle d'Isaac, de toutes la plus complète, comme caractérisant la vérité sous sa double face : *Veritas est adæquatio rei et intellectus*, la vérité est une équation entre la chose et l'intelligence. (*Ibid. ut sup.*)

« L'intelligence peut connaître sa conformité avec la chose intelligible..... lorsqu'elle juge que la chose est comme est la forme qu'elle conçoit de la chose; alors seulement elle connaît et exprime la vérité. » (S. T., p. i, q. xvi, a. ii.)

« L'être de Dieu non-seulement est conforme à son intelligence, mais encore est son intelligence *suum intelligere*, et son intelligence *intelligere* est la mesure et la cause de tout autre être et de toute autre intelligence; de plus, il est lui-même son être et son intelligence *suum esse et intelligere*. Ainsi, non-seulement la vérité est en lui, mais encore il est lui-même la suprême et première vérité. » (S. T., p. i, q. xvi, a. v.)

objets hors de sa portée, surpasse la nature de cette intelligence.

C'est par cette union que nous devons saisir νοητέον le divin, non pas en l'abaissant jusqu'à nous, mais en sortant tout entiers de nous-mêmes pour entrer tout entiers en Dieu; car il vaut mieux être à Dieu qu'à nous; ainsi, le divin pourra se donner à qui se livre à Dieu.

Donc, à l'excessive louange de cette irraisonnable, inintelligente et folle sagesse, proclamons qu'elle est la cause de toute raison [1], de toute intelligence [2], de toute sagesse [3] et de toute compréhension [4]; qu'à elle appartient tout conseil βουλή [5]; que d'elle procèdent toute gnose [6] et toute compréhension [7]; et qu'en elle sont cachés tous les trésors de la sagesse et de la gnose [8]. Car, d'après ce qui a été déjà dit [9], cette cause supersage et toute sage est la créatrice de la sagesse en soi, et de la sagesse en général et en particulier.

§ II.

C'est d'elle que les anges, puissances intelligibles et intelligentes, reçoivent leurs simples et béatifiques intellections.

Ils ne recueillent la gnose divine ni dans le divisible ni du divisible, sens ou raisonnements sériels [10], pas plus qu'ils ne se posent, sous ce rapport, à des points

---

[1] Tit., I, 3. — [2] Luc., XXIV, 45. — [3] Ex., XXXVI, 1. — [4] II. Tim., II, 7. — [5] Prov., VIII, 14. Βουλή conseil, R. Βολή jet. de l'âme vers l'objet, V. Plat., *Crat.*, I, 309. « Τὸ βουλεύεσθαι ζητεῖν τι ἐστίν, le conseil est une recherche. » (Arist., *Eth. Nic.*, l. VI, c. IX.) — [6] Luc., I, 77. — [7] Dan., II, 21. — [8] Col., II, 3. — [9] V. p. 243. — [10] Déduction. par ex.

de vue généraux [1], — mais, purs de toute matérialité et de toute multiplicité, ils perçoivent νοοῦσι l'intelligible divin intellectuellement, immatériellement, uniformément [2]. Et leur faculté et opération intellectuelle resplendit d'une pureté sans mélange et sans tache, et embrasse d'un coup d'œil les intellections divines dans l'indivision, l'immatérialité, le un déiforme, façonnée, autant que possible, par la divine sagesse, sur le type de l'intelligence et de la raison supersage de la divinité.

C'est d'elle encore que les âmes obtiennent le raisonnement τὸ λογικὸν, avec lequel, par des détours et des révolutions, elles arrivent de proche en proche jusqu'à la vérité des êtres, inférieures, par cette multiple et divisible variété, aux intelligences unes, — et toutefois en ramenant au un le multiple, elles rivalisent, autant que leur nature le permet à des âmes, avec les anges dans leurs intellections.

Ensuite que la sensibilité soit un écho de la sagesse, on peut l'affirmer sans crainte de se tromper.

Bien plus, chez les démons, l'intelligence, en tant qu'intelligence, émane d'elle, — mais comme intelligence déraisonnable qui ne sait ni ne veut atteindre l'objet qu'elle désire, il faut avouer qu'elle est plutôt une déchéance de la sagesse.

Mais, puisque de la sagesse en soi et de toute sagesse, de toute intelligence, de toute raison, de toute sensibilité, la divine sagesse, disons-nous, est le principe, la cause, la créatrice, la perfection, la garde et le terme, comment Dieu supersage est-il nommé sagesse, intelligence, raison et gnose? Comment possédera-t-il l'intellection d'un intelligible quelconque, lui qui n'a

[1] Induction, par ex. — [2] C'est un face-à-face avec la vérité.

pas d'opérations intellectuelles [1]? Comment atteindra-t-il la gnose du sensible, lui qui s'élève au-dessus de toute sensibilité [2]? Pourtant les oracles enseignent qu'il sait tout [3], et que rien n'échappe à la divine gnose [4].

Or, je l'ai souvent répété, ce qui est divin, il faut l'entendre νοητέον comme il convient à Dieu. Car l'inintelligence et l'insensibilité se prennent en Dieu comme excès, et non comme défaut; ainsi encore, nous proclamons irraison, la superraison; imperfection, la superperfection et la protoperfection; impalpable et invisible obscurité, la lumière inaccessible, dans son excellence sur la lumière visible.

L'intelligence divine enveloppe donc tout dans sa gnose supérieure à tout, embrassant d'abord en elle-même, cause de tout, la notion [5] de tout, — ayant la no-

---

[1] « L'intellection de Dieu *intelligere Dei* est sa substance. Car si l'intellection de Dieu était autre que sa substance, il faudrait..... que cet autre fût l'acte et la perfection de la substance divine, laquelle substance divine s'y rapporterait comme la puissance à l'acte, ce qui répugne absolument, car l'intellection *intelligere* est la perfection et l'acte de l'intelligent. » (S. T., p. i, q. xiv, a. iv.) L'intellection regarde l'universel, et les sens regardent l'individuel. « Τῶν καθ'ἕκαστον ἡ κατ'ἐνέργειαν αἴσθησις, ἡ δ'ἐπιστήμη τῶν καθόλου. » *(Ame,* Arist., l. ii, c. v.) — [2] *L'objection* est formulée dans S. T., comme il suit : « Toute connaissance a lieu par quelque similitude. Mais la similitude des individuels *singularium,* en tant qu'individuels, ne paraît pas être en Dieu, parce que l'individualité a son principe dans la matière, qui, n'étant qu'un être en puissance, est tout à fait dissemblable à Dieu, acte pur. Donc Dieu ne peut pas connaître les individuels. » (S. T., p. i, q. xiv, a. xi.) *Rép.* « La matière, il est vrai, s'éloigne de la similitude de Dieu par sa potentialité, mais en tant qu'elle a l'être même ainsi, elle possède une certaine similitude de l'Etre divin. » *(Ibid, ut sup.)* — [3] Jo., xxi, 17. — [4] i. Jo., iii, 20. — [5] Εἴδησιν notion, R. Ἰδέα idée, espèce.

tion des anges avant leur génération, et les produisant
à la substance, — ayant la notion du reste intrinsèque-
ment, et, pour ainsi dire, de par le principe même, et
le produisant à la substance. Et c'est ce que les oracles
nous apprennent sans doute, lorsqu'ils disent : *Ayant
la notion* εἰδὼς *de tout avant qu'il soit généré* [1].

Car l'intelligence divine, pour les connaître, n'étudie
pas les êtres par les êtres, mais c'est d'elle-même et en
elle-même qu'en sa qualité de cause, elle possède au préalable et rassemble par anticipation la notion, la gnose et
la substance de tout, — au lieu de considérer chaque chose
dans son idée κατ'ἰδέαν, percevant [2] et concevant tout
sous son étreinte une de cause [3].

[1] Dan., xii, 42. « Il est manifeste que Dieu est la cause des
choses par son intelligence, puisque son intellection *intelligere*
est son être même; il s'ensuit nécessairement que la cause des
choses, c'est sa science jointe à sa volonté. Partant, la science
de Dieu, en tant que cause des choses, est appelée d'ordinaire
science d'approbation *scientia approbationis*. » (S. T., p. i, q.
xiv, a. viii.) « Dieu étant la cause des choses par sa science....,
la science de Dieu s'étend aussi loin que sa causalité. Or,
comme la vertu active de Dieu (ou sa causalité) s'étend non-
seulement aux formes, d'où se tire la raison de l'universel,
mais encore à la matière..... il faut que la science de Dieu
s'étende aux singuliers qui sont individués par la matière. Et
puisque Dieu connaît toutes choses autres que lui, en tant
qu'il est la similitude des choses, ou comme leur principe
actif, cette essence doit lui suffire pour connaître, dans l'universel et dans l'individuel, tout ce qu'il fait. Il en serait de
même de la science de l'artiste, si elle produisait toute la
chose, et non pas seulement la forme de la chose. » (S. T., p.
i, q. xiv, a. xi.) — [2] Εἰδὼς. — [3] « L'Etre même de la cause
agissante première, c'est-à-dire, de Dieu, est son intellection
intelligere. De là, tous les effets, qui préexistent en Dieu, comme
dans la cause première, doivent nécessairement être dans son
intellection même, et y être tous selon le mode de cette intel-

Ainsi la lumière, en tant que cause, renferme à l'avance en elle-même la notion des ténèbres, sans connaître les ténèbres d'ailleurs que de la lumière.

Donc la divine sagesse, en se connaissant, connaît tout, le matériel immatériellement, le divisible indivisiblement, le multiple simplement; elle connaît et produit tout dans le un même.

Car si Dieu, en tant que cause une, transmet l'être à tous les êtres, c'est dans cette même cause une qu'il connaîtra tous les êtres qui, procédant de lui, préexistent en lui, et loin de recevoir de ces êtres la gnose à leur égard, il leur donne, lui-même, la gnose propre et réciproque [1].

---

lection *secundùm modum intelligibilem*. Car tout ce qui est dans un autre, y est selon le mode de ce en quoi il est..... Une chose est connue de deux manières : en elle-même, et dans une autre. Une chose est connue en elle-même, lorsqu'elle est connue par un espèce propre adéquate au connaissable lui-même *adæquatam ipsi cognoscibili*, par exemple, quand l'œil voit un homme par l'espèce de cet homme *per speciem hominis*. Puis, une chose est connue *videtur* dans une autre, lorsqu'elle est connue par l'espèce de ce qui la contient, comme lorsqu'on connaît la partie dans le tout par l'espèce du tout; lorsqu'on voit un homme dans un miroir par l'espèce du miroir, ou, en général, lorsqu'on voit un objet quelconque dans un autre objet..... Dieu se voit en lui-même, parce qu'il se voit par son essence. Et pour les choses autres que lui, il ne les voit pas en elles-mêmes (*tanquam in medio videndi*), mais encore en lui-même, en tant que son essence contient la similitude des choses autres que lui. » (S. T., p. i, q. xiv, a. v.)

[1] « Les choses naturelles *res naturales* sont un intermédiaire entre la science de Dieu et notre science : en effet, la science de Dieu est la cause des choses naturelles, desquelles choses naturelles, nous, nous recevons la science. De là, de même que les choses naturelles, objets de la science *scibilia* précèdent et mesurent notre science, ainsi la science de Dieu précède et

Dieu donc n'a pas une gnose particulière par laquelle il se comprend, et une autre gnose générale par laquelle il comprend le reste des êtres ; certes, la cause universelle, en se connaissant elle-même, aurait peine à ignorer ce qui sort d'elle, et dont elle est la cause.

Ainsi, Dieu connaît les êtres, non par la science qu'il a de ces êtres, mais par la science qu'il a de lui-même.

Ainsi encore, les anges, au dire des oracles, ont la notion des êtres terrestres, en connaissant le sensible, non point à l'aide des sens, mais par la puissance et la nature de leur intelligence déiforme.

§ III.

Il faut chercher, en outre, comment nous connaissons Dieu, qui n'est ni intelligible, ni sensible, ni absolument rien de ce qui existe.

Or, n'est-il pas vrai de dire que, — sans connaître Dieu dans sa nature, dont la gnose, en effet, surpasse toute raison et toute intelligence, — par l'ordonnance de tous les êtres qu'il a extraite de lui-même, et où reluisent les images et les similitudes des paradigmes divins, nous nous élevons, autant que possible, ainsi que par une route graduelle, en dehors de tout, au-dessus de tout, en la cause de tout, jusqu'à l'être au delà de tous les êtres [1] ?

mesure les choses naturelles. Telle une maison est intermédiaire entre la science de l'architecte qui l'a construite, et la science de celui qui en prend connaissance après la construction. » (S. T., p. ɪ, q. xɪv, a. vɪɪɪ.)

[1] « Notre connaissance naturelle prend son origine dans les sens. Ainsi, notre connaissance naturelle peut s'étendre aussi loin que les créatures sensibles peuvent la conduire. Or, par les

C'est pourquoi Dieu est connu en tout — et indépendamment de tout.

Dieu est connu par gnose — et par agnosie ἀγνωσίας.

Il ouvre un champ à l'intellection, à la parole, à la science, à la taction [1], au sens, à l'opinion [2], à l'imagination, à la dénomination et à tout le reste ; — et il n'est ni *intellectionné*, ni parlé, ni dénommé.

Il n'est rien de ce qui est, — et il n'est connu en rien de ce qui est.

Il est tout en tout, — et il n'est rien en rien.

créatures sensibles, notre intelligence ne peut atteindre à la vision de l'essence divine ; car les créatures sensibles sont les effets de Dieu, n'égalant point la vertu de la cause, *virtutem causæ non adæquantes*. Ainsi, la connaissance des créatures sensibles ne peut mener à la connaissance de toute la vertu de Dieu ; mais, comme ce sont des effets qui dépendent de leur cause, nous pouvons, par elles, parvenir à connaître touchant Dieu s'il est, et à connaître sur son compte *de ipso* ce qui doit nécessairement lui convenir, en tant qu'il est la première cause de toutes choses, surpassant toutes les choses causées *excedens omnia sua causata*. Partant, nous connaissons sur son compte de *ipso* sa relation avec les créatures, c'est-à-dire, qu'il est la cause de toutes, et sa différence d'avec les créatures, c'est-à-dire, qu'il n'est rien de ce qui est causé par lui, et qu'il en est séparé, non par défaut, mais par excès, *quia superexcedit.* » (S. T., p. I, q. XII. a. XII.) *V. Prolégom.*, 40-48, et encore T. M., c. III, IV, V.

[1] Ἐπαφή taction. R. Ἐπί sur, ἀφή tact. Ce terme ἐπαφή désigne la connaissance expérimentale des choses, que cette connaissance s'opère dans la sphère du sensible, de l'intelligible, ou du divin. Platon, on l'a vu, l'applique à la perception de la sagesse. (*Crat.*, I, 303-304.) — [2] Δόξα opinion. « Δόξα opinion dérive de δίωξις poursuite, recherche. ce qui exprime le mouvement de l'âme à la recherche διώκουσα de la notion des conditions des choses, — ou de τόξον flèche..., ce qui est plus probable. » (Plat., *Crat.*, I, 309.) « La science roule sur l'universel et le nécessaire. » 'Arist., *Analy. Sec.*, l. I, c. XXXIII ;

Tout le connaît d'après tout, — et rien ne le connaît d'après rien.

C'est avec justesse que nous nous exprimons ainsi sur Dieu, et qu'il se célèbre dans tous les êtres en vertu de l'analogie de tous avec lui qui en est la cause.

Mais il y a vis-à-vis de Dieu une très-divine gnose qui s'obtient par agnosie, au moyen d'une union supérieure à l'intelligence, lorsque l'intelligence, détachée de tous les êtres et en sus dépouillée d'elle-même, s'unit aux clartés supersplendides, en elles et par elles s'illuminant de l'inscrutable abîme de la sagesse.

Toutefois, par tout, comme je l'ai dit, la sagesse se donne à connaître; car c'est elle que les oracles nous montrent effectuant tout [1], arrangeant [2] sans cesse tout, causant l'indissoluble connexion et ordonnance de tout, joignant toujours les fins du primaire avec les principes du secondaire, et opérant avec beauté [3] la conspirance et l'harmonie une [4] dans tout.

§ IV.

Dieu est la raison absolue, c'est-à-dire, la vérité simple, et le fondement de la foi.

Dieu est encore proclamé raison λόγος [5] dans les sacrés oracles, non-seulement parce qu'il est le distributeur de la raison, de l'intelligence et de la sagesse, mais aussi

V. encore *Eth. Nic.*, l. VI, c. VI.) « Le nécessaire ne peut pas être autrement qu'il n'est. » (Arist., *Analy. Sec.*, l. I, c. XXXIII.) « L'opinion δόξα a pour objet le vrai ou le faux, auxquels il peut arriver d'être autrement qu'ils ne sont. » (*Loc. cit.*)

[1] Ps. CIV, 24. — [2] Prov., VIII, 30. — [3] Καλλιεργοῦσα opérant avec beauté, R. Κάλλος beauté, ἔργον ouvrage. A ce verbe répond l'anglais *to beautify* ; notre *embellir* ne rend pas tout ; nous devrions traduire par *beautifier*. — [4] Sap., VII, 22, 27. — [5] Heb., IV, 12.

parce qu'il renferme à l'avance uniformément en lui-même les causes de tous les êtres, parce qu'il pénètre tout, se répandant, comme disent les oracles, jusqu'à la fin de tout [1], et surtout parce que la raison divine se simplifie au delà de toute simplicité, et qu'elle s'affranchit supersubstantiellement de tout au-dessus de tout [2].

[1] Sap., VIII, 1. — [2] « L'essence divine renferme en elle-même les noblesses, *nobilitates*, de tous les êtres, non par mode de composition, *non quidem per modum compositionis*, mais par mode de perfection, *sed per modum perfectionis*..... Or, toute forme, soit propre, soit commune, en tant qu'elle réalise quelque chose, est une certaine perfection, et elle n'enclôt d'imperfection, qu'en ce qu'elle s'écarte *deficit* de l'être véritable. Donc l'intelligence divine peut comprendre dans son essence ce qui est propre à chaque être, en connaissant en quoi chaque être imite cette essence, et en quoi il s'éloigne de sa perfection : par exemple, en concevant son essence comme imitable par le mode de la vie et non de la connaissance, elle saisit la forme propre de la plante ; en la concevant, au contraire, comme imitable par le mode de connaissance et non de l'intelligence, elle saisit la forme propre de l'animal ; et ainsi de suite. Partant, il est clair *patet* que l'essence divine, en tant qu'elle est absolument parfaite, peut être considérée comme la raison propre de chacun des êtres *singulorum*. De là, par elle, Dieu peut avoir la connaissance propre de tous les êtres. Mais, comme la raison propre de l'un est distincte de la raison propre de l'autre, la distinction étant le principe de la pluralité, il faut dans l'intelligence divine envisager sous une certaine distinction et pluralité les raisons intelligibles, en tant que ce qui est dans l'intelligence divine, est la raison propre des êtres divers *diversorum*. Or, cela ayant lieu parce que Dieu comprend *intelligit* le rapport d'assimilation qu'a chaque créature avec lui-même, il reste que les raisons des choses dans l'intelligence divine ne sont plusieurs ou distinctes *plures vel distinctæ*, qu'en tant que Dieu connaît que les choses lui sont assimilables de maintes et diverses manières *pluribus et diversis modis*. » (S. C. G., l. I, c. LIV.)

Cette raison même est la vérité simple et substantiellement existante, vérité qui, pure et infaillible gnose de tout, constitue l'objet de la foi [1] divine, cette iné-

[1] Πίστις foi. « Τὸ πιστὸν ἱστὰν παντάπασι σημαίνει (Plat., *Crat.*, I, 322.), mot-à-mot, le fidèle signifie arrêter tout à fait. » Expliquons-nous : Πίστις se compose de πᾶς tout et στάσις station, arrêt ; πᾶς-στάσις, par contraction, πίστις. Si le lecteur se rappelle l'étymologie de ἐπιστήμη science, ἐπί — sur στάσις arrêt, la science est l'arrêt de l'âme sur les choses (*V*. Plat., *Crat.*, I, 322.), il n'aura pas de peine à comprendre, sous la diversité des termes ἐπιστήμη et πίστις, la différence des idées qu'ils expriment, l'un l'arrêt relatif, l'autre l'arrêt absolu.

« L'objet de toute habitude cognitive renferme deux choses, savoir, la chose qui est matériellement connue, laquelle chose est comme l'objet matériel, et la chose par laquelle on connaît, laquelle chose est la raison formelle de l'objet : ainsi dans la science de la géométrie, les conclusions sont matériellement connues *scitæ*, mais la raison formelle de cette connaissance *sciendi*, ce sont les moyens de démonstration, grâce auxquels les conclusions sont connues. De même dans la foi : si nous considérons la raison formelle de son objet, elle n'est autre que la vérité première. Car la foi dont nous parlons, n'adhère à rien, que parce que Dieu l'a révélé ; par conséquent, la foi repose sur la vérité divine elle-même comme sur le moyen. Si d'autre part, nous considérons matériellement ce à quoi adhère la foi, non-seulement c'est Dieu lui-même, mais encore ce sont maints autres points qui ne tombent cependant sous l'adhésion de la foi, qu'en tant qu'ils ont quelque rapport avec Dieu, c'est-à-dire, comme effets de la divinité qui aident l'homme à tendre à la divine fruition. Ainsi, même de ce côté, l'objet de la foi est en quelque sorte la vérité première, en tant que rien ne tombe sous l'adhésion de la foi que ce qui a quelque rapport avec Dieu, *nisi in ordine ad Deum* : c'est ainsi que l'objet de la médecine est la santé, parce que la médecine ne recherche rien qu'à cause de son rapport avec la santé, *nisi in ordine ad sanitatem*. » (S. T., II.II, q. I, a. I.)

« L'objet de la foi peut être considéré de deux manières : premièrement, du côté de la chose crue elle-même, et, en ce

branlable base des fidèles qu'elle fixe dans la vérité en même temps qu'en eux la vérité, invincible identification de la vérité divine et des fidèles par la gnose qu'ils en possèdent à l'état de la simplicité.

Car si la gnose unit le connu et le connaissant, et si l'ignorance est pour l'ignorant une source d'incessante versatilité et d'incohérence personnelle, le fidèle à la vérité, selon les sacrés oracles [1], rien ne l'ébranlera dans le foyer [2] de la foi véritable, où il conservera la fixité d'une immuable et invariable mêmeté.

Certes, il sait parfaitement, celui qui est uni à la vérité, qu'il va à merveille, quoique la foule le rappelle à la raison avec laquelle il aurait rompu [3]; elle ignore, — par le fait, rien de plus naturel, — que c'est au bénéfice de la vérité, qu'il a rompu avec l'erreur par une foi réelle; mais lui, il conçoit bien qu'il ne folie pas [4], comme on le dit, et que de l'instable et mobile fluctuation à travers une variété tout à fait vague, le délivre la vérité simple, qui porte toujours de même sur le même.

Aussi, chaque jour, nos principaux maîtres dans la sagesse divine, meurent pour la vérité, rendant témoignage, comme de juste, par toutes leurs paroles et par

sens, l'objet de la foi est quelque chose d'incomplexe *aliquid incumplexum,* c'est-à-dire, la chose même sur laquelle porte la foi, et secondement, du côté du croyant, et, en ce sens, l'objet de la foi est quelque chose de complexe par mode d'énonciation *per modum enuntiabilis.* » (S. T., II.II, q. I, a. II.)

V. Prolégom., p. 52-54.

[1] Eph., IV, 13-14. — [2] Ἑστίας foyer. Quelle est la racine de ce mot? Platon lui en assigne une à droit ou à tort (*Crat.,* I, 296). On nous permettra d'en exposer une autre, ἀς un — τις quelque; d'où ἑστία, quelque chose de un, un tout indissoluble. N'est-ce pas là le foyer, ce lieu où la famille se groupe, ce point où les rayons convergent? — [3] Act., XXVI, 24. — [4] Ac., XXVI, 25.

toutes leurs œuvres, à la gnose une de la vérité chez les chrétiens, qu'elle est la plus simple et la plus divine, ou plutôt qu'elle est seule la véritable, une et simple gnose de Dieu.

CHAPITRE VIII.

DE LA PUISSANCE ; DE LA JUSTICE ; DU SALUT ; DE LA RÉDEMPTION,
ET AUSSI DE L'INÉGALITÉ.

§ I.

Mais comme les théologiens, en louant la vérité divine et la sagesse supersage, l'appellent encore puissance [1], justice [2], salut [3] et rédemption [4], expliquons donc aussi, dans la mesure de nos forces, ces noms de Dieu.

On demande comment Dieu au - dessus de toute puissance est nommé puissance.

Or, que la théarchie soit en dehors et au-dessus des puissances quelconques ou réelles ou imaginables, c'est ce que n'ignore, sans doute, aucun homme versé dans les divins oracles ; car, en plusieurs endroits, la théologie lui attribue la seigneurie [5], la mettant même avant les puissances supercélestes [6].

Comment donc les théologiens l'exaltent-ils ainsi que puissance, elle en dehors de toute puissance ? Ou comment devons-nous entendre ce nom de puissance [7] à son égard ?

[1] Ro., i, 16. — [2] Ro., i, 17. — [3] Ro., i, 16. — [4] Ps. CXXX, 7. — [5] II. Par., XX, 6. *V. N. D.*, c. XII. — [6] Ps. XXIV, 10. — [7] Le mot δύναμις puissance , d'après l'étymologie, *V. H. C.*, c. VIII, § I, signifie la pénétration , δύω , du milieu des choses, μέσος , par l'intelligence, νοῦς.

« Dans les choses créées, la puissance est le principe non-

§ II.

Nous disons donc que Dieu est puissance,

Parce qu'en lui-même il possède par anticipation et possède avec superéminence toute puissance [1];

Parce qu'il est l'auteur de toute puissance ;

Parce qu'il produit tout avec une inflexible et incirconscriptible puissance ;

Parce qu'il est la source d'où jaillit à l'être toute puissance générale ou particulière ;

Parce qu'il est infiniment puissant [2], non-seulement

seulement de l'action, mais encore de l'effet... En Dieu, la raison de la puissance *ratio potentiæ* subsiste, en tant qu'elle est le principe de l'effet, mais non en tant qu'elle est le principe de l'action, puisque ce principe est son essence.... La puissance est mise en Dieu comme quelque chose différant, non en réalité, mais dans l'idée seulement, de la science et de la volonté ; c'est-à-dire, en tant que la puissance implique l'idée d'un principe exécutant ce que la volonté commande, et ce vers quoi dirige la science ; trois choses qui convienent à Dieu selon le même, *quæ tria Deo secundùm idem conveniunt*. On peut dire aussi que la science ou la volonté divine, en tant qu'elle est principe effectif, renferme l'idée de puissance ; et la considération de la science et de la volonté précède en Dieu la considération de la puissance, comme la cause précède l'opération et l'effet. (S. T., p. I, q. XXV, a. I.)

[1] « Tout ce qui n'implique pas contradiction rentre dans les possibles à l'égard desquels Dieu est dit tout-puissant ; mais ce qui implique contradiction n'est pas compris sous la toute-puissance divine, parce qu'il ne peut avoir la raison du possible. Ainsi, il sera plus exact de dire : Cela ne peut être fait, que : Dieu ne peut le faire. » (S. T., p. I, q. XXV, a. III.) — [2] « La puissance active se trouve en Dieu dans la même mesure qu'il est en acte. Or, son être est infini... donc... la puissance active de Dieu est infinie. » (S. T., p. I, q. XXV, a. II.)

en ce qu'il produit toute puissance, mais encore en ce qu'il surpasse toute puissance et la puissance en soi ; en ce qu'il peut souverainement produire à l'infini une infinité de puissances autres que les puissances existantes ; en ce que les puissances infinies produites à l'infini ne pourront jamais épuiser la création super-infinie de sa puissance formatrice des autres puissances ; en ce qu'il n'y a moyen ni d'exprimer, ni de connaître, ni d'imaginer sa puissance, supérieure à tout, qui, dans l'exubérance du possible [1], rend puissante même la faiblesse, et embrasse et conserve les derniers de ses échos. — De même, dans les puissances sensibles, nous remarquons qu'une très-brillante lumière agit sur les yeux débiles, et les bruits intenses, dit-on, pénètrent dans l'oreille assez peu apte à recevoir les sons. Car ce qui n'ouït absolument rien, n'est pas de l'ouïe, et ce qui ne voit absolument rien, n'est pas de la vue.

§ III.

Ainsi, l'infinie puissance de Dieu se communique par degrés à tous les êtres, et il n'y a pas d'être si complètement déshérité, qu'il ne possède quelque puissance ; loin de là : tout a une puissance, ou intelligente, ou raisonnable, ou sensible, ou vitale, ou substantielle, et l'être potentiel en soi, s'il est permis de parler de la sorte, n'obtient son être que de la puissance supersubstantielle.

La divine puissance pénètre tout.

[1] « La puissance se dit relativement au possible. » (S. T.. p. I. q. XXV, a. III.)

§ IV.

C'est d'elle que les ordres angéliques ont reçu leurs puissances déiformes.

C'est d'elle qu'ils tirent

L'immutabilité de leur être,

Et la perpétuité de tous leurs mouvements intellectuels et immortels,

Et leur constance,

Et leur invariable désir du bon.

Ils en sont gratifiés par cette infiniment bonne puissance qui leur octroie

De pouvoir,

Et d'être ainsi,

Et de désirer perpétuellement être,

Et de pouvoir désirer perpétuellement pouvoir.

§ V.

Cette inépuisable puissance répand ses bienfaits sur les hommes [1], les animaux [2], les plantes [3], et toute la nature en général.

Elle excite les êtres unis à s'aimer et à s'entr'aider [4], et les êtres distincts à se maintenir, sans confusion ni mélange, dans leurs conditions et leurs limites respectives [5].

Elle conserve les ordres et la direction de l'univers conformément à son bien spécial [6].

[1] Gen., i, 27. — [2] Gen., i, 20-25. — [3] Gen., i, 44. — [4] Gen., i, 24. — [5] Job, xxxviii, 40. — [6] Job, xxxviii, 20.

Elle garde inaltérables les immortelles vies des anges uniformes [1].

Elle empêche de changer les substances et les dispositions des astres lumineux dans le ciel [2].

Elle accorde à la perpétuité la faculté d'être [3].

Elle distingue les évolutions du temps par des processions [4], et les unit par des rétrogressions [5].

Elle donne au feu de brûler inextinguible [6], et à l'eau de couler intarissable [7].

Elle borne la diffusion de l'air [8].

Elle pose la terre dans le vide [9], et veille à la permanence de ses parturitions vivifiantes [10].

Elle assure l'harmonie et l'alliance des éléments entre eux sans les séparer ni les confondre [11].

Elle resserre les liens du corps et de l'âme [12].

Elle active les forces de la nutrition et de la croissance dans les plantes [13].

Elle maintient les puissances substantielles de toutes choses, et garantit l'indissoluble stabilité de l'univers [14].

Elle procure, au surplus, la déification, pour laquelle elle revêt de puissance les sujets à déifier [15].

Eu un mot, il n'y a absolument aucun être qui échappe à l'irrésistible et tutélaire étreinte de la puissance divine [16].

Car ce qui n'a de puissance sous aucun rapport, n'est pas, n'a pas d'essence [17], et se refuse absolument à toute thèse θέσις.

---

[1] Tob., xii, 15-19. — [2] Job, xxxviii, 31. — [3] Ez., xxxvii, 28. — [4] Job, xxxviii, 32. — [5] Job, xxxviii, 35. — [6] Ps. xviii, 8. — [7] Job, xxxvii, 10. — [8] Sap., v, 12. — [9] Job, xxxviii, 4-6 — [10] Gen., i, 11-12. — [11] Eph., ii, 14. — [12] Gen., ii, 7. — [13] Ex., ix, 31. — [14] Heb.. i, 3. — [15] Ps. lxxxii, 6. — [16] Sap., vii, 27. — [17] Οὖτε τί ἐστιν. Le τί marque l'essence, ou le genre et l'espèce, « τί ἐστι, τὸ μὲν εἶδος ἢ τὸ γένος... » (Arist., Cat., c. iii.) Point

§ VI.

Mais le magicien Elymas [1] objecte :

Si Dieu est tout-puissant, comment un de vos théologiens affirme-t-il qu'il y a quelque chose qu'il ne peut pas ?

Or, Elymas attaque le divin Paul qui dit que Dieu ne peut pas se nier lui-même [2].

Mais en exposant ce point, je crains fort de passer ridiculement pour un insensé, qui s'acharne à renverser les frêles constructions que les enfants s'amusent à édifier sur le sable, dans mon ardeur à atteindre le sens théologique de ce passage comme un but inaccessible.

Car la négation de soi-même est une déchéance de la vérité. Or, la vérité est l'être ὄν, et la déchéance de la vérité est une déchéance de l'être ὄντος. Si donc la vérité est l'être, et si la déchéance de la vérité est une déchéance de l'être, Dieu ne peut pas déchoir de l'être, et répugne au non-être [3] : c'est comme si l'on disait qu'il ne peut pas ne pas pouvoir et qu'il ne sait pas ne pas savoir, par privation.

C'est ce que n'a pas compris notre sage, pareil à des athlètes novices dans les luttes, qui maintes fois se figurent avoir affaire à de débiles antagonistes, com-

d'essence, point de définition ou de θέσις, car c'est principalement en ce sens qu'est pris ici le mot θέσις : ὁ γὰρ ὁρισμὸς θέσις μέν ἐστι. » (Arist., *Anal. Sec.*, l. ɪ, c. ɪɪ.)

[1] Act., xɪɪɪ, 8. — [2] ɪɪ. Tim., ɪɪ, 13. — [3] « Dieu est la vérité ; or, la vérité est ce qui est ὄν ; et le mensonge, au contraire, en tant qu'insubstantiel, est ce qui n'est pas : si donc Dieu se niait lui-même, la vérité, en mentant, deviendrait ce qui n'est pas ; le moyen que pareille chose arrive ? » (S. Max., *Scol.* sur les N. D.)

battent avec courage leurs ombres en leur absence, frappent vigoureusement les airs de leurs coups superflus, s'imaginent triompher, et s'applaudissent euxmêmes, avant de connaître la force de leurs rivaux.

Pour nous, saisissant, selon nos moyens, le théologien, nous publions, à la louange de Dieu superpuissant, qu'il est tout-puissant, qu'il est l'heureux et seul potentat δυνάστην, qu'il gouverne par sa puissance la perpétuité même, et qu'il ne déchoit en rien des êtres; ou mieux encore, qu'il renferme au préalable et renferme superéminemment tous les êtres dans sa puissance supersubstantielle, et qu'il donne, avec une libérale effusion de sa plénitude superabondante, à tous les êtres. tant de pouvoir être, que d'être.

§ VII.

Dieu est appelé encore justice [1],

Dieu est nommé justice, et est juste.

Parce qu'il distribue à tous les êtres, selon leur dignité respective, la proportion, la beauté, l'ordonnance et la symétrie;

Parce qu'il leur assigne à chacun, d'après une règle vraiment juste, leurs rôles divers et leurs divers rangs;

[1] Δικαιοσύνη justice. « Il est facile de voir que le mot δικαιοσύνη s'applique à la compréhension συνέσει du juste δικαίου; mais le mot δίκαιον lui-même est embarrassant..... Comme il y a quelque chose qui gouverne tout le reste en le parcourant διαϊόν, c'est avec raison qu'on l'a appelé δίκαιον, en insérant un κ pour adoucir la prononciation... » (Plat., *Crat.*, ɪ, 304.) « Ἀδικία injustice est, évidemment, un obstacle à ce qui parcourt διαϊόντος. » (*Ibid. ut sup.*, 305.)

« Tout comme nous agissons justement, quand nous agissons selon la loi, ainsi Dieu en agissant selon sa volonté, agit selon la justice, avec cette différence que nous recevons la loi d'un

Parce qu'il est la cause générale de leurs opérations propres dans leur sphère individuelle.

Car la divine justice dispose tout, limite tout, empêche tout de se mêler et de se confondre avec tout, et donne à chaque être ce qui convient à chaque être suivant le mérite relatif de chaque être.

Or, si ce que nous disons, repose sur l'exactitude, ceux qui attaquent la justice de Dieu, ne prennent pas garde qu'ils se convainquent eux-mêmes d'une criante injustice.

Car, à les entendre, il faudrait

Affecter à ce qui est mortel, l'immortalité,

A ce qui est imparfait, la perfection,

A ce qui se meut librement, des mouvements nécessaires,

A ce qui est variable, la mêmeté,

A ce qui est infirme, la plénitude de la fermeté ;

supérieur, et que Dieu est à lui-même sa loi... Et comme l'objet de la volonté, c'est le bien connu *bonum intellectum*, Dieu ne peut vouloir que ce qui est conforme à la raison de sa sagesse, laquelle sagesse est comme la loi de justice, qui rend sa volonté juste et droite. » (S. T., p. i, q. xxi, a. i.)

« L'acte de la justice consiste à rendre le dû. » (*Ibid. ut sup.*) « Le dû peut être considéré dans l'opération divine sous deux rapports : en tant que Dieu doit à lui-même, et en tant qu'il doit à la créature... Dieu se doit de réaliser dans les créatures les déterminations de sa sagesse et de sa volonté, et la manifestation de sa bonté... Dieu doit à la créature de lui assujétir ce qui lui est subordonné... Ce second dû dépend du premier, parce qu'à chaque créature est dû ce qui a été fixé par la prescription de la divine sagesse..... Dieu ne dépend pas du reste, mais plutôt le reste dépend de lui. D'après quoi, la justice de Dieu s'appelle tantôt la convenance de sa bonté, *condecentia suæ bonitatis*, et tantôt la rétribution du mérite, *retributio promeritis*. » (*Ibid. ut sup.*)

Rendre éternel ce qui est temporel,

Immuable ce qui est naturellement muable,

Perpétuels nos plaisirs éphémères;

Enfin, transférer des unes aux autres les attributs des choses.

On doit savoir que la justice divine est véritable [1] justice, précisément parce qu'elle départ à tous les êtres des propriétés en harmonie avec leur importance respective, et qu'elle maintient leur nature à chacun dans le rang et la puissance de sa spécialité.

§ VIII.

Mais on dira peut-être : ce n'est pas justice que les hommes ἄνδρας religieux ὁσίους [2] soient abandonnés sans secours aux vexations des pervers φαύλων [3].

A cela nous répondrons :

Si ces hommes réputés religieux, chérissent ce dont les matériels sont jaloux sur la terre, ils déchoient totalement de l'amour divin. Et je ne comprends pas qu'on les nomme religieux, eux qui font cet outrage à ce qui est vraiment aimable et divin, que de lui préférer sacri-

Les tribula-
tions des saints
ne prouvent pas
que Dieu soit
injuste.

[1] « La justice de Dieu, laquelle établit dans les choses un ordre conforme à la raison de la sagesse, sa loi propre, est convenablement nommée vérité. » (S. T., p. I, q. XXI, a. II.) *V.* sur la vérité la note, N. D., c. VII, § I. — [2] Ὅσιος religieux, R. ὁ le — σιός, pour θεός, Dieu. Σιός, R. Ὂν l'être — σεύον mouvant, Dieu est le principe du mouvement. L'*Eutyphron* de Platon roule sur la question de savoir ce que c'est que la chose exprimée par ce mot ὅσιος, et, à son ordinaire, Socrate, de difficulté en difficulté, relance si bien son interlocuteur, qu'Eutyphron, sous prétexte d'affaires, renvoie la partie à une autre fois. (Plat., I, 1-13.) — [3] Φαῦλος pervers, R. Φαιός sombre — ὕλη matière.

légement ce qui ne mérite ni jalousie ni amour [1].

Si, au contraire, ils aiment les réalités subsistantes, ils doivent, désirant un objet, se réjouir d'atteindre l'objet désiré. Ne se rapprochent-ils pas davantage des vertus angéliques, alors que, dans la mesure de leurs forces, par le désir des choses divines, ils renoncent aux convoitises matérielles, détachement auquel ils s'exercent avec une extrême virilité parmi des conjonctures propices au beau [2]?

Ainsi, à vrai dire, la justice divine a principalement pour caractère de ne pas énerver et amollir, par des faveurs matérielles, la mâle énergie des bons; ni, en supposant qu'on essayât de les entreprendre à cet égard, de les laisser sans aide, mais de les affermir dans le beau de leur rigide état, et d'accorder à leur persévérance un salaire selon leur mérite.

§ IX.

Dieu est nommé salut et rédemption. De l'égalité et de l'inégalité.

De plus, la justice divine est nommée encore salut [3] universel,

Parce qu'elle garde et protége chaque être contre tous les autres, avec autant de précision que de pureté, dans sa substance et son rang;

Et parce qu'elle est la pure cause de l'opération propre [4] des êtres en général.

---

[1] Pour tous ces termes, chérir, aimer, *V. N. D.*, c. IV, § XII, note, p. 185-186; jalousie, jaloux, *V. N. D.*, c. IV, § XIII, note, p. 189. — [2] Le beau, l'honnête, etc. *V. N. D.*, c. IV, § VII. — [3] Ps. XXXVIII, 22. Σωτηρία salut, R. Σωτήρ sauveur, σάος, σ onomatopéique — ἄω je souffle, — ἀνήρ qui remonte le courant, ἀνά de bas en haut — ῥοή courant. — [4] Ἰδιοπραγίας de l'opération propre, R. Ἴδιος propre — πράσσω j'opère. « Il (Denys) appelle

Si l'on l'appelle aussi salut, parce qu'elle préserve et affranchit tout de la détérioration, nous souscrivons pleinement à cette manière de glorifier le salut universel, dans la pensée qu'on entend par là le premier salut universel,

Qui empêche tous les êtres, en soi, immuables, fermes, solides, de se dégrader;

Qui les dispose tous, sans lutte ni hostilité, d'après leurs raisons respectives;

Qui leur interdit à tous absolument de tomber dans l'inégalité, et de s'arroger les opérations les uns des autres;

Enfin, qui s'oppose à ce que leurs conditions spéciales ne se tournent et ne se convertissent dans leurs contraires.

C'est encore entrer dans les vues de la sacrée théologie, que de célébrer ce salut, en tant que sa bonté, secourable aux divers êtres, les rédime ἀπολυτρουμένην de la ruine de leurs biens propres, selon que leur nature particulière comporte cette restauration.

Aussi les théologiens le nomment-ils rédemption ἀπολύτρωσιν [1],

Soit parce qu'il ne permet pas que les êtres réels retombent dans le non-être;

Soit parce que, si quelques-uns d'entre eux, entraînés au dérèglement et au désordre, subissent un déchet quelconque dans la perfection de leurs biens propres, il les rachète de leur passion, de leur lâcheté

ιοπραγίαν opération propre le mouvement approprié ἰδιάζουσαν chaque être, suivant sa nature; car les hommes ne peuvent pas opérer comme les anges, l'eau comme le feu, ni réciproquement. » Pachy., *Parap.*) *V.* Ep. viii, où le ἰδιοπραγία se traite ex prosso.

[1] Ἀπολύτρωσις. R. Ἀπό à partir de — λύω je délie.

et de leur désastre, suppléant à ce qui leur manque, soutenant paternellement leur infirmité, les relevant du mal, et, mieux encore, les réintégrant dans le beau, comblant le vide de leur bon évanoui, ordonnant leur désordre, réglant leur dérèglement, les perfectionnant de bout à fond, et les délivrant de tout préjudice [1].

Mais c'est assez discourir sur la rédemption, le salut, et la justice qui mesure et détermine l'égalité [2] des divers êtres, mais exclut toute inégalité, privation d'égalité, en chacun d'eux. Car, si, par inégalité, l'on entendait ces différences de tous avec tous, celle-là, la justice la maintient, veillant à ce que tous ne se brouillent pas pêle-mêle avec tous, et les conservant tous, chacun dans l'espèce où la nature retranche son être.

[1] Ps. cxxx, 8. — [2] *V*. N. D., c. ix, § x.

CHAPITRE IX.

DU GRAND, DU PETIT ; DU MÊME, DE L'AUTRE ; DU SEMBLABLE

DU DISSEMBLABLE ; DE LA STATION, DU MOUVEMENT ;

DE L'ÉGALITÉ.

---

§ I.

Mais puisqu'on attribue à l'auteur universel
Le grand μέγα [1] et le petit μικρὸν,
Le même ταὐτὸν et l'autre ἕτερον,
Le semblable ὅμοιον et le dissemblable ἀνόμοιον,
La station στάσις et le mouvement κίνησις,

Dieu est nommé grand et petit, même et autre, semblable et dissemblable, stable et mobile.

[1] Aristote enseigne que les choses sont égales, dont la quantité est une, ἴσα... ὧν τὸ ποσὸν ἕν (*Mét.*, l. VI, c. XV), et que l'égal est ce qui n'est ni grand ni petit, malgré son aptitude à être grand ou petit, et qu'il est opposé aux deux, comme négation privative, en formant le milieu, ἔστι δὴ τὸ ἴσον τὸ μήτε μέγα μήτε μικρόν, πεφυκὸς δὲ μέγα ἢ μικρὸν εἶναι· καὶ ἀντίκειται ἀμφοῖν ὡς ἀπόφασις στερητικη, διὸ καὶ μεταξύ ἐστιν. (*Mét.*, l. IX, c. V.)

Aristote encore apprend que le grand et le petit s'envisagent par rapport à autre, de manière qu'ils constituent évidemment des relations, πρὸς γὰρ, ἕτερον θεωρεῖται τὸ μέγα καὶ τὸ μικρόν· ὥστε φανερὸν ὅτι ταῦτα τῶν πρός τι ἐστίν. (*Cat.*, c. IV.)

Citons toujours ce philosophe : Mêmes sont les choses dont la substance est une, ταὐτὰ... ὧν μία ἡ οὐσία. (*Mét.*, l. IV, c. XV.) Autres sont les choses dont les espèces, ou la matière, ou la raison de la substance, sont plusieurs, et l'autre se dit par opposition complète au même, ἕτερα δὲ λέγεται ὧν ἢ τὰ εἴδη πλείω ἢ ἡ ὕλη ἢ ὁ λόγος τῆς οὐσίας · καὶ ὅλως ἀντικειμένως τῷ ταὐτῷ λέγεται τὸ ἕτερον. (*Mét.*, l. IV, c. IX.)

Eh bien ! contemplons de ces simulacres de noms divins, ce qui nous en est ostensible [1].

Les oracles donc proclament Dieu

Grand et avec grandeur [2];

Petit, sous l'expression de souffle subtil [3];

Même, lorsque ces oracles disent : *Pour toi, tu es le même* [4];

Autre, lorsque ces oracles encore le représentent sous de multiples figures et de multiples formes [5];

Semblable, en tant que créateur des semblables et de la similitude [6];

Dissemblable, en tant que de tous les êtres, aucun ne lui ressemble [7];

Stable [8], immobile [9], et assis [10] dans la perpétuité;

Mobile [11], à raison de son passage à travers toutes choses;

Enfin de par tous les noms de pareille valeur, sous lesquels ces oracles le glorifient.

Semblables sont les choses dont la qualité est une, ὅμοια... ὧν ἡ ποιότης μία, (*Mét.*, l. IV, c. XV.) et les choses opposées aux semblables sont dites dissemblables, ἀντικειμένως.... τοῖς ὁμοίοις τὰ ἀνόμοια. (*Mét.*, l. IV, c. IX.)

Pour στάσις, station, et κίνησις mouvement, *V.* p. 175, note. voir la note N. D., IV, 8.

[1] Le nom est le simulacre de l'idée, et ces noms qui, au premier aspect, répugnent aux perfections divines, en offrent néanmoins une idée assez juste, lorsque la contemplation, perçant l'écorce de la lettre, cherche en quel sens ils s'appliquent à l'auteur universel; tels les Hermès antiques, comme disent S. Maxime et Pachymère, renfermaient la divinité : pour la voir, il fallait les ouvrir. — [2] Ps. CXLV, 3. — [3] III. Reg., XIX, 12. — [4] Ps. CII, 27. David s'exprime ainsi : Σὺ δὲ ὁ αὐτὸς εἶ. S. Denys emploie ταὐτός; ce dernier mot vient du neutre ταὐτό, contraction pour τὸ αὐτό. — [5] *V.* Ep. IX, § 1. — [6] Gen., I, 26. — [7] II. Paral., VI, 14. — [8] Ps. LXXXII, 1. — [9] Heb., XII, 28. — [10] Ps., XXIX, 10. — [11] Sap., VII, 24.

§ II.

Dieu est nommé grand [1],

A cause de sa propre grandeur, qui se communique à toutes les choses grandes, qui se superépand et se superétend par dehors à toute grandeur, qui embrasse tout lieu, qui excède tout nombre, qui franchit tout interminé.

Comme aussi à cause de sa superplénitude, de sa magnificence, et de ses dons originaux, en tant que, participés par tous les êtres dans la profusion d'une libéralité extrême, ils ne s'épuisent nullement, mais conservent la même superplénitude, et, loin de tarir par les participations, superabondent au contraire.

Cette grandeur est sans terme, sans quantité, sans nombre, et par là éclate sa superexcellence dans l'épanouissement absolu et supervaste de son amplitude incompréhensible.

[1] Μέγας, R. Μέσος; moyen, ἴσος; égal, ἄγω je pousse en avant. le grand est l'égal développé. Dieu possède une grandeur absolue.

§ III.

On affirme de lui le petit [1] ou le subtil [2], parce qu'il se dérobe à toute masse et à tout intervalle, et parce qu'il passe à travers tout sans difficulté.

De plus, le petit est la cause élémentaire de tout; car on ne trouvera rien qui ne participe à l'idée du petit.

Ainsi le petit s'applique à Dieu, en ce sens qu'en tout et par tout, aisément, il glisse et opère, *s'immisçant jusqu'à la division de l'âme et de l'esprit, des jointures et des moelles, et discernant les intentions et les pensées du cœur* [3], ou mieux tous les êtres : car *nulle créature n'est invisible à ses regards* [4].

Ce petit est sans quantité, sans quotité, sans cohibition, sans terme, sans borne, contenant tout, et n'étant contenu par rien.

---

[1] Σμικρὸν, pour μικρόν, R. Μέσος moyen, ἴσος égal, κρούω je pousse en arrière, le petit est l'égal restreint. Les atomistes ont beau dire et beau faire, dire de superbes paroles, faire des expériences éblouissantes, — l'*atome* (R. ά pr., τέμνω je coupe) est une ânerie. Rien de plus illogique, de plus rétrograde, de plus indigestible, que cet *insécable,* auquel des quatrièmes ne croient plus. Il suffit du ganivet mousse du bon sens pour trancher, trancher encore, trancher toujours, ce soi-disant *indivisible,* vaillamment dépecé par la fine lame des dynamistes.

> . . . . *chaque atome est un être,*
>
> . . . .
>
> *Chaque monde y régit d'autres mondes,* peut-être,
> *Pour qui l'éclair qui passe est une éternité*

Sans *peut-être,* poète Lamartine, et la raison y gagne avec la rime. — [2] Λεπτὸν, R. Λεῖος lisse. — [3] Heb., iv, 12. Remarquer que, dans l'Apôtre, λόγος régit toute cette citation, tandis que l'Aréopagite la surbordonne à σμικρὸν. — [4] Heb., iv. 13.

§ IV.

Dieu même [1], c'est Dieu supersubstantiellement éternel, inconvertible, demeurant en lui-même, se tenant toujours quant au même et de même, présent à tout de même, établi lui-même par lui-même en lui-même, avec autant de fermeté que d'éclat, dans les très-belles limites de sa mêmeté supersubstantielle, immuable, indéplaçable, inébranlable, inaltérable, immêlé, immatériel, inindigent, inaugmentable, indiminuable, ingénéré [2], — non pas qu'il n'ait pas encore été généré, ou qu'il soit imparfait, ou qu'il n'ait pas été généré par tel ou comme tel, ou qu'il ne soit sous aucun rapport ni d'aucune manière, — mais parce qu'il est totalement ingénéré, qu'il est absolument ingénéré, qu'il est toujours, qu'il est parfait en soi, qu'il se définit uniformément et mêmement l'être lui-même, par lui-même et en lui-même, rayonnant de lui-même le même à tous les êtres aptes à y participer, les coordonnant autres avec autres, source et cause de la mêmeté, renfermant à l'avance en lui-même de même jusqu'aux contraires, en tant qu'une et unique cause de toute mêmeté superéminente.

Pourquoi Dieu est nommé même.

---

[1] Ταὐτὸν, avons-nous dit dans une note précédente, se compose de τὸ αὐτό. Racine de αὐτό, ἄω je souffle — ὁ le. — [2] Le lecteur n'a pas perdu de vue que ces noms s'appliquent à Dieu considéré dans sa nature une et indivisible; ainsi, la génération du Verbe n'est pas en cause. Comme il importe de se fixer sur les divers sens de génération, on n'entendra pas, sans plaisir ni utilité, S. Thomas les développer. « Le mot génération s'emploie de deux manières : l'une, communément, pour toutes les choses générables et corruptibles, et ainsi, la génération n'est que le changement du non-être en l'être ; l'autre, pro-

§ V.

Dieu est autre [1], parce qu'il est providentiellement présent à tout, et que, pour sauver tout, il devient tout en tout, alors que, demeurant en lui-même, et adhérant, sans en sortir, à sa propre mêmeté en acte un et incessant, il se communique lui-même, avec une puissance indéfectible, afin de déifier ce qui se convertit à lui.

Puis, l'autreté des figures variées de Dieu dans les visions multiformes, suggère à la pensée des objets autres que les phénomènes, au delà des phénomènes.

Car si, dans le langage, on représentait l'âme sous les traits du corps, et qu'à l'âme indivisible on attribuât les divisions du corps, nous comprendrions que ces divisions ne s'appliquent à l'âme qu'à un autre titre en rapport avec son indivisibilité.

Ainsi, nous ferions de la tête l'intelligence, du cou l'opinion, qui tient le milieu entre la raison et l'irraison,

prement, pour toutes les choses vivantes, et ainsi, la génération signifie l'origine d'une chose vivante de par un principe vivant conjoint, et c'est ici la naissance proprement dite. Néanmoins tout ce qui présente ce caractère ne s'appelle par généré ; ce nom ne s'applique proprement qu'à ce qui procède selon une raison de similitude ; ainsi un poil ou un cheveu n'est pas essentiellement un généré, parce qu'il n'y a de généré que ce qui procède selon une raison de similitude, non pas telle quelle, car les vers qui sont générés par les animaux, ne sont pas essentiellement générés....... malgré la similitude de genre..... mais bien similitude d'espèce ; comme lorsque l'homme procède de l'homme. » (S. T., p. I, q. XXVII, a. II.)

[1] Ἕτερον, R. Εἷς un. dont ἕτερος est en quelque sorte le comparatif.

de la poitrine l'irascible, de l'estomac le concupiscible, des cuisses et des pieds la nature, nous servant des termes de ces membres pour symboliser ces facultés.

Or, à fortiori, en celui qui s'élève au-dessus de tout, faut-il, par des explications sacrées et mystiques, en harmonie avec Dieu, spiritualiser l'autreté des formes et des figures.

Et si tu désires approprier au Dieu impalpable et inexprimable les trois dimensions des corps, en Dieu, la largeur désignera sa procession supervaste vers toutes choses; la longueur, sa puissance superétendue à l'univers; la profondeur, son arcane incompréhensible et inconnu aux êtres en général.

Mais pour ne pas nous égarer dans le développement des formes et figures autres, en confondant, à l'égard de Dieu, les noms immatériels avec les symboles sensibles, nous traiterons de ces derniers dans la *Théologie symbolique.*

Ici, seulement, observons qu'en Dieu, l'autreté ne marque aucune diversification de sa mêmeté superinconvertible, mais sa multiplication une, et les processions uniformes de sa fécondité considérable en toutes choses.

§ VI.

Appelle-t-on Dieu semblable [1] en tant que même, parce qu'il est, — tout en tout, dans l'unité et l'indivisibilité, — à lui-même semblable, nous n'improuvons pas ce nom de semblable vis-à-vis de Dieu.

Pourquoi Dieu est nommé semblable.

Mais les théologiens affirment que le Dieu au-dessus

---

[1] Ὅμοιον, R. ὁ le. — μῖμος mime, imitateur, μίγω je mélange, μετά avec — ἄγω je pousse — εἷς un.

de tous les êtres, en lui-même, n'est semblable à aucun, et qu'il accorde sa similitude divine à tous ceux qui se convertissent à lui, en imitant, selon leur puissance, l'être au delà de toute borne et de toute raison. Et telle est la force de la similitude divine, qu'elle convertit tous les effets à leur cause.

C'est pourquoi il faut dire que ces effets sont semblables à Dieu, en vertu de l'image et de la ressemblance [1] divine, — mais non que Dieu leur est semblable [2], pas plus qu'un homme n'est semblable à son portrait.

Ainsi, il se peut que des choses d'ordre semblable soient semblables entre elles, que la similitude se réciproque des unes aux autres, et qu'elles soient mutuellement semblables de par l'espèce préalable d'un semblable.

Mais entre la cause et le causé nous n'admettons pas cette réciprocation. Car Dieu n'accorde pas qu'à tels ou tels objets d'être semblables, non, il détermine à être semblables tous les objets en participation de la similitude, — il crée la similitude en soi, — et le semblable en tous les objets est semblable par un vestige de la similitude divine, et accomplit leur union.

§ VII.

Mais à quoi bon insister sur ce point? En réalité, les oracles déclarent que Dieu est dissemblable et irrame-

___

[1] Gen., 1, 26. — [2] « L'asimilation implique un mouvement vers la similitude, et elle est propre, par ainsi, à l'être qui reçoit d'un autre ce qui le rend semblable à cet autre. Or, la créature reçoit de Dieu ce qui la rend semblable à Dieu, et non réciproquement. Dieu donc n'est pas assimilé à la créature, mais bien la créature à Dieu. » (S. C. G., l. i, c. ix.)

nable à tous les êtres, — autre que tous les êtres, — et, allégation certes plus paradoxale, qu'aucun être ne lui est semblable [1].

Cette affirmation n'est cependant pas contraire à la similitude avec lui : car les mêmes choses sont semblables et dissemblables à Dieu, — semblables, en ce qu'elles imitent, au possible, l'inimitable, — dissemblables, en ce que le causé reste au-dessous et en arrière de la cause dans des mesures infinies et inappréciables.

§ VIII.

Que dire de Dieu stable ou assis? Eh ! quoi donc, sinon — que Dieu demeure le même en lui-même, fermement fixé et solidement superfondé dans sa mêmeté immobile ; — qu'il agit selon le même, et sur le même et de même ; — et qu'il subsiste, totalement indéplaçable lui-même de lui-même, dans l'incommotion absolue et l'immobilité universelle, et cela supersubstantiellement?

A quel titre Dieu est en station.

Car il est, lui, au-dessus de toute session et de toute station, la cause de la station et de la session pour toutes les choses, — et en lui stationnent toutes les choses, inébranlablement conservées dans l'état de leurs propres biens.

---

[1] « Les êtres sont dissemblables à Dieu, en tant qu'ils sont inférieurs à leur cause, non-seulement à raison de l'intension et de la rémission, comme le moins blanc est inférieur au plus blanc, mais parce qu'ils ne se rencontrent avec lui ni dans l'espèce ni dans le genre... Dieu est à l'égard des créatures non pas un être d'un autre genre, mais un être en dehors de tout genre, et principe de tous les genres. » (S. T., p. I, q. IV, a. III.

§ IX.

Et puis, quand de rechef les théologiens exposent que l'immobile se meut et saillit vers tous les êtres, ce langage ne doit-il pas s'entendre d'une façon convenable à Dieu?

Car il faut pieusement croire que Dieu ne se meut pas d'un mouvement de translation, d'altération, de variation, de conversion, local, direct, circulaire, mixte, intellectuel, psychique, naturel ; — mais en tant qu'il produit substantiellement tous les êtres, qu'il les comprend tous, que, dans sa providence, il se fait tout à tous, et qu'il est présent à tous par son incompréhensible compréhension de tous, et par les processions et les opérations de cette providence vis-à-vis de tous.

D'ailleurs, rien n'empêche mon discours de célébrer en Dieu des mouvements dignes de Dieu.

Le mouvement direct marquerait l'indéclinable et inflexible procession de ses opérations, — et la génération de toutes choses par lui ;

Le mouvement oblique marquerait sa procession stable, — et sa station génératrice ;

Et le mouvement circulaire marquerait sa mêmeté, — sa compréhension des milieux et des extrêmes *circomprenants* et *circompris,* — et le retour à lui de ce qui émane de lui.

§ X.

Si l'on range sous le titre de l'égal [1] les noms divins du même et du juste dans les oracles, on dira que Dieu est égal,

---

[1] Ἴσου égal, R. Εἴκω je conviens, εὖ bien — ἔχω j'ai.

Non-seulement parce qu'il est exempt de parties, — et qu'il ne penche d'aucun côté,

Mais encore parce qu'il se répand également sur tout et à travers tout, — parce qu'il crée l'égalité en soi, d'après laquelle il fait également tous les êtres se pénétrer avec similitude les uns les autres, participer également les participants selon leur aptitude respective, ainsi que les distributeurs distribuer également à tous suivant leur mérite, — et parce que toute égalité, intelligible, intelligente, raisonnable, sensible, substantielle, naturelle, volontaire, il l'anticipe en lui-même dans l'absolu et le un par une puissance, au-dessus de tout, effectrice de toute égalité.

CHAPITRE X.

DU PANTOCRATE, DE L'ANCIEN DES JOURS, ET AUSSI DE LA PERPÉTUITÉ ET DU TEMPS.

----

§ I.

Pourquoi Dieu est nommé pantocrate.

A cette heure, célébrons, en notre discours, parmi les multiples noms de Dieu, les noms de pantocrate [1] et d'ancien [2] des jours [3].

Or, on l'appelle pantocrate, parce qu'il est le fond souverainement énergique παντοκρατορικὴν de toutes choses πάντων, qui, les renfermant, embrassant, fixant, affermissant, assurant une à une et ensemble, parfait en lui leur indissolubilité; qui — de lui, comme d'une source éminemment féconde παντοκρατορικῆς, les tire toutes, — les rappelle toutes à lui comme à un abîme immensément irrésistible παντοκρατορικὸν, — les reçoit toutes, comme une demeure infiniment vaste παγκρατῆ, — les entoure, en les recevant, d'une étreinte une supérieurement solide ὑπερέχουσαν πάντα, — et ne permet pas qu'elles lui échap-

----

[1] Apoc., I, 8. Παντοκράτορα *pantocrate*, R. Πᾶς tout, κράτος vigueur, empire, etc. Κράτος, R. Κινέω je meus, ῥοή courant, ὂν être. — [2] Dan., VII, 22. Παλαιὸν ancien, R. Πάλαι autrefois — ou πάλιν en arrière, ὂν être. — [3] Ἡμερῶν des jours. Ἡμέρα, R. ἡ la, μοῖρα part. Μοῖρα, R. Μειόω j'amoindris, ῥοή courant. Platon assigne à ἡμέρα d'autres racines moins naturelles, en inclinant pour ἱμείρω, je désire, « parce que la lumière sort des ténèbres aux yeux des hommes qui la désirent ἱμείρουσι » (*Crat.*, I, 308.)

pent pour se précipiter de son séjour pleinement con-
sommateur à travers la ruine.

La théarchie est encore appelée pantocratrice, — parce
qu'elle commande κρατοῦσα à l'univers πάντων ; — parce
qu'elle régit, à elle seule, ses gouvernés ; — parce qu'elle
est appétible et aimable à tous les êtres πᾶσιν, et qu'à
tous πᾶσι elle impose de volontaires jougs [1], et la suave
parturition de l'amour divin , indissolublement fort
παντοκράτορικοῦ, envers sa bonté.

§ II.

Dieu est proclamé l'ancien des jours, parce qu'il est
la perpétuité et le temps de toutes choses, — et avant les
jours, la perpétuité et le temps.

Pourquoi Dieu est nommé ancien des jours.

Au reste, en le nommant temps, jour [2], saison [3] et
perpétuité, on doit entendre, comme il convient à Dieu,
qu'il ne varie ni ne change dans aucun de ses mouvements, — qu'il se meut incessamment sans sortir de lui-
même , — et qu'il est l'auteur de la perpétuité, du temps
et des jours.

Voilà pourquoi, en de mystérieuses visions, Dieu
apparaît saintement sous la figure d'un vieillard, [4] — et
sous celle d'un jeune homme [5],

. Indiquant,

Par la première, qu'il est principal et dès le principe [6] ;

---

[1] Ζυγοὺς jougs. « Soc. Et ζυγόν, tu sais que les anciens disaient
en place δυογόν. — Herm. Sans doute. — Soc. Or, ζυγόν ne signifie rien, mais δυογόν était un mot juste, exprimant un assem-
blage δέεωσ; de deux δυεῖν pour conduire ἐς τὴν ἀγωγήν. » (Plat.,
Crat., I, 308.) — [2] Ps. LXXIV, 16. — [3] Ps. LXXIV, 17. Καιρὸν
saison, R. Κείω je fends, ῥοή le courant. Κείω, R. Κινέω je meus.
— [4] Dan., VII, 9. — [5] Gen., XVIII, 2. — [6] Jo., I, 1.

Et par la seconde, qu'il ne vieillit jamais [1];

Apprenant par toutes deux, qu'il s'étend universellement du principe à la fin [2].

Ou bien encore, selon l'enseignement de notre auguste initiateur, chacune d'elles dénote la principalité de Dieu, — l'une son antériorité dans le temps, — et l'autre sa priorité numérique. Car la monade et les nombres qui se rapprochent de la monade, précèdent, comme principes, les nombres qui progressent vers le multiple.

§ III.

De la perpétuité et du temps.

Il importe, je crois, de savoir la nature du temps et de la perpétuité au sens des oracles.

Car c'est non-seulement toujours à ce qui est sans génération et vraiment éternel, — mais même maintes fois à ce qui est incorruptible, immortel, immuable, identique, que les oracles assignent la perpétuité, comme lorsqu'ils disent : *Ouvrez-vous, portes perpétuelles* [3], et autres choses semblables.

Souvent aussi ils décorent du nom de perpétuité ce qu'il y a de plus principal [4], et, en outre, ils appellent perpétuité la complète durée de notre temps [5], parce que le propre de la perpétuité, c'est d'être principale, immuable, et de mesurer totalement l'être.

Puis ils placent le temps dans la génération, la corruption et les vicissitudes [6].

Voilà pourquoi nous-mêmes qui ici-bas sommes bornés par le temps [7], comme l'enseigne la théologie, nous participerons à la perpétuité [8], lorsque nous entre-

---

[1] Ps. cii, 26, 27. — [2] Apoc., xxii, 13. — [3] Ps. xxiv, 7, 9. — [4] Ps. lxxvii, 5. — [5] Matth., xxviii, 20. — [6] Eccle., iii, 1-8. — [7] Matth., xxv, 19. — [8] Apoc., xxii, 5.

rons dans la perpétuité incorruptible et à jamais identique [1].

Les oracles çà et là parlent enfin de perpétuité temporelle [2] — et de temps perpétuel [3]. Nous savons néanmoins
qu'on exprime et désigne plus spécialement l'être par
la perpétuité, — et le généré par le temps.

Nous ne devons donc pas croire que ce qui est dit
perpétuel soit coéternel à Dieu antérieur à la perpétuité [4],
— mais, suivant à la rigueur les vénérables oracles,
entendre le perpétuel et le temporel dans le sens qu'ils
reconnaissent, et, comme un milieu entre l'être et le
généré, tout ce qui participe, d'un côté, à la perpétuité
et, de l'autre, au temps.

Il faut célébrer Dieu en tant que perpétuité et temps,
lui, auteur de toute perpétuité et de tout temps; — en tant
qu'ancien des jours, lui, antérieur et supérieur au temps,
et diversifiant les saisons et le temps; — enfin, en tant
qu'il subsiste avant les perpétuités, lui qui est en deçà
de la perpétuité et au delà de la perpétuité, et dont le
règne est le règne de toutes les perpétuités [5]. *Amen* [6].

---

[1] II. Cor., v, 1. — [2] Gal., 1, 4. — [3] Rom., xvi, 25. —
[4] Ps. lxxiv, 12. — [5] Apoc., xi, 15. Pour ces termes éternité,
perpétuité, temps, V. p. 226-227, note. — [6] Ps. xli, 14. Ἀμήν
amen, Héb. אמן certainement, *certó, profectó,* adverbe, de אמן
fortifier, certifier, etc.

CHAPITRE XI.

DE LA PAIX, ET CE QUE SIGNIFIENT CES MOTS ÊTRE EN SOI, VIE EN SOI, PUISSANCE EN SOI, ET AUTRES SEMBLABLES.

§ I.

De la paix divine, et de ses effets.

Allons, honorons de nos pacifiques louanges la divine paix [1], principe de conciliation.

Car c'est elle qui unifie tous les êtres, dans la diversité desquels elle produit et opère la concorde et la connexion [2].

Aussi tous la désirent, cette paix qui ramène leur multiplicité divisible à une unité entière, — et unifie la

[1] Εἰρήνην paix, εἰς dans — ῥεω je cours — εἷς un ; la paix, à s'en tenir à l'étymologie, est un courant vers le un, ou l'amour du un. (*V.* p. 181, la note où est expliquée, par la racine, la signification de ἔρως amour.) « La paix est l'œuvre de la justice indirectement, en tant qu'elle écarte l'obstacle à la paix ; mais elle est l'œuvre de la charité directement, parce que la charité, selon sa raison propre, en est la cause ; car l'amour est une « force unitive, » comme dit Denys, *Nom div..*, IV. » (S. T., II.II, q. XXIV, a. III.) — [2] « La paix emporte l'union, non-seulement de l'appétit intellectuel, raisonnable ou animal, auquel peut appartenir la concorde, mais encore de l'appétit naturel. Aussi Denys dit-il..... que la paix « opère la concorde et la connexion. » la concorde exprimant l'union des appétits qui résultent de la connaissance, et la connexion exprimant l'union des appétits naturels. » (S. T., II.II, q. XXIX, a. II.) Concorde ὁμόνοια, R. Ὁμός semblable, νοῦς esprit. Connexion συμφυΐα, R. Σύν avec, φύω je nais, σύν équivalant à ὁμός.

guerre intestine de l'univers [1] en une cohabitation similiforme [2].

C'est donc par leur participation à la paix divine, que les premières puissances conciliatrices — d'abord sont unies avec elles-mêmes, avec les autres, et avec le principe un de la paix de tout, et puis unissent leurs subalternes avec elles-mêmes, avec les autres, et avec le principe un de la paix de tout, — parfaite cause qui, dans son indivisible effusion sur tous les êtres, rapprochant par des liens ce qui est divers, en général, les définit, les borne, les contient, et ne les laisse pas se séparer pour se perdre dans le vague et l'indéterminé, sans ordre, sans stabilité, sans Dieu, disjoints entre eux, et confondus pêle-mêle les uns avec les autres.

Mais ce qu'est cette divine paix et cette quiétude, que saint Juste [3] appelle ineffabilité et immobilité par rapport à toute procession connue; — de quelle façon elle demeure étrangère au tumulte et au trouble ; — comment elle est par elle-même et au dedans d'elle-même, et se superunifie toute en toute, et pas plus en se multipliant qu'en rentrant en elle-même, ne déchoit de son union, mais, au contraire, par la transcendance de cette union supérieure à tout, se répand sur tous les êtres sans sortir nullement d'elle-même : voilà ce qu'il n'est ni permis ni possible à aucun être ni de dire ni de comprendre.

Ainsi, en avouant qu'en vertu de son élévation au-dessus de tout, elle est ineffable et agnoste en soi, considérons ses intelligibles et exprimables participations,

---

[1] Gal., v, 17. — [2] Ps. cxxxiii, 1. » — [3] Et ils en présentèrent deux, Joseph appelé Barsabas, surnommé le Juste, et Matthias. » (Act., i, 23.) Juste Ἰοῦστος, du latin *Justus*. « Les Evangélistes écrivant en grec grécisent souvent des mots latins. » (Corn. de la Pier., *Comment. sur les Act. des Ap.*, i. 23.)

autant toutefois que le peuvent des hommes et des hommes comme nous inférieurs à tant d'hommes bons [1].

§ II.

La paix divine produit la paix en soi et toute paix.

Nous avons d'abord à dire que cette paix crée — la paix en soi, — et la paix en général et en particulier, — et qu'elle rapproche les unes des autres toutes les choses dans une inconfuse union, où, indissolublement et étroitement unies, elles gardent néanmoins chacune l'intégrité de leur propre espèce, sans être troublées par leur mélange avec les contraires, et sans ternir en rien leur perfection et leur pureté unificatrice.

Contemplons donc l'union pacifique dans une nature une et simple, qui unit tous les êtres avec elle, avec eux-mêmes et les uns avec les autres, et les conserve tous, coordonnés mais non confondus, dans un harmonieux embrassement universel.

C'est par elle que les célestes intelligences unies s'unissent à leurs propres intellections ainsi qu'aux objets de ces intellections, et s'élancent à un agnoste contact avec les sublimités [2] au-dessus des intelligences.

C'est par elle que les âmes, unissant leurs multiples raisonnements, et les réduisant à une pureté intellectuelle une, s'élèvent, par une route et avec un ordre à elles propres, dans leur immatérielle et indivisible intellection, jusqu'à l'union au-dessus de l'intellection.

C'est par elle encore que l'ensemble un et indissoluble de toutes choses subsiste dans sa divine harmonie, et

[1] Ἀνδρῶν ἀγαθῶν hommes bons, deux termes grecs au sens le plus vaste. — [2] Ἰδρυμένων sublimités, mot-à-mot, (les choses) assises, affermies; l'Aréopagite applique d'ordinaire ce terme au divin, identique, immuable, etc.

s'harmonise avec une perfection de symphonie, de concorde et de connexion, resserré sans confusion, et contenu sans division.

Car la plénitude de la paix parfaite pénètre tous les êtres par la très-simple et pure présence de sa vertu unificatrice, les unissant tous, — reliant les extrêmes, à l'aide des milieux, avec les extrêmes, sous le joug d'une amitié une et homogène, — octroyant sa jouissance aux infinies limites de l'univers, — et effectuant des alliances entre les diversités dans les unités, les mêmetés, les unions, les agrégations, pendant que la paix divine demeure indivisible, montre tout en un, se répand sur tout, et ne sort pas de sa mêmeté. Car elle s'étend à tous les êtres, et se communique à tous de la façon qui convient à chacun, et déborde dans la superabondance de sa fécondité pacifique, et reste, par la superéminence de son union, superunie elle tout entière à elle tout entière en elle tout entière.

§ III.

Comment, dira-t-on, toutes choses aspirent-elles à la paix? Car il en est plusieurs qui se plaisent dans l'autreté et la distinction, et ne consentiraient que malgré elles à se pacifier.

La paix règne dans chaque chose, et entre tant de choses si diverses.

Si en posant cette objection, l'on entend par autreté et distinction la propriété [1] de chaque être, de manière

---

[1] Ἰδιότητα propriété. « Le propre ἴδιον ne signifie pas ce qu'est une chose, mais existe dans cette chose seule avec laquelle il se réciproque. Par exemple, le propre de l'homme est de pouvoir apprendre la grammaire ; s'il est homme, il peut apprendre la grammaire ; et s'il peut apprendre la grammaire, il est homme. » (Arist., *Top.*, l. I, c. IV.)

qu'aucun être quel qu'il soit, ne veuille jamais la perdre, nous ne réclamerons contre une telle explication, mais nous remarquerons que c'est là même un désir de la paix.

En effet, toutes choses visent à être en paix et en union avec elles-mêmes, et à se conserver immuables et intactes, elles et leurs dépendances ; — et ce qui les maintient chacune dans sa propriété pure, c'est la paix parfaite par laquelle la providence, source de paix, les affranchit de la guerre et de la confusion avec elles-mêmes et avec les autres, et les corrobore d'une solide et inébranlable énergie dans leur immobilité pacifique.

§ IV.

La paix règne dans les choses constamment mues.

Que si tout mobile, au lieu de se reposer, cherche à se mouvoir toujours de son propre mouvement, c'est encore là un désir de la divine et universelle paix, qui empêche tout être de déchoir de lui-même, et sauvegarde, dans le mouvement, constantes et immuables, la nature et la vie du mobile, de façon à ce que le mobile, en paix avec lui-même et dans le même état, accomplisse ses fonctions particulières.

§ V.

Rien n'est totalement déchu de la paix.

Mais si, prenant l'autreté pour une déchéance de la paix, on en conclut que tout n'aime pas la paix, certes, il n'y a pas d'être absolument déchu de l'union ; car ce qui est totalement instable, illimité, inconstant, indéfini, n'est ni un être ni dans les êtres.

Si l'on ajoute que la paix et les biens de la paix excitent la haine des hommes qui se plaisent dans les disputes, les colères, les variations et les caprices, ces hommes mêmes s'éprennent d'un obscur simulacre de la paix [1], agités en tous sens par les tumultueuses [2] passions qu'ils espèrent follement calmer, dans la pensée que le rassasiement des objets qui toujours leur échappent, pacifiera leur trouble de ne pas jouir des voluptés tyranniques.

Ah! que n'y a-t-il pas à dire de la philanthropie [3] du Christ, effusion de paix [4]?

C'est par elle que nous avons appris à n'être plus en guerre ni avec nous, ni avec les autres, ni avec les anges, et que, de concert avec eux, nous accomplissons, selon nos forces, les divines œuvres, de par la providence de Jésus qui opère tout en tous [5], réalise une paix [6] indicible et perpétuellement déterminée, et nous réconcilie avec lui et, en lui, avec le Père [7], dons supernaturels dont nous avons suffisamment discouru dans nos *Hypotyposes théologiques*, nous appuyant sur le témoignage des oracles célestement inspirés.

§ VI.

Mais parce que tu m'as écrit un jour pour me demander ce que j'appelle donc l'être en soi, la vie en soi, la sagesse en soi, et que tu ne vois pas, dis-tu, comment je nomme Dieu tantôt la vie en soi, et tantôt le créateur

---

[1] Jer., VI, 14. — [2] Πολυκινήτων tumultueuses, mot-à-mot, à mouvements multiples. — [3] Tit., III, 4. «...φιλανθρωπία a Paulo, *Titum*, cap. III, 4, vocatur insignis ille Christi *amor in homines*, quo se eorum causa hominem fecit, id est hominum cognatum et fratrem. » (Corn. de la Pier., *Comment. sur la Sag.*, VII, 23.) — [4] Luc., II, 14. — [5] I. Cor., XII, 6. — [6] Rom., V, 1. — [7] Rom., V, 10.

de la vie en soi, j'ai cru nécessaire, ô saint homme de Dieu, de résoudre, selon mes moyens, cette difficulté.

Et d'abord, pour répéter ce qui a été mille fois avancé, il n'implique pas contradiction d'affirmer, d'un côté, que Dieu est la puissance en soi, la vie en soi, — et, de l'autre, qu'il est le créateur de la puissance en soi, de la vie en soi, de la paix en soi.

Or, Dieu est désigné, de la seconde façon, par ce qui est, et spécialement par ce qui est avant le reste, en sa qualité de cause de tout ce qui est, — et, de la première façon, comme s'élevant par son être supersubstantiel au-dessus de tout ce qui est, et même de ce qui est avant le reste.

Mais enfin, ajoutes-tu, qu'entendons-nous par l'être en soi, par la vie en soi, et par tout ce que nous supposons, dans son exclusive préexistence, créé de Dieu avant le reste.

Or, notre assertion n'a rien d'ambigu; elle est exacte, et s'explique tout simplement[1].

Car nous ne soutenons pas que l'être en soi soit une substance divine ou angélique, cause par laquelle est tout ce qui est, puisque le seul supersubstantiel est le principe, la substance, la cause, par qui est tout ce qui est et même l'être en soi, — ni qu'une autre divinité vivificatrice, en dehors de la vie superdivine, soit la cause de tout ce qui vit et de la vie en soi, — ni, pour parler net, que les êtres aient pour principes et démiurges, des substances et des hypostases que des fous nomment divinités et créatrices des êtres, non-êtres incompris, à dire proprement la vérité, tant des fils que des pères.

Mais nous prétendons que l'être en soi, la vie en soi,

____

[1] *V. Prolégom.*, p. 84-89.

la divinité en soi, se réfèrent, — si nous les considérons en Dieu sous le rapport de la principalité et de la causalité, à l'unique principe superprincipal et cause supercausale de toutes choses, — et si nous les prenons au point de vue de la participation, aux puissances providentielles qui émanent du Dieu imparticipable, la substancification en soi, la vivification en soi, et la déification en soi, dont les participateurs, selon leur capacité, s'appellent et sont êtres, vivants et divins. Et ainsi du reste.

Voilà pourquoi l'on dit que le bon est l'auteur, — d'abord des priorités en soi, — puis des universalités en soi, — puis des particularités en soi, — puis des choses qui participent aux universalités en soi, — et enfin des choses qui participent aux particularités en soi.

Mais est-il besoin de nous étendre sur ce sujet, quand maints de nos pieux initiateurs nous enseignent que le superbon et le superdivin a créé la bonté en soi et la divinité en soi, appelant bonté en soi et divinité en soi le don qui, émané de Dieu, bonifie et déifie, — et beauté en soi l'effusion qui effectue cette beauté en soi, la beauté universelle et la beauté particulière, le beau universel et le beau particulier.

Langage dont les diverses locutions, employées ou employables dans ce sens, expriment les providences et les bontés qui, participées par les êtres, du sein de Dieu imparticipable, procèdent avec une libérale profusion à flots superabondants : tellement que l'auteur de tout s'élève exactement par-dessus tout, et que le supersubstantiel et le supernaturel l'emporte de tout point sur tout, quelle qu'en soit d'ailleurs la substance ou la nature.

<h1 style="text-align:center">CHAPITRE XII.</h1>

DU SAINT DES SAINTS; DU ROI DES ROIS; DU SEIGNEUR
DES SEIGNEURS; DU DIEU DES DIEUX.

§ I.

Après avoir mené à fin, convenablement, je crois, ce qu'il y avait à dire sur ces points-là, glorifions dans l'être aux noms infinis

Le Saint des saints [1],

Le Roi des rois [2], qui règne durant la perpétuité, et à perpétuité, et au delà [3],

Le Seigneur des seigneurs [4],

Et le Dieu des dieux [5].

Et d'abord il faut expliquer ce que nous entendons

Par la sainteté en soi,

Par la royauté en soi,

Par la seigneurie en soi,

Par la divinité en soi,

Et ce que les oracles veulent marquer avec ces noms redoublés [6].

§ II.

Ainsi,

La sainteté [7] en soi, pour parler notre langage, est

[1] Dan., IX, 24. — [2] 1. Tim., VI, 15. — [3] Ps. X, 16., — [4] Apoc., XIX, 16. — [5] Ps. L, 1. — [6] C'est-à-dire, Saint des saints, Roi des rois, Seigneur des seigneurs, Dieu des dieux. — [7] Ἁγιότης sainteté, R. Ἅγος objet de vénération, ἄ point d'admiration — ζωή vie. *V.* Plat., *Eutyph.*, I, 1-13.

une pureté exempte de tout crime, pleinement parfaite, sans la plus légère tache.

La royauté [1] en soi est la distribution de toute borne, de toute régularité, de toute loi, de tout ordre.

La seigneurie [2] en soi est non-seulement la prééminence sur les infériorités, mais encore la complète et entière possession de tout beau et bon avec une vraie et inébranlable solidité : aussi κυριότης seigneurie, κύριον seigneur, κυριεῦον seigneuriant, dérive-t-il de κῦρος fixité.

La divinité [3] en soi est une providence qui contemple θεωμένη toutes choses, qui, dans sa bonté parfaite, les embrasse et contient toutes, qui les remplit d'elle-même, et les surpasse éminemment toutes en leurs avantages providentiels.

§ III.

Or, ces attributs s'appliquent absolument à la cause élevée au-dessus de tout, de laquelle on doit dire qu'elle est

La sainteté superéminente,

La royauté suprême,

La seigneurie souveraine,

La divinité la plus simple.

Car c'est d'elle que, dans le un et le collectif [4], procède et émane

Toute immixtionnée précision de toute pureté radieuse [5] ;

En quel sens ces noms sainteté, royauté, seigneurie, divinité, s'appliquent à Dieu.

[1] Βασίλεια royauté R. Βάσις marche — λαός peuple — εὖς bon. *V*. Plat., *Polit.*, I. 574-617. — [2] Κυριότης seigneurie, R. Κῦρος fixité, assurance, pleine autorité, κῆρ cœur, κινέω je meus — ῥοή courant. — [3] Θεότης divinité, R. Θεάω je contemple. *V*. Plat., *Crat.*, I, 293. *V*. *Prolégom.*, p. 44, le sens et la coordination de ces quatre noms divins. — [4] Jo., XVII, 11-23. — [5] Sainteté.

Tout arrangement et toute coordination des êtres, qui exclut l'inharmonie, l'inégalité et la disproportion, et ramène splendidement à la symétrie, à la mêmeté, à la régularité, tout ce qui est digne d'y participer [1];

Toute complète et intègre possession de tout beau [2];

Toute providence bonne, qui contemple et enveloppe les objets providentiels, en s'épanchant, comme il sied à la bonté, pour diviniser les êtres qui s'y soumettent [3].

§ IV.

En quel sens Dieu est nommé Saint des saints, Roi des rois, Seigneur des seigneurs, Dieu des dieux.

Mais parce que l'auteur de toutes choses les renferme toutes avec superplénitude et avec une superéminence supérieure à toutes, on le nomme Saint des saints, et le reste [4], à raison de sa causalité superexubérante et de sa superexcellence absolue.

C'est comme si l'on disait : De même que ce qui est saint, royal, seigneurial, divin, l'emporte sur ce qui n'est pas tel, et les participations en soi sur les objets participants, ainsi l'être au-dessus de tous les êtres surpasse tous les êtres, et l'auteur imparticipable tous les objets participants et toutes les participations.

Les oracles appellent saints [5], rois [6], seigneurs [7], dieux [8], dans chaque hiérarchie, les principaux ordres par l'intermédiaire desquels participent aux dons de Dieu les ordres subalternes, qui, en se diversifiant, multiplient la simplicité de ces transmissions, variété que les premiers, providentiellement et déiformément, ramènent à leur unité.

---

[1] Royauté. — [2] Seigneurie. — [3] Divinité. — [4] A savoir, Roi des rois, Seigneur des seigneurs, Dieu des dieux. — [5] Lev., XI, 44. — [6] Apoc., XXI, 24. — [7] Num., XI, 28 — [8] Ps. LXXXII, 6.

CHAPITRE XIII.

§ I.

En voilà assez sur ce point.

Il nous reste, si bon te semble, à pénétrer dans le cœur de notre discours ; car la théologie affirme de l'auteur de toutes choses, toutes choses, et toutes choses à la fois [1], — et le célèbre comme un [2].

Or, il est parfait [3], non-seulement parce qu'il est parfait par soi [4], qu'il se définit en soi par soi sous la raison de la monade [5], qu'il est du tout au tout très-parfait [6], — mais encore parce qu'il est superparfait dans son élévation au-dessus de toutes choses [7] ; qu'il limite

[1] Eph., I, 23. — [2] I. Tim., II, 5. — [3] Matth., v, 48. — [4] « Dieu est l'être même subsistant par soi. » (S. T., p. I, q. IV, a. II.) « De toutes les choses l'être même est la plus parfaite, car il est acte par rapport à toutes choses, rien n'ayant l'actualité qu'en tant qu'il est. » (S. T., p. I, q. IV, a. I.) — [5] « Dieu n'a ni genre ni différences, on ne peut donc le définir ni le démontrer que par ses effets. » (S. T., p. I, q. III, a. V.) — Rom., XVI, 27. — [6] « Chaque chose est parfaite, en tant qu'elle est en acte, et imparfaite, au contraire, en tant qu'elle est en puissance, avec privation d'acte. Donc ce qui d'aucune façon n'est en puissance, mais est l'acte pur, doit être très-parfait. Or, tel est Dieu ; partant, il est très-parfait. » (S. C. G., l. I, c. XXIV.) — [7] « Tout ce qu'il y a de perfection dans l'effet, doit se trouver dans la cause efficiente, ou selon la même raison, lorsque l'agent est univoque, comme en la génération de l'homme par

tout interminé, tandis qu'il se déploie au delà de tout terme [1]; qu'il n'est renfermé ni contenu par rien, tandis qu'il s'étend à tout ensemble et plus loin que tout, en ses communications inépuisables et ses infinies opérations.

On le dit encore parfait, parce qu'il ne reçoit jamais de développement, mais est toujours complet, — qu'il n'éprouve jamais de déchet, mais renferme tout en lui-même, débordant d'une unique, constante, identique, surabondante, intarissable libéralité, par laquelle il perfectionne tout ce qui est parfait, et le remplit de sa propre perfection [2].

⸲ II.

En quel sens Dieu est nommé un.

Il est un, parce que, dans la superexcellence de son unité une, il est unement tout, et cause de tout sans sortir du un [3].

l'homme, ou d'une manière plus éminente, lorsque l'agent est équivoque, par exemple, dans le soleil est la similitude de ce qui est généré par la vertu du soleil..... Puis donc que Dieu est la première cause efficiente, il faut que les perfections de toutes choses préexistent en Dieu d'une manière plus éminente. » (S. T.. p. I, q. IV, a. II.)

[1] Il y a dans chaque genre, considéré comme tel, quelque chose de très-parfait par quoi se mesure tout ce qui relève de ce genre, parce que toute chose est plus ou moins parfaite, suivant qu'elle se rapproche plus ou moins de la mesure de son genre..... Or, ce qui est la mesure de tous les êtres, ce ne peut être que Dieu, qui est son être. » (S. C. G., l. I, c. XXVIII.) — [2] Jo., IV, 34. — [3] V. Plat., I, 626-657, d'un bout à l'autre, l'admirable dialogue du *Parménide*, où l'œil du génie examine en elles-mêmes et dans leurs rapports, l'unité et la multiplicité. « Le un se convertit avec l'être, et le un est le principe du

Car aucun être qui ne participe au un ; mais comme
tout nombre participe à la monade, tellement qu'on dit
une μία paire, *une* dizaine, *un* demi, *un* tiers, *un*
dixième, ainsi toutes choses et chaque partie de chose
participent au un, et ce n'est que parce qu'il est un,
qu'existe un être quelconque [1].

nombre. Or, pris dans le premier sens, le un n'est autre chose
que l'être indivis. Le un ajoute à l'être la négation ou la privation de la division, et comme tout être est un dans cette
acception, le un dans cette acception est non-seulement dans
le genre de la quantité, mais encore dans tous les genres comme
l'être luimème, et la multiplicité produite par le un dans cette
acception n'est pas le nombre qui est une espèce de quantité,
mais se rapporte aux transcendants....... Le un, qui est le
principe du nombre, n'ajoute au un qui se convertit avec l'être
aucune chose, mais il l'affecte en lui ajoutant deux rapports.....
Il exprime non pas tout être en tant qu'indivis, mais l'être indivis de la quantité continue, et il exprime la raison de la
mesure discrète. » (S. Thom., Op., XLVII, t. III, c. I.) « Puisque
le un est l'être indivisé, pour qu'une chose soit souverainement
une, il faut qu'elle soit et souverainement être et souverainement indivise. Or, Dieu est l'un et l'autre. D'abord il est souverainement être, en tant qu'il est, sans que son être soit
déterminé par aucune nature ni sujet à aucun accident, mais
qu'il est l'être subsistant, infini à tous égards. Puis il est souverainement indivis, en tant qu'il ne se divise ni en acte ni en
puissances par aucune espèce de division, simple à tout point
de vue. » (S. T., p. I, q. XI, a. IV.) « Les choses diverses ne
s'harmoniseraient pas dans un ordre un, si elles n'étaient or-
données par le un. » (S. T., p. I, q. XI, a. III.)

[1] « Tout être est ou simple ou composé ; or, ce qui est
simple, est indivis en acte et en puissance, et ce qui est composé n'a pas d'être tant que ses parties sont divisées, mais
après qu'en s'agrégant elles ont composé le composé lui-même.
D'où il est manifeste que l'être d'une chose quelconque consiste
dans l'indivision ; et voilà pourquoi aucune chose ne conserve
son être qu'autant qu'elle conserve l'unité. » (S. T., p. I,
q. XI, a. I.)

Et cet un, cause de tout, n'est pas un *un* multiple, mais antérieur à tout un et à tout multiple, il détermine tout multiple et tout un.

Car il n'y a pas de multiple qui, par quelque endroit, ne soit un [1] :

Ce qui est multiple en ses parties est un dans sa totalité ;

Ce qui est multiple en ses accidents est un dans son sujet ;

Ce qui est multiple en nombre ou en puissances est un dans l'espèce ;

Ce qui est multiple en espèces est un dans le genre.

Ce qui est multiple en processions est un dans le principe [2] ;

Et pas un être n'existe qui, d'une façon ou d'autre, ne participe au un de celui qui, dans l'unité une sous tous

[1] « Le un se prend en trois sens : le un numérique, comme Sortès ou Platon, car chacun est numériquement un ; le un spécifique, ainsi Sortès et Platon sont un dans l'homme ; le un générique, par exemple, l'homme et le cheval sont un dans l'animal. » (S. Thom., Op., xlvii, t. iii, c. viii.) — *V.* Arist., *Mét.*, l. iv, c. vi. — [2] « Rien n'empêche que ce qui est divisé sous un rapport soit indivisé sous un autre..... Mais si une chose est indivisée simplement, ou parce qu'elle est indivisée en ce qui appartient à son essence, bien qu'elle soit divisée en ce qui est en dehors de son essence, comme ce qui est un dans le sujet et multiple dans les accidents, ou parcequ'elle est indivisée en acte et divisée en puissance, comme ce qui est un dans la totalité et divisé dans les parties, cette chose est une simplement, *simpliciter*, et multiple relativement, *secundùm quid*. Au contraire, si une chose est indivisée *secundùm quid*, et divisée *simpliciter*, parce qu'elle est divisée dans son essence, et indivisée dans sa raison ou dans son principe ou dans sa cause, comme ce qui est multiple dans le nombre, et un dans l'espèce ou dans le principe, cette chose est multiple *simpliciter*, et une *secundùm quid*. » (S. T., p. i, q. xi, a. i.)

les rapports, anticipe toutes choses, et toutes choses ensemble et malgré leur opposition [1].

Et sans un il n'y aura pas multiple, — mais il y aura un sans multiple, de même que la monade [2] précède tout nombre multiple.

Et si tu supposes toutes choses unies à toutes choses, toutes formeront le un dans la totalité.

§ III.

Il faut savoir, de plus, que toutes les choses unies sont réputées s'unir dans l'espèce *préintellectionnée* [3] de chaque un, et que le un est l'élément [4] de toutes choses.

Le un est au fond de tout.

Enlève le un, il n'y aura plus ni totalité [5], ni partie [6], ni quoi que ce soit dans les êtres; car le un, en lui, les prévient et circonvient tous sous la raison du un.

Aussi la théologie désigne-t-elle la théarchie totale, en tant que cause de toutes choses, sous le nom du *un*, de manière qu'il n'y a que *un* Dieu Père [7], *un* Seigneur Jésus-Christ [8], et *un* et même Esprit [9], dans la super-éminente impartibilité d'une totale unité divine [10], où

[1] « Les choses diverses et opposées en elles-mêmes, préexistent en Dieu comme un, *ut unum*. » (S. T., p. 1, q. iv, a. ii.) — [2] « L'indivisible sous le rapport du *quantum* et en tant que *quantum*, ce qui n'est susceptible d'aucune espèce de thèse, s'appelle *monade*. » (Arist., *Mét.*, l. iv, c. vi.) — [3] Προεπινοούμενον *préintellectionnée*, moins exactement, préconçue. R. Νοῦς intelligence, ἐπί sur, πρό avant. — [4] Στοιχειωτικόν, mot-à-mot, élémentaire. Τὸ...στοιχεῖον ἑκάστου τὸ πρῶτον ἐνυπάρχον ἑκάστῳ, l'élément de chaque chose, ce qui d'abord existe dans chaque chose. » (Arist., *Mét.*, l. iv, c. iii.) — [5] Arist., *Mét.*, l. iv, c. xxvi. — [6] Arist., *Mét.*, l. iv, c. xxv. — [7] Eph., iv, 6. — [8] Eph., iv, 5. — [9] Eph., iv, 4. — [10] Rapprocher totalité ὁλότης, et totale ὅλης, partie μόριον et impartibilité ἀμέρειαν, confrontations indispensables pour suivre l'Aréopagite.

toutes choses se rassemblent en *un*, se superunifient, et préexistent supersubstantiellement.

C'est donc avec justice que toutes choses lui sont rapportées et attribuées, à elle, par qui, en qui et pour qui toutes choses [1] sont, se coordonnent, se maintiennent, se conservent, s'accomplissent et progressent.

Et de tous les êtres, tu n'en trouveras pas un seul, qui, par cet un dont nous appliquons supersubstantiellement le nom à toute la divinité, ne soit ce qu'il est, ne se perfectionne, et ne se sauve.

En conséquence, il faut que, ramenés du multiple au un par la puissance de l'unité divine, nous glorifiions unement la totale et une divinité, comme le *un* [2] auteur de toutes choses, qui précède tout un et multiple, toute partie et totalité, toute mesure et immensité, tout terme et tout interminé ; qui définit tous les êtres et l'être en soi ; qui de tous et de tous ensemble, en même temps qu'avant tous et au-dessus de tous, est unement auteur ; qui, au-dessus de l'être un en soi, définit l'être un en soi, d'autant que l'être un, dans les êtres, est numérique [3], et le nombre participe à la substance [4].

Or, le un supersubstantiel définit l'être un et tout nombre, et il est lui-même, du un, du nombre et de tout être, le principe, la cause, le nombre et l'ordre.

Aussi la divinité au-dessus de tout, proclamée monade et triade, n'est-elle connue comme monade ou triade ni de nous ni d'aucun être ; mais afin d'exalter vérita-

---

[1] Rom. xi, 36. — [2] *V. Prolég.*, p. 20. — [3] Τὸ δὲ ἑνὶ εἶναι ἀρχὴ τινί ἐστιν ἀριθμοῦ εἶναι, l'être un est pour un objet le principe de l'être nombre..... Par le nombre est un ce dont la matière est une. » (Arist., *Mét.*, l. iv, c. vi.) — [4] Ὁ ἀριθμὸς δοκεῖ εἶναί τισι τοιοῦτος (οὐσία) · ἀναιρουμένου τε γὰρ οὐθὲν εἶναι, καὶ ὁρίζειν παντα, le nombre paraît à certains être tel (substance) ; car, abstraction faite du nombre, rien ne paraît être, et il paraît définir tout. » (Arist., *Mét.*, l. iv, c. viii.)

blement ce qu'il y a en elle de superuni et de théogonique, nous l'appelons de ce divin nom de triade et de monade, elle qui est au-dessus de tous les noms, elle substance supérieure à toutes les êtres.

Car ni monade, ni triade, ni nombre, ni unité, ni fécondité, ni être, ni quoi que ce soit des êtres connus à qui que ce soit, ne manifeste, dans son arcane au delà de toute raison et intelligence, la superdivinité supersubstantiellement supersubstantielle par-dessus tout.

Elle n'est pas plus susceptible de nom que de raison, tant elle se retranche dans l'inaccessible.

Et même le titre de bonté, ce n'est pas à cause de son exactitude que nous le lui décernons; mais, désireux de comprendre et d'exprimer quelque chose touchant cette incompréhensible et inexprimable nature, nous lui consacrons d'abord le plus auguste des noms : en quoi, malgré sa conformité avec la théologie, nous restons en dessous de la pure réalité.

Aussi les théologiens ont préféré monter par la voie des négations, — qui affranchit l'âme des objets familiers, — et la mène à travers toutes les divines intellections, au delà desquelles trône l'être supérieur à tout nom, et à toute raison et à toute gnose, — et enfin la joint à lui, autant que nous sommes aptes à cette jonction.

§ IV.

Nous avons recueilli les noms divins intelligibles, en les expliquant de notre mieux.

Nous sommes resté au-dessous, non-seulement de la réalité, car les anges en diraient autant avec vérité, et de ce que les anges en célèbrent, car aux derniers d'entre eux le cèdent nos plus excellents théologiens, — mais encore même des théologiens, même de leurs disciples, même de leurs auditeurs, avec une extrême infériorité.

C'est pourquoi, si l'exactitude règne dans notre discours, et si, selon nos forces, nous avons atteint, en notre explication des noms divins, le véritable sens, il faut en remercier l'auteur de tous les biens, qui donne, d'abord, de dire, et, puis, de dire bien. En supposant qu'il eût été rien omis de cette portée-là, nous devrions le suppléer par la même méthode.

Si, au contraire, l'inexactitude y choque, et si nous nous sommes écarté de la vérité en tout ou en partie, sois assez humain que de corriger celui qui ignore contre sa volonté, d'apprendre à raisonner à celui qui désire s'instruire, de prêter secours à celui qui ne possède pas une puissance suffisante, de rendre la santé à celui qui ne prend pas plaisir à être malade ; et ce que tu auras découvert, soit par toi-même, soit chez les autres, toujours émanation du bon, de nous le transmettre à nous-même.

Qu'il ne t'en coûte pas d'obliger un ami ; car, tu le vois, nous-même nous n'avons gardé par devers nous aucun des hiérarchiques enseignements de la tradition ; mais nous les avons communiqués et nous les communiquerons encore, dans toute leur pureté, à vous et à d'autres, selon notre capacité à en parler et la capacité de nos auditeurs à les entendre, sans violer en rien la tradition, à moins que par notre imbécillité à la comprendre ou à l'exprimer.

Mais que ces choses, s'il plaît à Dieu, ainsi soient et soient dites. Nous terminons ici notre traité des noms divins intelligibles, et, sous la conduite de Dieu, nous aborderons la *Théologie symbolique.*

FIN DES NOMS DIVINS.

DE LA
THÉOLOGIE MYSTIQUE

DE

SAINT DENYS L'ARÉOPAGITE.

A TIMOTHÉE.

CHAPITRE I.

CE QUE C'EST QUE L'OBSCURITÉ DIVINE.

§ I.

Triade supersubstantielle, superdivine et superbonne, guide des chrétiens dans la divine sagesse [1], conduis-nous à cette superagnoste [2], superclaire et superéminente hauteur, où les simples, absolus et immuables mystères de la théologie se découvrent au sein de l'obscurité superlumineuse [3] d'un silence [4] initiateur aux arcanes : — obscurité qui, dans les plus épaisses ténèbres, super-brille de la supersplendeur, et, sous une complète

Invocation à la Trinité. Le renoncement à soi-même et à toutes choses élève à la contemplation mystique.

[1] *V. Prolégom.*, p. 57-58. — [2] *V. Prolégom.*, p. 107. — [3] *V. Prolégom.*, p. 56. — [4] *V. Prolégom.*, p. 54.

intangibilité et invisibilité, superemplit de charmes
superbeaux les intelligences anommates [1].

Voilà quelle est ma prière.

Pour toi, cher Timothée, exerce-toi sans relâche aux
spectacles mystiques [2], laissant de côté les sens et les
opérations intellectuelles [3], tout sensible et intelligible,
tout non-être et être, et par l'agnosie [4] élève-toi, autant
que possible, à l'union avec celui qui est au-dessus de
toute substance et gnose.

Car c'est par cette franche, sincère et pure extase [5]
hors de toi et de tout, que, renonçant à tout et de tout
dégagé, tu t'élèveras à la splendeur supersubstantielle
de la divine obscurité.

§ II.

On doit tout
affirmer et
mieux tout nier
de Dieu.

Veille à ce que ceci ne soit pas entendu des profanes [6], c'est-à-dire, de ces hommes qui, plongés
dans les êtres, s'imaginent qu'au-dessus des êtres il
n'y a rien supersubstantiellement, et estiment saisir par
leur propre gnose *celui qui a pris les ténèbres pour
retraite* [7].

---

[1] *V.* Ἀνομμάτους anommates, R. ἀ pr., ὅμμα œil — ὄπτομαι je
vois. *V. Prolégom.,* p. 107. — [2] *V.* Tableau. *Prolégom.,* p. 69.
[3] *V. Prolégom.,* p. 55-56. — [4] *V. Prolégom.,* p. 55. — [5] *V.* p. 187,
189, avec les notes 2 et 3 de la p. 187. — [6] Math., vii, 6. *V.* Plat.,
Ep., ii, ii, 520. Profanes ἀμυήτων, R. ἀ priv., μυέω j'initie, donc
les non-initiés. « Remarque qu'il appelle ἀμυήτους ceux aussi qui
sans être d'ailleurs étrangers aux mystères, s'enlacent dans le
sensible, et se figurent qu'au-dessus des êtres il n'est pas de
divin τὸ θεῖον, c'est-à-dire, qui croient au nom du Christ, mais
ne s'élèvent pas à une gnose plus parfaite. » (Pachym., *Par.*) —
[7] Ps. xviii, 11.

Mais si la divine mystagogie dépasse leur portée, que dire de ces hommes encore plus profanes [1], qui représentent la superéminente cause de tout par les derniers des êtres, prétendant qu'elle n'excelle en rien sur les athéistiques et multiformes simulacres de leur fabrication [2]?

Tandis qu'on doit lui conférer, en affirmer [3] toutes les compositions des êtres, puisque de tous elle est la cause, — ou mieux encore les en nier [4] toutes, parce qu'elle superdomine tout, dans la pensée que ces négations ne contredisent pas ces affirmations, mais que, d'autant qu'elle est de par un excès de priorité au-dessus des privations, elle est au-dessus de toute division et de toute composition [5].

§ III.

C'est donc en ce sens que le divin Barthélemy [6] dit que la théologie est tout à la fois ample et brève, —

Comment la théologie est ample et brève. Ce que c'est que la divine obscurité, et de quelle façon on y pénètre.

[1] Ἀμύστων, « il appelle ἀμύστους les idolâtres qui sont complétement étrangers aux mystères. » (Pachym., Par.) — [2] Rom., I, 23. — [3] V. Prolégom., p. 40-44. — [4] V. Prolégom., p. 44-48. — [5] « On nomme στέρησις privation, d'abord, de n'avoir pas quelque chose de ce qui est apte à être eu... Et aussi, toute ablation ἀφαίρεσις violente de quoi que ce soit... Et encore, les négations ἀποφάσεις par α, in... » (Arist., Mét., l. IV, c. XXII.)

« Dieu est l'acte pur, essentiellement existant, contenant essentiellement toutes les perfections simples, et il est la cause de toutes choses, de quelque façon que ce soit concevables; donc en lui nulle privation ne peut être conçue, et les privations de n'importe quelles choses même possibles, en tant qu'elles sont véritablement conçues, ne peuvent être conçues que postérieures à lui. » (Cord., Annot.)

[6] « ... Citation du saint apôtre Barthélemy d'après une tradition non écrite. » (Pachym., Par.) Cordier présume que ce

et que l'Evangile vaste et dévoloppé [1] est néanmoins concis [2].

Il a, ce me semble, supernaturellement compris que la bonne cause de tout s'exprime en beaucoup de paroles [3], — en peu de paroles [4], — et sans paroles [5], n'y ayant pour elle ni parole ni intellection, parce qu'elle est supersubstantiellement supérieure à tout, et qu'elle se manifeste à découvert et en vérité à ceux-là seuls qui traversent toute impureté et toute pureté, franchissent toute hauteur de la plus sublime sainteté, et laissent de côté désormais toutes les divines lumières [6], tous les sons [7] et toutes les paroles [8] célestes, pour s'engloutir dans l'obscurité où est réellement [9], comme l'apprennent les oracles, celui qui est au delà de tout.

Aussi n'est-ce pas sans motif que le divin Moyse reçoit ordre de se purifier d'abord [10], et puis de se séparer des impurs [11]; que, la purification achevée, il entend les sons variés des trompettes [12], et voit de multiples feux, qui lancent de nombreux et limpides rayons [13]; et qu'enfin s'éloignant de la foule [14], il gravit, avec des prêtres choisis [15], jusqu'au sommet des divines ascensions [16].

Toutefois il ne commerce pas encore avec Dieu, non plus qu'il ne l'aperçoit [17], car il est inapercevable [18],

passage dérive d'une épître ou autre ouvrage théologique de cet apôtre, l'écrit s'étant perdu par l'injure des temps : « *undé colligitur S. Bartholomæum aliqua etiam theologica scripsisse... sed postmodum temporum injuriis interciderint.* » (Cord. annot.)

[1] Jo., XXI, 25.— [2] Rom., IX, 28.— [3] Heb., I, 1.— [4] Ps. XXXIII, 9. — [5] II. Cor., XII, 4. — [6] Ex., III, 2; XIII, 21; XIX, 18; Matth., II, 2; Luc., II, 9. — [7] Ez., I, 24. — [8] Gen., VIII, 15; XV, 1; Ex., VI, 1. — [9] Ex., XX, 21; Ps. XCVII, 2. — [10] Ex., XIX, 10.— [11] Ex., XIX, 12. — [12] Ex., XIX, 16, 19. — [13] Ex., XIX, 16. — [14] Ex., XIX, 23. — [15] Ex., XIX, 24. — [16] Ex., XIX, 20; Ps. LXXXIV, 5. — [17] Jo., I, 18; I. Tim., VI, 16. Θεωρεῖ —[18] I. Tim., I, 17. Ἀθέατος;.

mais le lieu où il est [1]. Ceci signifie, à mon avis, que les objets les plus divins et les plus sublimes dans les visions ou les intellections, ne sont, en quelque sorte, que des expressions [2] insinuatives [3] des attributs [4] de celui qui excède tout : expressions qui indiquent sa présence, au-dessus de tout intellect, franchissant les cimes intellectuelles de ses plus saints lieux [5].

Et alors, délivré tant de ce qui est vu [6] que de ce qui voit [7], il pénètre dans la vraiment mystique obscurité de l'agnosie [8], où il dépouille tous les concepts gnostiques pour se trouver dans l'insaisissable et l'invisible sous tous les rapports, entièrement à l'objet au delà de tout, nullement à lui-même ni à d'autres, uni de la manière la plus excellente à l'agnoste absolu par l'inaction de la gnose, et, par cela qu'il ne connaît rien, connaissant au-dessus de l'intelligence.

---

[1] Ex., xxxiii, 21. — [2] Λόγους expressions, raisons.— [3] Ὑποβατικούς, rigoureusement, hypothétiques, ὑπό sous — τίθημι je mets, c'est-à-dire, qui suggèrent, insinuent, donnent à entendre jusqu'à un certain point. — [4] Τῶν ὑποβεβλημένων, « τῶν τῷ θεῷ προσόντων des choses appartenant à Dieu, » et encore « τῶν ὄντων, ἅπερ ὑποβεβλημένα τῷ θεῷ ἔφη εἶναι, δηλονότι προσεῖναι νοούμενα des entités qu'il dit être posées sous Dieu, en d'autres termes, conçues lui appartenir. » (Pach., Par.) — [5] « Les voies des justes, comme la lumière, brillent, croissent et éclairent jusqu'à la perfection du jour. » (Prov., iv, 18.) Les cimes intellectuelles ταῖς νοηταῖς ἀκρότησι, ou la plus haute perfection de l'intelligence ; — de ses plus saints lieux, l'intelligence que les voies purgative et illuminative ont sanctifiée, n'est-elle pas le lieu où le Seigneur se plaît, le tabernacle qui fixe sa présence ? — « Jusqu'à ce que je trouve un lieu pour le Seigneur..... nous adorerons dans le lieu où se sont arrêtés ses pieds. » (Ps. cxxxii, 5, 7. — Cant., ii, 8.) — [6] Images, symboles, idées. — [7] Sens, imagination, fantaisie, intellect. — [8] Ex., xx, 21.

CHAPITRE II.

COMMENT IL FAUT S'UNIR ET RENDRE GLOIRE A L'AUTEUR
DE TOUT ET AU-DESSUS DE TOUT.

Nous souhaitons nous trouver dans cette obscurité superlumineuse, et, au sein de l'ablepsie [1] et de l'agnosie, voir et connaître, par le fait même ni de voir ni de connaître, celui qui est au-dessus de la vue et de la gnose.

Car c'est véritablement voir et connaître, c'est supersubstantiellement louer le supersubstantiel, que de recourir à sa division d'avec tous les êtres.

Ainsi celui qui façonne la matière brute en une brillante image, enlève les parties extérieures qui empêchaient de distinguer dans sa pureté la forme intérieure, et, par cette division seule, manifeste en soi [2] la beauté latente.

Mais on doit, à mon avis, procéder dans les divisions autrement que dans les compositions.

Pour les compositions, débutant par les supérieures, nous descendons, à travers les moyennes, jusqu'aux inférieures.

Pour les divisions, au contraire, des inférieures, (à travers les moyennes), remontant aux supérieures, nous retranchons tout, afin de connaître sans voile cette agnosie, dissimulée par tout ce que nous connaissons des divers êtres, et de voir cette supersubstantielle obscurité, dérobée par tout ce que nous offrent de lumineux ces divers êtres.

---

[1] Ἀβλεψία; ablepsie, R. à pr., βλέπω je vois (opposé à être aveugle.) *V. Prolégom.*, p. 56. — [2] Αὐτὸ ἐφ'ἑαυτοῦ en soi, à nu.

CHAPITRE III.

DE LA NATURE DES AFFIRMATIONS ET DES NÉGATIONS EN PARLANT DE DIEU.

Nous avons exposé :

Dans les *Hypotyposes théologiques,*

Les principales affirmations de la théologie :

Comment la divine et bonne nature est dite une et trine;

Ce qui s'appelle en cette nature la paternité et la filiation ;

Ce que signifie le divin nom d'Esprit;

Comment du bon immatériel et impartible ont jailli les cordiales lumières de la bonté, et comment elles sont demeurées, sans sortir de leur immanence coéternelle à leur production, en lui, chacune en soi, et l'une dans l'autre;

Que le supersubstantiel Jésus a pris substantiellement et véritablement la nature humaine;

Enfin, tout ce qui, d'après les enseignements des oracles, se traite en ces *Hypotyposes théologiques.*

Dans les *Noms divins,*

Pourquoi Dieu se nomme bon, pourquoi être, pourquoi vie, et sagesse, et puissance, et autres choses au nom intelligible.

Dans la *Théologie symbolique,*

Les noms translatés du sensible au divin, ce que, par rapport à Dieu, dénotent les formes [1], — les figures [2], — les membres [3], — les organes [4], — les lieux [5], — les

---

[1] Os., xiii, 8. *V.* Ep. ix, § 1. — [2] Ps. cxlv, 16. *V.* Ep. ix, § 1. — [3] Heb., x, 31. — [4] Apoc., i, 16. Ὄργανα organes, instruments. — [5] Gen., xxviii, 16.

ornements [1], — la colère [2], — la douleur [3], — le ressentiment [4], — l'ivresse [5], — la crapule [6], — les serments [7], — les malédictions [8], — le sommeil [9], — le réveil [10], — enfin toutes ces expressions saintement plastiques où Dieu s'effigie sous des symboles.

Or, tu auras remarqué, je pense, que les postériorités exigent plus de paroles que les priorités.

C'est pour ce motif que les *Hypotyposes théologiques* et les *Noms divins* s'épanouissent en moins de paroles que la *Théologie symbolique*.

En effet, plus on regarde en avant, plus les paroles, par un synopsis de l'intelligible, se resserrent : si bien que tout à l'heure entrant dans l'obscurité au-dessus de l'intelligence, nous nous trouverons, non-seulement concis en paroles, mais encore tout à fait à vide de parole et même d'intellection.

Là, descendant du haut au bas, notre parole se développait avec une amplitude en proportion de sa descente;

Ici, remontant de l'infime au surperéminent, plus elle s'élèvera, plus elle se raccourcira, et, au terme de son ascension, elle restera complétement aphone, dans sa complète union avec l'ineffable.

Mais enfin pourquoi, diras-tu, partant des priorités dans les divines compositions, inaugurons-nous les divines divisions par les postériorités?

C'est qu'il fallait, pour composer celui qui est au-dessus de toute composition, commencer à composer, — affirmation, base des compositions, — par ce qui a le plus

---

[1] Apoc., i, 13. *V.* Ep. ix, § i. — [2] Apoc., xv, 7. — [3] Judic., x, 16. *V.* Ep. ix, § i. — [4] Ex., xx, 5. *V.* Ep. ix, § i. — [5] Jer., xlvi, 10. *V.* Ep. ix, § i. — [6] Ps. lxxviii, 65. *V.* Ep. ix, § i. — [7] Gen., xxii, 16. *V.* Ep. ix, § i. — [8] Mal., ii, 2. *V.* Ep. ix, § i. — [9] Ps. xliv, 23. *V.* Ep. ix, § i. — [10] Je., i, 12. *V.* Ep. ix, § vi.

d'affinité avec lui, et pour diviser celui qui est au-dessus de toute division, commencer à diviser par ce qui le touche de moins près.

N'est-ce pas qu'il est vie et bonté plus qu'air et pierre?

N'est-ce pas que ni il ne se livre à la crapule, ni il ne conçoit du ressentiment, plus que ni il n'est parlé, ni il n'est *intellectionné*?

CHAPITRE IV.

QUE LA SUPERÉMINENTE CAUSE DE TOUT SENSIBLE
N'EST RIEN DE SENSIBLE.

Ainsi, nous disons :

La cause de tout, au-dessus de tout, n'est ni insubstantielle, ni *invivante*, ni irraisonnable, ni inintelligente;

Elle n'est pas corps;

Elle n'a ni figure, ni forme, ni qualité, ni quantité, ni volume;

Elle n'est pas dans un lieu;

Elle n'est pas vue, et n'a pas la taction sensible;

Elle ne sent, ni n'est sensible;

Elle ne se désordonne, ni ne se trouble sous le choc des passions grossières;

Elle n'est pas impuissante par la sujétion aux événements sensibles, ni indigente de lumière;

Elle n'est ni n'éprouve aucune variation, aucune corruption, aucune partition, aucune privation, aucun flux, enfin rien de sensible.

CHAPITRE V.

QUE LA SUPERÉMINENTE CAUSE DE TOUT INTELLIGIBLE N'EST RIEN D'INTELLIGIBLE.

Nous disons encore en montant :

Elle n'est ni âme, ni intelligence.

Elle n'a ni imagination, ni opinion, ni raison, ni intellection ;

Elle n'est ni parole, ni intellection ;

Elle n'est ni parlée, ni *intellectionnée* ;

Elle n'est pas nombre ni ordre, — grandeur ni petitesse, — égalité ni inégalité, — similitude ni dissimilitude ;

Elle ne stationne pas, elle ne se meut pas, elle ne garde pas le repos ;

Elle n'a pas de puissance, et n'est ni puissance ni lumière ;

Elle ne vit pas, et n'est pas vie ;

Elle n'est ni substance, ni perpétuité, ni temps ;

Elle n'a pas de taction intellective ;

Elle n'est ni science, ni vérité ;

Elle n'est ni royauté, ni sagesse ;

Elle n'est ni un, ni unité, ni divinité, ni bonté, ni esprit, comme nous en avons l'idée ;

Elle n'est ni filiation, ni paternité, ni rien de connaissable à nous ou à d'autres êtres quelconques ;

Elle n'est ni non-être, ni être ;

Les êtres ne la connaissent pas, telle qu'elle est, et elle ne connaît pas les êtres, tels qu'ils sont ;

Elle n'a ni parole, ni nom, ni gnose;

Elle n'est ni ténèbres, ni lumière;

Elle n'est ni erreur, ni vérité;

Elle n'est absolument susceptible ni de composition ni de division, — et en appliquant la composition ou la division à ce qui lui est inférieur, nous ne la composons ni ne la divisons, parce que la cause parfaite et unique de tout est au-dessus de toute composition, et que la superexcellence de ce qui est pleinement en dehors de tout et au delà de tout, surpasse toute division.

FIN DE LA THÉOLOGIE MYSTIQUE.

DE LA

HIÉRARCHIE CÉLESTE

DE

SAINT DENYS L'ARÉOPAGITE.

DENYS, PRÊTRE,

A TIMOTHÉE, AUSSI PRÊTRE.

CHAPITRE I.

QUE TOUTE ILLUSTRATION DIVINE, QUI ÉMANE AVEC BONTÉ EN SE DIVERSIFIANT SUR LES OBJETS DE LA PROVIDENCE, DEMEURE SIMPLE, ET, DE PLUS, UNIFIE LES OBJETS ILLUMINÉS.

§ 1.

Tout don bon et tout don parfait est d'en haut, descendant du Père des lumières [1].

De plus, toute procession de lumière dont le Père meut le rayonnement, après avoir été bénignement épanchée sur nous, finit, puissance unifiante [2], par nous simplifier en nous élevant, et par nous ramener à l'unité et à la simplicité déifique du Père concentrateur.

Toute grâce excellente nous arrive du Père, et nous ramène au Père.

[1] Jac., I, 17. — Δόσις ἀγαθὴ don bon, « savoir, naturel. » (S. Thom., Op. LXII, c. III.) — Δώρημα τέλειον don parfait, « savoir, gratuit. » (S. Thom., Op. LXII, c. III.) — [2] *V.* p. 168-172.

Car *tout de lui et pour lui* [1], comme dit la sainte parole.

§ II.

Expliquer les hiérarchies célestes par les Ecritures en remontant de la multiplicité de la figure à la simplicité de la réalité.

Aussi invoquant Jésus, la lumière [2] du Père, l'essentielle, *la véritable, qui illumine tout homme venant au monde* [3], lui *par qui nous avons obtenu accès* [4] auprès du Père archilumière, efforçons-nous de regarder aux clartés des sacrés oracles, tradition paternelle [5], pour saisir par épopsie, autant que possible, sous leurs symboliques et anagogiques manifestations, les hiérarchies des intelligences célestes.

Et, après avoir, de l'œil immatériel et fixe [6] de l'intelligence, perçu la lumière, don principal et superprincipal du Père théarchique, lumière qui, sous des symboles typiques, nous montre les heureuses hiérarchies des anges, retendons-le encore d'elle à sa simple splendeur [7].

Ce n'est pas que cette splendeur déchoie jamais de son unique unité; seulement, en vue de l'anagogique et unifiante concrétion [8] des êtres providentiels, avec autant de convenance que de bonté, elle se multiplie et rayonne, ce qui ne l'empêche pas de demeurer au dedans d'elle-même, solide, stable et ferme, en son immobile mêmeté, tout en élevant, selon leur capacité,

---

[1] Rom., XI, 36. — [2] *V.* p 149. — [3] Jo., I, 9. — [4] Rom., V, 2. — [5] Πατροπαραδότους tradition paternelle, mot-à-mot, transmis par les pères, R. Πατήρ père — παρά chez — δίδωμι je donne. « Pères... qui ont trasmis le dogme, non pas selon la nature. » (S. Max., *Scol.* sur la H. C.) — [6] Ἀτρεμέσι fixes (yeux), *intremblants*, R. à pr. — τρέμω je tremble. — [7] *V.* Plat., *Rép.*, l. VI, VII, — II, 121-126. L'allégorie de la caverne est à lire. — [8] *V.* p. 172, 192 avec la note.

ses contemplateurs légitimes jusqu'à les unifier de par sa simplificative union.

Réellement, cette splendeur théarchique ne peut briller pour nous qu'à travers les voiles anagogiques des diverses involutions sacrées, par un effet de cette paternelle providence qui la mit à la portée de notre nature et de nos facultés.

§ III.

Aussi la sacrée législation de la télétarchie daignant calquer supermondainement notre sainte hiérarchie sur les hiérarchies célestes, a retracé ces ordres immatériels dans une variété de figures matérielles, compositions représentatives, de façon à nous exhausser, proportionnellement à notre condition, de ces plasmes pieux à des anagogies et à des similitudes simples et atypiques.

Comment, en effet, notre intelligence pourrait-elle tendre à contempler et à imiter ces hiérarchies célestes, si elle n'employait une manuduction hylique [1] en rapport avec elle ? Elle découvre dans les beautés visibles [2], les effigies de la convenance invisible, — dans les bonnes odeurs sensibles [3], les expressions de l'effusion intelligible, — dans les lumières matérielles [4], les traits de l'illustration immatérielle, — dans les discursions de la doctrine sacrée [5], les emblèmes de la pleine intuition de l'intelligence, — dans les distributions graduées d'ici-bas [6], la marque d'une habitude harmonieusement réglée sur le divin, — dans la participation à la très-divine

L'homme impuissant à s'élever directement à l'intelligible doit y remonter par le sensible.

---

[1] Ὑλαία hylique, matérielle, R. אֹמֶר matière. V. p. 213-214. note. — [2] Ps. L, 11. — [3] Num., xv, 3. — [4] Luc., ii. 9. — [5] Jo., vii, 14. — [6] Rom., xiii, 1-2.

eucharistie [1], le signe de notre communication avec Jésus, — et ainsi de tout ce qui est transmis aux célestes substances supermondainement, et à nous symboliquement.

C'est donc pour nous déifier, selon notre aptitude, que la télétarchie philanthrope, — nous manifestant ces hiérarchies sublimes, et admettant notre hiérarchie au partage de leurs fonctions suivant un sacerdoce [2] semblable, en raison de notre puissance, à leur sacerdoce déiforme, — a dessiné les supercélestes intelligences sous des images sensibles, dans les compositions hiérographiques des oracles, moyen de nous mener, par anagogie, du sensible à l'intelligible, et des plasmes sacrés de ces symboles aux simples hauteurs des hiérarchies supermondaines.

[1] I. Cor., x, 16. — [2] I. Pet., II, 9.

CHAPITRE II.

QUE LES CHOSES DIVINES ET CÉLESTES SE MONTRENT CONVE-
NABLEMENT SOUS DES SYMBOLES DISSEMBLABLES.

§ I.

Or, nous croyons devoir :

D'abord, exposer quel est, à notre avis, le but de toute hiérarchie, et quels avantages chacune procure à ses membres ;

Puis, célébrer les hiérarchies célestes, d'après les indications des oracles à leur égard ;

Et enfin, énoncer sous quelles formes sacrées les hiérographies des oracles expriment les hiérarchies célestes, — comme aussi, de ces plasmes, à quelle simplicité il faut remonter.

Car, à l'instar du vulgaire, profanement, ne nous imaginons pas que les supermondaines et déiformes intelligences aient plusieurs pieds [1] et plusieurs faces [2], ni qu'elles reproduisent la stupide conformation du bœuf [3] ou la féroce organisation du lion [4], ni qu'elles affectent les traits de l'aigle curvirostre [5] ou les expansions ailées et plumeuses des volatiles [6] ; ne les prenons pas non plus pour des roues enflammées au-dessus du ciel [7], des trônes matériels qui servent de siége à la théarchie [8], des chevaux polychromes [9], des chefs d'ar-

Division
de l'ouvrage.

---

[1] Ez., 1, 7. — [2] Ez., 1, 6. — [3] Ez., 1, 10. — [4] *Ibid.* — [5] *Ibid.* — [6] Ez., 1, 6, 8. — [7] Dan., VII, 9. — [8] *Ibid.* — [9] Zach., 1, 8. — Πολύχρω- μάτους; polychromes, R. Πολύς maint, χρῶμα couleur.

mée doryphores [1], ni pour rien de ce que les oracles, dans leur hiéroplastie, nous offrent sous une variété de symboles révélateurs.

Et, en effet, à l'exclusion de l'art, la théologie n'employa ces religieuses fictions de la poésie concernant les infigurables intelligences, que par égard pour notre intelligence, comme il a été dit, en vue de lui ménager une anagogie aussi propre que naturelle, en modelant à sa portée les hiérographies de cette anagogie.

§ II.

Les symboles sous lesquels se représentent les choses célestes et spirituelles, ne leur ressemblent pas. Pourquoi dans ce symbolisme, préférer parfois le moins noble au plus noble? objection prévenue.

Si l'on consent à admettre ces compositions vis-à-vis des êtres simples qui nous sont, en soi, agnostes et invisibles, qu'on y songe, les scripturales inconographies des saintes intelligences ne leur ressemblent guère, et les noms des anges ne les inombrent, pour dire, qu'avec grossièreté.

Les théologiens, prétendra-t-on, en venant corporifier ces êtres tout à fait incorporels, auraient dû les exprimer et les représenter sous les figures adéquates et syngénèses, autant que possible, de nos substances les plus nobles, quasi immatérielles et transcendantes, au lieu d'envelopper du plus infime polymorphisme de la terre leur simplicité à la fois céleste et déiforme.

L'un aurait servi à nous élever plus haut, en même temps que soustrait ces manifestations supermondaines à l'incongruité de ces dissimilitudes; — l'autre outrage indignement ces divines puissances, et, du coup, livre à l'erreur notre intelligence enlacée dans ces fictions profanes.

---

[1] Jos., v, 13, 14; ii. Mac., iii, 25. — Δορυφόρους doryphores. R. Δόρυ lance, φέρω je porte.

C'est même la porter à croire que le ciel est rempli de
troupes de lions [1] et de chevaux [2], de mugissants hym-
nologues [3], de bandes d'oiseaux [4], et d'autres animaux [5],
et des plus viles matières [6] : tous êtres que, dans leur
ravalement à l'étrangeté, à la bâtardise, à la passion,
décrivent les totalement dissemblables similitudes des
oracles si bien explicatifs.

La recherche de la vérité démontre cependant, je
pense, la très-sacrée sagesse des oracles, qui, dans la
représentation des célestes intelligences, ont merveilleusement avisé, — d'une part, à ce que ces divines
puissances ne reçussent comme qui dirait aucun outrage,
— et, de l'autre, à ce que nous ne fussions pas triste-
ment rabaissés jusqu'à d'abjectes images à rase terre.

C'est à bon droit que l'atypique et l'infiguré apparaissent sous un type et une figure; en voici les raisons :

D'abord notre faiblesse, qui, dans l'impuissance de
s'élever immédiatement aux contemplations intelligibles, a besoin de spéciales et particulières anagogies,
qui découvrent, sous des formes à sa portée, les spectacles amorphes et supernaturels;

Et puis la convenance où sont les mystiques oracles,
de cacher sous d'inexprimables et sacrées énigmes, et de
rendre inaccessible à la foule, la vérité concernant les intelligences supermondaines. Car tous ne sont pas saints,
et, comme disent les oracles, *la gnose n'est pas à tous* [7].

A qui se récrierait contre l'inexactitude de l'iconographie scripturale, alléguant qu'il est honteux d'entourer
de formes si indécentes les ordres très-purs et divins, il
suffit de répondre que ces religieuses manifestations ont
lieu de deux manières.

---

[1] Apoc., iv. 7. — [2] Apoc., vi, 2, 4, 5, 8. — [3] Apoc., iv,
7. — [4] *Ibid.* — [5] *Ibid.* — [6] Ap., xxi, 18-24. — [7] i. Cor., viii, 7.

¿ III.

La première, naturellement, emploie des images semblables, types sacrés, — et la seconde, moins naturellement, modèle des figures dissemblables, entiers contrastes.

Ainsi, les mystiques traditions des oracles révélateurs, en exaltant l'adorable béatitude de la supersubstantielle théarchie, — pour marquer sa raisonnabilité et sa sagesse, attribut de la divinité, la proclament raison [1], intelligence [2], substance [3], — et, pour exprimer qu'elle est la subsistance essentiellement essentielle et la vraie cause de la subsistance des êtres, lui appliquent les termes de lumière et de vie [4], — pieuses désignations qui, bien qu'elles respirent plus de dignité, et semblent, d'une certaine façon, l'emporter en excellence sur les symboles matériels, ne laissent pas néanmoins que de s'écarter, au fond [5], de la similitude avec la théarchie; car elle est au-dessus de toute substance et de toute vie, nulle lumière ne la retrace, et ni raison ni intelligence quelconque, de près ou de loin, ne la reproduit.

D'autres fois, à l'inverse de ces manifestations, les mêmes oracles, en vue de la glorifier supermondainement, la nomment invisible [6], interminée [7], incompréhensible [8], mots qui signifient, non ce qu'elle est, mais ce qu'elle n'est pas.

Cette seconde manière, pensons-nous, lui convient davantage : car, à en croire la mystique et hiératique tradition, nous disons avec vérité qu'elle n'est comme

[1] Jo., I, 1. — [2] Ps. cxxxv, 5. — [3] Ex., iii, 14. — [4] Jo., i, 4. — [5] Πρὸς ἀλήθειαν au fond, mot-à-mot, quant à la vérité. — [6] I. Tim., vi, 16. — [7] Ps. cxliv, 13. — [8] Rom., xi, 33.

rien de ce qui est, mais nous ignorons sa supersubstantielle, inintelligible et inexprimable illimitation.

Puis donc que les négations concordent autant que
les affirmations discordent avec le divin, il convient, à
un plus haut degré, en ces arcanes inénarrables, de
révéler les objets invisibles sous des fictions dissemblables; tant s'en faut donc que les hiérographies scripturales ravalent les célestes hiérarchies, qu'au contraire
elles les honorent, en les représentant sous des compositions de formes dissemblables, par où elles montrent
leur exaltation supermondaine sur toutes les choses
matérielles.

Et que les similitudes dissemblables élèvent plus
notre intelligence, je ne suppose personne assez dénué
de raison pour le contester.

Car il est à présumer qu'avec les plus imposantes de
ces hiéroplasties, certains s'égareront, prenant les êtres
célestes pour des hommes brillants d'or [1], revêtus
d'habits splendides [2], d'un charme éblouissant [3], environnés d'éclairs [4], lançant d'innocentes flammes [5], bref,
sous tous les autres traits pareils dont la théologie orne
les intelligences supermondaines.

C'est pour épargner ce péril à qui n'*intellectionne*
rien au-dessus du beau sensible, que la sublime [6] sagesse des saints théologiens se rabat pieusement sur ces
dissimilitudes criantes, empêchant notre matérialité de
se reposer fixement sur ces images messéantes, tandis
qu'elle aiguillonne et excite la partie haute de l'âme par
la hideur de ces signes, à cause du peu d'exactitude et
de vraisemblance qui, aux yeux même les plus ter-

---

[1] Apoc., xxi, 15. — [2] Act., i, 10. — [3] Act., vi, 15. — [4] Matth.,
xxviii, 3. — [5] Act., vii, 30. — [6] Ἀναστατικὴ sublime, R. Ἀνά en
haut — τείνω je tends, la sagesse qui élève l'intelligence, la
pousse en haut.

restres, paraît régner dans l'assimilation des célestes et divines magnificences à des objets aussi absurdes.

Du reste, il faut songer que rien de ce qui existe n'est totalement privé de la participation au beau, puisque, comme disent les oracles de la vérité, *tout* (était) *très-beau* [1].

§ IV.

Toutes les choses du monde visible révèlent les choses du monde invisible. Comment le concupiscible et la tempérance, l'irascible et la force, etc., sont attribués aux anges.

On peut donc tirer intellectuellement [2] de tout de belles contemplations, et représenter l'intelligent et l'intelligible sous les similitudes dissemblables en question, l'intelligent possédant, d'une façon, ce qui a été départi au sensible, d'une autre.

En effet, la colère dans les êtres irraisonnables a pour cause l'ébranlement de la passion, et tout mouvement irascible en eux ne respire qu'irraisonnabilité; mais s'agit-il des êtres intelligents, il faut envisager [3] autrement la colère, exprimant, selon nous, leur mâle raisonnabilité et leur robuste habitude dans les déiformes et immuables fondations.

Pareillement, disons-nous, la concupiscence dans les êtres irraisonnables est un appétit aveugle et charnel, qui résulte forcément d'une naturelle propension ou de l'habitude par rapport aux choses transitoires, et la prépondérance irréfléchie de la convoitise corporelle, qui pousse tout animal vers le bien recherché par les sens.

Ainsi, lorsque, appliquant des similitudes dissem-

---

[1] Gen., i, 34. — [2] Ἐπινοῆσαι tirer intellectuellement, R. Ἐπί sur — νοῦς; intelligence. — [3] Ἐννοῆσαι envisager, intellectionner, R. Ἐν dans — νοῦς intelligence.

blables aux êtres intelligents, nous leur imposons la concupiscence, elle doit se prendre pour le divin amour de l'immatériel au-dessus de toute raison et de toute intelligence, et pour le stable et inflexible désir de la contemplation supersubstantiellement pure et chaste, ainsi que de la vraiment perpétuelle et intellectuelle participation, relativement à cette clarté limpide et sublime et à cette indéfectible et charmante beauté.

Pour l'intempérance, voyons-y une durable constance, que rien ne saurait affaiblir, dans leur amour, sans mélange ni vicissitude, de la divine beauté, et dans leur entraînement vers le bien essentiellement désirable.

Enfin, par irraisonnabilité et insensibilité, nous entendons proprement chez les animaux brutes et dans la matière inanimée la privation de la raison et des sens ; mais nous proclamons des immatérielles et intelligentes substances, que leur excellence, en vertu de leur super-mondanité, échappe saintement à notre raison fugitive, corporelle, et à notre sensibilité matérielle, indigne d'intelligences incorporelles.

Il est donc permis d'affecter, sans incongruité, aux êtres célestes les formes même des plus vils éléments de la matière, d'autant que la matière elle-même dont la subsistance remonte au beau essentiel, dans toute sa grossière ordonnance, possède des vestiges de la beauté intelligente, et qu'il est possible de passer de ces vestiges aux archétypes immatériels, sauf, comme nous l'avons dit, à prendre dissemblablement ces similitudes, en les rangeant, non pas sur un pied identique, mais, avec non moins de convenance que de fondement, d'après les propriétés de l'intelligent et du sensible.

§ V.

Nous verrons les théologiens mystiques, non-seulement dans la manifestation des ordres célestes, mais encore dans la révélation de la télétarchie, user de ces sacrés emblèmes.

Ils choisissent, pour la célébrer, parmi la nature sensible :

Tantôt les objets supérieurs, l'appelant *soleil de justice*[1], *étoile matutinale qui* saintement *se lève sur l'intelligence*[2], *lumière*[3], qui rayonne avec éclat dans l'intelligence ;

Tantôt les objets moyens, l'appelant *feu qui brûle sans consumer*[4], *eau qui procure la vie avec plénitude, qui*, à parler en figure, *coule dans le ventre, et s'y élance en flots à jamais jaillissants*[5] ;

Tantôt les objets inférieurs, l'appelant *onguent suave*[6], *pierre angulaire*[7].

Bien plus, ils la métamorphosent en bête, ils lui affectent les propriétés du *lion*[8] et de la *panthère*[9], ils s'écrient que c'est un *léopard*[10], ou une *ourse en fureur*[11].

Mais voici ce qui, par-dessus tout, semble être ignominieux et s'éloigner de la similitude : ces divins génies la montrent revêtant la forme d'un *ver*[12].

Ainsi, tous les théosophes et interprètes de la mystérieuse inspiration distinguent purement de l'imparfait et

---

[1] Mal., IV, 2. — [2] Ce symbole est pris partie des Nomb., XXIV, 17, de l'Apoc., II, 28, XXII, 16, partie de la IIe épît. de S. Pi., I, 19. — [3] Jo., I, 5. — [4] Ex., III, 2. — [5] Jo., VII, 38. — [6] Cant., I, 2. — [7] Eph., II, 20. — [8] Os., XIII, 8. — [9] Os., XIII, 7. — [10] *Ibid.* — [11] Os., XIII, 8. — [12] Ps. XXI, 7.

du profane le Saint des saints, sans dédaigner cette hiéroplastie par dissimilitudes, moyen — soit de dérober le divin au contact des immondes, tout en empêchant que les amoureux contemplateurs des saints simulacres [1], ne s'arrêtent à ces types ainsi qu'à la vérité, — soit d'exprimer le divin avec décence, tant par d'exactes négations que par des assimilations autres aux derniers de ses propres vestiges.

Il n'est donc nullement étrange, pour les motifs énoncés, de représenter les célestes substances sous des similitudes dissemblables, copies qui s'écartent des originaux.

Peut-être que nous-mêmes, discuteurs de doutes, n'aurions-nous jamais, par une scrupuleuse investigation des choses sacrées, atteint à cette anagogie, si la difformité des images, expression des anges, ne nous eût frappés, difformité qui, loin de permettre à notre intelligence de se reposer sur ces représentations discordantes, l'excitant à dépouiller toute inclination matérielle, l'habituait saintement à s'élever de la région des apparences aux anagogies supermondaines.

Ceci soit dit concernant les matérielles et dissemblables iconographies [2] sous lesquelles les sacrés oracles exposent les anges.

Maintenant il faut définir ce que nous entendons par la hiérarchie en soi, et quels avantages tirent de la hiérarchie tous les membres de la hiérarchie.

Que mon Christ, s'il m'est permis de l'appeler mien, guide ma parole, lui qui inspire toute élucidation hiérarchique.

Pour toi, ô enfant, selon la loi pieuse de notre hiérarchique tradition, écoute de saints discours, divinisé

----

[1] *V.* p. 272, texte avec la note 1. — [2] Matth. VII, 6.

toi-même par des enseignements divins, et, cachant au fond de ton intelligence ces pieuses leçons, défends-y leur uniformité contre les profanations de la multitude : il n'est pas juste, en effet, comme disent les oracles, *de jeter aux pourceaux* la splendeur pure et claire des *perles* [1] intelligibles, source de beauté.

[1] *V.* concernant les similitudes semblables ou dissemblables, *Prolégom.*, p. 48-52, et Ep., IX, § I-II.

CHAPITRE III.

CE QUE C'EST QUE LA HIÉRARCHIE, ET QUELLE EST L'UTILITÉ
DE LA HIÉRARCHIE.

---

§ I.

La hiérarchie [1] est, d'après nous, une sacrée ordina-tion, science et opération, à reproduire, autant que possible, la déiformité, et à monter, en proportion des illustrations divinement infuses, jusqu'à l'imitation de la divinité.

Or, la beauté propre à la divinité, en tant que simple, en tant que bonne, en tant que télétarchique, sans mélange d'aucune dissimilitude, communique néanmoins sa lumière à chacun suivant sa dignité, et le perfectionne dans la plus divine perfection, par l'harmonieusement immuable transformation en elle du perfectionné.

§ II.

La hiérarchie a donc pour but d'assimiler et d'unir à Dieu dans la limite du possible.

Elle possède en lui le guide de toute science et de toute opération sacrée, et, l'œil invariablement fixé sur sa très-adorable magnificence, elle s'en empreint, autant qu'elle en est capable, et elle parfait ses adeptes en

---

[1] *V. Proległom.*, p. 62-64. et Tableau, p. 69.

simulacres de Dieu, très-purs et clairs miroirs où brille la splendeur archilumineuse de la théarchie, et qui, mystérieusement inondés de ces éblouissantes irradiations, les reflètent sans envie sur les êtres d'un rang inférieur, d'après les lois théarchiques.

Car les saints initiateurs et les saints initiés ne doivent jamais agir contre les règles sacrées de leur télétarchie, ni même subsister à leur inverse, supposé qu'ils soupirent après la divine clarté elle-même, qu'ils tournent religieusement, comme il sied, leurs regards vers elle, et qu'ils visent à s'y assimiler, suivant la capacité de chaque pieuse intelligence.

Ainsi, le mot de hiérarchie désigne une certaine distribution tout à fait sacrée, qui, image de la beauté théarchique, dans les ordres et les sciences de son pieux ressort, accomplit les mystères de son illustration particulière, et se conforme, le plus que possible, à son propre principe.

Effectivement, la perfection des membres de la hiérarchie consiste à s'élever, de toutes les forces, jusqu'à l'imitation de Dieu [1], et, chose plus divine encore, disent les oracles, à devenir les coopérateurs de Dieu [2], et à manifester en soi, avec tout l'éclat possible, l'opération divine.

Par exemple, l'ordre hiérarchique demandant.

Que les uns purifient, et les autres soient purifiés [3];

Que les uns illuminent, et les autres soient illuminés [4];

Que les uns perfectionnent, et les autres soient perfectionnés [5];

A chacun conviendra d'imiter ainsi la divinité.

La béatitude divine, à parler humainement, est

---

[1] Eph., v, 1. — [2] I. Cor., III, 9. *V. Prolégom.*, p. 61-62. — [3] Ps. LI, 9. — [4] Ps. CXIX, 18. — [5] Matth., v, 48.

Pure de toute dissimilitude [1],
Pleine d'éternelle lumière [2],
Parfaite à ne manquer d'aucune perfection [3],
Purifiant [4],
Illuminant [5],
Perfectionnant [6];
Ou plutôt elle est la sainte
Purification [7],
Illumination [8],
Perfection [9],
Au-dessus [10] de toute purification,
Au-dessus de toute illumination,
Au-dessus de toute perfection :
Autotélétarchie [11] cause de toute hiérarchie, excellemment en dehors et au delà de toutes les choses sacrées.

§ III.

Il me semble donc nécessaire,

D'une part,

Que les Purifiés, dépouillant tout alliage, échappent au mélange de toute dissimilitude;

Que les Illuminés resplendissent de divine lumière,

[1] Deut., VI, 4. — [2] Jo., XII, 46. — [3] Matth., V, 48. — [4] Ps. LI, 9. — [5] Ps. XIII, 4. — [6] Heb., X, 14. — [7] Lev., XII, 6-7. — [8] Ps. XXVII, 1. — [9] Rom., X, 4. — [10] *V. Prolégom*, p. 47, l'explication de *au-dessus* ὑπερ. — [11] Αὐτοτελεταρχία autotélétarchie, R. Αὐτός soi-même, τελετή-τέλος télète-fin, ἀρχή principe ; donc, principe par soi des télètes, des mystères, de la perfection, etc., de tout ce qui mène au but, à l'opération la plus haute, à la béatitude. Les coopérateurs de Dieu sont principes aussi, mais non *par soi*; des causes secondes, si élevées soient-elles, à la cause première. distance infinie. *V.* p. 128-129, texte et notes.

pour s'élever, avec les chastes yeux de l'intelligence, à l'habitude et à la puissance de la contemplation ;

Enfin, que les Perfectionnés participent, exempts d'imperfection, à la perfective science des sacrés objets de l'épopsie.

D'autre part,

Que les Purificateurs, à raison de leur éminente pureté, communiquent aux autres leur propre innocence ;

Que les Illuminateurs, intelligences d'autant plus aptes à recevoir et à transmettre la lumière, qu'ils ont eux-mêmes une majeure transparence, merveilleusement inondés de saintes splendeurs, répandent leur lumière, de tout côté débordante, sur qui en est digne ;

Enfin, que les Perfecteurs, dans leur science à départir la perfection, perfectionnent les perfectibles, en les initiant, de la façon la plus auguste, à la science des sacrés objets de l'épopsie.

Donc tout ordre, en la distribution hiérarchique, à sa spéciale mesure, s'élève à la coopération avec Dieu, accomplissant par grâce et puissance, don de Dieu, ce que la théarchie, par ses attributs naturels et supernaturels, exécute supersubstantiellement, merveilles que la hiérarchie propose à l'imitation des intelligences amies de Dieu.

CHAPITRE IV.

§ I.

Après avoir déterminé exactement, croyons-nous, en quoi consiste la hiérarchie en général, il nous reste à traiter de la hiérarchie angélique, dont il faut examiner, d'un œil supermondain, les pieuses formes sous lesquelles nous l'offrent les oracles, afin de nous élever, à l'aide de ces mystérieuses fictions, jusqu'à leur simplicité déiforme, en même temps que de glorifier, avec une vénération digne de la divinité et de sacrosaintes actions de grâces, le principe de toute science hiérarchique.

Avant tout, il est vrai de dire que la supersubstantielle théarchie, par un effet de sa bonté [1], créant les substances des êtres, les produisit à l'existence.

Car il n'appartient qu'à la cause de tout, à la bonté au-dessus de tout, d'appeler les êtres à sa communion, dans la mesure qu'à chacun de ces êtres assigne sa capacité.

Tous les êtres donc participent à la providence, rayonnement de la supersubstantielle et omnicausale divinité, et ils n'existeraient pas, sans cette communion avec la substance et le principe des êtres.

Ainsi, au total,

[1] *V. Prolégom.*, p. 27-28, et N. D., p. 163-170.

Ce qui ne vit pas participe à son être, car la divinité, au-dessus de l'être , est l'être de tout ;

Ce qui vit participe à sa puissance vivifiante à elle au-dessus de toute vie ;

Ce qui est doué de raison et d'intelligence participe à sa sagesse essentiellement parfaite et premièrement parfaite à elle au-dessus de toute raison et de toute intelligence.

D'où il résulte que ces substances l'avoisinent le plus, qui participent à elle en plus de manières [1].

§ II.

Les anges participent à Dieu avec plus d'excellence. Origine de leur nom.

Par suite, dans la participation aux largesses théarchiques , les saints ordres des substances célestes surpassent ce qui n'a que l'être , ce qui a la vie sans la raison, ce qui a la raison, comme nous.

En effet, leur modelage intellectuel à l'imitation de Dieu , leur supermondaine contemplation de la similitude théarchique , leur désir d'y mouler leur forme intelligente, leur en assignent, à juste titre, de plus vastes communications, dans leur zèle à toujours progresser, dans leurs efforts à déployer un divin et infatigable amour, dans leur immatérielle et pure perception des illustrations primordiales, auxquelles ils s'harmonisent , vivant d'une vie pleinement intelligente.

Donc ce sont eux qui , premièrement et sous plus de rapports, communiquent à la divinité, et, avant tout et de plus de façons, manifestent l'arcane de la théarchie.

D'où ils sont spécialement et excellemment honorés

[1] V. p. 224-225.

du nom d'anges [1], la théarchie leur versant d'abord son illustration dont ils nous transmettent les rayons.

Ainsi, la loi, comme l'atteste la théologie, nous a été donnée par le moyen des anges [2], et, avant comme après la loi, les anges guidaient à Dieu nos illustres pères [3], tantôt leur prescrivant leur conduite [4], tantôt des erreurs d'une vie profane les ramenant à la droite voie de la vérité [5], tantôt leur découvrant, en interprètes [6], soit les ordres sacrés [7], soit les secrètes visions des mystères supermondains [8], soit les divines prédictions [9].

§ III.

Si l'on prétend que Dieu est apparu lui-même immédiatement à quelques saints, on saura, par les claires expressions des oracles sacrés, que ce qu'il y a de secret en Dieu, personne ne l'a vu ni ne le verra jamais [10], et que, dans ces théophanies à de pieuses créatures, Dieu s'est montré, comme il seyait à sa majesté, à l'aide de sacrées visions en rapport avec les voyants.

Toute hiérarchie renferme des ordres premiers, moyens, et derniers.

La théologie, toute sage, à ces visions, — qui, en elles, retracent, délinéation de l'infiguré au moyen du figuré, la similitude divine, — de par l'anagogie des voyants vers le divin, donne le nom de théophanies, et avec raison, parce qu'elles procurent aux voyants une divine illustration, et qu'elles les initient à quelque chose de divin.

[1] Ange ἄγγελος, R. Ἀγγέλλω j'annonce, ἀνά à travers, γῆ terre, εἰλέω je roule, messager, annonciateur, etc. — [2] Gal., III, 19. — [3] Act., VII, 53. — [4] Gen., XXII, 12. — [5] Act., X, 3. — [6] Dan., VII, 16. — [7] Dan., VII, 10; Ez., I; Is., VI. — [8] II. Cor., XII, 2; Apoc. — [9] Matth., II, 13. — [10] Jo., I, 48; I. Jo., IV, 12; I. Tim., VI, 16.

Or, nos illustres pères recevaient des célestes puissances l'explication de ces visions.

Les oracles ne rapportent-ils pas que Dieu donna lui-même à Moyse le code sacré de la loi? Oui, pour nous apprendre véritablement que c'était une sainte et divine esquisse.

Mais la théologie enseigne, avec sagesse, que cette loi nous fut transmise par les anges [1], à l'effet de montrer que, dans l'ordre de la divine économie, l'inférieur s'élève à Dieu au moyen du supérieur.

Et non-seulement pour les intelligences de rangs haut et bas, mais encore pour celles de pareil rang, la super-substantielle taxiarchie [2] a établi cette règle, qu'en chaque hiérarchie il y aurait des ordres et puissances premiers, moyens et derniers [3], et que les plus divins deviendraient les mystagogues et les manuducteurs des moins avancés dans la progression, illustration, communion vis-à-vis de Dieu.

§ IV.

Mystères annoncés par les anges.

Je vois donc que le divin mystère de la philanthropie de Jésus fut révélé d'abord aux anges, et que par eux, la grâce de cette gnose descendit jusqu'à nous.

Ainsi, le très-divin Gabriel apprit à l'hiérarque Zacharie qu'un enfant qui naîtrait de lui, contre toute espérance, par une grâce divine, serait le prophète de l'œuvre théandrique de Jésus, sur le point d'éclater pour

---

[1] Heb., II, 2. — [2] Ταξιαρχίας taxiarchie, R. Τάξις ordre, τέμνω je sépare — ἄγω je conduis (l'ordre divise et unit, différencie et identifie), ἀρχή principe. *V.* p. 231. — [3] *V.* comme exemple, le Tableau, *Prolégom.*, p. 66.

le bien et le salut du monde [1] ; et à Marie comment s'accomplirait en elle le théarchique mystère de l'ineffable assomption de notre forme par un Dieu [2].

Un autre ange découvrit à Joseph l'entière réalisation des promesses de Dieu à David, son aïeul [3].

Un autre à des bergers, en quelque sorte purifiés dans la retraite et le calme de la solitude, porta l'heureuse nouvelle, en même temps que la multitude de l'armée céleste faisait entendre aux enfants de la terre le célèbre cantique de la glorification [4].

Ouvrons encore nos yeux à une plus vive lumière manifestée dans les oracles :

Je remarque que Jésus lui-même, supersubstantiel auteur des substances supercélestes, après avoir pris notre nature sans altération de la sienne, loin d'éluder cet ordre humain institué par lui et par lui accepté [5], se soumit, avec docilité, aux décrets de Dieu le Père formulés par le ministère des anges, anges chargés de communiquer à Joseph les volontés du Père concernant le départ du Fils pour l'Egypte [6], et son retour de l'Egypte dans la Judée [7].

J'observe en sus que c'est par les anges qu'il a été soumis aux prescriptions paternelles : car je n'ai pas besoin de te rappeler, à toi, qui connais les témoignages de nos hiératiques traditions, qu'un ange fortifia Jésus [8], ni comment Jésus lui-même, dans la bonne œuvre de notre salut, mis au rang des annonciateurs, est nommé *ange du grand conseil* [9] ; aussi, comme lui-même, en cette qualité d'ange, le dit, tout ce qu'il a appris du Père, il nous l'a enseigné [10].

---

[1] Luc., I, 11-20. — [2] Luc., I, 26-38. — [3] Matth., I, 20-23. — [4] Luc., II, 8-14. — [5] Phili., II, 6-8. — [6] Matth., II, 13. — [7] Matth., II, 19-20. — [8] Luc., XXIII, 43. — [9] Is., IX, 6. — [10] Jo., XV, 15.

CHAPITRE V.

Toutes les substances célestes sont anges, en tant que toutes réfléchissent la splendeur divine.

Telle est, à notre avis, l'origine du nom ange dans les oracles.

A présent, il sied, ce nous semble, d'examiner pourquoi les théologiens appellent anges toutes les célestes substances en général [1], tandis que, venant à l'explication des ordres supermondains, ils nomment proprement ordre angélique celui qui clôt, en les complétant, les divins bataillons du ciel, et donnent sur lui le pas aux rangs des Archanges, des Principautés, des Puissances, des Vertus, bref, de toutes les substances, que les traditions révélatrices des oracles leur reconnaissent supérieurs [2].

Or, nous disons que, dans toute disposition sacrée, les ordres supérieurs possèdent toutes les illustrations et toutes les prérogatives des ordres inférieurs, sans que les derniers partagent les priviléges des premiers.

Si donc les théologiens proclament anges même les substances du degré le plus sublime, c'est qu'elles réfléchissent, elles aussi, les splendeurs théarchiques.

Au contraire, il n'y avait aucune raison d'appliquer aux célestes intelligences du degré le plus infime le nom de principautés, de trônes, de séraphins, attendu qu'elles ne renferment pas les attributs des plus éminentes.

[1] Ps. cii, 20 ; Matth., xxv, 31. — [2] Is., vi, 2.

Car, de même qu'elles initient nos divins Hiérarques aux clartés théarchiques de leurs gnoses, ainsi les substances qui les précèdent par l'excellence de leur sainteté, dirigent vers la divinité cet ordre complémentaire des hiérarchies angéliques.

On pourrait encore justifier cette commune dénomination d'anges, en alléguant la conformité générale de toutes les célestes puissances avec la divinité dont toutes, à des mesures plus ou moins intenses, reflètent les clartés.

Au reste, pour procéder avec plus de lucidité dans notre discours, considérons, telles que les oracles nous les dévoilent, les nobles propriétés de chaque ordre céleste.

CHAPITRE VI.

DES CÉLESTES SUBSTANCES, QUELLE EST LA PREMIÈRE HIÉRARCHIE,
QUELLE EST LA MOYENNE, QUELLE EST LA DERNIÈRE.

§ I.

A quel nombre s'élèvent les ordres des substances supercélestes? quelles qualités possèdent-ils? de quelle manière s'opère l'initiation de leurs hiérarchies respectives? nous l'avouons, seule, leur déifique télétarchie le sait avec exactitude.

Toutefois, eux-mêmes connaissent leurs puissances et leurs illustrations particulières, avec la beauté de leur sacrée et supermondaine disposition.

Il ne nous est pas, en effet, donné, à nous, de savoir les mystères des intelligences supercélestes et leurs perfections très-saintes, à l'exception de ce que, par le ministère de ces êtres, bien instruits de leurs propriétés, la théarchie nous en a révélé.

Nous n'avancerons donc rien de notre chef; mais tout ce que les sacrés théologiens contemplèrent des spectacles angéliques, en homme qui y a été initié, nous essaierons de l'exposer.

§ II.

La théologie désigne toutes les substances célestes par neuf noms expressifs.

Notre divin initiateur les distribue en trois hiérarchies, dont chacune comprend trois ordres[1].

[1] *V*. Tableau, *Prolégom.*, p. 66.

La première, dit-il, environne toujours Dieu, l'étreint indissolublement, et s'unit à lui d'une manière plus directe que les autres. Les Trônes sublimes, et les bataillons remplis d'yeux [1] et d'ailes [2], en hébreu appelés Chérubins [3] et Séraphins [4], siégent immédiatement auprès de Dieu, dans un voisinage plus étroit que le reste, assertion fondée sur le témoignage des sacrés oracles. Aussi, d'après la doctrine de notre illustre maître, de ces trois ordres résulte une seule et même hiérarchie, vraiment la première, qui les surpasse toutes en déiformité, s'approchant, avec plus d'intimité que pas une, de la théarchie, dont elle reçoit les primordiales illustrations.

La deuxième, continue-t-il, embrasse les Puissances, les Dominations et les Vertus.

La troisième, enfin, se compose des derniers ordres célestes, à savoir, des Anges, des Archanges et des Principautés.

[1] Ez., i, 18. — [2] Ez., i, 6. — [3] Ez., i. — [4] Is., vi, 2.

CHAPITRE VII.

DES SÉRAPHINS, DES CHÉRUBINS ET DES TRÔNES,
ET DE CETTE PREMIÈRE HIÉRARCHIE.

§ I.

Signification des noms de Séraphins, de Chérubins, et de Trônes.

Cette division des saintes hiérarchies admise, nous disons que le nom de toutes les célestes intelligences exprime leur respective propriété déiforme.

Ainsi, au rapport des hébraïsants, l'auguste nom de Séraphins signifie *Incendiaires* ou *Brûleurs* [1] ;

Celui de Chérubins, *Plénitude de gnose* ou *Effusion de sagesse* [2].

C'est donc avec convenance que la première des supermondaines hiérarchies comprend dans son noble ressort les substances les plus sublimes, attendu que son élévation au-dessus des autres la rapproche le plus de la divinité, qui, par de primordiales théophanies et perfections, se communique à elle au plus haut degré.

Or, on appelle ces esprits *Incendiaires*, *Effusion de sagesse* et *Trônes*, pour marquer, par ce titre, leurs habitudes déiformes.

Ces noms expriment brillamment,

Celui des Séraphins leur mouvement perpétuel et in-

---

[1] שרפ־ים Séraphins, de שרפ brûler, les brûlants, le premier de ces deux mots hébreux, étant, à proprement parler, le participe présent pluriel du second. — [2] כרבים ou כרובים Chérubins, pluriel de כרוב. Ce mot dérive de כרה creuser. Donc les Chérubins sont les creusants ; ils pénètrent, creux qui se remplissent et déversent.

cessant vers les choses divines, — l'ardeur, la subtilité,
l'effervescence de leur activité ferme, inflexible, per-
manente, — leur faculté énergique à élever jusqu'à leur
similitude les êtres au-dessous d'eux, en les animant
et excitant d'un feu pareil, ainsi qu'à les purifier dans
des flammes éminemment dévorantes, — leur propriété
patente, indéfectible, toujours la même, de recevoir la
lumière et de la transmettre, en même temps que de
bannir et de repousser l'obscurité des ténèbres ;

Celui-des Chérubins leur aptitude à la gnose et à la
théopsie, — leur capacité à absorber les flots de la suprême lumière, — leur vertu à contempler la beauté
souveraine dans son initiale irradiation, — leur réplétion
de largesses sapientifiques, et leur spontanéité à communiquer à leurs inférieurs immédiats les trésors dont
la sagesse les a comblés.

Celui des Trônes sublimes et élevés leur parfaite
exemption de tout abaissement terrestre, — leur ascension vers les sommets supermondains, — leur ineffable
éloignement des régions infimes, — leurs complets efforts à se tenir constants et inébranlables auprès du
Très-Haut par essence, — leur immatérielle impassibi-
lité à accueillir les visites de la théarchie, — leur vigueur
à porter le divin, et leur soin à s'ouvrir pour la réception du divin [1].

[1] Θρόνος trône, R. Θράω je m'assieds. — « Denys explique le
nom des Trônes par leurs rapports de convenance avec les siéges
matériels, où l'on peut considérer quatre choses : 1º la position, car ces siéges sont élevés au-dessus de la terre, et ainsi
les anges nommés Trônes sont élevés au point de connaître
immédiatement en Dieu les raisons des choses; 2º la solidité,
car on s'y repose solidement; ces anges, au contraire, sont
solidifiés par Dieu; 3º la réception de qui s'y assied avec la
faculté d'y être porté; de même ces anges reçoivent Dieu en
eux-mêmes, et le portent en quelque sorte aux inférieurs;

§ II.

Telle est, selon nous, l'interprétation de leurs noms. Il nous reste à déclarer notre opinion sur leur hiérarchie.

Le but de toute hiérarchie consiste invariablement dans l'assimilation à la divinité par une imitation de la divinité, — et ses fonctions se réduisent à saintement recevoir et transmettre la pureté sans mélange, la lumière souveraine, et la science parfaite; nous l'avons, ce nous semble, suffisamment indiqué.

Notre intention actuelle est d'exposer, d'une manière digne des plus sublimes intelligences, comment les oracles expliquent leur hiérarchie en particulier.

Les premières substances — qui, siégeant auprès de la théarchie, effectrice des substances, et, pour ainsi dire, dans son vestibule, s'élèvent au-dessus de toute puissance créée visible ou invisible, — constituent, sachons-le, une spéciale et unique hiérarchie [1].

Elles sont, à notre estimation, pures, non pas en ce sens seulement qu'elles soient affranchies de toute tache ou souillure profane, et étrangères à toute imagination matérielle, mais surtout en tant que, d'une pureté supérieure à toute dégradation et à toute subalterne sainteté, elles brillent d'une telle innocence, qu'elles éclipsent les puissances les plus déiformes, — dans leur constant amour de Dieu, gardent, sans déclin ni variation, leur ordre au libre et identique mouvement, — et, loin de connaître aucune espèce d'abaissement vers

4º la disposition de ces siéges ouverts d'un côté pour recevoir qui s'assied; ainsi ces anges sont ouverts par leur promptitude à recevoir Dieu et à le servir. » (S. T., p. I, q. CVIII, a. V.)

[1] *V. Prolégom.*, p. 62-66.

une déchéance quelconque, reposent sur l'inébranlable
et intacte fondation de leur propriété déiforme.

Elles sont aussi contemplatrices, non pas qu'elles perçoivent l'intelligible par des symboles sensibles, ni que,
de l'aspect d'une hiérographie diversifiée, elles s'élèvent à Dieu, mais parce qu'elles sont remplies d'une
lumière supérieure à toute gnose immatérielle, et
inondées, au possible, de la vue de cette beauté supersubstantielle et triplement splendide, principe et effectrice de la beauté. — En outre, elles ont l'honneur de
communiquer avec Jésus, non pas en des images hiéroplastiques, formes empreintes de la similitude de l'opération divine, mais par leur réel accès auprès de lui, dont
elles reçoivent immédiatement la gnose de ses lumières
déifiques. — Sans compter qu'il leur est excellemment
octroyé d'imiter Dieu, associées, autant qu'elles en sont
capables, dans les principales œuvres de sa puissance,
à ses vertus déifiques et philanthropiques.

Enfin, elles sont perfectionnées, non pas qu'elles
s'illustrent dans la science analytique [1] de la diversité
sacrée, mais parce que, grâce à leur directe et excellente union avec Dieu, elles se rassasient de la science
la plus sublime qu'un ange comporte sur le déifique.
Car ce n'est point par d'autres saintes substances, mais
par la théarchie même, qu'elles sont initiées aux pieux
mystères, s'élevant vers elle sans intermédiaire avec une
supériorité de puissance et d'ordre, lui adhérant de toute
leur pureté et de toute leur fidélité, visant, en leur
immatérielle et intellectuelle noblesse, à la contempler
d'aussi près qu'il est licite, et apprenant, à cause de
leur priorité auprès de Dieu, les raisons scientifiques du
déifique par la télétarchie elle-même, qui d'une façon
superéminente leur découvre les sacrés objets.

[1] V. p. 381, texte et note.

§ III.

Or, les théologiens enseignent clairement avec quelle convenance, parmi les ordres des célestes substances, les inférieurs sont instruits par les supérieurs, des sciences relatives au déifique, et les plus élevés de tous sont éclairés par la théarchie elle-même, dans la mesure permise, sur les points mystérieux.

Ces écrivains en représentent, en effet, certains à qui de plus excellents expliquent que c'est le Seigneur des vertus célestes et le Roi de gloire qui, sous forme humaine, s'élève dans les cieux [1], — et d'autres, en suspens vis-à-vis de Jésus, jaloux d'acquérir la science de son acte déifique à notre égard, à qui Jésus lui-même dévoile sans aucun intermédiaire et développe de prime abord la bonne œuvre de sa philanthropie : *C'est moi, dit-il donc, qui annonce la justice et le jugement du salut* [2].

Ici, je m'étonne que les premières des substances célestes, dominant de si haut toutes les autres, ressentent, tout comme les moyennes, un timide désir d'être théarchiquement illuminées ; car elles ne débutent pas par s'écrier : *Pourquoi les vêtements sont-ils rouges* [3]? mais elles ne savent d'abord que s'entre-interroger, par là témoignant qu'elles brûlent de pénétrer dans la gnose du déifique, sans néanmoins prévenir l'illustration dispensée par la divine procession.

Ainsi, la première hiérarchie des célestes intelligences, initiée aux mystères par la télétarchie elle-même, qui, dans son essor direct vers elle, la remplit, à sa mesure, de la pureté très-chaste, de la lumière immense, de la

---

[1] Ps. XXIII, 7-10. — [2] Is., LXIII, 1. — [3] Is., LXIII, 2.

perfection suprême, est purifiée, est illuminée, est perfectionnée, en dehors de toute abjection, dans un océan
d'originale clarté, avec le parachèvement d'une participation à la radicale largesse de la gnose et de la science.

En résumé, je serais fondé à dire qu'elle est purification, illumination et perfection, cette communication à
la science théarchique, qui purifie, en quelque sorte,
de toute ignorance, par la gnose accordée à chacun,
selon sa dignité, sur les plus sublimes mystères, — qui
illumine par cette divine gnose même, dégageant de ses
souillures l'intelligence jadis inapte à l'épopsie de ce
que lui manifeste à présent l'illustration plus haute, —
et qui perfectionne enfin, par cette clarté même, dans
la science habituelle des mystères les plus évidents.

§ IV.

Telle est, selon ma science, la première disposition
des substances célestes, immédiatement et circulairement [1] établie autour de Dieu et près de Dieu, en simple
et continue rotation par rapport à sa gnose perpétuelle,
grâce à l'excellence de la fondation des anges toujours
mobile, éclairée de maintes pures et heureuses contemplations, illuminée de splendeurs simples et immédiates, et rassasiée d'une divine nourriture, — multiple par l'effusion du premier don, — une à raison de
l'indiversifiable et unifique unité de la théarchique réfection.

Cette hiérarchie a l'honneur d'être associée et de coopérer excellemment avec Dieu, en retraçant, au possible,
ses belles habitudes et opérations.

____

[1] Is., VI. 2. I'. p. 176. texte et note.

Elle connaît enfin d'une manière superéminente une foule de divins secrets, et participe, autant qu'il est permis, à la science et à la gnose de la théarchie.

Effectivement, la théologie a transmis aux habitants de la terre leurs hymnes où saintement éclate la sublimité de leur extrême illustration :

De ces intelligences supercélestes,

Une partie, à parler sensiblement, comme une voix d'eaux abondantes, s'écrie : *Bénie la gloire du Seigneur de son lieu* [1] ;

Un autre entonne incessamment ce cantique de louange et d'adoration : *Saint, Saint, Saint, le Seigneut de Sabaoth, toute la terre est pleine de sa gloire* [2].

Ces très-augustes hymnologies de ces intelligences, nous les avons déjà expliquées, selon nos moyens, dans notre traité *Des hymnes divins*, où il nous semble en avoir suffisamment discouru; contentons-nous, sur la question présente, d'en rappeler ceci :

C'est que la première hiérarchie, éclairée, autant qu'il est juste, dans la science théologique par la théarchie elle-même, la transmet ensuite, hiérarchie modelée sur cette bonté, à celle qui vient immédiatement après, lui enseignant, pour tout dire en un mot, que l'adorable théarchie, digne de toute louange et au-dessus de toute louange, doit être légitimement, au possible, connue et

---

[1] Ez., iii, 12. *De son lieu,* à savoir, par les intelligences et les âmes ornées de grâce et de sainteté, car la divine lumière s'épanche en elles, comme dans un appartement pénètre la lumière physique ; *lieu* est employé par métaphore ; Dieu incirconscrit et incirconscriptible n'a d'autres bornes que lui-même, sans rapport avec le *lieu* pas plus qu'avec le *temps*. — [2] Is., vi, 3. צבאות *Sabaoth,* pluriel de צבא, agglomération, armée, anges et astres.

exaltée par les intelligences auxquelles Dieu se communique, puisqu'en vertu de leur déiformité, elles sont, au témoignage des oracles [1], les divins lieux où la théarchie repose, — et de plus, qu'elle est la monade et l'unité trihypostatique, qui depuis les substances supercélestes jusqu'aux dernières substances de la terre, pénètre tous les êtres de sa très-bénigne providence, superprincipal principe et cause de toutes les substances, étreignant l'univers dans un irrésistible embrassement de sa supersubstance.

[1] Is., LXVI, 5 ; Act., VII, 49, etc. V. p. 309.

CHAPITRE VIII.

DES DOMINATIONS, DES VERTUS ET DES PUISSANCES,
ET DE CETTE MOYENNE HIÉRARCHIE.

I.

Passons actuellement à la moyenne hiérarchie des intelligences célestes, contemplant, selon notre pouvoir, d'un œil supermondain, ces êtres divins, les Dominations, les Vertus et les Puissances, spectacle vraiment des plus admirables : car chaque nom de ces substances au-dessus de nous, dénote des propriétés qui les assimilent à la divinité dont elles prennent la forme.

Ainsi caractérisque,

Le nom des saintes Dominations κυριοτήτων [1] exprime, croyons-nous, une certaine anagogie franche et libre de toute basse sujétion, vers la sublimité, — une domination inaccessible à n'importe quelle dissimilitude tyrannique dans son austère liberté, au-dessus de toute vile servitude, en dehors de toute abjection, loin de toute anomalie, incessamment avide de la domination véritable.

---

[1] V. p. 295, la définition de ce nom grec, avec la note 2 où en est indiquée la racine. L'usage a tellement consacré, en français, Dominations comme appellation de cet ordre angélique, que, bon gré mal gré, il a fallu le respecter; pour la liaison des idées, remplacer mentalement par Seigneuries; tout s'enchaîne chez l'Aréopagite ; les anneaux se tiennent: qu'on prenne les extrêmes sans désenlacer les intermédiaires; sinon, pièces et morceaux ; marchand de bric-à-brac !

de l'archidomination, à l'instar de laquelle elle se façonne, en sa tendance au bien, elle et tout ce qui est au-dessous d'elle, complètement tournée, non vers de vaines apparences, mais vers l'être même, admise à participer, en raison de sa capacité, sans aucune interruption, à la déiformité de l'archidomination ;

Le nom des saintes Vertus δυνάμεων [1] exprime une certaine virilité robuste et inébranlable dans toutes leurs opérations déiformes, — virilité qui jamais ne faillit mollement à recevoir les illustrations dont la théarchie les favorise, — virilité qui tend avec force à l'imitation de la divinité, — et, au lieu de ne pas correspondre par lâcheté au mouvement suprême, les regards toujours fixés sur la vertu supersubstantielle, effectrice des vertus, cherche, de tout son pouvoir, à reproduire en image cette vertu même, archivertu où elle se porte avec ardeur, tout en se répandant, à l'imitation de la divinité, sur les êtres d'un rang inférieur ;

Le nom des saintes Puissances ἐξουσιῶν [2] exprime la parité de hiérarchie avec les divines Dominations et Vertus, leur disposition aussi réglée que distincte par rapport aux réceptions suprêmes, — la droiture de leur supermondaine et intelligente potentialité, qui, en place d'abuser tyranniquement de ses vertus potentielles pour une fin secondaire, gravite invinciblement avec harmonie vers la divinité, entraînant, en sa tendance au bien, les êtres inférieurs, pour se rapprocher, autant qu'il est permis, de l'archipuissance, effectrice des puis-

---

[1] *V.* p. 259-263, ce qui regarde la *puissance* de Dieu, avec la note 7 de la p. 259, pour la racine. *V. Prolégom..* p. 67, la remarque sur la traduction de δύναμις. — [2] Ἐξουσία puissance, R. ἐξ ou ἐκ de, après, etc., οὐσία substance, ὠσία m. s., ὠθέω — ὄθω je pousse. *V.* Plat., *Cratyle,* ɪ, 296. *V. Prolégom..* p. 67, la réflexion sur la traduction de Ἐξουσία par Puissances.

sances, qu'elle réfléchit, avec proportion, sur les anges des ordres soumis à ses vertus potentielles.

En possession de ces propriétés déiformes, la moyenne hiérarchie des intelligences célestes est purifiée, — est illuminée, — est perfectionnée, de la manière qu'il a été dit, par les illustrations théarchiques que lui transmet secondairement la première hiérarchie, dont la médiation les lui communique au deuxième degré de leur manifestation.

§ II.

Exemples qui prouvent que ce qu'il y a d'intérieur est illustré par ce qu'il y a de supérieur.

Ainsi, cette susdite audition [1] d'un ange à un autre, en matière de révélation, sert à nous expliquer comment la perfection, de loin épanchée, s'obscurcit dans sa procession vers des êtres inférieurs.

Car, de même que les hommes versés dans nos saintes télètes, enseignent que l'immédiate évidence des objets divins l'emporte en excellence sur la perception indirecte de ces mêmes objets, — ainsi, à notre avis, l'illustration est plus vive dans les ordres angéliques qui, approchant le plus de la divinité, participent à elle directement, que dans ceux dont l'initiation ne s'opère que d'une façon médiate.

Voilà pourquoi notre hiératique tradition dit que les premières intelligences perfectionnent, — illuminent, — et purifient celles d'un rang inférieur, qui, par ce moyen, s'élevant jusqu'au supersubstantiel principe de toutes choses, participent, à la mesure de leur capacité, aux purifications, — aux illuminations, — et aux perfections télétarchiques.

Car c'est une règle générale souverainement instituée

[1] *V.* p. 348.

par la taxiarchie, que ce qui suit ne reçoive les théarchiques illustrations que de ce qui précède.

On trouve à cet égard des preuves à chaque page de
la théologie.

Ainsi, lorsque Dieu, père et ami des hommes, à l'effet
de ramener, saintement corrigé, Israël dans la voie de la
justice, l'eût livré, pour le châtier, à la vengeance et à la
cruauté des nations, — afin d'assurer de toutes les façons
le bien du peuple gouverné par ses soins, il l'affranchit
de la captivité et le réintégra avec mansuétude dans son
ancienne félicité :

Un théologien, Zacharie, vit un des anges supérieurs,
vraisemblablement, de ceux qui approchent le plus de
Dieu, car ce nom d'ange, nous l'avons dit, est commun
à tous ces intelligences, recevoir de Dieu même, comme
il est rapporté, *des paroles consolatoires* à ce sujet ; —
puis un des anges inférieurs voler à la rencontre du précédent, dans le but de participer et de communiquer à
son illustration, — et, une fois instruit du divin conseil
par lui ainsi que par un hiérarque, révéler d'office au
théologien, que Jérusalem serait splendidement occupé
par une multitude d'habitants [1].

Un autre théologien, Ezéchiel, déclare, à son tour, que
le Dieu superglorieux qui domine sur les Chérubins [2],
consacra cette disposition : car ce père ami des hommes,
comme il a été dit, pour rendre, en les punissant, meilleurs les enfants d'Israël, par un effet de cette justice qui
lui sied, à lui, Dieu, commanda de séparer les bons d'avec
les méchants; c'est le premier des Chérubins qui est
initié à cette résolution, celui-là même qui, les reins
entourés d'une ceinture de saphir [3], porte une robe traî

---

[1] Zach., i. 8-17. La vision de Zacharie ouvre un vaste champ
aux commentaires touchant l'unité ou la dualité de l'ange. *V.*
Corn. de la Pier., *loc. cit.* — [2] Ez., ix. 10. — [3] Ez., ix. 2.

nante [1], symbole hiérarcal. Pour les autres anges, armés de haches [2], le souverain principe de l'ordre leur fait apprendre du précédent sa décision suprême à cet égard ; en effet, il lui dit, à lui, de parcourir Jérusalem et d'imprimer un signe sur le front des hommes innocents [3], et à eux : *Allez après lui dans la ville, et frappez ; que votre œil ne se laisse point fléchir* [4], — *mais ne touchez aucun de ceux sur qui a été gravé le signe* [5].

Que dire

De cet ange qui cria à Daniel : *La parole est sortie* [6] ?

Ou de ce premier qui prit du feu au milieu des Chérubins [7] ?

Ou, ce qui marque encore mieux la coordination des anges, de ce chérubin qui mit le feu dans les mains de celui qui était revêtu de l'étole sainte [8] ?

Ou de celui qui, appelant le très-divin Gabriel, lui murmura : *Fais-lui entendre cette vision* [9] ?

Enfin, de tout ce que les sacrés théologiens avancent touchant la déiforme gradation des hiérarchies célestes ?

Gradation que notre hiérarchie est tenue de reproduire, autant que possible, pour posséder en image l'harmonie des anges, modelée par elle, et par elle s'élevant jusqu'à la supersubstantielle taxiarchie de toute hiérarchie.

---

[1] Ez., ix, 10. — [2] Ez., ix, 2. — [3] Ez., ix, 4. — [4] Ez., ix, 5. — [5] Ez., ix, 6. — [6] Dan ix, 23. — [7] Ez., x, 2-6. — [8] Ez., x, 7. — [9] Dan., viii, 16

CHAPITRE IX.

DES PRINCIPAUTÉS, DES ARCHANGES ET DES ANGES,
ET DE CETTE DERNIÈRE HIÉRARCHIE.

§ I.

Il nous reste à saintement examiner la classe qui clôt les célestes hiérarchies, celle où brillent les déiformes Principautés, Archanges et Anges.

Mais il est nécessaire, croyons-nous, de commencer par expliquer, suivant notre capacité, leurs vénérables qualifications.

Le nom des supermondaines Principautés ἀρχῶν [1] signifie qu'elles ont la faculté de commander et de gouverner à l'instar de la divinité avec cette harmonie sacrée de la plus haute convenance dans un sublime empire, — de se tourner totalement elles-mêmes et de guider avec autorité les autres vers la superprincipale principauté, — de se modeler, autant qu'il est permis, sur cette principauté, effectrice des principautés, et de manifester cette supersubstantielle principauté d'harmonie par la merveilleuse disposition de leurs forces de principautés.

§ II.

L'ordre des saints Archanges ἀρχαγγέλων [1] se place sur la même ligne que les célestes Principautés; car eux et

[1] Ἀρχὴ, R. Αἴρω j'élève — ἔχω j'ai, je suis. Traduction littérale de ἀρχὴ, principe. V. p. 225-232, *passim*, comment Dieu est principe des principes. — [1] Ἀρχαγγέλων, R. Ἀρχὴ-ἄγγελος.

les Anges, je l'ai dit, ne constituent qu'une hiérarchie ou division.

Mais comme il n'existe pas de hiérarchie qui ne comprenne des vertus premières, moyennes et dernières, l'ordre des saints Archanges, au milieu de la hiérarchie, communique avec les extrêmes qu'il embrasse : en effet, tout ensemble il tire des saintes Principautés et des saints Anges, — des unes, en ce qu'il se tourne principalement vers la supersubstantielle principauté, qu'il se modèle sur elle, autant qu'il est permis, et que, par sa brillante, régulière et ineffable direction, il unifie les Anges, — des autres, en ce qu'il remplit la fonction d'interprète, et, que par le ministère des premières vertus, il reçoit hiérarchiquement les théarchiques illustrations qu'il transmet, dans sa tendance au bien, aux Anges, et que, par les Anges, il nous les manifeste, en raison de la capacité religieuse de chaque initié dans les mystères.

Car les Anges ἄγγελοι [1], nous l'avons déjà exposé, terminent, en les complétant, tous les ordres des célestes intelligences, parce que de tous les esprits supermondains ils ne possèdent qu'au plus bas degré la propriété angélique, et nous leur donnons ce nom d'Anges de préférence aux substances supérieures avec d'autant plus de fondement, que leurs fonctions sacrées éclatent davantage à une moindre distance de ce monde.

Effectivement, la première hiérarchie, a-t-il été dit, en rapport direct avec l'arcane, le révèle moins clairement à la moyenne; — puis la moyenne qui comprend les Dominations, les Vertus et les Puissances, le découvre à la hiérarchie des Principautés, des Archanges et des Anges, avec plus d'éclat que la précédente, mais

____

[1] V. p. 337, note 1, la racine de ce mot.

à nous, plus obscurément que la suivante ; — enfin la hiérarchie des Principautés, des Archanges et des Anges, le manifeste des unes aux autres aux hiérarchies humaines qui lui obéissent.

De manière que, par degrés, il y ait de nous à Dieu anagogie, conversion, participation, union, en même temps que de Dieu à nous procession, comme il sied à sa bonté, sur toutes les hiérarchies, s'étendant de l'une à l'autre, avec une sainte harmonie.

Voilà pourquoi la théologie prépose à notre hiérarchie les anges, proclamant Michel prince du peuple Juif, et d'autres, princes d'autres nations ; car *le Très-Haut..... a établi les bornes des nations d'après le nombre des anges de Dieu* [1].

§ III.

Et si l'on demande comment le peuple hébreu tout seul fut élevé aux illustrations théarchiques, nous répondrons qu'il ne faut pas accuser les anges d'avoir mal conduit les autres nations égarées après les dieux nonêtres, mais que ce sont elles-mêmes qui, de leur propre mouvement, par orgueil, par une absurde adoration de ce qui semblait marqué de divins caractères, ont dévié de la droite anagogie vers la divinité.

On a des preuves qu'il en arriva autant au peuple hébreu lui-même : car, est-il dit, *tu as repoussé la connaissance de Dieu* [2], *et tu as marché après ton cœur* [3].

De fait, notre vie n'est pas soumise à la nécessité, comme, par contre, la liberté des êtres providentiels ne saurait éteindre les divines lumières de l'illustration

[1] Deut., xxxii, 8. *pas.* — [2] Os., iv, 6. — [3] Jer., xvi, 12.

providentielle ; seulement, la dissimilitude des yeux intellectuels tantôt empêche absolument de participer aux exubérants rayons de la paternelle bonté, dont leur état combat la transmission, et tantôt en diversifie les communications, petites ou grandes, obscures ou brillantes, bien que l'originelle splendeur ne cesse de conserver son unité, sa simplicité, sa mêmeté, sa super-plénitude.

Car, même chez les autres nations, du sein desquelles nous nous sommes élancés vers cette immense et débordante mer de divine lumière, qui, largement ouverte, permet à chacun d'y puiser à son gré, il ne régna pas de fausses divinités, mais bien l'unique principe de toutes choses, auquel les anges, hiérarchiques chefs de chacune de ces nations, conduisaient quiconque consentait à les suivre.

Vois Melchisédech [1], cet hiérarque dont les pieux hommages s'adressèrent, aux fausses divinités? non, mais au Dieu véritable et très-haut. Or, les théologiens appelèrent Melchisédech, non-seulement adorateur, mais encore prêtre du Seigneur, pour montrer clairement à tout homme sensé que Melchisédech, outre qu'il s'inclinait devant le Dieu essentiellement être, dirigeait encore les autres, à titre d'hiérarque, dans l'anagogie vers la seule vraie théarchie.

§ IV.

La providence est une. Pourquoi Israël est spécialement nommé la part du Seigneur.

Nous le rappellerons encore à ta compréhension hiérarchique : ce fut l'ange, prince d'Egypte, et l'ange, prince de Babylone, qui insinuèrent dans des visions, l'un à Pharaon [2], et l'autre au roi de cette cité [3], la

---

[1] Gen., XIV, 18. — [2] Gen., XLI, 1-7. — [3] Dan., II, 1.

sollicitude et la puissance de la providence et de la
seigneurie de toutes choses, — et des serviteurs du
vrai Dieu furent établis parmi les nations, interprètes
chargés d'expliquer la signification des visions célestes,
que Dieu dévoilait, par le ministère des anges, à des
personnages presque aussi saints que les anges, à Daniel [1]
et à Joseph [2] : car il n'y a qu'un principe et une providence de toutes choses [3].

Il ne faut donc nullement imaginer que Dieu ait obtenu en partage la conduite du peuple d'Israël, et que
les anges ou autres dieux exercent sur les autres nations
une suprématie étrangère, subordonnée ou contraire à
la sienne.

Cette locution doit se prendre en ce sens mystérieux,
non que Dieu se soit distribué avec d'autres dieux ou
anges le gouvernement du monde, se réservant, lors
de la division, l'empire et la domination d'Israël, mais
que, dans l'univers où la providence unique avait confié
tous les peuples à leurs anges respectifs, anastatiques
manuducteurs dans les voies du salut, Israël a été de
tous à peu près le seul qui se soit tourné vers la con
naissance et la lumière de l'essentiel Seigneur.

Aussi la théologie, pour exprimer qu'Israël s'était
voué au service du vrai Dieu, s'écrie : *Il est devenu la
part du Seigneur* [4]; tandis qu'en vue de signifier qu'il
avait été confié, tout comme les autres nations, à un
des saints anges, par l'aide duquel il s'élèverait à la
connaissance du principe un de toutes choses, elle proclame Michel [5] guide du peuple juif.

D'où il appert évidemment qu'il n'y a qu'une providence une de toutes choses, supersubstantiellement

---

[1] Dan., ii, 19, 28-45. — [2] Gen., xli, 16, 25-36. — [3] I. p.
224. — [4] Deut., xxxii, 9. — [5] Dan., x, 21.

supérieure à toutes les puissances visibles et invisibles,
et que tous les anges à la tête de chaque nation lui
mènent comme à leur propre principe quiconque s'efforce ardemment de les suivre.

CHAPITRE X.

§ I.

Voici donc notre conclusion : la hiérarchie la plus avancée des intelligences qui entourent Dieu, initiée aux mystères par l'illustration de la théarchie, à laquelle elle tend d'une manière immédiate, est purifiée, est illuminée, est perfectionnée avec une plus secrète et plus éclatante irradiation de la théarchie, — plus secrète, parce qu'elle est plus intellectuelle, plus simplificative, plus unificative, — plus éclatante, parce qu'elle est infusée de source, qu'elle brille de sa splendeur originelle, qu'elle est plus complète, et qu'à raison de la limpidité de cette classe, elle la pénètre plus à fond.

C'est ainsi que successivement, de la façon qui leur convient, par la première hiérarchie la deuxième, par la deuxième la troisième, par la troisième la nôtre, conformément à la loi de l'éblouissante taxiarchie, avec une harmonie et une consonnance divine, s'élèvent, dans une disposition sacrée, vers le superprincipal principe et terme de tout bel arrangement.

§ II.

Tous les anges sont interprètes et messagers de leurs supérieurs :

Les plus avancés le sont de Dieu qui les meut,

Et les autres, proportionnellement, de ceux qui son
mus par Dieu,

Tant la supersubstantielle harmonie de toutes chose
a pris soin de noblement régler et graduellement dirige
tous les êtres raisonnables ou intelligents [1], qu'elle
brillamment distribués en hiérarchies, chaque hiérar
chie en ordres ou puissances d'un rang premier, moye
et dernier.

De plus, les ordres, à proprement parler, sont dis
tingués individuellement par ces mêmes divines rela
tions, d'où les augustes Séraphins, au dire des théolo
giens, criaient l'un à l'autre [2], preuve évidente, ce m
semble, que les premiers communiquaient aux deuxième
les gnoses théologiques.

§ III.

Tous, anges ou hommes, on une triple puissance.

Nous pouvons ajouter, et non sans cause, que chaqu
intelligence céleste ou humaine renferme en elle de
ordres ou puissances d'un rang premier, moyen et der
nier, en manifeste correspondance avec les diverses ana
gogies dont il a été traité dans les illustrations des hié
rarchies spéciales, par où chacune de ces intelligences
au prorata de sa capacité et de sa disposition, est admis

---

[1] Λογικῶν τε καὶ νοερῶν. Λογικῶν, λόγος discours, λέγω je dis o
mieux je rassemble, ἄγω je mène — λεία troupeau. Νοερῶν, ὁράω j
vois — νοῦς esprit, ὄψ œil — ῥέω je répands, νέος nouveau — ἔσ
désir. *Raisonnables*, les hommes dont l'âme s'arme des multiple
formes du raisonnement pour atteindre la vérité, formes qui s
résument dans l'induction et la déduction; *intelligents*, le
anges qui d'un coup d'œil, par intuition, saisissent la vérit
toujours ancienne et toujours nouvelle, indéfectible aliment d
leurs ardeurs permanentes. — [2] Is., vi, 3.

n participation de la superchaste pureté, de la superpleine lumière, et de la superachevée perfection.

Car il n'y a rien de parfait en soi et qui n'ait aucunement besoin de perfection , sinon l'essentiellement parfait en soi et la protoperfection.

CHAPITRE XI.

POURQUOI LES SUBSTANCES CÉLESTES SONT INDISTINCTEMENT NOMMÉES VERTUS CÉLESTES.

---

§ I.

Cela posé, il convient de considérer pourquoi nous avons coutume d'appeler vertus célestes toutes les substances angéliques indifféremment.

En effet, on ne peut pas dire, comme pour les Anges, que l'ordre des Vertus célestes forme le dernier de tous, et que les ordres des substances supérieures participent à la pure illustration des inférieures, sans réciproque de la part des dernières à l'égard des premières, — que c'est pour ce motif que toutes les intelligences déiformes sont appelées vertus célestes, mais nullement séraphins, trônes ou dominations, les subalternes ne jouissant pas en totalité des propriétés des plus éminentes. Ainsi, les Anges, et, avant les Anges, les Archanges, les Principautés, les Puissances, que la théologie range après les Vertus, il nous arrive bien souvent de les désigner indistinctement, tout comme les autres sublimes substances [1], par l'appellation de vertus célestes.

§ II.

Nous protestons cependant que, pour nous servir en général du nom de vertus, nous ne répandons aucune confusion sur les propriétés d'aucun ordre.

[1] Dominations, Trônes, Chérubins, Séraphins.

Seulement, puisque dans toutes les célestes intelligences, d'après leur supermondaine raison, on distingue la substance, la vertu et l'opération, alors que nous les appelons, en totalité ou en partie, substances célestes ou vertus célestes, sans y prendre garde, il faut songer que nous décrivons sous une périphrase, par leur substance ou leur vertu particulière, celles-là mêmes dont il est question; car la sublime propriété des saintes Vertus [1], que nous avons déjà dignement précisées, ne saurait être universellement attribuée à des substances inférieures, à moins que de brouiller la claire harmonie des divisions angéliques.

En effet, d'après la cause que nous en avons exposée à plus d'une reprise, les ordres supérieurs possèdent éminemment les sacrées propriétés des ordres inférieurs, mais les derniers ne possèdent pas en leur ensemble les excellences des premiers, qui des initiales illustrations de la lumière supersubstantielle, ne leur transmettent qu'une partie en rapport avec leur capacité.

[1] Vertus, cinquième ordre. V. p. 353.

CHAPITRE XII.

POURQUOI LES HIÉRARQUES HUMAINS SONT APPELÉS ANGES.

§ I.

Pourquoi no-
tre Hiérarque
est - il appelé
ange ?

Voici une question que posent encore les soigneux contemplateurs des oracles intelligibles : Comment se fait-il, si ce qui est inférieur ne possède pas dans leur universalité les qualités de ce qui est supérieur, que notre hiérarque soit appelé par les oracles l'*ange du Seigneur pantocrate* [1] ?

§ II.

Réponse à cette
question.

Cette parole ne combat nullement, à notre avis, nos précédentes définitions : nous prétendons, en effet, que les derniers ordres n'embrassent pas toute l'éminente vertu des premiers, à laquelle ils n'atteignent que partiellement, selon leur capacité, à raison de l'harmonieuse et enchaînante communication de toutes choses.

Par exemple, l'ordre des sacrés Chérubins participe à un plus haut degré à la sagesse et à la gnose, à laquelle sagesse et gnose participent aussi, moins toutefois et avec une certaine restriction, à leur mesure, les ordres des substances inférieures.

---

[1] Mal., ii, 7 ; Apoc., ii, 1, 8, 12, 18 ; iii, 1, 7, 14. La citation tout entière est prise de Malachie ; dans les endroits indiqués de l'Apocalypse ne se trouve que le mot *ange*. Pour l'expression *pantocrate, V.* p. 282-283.

Ainsi, toutes les intelligences déiformes participent en général à la sagesse et à la gnose, mais diversement, — les unes, d'une manière directe et sans intermédiaires, — les autres, en seconde main et après coup, dans les proportions de leur portée respective.

On ne court aucun risque de se tromper, en soumettant à cette loi tous les divines intelligences ; car, de même que les premières possèdent éminemment les saintes propriétés des dernières, ainsi les dernières possèdent celles des premières, mais à une plus basse limite.

Il n'y a donc rien d'absurde, je crois, à ce que, dans la théologie, notre Hiérarque soit appelé *ange*, lui qui, au prorata de sa capacité, partage avec les anges la propriété de l'enseignement, et s'exhausse, autant qu'il est donné à l'homme [1], par l'interprétation des mystères, jusqu'à leur similitude.

§ III.

On voit aussi la théologie appeler *dieux* les substances célestes et par delà nous [2], de même que les hommes d'entre nous distingués par leur sainteté et leur amour pour Dieu [3], alors cependant que l'arcane théarchique

Pourquoi les anges et même les hommes sont appelés dieux.

[1] Ἀνθρώπαις hommes, ἄνθρωπος homme, ἀνά à travers, de bas en haut — ἀθρέω je contemple — ὄπτομαι je vois ; l'homme, à la différence des animaux s'élève par l'analyse surtout à la connaissance de ce qui le frappe. *V.* Plat., *Crat.*, I, 294. — [2] Gen., XXXII, 30. — [3] Ex., VII, 1 ; Ps., LXXXII, 6. Remarquer le mot ἄνδρας hommes, ἀνήρ homme, ἀνά de bas en haut — ῥέω je coule. L'homme ἀνήρ lutte par un courant opposé, celui du bien, qui va de bas en haut, contre le courant du mal, qui va de haut en bas. *V.* Plat., *Crat.*, I, 305. Apprécier les points de divergence entre ἄνθρωπος et ἀνήρ.

supersubstantiellement s'élève en dehors et siége au-dessus de tout, et qu'aucun être ne peut proprement et universellement lui être réputé semblable.

Ce qui n'empêche pas que tous les êtres intelligents et raisonnables qui cherchent complètement, autant que possible, à s'unir à lui, et aspirent sans cesse, dans de légitimes bornes, à ses divines illustrations, en s'efforçant d'imiter Dieu, s'il est permis de s'exprimer ainsi, ne méritent le nom de *dieux*[1].

[1] *V.* p. 156, 296.

CHAPITRE XIII.

POURQUOI LE PROPHÈTE ISAÏE EST DIT AVOIR ÉTÉ PURIFIÉ
PAR LES SÉRAPHINS.

§ I.

De ce pas, élucidons, selon notre pouvoir, cette autre question, pourquoi il est dit qu'un séraphin fut envoyé à l'un des théologiens [1]. Il y en a, en effet, qui ne sauraient s'expliquer comment, au lieu d'un ange inférieur, c'est un ange rangé parmi les plus hautes substances, qui purifie le prophète.

§ II.

Or, au dire de certains, d'après la définition déjà assignée des rapports entre toutes les intelligences, les oracles déterminent, nullement que ce fut une des intelligences les plus rapprochées de Dieu, qui vint purifier le prophète, mais qu'un des anges qui nous sont préposés, ministre de cette purification, reçut par homonymie le nom de séraphin, pour avoir effacé avec le feu les péchés énumérés, et l'avoir, en lui ôtant ses souillures, ressuscité à la divine obéissance [2].

[1] Is., vi, 6, 7. — [2] *Ressuscité à la divine obéissance :* Isaïe s'écrie : *Malheur à moi, parce que je me suis tú* נדמיתי, mot que le latin *tacui* rend plus fidèlement que le grec κατανένυγμαι. Au dire de certains interprètes, le prophète avait commis une faute, toutefois vénielle, en *se taisant,* lorsqu'il aurait dû tonner

Ainsi, ajoutent-ils, les oracles entendent simplement, non pas un de ces êtres qui siégent à côté de Dieu, mais une de ces vertus purificatrices qui marchent à notre tête.

§ III.

L'ange qui purifia Isaïe rapporta son opération à un séraphin.

Un autre me donna sur la présente difficulté une solution pas du tout déraisonnable :

Selon ce commentateur, cet ange sublime, d'ailleurs n'importe lequel, qui avait façonné la vision pour révéler au théologien les choses divines, rapporta à Dieu, et, après Dieu, à la hiérarchie protoactive [1], sa sainte action de purifier.

Or, ce sentiment se fonde-t-il sur la vérite? D'après l'auteur de cette opinion, la puissance théarchique se répand sur tout et pénètre tout d'une manière irrésistible, bien qu'en cela elle reste invisible, tant à cause de sa supersubstantielle élévation en dehors de tout,

contre les désordres de la nation. *Désobéissance* à l'esprit qui le poussait.

Péchés énumérés : le prophète confesse son manquement. (Is., VI, 5.)

Par homonymie : ὁμός pareil, ὄνομα nom ; deux objets sont *homonymes*, qui ont des noms semblables, mais, sous des noms semblables, des essences absolument différentes : ainsi, *rame*, instrument de marine, *rame*, tas de papier, *rame*, branchage. (*V.* Arist., *Cat.*, I.) Le séraphin, esprit du premier ordre, possède une essence que ne possède pas le séraphin purificateur d'Isaïe, et réciproquement.

[1] Πρωτουργὸν protoactive, πρῶτος premier — ἐργάζομαι-ἔρδω je fais : qualification méritée à cette hiérarchie par les titres dont s'occupe ce paragraphe III, et aussi par sa plus étroite ressemblance avec *l'acte pur* ou *Dieu*.

que parce qu’elle envahit tout des mystérieuses opérations de sa providence.

Néanmoins, elle se manifeste, selon leur aptitude, à tous les êtres intelligents, épanchant le don de sa lumière sur les plus sublimes substances, par l’intermédiaire desquelles, en raison de leur priorité, elle le transmet aux substances inférieures, avec une admirable harmonie, suivant la faculté contemplative de chaque ordre.

Et pour m’exprimer plus clairement grâce à des paradigmes [1] appropriés à ce sujet, qui, s’ils ne conviennent guère à Dieu élevé en dehors de tout, nous offrent cependant, à nous, plus d’évidence, la splendeur solaire, en sa diffusion, n’a pas de peine à traverser la matière la plus voisine qui l’emporte sur les autres en limpidité, milieu où brille avec plus d’éclat sa coruscation.

Mais frappe-t-elle une matière plus grossière, ses rayons, en se communiquant, se voilent davantage d’obscurité, à cause de l’inaptitude de l’objet illuminé à ouvrir un passage à l’infusion de leur clarté.

C’est ainsi que peu à peu elle finit par s’épaissir, au point de ne plus se transmettre.

Pareillement, la chaleur du feu s’insinue dans un corps en raison de sa capacité à la recevoir, et de sa tendance, de sa propension à s’y assimiler.

Mais sur les substances rebelles et réfractaires, il ne se manifeste que peu ou point de traces de cette vertu ignifique.

Bien plus, elle n’agit sur ce qui n’a pas d’affinité avec elle, qu’au moyen de ce qu’elle s’est déjà identifié, de manière que, le cas échéant, elle commence par échauffer les objets facilement susceptibles de cette modifica-

---

[1] V. p. 234, note 1.

tion pyrique, pour ensuite, avec eux, élever la température de l'eau, ou de tout autre élément indocile à cette variation thermale.

C'est donc conformément aux lois du monde physique, que, dans le monde superphysique, la taxiarchie de tout accord visible ou invisible verse directement de sa source, à flots béatifiques, la splendeur de son illustration aux plus sublimes substances, par lesquelles les substances subalternes participent au rayonnement de la divinité.

En effet, ces substances qui les premières connaissent Dieu, et aspirent éminemment à la vertu [1] divine, ont l'honneur de déployer aussi les premières une puissance [2] et une opération, on ne peut plus en harmonie avec la divinité, par où elles élèvent, en leur tendance vers le bien, de toutes leurs forces, les substances inférieures jusqu'à la même similitude, leur répartissant, avec spontanéité, la lumière infusée en elles-mêmes, pour qu'elles la répartissent à leur tour aux substances subséquentes.

Ainsi, successivement, celles qui précèdent transmettent à celles qui suivent, le divin éclat auquel elles participent, et qui se distribue providentiellement entre toutes dans une convenable proportion.

Dieu donc, naturellement, véritablement, proprement, en tant que substance de la lumière, et auteur de l'être et du voir, est, pour quiconque est illuminé, le principe de l'illumination ; mais, d'après l'institution et l'imitation de Dieu, chaque substance supérieure l'est à l'égard de la substance inférieure, en lui déversant, comme un canal, la lumière divine.

Partant, c'est l'ordre le plus élevé des intelligences célestes, que toutes les autres substances angéliques re-

______

[1] Ἀρετῆς vertu. — [2] Δυνάμεως puissance.

gardent, à juste titre, après Dieu, comme le principe de toute sacrée gnose touchant Dieu, et de toute sacrée similitude avec Dieu, attendu que par eux se transmet à tous jusqu'à nous-mêmes l'illustration théarchique.

Ainsi, on rapporte toute opération sainte, reflet de Dieu, à Dieu comme à sa cause, et à ces intelligences supérieurement déiformes, comme aux premiers ministres [1] et maîtres des choses divines.

Donc la première hiérarchie des augustes anges, plus que toutes les autres, possède la propriété de l'ignition [2], — une libérale infusion de la sagesse théarchique avec la gnose au plus haut point scientifique des illustrations divines [3], — et cette prérogative de trône, signe de leur capacité à recevoir Dieu [4].

Les substances inférieures jouissent, elles aussi, de la faculté de brûler, — de savoir et de connaître, — de recevoir Dieu, mais à un moindre degré et respectivement aux premières, par qui, à raison de leur préalable assimilation à la divinité, elle sont élevées, autant que possible, jusqu'à la déiformité.

Aussi les avantages sacrés en question, auxquels les substances qui suivent participent par celles qui précèdent, les unes les réfèrent, après Dieu, aux autres, comme à leurs hiérarques.

§ IV.

L'auteur de ces considérations disait donc que la vision [5] avait été offerte au théologien par l'un des saints et bienheureux anges qui nous sont préposés, et sous la

Vision d'Isaïe. Son initiation.

---

[1] Πρωτουργοὺς ministres, πρῶτος premier — ἐργάζομαι je fais —
[2] Séraphins. *V*. p. 344-345. — [3] Chérubins. *V*. p. 344-345.
— [4] Trônes. *V*. p. 344-345. — [5] Is., vi.

splendide manuduction duquel il se serait élevé à cette intellectuelle contemplation, où il aperçut les plus éminentes substances, à parler symboliquement, au-dessous de Dieu [1], près de Dieu [2] et autour de Dieu [3], et la superprincipable majesté, superinexprimablement au-dessus de tout et d'eux-mêmes, trônant, à une hauteur infinie, au milieu des plus culminantes vertus [4].

Par ces spectacles, le théologien apprit que la divinité l'emporte incomparablement, en toute sorte de supersubstantielles excellences, sur toute vertu visible ou invisible; — de plus, qu'elle n'a absolument aucun rapport ni aucune similitude même avec les premières des substances; — enfin, qu'elle est principe et cause, effectrice des substances, et l'inébranlable fondation de l'indissoluble permanence des êtres, elle à qui même les plus transcendantes vertus sont redevables de leur être et de leur bien-être [5].

Il fut instruit encore relativement aux vertus déiformes des nobles Séraphins, dont le nom mystérieux signifie une ignition, qualité que nous ne tarderons pas à examiner [6], autant qu'il nous sera possible d'expliquer les anagogies de la vertu d'ignition vers la déiformité.

Dans cette hiéroplastie, à voir les six ailes qui, chez les intelligences supérieures, moyennes et inférieures, se levaient d'une manière libre et sublime vers la divinité, ainsi que leur quantité de pieds et leurs nombreuses faces, — à voir les ailes d'en haut et d'en bas dérober tant l'aspect des faces que des pieds, et celles du milieu s'agiter sans cesse, le théologien sacré était initié à l'intellectuelle gnose de ce qui frappait ses yeux,

---

[1] Is., vi, 1. — [2] Is., vi, 2. — [3] Ibid. — [4] Is., vi, 1. Δυνάμεων. — [5] V. p. 232-233, 260. — [6] V. p. 383-385.

comprenant ainsi la multiplement vagante et multiplement contemplatrice vertu de ces intelligences excellentes, l'auguste réserve avec laquelle elles s'abstiennent, au delà de toute mondaine expression, de scruter audacieusement, témérairement, iniquement, les plus hauts et les plus profonds des mystères, leur perpétuelle et infatigable activité à s'élancer de cime en cime jusqu'à la symétrique imitation de la divinité dans leurs opérations.

De plus, le théologien pénétrait dans la connaissance de cette hymnodie, aux louanges accumulées, en l'honneur de la théarchie, en obtenant de l'ange qui avait effectué sa vision, la communication de sa propre gnose sacrée.

Cet ange lui enseignait encore comment on se purifie, n'importe sa pureté, en participant, autant que possible, à la sainteté translucide de la théarchie.

Or, cette splendeur que, pour des motifs transcendants, la théarchie même, sur son arcane supersubstantiel, infuse à toutes les sacrées intelligences, ne laisse pas de se manifester, avec plus d'éclat et d'abondance, aux vertus les plus proches de la divinité.

Et pour les vertus du second ou du dernier rang, ainsi que pour nos âmes, autant elles sont chacune loin de ressembler à la divinité, autant elle restreint son illustration sur l'unité agnoste de son arcane.

Elle éclaire tour à tour les vertus inférieures à travers les supérieures, et, pour tout dire en un mot, c'est par les supérieures qu'elle commence à passer de son arcane au rayonnement.

Le théologien apprenait donc de son angélique illuminateur, que la Purification et toutes les opérations théarchiques, reflétées par les premières substances, rejaillissent sur toutes les autres, suivant leur individuelle capacité à participer à l'action divine; ainsi, ce n'est pas sans raison qu'il attribue, après Dieu, aux Séraphins la propriété de purifier par le feu.

Partant, nulle absurdité à dire qu'un séraphin purifia le théologien par le feu.

Car, de même que Dieu purifie tout, en sa qualité de cause de toute purification, ou plutôt, pour me servir d'une comparaison plus familière, de même que notre Hiérarque, purifiant et illuminant par ses Liturges et ses Prêtres, est censé purifier et illuminer lui-même, parce que les ordres qu'il consacre lui rapportent leurs religieuses opérations, ainsi l'ange qui travailla à purifier le théologien référa sa science et sa vertu particulière à purifier jusqu'à Dieu comme à leur cause, et au séraphin comme à l'hiérarque protoactif, disant en quelque sorte avec une angélique modestie pour l'instruction du purifié :

« De cette purification que j'opère en toi, le principe absolu, la substance, l'ouvrier, la cause, c'est celui qui a produit à l'être les premières substances, qui les a établies près de lui, qui les maintient et les conserve à l'abri de tout changement et de toute chute, qui les anime à participer aux principales opérations de sa providence. » (Oui, voilà, d'après le sentiment de mon docteur sur ce sujet, ce que signifiait la mission du séraphin.) « Or, hiérarque et maître après Dieu, l'ordre des premières substances, de qui j'ai appris moi-même à te purifier, te purifie par moi, lui par qui le principe et l'auteur de toute purification étend de son arcane jusqu'à nous les opérations de sa providence. »

Telles étaient les leçons de mon maître, et moi, je te les transmets.

Maintenant, à ton intelligente et perspicace science, de résoudre la difficulté par l'une des raisons proposées, et de la préférer à l'autre, comme la plus probable, la plus plausible, et peut-être la vraie, — ou de tirer de ton fonds quelque chose qui approche davantage du vrai essentiel, — ou d'apprendre d'ailleurs, c'est-à-dire, que Dieu enverra sa parole et que les anges l'interpréteront, et de nous révéler à nous, amis des anges, une théorie plus claire, s'il est possible, et plus digne de notre amour.

CHAPITRE XIV.

QUE SIGNIFIE LE NOMBRE ATTRIBUÉ AUX ANGES.

Les ordres des célestes substances échappent à tous nos calculs.

Il convient encore, croyons-nous, d'arrêter notre intelligence sur ce que les oracles enseignent des anges, qu'il y en a *mille fois mille* et *dix mille fois dix mille* [1], agglomérant et multipliant à leur endroit les plus élevés de nos nombres, pour nous montrer avec énergie, que les ordres des célestes substances échappent à tous nos calculs.

Tel est, en effet, le chiffre des heureuses armées des intelligences supermondaines, qu'il se dérobe à la faible et chétive appréciation de notre matérielle arithmétique, et qu'il ne peut être gnostiquement défini que par l'intellection et la science dont les favorise, avec libéralité, la sagesse créatrice, théarchique, gnose de l'interminé, — supersubstantiellement principe, substancifique cause, collectrice puissance, terme circondant de tous les êtres ensemble.

[1] Dan., VII, 10.

CHAPITRE XV.

---

§ I.

Mais enfin, si bon te semble, nous allons, relâchant notre regard intellectuel de la tension propre aux sublimes contemplations touchant les anges, descendre à la platitude divisée et multiple d'un variable polymorphisme dont les anges revêtent les caractères, pour ensuite remonter analytiquement [1] de cette sorte d'images à la simplicité des substances célestes.

Les anges tour à tour commandent et obéissent.

[1] Ἀναλυτικῶς analytiquement. R. Ἀνά de bas en haut . λύω je délie, résous. La méthode analytique est une méthode de résolution ou de décomposition, par laquelle on remonte des effets aux causes, des conséquences aux principes, du particulier au général, du multiple au simple. La méthode synthétique (Σύν avec, τίθημι je mets, pose), au contraire, descend du simple au multiple, du général au particulier, des principes aux conséquences, des causes aux effets. Synthèse et analyse, double

Or, tu dois, au préalable, savoir que les explications de ces images hiérotypiques montreront de temps à autre les mêmes rangs des substances célestes tour à tour commandant et commandés au point de vue sacré, ayant tous, nous l'avons dit, des vertus supérieures, moyennes et inférieures, sans que la moindre absurdité résulte de ce mode d'interprétation.

Si nous prétendions, en effet, qu'au point de vue sacré, certains rangs qui sont commandés par de précédents, les commandent ensuite, et que les précédents qui en commandent de subséquents, sont commandés après coup par ceux-ci qu'ils commandent, ce serait là une assertion vraiment déraisonnable et pleine de confusion.

Mais si nous soutenons qu'au point de vue sacré, ces rangs commandent et sont commandés, non pas sur un pied d'égalité ou de réciprocité, mais en ce sens que chacun d'eux est commandé par de précédents, et qu'il en commande de subséquents, personne ne disconviendra, sous peine d'extravaguer, que les hiéroplastiques formes des oracles ne puissent parfois, sans modification, s'appliquer, avec autant de propriété que de vérité, aux vertus premières, moyennes et dernières.

Ainsi, la tendance à s'élancer en avant, la constante révolution sur elles-mêmes, en sauvegardant leurs vertus particulières, la participation à la vertu providentielle dans leur procession communicative envers

---

courant entre le ciel et la terre ; de Dieu à l'homme, la synthèse ; de l'homme à Dieu, l'analyse ; Dieu se transmet par le composé, et l'homme passe le composé à l'alambic de ses facultés pour en distiller le *un*, sa véritable vie. A suivre Denys dans cette opération, on ne verra pas le *un* s'en aller en fumée, et ne rester dans la cucurbite qu'un *caput mortuum*, excrément du diable le *menteur*.

leurs subalternes, toutes les substances célestes en sont ornées, sans mentir, mais diversement, nous l'avons souvent répété, les unes d'une manière éminente et totale, les autres en partie et au rabais.

§ II.

Or, abordons notre sujet, en cherchant, au début de nos élucidations des types, à quel titre on voit la théologie priser en quelque sorte au-dessus de toutes les autres l'hiérographie du feu.

Oui, on la voit façonner, non-seulement des roues embrasées [1], mais encore des animaux de flammes [2], et des hommes fulgurants [3]; supposer, tout autour des célestes substances, des monceaux de braises brûlantes [4], et des fleuves qui roulent, avec un horrible fracas, des vagues incandescentes [5]; de plus, citer l'ardeur des Trônes [6], et proclamer, à témoin leur nom, que les Séraphins allument des incendies, et leur attribuer les propriétés et l'énergie pyriques [7]; bref, favoriser d'un glorieux choix à tout propos la typoplastie ignée.

L'espèce du feu [8], à mon avis, signifie la plus grande déiformité dans les célestes intelligences.

Car les théologiens sacrés décrivent maintes fois la substance supersubstantielle et amorphe sous l'emblème du feu, qui, s'il est permis de s'exprimer ainsi, offre plusieurs images visibles de la propriété théarchique :

[1] Dan., VII, 9. — [2] Ez., I, 13, 14. — [3] Ez., I, 26, 27. — [4] Ez., X, 2. — [5] Dan., VII, 10. — [6] Dan., VII, 9. — [7] Is., VI, 6, 7. — [8] Dans le *Cratyle* de Platon, I, 302, Socrate refuse de donner à Hermogène l'étymologie de πῦρ feu, sous prétexte que ce nom offre une physionomie étrangère, phrygienne ou autre. Racine רור lever, veiller, briller, etc., d'où par l'addition de la

En effet, le feu sensible, pour ainsi dire, est en tout, se mêle, sans se confondre, avec tout, et se distingue de tout;

Manifeste à la fois et caché, il est inconnu en soi sans une matière où montrer son opération.

Irretenable et invisible, il dompte tout en soumettant ce qu'il entame à son opération;

Il modifie les objets, en se les assimilant, en raison de leur proximité;

Il rajeunit par sa chaleur vitale, et illumine de ses brillantes clartés;

Il est insaisissable, il ne souffre pas de mélange;

Il décompose, il brave le changement,

Il monte, il perce, il s'élève, il ne saurait s'abaisser vers la terre;

Il se meut sans cesse, il se meut lui-même, il meut le reste;

Il prend, il n'est pas pris;

Il n'a pas besoin d'aide, il se développe lui-même sourdement;

En toute matière apte à le recevoir, il resplendit avec majesté;

Il est actif, il est énergique;

Il est en tout invisiblement présent;

Négligé, il semble ne pas exister; mais, sous le choc qui pour ainsi dire le provoque, soudain il éclate avec son élan naturel, puis coup sur coup il s'élève, déploie son vol sublime, et se communique largement sans jamais s'amoindrir.

labiale, πῦρ; d'où, en latin, *ur-ere*, qui, de la même manière, produit *com-bur-ere*. Noter qu'aux différents passages ci-dessus insinués, l'hébreu lui-même ne porte pas toujours רו, mais parfois un synonyme, אש, par exemple. ר marque le mouvement, et ו, la fécondité, la vie.

On pourrait découvrir encore maintes propriétés particulières au feu, quasi images sensibles des opérations théarchiques.

C'est par suite de cette connaissance, que les théosophes symbolisent les célestes substances au moyen du feu, en signe de leur similitude avec la divinité, et de leur modelage sur la divinité, dans la mesure de leurs facultés.

§ III.

On les représente aussi sous la forme humaine [1], parce que l'homme est intelligent, qu'il peut regarder en haut, qu'il a une stature droite et sublime, qu'il est né pour le principat et l'hégémonie, que, si, en comparaison des animaux irraisonnables, il ne possède les facultés sensitives qu'à un moindre degré, il règne cependant sur tous par l'éminente vertu de son intelligence, par la souveraineté de sa science logique, et par son âme naturellement libre et invincible.

Symbolisme de la forme humaine.

Rien n'empêche, selon nous, de puiser encore en chaque partie de notre corps, d'harmonieuses images des vertus célestes.

Par exemple,

La faculté de la vue [2] signifiera leur perspicacité à contempler la divine lumière, en même temps que leur simplicité subtile, leur limpidité pure, leur docilité ample à recevoir impassiblement [3] les splendeurs théarchiques.

La faculté de distinguer les odeurs marquera la puissance de percevoir, autant que de raison, les suaves

[1] Gen., XXXII, 24. — [2] Ez., I, 18; *Ibid.*, IX, 5. — [3] Ἀπαθῶς impassiblement, R. ἀ pr. — πάσχω je souffre.

émanations au-dessus de l'intelligence, d'en discerner avec science et d'en fuir sans réserve les contraires [1].

Le sens de l'ouïe dénotera le privilége de participer à l'inspiration théarchique, et de la recevoir à titre de gnose.

Le sens du goût exprimera leur avantage de se rassasier de nourritures intellectuelles, et de s'abreuver de divines délices [2].

Le sens du toucher figurera leur science à démêler ce qui est profitable et ce qui est nuisible [3].

Les paupières et les sourcils symboliseront la conservation des intellections théoptiques.

L'âge de l'adolescence et de la jeunesse [4] désignera leur puissance vitale toujours dans sa vigueur.

Les dents représenteront leur énergie à diviser le parfait aliment qui leur est dévolu ; car chaque substance intelligente, après avoir reçu d'une plus divine l'intellection uniforme, par une providentielle puissance, la divise et la multiplie en faveur d'une inférieure, selon sa capacité anagogique.

Les épaules, les bras [5] et les mains [6] montreront la vertu de faire, d'agir et d'exécuter.

Le cœur annoncera leur vie déiforme, qui, par une tendance à la bonté, répand sa puissance vitale sur tous les êtres confiés à leur providence.

La poitrine [7] révèlera l'inexpugnable rempart à l'abri duquel le cœur distribue ses dons vivifiants.

Le dos [8] proclamera la concentration de toutes les puissances génératrices de la vie.

Les pieds [9] spécifieront l'incessance, la rapidité, la vi-

---

[1] Gen., VIII, 21. — [2] Gen., XIX, 3. — [3] Gen., XXXII, 25. — [4] Marc., XVI, 5. — [5] Dan., X, 6. — [6] Dan., X, 10. — [7] Apoc., XV, 6. — [8] Dan., X, 5. — [9] Is., VI, 2.

tesse du perpétuel mouvement qui les pousse vers le
divin : — d'où la théologie nous a représenté avec
des ailes [1] les célestes intelligences; car les ailes retracent la vélocité de l'anagogie, l'élévation transcendante, l'acheminement à la sublimité, la fuite loin de la
terre dans les sphères supérieures; la légèreté des ailes
rappellera, avec l'affranchissement de la matière, le
complet élan, en dehors de toute altération et de toute
pesanteur, vers les régions d'en haut.

L'absence de vêtement et de chaussure caractérisera
le dégagement, la liberté, l'indépendance, l'exemption
de tout accessoire extérieur, ainsi que l'assimilation,
autant que possible, à la simplicité divine.

§ IV.

Comme d'ailleurs la sagesse simple et variée [2] entoure
de vêtements leur nudité, et leur donne à porter certains objets, voyons d'expliquer, selon nos moyens, les
saints habits et les instruments des intelligences célestes.

Leur robe, à notre avis, exprime, ignée, la ressemblance avec la divinité de par l'image du feu, — brillante [3], leur lucidité dans le repos du ciel, séjour de la
lumière, et leur faculté d'illustrer en tant qu'intelligibles, et d'être illustrées en tant qu'intelligentes, — hiératique [4] enfin, la mission d'élever aux divins et mystiques spectacles, et d'imprimer une consécration à la
vie tout entière.

Les ceintures marquent la conservation de leurs puissances génératrices, et que leur habitude à les recueillir

Symbolisme des robes et des ceintures.

---

[1] Ez., I, 6. — [2] Eph., III, 10. — [3] Jo., XX, 12. — [4] Dan., X, 5.

se replie unement sur elle-même, et avec grâce roule en cercle autour d'elle-même suivant une indissoluble mêmeté.

§ V.

Symbolisme des verges, lances, haches, instruments géométriques et architectoniques.

Les verges [1] dénotent la charge de régir, de conduire, de tout mener à fin avec droiture.

Les lances [2] et les haches [3] manifestent leur aptitude à séparer les dissemblables, et la pénétration, l'activité et l'efficacité de leurs puissances en ce discernement.

Les instruments géométriques [4] et architectoniques [5] dévoilent la faculté de fonder, d'édifier, de parachever, et tout ce qui concerne la providence relative à l'anagogie et à la conversion des inférieurs.

Il arrive aussi que les objets affectés aux saints anges symbolisent les jugements de Dieu à notre égard, exprimant, les uns les corrections de sa discipline [6] ou les vengeances de sa justice [7], — les autres la délivrance du danger [8], la fin du châtiment, le retour à la félicité première, la concession d'autre dons petits ou grands, sensibles ou intellectuels [9]; et certainement aucune intelligence, avec de la clairvoyance, ne sera embarrassée dans l'application du visible à l'invisible.

§ VI.

Symbolisme des vents et des nuées.

Le nom de vents [10] représente la promptitude de leur opération, qui s'exerce, pour ainsi dire, instantanément

---

[1] Judic., VI, 21. — Τὸ βασιλικὸν, régir, *V.* p. 295. — [2] Gen., III, 24. — [3] Ez., IX, 2. — [4] Apoc., XXI, 15; Ez., XL, 3. — [5] Am., VII, 7. — [6] Num., XXII, 31. — [7] II. Reg., XXIV, 16. — [8] Apoc., XX, 1. — [9] Zach., III, 9. — [10] Ἀνέμους vents, R., Ἄω je souffle — εἶμι je vais, qui va en soufflant. Ps. CIV, 4; Dan., VII, 2.

sur tout, leur faculté à se mouvoir en tous sens, de
haut en bas et de bas en haut, pour élever leurs inférieurs à de plus sublimes sommets, et descendre, supérieurs, à ces inférieurs, par une procession communicative de providence.

On pourrait dire aussi que le nom de vent, souffle
aérien, caractérise la déiformité des célestes intelligences; n'offre-t-il pas, en effet, — comme, dans la *Théologie symbolique*, en donnant l'explication mystique des
quatre éléments, nous l'avons démontré avec plus de
détails, — une image et un type de l'opération théarchique, lui qui, de nature, remue et vivifie, dont le
vol est impétueux et irrésistible, arcane à nous agnoste
et invisible dans les principes et les termes de son mouvement : car *tu ne sais pas*, est-il dit, *d'où il vient et
où il va* [1].

La théologie les montre aussi sous l'idée de nuée [2],
afin d'apprendre que ces saintes intelligences sont supermondainement remplies de secrète lumière, — qu'a-
près avoir reçu, sans s'enorgueillir, à sa première apparition, cette immédiate splendeur, elles la transmettent
à leurs subalternes libéralement, mais affaiblie dans son
éclat et suivant leur capacité respective, — et qu'enfin
elles ont le privilège de féconder, de vivifier, de développer, de perfectionner, en répandant une pluie intellectuelle, dont la fertile irrigation prédispose le sein qui
en est humecté, à d'immortelles parturitions [3].

[1] Jo., III, 8. — [2] Ez., X, 4. — [3] *V.* p. 283, la nature de ces
parturitions.

§ VII.

L'électre [1], l'airain [2], et les pierres polychromes [3] représentent encore dans la théologie les substances supermondaines ; pourquoi ?

L'électre, composé à la fois d'or et d'argent, exprime, par l'or, leur incorruptible, inépuisable, indéfectible, immaculée splendeur, — et, par l'argent, leur éclat limpide, lumineux et céleste.

L'airain, d'après les raisons déjà exposées, emporte la ressemblance avec le feu [4] ou l'or.

Les pierres polychromes désignent, semble-t-il, les blanches [5] ce qui tient de la lumière, — les rouges ce qui tient du feu, — les jaunes [6] ce qui tient de l'or, — les vertes [7] ce qui tient de la jeunesse et de la force ; de manière que, pour chaque espèce, on trouve sous l'image représentative un sens anagogique.

Mais, comme nous croyons en avoir assez dit, proportionnellement à nos moyens, sur ce sujet-là, passons à la sacrée explication des formes animales sous lesquelles se symbolisent religieusement les célestes intelligences.

§ VIII.

Or, la forme de lion [8] exprime, il est à penser, cette force capitale, véhémente, indomptable, avec laquelle les anges tâchent, autant que possible, d'imiter l'ar-

[1] Ez., VIII, 2. — [2] Ez., XL, 3. — [3] Apoc., XXI, 18-20. — [4] *V.* p. 383-385. — [5] Apoc., XXI, 19. Chalcédoine. — [6] Apoc., XXI, 20. Chrysolithe. — [7] Apoc., XXI, 19. Emeraude. — [8] Apoc., IV, 7 ; Ez., I, 10.

canc de l'ineffable théarchie, en dérobant leurs intellectuels vestiges qu'ils enveloppent d'un mystérieux déguisement sur la route par laquelle les y élève la divine
illustration.

La forme de bœuf [1] marque, avec leur robusticité,
leur aptitude à ouvrir de larges sillons intellectuels pour
recevoir les fécondes ondées du ciel; les cornes annon-
cent leur puissance conservatrice et invincible.

La forme d'aigle [2] rappelle la royauté, la sublimité
de l'essor, la rapidité du mouvement, l'agilité, la promptitude, la facilité à saisir la nourriture fortifiante, en
même temps que l'énergie à contempler, avec la vigou-
reuse fixité des puissances optiques, sans obstacle, directement, en face, la riche et éblouissante splendeur
lancée par le soleil théarchique.

La forme de cheval [3] indique l'obéissance et la docilité, — si l'animal est blanc [4], l'éclat le plus voisin de
la lumière divine, — s'il est cyanique [5], l'arcane, — s'il
est rouge [6], la puissance et l'activité du feu, — s'il est
tacheté de blanc et de noir [7], la capacité de servir de
médiateur unitif entre les extrêmes, et de joindre provi-

---

[1] Apoc., iv, 7; Ez., 1, 10. — [2] *Ibid.* — [3] Apoc., vi, 2, 3, 4,
5, 8. — [4] Apoc., vi, 2. — [5] Apoc., vi, 8. — [6] Apoc., vi, 4. —
[7] Apoc., vi, 2, 5.
Comment *cyanique, rouge, tacheté de blanc et de noir !* s'é-
criera un hippomane; mais c'est *bai, isabelle, pie...* Je conçois
le purisme du turf : *cyanique* pue la chimie, *sulfide cyanique;*
κυανός pourtant est l'azur de la mer, du ciel, teinte qui en exprime la profondeur ou l'*arcane;* le mot est juste, on le garde :
de gracieuses fleurs ne l'abritent-elles pas sous leurs bleus pé-
tales? *Centaurea Cyanus.* Du temps de Denys, la chemise de
la femme d'Albert n'avait pas été mise à la lessive de la gloire
chevaline, et *margot* ne sautillait pas tant, dans la vaniteuse
pensée d'être aussi remarquée par son plumage que par son
ramage.

dentiellement tour à tour le supérieur à l'inférieur et l'inférieur au supérieur.

N'était le désir de ne pas étendre outre mesure notre discours, nous appliquerions, sans extravaguer, aux célestes puissances, suivant des similitudes dissemblables, une à une, les propriétés des animaux susdits et leurs dispositions corporelles.

Ainsi, nous montrerions dans leur puissance irascible l'intelligente force dont la colère n'est que le plus faible écho, — dans leur puissance concupiscible l'amour divin, — et, pour tout dire succinctement, dans tous les sens et les multiples parties des animaux sans raison les intellections immatérielles et les uniformes puissances des substances célestes.

Au reste, pour qui a de la conception, il suffit, je ne dirai pas de tous ces développements, mais même de l'explication d'une seule image dissemblable, à l'effet d'en comprendre également une foule d'autres.

§ IX.

Symbolisme des fleuves, des roues, des chars, de la joie.

Examinons encore la signification des fleuves [1], des chars [2] et des roues [3], emblèmes des célestes substances. Voici :

Les fleuves de feu expriment les théarchiques canaux qui, du sein de la théarchie, leur versent, avec abondance, des flots intarissables, et nourrissent leur féconde vitalité ;

Les chars, leur société et leur union, d'après leur conformité ;

----

[1] Dan., vii, 10. — [2] iv. Reg., ii, 11. — [3] Ez., x, 2. גלגל *gel-gel* ou mieux *galgal*. Racine, גלל rouler, ou גלה dérouler.

Les roues ailées, qui, sans jamais revenir en arrière ni dévier à droite ou à gauche, marchent en avant, leur activité à se mouvoir, selon une droite et fixe ligne, dans la voie exempte de plis et d'anfractuosités où s'accomplit supermondainement leur intelligente rotation.

On peut encore expliquer par une autre anagogie l'iconographie des roues intelligentes : en effet, il leur a été décerné, comme dit le théologien, le nom de *gelgel*, qui, en langue hébraïque, signifie *révolution* et *révélation*. De fait, les roues ardemment déiformes ont leurs *révolutions*, toujours en mouvement autour de l'immuable bien, et leurs *révélations*, manifestant les mystères, dans un va-et-vient de catagogie et d'anagogie qui transmet à l'humilité des subalternes les illustrations de la sublimité.

Il nous reste à expliquer enfin comment se conçoit la joie des ordres célestes [1] : ils sont, en effet, incapables de notre passible volupté [2]; on dit donc qu'ils se réjouissent avec Dieu du retour de ce qui était perdu, de par leur déiforme délectation [3], et leur excès de boniforme gaîté [4] touchant la providence et le salut des convertis à Dieu, — de par cette inexprimable eupathie [5] à

---

[1] Luc., xv, 10. Χαρᾶς joie, R. Χέω je répands — ῥέω je coule. La joie est un mouvement d'effusion. *V.* Plat. *Crat.*, i, 309. — [2] Ἡδονῆς, volupté. « ..... ἡδονὴ, ce qui me semble avoir ce nom, c'est l'action tendant à l'*utilité* ὄνησιν; c'est par l'insertion du δ, qu'au lieu de ἡ-ονὴ, on dit ἡ-δ-ονή. » (Plat., *Crat.*, i, 308-309.) — [3] Ῥαστώνην délectation, R. Ῥοή courant, ἴδιος propre, ὄνησις utilité. — [4] Εὐφροσύνην gaîté. « ..... ce nom (εὐφροσύνη) vient de ξυμφέρεσθαι *être porté avec*, ψυχὴν *âme*, — εὐφεροσύνην, à la rigueur; cependant on dit εὐφροσύνην. » (Plat., *Crat.*, 309.) — [5] Εὐπάθειαν eupathie, R. Εὖ bien, πάσχω (je souffre) je me trouve, — je suis dans un état bon. Chercher l'*utile* (le *unum necessarium*), le poursuivre dans son vrai courant (du côté de l'absolu), le saisir au fond des choses en vibrant ensemble (mul-

la participation de laquelle, maintes fois, furent admis de sacrés personnages dans les visites déifiques des divines illustrations.

Voilà sur les fictions sacrées mes considérations, qui, sans les résoudre de bout à fond, nous empêcheront néanmoins, j'espère, de nous arrêter en rien ni pour rien à la grossièreté des représentations typiques.

Que si tu nous reproches de ne pas avoir mentionné, les unes après les autres, les puissances, les opérations et les images angéliques, à l'instar des oracles, — nous répondrons, ce qui est vrai, que nous sommes étranger à la supermondaine science d'une partie, pour laquelle il nous faudrait plutôt à nous-même l'illumination d'un révélateur, et que nous n'en avons pas touché une autre de même nature que ce qui avait été déjà traité, dans le double but de garder de la mesure dans nos discours, et d'honorer par le silence l'arcane au-dessus de notre portée.

tiple ramené au un), se rapprocher, au possible, de l'acte pur (déification), ô joie χαρά! C'est la plénitude qui déborde.

FIN DE LA HIÉRARCHIE CÉLESTE.

DE LA
HIÉRARCHIE ECCLÉSIASTIQUE
DE
SAINT DENYS L'ARÉOPAGITE.

DENYS, PRÊTRE,
A TIMOTHÉE, AUSSI PRÊTRE.

CHAPITRE I.

CE QU'EST, D'APRÈS LA TRADITION, LA HIÉRARCHIE ECCLÉSIASTIQUE, ET QUEL EST SON BUT.

§ 1.

Que notre hiérarchie, ô le plus pieux de nos pieux enfants, renferme une science, une opération et une perfection dont Dieu est le principe, dont Dieu est le moyen et dont Dieu est le terme, c'est ce que, d'après les supermondains et sacrés oracles, nous devons démontrer à ceux qui, par les mystères et les traditions hiérarchiques, furent consommés dans l'auguste télète de la mystagogie.

Pour toi, avise à ne pas te faire un jeu de révéler le *Saint des saints;* révère, au contraire, et honore, par un gnosticisme aussi accessible à l'intelligence qu'inabordable aux sens, l'arcane de la divinité, dérobant les choses religieuses à l'atteinte et au contact des irréligieux, les communiquant, ainsi le demande la religion, aux seuls religieux dans une religieuse illustration.

Donc, comme la théologie nous l'apprend, à nous, ses fidèles, Jésus lui-même, l'intelligence souverainement théarchique et supersubstantielle, — de toute hiérarchie, sanctification et théurgie, le principe, la substance et la vertu souverainement théarchique, — rayonne sur les bienheureuses substances au-dessus de nous une clarté plus brillante à la fois et plus intelligible, en les transformant, autant que possible, en sa propre lumière.

Egalement, par l'amour du beau qui s'élève et nous élève à lui, il réduit nos multiples autretés, et, nous consommant dans la divine uniformité de vie, d'habitude, d'opération, il nous départ, avec une sacrée convenance, la vertu du sacerdoce divin; de manière que, saintement admis aux fonctions hiératiques, nous nous rapprochions davantage des substances au-dessus de nous, en imitant, selon notre capacité, la constance et l'invariabilité de leur auguste fondation, et qu'ainsi les yeux tournés vers la théarchique et fortunée lumière de Jésus pour découvrir religieusement ce qu'il est permis de voir, après que nous aurons pénétré, suivant la mystique science, dans la gnose de ces spectacles, nous puissions être consacrés et consécrateurs, déifiés et déificateurs, perfectionnés et perfecteurs.

§ II.

Or, quelle est la hiérarchie des Anges, Archanges, supermondaines Principautés, Puissances, Vertus, Dominations, divins Trônes, et substances rangées avec les Trônes, auxquelles la théologie assigne une perpétuelle et constante place autour de Dieu et avec Dieu, les appelant en hébreu Chérubins et Séraphins, pour le savoir, tu n'as qu'à parcourir ce que, touchant les différents ordres sacrés de cette harmonieuse hiérarchie, nous avons proclamé, non pas, à la vérité, comme il eût convenu, mais selon nos moyens, et d'après les explications théologiques des saintes Écritures.

Rapports et différences entre les deux hiérarchies angélique et ecclésiastique.

Il est néanmoins nécessaire de rappeler que cette hiérarchie et toute celle que nous sommes à même de célébrer, n'ont, dans toutes leurs sacrées fonctions, qu'une seule et même vertu, à savoir, que leur propre Hiérarque, — autant que le comporte sa substance, sa capacité, son ordre, — initié aux choses divines, déifié, transmette à ses inférieurs, en raison de leur compétence respective, l'auguste déification dont Dieu l'a favorisé lui-même, qu'aux supérieurs obéissent les inférieurs, tout en poussant au progrès leurs subalternes, que ceux-ci, avançant, servent de guide au reste, et que, grâce à cette souveraine et graduelle harmonie, chacun, à sa mesure, participe au véritable être beau, sage et bon.

Mais les substances des ordres au-dessus de nous, objet de nos précédentes et saintes investigations, sont incorporelles, et leur hiérarchie, intelligible et supermondaine ; tandis que nous voyons dans la nôtre, eu égard à notre nature, abonder une foule de symboles sensibles, au moyen desquels nous nous élevons, suivant une progression sacrée, en raison de nos facultés, à l'uniforme déification.

Ces substances, en tant qu'intelligences, conçoivent, comme de juste, intellectuellement, Dieu et la vertu divine; nous, au contraire, ce n'est que par de sensibles images que nous nous exhaussons, autant que possible, jusqu'aux divines contemplations.

A dire le vrai, le un est ce à quoi aspirent tous les êtres déiformes; mais, s'ils participent à l'être même, un, ce n'est pas d'une manière unique, mais selon que la divine dispensation l'accorde à chacun au prorata de ses attributions.

D'ailleurs, dans notre traité *De l'intelligible et du sensible*, nous sommes entré à cet égard dans les plus grands détails; actuellement, nous essaierons d'exposer de notre mieux notre hiérarchie, après avoir invoqué Jésus, principe et perfection de toutes les hiérarchies.

§ III.

Or, toute hiérarchie, d'après notre vénérable tradition, est la raison complète des sujets sacrés, sommation [1] la

[1] En éclaircissement, un exemple tiré des *sommations* mathématiques :

Soit la progression géométrique

$$a : b : c : d : e : f : g$$

$$S = \frac{gq - a}{q - 1}$$

La formule $\dfrac{gq - a}{q - 1}$ représente la *hiérarchie* avec tout ce qu'elle embrasse, — représente, c'est entendu, tant bien que mal, *omnis comparatio claudicat*, les *sujets* de la hiérarchie n'étant pas tous de même nature comme les *termes* de la progression.

plus universelle du sacré dans telle ou telle hiérarchie à volonté.

Ainsi, notre hiérarchie se définit et est un maniement collectif de tout le sacré à elle relatif, de par lequel le divin Hiérarque, après son initiation, participe à tout le sacré à lui relatif, témoin son nom qu'il tire de la hiérarchie.

Car comme le mot de hiérarchie exprime à la fois sommairement la coordination de tout le sacré, de même le mot d'hiérarque désigne un homme à Dieu et divin, savant dans toute gnose sacrée, en qui est purement consommée et reconnue toute sa hiérarchie.

Le principe de cette hiérarchie est la Triade, source de vie, substance de la bonté, cause une des êtres, qui, par l'effusion de cette bonté, donne aux êtres l'être et le bien-être.

Or, cette béatitude, superéminemment théarchique, qui est, en vérité, trine monade, d'une façon à nous incompréhensible, mais à elle connue, veut le salut de toute créature raisonnable, soit d'entre nous, soit parmi les substances au-dessus de nous, salut qui ne saurait s'opérer que par la déification des sauvés, et la déification est, dans la mesure du possible, l'assimilation et l'union à Dieu.

Le terme commun de toute hiérarchie, c'est une généreuse charité envers Dieu et le divin, laquelle éclôt saintement au souffle unitif de Dieu ; c'est, au préalable, le complet et irrévocable dépouillement de tous les contraires ; c'est la gnose des êtres en tant qu'êtres, la vision et la science de la vérité sacrée, la divine participation à l'uniforme perfection du un même au plus haut degré, le rassasiement de l'épopsie qui nourrit intellectuellement et déifie tous ses contemplateurs.

§ IV.

Ainsi, nous disons que la béatitude théarchique, divinité par nature, principe de la déification, qui déifie ceux qui doivent être déifiés, par un effet de sa bonté divine, a octroyé une hiérarchie pour le salut de toutes les substances soit raisonnables soit intelligentes.

Or, elle l'a octroyée aux êtres supermondains, dans le sein du fortuné repos, d'une manière plus immatérielle et plus intellectuelle, attendu que Dieu les meut vers le divin, non pas au moyen d'objets extérieurs, mais en les illustrant intérieurement et intellectuellement, avec une pure et immatérielle lumière, de la plus divine volonté; et à nous, — à la différence de ces êtres qui en ont été gratifiés avec autant de simplicité que d'unité, — sous une variété et une multitude de symboles divisibles, à notre portée, dans les oracles émanés de Dieu.

Car les oracles émanés de Dieu forment la substance de notre hiérarchie. Et par ces vénérables oracles, nous entendons, non-seulement ce que nos saints initiateurs, sous la dictée divine, nous ont légué dans leurs agiographes et théologiques deltas, mais encore ce que ces augustes personnages, par un enseignement plus immatériel et déjà presque à la hauteur de la hiérarchie céleste, intelligence à intelligence, d'une façon corporelle sans doute, puisqu'ils parlaient, mais aussi plus immatérielle, puisqu'ils n'écrivaient pas, ont appris à nos instituteurs.

Mais c'est sous des symboles sacrés et non à intellection découverte, que les divins Hiérarques ont exposé ces objets dans la partie commune de leur saint ministère [1] : car tous ne sont pas saints , et, comme disent les oracles, la gnose n'est pas à tous [2].

§ V.

Il était donc nécessaire que les premiers chefs de notre hiérarchie, — qui sont eux-mêmes, par la supersubstantielle théarchie, remplis du don sacré , et , par la bonté de la théarchie , chargés de le répandre à leur tour sur leurs inférieurs, — ardemment désireux, en leur déiformité, de procurer l'anagogie et la déification des moins avancés, nous transmissent sous de sensibles images les objets supercélestes, avec une diverse multiplicité la collective unité, dans le matériel l'immatériel, dans l'humain le divin, dans le nôtre le supersubstantiel, — et cela au sein de leurs enseignements écrits ou non écrits, — telles sont les règles saintes, non-seulement par rapport aux profanes qui ne doivent pas même toucher aux symboles, mais encore parce que sur les symboles, comme je l'ai dit, en harmonie avec notre être propre, repose notre hiérarchie qui a besoin du sensible pour notre anagogie plus divine vers l'intelligible.

Toutefois les raisons des symboles sont connues des divins initiateurs, qui se garderont d'en instruire personne encore dans la voie de la perfection , se rappelant que les divins disciples, instituteurs des rites sacrés, ont basé la hiérarchie sur l'invariable et distincte gradation des ordres, et sur de religieuses attributions convenablement dévolues à chacun selon son mérite.

C'est pourquoi, persuadé par ta pieuse promesse , — car il est bon de la remémorer, — que tu n'expliqueras

Pour quel motif en notre hiérarchie les mystères sont révélés sous des symboles.

---

[1] Marc, iv, 11. — [2] 1. Cor., viii, 7.

pas à d'autres qu'à des initiateurs de ton rang , en possession de la déiformité, toute la transcendante hiérologie de la hiérarchie , et que tu leur réclameras aussi la promesse, conformément à la loi hiérarchique , de traiter avec pureté ce qui est pur, de ne communiquer qu'aux divins ce qui est déifique, qu'aux perfectibles ce qui perfectionne, qu'aux saints ce qui renferme toute sainteté, je t'ai départi, avec d'autres trésors de la hiérarchie, le don émané de Dieu.

CHAPITRE II.

PARTIE I.

DE CE QUI S'ACCOMPLIT DANS L'ILLUMINATION.

Ainsi, nous l'avons saintement expliqué, le but de notre hiérarchie est de nous assimiler et de nous unir, autant que possible, à Dieu.

Or, comme enseignent les divins oracles, nous n'y réussirons que par la charité et l'observation des plus augustes préceptes : car, est-il dit, *celui qui me chérit gardera ma parole, et mon Père le chérira, et nous viendrons à lui, et nous ferons en lui notre demeure* [2].

Mais en quoi consiste le principe relatif à l'observation des plus augustes préceptes? A disposer de la manière la plus convenable les habitudes de notre âme à la réception des autres hiérologies et hiérurgies [3], à nous frayer la route anagogique du repos supercéleste [4], à nous conférer une sainte et divine génération [5].

L'illumination est une génération spirituelle, et le principe des œuvres supernaturelles.

[1] Chaque chapitre de la *Hiérarchie ecclésiastique*, à l'exception du Ier, se divise en trois parties : la première expose comment et à quoi sert la *télète* (moyen de perfection), objet du chapitre; la deuxième en énumère les signes ou symboles, le μυστήριον, écorce *sensible* qui, en le recouvrant, annonce l'*intelligible*; et la troisième, θεωρία, brise cette écorce, du sensible dégage l'intelligible, et par celui-ci nous donne la science de celui-là. — [2] Jo., XIV, 23. — [3] Jo., I, 13. — [4] Jo., III, 5. — [5] *Ibid.* — « La génération γένεσις en général est le passage à l'être en général. » (Arist., *De la génér. et de la corrupt.*, l. I, c. III.)

« Le baptême est une sorte de *génération* spirituelle, en ce

En effet, ainsi le déclare notre illustre maître, le premier mouvement de l'intelligence vers le divin, c'est la charité de Dieu, et l'initial ébranlement πρόοδος de la charité sacrée dans l'exécution des divines ordonnances, c'est l'ineffable production en nous de l'être divin.

Or, comme la génération divine détermine l'être divin, jamais personne ne comprendra ni ne pratiquera rien des divines prescriptions, à moins qu'il n'en obtienne de subsister divinement.

De même, ne devons-nous pas, humainement parlant, subsister avant que d'agir, par la raison que ce qui n'est d'aucune manière, n'a pas plus le mouvement que la subsistance, et que ce qui est d'une façon ou d'une

sens que son sujet meurt à la vieille vie, et commence à mener une vie nouvelle. » (S. T., p. III, q. LXVI, a. IX.) Passage de la vie charnelle à la vie spirituelle, du non-être divin à l'être divin : *Qui, non des sangs, ni de la volonté de la chair, ni de la volonté de l'homme, mais de Dieu, ont été* générés. (Jo., I, 13.)

« Lorsqu'une chose est *générée*, elle reçoit avec la forme l'effet de la forme...... De même, le sujet du baptême, qui reçoit le caractère comme forme, en reçoit aussi l'effet, à savoir, la grâce remettant tous les péchés. » (S. T., p. III, q. LXIX, a. X.) « Le sujet du baptême est délivré de la dette de toute peine exigible pour ses péchés. » (S. T., p. III, q. LXIX, a. II.) Coulpe et réat, deux obstacles sur la route du ciel ou de la gloire, le baptême efface tout.

« ..... *in ipsá justificatione cum remissione peccatorum hæc omnia simul infusa accipit homo per Jesum Christum, cui inseritur,* fidem, spem, *et* charitatem. » (Conc. Trid., s. VI, c. VII.) Les vertus sont des *habitudes* qui perfectionnent les puissances de l'âme ; quelles *habitudes* que la foi, l'espérance, la charité, suffisant à l'exercice complet de la vie spirituelle ! Et elles marchent escortées : *Huic* (baptismo) ..... *additur nobilissimus omnium virtutum comitatus* (Cat. Conc. Trid., p. II, c. II.) *V.* p. 427, en note, le Tableau.

autre, est seul capable d'action ou de passion dans le domaine propre de son être? C'est, je crois, de toute évidence.

Maintenant contemplons les divins symboles de la théogénésie. — Mais qu'aucun profane n'ose y regarder; car, s'il est dangereux pour des yeux débiles de fixer le soleil en son éclat, ainsi il ne serait pas sans péril de toucher à des objets au-dessus de notre portée.

N'est-ce pas que la véritable hiérarchie sous la loi réprouva Ozias [1] et Coré [2], pour s'être mêlés, l'un d'exercer le sacerdoce, et l'autre d'en exécuter une charge supérieure à sa dignité, ainsi que Nadab et Abiud [3], pour n'avoir pas saintement rempli leur ministère?

～⟨∞⟩～

PARTIE II.

MYSTÈRE DE L'ILLUMINATION.

§ I.

L'Hiérarque qui, à l'imitation de Dieu, *veut que tous les hommes soient sauvés et viennent à la gnose de la vérité* [4], annonce à tous la réellement bonne nouvelle [5],

L'Hiérarque
annonce
l'Évangile.

---

[1] II. Paral., XXVI, 16-21. — [2] Num., XVI, 1-33. — [3] Num., III, 4. — [4] I. Tim., II, 4, où l'Apôtre dit de Dieu ce que notre auteur, en changeant πάντας en ἅπαντας et θέλει en θέλων, applique à l'Hiérarque, qui, en sa qualité de copie la plus parfaite de la bonté infinie, modèle sa volonté humaine sur la suprême volonté. — [5] Εὐαγγέλια bonne nouvelle, évangile, R. εὖ bien — ἀγγέλλω j'annonce.

que Dieu, dans sa propre et naturelle bonté, miséricordieux envers les enfants de la terre, a daigné, par
amour pour les hommes, descendre généreusement jusqu'à nous, afin de s'assimiler, comme le feu, en se les
unissant, tous les objets unis, autant qu'ils se prête-
raient à la déification : *Car il a donné le pouvoir de
devenir enfants de Dieu à tous ceux qui l'ont reçu, à
ceux qui croient en son nom, qui, non des sangs, ni de
la volonté de la chair,.... mais de Dieu, ont été générés*[1].

§ II.

L'aspirant au baptême cherche un parrain. Joie et trouble de ce parrain.

Celui qui souhaite saintement participer à ces biens
vraiment supermondains, va trouver un des initiés,
avec prière de le mener à l'Hiérarque, lui promettant de
suivre toutes les instructions, de manière qu'il daigne
veiller soigneusement à son admission et à toute sa future conduite.

L'initié, plein d'une pieuse ardeur pour son salut, à
la vue de la faiblesse humaine comparativement à la
sublimité de l'entreprise, est tout d'abord saisi de
frayeur et de trouble ; à la fin cependant il se résout
avec bienveillance[2] à satisfaire à sa demande, et, le
prenant, il l'introduit auprès de celui dont le nom dérive de hiérarchie.

§ III.

Réception de l'aspirant par l'Hiérarque.

L'Hiérarque, dans la gaîté, recevant, comme une
brebis sur les épaules, ces deux hommes, commence
par remercier, avec d'intellectuelles actions de grâces

---

[1] Jo., I. 12-13. — [2] Ἀγαθοειδῶς, comme l'hiérarque, l'intro-
ducteur, à sa mesure, cherche à reproduire la bonté divine.

et des signes corporels d'adoration, le principe un de la bienfaisance [1], par qui est appelé ce qui est appelé, et sauvé ce qui est sauvé.

§ IV.

Puis, il réunit au lieu saint tout l'ordre sacré, tant pour coopérer joyeusement au salut de cet homme, que pour adresser des congratulations à la divine bonté, — débute par chanter, avec tout le clergé de l'église, une hymne extraite des vénérables oracles, — et, après avoir baisé l'auguste autel, s'avance vers cet homme, là présent, en lui demandant quel désir l'amène.

Réunion du clergé. Hymne. Baiser à l'autel. L'Hiérarque demande à l'aspirant ce qu'il est venu chercher

§ V.

Alors, cet homme, conformément aux leçons de son parrain, détestant, en son amour pour Dieu, son athéisme [2], son ignorance de l'essentiellement beau, son inactivité dans la vie divine, sollicite d'être admis, par sa pieuse médiation, à la participation de Dieu et du divin.

L'Hiérarque donc l'avertit qu'il doit s'approcher, en se donnant tout à lui, du Dieu très-pur et infiniment parfait; il lui expose les règles de la vie divine; il l'interroge s'il est décidé à vivre de cette vie, et, sur sa promesse, il lui pose la main sur la tête, il le signe, et ordonne aux Prêtres de l'enregistrer, lui et son parrain.

Détestation de l'athéisme. Demande des dons de Dieu. Enseignements de l'Hiérarque. Imposition de la main. Signe de croix. Inscription.

---

[1] Ἀγαθοεργέτιν, nul bien que par Dieu : *C'est Dieu qui opère en nous le vouloir et le faire* (Phili., II, 13). — [2] Ἀθεότητα athéisme. *Vous ne pouvez pas servir Dieu et Mammon* (Matth., VI, 24). *Dieu un, foi une, baptême un* (Eph., IV, 5).

§ VI.

Leur enregistrement est suivi d'une sainte prière, que l'Hiérarque récite avec l'église entière.

Après, il commande aux Liturges de lui ôter la ceinture et les vêtements.

Puis, il le fait se tenir debout, la face opposée à l'occident, et les mains étendues de ce côté en signe d'aversion.

Il lui enjoint, par trois fois, de souffler sur Satan, en même temps que de prononcer l'abjuration.

Il lui en dicte, par trois fois, la formule, — et, par trois fois, il la répète.

Ensuite, l'Hiérarque le tourne vers l'orient, les mains et les yeux levés au ciel, en l'invitant à se soumettre au Christ, et à toutes les hiérologies, présent de Dieu.

§ VII.

Cette injonction accomplie, l'Hiérarque l'oblige enfin à une triple profession, et lorsque cette triple profession est exécutée, il redouble ses oraisons, il le bénit, et lui impose les mains.

Et tandis que les Liturges achèvent de le dépouiller, les Prêtres apportent la sainte huile de l'onction.

L'Hiérarque commence cette onction en le signant trois fois, et laisse aux Prêtres le soin de la continuer sur le reste du corps.

Il s'avance lui-même vers la mère de l'adoption [1]; il en

[1] « ..... ad recreandos novos populos quos tibi fons baptismatis parturit, Spiritum adoptionis emitte... » (*Bénédiction des Fonts*).

sanctifie l'eau par de pieuses invocations; il la consacre en y répandant trois fois, en forme de croix, le très-auguste onguent, et en chantant, autant de fois qu'il y verse purement l'onguent, un religieux cantique inspiré aux prophètes dans leurs divins ravissements.

Il commande de lui amener l'homme; un des Prêtres proclame sur un registre son nom à lui et à son parrain; il est conduit vers l'eau par les Prêtres, qui le placent sous la main de l'Hiérarque.

L'Hiérarque, debout sur une élévation, après que les Prêtres, à côté de l'eau, vis-à-vis de l'Hiérarque, ont répété le nom de l'initié, l'y plonge à trois reprises, — entre ces triples immersions et émersions de l'initié, invoquant les trois hypostases de la divine béatitude.

Alors, les Prêtres le prennent, le remettent au parrain ou garant de l'initiation, — et ayant, simultanément avec lui, revêtu d'un habit convenable l'initié, ils le ramènent à l'Hiérarque, qui signe l'homme du très-déifique onguent, et le déclare désormais participant à l'eucharistie, source de toute sainteté et de toute perfection.

§ VIII.

A la conclusion de ces cérémonies, l'Hiérarque, des fonctions secondaires de la procession, revient aux fonctions primaires de la contemplation, de manière à n'agir, dans aucune circonstance ni d'aucune sorte, en dehors de son essentiel domaine, mais à toujours passer avec zèle, sous la direction de l'Esprit théarchique, du divin au divin.

L'Hiérarque reprend sa contemplation première, c'est-à-dire, le sacrifice.

PARTIE III.

CONTEMPLATION.

§ I.

Signification du sensible, de l'eau, par exemple, dans le baptême, par rapport au moral.

Cette télète de la sainte théogénésie, à en considérer les symboles, ne renferme, à l'exclusion de toute image sensible inconvenante ou impie, que des emblèmes, où, comme dans de naturels miroirs, en rapport avec les hommes, se reflètent les énigmes de la divine contemplation.

En quoi paraîtrait-elle défectueuse, cette télète, qui, — même sans parler de la plus divine raison de ces mystères, — en lui inculquant de suprêmes leçons, façonne saintement à une bonne vie l'initié, à qui elle apprend, d'une manière plus palpable, par la physique purification de l'eau, à dépouiller toute malice pour mener une vertueuse et divine conduite.

Quand donc cette initiation symbolique aux mystères ne contiendrait rien de plus éminent, elle ne manquerait pas, je crois, d'une religieuse décence, elle qui enseigne à vivre sans reproche, et montre naturellement, au moyen de la totale ablution du corps par l'eau, à se laver de toutes les souillures d'une existence criminelle.

§ II.

Signification du sensible dans la hiérarchie par rapport à l'intelligible.

C'est là, à l'usage des imparfaits, le préliminaire d'une psychagogie qui, de la multiplicité profane, distinguant, comme de juste, l'hiérarchique uniformité, proportionne harmonieusement l'anagogie à la capacité respective de chaque ordre.

Pour nous, de sainte sublimité en sainte sublimité, élevant nos regards jusqu'aux principes des télètes, après cette sacrée initiation, nous posséderons la gnose des caractères dont elles sont les types, et de l'invisible dont elles sont les images.

En effet, comme on l'a clairement exposé dans le traité *De l'intelligible et du sensible*, ce que la hiérarchie renferme de sensible est le signe de l'intelligible, auquel il achemine en manuducteur; et l'intelligible est le principe de tout ce que la hiérarchie renferme de sensible, dont il constitue la science.

§ III.

Disons-le donc, la bonté de la divine béatitude, qui demeure toujours selon le même et de même, déploie sans regret les bienfaisantes splendeurs de sa propre lumière à toutes les vues intellectuelles.

Or, si les intelligences, en vertu de leur liberté d'élection, repoussant la lumière intelligible, ferment, par amour du mal, à la lumière chargée de les éclairer, les puissances dont la nature les avait enrichies, elles se dérobent à la présence de la lumière, qui néanmoins ne les abandonne pas, brillant sur elles, lorsqu'elles émoussent leur regard, — et lorsqu'elles la fuient, s'élançant à leur rencontre avec bienveillance.

Et si les intelligences, franchissant les limites du visible à elles concédé avec mesure, s'efforcent audacieusement de fixer les splendeurs au-dessus de la vue en soi, — la lumière n'agissant pas contre la lumière, les intelligences qui s'ingèrent imparfaites dans le parfait, au lieu d'atteindre à ce qui est hors de leur portée, se privent, par leur faute, hideusement prétentieuses, de cette mesure-là.

Cependant, comme je l'ai dit, la divine lumière se déploie toujours bienveillamment aux vues intellectuelles, qui peuvent en jouir, présente qu'elle est, et sans cesse prête, d'une manière digne de la divinité, à se communiquer.

Voilà sur quel original se modèle le divin Hiérarque, déversant sur tous, avec spontanéité, les brillantes splendeurs de la divine doctrine, — disposé, à l'imitation de Dieu, à illuminer quiconque vient le trouver, — et, loin d'user de reproches amers ni de violentes invectives contre les défections ou les dérèglements du passé, répandant, d'une façon divine, sur tous ceux qui recourent à son illumination, ses lumières hiérarchiques, avec autant d'ordre que de magnificence, en proportion de l'aptitude de chacun aux choses saintes.

§ IV.

Signification du parrain. Signification du signe de croix appliqué à l'initié par l'Hiérarque. Signification de l'inscription de l'initié.

Or, Dieu étant le principe de cette sainte et belle institution en vertu de laquelle les intelligences sacrées se connaissent elles-mêmes [1], quiconque se mettra à consi-

[1] Thalès avait dit : Γνῶθι σεαυτὸν *connais-toi toi-même*, sentence gravée sur le vestibule du temple de Delphes. Juvénal, la regardant comme une inspiration d'en haut, s'écrie :

> .... *è cœlo descendit* Γνῶθι σεαυτὸν,
> *Figendum et memori tractandum pectore, sive*
> *Conjugium quæras, vel sacri in parte senatus*
> *Esse velis.....*   SAT., XI.

Le paganisme se rencontre ici avec le christianisme sur le

érer sa propre nature, verra d'abord ce qu'il est, premier don de son aspiration à la lumière.

Bien que, sans doute, par cet examen particulier dûment effectué d'un œil impassible, il échappe aux épaisses
ténèbres de son ignorance, — toutefois, trop imparfait
pour s'unir et participer à la divinité infiniment parfaite, il
n'en ressentira pas un spontané désir.

Mais, successivement, du fondamental au plus fondamental, du plus fondamental à l'archifondamental, il va
se perfectionnant jusqu'à la sublimité théarchique, religieuse gradation.

Cette religieuse gradation à l'éclatante convenance est
figurée par la révérence de l'adepte, par la reconnaissance de son état, par la nécessité d'un parrain, guide
de ses pas vers l'Hiérarque.

A qui s'avance ainsi, la divine béatitude se communique elle-même, et imprime, pour ainsi dire, le sceau
de sa propre lumière, le rendant divin et digne de la
part divine et de la société des saints : ce que symbolisent
pieusement le signe appliqué à l'initié par l'Hiérarque,
et sa salutaire inscription, de la main des Prêtres, dans
les religieux monuments, où, parmi les prédestinés, ils
l'enrôlent et l'insèrent ainsi que son parrain, — en cette
voie qui conduit tout ensemble à la vérité et à la vie,

---

fondement de toute vertu, de tout progrès, de toute perfection.
S. Paul écrit à Timothée : Ἔπεχε σεαυτῷ. *Attention à toi-même !*
(1. Tim., IV. 16). Entendons S. Bernard : *A te tua consideratio*
inchoet, ne frustrà extendaris in alia, te neglecto..... Et hæc tui
consideratio in tria quædam dividitur, si consideres quis, quid,
et qualis sis. Quid in naturâ, quis in personâ, qualis in moribus...
A te proindè incipiat tua consideratio non solùm autem, sed et in
te finiatur..... Tu primus tibi, tu ultimus. Sume exemplum de
summo omnium Patre Verbum suum et emittente et retinente.
Verbum tuum, consideratio tua (De Consider., II, 3, 4. pas.).

l'un comme un affectueux et fidèle disciple d'un divin chef, et l'autre comme un infaillible guide de qui le suit dans les commandements émanés de Dieu.

§ V.

Puis, on ne peut pas participer à la fois à de souverains contraires, ni, en certain commerce avec le un, si l'on tient à solidement y adhérer, mener une vie divisée : force donc de s'affranchir et de se dégager de tous les dissolvants de l'uniforme.

C'est ce qui est mystérieusement enseigné par les emblématiques cérémonies où l'initié est dépouillé, pour ainsi dire, de sa vie antérieure, et arraché, de fond en comble, aux affections de cette vie-là.

Sans vêtements et sans chaussure, debout en face de l'occident, il étend les mains pour renier toute participation avec la malice des ténèbres, — il semble exsuffler son originelle habitude de dissimilitude, — il prononce les abjurations de tous les contraires au déiforme.

Ainsi délivré de tous ses liens et de toutes ses chaînes, on le tourne vers l'orient, pour lui indiquer que par la fuite absolue du mal, il méritera, grâce à sa pureté, d'habiter et de contempler la divine lumière, — et, après l'avoir ramené à l'uniforme, on reçoit, avec un véritable amour, ses promesses sacrées de tendre de toutes ses forces au un.

Effectivement, — et ceci sans doute est manifeste pour qui est versé dans la science hiérarchique, — c'est par de généreux et continuels élans vers le un, par l'extinction et la soustraction totale des contraires, que les êtres intelligents acquièrent l'immutabilité de l'habitude déiforme.

Car on doit, non-seulement rompre avec toute malice,
mais encore se cuirasser d'un mâle courage, se raidir
intrépidement même contre tout funeste relâchement,
ne jamais se refroidir dans l'amour sacré de la vérité, y
tendre de tous ses moyens, avec autant de zèle que de
constance, opérant toujours saintement son anagogie
vers le plus parfait de la théarchie.

§ VI.

Or, tu trouves tous ces points exactement symbolisés
dans ces cérémonies hiérarchiques.

Car le déiforme Hiérarque commence l'onction sainte
sur l'initié, que les Prêtres achèvent de frotter d'huile,
comme pour rappeler par figure à quels pieux combats
il s'engage sous la présidence du Christ, qui, — en tant
que Dieu, instituant ces luttes, — dans sa sagesse, en a
réglé les conditions, et, dans sa beauté, a préparé aux
vainqueurs de nobles prix [1].

Chose plus merveilleuse encore : par un effet de sa
bonté, le Christ entre mystérieusement en lice avec les
athlètes, luttant pour leur liberté [2] et leur triomphe
contre l'empire de la mort [3] et de la corruption [4].

Donc l'initié s'élance gaîment à ces batailles, divines
qu'elles sont, et reste fidèle aux judicieuses ordonnances, suivant lesquelles il ne cessera de guerroyer,
affermi par l'espoir de récompenses éclatantes, et rangé
sous la discipline de son excellent Seigneur et chef.

Ainsi, marchant sur les suprêmes traces de celui qui
daigna être le premier athlète, — dans des combats qui

[1] I. Cor., II, 9. — [2] Ps. LXXXVIII, 3, — [3] II. Tim., I, 10. —
[4] Ps. XVI, 10.

rappellent les divins combats, victorieux de toutes les opérations et de toutes les subsistances contraires à sa déification, — il meurt avec le Christ, c'est-à-dire, mystiquement au péché par le baptême.

§ VII.

Et ici, observe avec quelle justesse les symboles s'adaptent aux sacrements.

En effet, parce que la mort pour nous n'est pas la destruction de la substance, ainsi qu'il plaît à certains de le croire, mais la séparation de parties unies, qui s'en vont, l'âme dans une région invisible à nos regards, comme si à tout jamais elle eût quitté le corps, et le corps dans les profondeurs de la terre, où une altération matérielle lui ravit la forme humaine, — c'est avec raison que l'immersion complète dans l'eau sert à représenter la mort et la sépulture, évanouissement de la forme.

Le sujet du sacrement de baptême apprend donc, grâce à une symbolique mystagogie, que ses trois immersions et ses trois émersions par rapport à l'eau retracent les trois jours et les trois nuits que Jésus, l'auteur de la vie, passa dans le tombeau après sa mort, — autant qu'il est permis aux hommes de retracer celui sur qui, suivant la mystérieuse et profonde parole des oracles, *le prince du monde n'eut rien à revendiquer* [1].

§ VIII.

Ensuite, on passe à l'initié des habits d'une éclatante blancheur : car, moyennant la virile et déiforme expulsion des contraires ainsi qu'une énergique aspiration

[1] Jo., XIV, 30.

vers le un, ce qu'il avait de désordonné s'ordonne, ce qu'il avait d'informe se forme, sous l'irradiation d'une vie toute lumière.

L'onction consommante de l'onguent remplit le baptisé d'une suave odeur, par la raison que la sacrée perfection de la génération divine unit les initiés à l'Esprit théarchique.

Mais cette infusion qui embaume et parachève l'intelligence, — inexprimable qu'elle est, je laisse le soin de la connaître intellectuellement, à ces intelligences qui furent jugées dignes d'un sacré et déifique commerce avec le divin Esprit.

Enfin, l'Hiérarque convie l'initié à la très-auguste eucharistie, et l'admet à la participation des mystères capables de l'accomplir.

CHAPITRE III.

PARTIE I.

DE CE QUI S'ACCOMPLIT DANS LA SYNAXE.

La télète de la synaxe consomme les autres télètes.

Allons, puisque nous avons mentionné l'eucharistie[1], il ne nous conviendrait point de passer outre, pour louer quelque autre objet de la hiérarchie avant cet objet-là ; car, d'après notre illustre maître, c'est la *télète des télètes*. Or, il faut, exposant, antécédemment à tout, son hiérographie, par la science des divins oracles et des hiérarques, nous élever sous le souffle de l'Esprit théarchique à son auguste contemplation.

Et d'abord, recherchons pieusement pour quel motif ce qui est commun aux autres télètes de la hiérarchie, est attribué par excellence à celle-ci, qui s'appelle seule *communion*[2] et *synaxe*[3], alors que toute sacrée télète a pour effet de ramener notre vie partible à la déification uniforme, et de nous établir, par la récollection déiforme du divisible, en communion κοινωνίαν — et en union avec le un.

Nous disons donc que les autres symboles hiérarchiques ont besoin, pour consommer leurs participa-

---

[1] Εὐχαριστία eucharistie, R. Εὖ bien , χάρις grâce , χέω je verse — ἔρως amour, donc ravissante , splendide , immense effusion d'amour. — [2] Κοινωνία communion, R. Κοινός commun, pour ξυνός, ξύν ou σύν avec ensemble, — εἷς-ἑνός un. — [3] Σύναξις synaxe, R. Σύν avec ou ensemble — ἄγω je pousse.

teurs, des dons théarchiques et perfectifs de l'eucharistie.

Car il n'arrive guère qu'aucune télète de la hiérarchie
se célèbre, sans que la très-divine eucharistie, récapi-
tulant les cérémonies particulières, n'achève de ramas-
ser l'initié dans le un, et de resserrer, par le divin don
des mystères perfectifs, sa communion κοινωνίαν avec
lui.

Si donc les autres télètes de la hiérarchie, incom-
plètes d'elles-mêmes, n'opèrent pas notre communion et
notre synaxe avec le un, — hors d'état de perfectionner
à cause de leur imperfection, — et si toutes ont pour fin
capitale de préparer l'initié aux mystères théarchiques,
il faut convenir que la compréhension des hiérarques
lui a donné un nom essentiellement basé sur la vérité
des choses.

C'est ainsi que la vénérable télète de la théogénésie,
précisément parce qu'elle commence à communiquer la
lumière, et qu'elle est le principe de toutes les illuminations divines, s'appelle, de par son effet, à juste
titre, l'*illumination*. Car, bien qu'il appartienne en général à tous les sacrements de la hiérarchie de transmettre la sainte lumière au sujet de l'initiation, toutefois c'est celui-là qui m'a d'abord ouvert les yeux, en y
répandant le premier des clartés dont les rayons me
conduisent à l'épopsie des autres religieux mystères.

Ces points établis, examinons et contemplons hiérarchiquement les cérémonies et les significations exactes
de la plus auguste des télètes.

PARTIE II.

MYSTÈRE DE LA SYNAXE OU COMMUNION.

Symboles divers de la synaxe.

L'Hiérarque, après avoir prié au pied de l'autel [1] sacré, l'encense d'abord, et puis fait tout le tour du temple saint.

Revenu au divin autel, il commence la pieuse mélodie des psaumes, dont tous les ordres ecclésiastiques chantent avec lui l'harmonieuse hiérologie [2].

Ensuite, les Liturges [3] lisent immédiatement les deltas [4] agiographes [5], après quoi on exclut de l'enceinte sacrée les Catéchumènes [6], et, avec eux, les Energumènes [7] et les Pénitents [8]; il ne reste que ceux qui sont dignes

---

[1] Θυσιαστηρίου autel, R. Θύω je brûle des parfums. *V. Traicté de la Liturgie, ov S. Messe selon l'vsage et la forme des apostres, et de leur disciple Sainct Denys, Apostre des François,* par Gilb. Genebrard, archevesque d'Aix. — Ce traité est un véritable commentaire du c. III de la *Hiérarchie ecclésiastique.* — [2] Ἱερολογίαν hiérologie, R. Ἱερός sacré — λόγος parole. — [3] Λειτουργῶν Liturges, R. Λεῖτος public — ἔργον œuvre. Denys « appelle Liturges les Diacres et les Sous-diacres d'à présent. » (S. Max., *Scol.*) L'Ecriture a fourni ce mot à l'Aréopagite : Ὁ ποιῶν... τοὺς λειτουργούς (Ps. CIV, 4). — [4] Δέλτων deltas, tablettes originairement triangulaires, ainsi nommées, δέλτος, de la lettre grecque delta, Δ, dont elles affectaient la forme. — [5] Ἁγιογράφων agiographes, R. Ἅγιος saint — γράφω j'écris. Les Deltas contenaient l'*Ecriture-Sainte.* — [6] Κατηχούμενοι Catéchumènes, R. Κατά préposition marquant la force — ἦχος son. Leur instruction s'effectuait de vive voix. — [7] Ἐνεργούμενοι Energumènes, R. Ἐν dans — ἔργον œuvre, les Energumènes, c'est-à-dire, les travaillés au dedans par les « esprits impurs. » (S. Max., *Scol.*) — [8] Ἐν μετανοία

de l'épopsie et de la participation des divins mystères.

Des Liturges, — les uns se tiennent aux portes fermées, — et les autres remplissent quelque autre fonction de leur ordre; — les plus élevés en dignité offrent avec les Prêtres, sur le saint autel, le pain sacré et le calice de bénédiction, après qu'a été modulée en chœur, par toute l'assemblée de l'église, l'hymnologie catholique [1].

Alors, le divin Hiérarque récite une sainte prière [2], et souhaite à tous la paix, — et, tous ayant échangé le baiser, a lieu la mystique proclamation des diptyques sacrés [3].

L'Hiérarque et les Prêtres se lavent les mains avec de l'eau.

L'Hiérarque prend place au milieu du divin autel, et les Prêtres l'entourent avec la seule élite des Liturges.

L'Hiérarque, louant les saintes œuvres de Dieu, consacre les plus divins des mystères, qu'il expose solennellement à la vue sous le voile des vénérables symboles.

Et quand il a montré les dons des œuvres de Dieu, il s'apprête, en même temps qu'il convie les autres, à y prendre une religieuse part.

Après avoir reçu et distribué l'ineffable communion, il termine par une pieuse action de grâces.

Et, tandis que la multitude n'a considéré que les divins

ὄντες les Pénitents, mot-à-mot, étant dans le changement d'intelligence, R. Μετά préposition — marquant le changement, νοῦς intelligence.

[1] Symbole, *Credo*, etc. *V.* S. Max., *Scol.,* — Pachym., *Parap.* — [2] Prière relative à l'unité dont la paix est la fille. *V.* pour l'unité, p. 297-303, pour la paix, p. 286-293. — [3] Πτυχῶν diptyques, R. Πτύσσω je plie. Les Diptyques étaient des tablettes pliantes.

symboles, lui, toujours avec l'Esprit théarchique, dans les délices des intellectuels spectacles et la pureté de son habitude déiforme, s'est hiérarchiquement élevé jusqu'aux saints principes des cérémonies.

PARTIE III.

CONTEMPLATION.

§ I.

Signification des cantiques et des lectures. Signification de la participation au même pain et au même calice.

Et maintenant, ô bel enfant, — après avoir successivement et religieusement déroulé ces images, et avant de dévoiler la vérité déiforme de leurs archétypes, — j'apprendrai aux moins avancés dans l'initiation, psychagogue à leur portée, que ces pieux symboles, aussi variés que composés, ont leur raison d'être, à n'en envisager même que l'écorce.

En effet, les saintes modulations et les saintes lectures des oracles leur inculquent les préceptes d'une vie vertueuse, et, tout d'abord, la nécessité de se purifier entièrement de la corruption du mal.

L'auguste participation de tous, au sein de la paix, à un pain un et même et à un calice un et même, leur enseigne, nourris des mêmes aliments, à divinement harmoniser leurs mœurs.

De plus, elle leur rappelle saintement la célébration du très-divin et archisymbolique [1] banquet, auquel l'auteur

---

[1] Ἀρχισυμϐόλου archisymbolique, R. Ἀρχή principe — σύμϐολον symbole. La Cène fut *symbolique,* signifiant entre autres choses

même des symboles, avec la plus grande justice, ne laisse point participer [1] celui qui, sans pureté [2] et sans esprit de conformité avec lui, avait abordé la table sacrée; — et de là ressort cette sainte et suprême instruction, que c'est avec la vérité habituelle qu'il faut approcher des choses divines, pour obtenir, en y participant, d'être transformé en la divinité.

§ II.

Mais ces considérations qui ressemblent, nous l'avons dit, à des tableaux merveilleusement peints dans les vestibules des temples, laissons-les aux âmes encore imparfaites, à la contemplation de qui elles suffisent.

Signification plus sublime de la synaxe. Invocation à cet adorable sacrement.

Pour nous, remontons du causé à la cause en notre sainte synaxe, et nous verrons, à la lumière de Jésus, le spectacle de l'intelligible, resplendissant, à découvert, de la délicieuse beauté des archétypes.

Mais, ô très-sacrée et très-divine télète, soulève les voiles énigmatiques sous lesquels tu es symboliquement cachée; montre-toi à nous avec le plus vaste éclat, et remplis notre vue intellectuelle d'une unique et pure lumière.

notre union avec Dieu, et *archisymbolique,* parce qu'alors pour la première fois, s'opéra ainsi cette union. Cette qualification, *archisymbolique,* convient encore soit à la Cène soit à l'Eucharistie qui la remémore, en ce sens que c'est le *symbole* des *symboles,* le *sacrement* qui couronne les autres *sacrements.*

[1] « *S. Augustinus, lib.* ii Cont. Petil., *cap.* xxii, *colligit Judam... Synaxim sumpsisse; licet S. Cyprianus, tract.* De Ablut. pedum, *neget Judam.. .. Eucharistiæ interfuisse.* » (Corn. de la Pier., *Comment. sur S. Jean,* xiii, 11.) S. Cyprien a pensé comme S. Denys. — [2] Jo., xiii, 11.

§ III.

Il nous faut donc pénétrer dans le Saint des saints,
pour ainsi dire, et, recherchant l'intelligible du premier
de ces simulacres, en considérer la déiforme beauté : —
il nous faut exactement saisir pourquoi l'Hiérarque va de
l'auguste autel au fond du temple répandre le parfum
de l'encens, et revient enfin à son point de départ.

Or, la théarchique béatitude au-dessus de tout, dans
sa bonté divine, descend à se communiquer à ses sacrés
participateurs, sans sortir de sa station et de sa fondation
substantiellement immobile, — et, tout en versant ses
splendeurs, à un degré convenable, sur les êtres déiformes, elle demeure vraiment en elle-même, et n'é-
prouve pas le plus léger mouvement dans sa mêmeté.

De même, la divine télète de la synaxe, une, simple,
indivisible dans son principe, se diversifie philanthropi-
quement en une foule de symboles sacrés, pour représenter d'autant de façons que possible la divinité, sauf
à en revenir invariablement à sa propre monade, en laquelle elle unifie tous ceux qui la reçoivent dignement.

De même encore ; déiformément, le respectacle Hiérarque, qui, dans sa tendance au bien, transmet à ses
inférieurs la science une de sa hiérarchie sous une multitude d'énigmes sacrées, ne tarde pas, libre et affranchi
des moindres objets, à retourner intégralement vers son
principe, — et, après son entrée intellectuelle dans le
un, à voir clairement les raisons uniformes de ces cérémonies; de sorte que le terme de sa philanthropique
procession vers le secondaire, devient le commencement
d'un retour plus divin vers le primaire.

§ IV.

L'hiérologie des psaumes qui se rattache substantiellement à quasi tous les mystères hiérarchiques, ne devait pas se séparer du plus hiérarchique de tous.

Qu'exposent, en effet, tous les deltas sacrés et agiographes?

La subsistance et l'ordonnance des êtres générés par
Dieu [1].

La hiérarchie et la politique de la loi [2];

Les distributions et les occupations des lots assignés
par le sort au peuple de Dieu [3];

La compréhension des juges sacrés, des rois sages, et
des prêtres divins [4];

La philosophie de ces hommes antiques [5], inébranlable dans sa force à travers une multitude variée d'af-
lictions;

Les sages leçons de pratique [6];

Les chants et la sublime peinture des divines amours [7];

Les manifestations prophétiques de l'avenir [8];

Les actions théandriques de Jésus [9];

Les doctrines de ses disciples en matière profane et
sacrée, aussi divines dans leur principe que dans leurs
effets [10];

La profonde et mystérieuse épopsie [11] du cher et inspiré disciple;

Et la théologie supermondaine [12] de Jésus;

[1] Genèse. — [2] Lévitique et Deutéronome. — [3] Nombres. —
[4] Juges et Rois. — [5] Moyse, Josué, Elie, etc. — [6] Livres sapientiaux. — [7] Cantique des cantiques. — [8] Prophètes. — [9] Evan-
giles. — [10] Actes et Epîtres. — [11] Apocalypse. — [12] Evangile
selon S. Jean.

Voilà ce que ces deltas exposent à quiconque est apte à la déification, en l'enracinant dans les augustes et déiformes anagogies des télètes.

Or, l'hiérographie des mélodies divines, — ayant pour but de célébrer toutes les paroles et toutes les œuvres de Dieu, tous les nobles discours et toutes les nobles actions des hommes divins, — forme un hymne et un récit général des choses divines, et opère dans ses divins hiérologues une habitude propre soit à recevoir soit à administrer les diverses télètes de la hiérarchie.

§ V.

Signification
des lectures.

Quand donc l'hymnologie universelle des vérités toutes saintes aura harmonieusement préparé les habitudes de notre âme à la célébration immédiate des mystères, — et que, les soumettant pour ainsi dire, homophones des chants divins, à la cadence une et homologue du sacré, — elle nous aura accordés avec Dieu, avec nos semblables, et avec nous-mêmes [1], alors, ce que l'intellectuelle hiérologie des psaumes n'offrait qu'en raccourci ou plutôt en manière d'esquisse, les religieuses lectures des compositions agiographes le développeront en des tableaux et des narrations plus larges et plus manifestes.

[1] *V.* Plat., 1, 244; 11, 36-53, 66-67, 79, 129, 176, 282-298, 315-346. Rien de plus charmant que les aperçus de Platon sur la musique, cette gymnastique de l'âme. Un musicien ne laisserait pas s'échapper l'occasion de filer l'influence de son art sur l'âme, et comme il l'attire au bien. Un brin pythagoricien à l'article *triade harmonique*, le traducteur succombe à la tentation d'expliquer, par notre gamme, cet intéressant endroit de sa besogne. S. Denys parle, ensuite, si souvent de la *lumière,*

CHAPITRE III.

Le saint contemplateur y verra une conspirance uniforme et une, sous l'influence de l'Esprit théarchique

et il y a entre la lumière et le son, tant d'analogies, que, faisant
coup double, nous mènerons de front acoustique et optique.

(Pur.)   UN   (Acte)

PÈRE.   FILS.   ESPRIT.

	DO	re	MI	fa	SOL	la	si	DO
BÉATITUDES. (*Actes.*)	Pureté.	Paix.	Pauvreté.	Douceur.	Justice.	Douleur.	Miséricorde.	**OCTAVE.**
DONS. (*Habitudes.*)	Sagesse.	Intelligence.	Science.	Conseil.	Piété.	Force.	Crainte.	**OCTAVE.**
VERTUS surnaturelles. (*Habitudes.*) *Théologales.*	Foi.		Espérance.		Charité.			**OCTAVE.**
— Morales.				Prudence.	Justice.	Force.	Tempérance.	
VERTUS (*Habitudes*) naturelles.	Sagesse.	Intelligence.	Science.	Prudence.	Justice.	Force.	Tempérance.	**OCTAVE.**
FACULTÉS de l'Ame.	Induction.	Intuition.	Déduction.	——	Volonté.	Irascible.	Concupiscible	**OCTAVE.**
SONS.	DO	re	MI	fa	SOL	la	si	DO

ACCORD PARFAIT.

COULEURS.	rouge	orangé	JAUNE	vert	BLEU	indigo	violet	ROUGE

LUMIÈRE BLANCHE.

V. le Tableau, *Prolégom.*, p. 77.

un, et c'est ainsi que se justifie la règle de lire,—d'abord, l'Ancien Testament, — et, puis, le Nouveau Testament, ordre divin et hiérarchique qui enseigne, sans doute, que le premier a prédit les ineffables œuvres de Jésus et que le second les raconte , — que l'un a peint la vérité sous des images et que l'autre la montre dans la réalité : car les événements de celui-ci ont confirmé les prophéties de celui-là, et les paroles de Dieu se résument dans ses actions.

§ VI.

Ceux qui ont complètement fermé l'oreille à cette trompette [1], ne contemplent pas même les symboles de nos saintes télètes, parce qu'ils ont audacieusement repoussé la salutaire initiation de la théogénésie, opposant aux oracles ce funeste refus : *je ne veux pas connaître vos voies* [2].

Pour les Catéchumènes, les Energumènes et les Pénitents, la loi de la sainte hiérarchie leur octroie d'entendre l'hiérologie psalmodique et la pieuse lecture des vénérables Ecritures, sans les admettre au sublime spectacle des cérémonies suivantes, dont ne doit jouir que l'œil pur des parfaits.

Car la hiérarchie déiforme, pleine d'une religieuse justice, — se réglant, pour leur salut, sur le mérite des individus, dans la distribution de ses divins dons, — les appelle à y participer chacun en son temps et dans la proportion convenable.

---

[1] « Par allusion à la guerre spirituelle des fidèles contre leur adversaire, ou à l'assemblée du Sina....... dont les derniers entendaient... les trompettes. » (Pachym., *Parap.*) — [2] Job., XXI, 14.

Or, les Catéchumènes ne marchent qu'au dernier rang; c'est que jusque-là ils n'ont été admis ni initiés à aucun mystère de la hiérarchie, et que, par la divine parturition, ils n'ont point reçu la divine subsistance, eux qui, encore dans l'accouchement [1], effet des oracles paternels, revêtent les formes vitales, en rapport avec l'heureux progrès de la théogénésie, principe de vie et principe de lumière.

De même que, dans l'ordre naturel, si le fruit imparfait et informe échappe avant le temps à sa prison de chair, — et si, misérable avorton, il tombe à terre en aveugle mort-né, — on ne sera pas fondé à dire, en s'en tenant aux apparences, qu'il est venu à la lumière, pour être sorti des ténèbres du ventre : car, comme l'enseigne la médecine si versée dans la connaissance de notre organisme, la lumière n'agit que sur ce qui est apte à recevoir la lumière;

Ainsi, dans l'ordre supernaturel, la science toute sage, d'abord, accouche les Catéchumènes par la nourriture préambulaire des oracles informateurs et vivificateurs; — puis, elle porte leur hypostase jusqu'au terme de la théogénésie, et, alors, elle leur communique tour à tour les dons salutaires de la lumière et de la perfection. En attendant, imparfaits, elle les éloigne du parfait,

---

[1] Μαιευόμενοι dans l'accouchement, mot-à-mot, accouchés. Μαιεύω j'accouche. Allusion manifeste à Socrate, accoucheur des âmes. « Ceux qui conversent avec moi, bien que certains semblent d'abord très-ignorants, à mesure que tous me fréquentent, et si Dieu les seconde, progressent on ne peut plus admirablement, chose dont eux et les autres s'étonnent. Or, il est clair qu'ils n'ont jamais rien appris de moi, mais qu'ils ont trouvé en eux-mêmes cette foule de beautés dont ils se sont rendus maîtres : accouchement μαιείας duquel Dieu et moi nous sommes seulement la cause. » *V.* Plat. *Théét.*, I, 114-115.

avisant à la dignité des mystères, en même temps qu'à l'accouchement et à la vie des Catéchumènes, selon la constitution divine de la hiérarchie.

§ VII.

Signification de l'exclusion des Energumènes, et des Pénitents.

La foule des Energumènes est immonde aussi ; toutefois, elle tient la deuxième place, précédant les Catéchumènes, qui sont relégués à la dernière. Car je ne pense pas qu'il faille ranger sur la même ligne ceux qui ne furent admis à aucune initiation, absolument éloignés des divines télètes, et ceux qui, après avoir participé à quelque sacrement, retombent encore dans des mollesses ou perturbations contraires, — bien qu'aux uns comme aux autres on interdise de contempler et de recevoir les choses saintes, et cela pour une haute raison.

Au vrai, l'homme entièrement divin, digne de participer aux choses divines, qui, progressant de perfection en perfection, s'élève jusqu'à la plus sublime conformité qu'il puisse avoir avec Dieu, — l'homme qui ne s'occupe de sa chair que quand la nature le nécessite et encore comme en passant, et qui s'applique de toutes ses forces à se diviniser pour être le temple intime de l'Esprit théarchique, s'unissant semblable à semblable, — cet homme, dis-je, ne sera jamais tourmenté par les illusions et les terreurs contraires ; il en rira, et, si elles approchent, il les mettra en fuite, il les poursuivra, il sera actif plus que passif, et, par son inaltérable constance dans son habitude, il montrera à ses frères le remède contre de pareils vexations ἐνεργυημάτων.

Aussi, je pense, ou mieux, je suis parfaitement convaincu que les Hiérarques, dans leur pur discernement,

egardent comme tout d'abord soumis à la plus détes-
able des possessions ceux qui, apostats de la vie déi-
orme, adoptent les sentiments et les habitudes des mi-
érables démons, renonçant, en leur extrême et funeste
olie, aux trésors qui existent véritablement, — dont
obtention défie la mort, — et d'où résulte une dou-
eur perpétuelle, — pour soupirer et s'agiter après une
natière sujette à mille changements et vicissitudes,
près de malheureuses et corruptrices voluptés, après
ne eupathie fragile et étrangère, n'ayant de la réalité
ue les apparences.

C'est pourquoi le liturge chargé d'opérer la séparation,
prononce l'exclusion, avant tout et en particulier, contre
es premiers plutôt que contre les deuxièmes; car il ne
onvient pas qu'ils participent à rien de sacré, sauf la
octrine des oracles qui leur apprennent à rentrer dans
ne meilleure voie.

En effet, — si la supermondaine et religieuse célébration des divins mystères, accessible seulement à la
ainteté même, repousse les Pénitents, qui, néanmoins,
ont déjà été admis; — si elle déclare, de la manière
a plus auguste, qu'elle demeure invisible et imparticipable pour ceux que leur imperfection empêche de
s'élever encore jusqu'au faîte de la déiformité, car cette
voix frappe quiconque ne peut s'unir aux hommes
dignes de s'associer au divin, — à bien plus forte raison
cette multitude en proie aux passions, non sacrée, se
trouvera privée de toute épopsie et de toute communion
par rapport au sacré.

Quand donc on a exclu du vénérable temple et des religieuses cérémonies dont ils sont indignes,

D'abord, ceux qui n'ont été admis ni initiés à aucune
des télètes,

Puis, ceux qui ont abjuré la vie sainte,

Ensuite, ceux qui se laissent aller mollement aux frayeurs et aux imaginations contraires, faute d'avoir atteint, par une ferme et constante application au divin l'immobilité et l'efficace de l'habitude déiforme,

Par après, ceux qui, sortis de la vie contraire, en conservent les impures représentations, parce qu'ils n'ont pas encore contracté l'habitude et l'amour du chaste et du divin,

Et enfin, ceux qui, n'ayant point tout à fait acquis l'uniformité, ne sont pas, pour employer les termes de la loi, entièrement immaculés et incontaminés

Alors, les ministres sacrés et les pieux assistants, — les regards saintement fixés sur la plus auguste des télètes, — exaltent, dans une hymnologie universelle, le principe auteur du bien et distributeur du bien, par lequel nous furent accordées ces salutaires télètes, qui opèrent purement la sublime déification des initiés.

Cette exaltation, les uns l'appellent donc hymnologie, les autres symbole de religion ; on l'a nommée plus divinement, selon moi, très-sainte eucharistie, comme réunissant tous les saints dons émanés de Dieu jusqu'à nous.

Il est clair, en effet, que toutes les œuvres de Dieu que nous y glorifions, s'accomplissent réellement en notre faveur : notre bienveillante admission à la substance et à la vie, — le modelage de notre déiformité sur les beautés archétypiques, — notre entrée en partage d'une habitude et d'une anagogie plus divine, — le soin de nous ramener, par des biens réparateurs, de ce désert des divins dons où nous jeta notre imprudence, à nos premières destinées, de nous procurer, en prenant notre nature entière, la plus parfaite participation à la sienne, et, par ainsi, d'effectuer, dans sa munificence, notre union avec Dieu et avec le divin.

§ VIII.

A la fin de ce cantique pieux à la philanthropie Signification du baiser. théarchique, le pain sacré, couvert d'un voile, est présenté avec le calice de bénédiction, — après quoi s'opère la cérémonie du très-divin baiser, — à laquelle succède la mystérieuse et sublime récitation des diptyques agiographes.

Car ceux-là ne peuvent se recueillir dans le un, ni participer à la pacifique union du un, qui sont divisés avec eux-mêmes.

Au vrai, — si, illuminés par la contemplation et la gnose du un, nous nous unifiions dans une concentration divinement uniforme, — nous ne nous laisserions pas aller à ces divisibles convoitises, qui fomentent, contre des êtres de même nature, ces inimitiés pleines de chair et de passion.

Je crois donc que la cérémonie de la paix établit cette indissoluble uniformité de vie, — fondant le semblable dans le semblable, — et dérobant aux victimes de la scission les spectacles divins et uns.

§ IX.

La récitation des sacrés diptyques après la paix, est Signification des diptyques. l'éloge de ceux qui ont mené une conduite sainte, et qui sont parvenus avec constance jusqu'à la perfection de la vie vertueuse.

Ainsi sommes-nous excités à marcher sur leurs traces dans la route qu'ils nous ont frayée vers l'heureuse habitude et le repos déiforme.

Ainsi sont-ils célébrés comme s'ils étaient vivants, eux qui, selon l'enseignement théologique, au lieu de mourir, passèrent de la mort à une vie très-divine [1].

Remarque encore que s'ils sont inscrits dans les monuments religieux, ce n'est pas à dire que la mémoire de Dieu ait besoin, comme celle des hommes, d'un point de rappel, — mais c'est pour donner à entendre superéminemment que le Seigneur garde une précieuse et impérissable gnose de quiconque s'est divinisé par la perfection. Car *il connaît ceux qui sont à lui* [2], disent les oracles, et *la mort des saints est précieuse devant le Seigneur* [3], la mort des saints se prenant pour la perfection en la sainteté.

Observe enfin pieusement — qu'après la déposition sur l'autel des pieux symboles sous lesquels le Christ se montre et se communique, — y apparaît immédiatement la liste des saints, à l'effet de signifier qu'ils lui sont inséparablement joints dans une supermondaine et sacrée union.

§ X.

Signification des ablutions.

Ces cérémonies achevées, l'Hiérarque, se tenant debout en face des augustes symboles, se lave les mains avec de l'eau, en même temps que l'ordre vénérable des Prêtres.

C'est que, au dire des oracles, celui qui est déjà lavé, n'a besoin de se laver que les extrémités [4], extrême purification de par laquelle, en sa très-pure habitude de la déiformité, il descendra avec bonté au secondaire,

____

[1] 1. Jo., III, 14. — [2] II. Tim., II, 19. S. Paul fait allusion à un passage de l'Ancien Testament, Num., XVI, 5. — [3] Ps. CXVI, 15. — [4] Jo., XIII, 10.

sans rien perdre de son indépendance ni de sa liberté,
à raison de son état radicalement unitaire, — et le quittant bientôt avec toute la plénitude et l'intégrité de sa
déiformité, il accomplira, toujours un, son chaste et
brillant retour au un.

Les saintes ablutions, nous l'avons dit [1], existaient
dans la hiérarchie légale [2], ce que représente chez nous
la purification manuelle de l'Hiérarque et des Prêtres.

Ceux donc qui s'approchent du très-auguste sacrifice,
doivent être affranchis même des plus légères imaginations de l'âme, et s'y présenter, autant que possible, en
s'y conformant.

Ainsi sont-ils illuminés par les plus éclatantes théophanies ; car les rayons célestes se plaisent à pénétrer
leurs miroirs avec une splendeur d'autant plus complète
et éblouissante, que ces miroirs y correspondent davantage.

Or, si l'Hiérarque et les Prêtres se lavent les sommités
ou extrémités en face des symboles sacrés, c'est pour
signifier que la plus extrême purification s'accomplit
sous l'œil du Christ, qui découvre jusqu'aux plus secrètes pensées, — et, dans une discussion où rien n'é-
chappe, juge avec non moins d'équité que d'impartialité.

Ainsi, l'Hiérarque s'unit au divin, — exalte les œuvres
augustes de Dieu, — consacre les plus divins mystères,
— et expose aux regards l'objet de ses louanges.

---

[1] S. Denys « avait un autre traité *de la Hiérarchie légale.* »
(S. Max., *Scol.*) La critique a plus de motifs de conclure que ce
Traité n'a pas existé, et que c'est dans la *Théologie symbolique.*
qu'il s'est agi des ablutions légales. — [2] Deut., xxi, 6.

§ XI.

Or, quelles sont vis-à-vis de nous les divines œuvres en question ? c'est ce qu'il faut expliquer maintenant aussi bien que possible, car je ne suffirais pas à les énumérer toutes, loin de les connaître clairement et de les révéler aux autres ; — mais ce que les sublimes Hiérarques célèbrent et réalisent conformément aux oracles, voilà de quoi je parlerai, selon mes forces, après avoir invoqué le secours de l'inspiration hiérarchique.

Lorsque, dans l'origine, la nature humaine perdit insensément les biens divins, elle fut dévouée à une vie pleine de passions, et à la fin d'une mort dissolutrice. Car il s'ensuivit que la fatale apostasie de l'essentielle bonté et la violation de la loi sacrée — dans le Paradis, où l'homme, cédant aux flatteuses et perverses suggestions de l'ennemi, avait secoué le joug vivificateur, — le livrèrent à ses penchants en opposition avec les biens divins.

De là, son déplorable échange de la perpétuité contre la mortalité : tirant d'une génération corruptible son principe, il était juste qu'il déclinât vers une fin analogue à son principe, — et, volontairement déchu d'une vie supérieure et divine, qu'il roulât à l'extrémité contraire, en proie à une mutabilité de multiples passions.

L'homme, errant, à l'aventure, loin du droit chemin qui mène au seul vrai Dieu, esclave de cruelles et iniques légions, ne vit pas qu'il servait, non des dieux ou des amis, mais des ennemis, qui, dans les inouïs excès de leur méchanceté, le réduisaient au triste danger de se ruiner et de se perdre.

Mais l'infinie philanthropie de la bonté théarchique, comme il seyait à cette bonté, ne dédaigna pas d'exercer elle-même sur nous sa providence : c'est pourquoi, s'appropriant, en vérité, toute notre nature, hors le péché [1], et, s'unissant notre bassesse, en même temps qu'elle conservait, sans confusion ni altération, son habitude essentielle [2], — elle se proposa gratuitement de nous associer, rejetons de même race, à sa divinité, et de nous rendre participants à sa propre beauté.

C'est ainsi qu'elle brisa [3], selon la profonde tradition, l'empire de la tourbe apostate sur les hommes, non par la supériorité des forces, — mais, comme nous l'enseignent les mystérieux oracles, par le jugement et la justice [4].

Elle opéra en nous, avec la plus grande bonté, une transformation complète : pour l'intelligence, elle remplit d'une fortunée et divine lumière son obscurité, et orna de beautés déiformes sa laideur ; pour la demeure de l'âme [5], elle l'affranchit d'impures passions et de souillures désastreuses, parfait salut de notre substance à peu près délabrée de fond en comble, — nous montrant l'anagogie supermondaine et la conversation divine dans la sacrée assimilation de nous-mêmes à elle-même, selon les limites du possible.

§ XII.

Mais comment s'accomplirait en nous cette divine imitation, sinon en renouvelant tous les jours, par les picuses paroles et les actions sacrées de la hiérarchie, la

[1] Heb., IV. 15. — [2] Τῶν οἰκείων... ἕξεως habitude essentielle, la possession de son propre. — [3] Ps. LXXIV, 14. — [4] Ps. XCVII, 2. — [5] Ψυχῆς âme, R. Φύσις nature — ὀχέω je voiture, ç changé en ς par élégance. L'âme fait naturellement subsister, marcher, vivre le corps. V. Plat. Crat., I, 295. Σῶμα corps. R. Σώζω je garde, c'est un lieu de détention pour l'âme. V. Plat., ibid. ut sup.

mémoire des œuvres divines? C'est aussi ce que nous faisons, comme disent les oracles, en cette commémoration [1].

Voilà pourquoi le vénérable Hiérarque, debout au redoutable autel, exalte les susdites œuvres si sublimes, que, dans sa divine providence à notre égard, Jésus a réalisées pour le salut de notre race, par le bon plaisir du Père très-auguste, dans l'Esprit-Saint, au témoignage de nos oracles [2].

Quand donc il les a louées, quand, par l'œil de l'intelligence, il les a contemplées avec une respectueuse et intellectuelle attention, — il procède à la consécration de leurs symboles, en la manière que Dieu a instituée.

Ainsi, les œuvres de Dieu une fois célébrées, l'Hiérarque, avec autant de révérence que de convenance, s'excuse d'offrir un sacrifice si supérieur à lui, — et s'empresse de pieusement s'écrier au Seigneur : « Tu l'as dit : *Faites ceci en mémoire de moi* [3]. »

Puis, il demande — de n'être pas indigne de ce religieux ministère où l'homme imite un Dieu, — de retracer saintement le Christ dans la confection et la distribution des divins mystères, — et que ceux qui doivent y participer, s'en approchent avec une pureté convenable.

Alors, il complète la plus divine des merveilles, — et l'offre à la vue sous les symboles qui la voilent.

Découvrant et divisant le pain couvert et indivis, et partageant entre tous le même calice, — l'Hiérarque, d'une façon mystérieuse, multiplie et distribue l'unité, en quoi se consomme le très-saint sacrifice.

Ainsi, ce qu'il y a en Jésus, Verbe divin, de un, de simple et de caché, — lors de l'assomption de notre nature, par bonté et tendresse pour nous, devint, sans en

----

[1] Luc., XXII, 19. — [2] Ps. XL, 6-8. — [3] Luc., XXII, 19.

être altéré, un composé visible, et négocia, à notre bénéfice, notre intime union avec lui, mariant notre bassesse
extrême à son extrême sublimité, à condition que nous lui
adhérions, comme des organes au corps [1], par la conformité d'une pure et divine vie, et que nous ne soyons
pas la proie des passions corruptrices, qui, en nous
tuant, nous rendraient incapables de commercer, de
prendre, et de vivre avec les chastes membres d'un
Dieu.

Car nous devons, si nous désirons nous unir à lui,
considérer sa vie divine suivant la chair, — et tendre,
en imitant son innocence sacrée, à une habitude immaculée et déiforme. C'est ainsi que, de la manière qui
nous convient, il nous communiquera sa similitude.

§ XIII.

Voilà ce qu'insinue l'Hiérarque dans la célébration du
mystère, lorsqu'il découvre les dons cachés, — qu'il
fractionne en maintes parties leur unité, — et que, par
l'intime union de ce qu'il distribue avec ceux qui le reçoivent, il y identifie quiconque s'en approche.

Car ainsi, en offrant à la vue le Christ Jésus, notre vie
intellectuelle, sous une sorte d'images, il représente,
d'une manière sensible, — que de l'arcane de sa divinité
il s'est abaissé, par amour envers les hommes, à revêtir
leur forme, en prenant, mais sans l'absorber, notre humanité entière; — que de sa nature une qui n'en est pas
altérée, il est descendu à notre nature divisible; — et
que, par un excellent effet de cette même charité à notre
égard, il appelle le genre humain à la participation de

[1] I. Cor., XII, 27.

lui-même et de ses propres biens, pourvu toutefois que nous communiions à sa divine vie, en nous appliquant, autant que possible, à la reproduire, moyen d'être véritablement associés à Dieu et au divin.

§ XIV.

Signification de la communion de l'Hiérarque, antérieure à la communion de ses inférieurs.

Quand donc il s'est administré et a donné la sainte communion, l'Hiérarque, avec toute la pieuse assemblée de l'église, termine par une religieuse action de grâces.

Car on reçoit avant de donner, — et la participation aux mystères précède la distribution de ces mystères.

C'est, effectivement, une disposition et une règle des plus admirables, sans exception, dans les choses divines, que le chef sacré entre le premier en part et en plénitude des grâces qu'il doit divinement distribuer aux autres, se mettant ainsi à même de les communiquer.

Pour une raison pareille, ceux-là sont estimés profanes et tout à fait en dehors de nos saintes institutions, qui osent se mêler d'enseigner les vérités divines, avant d'y avoir adapté leur conversation et leur habitude [1].

De même donc que, sous l'influence des rayons solaires, les substances les plus ténues et les plus diaphanes commencent par se remplir de flots de lumière, et puis, comme d'autres soleils, transmettent toute la clarté qui les inonde aux objets inférieurs; — ainsi serait-ce une présomption que de se poser en guide des autres dans aucune voie divine, avant d'avoir atteint à la complète habitude de la déiformité, alors que l'inspiration et l'élection divines n'appellent pas au commandement [2].

[1] Matth., v, 19. — [2] Heb., v, 4.

§ XV.

Pour autant, tous les ordres de notre hiérarchie réunis dans l'église, après avoir participé aux saints mystères, rendent enfin une pieuse action de grâces, ne louant que pour les connaître à un degré convenable, les grâces des œuvres divines.

Car, à moins que d'apprendre, en s'en approchant, les divines merveilles, — on ne s'épanouira jamais en mille bénédictions de gratitude, bien que, de leur nature, les dons divins méritent l'expression de la reconnaissance.

D'ailleurs, je l'ai dit [1], on n'a pas voulu, à cause de son entraînement vers les plus vils objets, regarder aux dons divins, — par quoi l'on est resté ingrat envers les immenses grâces des œuvres divines.

Goûtez et voyez [2], s'écrient les oracles ; car c'est en s'initiant avec piété aux divins mystères, que les fidèles en conçoivent les riches et larges grâces, — et, après en avoir contemplé dans la communion la très-divine grandeur et excellence, qu'ils éclatent en cantiques d'action de grâces pour les bienfaits supercélestes de la théarchie.

[1] *V.* p. 428. — [2] Ps. XXXIV, 8.

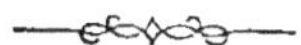

CHAPITRE IV.

PARTIE I.

DE CE QUI S'ACCOMPLIT DANS LA BÉNÉDICTION DE L'ONGUENT, ET DES CONSÉCRATIONS AUXQUELLES IL SERT.

Telle est la grandeur et telle est la beauté de la sainte synaxe dans ses spectacles intelligibles, qui nous élèvent hiérarchiquement, nous l'avons souvent répété, à un intime commerce avec le un.

Mais il est une autre consécration qui se lie à celle-ci, — et que nos maîtres ont nommée la télète de l'onguent [1].

Après en avoir donc examiné avec ordre et en détail les pieux symboles, nous remonterons, par des contemplations hiérarchiques, de sa division à son un.

PARTIE II.

MYSTÈRE DE LA TÉLÈTE DE L'ONGUENT.

Ici, comme dans la synaxe, c'est-à-dire, après le saint encensement tout autour du temple, après l'hiérologie

---

[1] Μύρου onguent, R. Μύρω je coule goutte à goutte, distille, μειόω j'amoindris, ῥέω je coule.

)salmistique, après la lecture des divins oracles, — on
xclut les ordres les plus imparfaits.

Puis, l'Hiérarque prend l'onguent, le pose sur l'auguste
utel, et le couvre de douze vénérables ailes, pendant
ue tous, d'une voix pieuse, font retentir la religieuse
nélodie [1] inspirée aux prophètes dans leurs divins ravis-
ements.

Ensuite, il le bénit par une prière solennelle, pour s'en
ervir dans les plus sublimes télètes consécratoires, à
resque toutes les cérémonies hiérarcales.

PARTIE III.

CONTEMPLATION.

§ I.

Ce que la mystérieuse bénédiction de l'onguent, avec
es rites religieux, commence par montrer, prélude du
este, c'est, je pense, que les hommes pieux doivent
enir secrète la perfection et la fragrance de leur intel-
igence ; — car il est divinement enjoint aux saints per-
onnages, de ne pas manifester, par vaine gloire, le bel
clat et la bonne odeur de leur assimilation, par la
ertu, au Dieu caché [2].

En effet, les charmes de Dieu, pleins de mystère et
'un doux parfum au-dessus de l'intelligence, ne se lais-
ent point profaner ; — ce n'est qu'aux intelligents seuls

Signification
de l'obvélation
de l'onguent.

[1] *Alleluia. V.* sur ce mot, une note à la fin de ce chapitre. —
[2] Matth., vi, 4 ; xxiii. 5. I. Cor., iv, 3 ; Gal., i, 10.

qu'ils se dévoilent intellectuellement, voulant retrouver dans les âmes leurs pures images retracées par la vertu.

Car le simulacre indéfinissable de la vertu déiforme ne se calque bien, qu'autant que, les yeux attachés sur cette intelligible et suave beauté, il en reproduit et en exprime ainsi le merveilleux original.

De même que, dans les représentations sensibles, le peintre, s'il considère fixement le modèle qui pose, sans être distrait par aucun autre objet visible, ni préoccupé de quelqu'autre chose que ce soit, doublera, pour ainsi dire, l'exemplaire, n'importe lequel, sujet de son dessin, et offrira la vérité dans sa similitude, l'archétype dans son image, et l'un dans l'autre, à part la différence de substance;—ainsi les peintres intellectuels, en contemplant avec une constance recueillie la suave et mystérieuse beauté, objet de leurs amours, réussiront à en tirer une exacte et divine copie [1].

Donc, les imitateurs de Dieu, s'occupant sans relâche à façonner leur intelligence sur la supersubstantiellement intellectuelle et suave convenance, ne pratiquent aucune des vertus qui opèrent cette souveraine conformité, *pour êtres vus des hommes* [2], comme disent les oracles [2]; car le saint onguent est un pieux symbole où ils apprennent que l'Église cache ce qu'elle a de plus sacré.

C'est pourquoi ils dérobent religieusement au fond de leur intelligence, image et reproduction de la divinité, tout ce que la vertu y réalise de saint et de déiforme, et, le regard exclusivement tourné vers l'intellection archétype, ni ils ne sont visibles au dissemblable, ni ils ne sont tentés de le voir eux-mêmes.

Aussi, fidèles à leur dessein, ils aiment, non ce qui a

[1] *V*. Plat., *Répub*., l. vi. — ii, 446. — [2] Matth., xxiii, 5.

l'air d'être beau et juste, mais ce qui l'est en réalité ;
ils n'aspirent pas à la gloire dont le vulgaire vante stu-
pidement la félicité, mais, à l'imitation de Dieu, discernant ce qui est essentiellement beau ou laid, ils deviennent les divins simulacres de la suavité théarchique, qui
possédant en soi le véritable parfum, sans affecter, à
l'inverse de la foule, une trompeuse apparence, l'exhale,
avec pureté, dans ses véritables portraits.

§ II.

Maintenant, après avoir considéré cette magnifique
cérémonie tout entière dans la richesse de sa beauté extérieure, jetons les yeux sur ce qu'elle offre de plus divinement beau ; voyons-la en elle-même et sans voiles,
nous lançant avec éclat ses fortunés rayons, et nous remplissant du doux parfum dont se pénètrent les hommes
intelligents.

Or, l'illustre confection de l'onguent, loin de repousser
les regards ni la coopération des assistants de l'Hiérarque,
réclame, au contraire, leur intervention, et leur présente
un spectacle dont n'est pas digne le vulgaire, et ce sont
eux qui le couvrent avec révérence et le dérobent saintement à la multitude.

En effet, la splendeur des choses les plus sacrées, qui
illumine avec pureté et sans intermédiaire les hommes
religieux, à cause de leurs rapports avec l'intelligible, et
qui répand un suave éclat sur leurs conceptions intellectuelles, ne s'étend pas de la même façon aux moins
avancés ; et, alors, ces profonds contemplateurs de l'intelligible, pour le soustraire à la vue indiscrète des dissemblables, l'enveloppent de symboles ailés, et c'est par ces
signes pieux, que les ordres inférieurs, avec la plus haute

Autre significa-
tion de l'ob-
vélation de l'on-
guent.

convenance, s'initient aux mystères, chacun en proportion de sa capacité.

§ III.

La télète, objet de mon discours, est donc, je l'ai dit [1], si noble et si efficace qu'elle sert aux consécrations hiérarchiques ; et voilà pourquoi nos divins maîtres, lui attribuant la même sublimité et la même énergie qu'à l'auguste sacrement de la synaxe, y ont rattaché à peu près les mêmes symboles, les mêmes cérémonies, et les mêmes hiérologies mystiques.

Ainsi, tu verras également l'Hiérarque aller répandre la bonne odeur de l'encens depuis l'endroit le plus vénérable jusqu'aux endroits les moins sacrés, d'où il revient à son point de départ, — enseignant que les biens divins se communiquent à tous les saints, suivant leur mérite respectif, sans en éprouver aucune diminution ni aucun changement, immuables qu'ils sont dans la souveraine fondation de leur propriété.

Pareillement encore, les hymnes et les leçons des oracles — accouchent les imparfaits par rapport à l'adoption filiale, source de vie, — opèrent la sainte conversion des impurs obsédés, — et arrachent aux frayeurs et aux séductions ennemies leurs pusillanimes jouets, — en montrant à chacun, selon qu'il en est capable, la sublimité de l'habitude et de la puissance déiforme.

Par là, ces hommes inspireront à leur tour de l'épouvante aux puissances contraires, et seront préposés à la guérison d'autrui ; — non-seulement ils posséderont, mais encore ils communiqueront une divine immuta-

[1] *V.* p. 443.

bilité dans le beau spécial , et la force de résister aux hostiles terreurs.

A ceux qui d'une vie corrompue sont revenus à une pieuse intelligence, ces hymnes et ces leçons impriment une sainte habitude, qui les empêche de retomber dans le mal ; — à ceux à qui il manque encore quelque chose pour être tout à fait immaculés , elles procurent une pureté complète ; — à ceux qui sont justes, elles obtiennent d'approcher des divins symboles , de les contempler, et d'y participer ; — à ceux qui ont atteint le comble de la perfection , elles fournissent l'aliment des heureux et intellectuels spectacles, remplissant du un leur uniformité qu'elles changent en cet un.

§ IV.

Que dirai-je encore ? N'est-il pas vrai — que la télète en question renvoie indistinctement, comme il se pratique dans la synaxe, tous les rangs qui n'ont pas la pureté requise, et que nous avons déjà mentionnés ; — qu'elle s'offre aux regards des saints seulement sous des images ; — et qu'elle n'admet à la voir à découvert et à la pieusement célébrer que les plus parfaits dans les anagogies hiérarchiques ? Or, il me semble superflu de revenir ici sur des considérations déjà souvent présentées ; j'aime mieux passer outre, à l'effet de contempler le divin Hiérarque tenant couvert de douze ailes, le saint onguent dont il opère la consécration.

Disons donc que l'onguent se compose par le mélange de substances aromatiques, possédant les propriétés des plus riches parfums, — si bien que ceux qui en reçoivent une part sont embaumés en raison de la quantité dont ils furent imprégnés.

Or, nous savons que le très-théarchique Jésus, super-substantielle suavité [1], dans des communications intellectuelles, inonde notre intellect d'une divine volupté.

Et si la respiration des odeurs physiques caresse de douces sensations et nourrit d'un ineffable plaisir notre organe, juge des senteurs, pourvu qu'alors il soit sain, et convenablement disposé à l'olfaction du parfum, — on a droit de dire que nos puissances intellectuelles aussi, en admettant que la corruption ne les incline pas vers le mal, grâce à leur naturelle vigueur de discernement, selon la mesure de l'opération divine et notre réciproque conversion aux divins objets, percevront la suavité théarchique [2], et se rassasieront, avec une eupathie sacrée, d'une très-divine nourriture.

Ainsi, la symbolique composition de l'onguent, utant que l'infigurable peut être figuré, nous représente Jésus lui-même, source abondante d'où ruissellent les divines odeurs, exhalant sur les intelligences les plus déiformes, dans des mesures théarchiques, les plus divines de ces odeurs [3]; — de sorte que les intelligences délicieusement affectées et remplies de saintes conceptions, jouissent d'une nourriture intellectuelle que répandent dans leur intellect, en commerce avec la divinité, de fragrantes émanations.

§ V.

Signification des ailes.

Or, il me semble évident que les substances au-dessus de nous, en tant que plus divines, sont d'une certaine manière plus proches de l'intarissable source de ces suavités, qui se manifestent et se communiquent avec plus de profusion à leur éminente pureté, fécond torrent

---

[1] Cant., I, 3. — [2] II. Cor., II, 14. — [3] II. Cor., II, 13.

déversé à larges flots dans leur conception intellectuelle
apte à les recevoir.

Au contraire, les intelligences inférieures, dont la capacité est moins vaste, ne jouissent du privilége de les
contempler et de les goûter qu'à travers un saint voile,
avec une théarchique mesure qui en approprie aux sujets
les infusions.

C'est pourquoi les douze ailes figurent l'ordre des Séraphins, si élevé par-dessus les substances augustes qui
nous dominent : ordre — qui se tient et siége auprès de
Jésus ; — qui s'occupe, autant que possible, à le contempler avec délices ; — qui reçoit, en toute pureté, la
sainte plénitude des dons intellectuels ; — et qui, à s'exprimer sensiblement, d'une voix à jamais résonnante,
chante cet hymne tant répété à la gloire de Dieu [1]. Car la
sacrée gnose de ces intelligences supermondaines est infatigable ; elle brûle pour Dieu d'un invariable amour, et
elle échappe, par sa supériorité, à toute malice et à
tout oubli : aussi, à mon avis, cette clameur sans silence
symbolise leur science et leur intellection constante et
immuable du divin, qui attirent leur attention perpétuellement, et perpétuellement excitent leurs actions de
grâces.

§ VI.

Nous avons bien, ce nous semble, en traitant des Signification des Prêtres.
hiérarchies célestes, contemplé et exposé aux yeux de
ton intelligence les propriétés incorporelles des Séraphins [2], que les oracles ont saintement dépeintes sous
des images sensibles [3], expression des choses intelligibles.

____

[1] Is., VI, 3 ; Apoc., IV, 8. — [2] V. p. 344-345. — [3] V. p. 383.

Néanmoins, comme cet ordre sublime est représenté encore ici par ceux qui environnent respectueusement l'Hiérarque, nous allons considérer une seconde fois, d'un regard de plus en plus immatériel, mais succinctement, son éclat on ne peut plus déiforme.

§ VII.

Or, leurs incalculables faces et leurs pieds nombreux figurent, à mon avis, leur propriété à contempler largement les illustrations divines, et leur intelligence toujours en mouvement, avec une prodigieuse activité, vers les biens divins.

Les six ailes dont les oracles rapportent l'attribution, me paraissent exprimer, non pas un nombre sacré, comme d'autres opinent, mais que, dans leur substance ou dans leur ordre qui se rapproche le plus de Dieu, les premières, les moyennes et les dernières des vertus intellectuelles et déiformes tendent à la sublimité, s'affranchissent d'entraves, et s'élèvent loin de notre sphère, en toute perfection. De là vient que, dans leur sainte sagesse, les oracles, décrivant avec piété la disposition de ces ailes, les leur appliquent à la tête, au milieu du corps et aux pieds [1], pour montrer avec quelle plénitude d'essor leur énergie s'élance tout entière vers l'essentiellement être.

§ VIII.

Si ces intelligences se voilent les faces et les pieds, et ne volent qu'avec les ailes du milieu, c'est une religieuse indication que cet ordre si auguste des substances les

[1] Is., vi, 2.

plus élevées, révère les hauteurs et les profondeurs qui dépassent ses intellections, — et se porte, des ailes du milieu, avec mesure, à la contemplation de Dieu, soumettant sa vie à la suprême pondération qui le dispose saintement à le connaître.

§ IX.

Ce qui est dit dans les oracles, *ils criaient l'un à l'autre* [1], signifie, je crois, qu'ils se transmettent mutuellement et sans envie les intellections de leur théopsie.

Et je trouve ceci digne de sainte remarque, que les oracles donnent aux plus augustes substances le nom hébreu de Séraphins, pour exprimer avec force que leur vie divine, à l'activité perpétuelle, les met dans un état extraordinaire d'effervescente ardeur.

§ X.

Si donc, au dire des interprètes de la langue hébraïque, la théologie, appliquant aux augustes Séraphins une qualification qui révèle à merveille leur habitude substantielle, les appelle *Incendiaires* et *Brûleurs* [2], ce symbolisme représente, sous son image, qu'ils ont la vertu d'exciter le divin onguent à se répandre, et de l'inviter à transmettre ses plus énergiques émanations.

Car la substance dont la suavité surpasse toute intelligence, aime d'être poussée par des intelligences fer-

---

[1] Is., vi, 3. — [2] V. p. 344, texte et note.

ventes et pures à se manifester, répartissant, avec une libérale profusion, à qui l'attire si éminemment, ses plus divines inspirations.

Aussi les célestes substances de l'ordre le plus élevé, n'ignoraient pas [1] que le très-théarchique Jésus avait condescendu à être sanctifié; elles savaient, au contraire, que, dans sa souveraine et ineffable bonté, il s'était mystérieusement abaissé jusqu'à notre nature; et, le voyant sanctifié en son humanité par le Père [2], par lui-même [3], et par l'Esprit [4], elles le reconnurent néanmoins comme leur propre principe, substantiellement immuable, aux opérations de sa divinité.

Partant, la tradition place le pieux symbole des Séraphins, lorsqu'on le consacre, sur le précieux onguent, image reconnue du Christ, qui, dans l'assomption totale et véritable de notre nature, ne subit pas la moindre altération.

Il y a quelque chose de plus sublime encore : c'est que pour toutes les consécrations divines, on emploie l'onguent bénit, en vue de marquer clairement, selon les oracles, que celui qui sanctifie celui qui doit être sanctifié [5], demeure identique à soi-même dans les diverses œuvres de sa bonté théarchique.

Voilà pourquoi la sacrée théogénésie, en nous accordant sa grâce perfectionnante, y met le comble par les divines consécrations de l'onguent.

De là vient aussi, à mon avis, que l'Hiérarque répand l'onguent, en forme de croix, dans le baptistère purificateur, faisant voir aux yeux comtemplatifs comment

---

[1] I. Tim., III, 16. *V.* S. Thom., Op. LIX, a. 1, *De l'humanité de Jésus-Christ.* — [2] Jer., x, 36. — [3] Jer., XVII, 19. — [4] Rom., I, 4. — [5] « *Christus qui homines in peccatum et mortem lapsos sanctificat, et homines qui à Christo sanctificantur.* » (Corn. de la Pier., *Comment. sur l'Épître aux Héb.*, II, 11.)

Jésus — s'est humilié jusqu'à la mort de la croix [1] pour notre théogénésie, — et, par cet adorable et irrésistible abaissement, daigne, avec bonté, arracher ceux qui sont baptisés en sa mort [2], comme disent les mystérieux oracles, à l'antique gouffre de la mort corruptrice [3], afin de les renouveler dans une divine et perpétuelle subsistance [4].

§ XI.

Bien plus, à celui qui est initié à l'auguste télète de la théogénésie, l'onction consommante de l'onguent procure l'infusion de l'Esprit théarchique : iconographie sacrée dont les symboles expriment, ce me semble, que c'est par celui-là même qui, comme homme, fut pour nous sanctifié de l'Esprit théarchique, sans que l'habitude substantielle de sa divinité subît aucune altération, — que nous est accordé cet Esprit divin.

§ XII.

Observe aussi hiérarchiquement que, d'après la loi des augustes télètes, la sainte consécration du divin autel s'opère par la très-pure effusion de l'onguent bénit. Et c'est ici que se découvre, par-dessus tous les cieux et au delà de toutes les substances, le principe, la substance et la vertu dont l'énergie consomme l'œuvre divine de notre sanctification.

Puis donc que c'est Jésus en qui s'accomplit la consécration théarchique des intelligences divines, divin autel

[1] Phili., ii, 8. — [2] Rom., vi, 3. — [3] Rom., viii, 2. — [4] Rom., vi, 4.

sur lequel, purement offerts et mystiquement holocaustés, comme disent les oracles, *nous trouvons accès*[1], — il nous faut contempler d'un œil supermondain comment ce divin autel, où le sujet de l'initiation est perfectionné et consommé, reçoit de l'auguste onguent sa propre sanctification.

Effectivement, le très-saint Jésus se sanctifie lui-même pour nous qu'il remplit ensuite de toute sainteté, — ce qui est consommé en lui, s'étendant par après, grâce à une bienfaisante économie, jusqu'à nous qui sommes générés de Dieu.

De là vient, je pense, que, d'après la signification sacrée qui leur en a été divinement manifestée, les sublimes chefs de notre hiérarchie, à raison de sa réalité télétique, nomment cette consécration auguste télète de l'onguent[2], comme qui dirait télète de Dieu, en vue de célébrer sa divine perfection sous un double rapport.

Car il y a ici télète de Dieu, en ce que, comme homme, il fut sanctifié pour nous, — et en ce que, comme Dieu, il sanctifie dans la consommation tout ce qui doit être sanctifié.

Quant à la mélodie sacrée des prophètes inspirés dans de célestes ravissements, elle signifie, à en croire les doctes hébraïsants, *Louange de Dieu* ou *Louez le Seigneur*[3]. Vu donc que toutes les mystérieuses théopha-

---

[1] Eph., III, 12. — [2] « Précédemment, nous disions mystère de l'*illumination* (p. 405), et mystère de la *synaxe* (p. 420) ; ici, au contraire, mystère de la *télète* de l'*onguent* (p. 442). En effet, si nous disions mystère de l'*onguent*, ce serait dire mystère du *Christ,* car le Christ est *onguent ;* mais nous disons mystère de la *télète* de l'*onguent*, ce qui revient à dire mystère de la *télète* de *Dieu*. Or, comme télète s'applique au *perfectionnant* τελοῦντος et au perfectionné τελουμένου, ce terme se prend en deux sens..... » (Pachym. *Parap.*) — [3] Cette mélodie, nous l'avons

nies et théurgies sont hiérographiées dans l'ensemble
varié des symboles hiérarchiques, il ne disconvenait pas
de remémorer l'hymnologie des prophètes sous l'action
de Dieu; car elle nous enseigne, tout à la fois avec éclat
et avec sainteté, que les bienfaits théarchiques méritent
nos pieuses bénédictions.

dit, est le chant de l'*alleluia*, en hébreu הללו ־ יה louez Jéhova;
le premier de ces mots ne veut pas dire *louange* mais *louez*, et
le second, à son tour, ne signifie proprement ni *Seigneur* ni
Dieu, mais *Jéhova*; l'un est l'impératif, 2. per. pl., de הלל *louer*,
et l'autre, un abréviatif de י־הוה *je suis*, ou *Jéhova*.

CHAPITRE V.

PARTIE I.

DES CONSÉCRATIONS HIÉRATIQUES DES ORDRES, DE LEURS
PUISSANCES ET DE LEURS OPÉRATIONS.

§ I.

La hiérarchie ecclésiastique comprend : 1° Télètes, 2° Initiateurs, 3° Initiés.

Telle est l'auguste consécration de l'onguent.

Mais, après ces saintes cérémonies, il est temps d'exposer les ordres sacrés eux-mêmes, leurs attributions, leurs vertus, leurs opérations, leurs perfections, le tout réparti en trois catégories supérieures.

Ainsi, nous montrerons comment la constitution de notre hiérarchie, saisissant et rejetant tout ce qui est désacord, laideur et confusion, — sans jamais en tolérer l'approche, resplendit d'harmonie, de beauté et d'équilibre dans les combinaisons de ses sublimes degrés.

Or, à propos des hiérarchies dont nous avons déjà traité, il nous semble avoir bien expliqué la triple division de toute hiérarchie, en disant que notre sacrée tradition distingue dans tout ensemble hiérarchique : — d'abord, les divines télètes, — puis, les êtres augustes qui, après en avoir acquis la science, ont le pouvoir de les transmettre, — et, enfin, les sujets des religieuses initiations.

§ II.

La très-sainte hiérarchie des substances supercélestes n'a pour télète que l'intellection de Dieu et du divin, aussi immatérielle que le comporte leur vertu, avec l'habitude de se former sur Dieu et d'imiter Dieu, au plus haut point dont elles soient capables.

Là, les initiateurs, qui conduisent à cette sublime perfection, ce sont les substances les plus rapprochées de Dieu, qui, avec autant de bonté que de discrétion, transmettent aux substances sacrées d'un rang inférieur les déifiques gnoses dont les favorise sans cesse la théarchie, perfection absolue et source de sagesse pour les supermondaines intelligences.

Les substances distribuées au-dessous des plus sublimes, — par le moyen desquelles elles s'élèvent saintement à la déifique illustration de la théarchie, — constituent et se nomment, avec raison, les ordres initiés.

Après cette hiérarchie céleste et supermondaine, la théarchie, dans sa bienfaisance, répandant sur nous ses dons les plus sacrés, enfants [1] que nous étions, comme disent les oracles, nous accorda la hiérarchie légale, — de manière à envoyer, avec un inoffensif éclat à des yeux faibles, sous de ternes images [2] de la vérité, sous des représentations [3] bien éloignées des archétypes, sous des énigmes [4] difficiles à discerner, sous des types [5] dont le sens ne se découvrait qu'à peine, une lumière en rapport avec leur débilité.

> La hiérarchie ecclésiastique tient le milieu entre la hiérarchie légale et la hiérarchie angélique.

[1] Gal., IV, 3. — Νήπιος enfant, R. Νη pr. — ἔπω je parle. Enfant, R. *In* priv.-*for* (*inus.*) je parle. Entre νήπιος et enfant, rapport exact. — [2] Heb., X, 1. — [3] Ex., XXVI, 30. — [4] Num., XII, 8. — [5] Rom., II, 20.

Or, dans cette hiérarchie légale,

La télète, c'est l'anagogie à la latrie spirituelle [1];

Les chefs, ce sont ces hommes saintement initiés au sacré tabernacle [2] par Moyse [3], premier initiateur et maître des Hiérarques de la loi, lequel, retraçant, en manière d'introduction, sur ce tabernacle sacré la hiérarchie légale, appelle toutes les cérémonies de la loi une image du type qui lui avait été montré sur le mont Sinaï [4];

Les initiés, ce sont ceux qui des symboles légaux s'élèvent, selon leurs forces, à une plus parfaite initiation.

Or, par cette initiation plus parfaite, la théologie entend notre hiérarchie, qu'elle en proclame l'accomplissement [5] et le repos sacré [6].

Car notre hiérarchie est à la fois céleste et légale, milieu entre des hiérarchies dont elle participe, communiquant — avec l'une par les contemplations intellectuelles, — et avec l'autre par une foule de symboles sensibles, à l'aide desquels elle se hausse saintement vers la divinité.

---

[1] Jo., IV, 23. — [2] Heb., IX, 11. — Ex., XXVI, 30. — [3] « Et MACTABIS EUM IN CONSPECTU DOMINI. — « *Mactabis,* » *tu scilicet, o Moses. Fungebatur ergo hic Moses munere sacerdotali, adeoque sacerdotes, ipsumque pontificem quasi hierarcha consecrabat. Unde Nazianzenus,* orat. 22, *Mosem vocat sacerdotem sacerdotum; sic et S. Augustinus,* Quæst. XX in Levit. : *unde* Psal. XCVIII, *vers.* 6, *dicitur :* « *Moses et Aaron in sacerdotibus ejus.* » Vide Levit. *cap.* VIII. *Moses ergo primus populi tam pontifex, quam dux et princeps fuit. Verum postquam Moses sacerdotium consignavit Aaroni et posteris ejus, deinceps Mosis posteri non inter sacerdotes, sed inter Levitas annumerati sunt, ut patet* 1. Paralip. *cap.* XXIII, *vers.* 14. » (Corn. de la Pier., *Comment. sur l'Exod.,* XXIX, 14.) — [4] Ex. XXV, 40. — [5] Matth., V, 17. — [6] Rom., X, 4. — Ps. XCV, 11.

Elle offre la triple division des hiérarchies, à savoir :

Les vénérables cérémonies des télètes ;

Les dispensateurs déiformes des trésors sacrés ;

Et les sujets — par eux — initiés aux choses saintes, dans la mesure convenable.

A son tour, chacune de ces trois parties, dans notre hiérarchie, comme dans la hiérarchie légale, comme dans la hiérarchie plus divine que les humaines, se distribue en degrés inférieur, moyen et supérieur, sous l'empire d'une puissance qui assortit tous ces éléments sacrés avec la plus haute convenance, et en opère l'union de la manière la plus brillante, suivant une harmonieuse disposition, dans un intime enchaînement.

§ III.

Or, des télètes à l'auguste consécration,

La première vertu déiforme est de purifier saintement les profanes,

La moyenne, d'initier les purifiés à la lumière,

Et la dernière, qui résume les précédentes, de consommer les initiés dans la science de leurs initiations respectives.

Les ministres sacrés, autre division,

Au premier rang, purifient, par les télètes, les profanes ;

Au moyen, illuminent les purifiés ;

Et au dernier, consomment les divins illuminés dans la science parfaite de leurs illustrations visives.

Pour les initiés,

Dans la première catégorie, ils sont purifiés [1] ;

Dans la moyenne, après la purification, ils sont illuminés, et admis à contempler certains mystères [2] ;

[1] Plat., *Phéd.*, i, 52. — [2] Plat., *Phéd.*, i, 54.

Et dans la dernière, qui est la plus éminente, ils sont illustrés de la science parfaite des saintes illuminations de leur contemplation.

Mais il a été traité de la triple vertu des télètes à l'auguste consécration. Nous avons montré, d'après les oracles, — que la télète de la théogénésie purifie et confère une brillante lumière ; — que les télètes de la synaxe et de l'onguent nous consomment dans la gnose et la science des œuvres divines, par où s'accomplit religieusement notre anagogie unifique vers la théarchie et notre heureuse association avec elle.

De ce pas donc, nous allons exposer comment la classe des saints ministres se divise en

Ordre purificateur,

Ordre illuminateur,

Ordre perfecteur.

§ IV.

Ce qui est inférieur est élevé par ce qui est supérieur.

C'est une loi des plus sacrées, établie par la théarchie, que ce qu'il y a de supérieur serve d'intermédiaire à ce qu'il y a d'inférieur dans son anagogie vers la souveraine lumière.

Ne voyons-nous pas même les substances sensibles des éléments gagner d'abord ce qui a plus d'affinité avec elles, et, par ce moyen, exercer sur d'autres objets leur influence naturelle ?

C'est donc avec convenance que le principe et le fondement de toute belle disposition, — d'abord, laisse tomber ses splendeurs déifiques sur les êtres les plus déiformes, — et qu'ensuite, par ces intelligences dont la pureté plus limpide les rend plus aptes à recevoir et à transmettre la lumière, il brille et rayonne sur les êtres inférieurs, en proportion de leur capacité.

Partant,

A ceux qui les premiers contemplent Dieu, de révéler aux seconds, avec spontanéité, dans la mesure de leurs facultés, les divins spectacles dont leurs regards ont été saintement frappés ;

A ceux qui ont été admirablement admis, dans la plénitude de la science, autant qu'il appartient à leur hiérarchie, à toutes les choses divines, et qui ont reçu le sublime pouvoir d'enseignement, d'initier aux mystères hiérarchiques ;

A ceux qui sont entrés scientifiquement et universellement en participation de la perfection hiératique, de communiquer les objets sacrés à qui en est digne.

§ V.

Ainsi, l'ordre auguste des Hiérarques est le premier des ordres qui contemplent Dieu, tout à la fois le plus haut et le plus bas, parce qu'en lui se termine et se complète tout l'enchaînement de notre hiérarchie.

Car, de même que nous voyons la hiérarchie universelle aboutir à Jésus, ainsi voyons-nous chaque hiérarchie particulière aboutir à son propre et sublime Hiérarque.

C'est que la vertu de l'ordre hiérarcal circule parmi toutes les catégories sacrées, accomplissant, au moyen de tous les saints rangs, les mystères de sa hiérarchie spéciale.

Néanmoins, à l'exclusion des autres ordres, la loi divine lui a excellemment attribué, à titre de ministère propre, les fonctions les plus divines, perfectives images de la puissance théarchique, par lesquelles les plus sublimes symboles et tous les ordres sacrés reçoivent leur perfection.

Car, bien que les Prêtres puissent produire certains respectables symboles, nul n'accomplirait la religieuse théogénésie sans l'onguent solennel, ni ne consommerait le sacrement de l'eucharistie qu'en posant les symboles de la communion sur un autel consacré. Et même il ne sera prêtre qu'autant que les initiations de l'Hiérarque l'auront élevé à cette dignité.

La loi divine réserve donc exclusivement au pouvoir parfait des augustes Hiérarques la pieuse consécration des ordres hiérarchiques, la confection du saint onguent et la bénédiction du sublime autel.

§ VI.

Fonctions des Hiérarques ; fonctions des Prêtres ; fonctions des Liturges.

Ainsi, l'ordre des Hiérarques — est rempli d'une puissance perfective, — possède seul le privilége d'exercer les fonctions consommatrices de la hiérarchie, — révèle en interprète les sciences des objets sacrés, — et apprend quelles nobles habitudes et vertus s'y rattachent.

L'ordre des Prêtres, qui illumine, conduit les initiés à la sainte épopsie des télètes, exécutant, sous la dépendance et en la société des augustes Hiérarques, son office spécial : de par son ministère, — il montre à travers les pieux symboles les œuvres divines, — et met à même qui se présente de contempler et de recevoir les sacrées télètes, — sauf à renvoyer à l'Hiérarque quiconque aspire à la science des mystères, objet de ses considérations.

L'ordre des Liturges a pour mission de purifier et de discerner les dissemblables, avant qu'on n'aborde les saintes opérations des Prêtres : il purifie donc ceux qui s'approchent, — les dégage des contraires, — et les dispose au spectacle et à la participation des sacrés mystères.

Voilà pourquoi, dans la sainte théogénésie, les Liturges — dépouillent le sujet de ses anciens habits, — lui ôtent la ceinture, — le tournent vers l'occident pour l'abjuration, — et puis le ramènent en face de l'orient, — en leur qualité d'ordre à la puissance purificatrice, enjoignant à l'initié de déposer complètement l'enveloppe de sa vie passée, lui représentant les ténèbres de son existence jusqu'alors, et lui enseignant à quitter l'ombre pour la lumière.

Donc, l'ordre des Liturges — purifie, — exhausse les purifiés à l'action saintement illuminatrice des Prêtres, — débarrasse de souillures les imparfaits, — les vivifie au limpide rayonnement des doctrines oraculaires, — et sépare totalement du saint le profane.

Aussi les constitutions hiérarchiques l'établissent-elles aux portes, pour signifier qu'avant de s'approcher des saints mystères, on doit commencer par se purifier de fond en comble, le soin de leur en faciliter l'épopsie et la participation étant confié à des puissances purificatrices, qui y admettent les immaculés.

§ VII.

Nous avons donc démontré

Que l'ordre des Hiérarques est perfecteur, et perfectionne de fait;

Que l'ordre des Prêtres est illuminateur, et illumine de fait;

Que l'ordre des Liturges est purificateur, et purifie de fait;

De manière cependant

Que l'ordre des Hiérarques possède le pouvoir, non-seulement de perfectionner, mais encore d'illuminer à la fois et de purifier;

Et que les Prêtres réunissent, dans leurs prérogatives, à la faculté d'illuminer, la faculté de purifier.

Les ordres inférieurs ne peuvent pas empiéter sur les fonctions des supérieurs, — car ce serait un crime que de se laisser emporter à une pareille usurpation, — tandis que les ordres les plus élevés, indépendamment des leurs, possèdent les sciences sacrées au-dessous de léur consommation.

Mais les classes hiératiques, images des opérations divines, en ce qu'elles représentent les harmonieuses splendeurs dont brillent, diverses et unes, les opérations divines, ont été, suivant des distributions hiérarchiques, rangées saintement en ordres et opérations de premier, moyen et dernier degré, afin de reproduire en elles-mêmes, comme je l'ai dit, l'enchaînement et la distinction des opérations divines.

Car, puisque la théarchie commence par purifier les intelligences à qui elle se communique, puis les illumine, et, après les avoir illuminées, les élève à une perfection déiforme, il convient que la hiérarchie, — image du divin, se divise en ordres et puissances multiples, pour montrer avec force que les opérations théarchiques constituent, dans des ordres parfaitement purs et clairs, un ensemble inébranlable.

Or, après avoir exposé, en proportion de nos moyens, les ordres hiératiques, leurs ministères, leurs puissances, leurs opérations, — considérons, autant que nous en sommes capables, leurs religieuses consécrations.

PARTIE II.

MYSTÈRE DES CONSÉCRATIONS HIÉRATIQUES.

Le sujet de l'hiérarcat fléchit les deux genoux devant le divin autel, et reçoit sur la tête les oracles émanés d'en haut, ainsi que la main de l'Hiérarque, — et c'est ainsi que, par l'Hiérarque consécrateur, au milieu d'invocations appropriées, si saintes elles sont, à la dignité de l'hiérarcat, il est consacré.

Le sujet de la prêtrise fléchit les deux genoux devant le divin autel, et reçoit sur la tête la main droite de l'Hiérarque, — et c'est ainsi que, par l'Hiérarque consécrateur, au milieu d'invocations appropriées à la prêtrise, il est consacré.

Le sujet du liturgat ne fléchit qu'un genou devant le divin autel, et reçoit sur la tête la main droite de l'Hiérarque, — et c'est ainsi que, par l'Hiérarque consécrateur, au milieu d'invocations appropriées au liturgat, il est consacré.

Au reste, sur chacun d'eux l'Hiérarque consécrateur trace le signe de la croix, — et pour chacun d'eux a lieu une sainte proclamation, et un baiser solennel, tous les membres présents de la hiérarchie, en même temps que l'Hiérarque consécrateur, donnant le baiser au sujet admis à quelqu'un des ordres hiératiques en question.

PARTIE III.

CONTEMPLATION.

§ I.

Ce que les saintes consécrations des Hiérarques, des Prêtres, des Liturges, ont de commun, c'est la présentation devant l'autel, la génuflexion, l'imposition de la main de l'Hiérarque, le signe de la croix, la proclamation, enfin le baiser.

Ce qu'elles ont de particulier et de spécial, c'est, — pour les Hiérarques, l'imposition des oracles sur la tête, ce qui n'a pas lieu à l'égard des ordres inférieurs; — pour les Prêtres le fléchissement des deux genoux, qui ne s'effectue pas dans l'ordination des Liturges, car les Liturges, nous l'avons dit, ne fléchissent qu'un genou.

§ II.

La présentation devant le vénérable autel et la génuflexion enseignent à tous les sujets des ordres sacrés, qu'ils doivent entièrement soumettre leur vie à la divine télétarchie, — et lui offrir toute leur intelligence purifiée, sanctifiée, unifiée, et, autant que possible, digne de l'immaculé, théarchique et auguste autel, de qui émane la consécration hiératique sur les intelligences déiformes.

§ III.

L'imposition de la main hiérarcale signifie la protection télétarchique qui se déploie paternellement sur les consacrés, comme sur de pieux enfants, pour leur communiquer l'habitude et la vertu hiératiques, et les délivrer des puissances contraires ; — elle apprend encore aux ordonnés à exercer leurs religieuses fonctions sous la dépendance de Dieu, qu'ils ont pour chef dans toutes leurs opérations.

Signification de l'imposition de la main.

§ IV.

Le signe de la croix invite à étouffer toutes les convoitises charnelles et à retracer la vie divine, en ne cessant de considérer — la vie théandrique de Jésus, — que, théarchiquement impeccable, il s'est assujéti à la croix et à la mort, — et qu'à ceux qui réforment leur vie sur ce modèle en lui devenant semblables, il imprime le sceau de son impeccabilité, dont le signe de la croix est l'image.

Signification du signe de la croix.

§ V.

L'Hiérarque proclame saintement le nom des ordres et des ordinands, ce qui mystérieusement insinue que le consécrateur, ami de Dieu, n'est que l'interprète de la vocation théarchique, n'appelant de son chef, par une capricieuse faveur, aucun des ordinands à l'ordination hiératique, mais mu de Dieu dans toutes les hiérarchiques consécrations.

Signification de la proclamation du nom.

C'est ainsi que Moyse, le légal initiateur, ne promut à la sublimité hiérarcale Aaron, son frère, bien qu'il le sût être agréable à Dieu et digne de cette charge sainte, qu'après que l'impulsion d'en haut l'eût porté à lui conférer, selon les rites pieux, au nom de la souveraine télétarchie, la plénitude du sacerdoce [1].

Bien plus, notre théarchique et premier initiateur, car Jésus, le plus grand des philanthropes, s'est revêtu de cet emploi, ne se glorifia pas lui-même, comme attestent les oracles, mais il fut glorifié par celui qui lui dit : *Tu es prêtre pour la perpétuité selon l'ordre de Melchisédech* [2].

Aussi lui-même, dans la promotion de ses disciples à l'ordre hiérarcal, quoique, comme Dieu, il fût télétarque, ne laissa-t-il pas que de référer hiérarchiquement à son Père très-parfait et à l'Esprit théarchique, la télétarchique consommation, recommandant à ses disciples, ainsi que le rapportent les oracles, *de ne pas s'éloigner de Jérusalem, mais d'y attendre la promesse du Père, que vous avez entendue de ma bouche..... à savoir, que vous serez baptisés dans le Saint-Esprit* [3].

Ainsi encore le prince des disciples, s'étant réuni avec ses dix collègues dans l'hiérarcat, pour consacrer hiérarque un douzième disciple, s'en remit pieusement à la théarchie du soin de le choisir : *Montre-nous*, dit-il, *celui que tu as élu* [4]; — et il reçut saintement et solennellement au nombre des douze celui qu'un divin sort avait divinement désigné.

Comme à propos de ce sort tombé d'en haut sur Matthias, les explications varient avec les auteurs, d'une manière incongrue, croyons-nous, voici, à notre tour,

____

[1] Ex., XXIX, 4, etc. — [2] Ps. CX, 4. — [3] Act., I, 4, 5. — [4] Act., I, 24.

quel est notre sentiment. Il nous semble donc que par sort, les oracles entendent quelque don théarchique [1] qui manifeste à cette hiérarchique assemblée quel était l'élu de Dieu ; car le sublime Hiérarque, au lieu de conférer de son propre mouvement les ordres hiératiques, doit sous la motion divine, hiérarchiquement et célestement, en opérer la collation.

§ VI.

Le baiser, à la fin de l'ordination hiératique, renferme un sens pieux. Tous les assistants revêtus de quelque ordre sacré et l'Hiérarque consécrateur baisent le sujet de l'initiation.

Signification du baiser.

C'est que, lorsqu'une intelligence religieuse, par les habitudes et les vertus hiératiques, par le choix divin, par la sanctification, a l'avantage de recevoir un ordre sacré, — elle devient aimable à ses similaires dans la hiérarchie auguste : élevée à une beauté déiforme, elle aime les intelligences qui lui ressemblent, et dont elle est réciproquement aimée, en toute pureté.

Ainsi, le saint baiser s'échange dans l'ordination sacrée, pour exprimer l'hiératique communion des intelligences pareilles, l'amoureuse gaîté des unes à l'égard des autres, — par où la beauté la plus divine ne cesse de briller de tout son éclat parmi notre hiérarchie.

§ VII.

Voilà donc, comme je l'ai dit, ce qui est commun à toutes les ordinations sacrées.

Signification de l'imposition des Écritures.

[1] S. Thomas explique ce passage de S. Denys, Op., xxv, c. 4. *De sortibus, — Undé sit sortium virtus.*

A l'Hiérarque seul sont religieusement imposés sur la tête les oracles.

Effectivement, — puisque la puissance et la science perfectives du sacerdoce en général ont été accordées aux divins Hiérarques par la bonté théarchique et télétarchique, — c'est à juste titre que sur la tête de l'Hiérarque sont imposés les oracles, don de Dieu, qui exposent universellement et suavement toute théologie, théurgie, théophanie, hiérologie, hiérurgie, en un mot, toutes les adorables et saintes paroles et actions dont la bienfaisante théarchie a favorisé notre hiérarchie; en ce sens — que le déiforme Hiérarque participe pleinement à toute puissance hiérarchique, — que, non-seulement il reçoit par illustration la véritable et supernaturelle science de toutes les hiérologies et hiérurgies hiérarchiques, mais encore qu'il la communique aux autres suivant les convenances hiérarchiques, — et qu'il accomplit hiérarchiquement, avec les plus sublimes gnoses et dans les anagogies les plus hautes, les suprêmes consommations de la hiérarchie entière.

Les Prêtres, en fléchissant les deux genoux, se distinguent des Liturges qui n'en fléchissent qu'un, pour se présenter hiérarchiquement à l'ordination.

§ VIII.

La génuflexion marque l'humble présentation du sujet, qui se présente en soumettant à Dieu son présent sacré.

D'ailleurs, nous l'avons souvent dit, il y a trois ordres d'initiateurs, qui, en trois saintes télètes et vertus, dirigent les trois classes d'initiés, dont ils procurent l'avancement salutaire sous le joug divin.

Or, c'est avec raison que l'ordre des Liturges, simplement purificateur, ne travaille qu'au progrès des Purifiés, les abandonnant au pied du vénérable autel , — où les intelligences purifiées reçoivent une consécration supermondaine.

Les Prêtres fléchissent les deux genoux , parce que celui dont ils opèrent la promotion sacrée, — non-seulement est purifié, — mais encore, après avoir anagogiquement émondé sa vie grâce à leurs brillantes hiérurgies, s'élève, par leur religieux ministère, à l'habitude et à la puissance de la contemplation.

Enfin l'Hiérarque, outre qu'il fléchit les deux genoux, reçoit sur la tête les oracles, don de Dieu, vu que c'est lui qui, — une fois que, par leur vertu spéciale, le Liturge les a purifiés, et le Prêtre, illuminés, — exhausse hiérarchiquement les sujets, en proportion de leurs facultés, jusqu'à la science des mystères qu'ils ont considérés, de manière à parachever leur initiation, en leur imprimant une consécration aussi parfaite qu'ils la comportent.

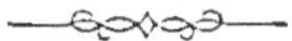

CHAPITRE VI.

⁕

PARTIE I.

DES ORDRES DES INITIÉS.

§ I.

Tels sont les ordres hiératiques avec leurs attributions, leurs vertus, leurs opérations, leurs perfections, — après quoi il nous reste à traiter des trois ordres initiés.

Nous disons donc que l'ordre purifié embrasse les multitudes [1], ci-dessus mentionnées, qui sont exclues du saint ministère et des religieuses consécrations :

---

[1] Πληθύες multitudes, R. Πολύς maint, à pr., θεός dieu. Multitudes, à cause des milliers ou millions d'hommes qui les réalisent, pas tout à fait; la fine raison de la raison, c'est que chaque homme de ces *multitudes* a dans le ventre la *Légion*, le Δαιμόνια πολλά (Luc., VIII, 30), les *Diviseurs* (δαίομαι je *divise*) de la *monade* (μονάς) par le *multiple* (πολύς). La *polyade* étant aux antipodes de la *monade*, et Dieu se présentant comme *monade*, peine perdue que de le chercher dans l'anarchie des passions ou les dissipations de la vanité, dans les dissolutions de la terre et les déchirements de la conscience. Gagnons la *solitude* (ou la *monade*), il est là; ne l'y avait-il pas trouvé celui qui s'écriait : *O beata solitudo ! O sola beatitudo !* Les gens du monde s'étonneront bien d'apprendre qu'ils ne sauraient être heureux qu'en se faisant *moines*. S. Denys le leur démontre par $a + b$.

La première, parce qu'elle est encore façonnée et disposée par les Liturges, à l'aide des oracles accoucheurs, à la parturition vitale.

La deuxième, parce qu'elle est encore, au moyen de l'enseignement convertisseur des bons oracles, rappelée à la vie pure dont elle a déchu;

La troisième, parce qu'encore lâchement en proie à des frayeurs contraires, elle est corroborée des oracles, source de puissance;

La quatrième, parce qu'elle est encore ramenée des perverses aux sacrées opérations;

La cinquième, parce que, malgré son changement, elle ne s'est pas encore parfaitement et irrévocablement enracinée dans les divines et immuables habitudes.

Voilà donc les rangs purifiés par les soins sanctificateurs des Liturges, qui les accouchent, s'employant de toutes leurs pieuses forces à les pousser vers la perfection, — de manière qu'exempts de toute souillure, ils puissent passer à la lumineuse contemplation des plus brillants mystères, en même temps qu'y participer.

§ II.

Le deuxième ordre est celui qui, dans une complète pureté, contemplant certains mystères auxquels il participe autant que de raison, est confié aux Prêtres pour être illuminé.

Car il me semble clair que, — lavé de toute immonde souillure et parvenu à fonder immuablement son intelligence dans une haute sainteté, — il doit, sous la discipline des Prêtres, s'élever à l'habitude et à la puissance

de la contemplation, et être admis à la participation des
plus divins symboles :

Contemplation et participation qui l'inondent d'une
pieuse gaîté, — si bien qu'il s'élance de toutes ses forces,
sous leurs influences anagogiques, au divin amour de
leur science.

Cet ordre, je l'appelle l'ordre du Peuple saint, — en ce
qu'en passant par une purification totale, il s'est, autant
que possible, rendu digne de religieusement voir et recevoir les plus brillantes télètes.

§ III.

Perfectionnés,
ou Thérapeutes,
Moines.

De tous les ordres initiés, le plus avancé est celui des
Moines, bataillon sacré — qui s'est purifié de toutes ses
souillures, en s'efforçant tout à fait de sanctifier souverainement ses propres opérations, — qui a été admis,
dans la mesure de ses facultés, à la contemplation et à
la participation de tous les religieux mystères, — qui,
entre les mains des Hiérarques à la puissance perfective,
saisissant, grâce à leurs divines illustrations et à leurs
traditions hiérarchiques, les hiérurgies des sacrées télètes qu'il lui a été donné de considérer, s'élève de leur
science hiératique, en raison de son aptitude, jusqu'à
la plus parfaite perfection.

De là, les noms vénérables dont nos divins maîtres les
ont honorés, les appelant — tantôt Thérapeutes, à cause
du culte Θεραπείας [1] qu'ils rendent purement à Dieu, — et
tantôt Moines [2], à cause de cette vie indivisible et une,

---

[1] Θεραπείας, R. Θεραπεύω je sers — θέρω je chauffe, je soigne. —
[2] Μοναχὺς moines, R. Μόνος seul - ἔχω j'ai, je suis dans l'habitude.
V. p. 472, note. — « Par manque de circonspection, on pourrait
s'imaginer que l'état de la perfection religieuse est plus sublime

où le saint rapprochement des divisibles les conduit au un
jusqu'à la monade déiforme, perfection chérie par Dieu.

Aussi la loi religieuse leur a octroyé, avec la grâce
d'une consécration, une sorte d'invocation récitée, — non
par l'Hiérarque, qui ne la prononce que pour les ordres
hiératiques, — mais par les Prêtres, pieux initiateurs qui
célèbrent cette cérémonie secondaire de la hiérarchie.

PARTIE II.

MYSTÈRE DE LA CONSÉCRATION MONACALE.

Le Prêtre, debout devant le divin autel, récite dévotement l'invocation monacale.

L'initié, tout droit derrière le Prêtre, ne fléchit ni deux
genoux ni un genou, pas plus qu'il ne reçoit sur la tête
les oracles, don de Dieu; — il ne fait que se tenir auprès
du Prêtre qui prononce sur lui la mystique invocation.

L'ayant achevée, le Prêtre s'avance vers l'initié, à qui
il demande, d'abord, s'il renonce, — non-seulement à
toute sorte, — mais encore à toute imagination de vie
divisée.

que l'état de la perfection pontificale..... Mais il est manifeste
qu'il faut une plus grande perfection pour rendre parfaits les
autres, que pour l'être seulement soi-même. » (S. Thomas., Op.
XVIII., c. XVII.) Sur les *Moines*, lire de S. Thomas les traités
De perfectione vitæ spiritualis et *Contra impugnantes Dei cultum
et religionem*. La perfection, comme l'entend S. Denys y est
admirablement interprétée, et il va sans dire que le docteur
angélique cite plus d'une fois son maître en pareille matière.

Puis, il lui expose la vie la plus parfaite, en lui déclarant qu'il doit s'élever au-dessus de la vie médiocre.

Après que l'initié l'a formellement promis, le Prêtre — le marque du signe de la croix, — le tonsure en invoquant les trois hypostases de la divine béatitude, — le dépouille de tous ses premiers habits pour lui en passer d'autres, — lui donne, avec le reste des saints assistants, le baiser, — et l'admet à la participation des mystères théarchiques.

❧

PARTIE III.

CONTEMPLATION.

---

§ I.

Signification de la pose droite du Moine, et de la non-imposition des Écritures.

Le Moine ne fléchit pas de genou et ne reçoit pas sur la tête les oracles, don de Dieu, — mais se tient auprès du Prêtre qui récite la religieuse invocation, marque que l'ordre des Moines, sans mission pour diriger les autres, constitué par devers lui dans une pieuse station monadaire, marche après les ordres hiératiques, qu'il n'a qu'à suivre pour s'élever saintement à la divine science de son saint ressort.

§ II.

Signification du renoncement.

Le renoncement, tant à toute sorte qu'à toute imagination de vie divisée, signifie la très-parfaite philosophie des Moines, laquelle s'exerce à la science des commandements unifiques.

Car, comme je l'ai dit, les Moines appartiennent, — non pas au moyen des ordres initiés, — mais bien au plus sublime de tous.

De là, une foule de choses se font sans crime par le moyen ordre, qui sont absolument interdites aux Moines uns, — parce qu'ils doivent s'unifier de par le un, se recueillir dans la sacrée monade, et former, autant que possible, leur vie sur celle des Prêtres, avec lesquels ils ont plusieurs points d'affinité, et dont ils se rapprochent plus que les initiés des autres rangs.

§ III.

L'impression typique de la croix, comme je l'ai déjà déclaré, annonce l'extinction complète de tous les appétits charnels.

La coupe des cheveux désigne la pure et sincère vie, qui, — loin de décorer hypocritement, avec de faux ornements, la laideur intellectuelle, — tend de soi, par des beautés rien moins qu'humaines, mais unes et monadaires, à la plus sublime déiformité.

§ IV.

La déposition de l'ancien vêtement et la prise du nouveau proclament le passage d'une sainte vie médiocre à une vie plus parfaite, — de même que dans la théogénésie, le changement d'habit indiquait l'anagogie de la vie purgative à la vie illuminative et contemplative.

Pour ce qui est du baiser que le Prêtre et tous les

saints assistants donnent à l'initié, — il dénote la religieuse société des hommes déiformes, qui se félicitent mutuellement, avec charité, au sein d'une gaîté divine.

§ V.

Signification de la communion.

A la fin de toutes ces cérémonies, le Prêtre convie l'initié à la communion théarchique, pour montrer mystiquement que, s'il atteint, en vérité, à l'anagogie une et monadaire, l'initié — non-seulement contemplera les choses sacrées de son ressort, et participera aux augustes symboles comme l'ordre moyen, — mais encore, avec une divine gnose des saints objets auxquels il est admis, et d'une autre façon que la pieuse foule, se disposera à recevoir la communion théarchique.

C'est pour le même motif qu'aux sujets des ordres hiératiques, lors de leurs perfectives initiations, à la conclusion des rites pieux, l'auguste eucharistie est administrée par l'Hiérarque consécrateur, — non-seulement parce que la réception des mystères théarchiques couronne les autres participations aux biens hiérarchiques, — mais encore en ce sens que tous les ordres hiératiques, chacun suivant sa capacité, tirent leur part du don divin de la communion, au prorata de leur anagogie et de leur consommation dans la déification.

Nous avons donc conclu que les saintes télètes renferment

La Purification,

L'Illumination,

Et la Perfection.

Les Liturges constituent l'ordre purificateur;

Les Prêtres, l'ordre illuminateur;

Et les déiformes Hiérarques, l'ordre perfecteur.

Ceux qui ne sont admis ni à contempler les sacrements ni à y participer, par la raison qu'ils subissent
encore la Purification, — forment l'ordre purifié;

Le Peuple saint, l'ordre illuminé;

Et les Moines unifiés, l'ordre perfectionné.

Ainsi, notre hiérarchie, religieusement organisée en
ordres que Dieu même a établis, se rapproche, dans sa
forme, des hiérarchies célestes, conservant, autant qu'il
est possible avec des hommes, les caractères de la di
ne similitude et de l'imitation divine.

§ VI.

Mais, objecteras-tu, dans les hiérarchies célestes, il
ne se trouve aucun ordre purifié : car il est aussi injuste
que faux de dire qu'il existe au ciel quelque classe criminelle; et il faudrait que j'eusse perdu l'intelligence
des choses sacrées, pour ne pas admettre pleinement la
sainteté parfaite et la pureté supermondaine de ces
substances. — De fait, une de ces divines intelligences ne
succomberait pas plus tôt au mal, qu'elle se détacherait
de leur chaste et céleste harmonie, pour s'abîmer dans la
ténébreuse ruine de la multitude apostate.

Toutefois la piété permet d'alléguer que, chez les
hiérarchies célestes, la Purification pour les substances
inférieures consiste dans la divine manifestation de ce
qu'elles ne connaissaient pas encore, — manifestation qui
les élève à une plus parfaite science des gnoses théarchiques, et les dégage, en quelque sorte, de l'ignorance
de ce qu'elles ne comprenaient pas jusqu'à ce moment,
lors que, par le moyen des plus avancées et plus nobles
substances, elles parviennent, avec de plus vives et
plus splendides lumières, à contempler les divins objets.

Ainsi, dans la hiérarchie céleste, il y a des ordres purifiés, illuminés et perfectionnés, tout comme des ordres purificateurs, illuminateurs et perfecteurs; de manière que les substances les plus sublimes et les plus éminentes — purgent de toute ignorance, suivant des modes appropriés aux hiérarchies célestes, les saintes et supermondaines substances d'un rang inférieur, — qu'elles les remplissent de divines illustrations, — et qu'elles les consomment en la plus limpide science des intellections théarchiques.

En effet, nous l'avons déjà dit, et les saints oracles le déclarent, tous les ordres célestes ne marchent pas de pair dans les sciences sacrées des divines illustrations : c'est — de Dieu, directement, que les supérieurs, — et des supérieurs, indirectement par rapport à Dieu, que les inférieurs, à la mesure de leur capacité, sont éclairés des brillantes irradiations de la splendeur théarchique.

CHAPITRE VII.

PARTIE I.

DE CE QUI S'ACCOMPLIT CONCERNANT LES DÉFUNTS.

§ 1.

Après ces considérations, il est nécessaire, ce me semble, de parler de nos religieuses cérémonies concernant les défunts [1].

Ici encore il règne une différence entre les saints et les profanes : de même que leur vie respective présente une forme diverse, ainsi leur mort offre de la dissimilitude.

Ceux qui ont mené une vie pure, attentifs aux véridiques promesses de la théarchie, dont ils ont contemplé, en quelque sorte, un gage dans la résurrection même, arrivent, avec une ferme et sincère espérance, au milieu d'une gaîté divine, au terme de la mort, comme à la fin de leurs pieux combats, — pleinement certains que la future résurrection les mettra tout entiers [2]

Mort gaie des saints.

----

[1] Κεκοιμημένων endormis. R. Κοιμάω j'endors, κοιμητήριον cimetière, dortoir, κεῖμαι je suis couché. Les saints, au bout de leur journée, se couchent, non pour mourir, mais pour dormir, notez le mot, en attendant le réveil de la résurrection, aurore de la journée sans lendemain. — [2] Corps et âme, l'âme d'abord, le corps ensuite.

en possession d'une vie et d'un salut parfaits et incirconscrits.

Effectivement, les âmes innocentes, qui, durant leur séjour sur la terre, peuvent se laisser aller au mal, seront élevées, dans la palingénésie [1], au plus haut degré d'une immuable déiformité [2].

Les chastes corps de ces âmes sacrées, leurs compagnons de pèlerinage, qui furent enrôlés et militèrent avec elles, — pour prix de leurs nobles sueurs, ressusciteront [3] à la vie divine dans laquelle les âmes sont invinciblement fondées. Car, réunis aux âmes avec lesquelles ils furent associés ici-bas, eux qui sont devenus membres du Christ [4], ils obtiendront un incorruptible, immortel, heureux et déiforme repos [5].

Ainsi les saints s'endorment dans la gaîté et parmi d'inébranlables espérances, en touchant la borne des divines luttes [6].

§ II.

Mort triste des profanes.

Des profanes,

Les uns [7] pensent insensément que tout retourne à la non-subsistance ;

Les autres [8], que l'union des âmes avec les corps se brise sans retour, — à raison de son inconvenance pour les premières dans le béatifique repos de la vie déiforme, — ne concevant pas ce qu'ils n'ont pas assez appris de la

---

[1] Παλιγγενεσία palingénésie, R. Πάλιν de nouveau — γένεσις génération. L'homme est généré 1o à la nature, 2o à la grâce, 3o à la gloire ; c'est de cette dernière génération qu'il s'agit. — [2] I. Jo., III, 2. — [3] I. Cor., XV, 52. — [4] I. Cor., VI, 15. — [5] Heb., IV, 11. — [6] II. Tim., IV, 6-8. — [7] Plat., *Phéd.*, I, 54. — [8] Plat., *Phéd.*, I, 62-63.

science sacrée, que nous avons déjà inauguré dans le Christ cette vie déiforme [1];

Ceux-ci [2] prétendent que les âmes s'allieront à d'autres corps, — en quoi ils commettent, ce me semble, autant qu'il est en eux, une injustice envers les corps qui ont partagé les travaux des âmes saintes, attendu qu'ils leur enlèvent indignement, au bout de la carrière, les célestes récompenses;

Ceux-là, inclinés, je ne sais comment, à de grossières pensées, avancent que l'auguste et fortuné repos promis aux justes ressemble à la vie terrestre, — et attribuent iniquement à d'autres anges [3] des nourritures propres à une muable existence.

Mais les hommes pieux, sans exception, ne donneront jamais en de pareilles extravagances; car, — comme ils savent qu'ils entreront, corps et âme, dans le repos du Christ, — lorsqu'ils arrivent au terme de cette vie, ils voient plus clairement, parce qu'ils en sont plus proches, le chemin de l'immortalité, ils célèbrent les dons de la théarchie, ils surabondent d'une volupté divine, aussi dégagés de la crainte de retomber dans le mal, que bien assurés de posséder fermement et perpétuellement l'illustre prix de leur conquête.

Pour ceux, au contraire, qui sont remplis de taches et de souillures criminelles, — à supposer qu'ils aient reçu une instruction religieuse qu'ils ont misérablement rejetée de leur intelligence, pour se précipiter dans les convoitises corruptrices, — le terme de cette vie étant survenu, la divine loi des oracles cesse de leur paraître aussi méprisable; ils considèrent d'un autre œil les funestes voluptés de leurs passions, et exaltent le bonheur de la vie sainte qu'ils ont eu la folie d'abandonner; ils

____
[1] Col., III. 3-4. — [2] Plat., *Phéd.*, I, 64. — [3] Matth., XXII. 30.

sortent de ce monde, avec des pleurs et des regrets, dénués de toute pieuse espérance [1], à cause de leur coupable vie.

§ III.

Les saints se réjouissent à la mort des saints.

Mais parce qu'il ne se produit rien de semblable dans le trépas du juste, quand il touche au terme de ses combats, il déborde d'une sacrée gaîté, — et c'est avec infiniment de volupté, qu'il prend la route de la suprême palingénésie.

De leur côté, les proches du défunt, à raison de leur divine parenté et de leur similitude de mœurs, le félicitent, quel qu'il soit, d'avoir victorieusement atteint le but tant désiré ; — ils adressent des cantiques d'action de grâces à l'auteur de son triomphe, et sollicitent de gagner eux-mêmes un tel repos.

Puis, ils le prennent pour le présenter à l'Hiérarque, comme au distributeur des sacrées couronnes ; l'Hiérarque, qui s'empresse de le recevoir, procède aux cérémonies religieusement instituées pour ceux qui s'endorment dans la sainteté.

[1] Ps. cxii, 10.

PARTIE II.

MYSTÈRE CONCERNANT CEUX QUI S'ENDORMENT
DANS LA SAINTETÉ.

Le sublime Hiérarque réunit le chœur sacré.

Si le défunt appartenait à un ordre hiératique, il l'étend en face du vénérable autel, — après quoi il commence la prière et l'action de grâces à Dieu.

Si le défunt était rangé parmi les dévots Moines ou le Peuple saint, c'est devant l'auguste sanctuaire, à l'entrée sacerdotale, que l'Hiérarque l'étend, prononçant ensuite des oraisons pour remercier Dieu.

Puis, les Liturges récitent les infaillibles promesses contenues dans les divins oracles touchant notre sainte résurrection, — et chantent religieusement des hymnes psalmistiques sur le même sujet et dans le même sens.

Puis, le premier des Liturges renvoie les Catéchumènes, — proclame les saints déjà décédés, dans l'énumération desquels le nouveau défunt lui semble digne de figurer au même titre, — et exhorte tout le monde à demander une heureuse perfection dans le Christ.

Puis, le sublime Hiérarque prononce sur lui une pieuse prière, après laquelle il baise le défunt, lui Hiérarque, en même temps que tous les assistants.

Le baiser donné par tous, l'Hiérarque répand l'huile sur le mort, — fait dévotement une invocation universelle, — et dépose le corps, dans une demeure honorable, avec les autres corps des saints du même ordre.

PARTIE III.

CONTEMPLATION.

---

§ I.

Signification de l'introduction du défunt dans l'enceinte de son ordre. Signification de la prière récitée par l'Hiérarque.

Il n'y a pas de doute que, s'ils voyaient ou apprenaient nos cérémonies, les profanes n'éclatassent de rire, et ne nous plaignissent de notre erreur. Mais il ne faut pas s'en étonner : car ceux qui n'ont pas la foi, disent les oracles, ne comprendront pas [1].

Pour nous, considérant le sens de ces cérémonies, à la lumière de Jésus, nous dirons que l'Hiérarque a raison d'introduire et de placer le défunt dans l'enceinte de son ordre, — mystérieux avertissement que, lors de la palingénésie, tous obtiendront un sort en rapport avec la vie qu'ils auront adoptée ici-bas.

De manière que si l'on a mené sur la terre une vie déiforme, au sein de la plus grande sainteté, par laquelle il soit donné à l'homme de s'assimiler à la divinité, — on jouira, dans la perpétuité future, d'un souverain et heureux repos ; et que si sans atteindre au faîte de la déiformité, on n'a pas laissé que de la couler purement, — on recevra une céleste récompense à la mesure de son mérite.

L'Hiérarque donc, en action de grâces envers cette divine justice, prononce une pieuse prière, où il célèbre l'adorable théarchie, qui brise l'illégal et tyrannique empire sous lequel nous gémissons tous, — et nous transfère à ses équitables jugements.

---

[1] Sap., III. 9.

§ II.

La lecture et le chant des promesses théarchiques rappellent le béatifique repos auquel sont à perpétuité admis ceux qui ont brillé d'une divine perfection, — repos qui reçoit celui qui s'endort dans la sainteté, en même temps qu'il presse ceux qui lui survivent de tendre à une semblable perfection.

§ III.

Observe qu'ici tous les ordres purifiés ne sont pas renvoyés comme d'ordinaire, mais que les seuls Catéchumènes s'excluent de la pieuse assemblée, — parce qu'absolument privé de toute initiation aux saints mystères, cet ordre n'est pas autorisé à contempler les cérémonies plus ou moins relevées de la religion, lui qui n'a pas encore reçu, dans la théogénésie, principe de lumière et infusion de lumière, la puissance de voir les sacrements.

Au contraire, les autres ordres purifiés furent déjà admis aux suprêmes munificences; mais, parce qu'ils se sont follement retournés vers le mal, alors qu'ils devaient avancer en la voie de leur perfection, c'est avec raison qu'ils sont éloignés de la vue et de la communion des mystères théarchiques, même sous les symboles sacrés, — d'autant qu'à s'en approcher indignement, ils courraient à leur perte, et en viendraient à un plus grand mépris d'eux-mêmes et des choses pieuses.

D'un autre côté, il convient qu'ils assistent aux cérémonies actuelles pour apprendre et considérer, sans déguisement, l'incertitude de notre mort, les récompenses que les oracles infaillibles promettent aux saints, et les interminables supplices qui menacent les coupables comme eux.

Ce n'est pas d'ailleurs sans profit qu'ils voient celui qui est mort dans l'innocence, religieusement exalté par la voix des Liturges, pour sa vraie réception en la société *des saints dès la perpétuité* [1].

Et peut-être qu'eux-mêmes aspireront au même but, comprenant, grâce aux leçons des Liturges, qu'il n'y a de véritable bonheur qu'à être consommé dans le Christ.

§ IV.

Signification des prières et du baiser de l'Hiérarque.

Ensuite, l'auguste Hiérarque qui s'approche récite sur le défunt une sainte prière, — après laquelle il le baise, lui Hiérarque, successivement imité de tous les assistants.

Par cette prière, il sollicite la bonté théarchique de pardonner au défunt toutes les fautes qu'il a commises par humaine fragilité, et de l'établir *dans la lumière* [2] *et la région des vivants* [3], *dans le sein d'Abraham* [4], d'Isaac et de Jacob, dans ce lieu d'où sont bannis la souffrance, la douleur et les gémissements [5].

§ V.

Signification du sein des patriarches.

Ce sont là, je pense, avec leur éclat, les fortunées récompenses des saints. Qu'est-ce qui peut, en effet, se comparer à une immortalité absolument exempte de douleur et remplie de lumière ?

---

[1] Luc., I, 70. — [2] Ps. LVI, 13.. — [3] Ps. CXVI. 9. — [4] Luc., XVI, 22. — [5] Apoc., XXI, 4.

Et pourtant ces promesses au-dessus de l'intelligence,
bien qu'admirablement revêtues de signes à notre portée,
s'expriment en des termes fort inférieurs à la réalité des
objets qu'ils représentent. Car il faut croire à la vérité
de cette parole : *L'œil n'a point vu, l'oreille n'a point
entendu, et il n'est point monté au cœur de l'homme
ce que Dieu a préparé à ceux qui le chérissent* [1].

Le sein des heureux patriarches et autres justes s'entend, à mon avis, du divin et fortuné repos qui reçoit
tous les hommes déiformes dans l'immarcescible [2] perfection de la félicité.

§ VI.

Tu diras peut-être que nos assertions, d'ailleurs
exactes, n'expliquent pas pourquoi l'Hiérarque supplie
la bonté théarchique de pardonner ses fautes au défunt,
et de l'admettre dans la splendide société des êtres déiformes.

A quelles con-
ditions profite
le concours des
justes.

Car, si tous reçoivent de la divine justice la rétribution
de ce qu'ils ont fait de bien ou de mal durant la vie
présente, — le défunt ayant terminé, avec cette vie, ses
opérations propres, comment aucune prière de l'Hiérarque lui obtiendra-t-elle un autre repos que celui qu'il
a mérité, et qui est le salaire de sa conduite sur la
terre?

Je sais bien, pour le tenir des oracles, que chacun
sera partagé comme il le mérite : car le Seigneur, est-il
dit, consigne en lui-même, et *chacun recevra ce qui est
dû aux bonnes ou mauvaises actions qu'il aura faites,
pendant qu'il était revêtu de son corps* [3].

---

[1] I. Cor., II, 9. — [2] Matth., VI, 10. — [3] II. Cor., V, 10.

Ensuite, que les prières des justes ne soient d'aucune efficacité pour les vivants, et, à plus forte raison, pour les morts, à moins qu'on ne soit digne de cette sainte intercession, — c'est la doctrine que nous transmettent les oracles de la vérité.

Samuel secourut-il Saül [1]? Les invocations des prophètes servirent-elles de rien au peuple hébreu [2]?

Comme si, lorsque le soleil ne verse sa lumière qu'aux yeux sains, on prétendait participer aux rayons de cet astre, après s'être arraché la vue; ainsi c'est se bercer d'une chimérique et vaine espérance, que de solliciter de pieux suffrages dont on empêche les naturelles opérations en méprisant les dons divins, et en rompant avec les splendides et bienfaisants préceptes du Seigneur.

J'affirme donc, conformément aux oracles, que les prières des justes sont tout à fait utiles [3] dans cette vie, à condition que celui qui soupire après les dons sacrés, à la réception desquels il s'est religieusement habitué, — reconnaissant sa vileté, s'adresse à de dévots personnages, et les conjure de lui prêter leur crédit avec leur médiation.

Alors, il retirera de ce concours un avantage éminemment supérieur à tout avantage; alors, il obtiendra les dons divins qu'il implore; alors, la bonté théarchique s'épanchera sur lui à cause de sa pureté de conscience, de son respect pour les saints, de ses louables élans vers les objets sacrés qu'il demande, et de son habitude convenablement déiforme.

Car, ainsi le règlent les théarchiques jugements, les dons divins sont accordés, avec un ordre assorti à Dieu, à qui mérite de les recevoir, par qui mérite de les distribuer.

[1] 1. Reg., xvi, 1. — [2] Jer., vii, 16. — [3] Jac., vi, 16.

Si donc quelqu'un, au mépris de cette auguste disposition, plein d'une présomption funeste, se croit à même de converser avec la théarchie et dédaigne les saints, et encore s'il présente à Dieu des demandes déplacées et profanes, sans ressentir un ferme et individuellement légitime désir des choses divines, — c'est par sa faute qu'il échouera dans son imprudente requête.

Mais la susdite prière que l'Hiérarque prononce sur les défunts, je crois nécessaire de l'expliquer d'après ce que nos divins maîtres nous en ont transmis.

§ VII.

L'auguste Hiérarque est l'interprète des jugements héarchiques, comme disent les oracles; car *il est l'ange du Seigneur* Dieu *pantocrate* [1].

Or, il sait d'après les oracles, don de Dieu, qu'à ceux qui se conduisent saintement, est réservée, par la plus juste des balances, proportionnellement à leur mérite, une très-brillante et divine vie [2], la théarchie philanhrope, dans sa bonté, fermant les yeux sur les taches qu'ils ont contractées par fragilité humaine; *car nul, au témoignage des oracles, n'est pur de souillure* [3].

L'Hiérarque connaît ces promesses des infaillibles oracles : aussi demande-t-il qu'elles s'accomplissent, et que les récompenses sacrées soient accordées à ceux qui ont mené une pieuse conduite, — en même temps qu'il se moule sur l'original divin par sa bonté à solliciter des dons pour autrui, comme des grâces pour lui-même.

De plus, il déclare expressément aux assistants, sûr qu'il est de la réalisation de ces promesses, que ce qu'il

----

[1] Zach., ii, 7. — [2] i. Jo., v, 16. — [3] Job, xiv, 4, *passim.*

réclame, de par la souveraine institution,—s'effectuera de bout à fond en ceux qui ont consommé leur vie en Dieu.

Car l'Hiérarque, écho de l'équité théarchique, ne demanderait jamais ce qui n'agréerait pas infiniment à Dieu, — et ce que Dieu n'aurait pas promis de concéder.

Ainsi, il ne sollicite rien de pareil pour les impies défunts, — non-seulement parce qu'en cela il dérogerait à son rôle d'Hiérarque, et qu'il s'ingérerait en des fonctions hiérarcales par amour-propre, sans la motion télétarchique, — mais encore parce qu'il échouerait dans sa prière antireligieuse, s'entendant dire, et avec raison, par les justes oracles : *Vous demandez, et vous ne recevez point, parce que vous demandez mal* [1].

Le divin Hiérarque demande donc ce que Dieu a promis, ce que Dieu agrée, ce que Dieu ne saurait manquer de départir; — et par là, il témoigne à Dieu, ami du bien, de la bonté de ses intentions, et révèle clairement à l'assemblée quels trésors attendent les saints.

Pareillement, les Hiérarques ont la puissance ségrégative, interprètes qu'ils sont des divins jugements, — non qu'à leurs déraisonnables transports plie obséquieusement, à parler par euphémisme, l'infinie sagesse de la théarchie, — mais en ce sens que, sous le souffle de l'Esprit télétarchique, qui s'exprime par leur organe, ils éliminent ceux qui ont été condamnés de Dieu comme ils le méritaient.

Car il est dit : *Recevez le Saint-Esprit. A ceux dont vous remettrez les péchés, ils seront remis; à ceux dont vous les retiendrez, ils seront retenus* [2].

Et celui [3] qui du Père très-parfait avait été éclairé sur les divins mystères [4], est ainsi alloqué dans les oracles :

[1] Jac., iv, 3. — [2] Jo., xx. 22, 23. — [3] Pierre. — [4] Matth., xvi, 17.

*Ce que tu auras lié sur la terre, sera lié dans les cieux;
et ce que tu auras délié sur la terre, sera délié dans les
cieux* [1].

Tellement que cet hiérarque et tout autre qui lui ressemble, — en conséquence de la manifestation par laquelle le Père leur révèle ses jugements, ainsi que des
hérauts et des messagers, admettent les amis de Dieu, et
excluent les athées [2].

Car sa sainte confession de la divinité, comme l'apprennent les oracles, ce n'est pas de son mouvement
propre, ni par les instincts de la chair et du sang, mais
sous l'impulsion de Dieu, qui l'instruisait des choses divines, qu'il la prononça [3].

Les saints Hiérarques doivent donc user, tant de leur
puissance ségrégative, que de toute puissance dans la
hiérarchie, conformément à la motion de la théarchie
télétarchique; — et tous les autres sont tenus d'obéir
aux Hiérarques, dans leurs fonctions hiérarcales, comme
à des hommes mus par Dieu : car, est-il dit, *Celui qui
vous méprise, me méprise* [4].

§ VIII.

Mais revenons à ce qui suit la prière en question.
Quand l'Hiérarque l'a terminée, il baise le défunt, que
tous les assistants baisent à leur tour; car c'est un objet
de ravissement et de vénération pour tous les hommes
déiformes, que l'homme dont la vie s'est consommée en
Dieu.

Signification de
l'onction.

[1] Matth., XVI. 19. — [2] Θεοφιλεῖς; amis de Dieu, les *théophiles*,
R. Θεός Dieu, φιλέω j'aime. Ἄθεους athées, R. ἀ pr., θεός Dieu : le
péché étant la négation de Dieu, tout pécheur est, au moins en
germe, un de ces êtres que désigne, avec toute sa force, l'expression d'athée. — [3] Matth., XVI, 17. — [4] Luc., X, 16.

Après le baiser, l'Hiérarque verse l'huile sur le défunt. Or, rappelle-toi que, dans le sacrement de la théogénésie, avant le divin baptème, subséquemment à la totale déposition des vêtements anciens, c'est par l'onction de l'huile qu'il est donné à l'initié de participer pour la première fois à un symbole sacré ; — à cette heure, quand tout est fini, l'huile est encore répandue sur le défunt.

Jadis l'onction de l'huile appelait l'initié aux saintes luttes ; maintenant l'effusion de l'huile signifie que le défunt a achevé de combattre les pieux combats.

§ IX.

Signification du lieu de la sépulture.

A la conclusion de ces cérémonies, l'Hiérarque dépose le corps, dans une demeure honorable, parmi d'autres vénérables corps de la même catégorie.

Car, si le défunt a vécu en corps et en âme une vie agréable à Dieu, le corps mérite d'être associé aux honneurs de l'âme sainte, avec laquelle il a guerroyé au prix de ses nobles sueurs.

Aussi la divine justice réserve-t-elle un condigne repos au corps en même temps qu'à l'âme dont il a, durant leur commun voyage, partagé la vie innocente ou contraire.

Pour le même motif, la souveraine législation des choses sacrées les admet aux participations théarchiques tous deux, — l'âme par la pure contemplation et la science des mystères accomplis, — le corps au moyen de l'emblème du sublime onguent et des pieux symboles de la communion théarchique, — sanctifiant l'homme entier, opérant avec plénitude son salut, et annonçant par ses lustrations universelles la perfection de sa résurrection future.

§ X.

Quant aux invocations consécratoires, il est défendu
le les expliquer par écrit, et d'en produire de l'ombre à
a lumière le sens mystérieux, ou les vertus que Dieu y
)père.

Mais, comme notre sainte tradition le porte, c'est en
es apprenant en des initiations secrètes, et en te perfec-
ionnant, par le divin amour et les opérations sacrées,
i une plus divine habitude et anagogie, que tu en at-
eindras, sous l'illustration télétarchique, la suprême
cience.

Les invocations des consécra- tions des Litur- ges, Prêtres et Hiérarques, ne doivent pas être imprudemment expliquées.

§ XI.

Que même les enfants, encore incapables de com-
)rendre les choses divines, soient admis à recevoir le
acrement de la théogénésie ainsi que les vénérables
ymboles de la communion théarchique, c'est là, dis-tu,
e qui semble aux profanes prêter justement à rire : — en
ffet, les Hiérarques enseignent les choses divines à qui
ie saurait les entendre, et communiquent en vain les
raditions religieuses à qui n'a pas la faculté de les per-
evoir ; et, ce qui est encore plus ridicule, d'autres dé-
)itent pour les enfants les abjurations et les promesses
acrées.

Mais ta compréhension hiérarchique, au lieu de se
ourroucer contre ces hommes égarés, doit, avec autant
le piété que de charité, pour les éclairer, aux objections
ju'ils soulèvent, opposer des raisons, en ajoutant, d'a-
)rès la loi sainte, que toutes les choses divines ne sont
)as circonscrites par notre gnose, — qu'une foule d'objets

Du baptème de enfants avant l'âge de raison.

à nous impénétrables reposent sur des causes dignes de Dieu, ignorées de nous, mais connues des ordres de nos supérieurs. Une infinité d'autres objets échappent même aux plus sublimes substances, et ne sont exactement conçus que par la théarchie souverainement sage et source de la sagesse.

Cependant disons sur ce point ce que nos divins initiateurs, après l'avoir reçu de l'antique tradition, nous ont transmis à nous-mêmes. Ils affirment donc, et c'est la vérité, que les enfants élevés dans la loi sainte contracteront une habitude sacrée, en dehors de toute erreur et loin d'une vie profane.

Sous l'empire de cette intellection, nos augustes maîtres jugèrent à propos d'admettre les enfants, — à cette pieuse condition que les parents naturels de l'enfant présenté le confient à quelqu'un des initiés qui, à même de l'instruire dans les choses divines, travaille désormais à le perfectionner, comme son père divin et le garant de son salut sacré.

C'est donc à cet homme qui répond de guider l'enfant dans la voie du bien, que l'Hiérarque ordonne d'articuler les abjurations et les saintes promesses : — non pas que, comme le prétendent nos railleurs, l'un soit initié au divin au lieu de l'autre; car le parrain ne dit pas : « C'est à la place de l'enfant que je fais les abjurations et les saintes promesses; » mais bien : « L'enfant abjure et promet; » en d'autres termes : « Je m'engage, lorsque l'enfant sera capable de comprendre les choses sacrées, à lui persuader par mes religieuses anagogies, de renoncer complètement aux choses contraires, et de réaliser les divines promesses qu'il aura lui-même articulées. »

Il n'y a donc pas d'absurdité, je crois, à ce que l'enfant soit élevé à une sainte anagogie, du moment qu'il a un guide et un parrain pour l'habituer aux choses divines et le préserver de l'atteinte des choses contraires.

Et l'Hiérarque admet l'enfant en participation des symboles sacrés, afin qu'il en soit nourri, qu'il ne passe sa vie qu'à perpétuellement contempler les choses divines, à s'y unir par de saints progrès, à en contracter la pieuse habitude, et à avancer dans le chemin de la perfection sous la conduite de son répondant déiforme.

Voilà, ô enfant, quels grands et beaux spectacles uniformes j'ai découverts dans notre hiérarchie, où peut-être des intelligences plus clairvoyantes, indépendamment de ces merveilles, en auraient démêlé d'autres encore plus brillantes et plus déiformes.

Et à tes regards, sans doute, éclateront vivement des beautés plus éblouissantes et plus divines, si, par les degrés que j'ai indiqués, tu remontes vers la suprême splendeur.

Alors, ô ami, communique-moi cette illustration plus parfaite, et révèle à mes yeux ce que tu pourras saisir de ces beautés plus gracieuses et plus uniformes; car j'ai confiance que mes paroles auront réveillé dans ton âme, où elles dormaient, les étincelles du feu divin.

FIN DE LA HIÉRARCHIE ECCLÉSIASTIQUE.

ÉPITRES

DE

SAINT DENYS L'ARÉOPAGITE.

ÉPITRE I.

A CAÏUS, THÉRAPEUTE.

Les ténèbres se dissipent devant la lumière, et surtout devant une vaste lumière; l'agnosie se dissipe devant la gnose, et surtout devant la vaste gnose.

A le prendre dans un sens de supériorité et non de privation, affirme, avec supervérité, qu'à ceux qui possèdent la lumière réelle et la gnose des êtres, échappe l'agnosie par rapport à Dieu, — et que son obscurité superéminente se dérobe à toute lumière, et s'évanouit sous toute gnose.

Or, si, en voyant Dieu, on comprend ce qu'on voit, ce n'est pas lui qu'on a vu, mais quelque chose de lui, être connaissable.

Car pour lui, superétabli par delà l'intelligence et par delà la substance, c'est parce qu'absolument il n'est pas connu, et n'est pas, — qu'il est supersubstantiellement, et est connu superintellectuellement.

Et cette agnosie aussi parfaite que possible est la gnose de celui qui est au-dessus de tous les objets connaissables [1].

L'agnosie dont il est question dans la théologie mystique, n'est point le défaut mais l'excès de la gnose, qui n'est jamais qu'imparfaite, quand elle nous arrive par les êtres créés.

[1] V. *Théologie mystique*, p. 305-316, *passim.*

ÉPITRE II.

AU MÊME CAÏUS.

—◦◦✕◦◦—

Comment celui qui est au-dessus de tout surpasse-t-il même le principe de la divinité [1] et le principe de la bonté [2]?

A condition que par divinité et bonté on entende la chose même du don qui bonifie et déifie, et l'imitation inimitable du superdivin et superbon, par laquelle nous sommes déifiés et bonifiés.

Car, si c'est là le principe de déification et de bonification à qui est déifié et bonifié, le superprincipe de tout principe l'emportera sur la divinité et la bonté établies ainsi que principe de déification et principe de bonification.

Et, en tant qu'inimitable et imparticipable, il excelle sur les imitations et les participations, — en même temps que sur les imitateurs et les participateurs [3].

[1] *V.* p. 129. — [2] *V.* p. 157. — [3] Le Seigneur, comme essentiellement divin, comme essentiellement bon, n'est pas supérieur à lui-même. En d'autres termes, la divinité dans son essence ne s'élève pas au-dessus de la divinité dans son essence, — ni la bonté dans son essence, au-dessus de la bonté dans son essence.

Or, les créatures ont aussi leur divinité et leur bonté, non par essence, mais par accident, — non par nature, mais par grâce.

Dieu crée la divinité en soi et la bonté en soi, véritables principes de déification et de bonification, en ce sens que la créature ne se déifie et ne se bonifie qu'en y participant, et que, plus elle y participe, plus elle se déifie et se bonifie.

Ainsi elle imite Dieu : Dieu, cause absolue, crée, avons-nous dit, la divinité en soi et la bonté en soi, d'où, toute cause ren-

EPITRE III.

AU MÊME CAÏUS.

'Εξαίφνης [1] se dit de ce qui passe inespérément de l'i-névidence à l'évidence.

Dans l'adoption de l'humanité par le Christ, la théologie, à mon avis, y attache ce sens, que le Supersubstantiel, en prenant la substance humaine, de son inévidence descendit à notre évidence [2].

Non pas qu'il ne reste inévident après cette évidence, ou, pour m'exprimer d'une façon plus divine, dans cette évidence même.

Car ce mystère de Jésus a été caché : ni parole ni intelligence ne le démêlent en soi ; au contraire, il demeure inexprimable, pour tant qu'on en parle, et agnoste, pour tant qu'on l'*intellectionne*.

fermant son effet, il est éminemment la divinité en soi et la bonté en soi. Donc se modeler sur ces dernières, c'est se modeler sur Dieu, ou l'imiter. Imitation inimitable! Pour tant qu'un ange ou un homme en approche, entre la copie et l'archétype il y aura toujours la distance du fini à l'infini ; heureux qu'ils réussissent à s'assimiler, au-dessous de la perfection absolue, à la perfection en soi, cette seconde, rayonnement de la première !

Comment S. Denys couronne-t-il la divinité par la bonté ? *V.* p. 140-141.

[1] 'Εξαίφνης, R. Ἐκ ou ἐξ de, hors de, — αἶψα soudainement, — φαίνω je parais. Donc cet adverbe ajoute au verbe *venir*. par exemple, l'idée que c'est en passant *soudainement* de là où le sujet ne paraissait pas, là où il *paraît*. On aurait par n'importe quel mot de notre langue traduit ἐξαίφνης intraduisible. que la définition de l'Aréopagite éclatait en l'air. — [2] Mal., III. 2.

ÉPITRE IV.

AU MÊME CAÏUS.

Jésus a pris véritablement mais supernaturellement la nature humaine. Opération théandrique.

Comment, dis-tu, Jésus, supérieur à tout, est-il substantiellement rangé parmi les hommes en général ? Car ici on l'appelle homme, non pas en tant que cause des hommes, mais en tant qu'il est lui-même dans toute la substance véritablement homme.

C'est que nous ne définissons pas humainement Jésus : en effet, il n'est pas homme seulement, — puisqu'il ne serait pas supersubstantiel, s'il était homme seulement, — mais homme véritablement, dans l'excès de son amour envers les hommes, supérieurement aux hommes, pareillement aux hommes, de la substance des hommes, substancifié, lui supersubstantiel.

Et néanmoins il possède, toujours supersubstantiel, voire même avec superabondance, — la superplénitude de la supersubstantialité ;

Et s'abaissant, en réalité, à la substantialité, il se substancifia supersubstantiellement, — et superhumainement accomplit les œuvres humaines.

A preuve, une vierge qui l'enfante supernaturellement, — et l'eau instable qui, soutenant ses pieds matériels et terrestres, au lieu de céder, se fixe sous une force superphysique sans s'écouler. — Qui parcourrait le reste de ces merveilles dont le nombre s'élève si haut ?

A les contempler d'un œil divin, on comprendra superintellectuellement que les affirmations dont l'amour de Jésus pour les hommes est l'objet, équivalent aux négations les plus absolues.

Car, pour m'exprimer sommairement, il n'était point homme, — non qu'il ne fût homme, — mais parce que des hommes, au delà des hommes, par-dessus l'homme, il se fit véritablement homme.

Au reste, il accomplit les œuvres divines non-seulement comme Dieu, et les œuvres humaines non-seulement comme homme, — mais, homme-dieu, il conversa parmi nous dans la nouveauté de l'opération théandrique.

ÉPITRE V.

A DOROTHÉE, LITURGE.

⚬⟞⟡⟞⚬

L'obscurité divine est la lumière *inaccessible* où il est dit que Dieu *habite* [1].

Or, bien qu'elle soit *invisible* [2] à raison de sa clarté superéminente, et *inaccessible* à cause de la superabondante effusion de sa *lumière* supersubstantielle, — néanmoins, en elle se trouve quiconque mérite de connaître et de voir Dieu, par le fait même ni de voir ni de connaître, se trouvant en celui qui est au-dessus de la vue et de la connaissance [3], connaissant une seule chose, qu'il est par delà tout sensible et intelligible, et s'écriant avec le prophète : *Ta gnose s'élève merveilleusement au-dessus de moi, elle dépasse mes forces, j'y suis impuissant* [4].

Ainsi donc le divin Paul est réputé connaître Dieu, pour connaître qu'il est au delà de toute intellection et gnose existante [5].

Partant, il proclame que même *ses voies sont investigables* [6]; — *ses jugements, inscrutables* [7]; — *ses dons inénarrables* [8]; — et *sa paix supérieure à toute intelligence* [9].

Car il a trouvé [10] celui qui est au-dessus de tout, et il connaît superintellectuellement que l'être auteur de tout est par delà tout [11].

[1] I. Tim., VI, 16. — [2] I. Tim., I, 17. — [3] Γνῶσιν gnose. — [4] Ps. CXXXIX, 6. — [5] I. Tim., VI, 16. — [6] Rom., XI, 33. — [7] *Ibid.* — [8] II. Cor., IX, 15. — [9] Phili., IV, 7. — [10] Cant., III, 4. — [11] *V. Théologie mystique*, p. 305-316.

ÈPITRE VI.

A SOSIPATRE, PRÊTRE.

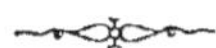

Ne regarde pas comme une victoire, ô sacré Sosipatre [1], d'invectiver [2] contre une religion ou une opinion qui ne semble pas bonne.

Car, pour en avoir judicieusement opéré la réfutation, ce n'est pas à dire que belle soit la position de Sosipatre.

En effet, il est possible qu'à toi et à d'autres, parmi une multitude de faussetés et d'apparences, vous échappe le vrai, qui est un et caché.

De ce qu'une chose n'est pas rouge, il ne s'ensuit pas qu'elle soit blanche, — et, pour n'être pas cheval, il n'est pas nécessaire qu'on soit homme.

Voici donc comment tu agiras, si tu m'en crois : Tu cesseras de disputer avec les autres, et tu établiras la vérité, de manière que tes raisonnements défient la rédargution.

[1] Act., xx, 4 ; Rom., xvi, 21. — [2] Tit., iii, 9.

ÉPITRE VII.

A POLYCARPE, HIÉRARQUE.

§ I.

Je ne sache pas avoir disputé avec les Grecs ou autres, dans la pensée qu'il suffit aux hommes de bien de pouvoir connaître et exposer la vérité en soi, telle qu'elle est essentiellement.

Car, dès que la stricte vérité, en quoi que ce soit, est rigoureusement démontrée et clairement établie, il sera prouvé que tout ce qui diffère ou se masque de la vérité, est autre chose que ce qui est essentiellement, n'y ressemble pas, et en offre l'apparence plutôt que la réalité.

Il est donc superflu au démonstrateur de la vérité, de combattre tantôt ceux-ci, et tantôt ceux-là.

Car chacun de son côté prétend avoir la monnaie du prince, lorsque peut-être il n'a qu'une contrefaçon d'une pièce authentique. En convaincs-tu un, — un autre, et puis un autre, s'acharnera à discuter sur le même sujet.

Mais, si, au contraire, la vérité s'établit par de bonnes raisons, et qu'elle demeure irréfragable à autrui, — tout ce qui ne lui est pas absolument conforme, devant l'immuable persistance de l'essentiellement vrai, tombera de soi-même.

C'est pour en avoir été bien instruit, je crois, que je me suis pas soucié de disputer avec les Grecs ou autres.

Car il me suffit, et Dieu me l'accorde! d'abord, de connaître la vérité, et, puis, après l'avoir connue, de l'exposer comme il faut.

§ II.

Tu dis que le sophiste Apollophane m'injurie, et m'appelle parricide, parce que je me sers criminellement de la doctrine des Grecs contre les Grecs.

Nous serions cependant plus autorisé à lui répondre que ce sont les Grecs qui se servent criminellement du divin contre le divin, dans leur effort à détruire le culte divin par la sagesse divine qu'ils ont reçue.

Et je ne parle pas seulement de la multitude crédule, qui, s'attachant, avec grossièreté et passion, aux fictions des poètes, adore la créature au lieu du Créateur, mais d'Apollophane lui-même, qui se sert criminellement du divin contre le divin.

Car, par cette gnose des êtres à laquelle il donne le beau nom de philosophie, et que saint Paul appelle sagesse de Dieu [1], les vrais philosophes devaient s'élever à l'auteur de ces êtres-là et de la gnose dont ils sont l'objet.

Et, pour ne pas réfuter, contrairement à mon dessein, une opinion d'Apollophane, pas plus que de tout autre, — Apollophane était tenu de savoir, lui sage, que l'ordre et le mouvement des cieux ne peuvent jamais s'altérer, si ce n'est par l'impulsion de la cause qui les a créés et qui les conserve, produisant et changeant tout, d'après les saints oracles [2].

Comment donc n'adore-t-il pas celui qui par ainsi est reconnu de nous comme Dieu essentiellement essentiel

Attaques d'Apollophane contre Denys, qui indique à Polycarpe les moyens de conquérir Apollophane. Miracle de Josué. Miracle d'Isaïe. Éclipse de la passion.

---

[1] i. Cor., ii, 7. — [2] Dan., ii, 21.

de l'univers, admirant sa puissance, cause de tout et superinexprimable?

Alors que le soleil et la lune, supernaturellement arrêtés par sa force, furent astreints, avec le reste, à une immobilité complète, et que tout, durant un jour, stationna aux mêmes points, — à moins que, prodige plus extraordinaire, tandis que les sphères supérieures qui les environnent ne laissaient pas de révolutionner, les sphères inférieures qui en sont environnées n'aient pas conjointement décrit leur orbite[1];

Alors qu'un autre jour tripla presque sa durée, de manière que toutes ces vingt heures, — ou l'univers, sous des impulsions opposées, ne cessa de reculer et de rétrograder par des retours contraires, — ou le soleil, seul à marcher, suivant une route nouvelle, resserra en dix heures son mouvement pentatrope au moyen d'une première réversion, et l'exécuta derechef dans les dix autres heures à l'aide d'une seconde rétrocession[2].

---

[1] Jos., x, 12-14; Eccli., xlvi, 5; Is., xxviii, 21. — [2] iv. Reg., xx, 9-11; Is., xxxviii, 8. Lorsqu'Isaïe proposa à Ezéchias de choisir, comme signe de son rétablissement, ou la procession ou la rétrogradation de l'ombre sur le cadran, — de quelque genre que fût ce dernier, peu importe ici, — l'ombre avait déjà parcouru 10 degrés. D'après saint Denys, ces degrés marquaient chacun 1 heure; donc 10 degrés, 10 heures; ce qui, ramené à notre supputation, correspondait à 4 heures du soir. Le jour ordinaire étant de 12 heures, il s'en fallait de 2 heures que le soleil n'en eût mesuré la durée.

Soit A le point de l'écliptique où le soleil s'était levé, B le point qu'il y occupait au commencement du prodige; sur l'ordre du prophète, l'astre rétrograde de B en A, parcours qui exige 10 heures. Arrivé en A, il retourne sur ses pas vers B, qu'il regagne au bout de 10 heures. Somme toute, 20 heures dépensées. Si à ces 20 heures écoulées depuis le commandement du thaumaturge et la naissance du miracle, s'ajoutent les 10 heures qui avaient précédé le phénomène et les 2 heures qui le suivi-

Toujours est-il que ce phénomène stupéfia, et avec
aison, les Babyloniens, qui se soumirent sans combat

nt jusqu'au coucher du soleil, on obtient 32 heures, c'est-à-
ire, 3 fois le temps que cet astre paraît moins 4 heures, (12 $\times$
 — 4.
Il existe donc deux rétrogradations, l'une de B en A, et
autre de A en B : car de même que le mobile, un coup lancé
partir de A, ne devait pas discontinuer de s'avancer dans le
ens de AB, de même, après avoir rebroussé chemin en B,
'était dans le sens de BA qu'il avait à filer sans interruption.
etour de B en A, retour de A en B, retours contraires comme
n voit.
Comme on voit aussi, route nouvelle que suit le soleil pour
evenir de A en A, et de B en B ; nouvelle, en ce qu'elle
mplique, outre le mouvement de procession, le mouvement
e rétrogadation.
Le soleil à son lever occupait A, point où, selon l'ordre
ommun des choses, il n'aurait reparu que dans un an, après
voir franchi toute l'écliptique, opérant ainsi cinq conversions :
a première de l'équinoxe du printemps au solstice d'été, la
euxième du solstice d'été à l'équinoxe d'automne, la troisième
e l'équinoxe d'automne au solstice d'hiver, la quatrième du
olstice d'hiver à l'équinoxe du printemps, et la cinquième au
ontraire du monde. Inutile de dire que sa position sur l'éclip-
ique en ce moment eût déterminé la série des quatre conver-
ions antérieures. De là, les saisons et l'année.
A se rendre de B en A par un mouvement de procession le
oleil aurait mis 365 jours 5 heures 48 minutes et 51,6 se-
ondes moins 10 heures déjà fournies ; et comme son recul le
appelle en A en 10 heures, il s'ensuit que rétrogradant, il re-
agne en 10 heures le point A, où progressant, il aurait em-
loyé 365 jours 5 heures 48 minutes et 51,6 secondes moins
0 heures à se représenter.
Revenu en A, le soleil, s'il eût poursuivi tout droit sa
marche, n'aurait rejoint B qu'au bout de 365 jours 5 heures
48 minutes et 51,6 secondes. Or, la rétrogadation le restitue de
A en B en 10 heures ; c'est donc, — au lieu de 365 jours 5 heures
48 minutes et 51,6 secondes moins 10 heures, temps neces-
aire, dans l'hypothèse de la procession, pour le retour en B,

à Ezéchias, comme à un être pareil à Dieu et supérieur aux hommes[1].

Je ne cite pas les magnificences ni les autres signes qui éclatèrent divinement en Egypte[2] ou ailleurs, mais ces prodiges célestes au vu de tous, communément célébrés dans l'univers.

Mais Apollophane dit formellement qu'il n'y a là rien de vrai.

Cependant c'est consigné dans les hiératiques monuments des Perses, et les mages solennisent encore le souvenir du triple Mithra[3].

Mais permis à lui de n'en rien croire, à raison de son ignorance, ou de son inexpérience.

Toutefois demande-lui ce qu'il pense de l'éclipse qui s'opéra, pendant que le Sauveur était en croix[4].

Car alors tous deux nous séjournions à Héliopolis, et nous nous trouvions ensemble, quand nous vîmes la lune se placer inopinément devant le soleil, — car ce n'était pas l'époque de la conjonction —, et puis, de la neuvième heure au soir, se remettre en opposition avec le soleil.

Remémore-lui encore autre chose : il sait, en effet, que nous vîmes la lune occulter d'abord par l'orient le soleil, en atteindre la limite opposée, et puis rétrograder, — l'occultation et l'émersion ne commençant pas à la

---

— seulement un intervalle de 10 heures employé à l'effectuer. Ce passage de saint Denys ne doit pas, d'après ces calculs, se prendre à la rigueur mathématique ; d'ailleurs, la différence est légère.

[1] Is., xxxix, 1 ; iv. Reg., xx, 12 ; ii. Par., xxxii, 31. — [2] Ex., vii-xiv. — [3] Mithra, nom du soleil chez les Perses ; triple, parce que le soleil, ou Mithra, qui un jour ordinaire paraît 12 heures sur l'horizon, brilla ce jour-là 32 heures, c'est-à-dire, $(12 \times 3) - 4$. — [4] Marc., xv, 33 ; Luc., xxiii, 44.

même extrémité, mais aux extrémités contraires du diamètre [1].

Voilà ce qui arriva alors de supernaturel par la seule puissance du Christ, auteur de tout, qui accomplit de sublimes et admirables œuvres, dont il n'est pas de nombre.

§ III.

Dis-lui tout cela, si l'occasion se présente.

Et toi, Apollophane, si tu peux, prouve le contraire, surtout contre moi qui alors me trouvais avec toi, qui ai tout vu avec toi, qui ai tout examiné avec toi, qui ai tout admiré avec toi.

Certes, en ce moment, Apollophane, s'érigeant je ne sais comment en oracle, ainsi que s'il eût deviné l'événement : *Mon cher Denys*, dit-il, *il y a là une révolution dans les choses divines.*

Voilà bien assez de discours pour une épître. Tu es capable de suppléer mes omissions, et de mener parfaitement à Dieu, cet homme, sage en beaucoup de choses, qui peut-être ne dédaignera point d'apprendre avec humilité la vérité supersage de notre religion.

Apollophane autrefois avait été convaincu par l'éclipse relative à la passion.

[1] Qu'au temps de la pleine lune survienne une éclipse de soleil, miracle ; que la lune voile le soleil d'abord par l'orient, et qu'après l'avoir masqué tout entier, elle le découvre d'abord par l'occident, autre miracle, dû à la marche en réversion de l'écran contrairement aux lois de la mécanique ; tout le monde comprend que, dans la marche, naturelle en droiture, la partie qui est la première à disparaître, est aussi, non pas la dernière, mais la première à reparaître.

ÉPITRE VIII.

A DÉMOPHILE, THÉRAPEUTE.

DE L'OPÉRATION PROPRE ET DE LA DOUCEUR.

§ I.

Les principaux amis de Dieu, Moyse, David, Job, Joseph, Abel, se sont rendus recommandables par leur douceur. Bonté des anges. Mansuétude du Christ. Brutalité de Démophile, et les raisons qui la condamnent.

L'histoire des Hébreux raconte, ô généreux [1] Démophile, que le religieux Moyse fut, à cause de son extrême douceur [2], favorisé de la théophanie [3]. Si parfois elle le représente exclu de la vision divine, elle subordonne à la perte de la douceur la perte de Dieu. Ainsi, elle dit qu'à force de s'opposer et de résister aux divines volontés, il alluma la colère du Seigneur [4]. — Au contraire, quand elle proclame les honneurs dont Dieu le décora, elle base sa glorification sur sa prééminente conformité à la bonté divine : car il était *très-doux* [5], et c'est pourquoi il est réputé *thérapeute* [6] de Dieu, et digne, plus que tous les prophètes, de la théopsie [7]. Aussi, lorsque

---

[1] Γενναῖε généreux, par ironie. — [2] Πραότητα douceur, R. Πᾶς tout — ῥέω je coule — ἵημι je lance ou ἐτός lancé. « Πραότης δ'ἐστὶν ἀρετὴ τοῦ θυμοειδοῦς, καθ'ἣν ὑπὸ ὀργῆς γίνονται δυσκίνητοι. » (Arist., *Des vert. et des vic.*, c. ii.) « La douceur est une vertu de l'irascible, qui fait qu'on est difficilement mu par la colère. » — [3] Num., xii, 3-8. — [4] Ex., iv, 14. — [5] Num., xii, 3. — [6] Num., xii, 7. Θεράπων thérapeute, serviteur. Le mot a d'autant plus de portée, que l'Epître est adressée à un thérapeute. — [7] Num., xii, 6-8.

quelques téméraires lui contestèrent, à lui et à Aaron, le commandement du peuple et la suprématie du sacerdoce, il s'éleva au-dessus de tout sentiment d'ambition [1] et d'autorité [2], en offrant de céder la conduite de la nation à celui que Dieu désignerait [3]. Et comme les conspirateurs, lui reprochant le passé, éclataient en menaces et se portaient presque à la violence, il invoqua le secours de la bonté divine, et protesta avec une excessive suavité, qu'il était innocent de toutes les calamités de son peuple [4]. Car il savait qu'un familier de Dieu doit se modeler sur le Dieu bon avec autant d'exactitude que possible, et se rendre le témoignage qu'il agit par amour du bon.

Pourquoi David, père de Dieu [5], devint-il cher à Dieu? — C'est qu'il était bon, et bon même à ses ennemis [6] : J'ai trouvé, dit le superbon, ami des bons, un homme selon mon cœur [7].

Au reste, une loi bonne avait avisé à ce qu'on prît soin même des bêtes de somme de l'ennemi [8].

C'est à raison de son innocence [9] que fut justifié [10] Job.

Et Joseph ne se vengea pas de ses perfides frères [11].

Et Abel, avec simplicité et sans défiance, suivit le fratricide [12].

---

[1] Φιλοτιμίας ambition, R. Φιλέω j'aime — τιμή honneur. *V.* Arist., *Éth. Nic.*, l. IV, c. IV. — [2] Φιλαρχίας autorité, R. Φιλέω — j'aime — ἀρχή commandement. — [3] Num., XVI, 1-11. — [4] « Ce que Denys dit, que Moyse protesta qu'il était innocent de toutes les calamités qui frappaient le peuple, ne se lit point dans l'Ecriture ; il est donc vraisemblable qu'il l'aura tiré de certains livres plus secrets de la loi mosaïque, sous la garde des prêtres. » (Cord., *Annot.*) — [5] Θεοπάτορα. Matth., I, 1-16. — [6] Ἐχθροὺς ennemis. Ἐχθρός ennemi privé. I. Reg., XXIV, 5-16. — [7] I. Reg., XIII, 14. — [8] Ex., XXIII, 4. — [9] Job, I, 8. Ἀκακίας innocence, R. à pr., κακία méchanceté. — [10] Job, XLII, 7. Dieu appelle Job son thérapeute, θεράπων μοῦ. — [11] Gen., L, 21. — [12] Gen., IV, 8.

Enfin, la théologie célèbre les bons qui ne méditent [1] ni n'accomplissent [2] le mal, et dont la méchanceté d'autrui n'ébranle pas la bonté [3], — mais qui, au contraire, à l'imitation de Dieu [4], font du bien aux méchants [5], déploient sur eux leur bonté immense [6], et les portent à leur ressembler [7].

Mais élevons-nous plus haut, et, — au lieu de publier, avec la mansuétude des pieux mortels, la bonté des anges, amis des hommes, leur compassion pour les nations, leurs prières en leur faveur auprès de l'Etre bon [8], leur ardeur à réprimer la malice des tourbes réprouvées [9], leurs gémissements sur les impies [10], et leur réjouissance pour le salut de ceux qui reviennent au bien [11], enfin tout ce que la théologie nous enseigne touchant la bienfaisance des anges [12], — recueillons tranquillement les bienfaisants rayons du Christ, bon, en vérité, et superbon, et que leur lumière nous conduise à sa divine bienfaisance.

Car n'est-ce pas par une ineffable et incompréhensible bonté qu'il donne l'être aux êtres [13], et qu'après les avoir tous produits à l'être, il veut que tous ne cessent de se rapprocher de lui et de participer à lui [14], autant qu'ils en sont respectivement capables?

Comment! il suit amoureusement ceux qui le fuient [15]; il les presse et les conjure de ne pas le dédaigner en éludant son amour [16]; il supporte leurs téméraires provocations [17]; il prend lui-même leur défense [18].

Bien plus : il leur promet de les entourer de sollici-

---

[1] I. Cor., XIII, 5. — [2] Ps. XV, 3. — [3] Rom., XII, 21. — [4] Matth., V, 45. — [5] Matth., V, 44. — [6] II. Cor., VIII, 20. — [7] Rom., XII, 21. — [8] Zach., I, 12. — [9] Zach., III, 2. — [10] Is., XXXII, 7. — [11] Luc., XV, 7. — [12] Ps. XCI, 11. — [13] Jo., I. 3. — [14] Jo., I, 12. — [15] Luc., XV, 4. — [16] Matth., VI, 21. — [17] Marc., XV, 32. — [18] Luc., XXIII, 34.

tude [1]; il court avec empressement à la rencontre de ceux qui, encore éloignés, s'avancent cependant [2]; il les embrasse du tout au tout avec effusion [3]; il ne leur reproche point le passé [4]; il se contente du présent [5], il célèbre une fête [6] et il invite les amis [7], c'est-à-dire, les bons, afin qu'une allégresse générale éclate dans sa maison [8].

Or, Démophile, ou tout autre adversaire de la bonté [9], y est justement repris, instruit du beau, et façonné au bon.

Ne fallait-il pas, lui est-il dit, que l'Être bon se réjouit du salut de ceux qui étaient perdus, et de la vie de ceux qui étaient morts [10]?

Il prend enfin sur ses épaules ce qui revient à peine de ses égarements [11]; il convie à s'égayer les bons anges [12]; il est libéral envers les ingrats [13]; *il fait luire son soleil sur les méchants comme sur les bons* [14], et *il donne son âme* [15] pour ceux qui le fuient.

Mais toi, comme il apparaît par ta lettre, tu as, en intervenant, de ton chef, je ne sais comment, chassé à coups de pied cet impie et ce pécheur, ainsi que tu l'appelles, qui s'était jeté aux genoux du prêtre.

Puis, comme il te suppliait, protestant n'être venu que pour se guérir de ses maux, — loin de t'en émouvoir, tu as eu l'audace d'injurier le bon prêtre qui avait jugé digne de miséricorde le pécheur repentant.

Enfin, tu as dit au prêtre : « Sors avec tes pareils; » et, contre toute loi, envahissant même le sanctuaire, tu

---

[1] Matth., xi, 28. — [2] Luc., xv, 20. — [3] *Ibid.* Ὅλος ὅλους du tout au tout, *totus totos.* — [4] Luc., xv, 21. — [5] Luc., xv, 22. — [6] Luc., xv, 23. — [7] Luc., xv, 9. — [8] Luc., xv, 25. — [9] Luc., xv, 26-29. — [10] Luc., xv, 31-32. — [11] Luc., xv, 5. — [12] Luc., xv, 6, 7, 10. — [13] Luc., xv, 4. — [14] Matth., v, 45. — [15] Jo., x, 11.

as enlevé le Saint des saints, et tu m'écris : « J'ai sauvé providentiellement les mystères d'une profanation imminente, et je les garde encore dans la pureté. »

Maintenant donc écoute-moi : il n'appartient pas aux Liturges, tes supérieurs, ni aux Thérapeutes, tes égaux en rang, de corriger un prêtre, lors même qu'il semble traiter les choses divines avec irrévérence, lors même qu'il est convaincu d'avoir agi contre le droit.

Car, si la confusion de la distinction et de l'ordre est un écart par rapport aux bornes et aux règles les plus divines, il n'y a pas de raison de renverser pour Dieu l'ordre même établi de Dieu. Ah! Dieu n'est pas divisé contre lui-même; sinon, comment son royaume subsisterait-il [1]?

Si le jugement est à Dieu [2], ainsi que disent les oracles, et si les Prêtres, après les Hiérarques, sont anges et interprètes des jugements divins [3], c'est d'eux, par l'intermédiaire des Liturges, qu'il te convient d'apprendre, dans l'occasion, les choses divines [4], comme c'est d'eux que tu as reçu la consécration thérapeutique [5].

Et n'est-ce pas là ce que proclament les symboles sacrés? Car tous ne sont pas également éloignés du Saint des saints, où est admis de plus près, d'abord, l'ordre des Hiérarques, puis, l'ordre des Prêtres, et, ensuite, l'ordre des Liturges. A l'ordre des Thérapeutes ont été assignées les portes de l'enceinte, près desquelles ils sont consacrés et fixés, — non qu'ils en soient les gardiens, — mais parce que telle est leur place, et pour qu'ils sachent qu'ils se rapprochent plus du peuple que des ordres hiératiques.

C'est pourquoi le saint principe de tout ordre [6] sacré

---

[1] Matth., xii, 25. — [2] Is., xxx, 18. — [3] Mal., ii, 7. V. p. 368-369. — [4] V. p. 475-476 — [5] Ibid. — [6] Ταξιαρχία taxiarchie.

appelle religieusement les Thérapeutes à la participation des choses divines, mais il en remet l'administration à d'autres effectivement plus intimes.

Car ceux qui toujours environnent symboliquement le divin autel, voient et entendent les divins mystères dans une claire manifestation, — et, s'inclinant avec bonté vers ceux à qui sont inaccessibles ces divins emblèmes, ils découvrent aux Thérapeutes dociles, au Peuple saint, et à ceux qui se purifient encore, à chacun selon sa capacité, les arcanes de la religion, qui avaient eu le bonheur d'échapper à la profanation, jusqu'à ce que t'y ruant avec empire, tu as forcé le Saint des saints de se livrer à ta violence.

Et tu dis que tu tiens ce trésor sacré en ta possession et sous ta garde, toi qui n'as rien vu, rien entendu, rien acquis de ce qui sied aux Prêtres, ne percevant pas même la vérité des oracles chaque jour en butte à tes logomachies pour la perdition de tes auditeurs.

Ne punirait-on pas justement celui qui, sans ordre du roi, s'emparerait du gouvernement d'une province, et, si un assistant, pendant qu'un magistrat, son supérieur, absout ou condamne, osait, je ne dis pas l'accabler d'invectives, mais révoquer sa sentence, ne semblerait-il pas par le fait même le dépouiller de sa juridiction?

Or, telle a été ton audace, ô homme, contre un être doux et bon, et son institution hiérarchique!

Au reste, il en faudrait dire autant de quiconque excéderait ses attributions, même pour un acte en apparence opportun ; car cela n'est permis à personne.

Quel mal y avait-il à ce que Ozias offrit de l'encens à Dieu [1] ? à ce que Saül sacrifiât [2] ? à ce que les cruels démons confessassent véritablement la divinité de Jésus [3] ?

---

[1] II. Paral., XXVI. 16-19. — [2] I. Reg., XIII, 9. — [3] Marc., III, 11-12.

La théologie réprouve ceux qui se mêlent de la charge d'autrui ; chacun restera dans le cercle de son ministère [1] ; seul, le Grand-prêtre entrera dans le Saint des saints [2], mais une fois par an [3], et encore avec toute la pureté que la loi demande de l'Hiérarque [4].

Les Prêtres enveloppent le *Saint* [5], et les Lévites *ne toucheront pas au Saint, de peur qu'ils ne meurent* [6].

Le Seigneur brûla de courroux contre le téméraire Oza [7].

Marie est frappée de lèpre [8], pour avoir essayé de dicter des lois au législateur.

Les démons saisissent les fils de Scéva [9].

Je ne les envoyais pas, est-il dit, *et ils couraient ; je ne leur parlais pas, et ils prophétisaient* [10].

L'impie qui m'immole un veau, m'est comme qui tue un chien [11].

Et, pour tout dire en un mot, la parfaite justice de Dieu ne tolère pas les violateurs de la loi, et quand ils s'écrient : *En ton nom nous avons opéré beaucoup de merveilles* [12], elle répond : *Je ne vous connais pas ; retirez-vous de moi, vous tous, artisans d'illégalité* [13].

Ainsi, il n'est pas permis, comme parlent les sacrés oracles, d'accomplir indignement le juste [14]. Il faut que chacun demeure attentif à soi-même [15] ; et, sans rien présumer de trop élevé ni de trop profond [16], s'occupe de ce qui lui est dévolu en raison de son mérite [17].

---

[1] I. Cor., XIV, 23. — [2] Lev., XVI, 2. — [3] Ex., XXX, 10. — [4] Ex., XXX, 19-21. — [5] Num., IV, 15. — [6] *Ibid.* — [7] II. Reg., VI, 67. — [8] Num., XII, 10. — [9] Act., XIX, 14-16. — [10] Jer., XXIII, 21. — [11] Is., LXVI, 3. — [12] Matth., VII, 22. — [13] Matth., VII, 23. — [14] Deut., XVI, 20. — [15] I. Tim., IV, 16. — [16] Rom., XII, 3. — [17] Rom., XII, 3, 6.

§ II.

Eh quoi ! diras-tu, on ne doit donc pas corriger les prêtres convaincus d'impiété ou de quelque autre faute ! A ceux-là seuls *qui se glorifient dans la loi*, il sera permis *de déshonorer Dieu par la transgression de la loi* [1]? Comment les Prêtres seront-ils les interprètes de Dieu [2]? Comment annonceront-ils au peuple les vertus divines dont ils ignorent eux-mêmes la puissance [3]? Comment illumineront-ils, obscurcis eux-mêmes [4]? Comment communiqueront-ils l'Esprit divin, eux en qui n'habite pas véritablement la foi qu'il y ait un Esprit-Saint [5]?

Objection à faire
par Démophile.
Réfutation.

Voici ma réponse à tes objections ; car Démophile n'est pas un ennemi, et je ne souffrirai pas que tu sois séduit par Satan [6]?

Les ordres qui se rapprochent plus de Dieu, sont plus déiformes que ceux qui s'en rapprochent moins, — et ce qui avoisine davantage la véritable lumière, est illuminé et illumine avec supériorité [7].

Ce n'est pas une idée de lieu, mais d'aptitude à recevoir Dieu, que tu dois te faire de cette proximité.

Si donc l'ordre des Prêtres est illuminateur, l'ordre et la puissance de la prêtrise n'appartiennent d'aucune façon à qui n'est pas illuminateur, et encore moins à qui n'est pas illuminé [8].

Je trouve bien téméraire quiconque, en cet état, met la main aux choses hiératiques, — et, sans plus de crainte que de honte, se mêle des fonctions sacrées malgré son

---

[1] Rom., ii, 23. — [2] Mal., ii, 7. — [3] Ἐξαγγελοῦσι annonceront-ils, R. Ἐκ de — ἄγγελος ange. Mal., ii, 7. — [4] Eph., iv, 18. — [5] Act., xix, 2. — [6] Apoc., xii, 9. — [7] *V.* p. 361. — [8] *V.* p. 459.

indignité, pensant que Dieu ignore ce qu'il connaît lui-même en soi [1], — et se figure tromper celui qu'il appelle hypocritement Père, — et ose prononcer, à l'imitation du Christ, je ne dirai pas des prières, mais d'impurs blasphèmes sur les divins symboles.

Ce n'est pas là, non, ce n'est pas là un prêtre, mais un ennemi, un fourbe, un mystificateur de soi-même, un loup s'armant d'une peau de brebis contre le troupeau divin [2].

§ III.

Continuation de la réfutation.

Mais Démophile n'a pas mission de rectifier ces points. Car, si la théologie ordonne de poursuivre justement ce qui est juste [3], — et c'est poursuivre ce qui est juste, de rendre à chacun selon son mérite [4], — tous doivent le poursuivre justement en ne sortant ni de leur rang ni de leur dignité [5].

Ainsi, il est juste que le lot de leur mérite soit départi et dévolu, par Dieu aux anges supérieurs, — par ceux-ci aux anges inférieurs, — par ces derniers à nous-mêmes, ô Démophile, sans aucune espèce de réciprocité.

En un mot, c'est par le moyen des êtres plus sublimes que la providence universelle, en bonne ordonnatrice et avec une justice extrême, transmet aux êtres moins éminents le lot de leur mérite.

Partant, à ceux que Dieu a préposés au gouvernement des autres, de conférer ensuite à leurs subordonnés le lot de leur mérite.

Que Démophile donc classe à leur rang la raison,

---

[1] I. Jo., III, 20. — [2] Matth., VII, 15. — [3] Deut., XVI, 20. — [4] Rom., XIII, 7. — [5] II. Cor., XIII, 10.

l'irascible et le concupiscible, qu'il n'en trouble pas en lui la coordination, — mais que la raison plus excellente commande aux autres puissances moins nobles.

Car, si nous voyions sur la place un serviteur, un jeune homme, un enfant, injurier, assaillir, frapper un maître, un vieillard, un père, nous nous accuserions d'impiété, à ne pas voler au secours de l'autorité, bien que peut-être elle eût les premiers torts.

Comment donc n'aurions-nous pas honte de souffrir que, sous nos yeux, la raison fût outragée par l'irascible et le concupiscible, au mépris de l'empire que Dieu lui a décerné, et d'exciter en nous un trouble, une révolte, une confusion inique autant que sacrilége?

Aussi notre bienheureux législateur de par Dieu ne juge pas digne de gouverner l'Eglise de Dieu, celui qui ne gouverne pas déjà bellement sa maison [1] : car qui s'ordonne, en ordonnera un autre; qui en ordonne un autre, ordonnera une maison; qui ordonne une maison, ordonnera une ville; qui ordonne une ville, ordonnera une nation.

Bref, comme disent les oracles, *qui est fidèle dans le petit est fidèle dans le grand, et qui est infidèle dans le petit est infidèle dans le grand* [2].

§ IV.

C'est ainsi que le lot du mérite est assigné :

Au concupiscible, à l'irascible, et à la raison, par toi;

A toi, par les divins Liturges;

Aux divins Liturges, par les Prêtres;

Aux Prêtres, par les Hiérarques;

Fin de la réfutation.

---

[1] I. Tim., III, 5. — [2] Luc., XVI, 10. Légers changements.

Aux Hiérarques, par les Apôtres et les successeurs des Apôtres.

Et, si, par hasard, quelqu'un d'entre eux s'écarte de son devoir, les saints du même ordre l'y ramèneront, en sorte qu'un ordre ne se confonde pas avec un autre ordre, — mais que chacun reste à sa place, et dans son ministère.

Voilà ce que nous avions à dire touchant la théorie et la pratique de ta charge.

Quant à ta brutalité envers cet homme, que tu qualifies d'impie et de misérable, je ne sais comment pleurer sur la ruine de mon bien-aimé.

De qui penses-tu que nous t'ayons consacré thérapeute? Si ce n'est pas de l'Être bon, tu demeures étranger, de toute nécessité, et à lui, et à nous, et à notre culte; alors, cherche-toi un autre dieu, d'autres prêtres, qui t'initient à la férocité plutôt qu'à la perfection, et deviens l'implacable instrument d'une chère inhumanité.

Dis, sommes-nous donc élevés nous-mêmes au comble de la sainteté, et n'avons-nous plus besoin de la divine philanthropie pour notre compte? Ah! plutôt, à l'imitation des impies, comme disent les oracles, ne nous souillons-nous pas d'une double souillure [1], alors que ne sachant pas en quoi nous offensons, nous nous justifions nous-mêmes [2], — alors que ne voyant pas en vérité, nous nous figurons voir [3]?

Le ciel s'en est étonné [4], et moi, j'en ai frémi, et ne m'en croyais pas. Si je n'avais lu ta lettre (ah! pourquoi n'en a-t-il pas été autrement!), sache-le bien, je n'aurais jamais pensé, quand d'autres auraient cherché à me le faire penser, que Démophile admît que Dieu, bon envers

---

[1] Jer., ii, 13. — [2] Jer., ii, 35. — [3] Rom., i, 22. — [4] Jer., ii, 12.

toutes choses, n'aimât pas les hommes, ni que lui-même n'eût pas besoin de miséricorde et de salut [1] ; — bien plus, qu'il dégradât les prêtres qui inclinent avec bonté à supporter les ignorances de la foule [2], dûment convaincus qu'ils sont eux-mêmes environnés d'infirmités [3].

Le théarchique initiateur aux mystères a suivi une autre voie : ainsi, bien que *séparé des pécheurs* [4], selon la parole des oracles, il assigne, comme la marque de leur charité envers lui, la mansuétude des bergers à garder ses brebis [5].

Ainsi, il nomme méchant [6] le serviteur qui refuse de remettre la dette à son compagnon, et de lui témoigner un peu de cette bonté dont il a été lui-même favorisé [7], — ordonnant avec justice de lui infliger son propre traitement [8], — ce que nous devons craindre, Démophile et moi.

Ainsi, il demande pardon à son Père [9] pour les impies auteurs de ses souffrances.

Ainsi, il réprimande ses disciples qui réclamaient impitoyablement de punir l'impiété des Samaritains ses persécuteurs [10].

Et tu répètes mille fois dans ton imprudente lettre, où tu le murmures à tort et à travers, que ce n'est pas toi,

---

[1] Heb., VII, 27. — [2] Heb., IX, 7. — [3] Heb., VII, 28. — [4] Heb.. VII, 26. — [5] Jo., XXI, 15-17. — [6] Matth., XVIII, 32. — [7] Matth., XVIII, 28, 30, 33. — [8] Matth., XVIII, 34. Δικαιοῖ δὲ τῶν οἰκείων ἀπολαύειν αὐτὸν, il juge juste *lui subir ses propres choses*, qu'il soit traité lui-même comme il a traité son compagnon. Pachymère, dans sa paraphase, adopte ce sens : δηλονότι τοῦ σκότους καὶ τῆς τιμωρίας, c'est-à-dire, que le méchant serviteur n'avait droit qu'aux ténèbres et au supplice. Pourquoi? parce qu'il avait jeté son débiteur en prison εἰς φυλακὴν, Matth., XVIII, 30. Sens très-raisonnable, que confirme le v. 34. — [9] Luc., XXIII, 34. — [10] Luc., IX, 54-56.

mais Dieu que tu venges! La bonté, n'est-ce pas, par la méchanceté?

§ V.

Esprit de dou-
ceur du chris-
tianisme.

Allons donc! *Nous n'avons pas un souverain prêtre qui ne puisse pas compatir à nos infirmités* [1]; au contraire, il est bon [2] et miséricordieux [3]. *Il ne disputera ni ne criera* [4]. *Il est doux* [5]. *Il est la propitiation pour nos péchés* [6].

Aussi nous n'approuvons pas les accès de ton faux zèle, quoique tu t'appuies mille fois de Phinées [7] et d'Elie [8]: exemples que ne gagnèrent rien à citer à Jésus ses disciples [9], qui n'avaient pas reçu l'esprit [10] de douceur et de bonté.

C'est ainsi que notre très-divin instituteur dans les objets sacrés instruit avec douceur les adversaires de la divine doctrine [11]; car il faut éclairer et non point punir les ignorants, de même qu'au lieu de frapper les aveugles, on les guide par la main.

Mais toi, tu as, en le souffletant, rebuté cet homme qui essayait d'ouvrir les yeux à la lumière; tu as audacieusement chassé à coups de pied cet homme qui s'approchait avec une extrême confusion, — chose digne de la plus vive horreur! cet homme que le Christ, en sa bonté, cherche égaré sur les montagnes [12], qu'il appelle dans sa fuite, et qu'à peine l'a-t-il trouvé, il prend sur ses épaules [13].

De grâce, ne soyons pas si mal avisés à l'égard de

[1] Heb., iv, 15. — [2] *Ibid.* — [3] Heb., iv, 16, — [4] Matth., xii, 19. — [5] Matth., xi, 29. — [6] i. Jo., ii, 2. — [7] Num., xxv, 7. — [8] iii. Reg., xviii, 40. — [9] Luc., ix, 54. — [10] Luc., ix, 55. — [11] ii. Tim., ii, 24. — [12] Matth., xviii, 12. — [13] Luc., xv, 5.

nous-mêmes, — et contre nous-mêmes, ne poussons pas le glaive [1].

Car ceux qui entreprennent de faire le mal, ou, au contraire, de faire le bien, — lors même qu'ils ne viendraient pas à bout de ce qu'ils ont résolu [2], — édifiant [3] en soi la malice ou la bonté, seront remplis de vertus divines [4] ou d'atroces passions [5].

Les uns, marchant à la suite et en la compagnie des bons anges [6], — ici-bas et là-haut au sein de toute paix [7] et à l'abri de tout mal [8], — hériteront, pour la perpétuité toujours existante [9], d'un béatifique repos [10], et habiteront à jamais avec Dieu [11], ce qui des divers biens est le plus grand [12].

Les autres, au rebours, ne jouiront jamais de la paix [13] avec Dieu ni avec eux-mêmes, — et, durant la vie [14] comme après la mort [15], ils seront aux cruels démons.

Appliquons-nous donc avec force à conquérir le Dieu bon [16], à commercer toujours avec le Christ [17], à ne pas être rangés par la justice même au nombre des méchants pour endurer des châtiments mérités [18]. Voilà ce que je redoute par-dessus tout [19], et je demande la grâce de ne pas subir ces différents maux.

Mais, si tu veux, je te raconterai la divine vision d'un saint homme; ne t'en moque pas, car ce que je dis ici est véritable.

---

[1] Matth., XXVI, 51-52. — [2] Matth., VI, 28. — [3] Eph., II, 20-22. — [4] Eph., II, 19. — [5] Rom., I, 26. — [6] Ps. XCI, 11. — [7] Phili., IV, 7. — [8] Apoc., XXI, 4. — [9] Dan., XII, 3. — [10] Heb., IV, 11. — [11] I. Thes., IV, 16. — [12] Ps. LXXIII, 28. — [13] Jer., VI, 14. — [14] Jo., XIII, 27. — [15] Is., XIV, 9. — [16] I. Thes., IV, 13. — [17] Phili., I, 13. — [18] Matth., XXIV, 15. — [19] I. Cor., IX, 27.

§ VI.

Un jour que je me trouvais en Crète, je reçus l'hospitalité chez le sacré Carpus [1], homme, plus que pas un, éminemment propre à la théopsie par l'extrême pureté de son intelligence.

Il n'abordait jamais l'auguste célébration des mystères, sans qu'auparavant, dans les pieuses prières de sa préparation aux télètes, il ne lui fût manifesté quelque douce vision.

Or, il me rapportait qu'une fois il avait conçu de la tristesse, tristesse provenant de ce qu'un infidèle avait détourné de l'Eglise à l'athéisme un homme qui fêtait encore ses Hilaries [2].

Il devait, en être bon, prier pour tous les deux ; avec le secours du Dieu Sauveur, convertir l'un, et vaincre l'autre par la bonté [3] ; ne pas cesser d'en appeler à leur intelligence, durant toute la vie, journellement, et, par ainsi, les conduire à la divine gnose, tant qu'enfin leurs doutes s'éclaircissent, et qu'une légitime satisfaction forçât leur folle audace à résipiscence.

Mais, ce qu'il n'avait jamais éprouvé, violemment saisi d'une amère indignation, il se couche et s'endort dans ces fâcheux sentiments; c'était le soir.

Vers minuit, heure à laquelle il avait coutume de se réveiller pour louer Dieu, il se lève, — après n'avoir goûté qu'un sommeil léger et souvent interrompu, — en proie au trouble.

Entrant néanmoins en commerce avec Dieu, il se

[1] ii Tim., iv, 13. Sur Carpus, *V.* Corn. de la Pier., *loc. cit.* — [2] Τῶν ἱλαρίων ἡμερῶν, les jours d'Hilaries. Ἱλαρός joyeux. Fêtes à la suite du baptême. — [3] Rom., xi, 24.

ivre à un chagrin irréligieux, il s'irrite, il dit être in-
uste qu'il vive des hommes impies et qui traversent les
oies du Seigneur.

Et ce disant, il conjure Dieu de terminer sans pitié
ar un coup de foudre les jours de ces deux hommes à
a fois.

A ces mots, continuait-il, il croit voir soudain la mai-
on où il était, d'abord s'ébranler, et puis se diviser en
eux par le faîte; étinceler à ses yeux une vive flamme
ui, du haut du ciel, à travers les combles en apparence
échirés, descendait jusqu'à ses pieds; le firmament
'entr'ouvrir, et, au fond du firmament, Jésus siéger au
ilieu d'innombrables anges sous la forme humaine.

Carpus, levant ses regards, contemple ce spectacle
ui le frappe d'étonnement. Ensuite les baissant, il
perçoit, poursuivait-il, le sol se creuser en un vaste et
énébreux abîme, et ces hommes qu'il avait maudits, se
enir, en face de lui, à la gueule du gouffre, tremblant,
élas! d'y tomber à chaque instant avec leurs pieds qui
lissent.

Du sein du gouffre ramper vers eux des serpents, qui,
'attachant à leurs pieds mobiles, tantôt s'y entortillent,
es pressent, les tirent, et tantôt, des dents ou de la
ueue, les déchirent ou les caressent, infinies machina-
ions pour les entraîner dans le précipice.

De plus, des hommes, pêle-mêle avec les serpents,
ssaillir, secouer, pousser ces êtres, qui paraissent sur
e point de choir, moitié de gré moitié de force, quasi
ontraints et tout à la fois séduits par le mal.

Carpus, ajoutait-il, se réjouit du spectacle inférieur,
t oublie le spectable supérieur. Il s'impatiente et se
âche qu'ils ne soient pas déjà précipités; il travaille lui-
même à leur chute; efforts impuissants! il brûle de co-
ère, et lance des imprécations.

Carpus, enfin, lève les yeux : il découvre dans le ciel ce qu'il y avait déjà découvert ; seulement, Jésus, ému de compassion sur ce qui se passe, quitte son trône superséleste, descend jusqu'à ces hommes, et leur tend la main avec bonté, pendant que les anges, leur venant aussi en aide, les soutiennent, qui d'un côté, qui d'un autre.

Et Jésus dit à Carpus : « De ta main déjà levée, ne frappe plus que moi ; car je suis prêt à souffrir de nouveau pour le salut d'hommes, et cela me serait cher, à part le crime d'autres hommes. Au reste, vois si tu préfères demeurer avec les serpents dans l'abîme, qu'habiter avec Dieu et les anges si bons et si amis des hommes. »

Voilà ce que j'ai ouï relater, avec la persuasion que c'est la vérité.

ÉPITRE IX.

A TITUS, HIÉRARQUE,

QUI AVAIT DEMANDÉ PAR ÉPITRE CE QUE C'EST QUE LA MAISON
DE LA SAGESSE, ET SON CRATÈRE, ET SA NOURRITURE,
ET SON BREUVAGE.

§ I.

Je ne sais, ô beau Titus, si le sacré Timothée s'en est allé sans rien entendre des symboles théologiques par moi élucidés, lui à qui néanmoins, dans la *Théologie symbolique*, j'ai expliqué toutes ces expressions des oracles dont la plupart admirent la monstruosité.

C'est que nos pères dans l'ineffable sagesse remplissent de terribles absurdités les âmes imparfaites, en manifestant sous de profondes et audacieuses énigmes la vérité divine et mystique hors de l'atteinte des profanes.

Aussi avons-nous généralement peine à croire les paroles relatives aux divins mystères que nous ne contemplons qu'à travers l'enveloppe de sensibles symboles.

Nous devons donc, les dépouillant, les contempler nus et purs, eux-mêmes en eux-mêmes; c'est à les voir et à les examiner ainsi que nous révérerons cette source de vie qui s'épand en soi et en soi se maintient, puissance une, simple, se mouvant de soi, agissant de soi, ne sortant pas de soi, gnose radicale de toutes les

De la théologie mystique et de la théologie démonstrative (symbolique ou philosophique).

34

gnoses, qui se contemple éternellement elle-même par elle-même.

Or, nous nous estimons obligé de t'exposer, à toi et à d'autres, les diverses formes dont un symbolisme sacré revêt la divinité.

Car, au dehors, ne sont-elles pas remplies d'une inadmissible et imaginaire monstruosité ?

Par exemple, au sujet de la supersubstantielle génération de Dieu, il représente le ventre de Dieu générant Dieu à l'instar des corps [1]; il dépeint le Verbe exhalé dans les airs par un cœur humain qui l'éructe [2]; il suppose l'Esprit exsufflé d'une bouche [3]; il caractérise physiquement le sein générant de Dieu qui embrasse Dieu le Fils [4].— Il traduit ces objets sous des images naturelles, employant à les désigner, tantôt racines [5], arbres [6], rejetons [7], fleurs [8], tantôt sources d'eau jaillissantes [9], tantôt lumières fécondes aux splendides émanations [10], tantôt d'autres hiérographiques expressions de théologie supersubstantielle.

Ainsi encore s'agit-il de l'intelligence de Dieu, providences, dons, manifestations, puissances, propriétés, repos, demeures, processions, distinctions, unions, — il applique à Dieu la forme humaine [11] et diverses figures de bêtes sauvages [12], d'autres animaux [13], de plantes [14], de pierres [15]. Il le revêt d'ornements de femme [16], et de l'armure des barbares [17]. Il en fait, comme d'un artisan, un potier [18] ou un fondeur [19]. Il le place sur des coursiers [20],

---

[1] Ps. cx, 3. — [2] Ps. xlv, 1. — [3] Ps. xxxiii, 6. — [4] Jo., i, 18. — [5] Is., xi, 10. — [6] Jo., xv, 1. — [7] Jer., xxiii, 5. — [8] Cant., ii, 1. — [9] Jo., iv, 14. — [10] Jo., i, 4. V. S. Thom., Op. i, c. iii. — [11] Ps. cxlv, 16. Don.— [12] Ps. xiii, 8. Providence.— [13] Matth., iii, 16. Manifestation. — [14] Jo., xv, 1. Union. — [15] Ez., x, 1. Demeure. — [16] Apoc., i, 13. Propriété. — [17] Apoc., i, 16. Puissance. — [18] Job, x, 9. — [19] Ps. lxv, 10. Distinction.— [20] Hab., iii, 8. Procession.

des chars [1], des trônes [2]. Il lui organise de somptueux festins [3]. Il le plonge dans la boisson [4], l'ivresse [5], le sommeil [6], la crapule [7].

A quoi bon rappeler ses courroux [8], ses douleurs [9], ses innombrables serments [10], ses regrets [11], ses malédictions [12], ses ressentiments [13], ses multiples et tortueux sophismes pour éluder ses promesses [14]; sa lutte, en la Genèse, contre les géants, hommes puissants à qui, dans sa crainte, dit-on, il tendit des embûches, bien qu'ils élevassent cet édifice, non pour nuire à d'autres, mais pour se défendre eux-mêmes [15]; cette résolution prise dans le ciel de confondre et de tromper Achab [16]; cette foule de charnelles et molles passions des Cantiques [17]; enfin, tout ce que pour représenter Dieu on a osé employer de fictions sacrées, qui sous le manifeste accusent l'occulte, — sous le multiple et le divisible, le un et l'indivisible, — sous le typique et le polymorphe, l'atypique et l'amorphe; telles que, si l'on pouvait en contempler la convenance cachée à l'intérieur, on trouverait que tout en est mystique, déiforme et rempli d'une immense lumière théologique.

Car on ne doit pas croire que toutes ces fictions sensibles ne se composent que pour elles-mêmes : elles recouvrent la science interdite [18] et soustraite [19] à la foule, de manière que les plus sacrés des objets n'offrent pas aux profanes une facile prise. Le voile ne se lève que pour les sincères amants de la sainteté, qui, dégagés

---

[1] Ps. LXVIII, 17. — [2] Heb., I, 8. Repos. — [3] Luc., XXII, 30. — [4] Cant., V, 1. — [5] Jer., XLVI, 10. — [6] Ps. XLIV, 23. — [7] Ps. LXXVIII, 65. — [8] Ex., XV, 7. — [9] Jud., X, 16. — [10] Gen., XXII, 16. — [11] Gen., VI, 6. — [12] Mal., II, 2. — [13] Ex., XX, 5. — [14] Gen., XII, 1-3. — [15] Gen., XI, 9. — [16] III. Reg. XXII, 20. — [17] Cant., 1, 1. — [18] 'Απόρρητου interdite, mot-à-mot, inexprimable. — [19] 'Αθεάτου soustraite, mot-à-mot, *incontemplable*.

de toute puérile imagination à l'endroit des pieux symboles, sont aptes, par la simplicité de leur intelligence et par l'énergie de leur puissance contemplative, à pénétrer la simple, supernaturelle, et superéminente vérité de ces symboles.

D'ailleurs, il faut encore observer que les théologiens ont deux doctrines :

L'une inexprimable ἀπόρρητον et mystique μυστικὴν;

L'autre évidente ἐμφανῆ et plus notoire γνωριμωτέραν;

La première symbolique συμβολικὴν et télétique τελεστικὴν;

La seconde philosophique φιλόσοφον et apodictique ἀποδεικτικὴν;

Mais l'inexprimable τὸ ἄρρητον est impliqué dans l'exprimable τῷ ῥητῷ; celui-ci persuade et inculque la vérité en question, et celui-là, par d'inapprenables mystagogies, pousse et attache à Dieu [1].

____

[1] L'Aréopagite appelle l'une de ces deux doctrines « τελεστικὴν télétique, parce qu'elle offre les télètes des mystères sous des symboles, » et « συμβολικὴν symbolique, présentée qu'elle est dans les oracles à l'aide de symboles. » (Pachym., *Par.*) S. Maxime copié. Symbolique, elle est mystique, le symbole consistant en une chose qui en marque une autre en la déguisant; cet enveloppement μυστήριον (μύω je cache) dérobe un objet, qui, inexprimable ἀπόρρητον ou ἄρρητον ne se laisse que vaguement entrevoir à travers l'exprimable τῷ ῥητῷ ou le signe. Un exemple : « Si quelqu'un ne renaît de l'eau, — et de l'Esprit, — il ne peut entrer dans le royaume de Dieu. » (Jo., III, 5.) Eau, συμβολικὴν; Esprit, τελεστικὴν; cette renaissance baptismale signifie en la voilant, μυστικὴν, cette autre naissance, ce *natalis,* où les saints, passés de la vie de la nature à la vie de la grâce, passent enfin de la vie de la grâce à la vie de la gloire, ἀπόρρητον; « ἄρρητα ῥήματα, ἃ οὐκ ἐξὸν ἀνθρώπῳ λαλῆσαι. » (II. Cor., XII, 4.)

Celui-ci τῷ ῥητῷ persuade, etc., et celui-là τὸ ἄρρητον, etc. » Ecoutons le chef des initiateurs, encore au sujet de la génération : « Si je vous dis des choses terrestres, et que vous ne

Aussi, dans les télètes des saints mystères, les augustes initiateurs à la doctrine, de notre temps [1] comme sous la loi [2], ont usé de symboles en rapport avec Dieu.

De plus, nous voyons les anges très-purs nous transmettre mystiquement sous des énigmes le divin [3], — et Jésus lui-même parler de ce divin en paraboles [4], et nous donner son sacrement déifique sous la figure d'un banquet [5].

croyiez pas, comment, si je vous dis des choses célestes, les croirez-vous? » (Jo., III, 12.) Nécessité donc pour l'homme, aspirant à suivre la voie harmonieusement tracée, nécessité de monter du terrestre au céleste, du symbole à la réalité, du τῷ ῥητῷ au τὸ ἄῤῥητον, jusqu'à ce que de perfection en perfection, il atteigne à ce commerce intime où Dieu lui communique « cette très-occulte sagesse que lui seul sans intermédiaire enseigne à l'homme en esprit, *occultissima sapientia, quam immediatè Deus solus hominem in spiritu edocet.* » (Gel., *Sum. pra. theo. myst.* p. 1, d. 1.)

Demandons à Aristote l'explication des termes employés à caractériser la seconde doctrine : ἀποδεικτικὴν, « ἀπόδειξιν δὲ λέγω συλλογισμὸν ἐπιστημονικόν, » j'appelle démonstration un raisonnement scientifique. — Φιλόσοφον, « ὅτι ἀληθές, » la démonstration vise toujours au vrai. — Γνωριμωτέραν, « ἐξ ἀρχῶν, » la démonstration tire de principes la conclusion, elle procède du plus connu au moins connu. — Ἐμφανῆ, « ἀνάγκη ἔχειν τὸν μαθησόμενόν τι.... ἀξίωμα, » sans axiome, impossible de rien apprendre. (Arist., *Analy. Sec.*, l. 1, c. II.) Les Ecritures, traitant l'homme en animal raisonnable, n'ont eu garde de négliger ce mode d'enseignement. *V.* Jo., IX, l'admirable guérison de l'aveugle-né et le non moins admirable embarras des esprits forts du temps, qui sont poussés, l'épée de la logique aux reins, à confesser la divinité de Jésus ou leur propre stupidité.

Il est à noter que ce passage de S. Denys donne aux commentateurs à retordre un fil qui n'est pas de soie. *V.* Bossuet, *Tradition des nouveaux mystiques*, c. XVI, s. IV, V, VI.

[1] Is., LX. — [2] Apoc., V. — [3] Zach., III, 4-5. — [4] Matth., XIII, 34. — [5] Matth., XXVI, 26.

Car il convenait, non-seulement que le Saint des saints échappât à la prise de la multitude, mais encore que la vie humaine où subsistent ensemble l'impartible et le partible, s'illuminât des divines gnoses conformément à sa nature ; de façon qu'à l'impassible de l'âme fussent assignés les simples et intimes spectacles des emblèmes déiformes, et que son passible, comme de juste, se guérît tout à la fois et tendît au divin, par des symboles qui le représentent sous l'enveloppe d'ingénieuses fictions : sorte de déguisement en harmonie avec notre être, à témoin tous ceux qui, pour ouïr parler de Dieu à découvert et sans détour, se forgent néanmoins certaines images afin d'arriver à l'intellection de cette susdite théologie.

§ II.

Et toutes les choses visibles du monde créé reflètent les choses invisibles de Dieu, au dire de Paul et de la véritable raison.

C'est pourquoi encore les théologiens considèrent les choses,

Ici, politiquement πολιτικῶς [1] et légalement ἐννόμως [2] ;

Là, purement καθαρτικῶς [3] et inviolablement ἀχράντως [4] ;

Ici, humainement ἀνθρωπικῶς [5] et médiatement μέσως [6] ;

---

[1] Ex., III, 10 ; XVIII, 14-27. « Πολιτεία τῶν τὴν πόλιν οἰκούντων ἐστὶ τάξις τις, la constitution πολιτεία (intraduisible) est l'ordre des habitants de l'état. » (Arist., *Polit.*, l. III, c. I.) *V.* Arist. *Eco.*, l. I, c. I.) — [2] Ex., XX, 3-17. « Νόμος δ'ἐστὶν.... προστάττων πῶς χρὴ πράττειν ἕκαστα. La loi est... ordonnant comment il faut faire chaque chose. » (Arist., *Rh. à Al.*, c. I.) — [3] Is., I, 16. — [4] Ps. XXXIV, 5. — [5] Eph., V, 23. — [6] Ps. VIII, 4-6. Rapprocher μέσως de τελεσιουργικῶς, milieu et fin.

Là, supermondainement ὑπερκοσμίως [1] et parfaitement τελεσιουργικῶς [2];

Ici, de par des ordonnances manifestes [3];

Là, de par des ordonnances immanifestes [4];

Selon que le requièrent le sujet sacré, les âmes et les intelligences : car l'exposition de leur parole contient, en général et dans son ensemble, au lieu d'un récit creux, une perfection vivifiante.

Nous devons donc, au mépris de l'opinion du vulgaire à leur égard, pénétrer saintement et ne pas dédaigner les sacrés symboles, copies extraites des divins originaux, ostensibles images d'ineffables et supernaturels spectacles.

De fait, non-seulement les lumières supersubstantielles, intelligibles et divines, en un mot, se diversifient en des symboles typiques, comme lorsqu'on dit que le Dieu supersubstantiel est un feu [5], et que les oracles intelligibles de Dieu sont de feu [6], — mais encore les anges, déiformes phalanges, sont représentés sous des formes variées, de nombreuses figures et des emblèmes de feu [7].

Mais cette image de feu doit se prendre :

Différemment, lorsqu'elle s'applique à Dieu au-dessus de l'intellection;

Différemment, lorsqu'elle s'applique à ses providences [8] ou paroles intelligibles;

Différemment, lorsqu'elle s'applique aux anges;

D'abord, dans le sens de subsistance;

Puis, dans le sens de cause;

Enfin, dans le sens de participation,

---

[1] Eph., IV, 24. — [2] Eph., IV, 13. — [3] Ex., XXXI, 18. — [4] Heb., X, 16. — [5] Deut., IV, 24. — [6] Ps. CXIX, 140. — [7] Ps. CIV, 4. — [8] Luc., XII, 49.

Et ainsi des différents différemment, selon qu'en tracent l'horizon la spéculation et le classement scientifique.

Car il ne faut pas manipuler au hasard les sacrés symboles, mais les expliquer, selon les occurrences, des causes, des subsistances, des puissances, des ordres, des dignités dont ces signes sont l'expression.

Mais pour ne pas étendre notre épître plus qu'il ne sied, arrivons à la question que tu m'as proposée.

Or, nous disons que toute nourriture parfait les nourrissons, — suppléant à leur imperfection et à leur indigence, — guérissant leur infirmité, — conservant leur vie, qu'elle fait refleurir et renouvelle, — leur communiquant une eupathie vitale, — bref, chassant leur tristesse[1] et leur imperfection, et leur conférant la gaîté[2] et la perfection.

§ III.

Signification du cratère et de la maison de la sagesse.

Aussi est-ce avec beauté que les oracles publient de la sagesse supersage et bonne, qu'elle prépare un mystique cratère où elle verse un breuvage sacré[3], après avoir servi des mets solides[4], invitant, à grands cris[5], comme il convient à sa bonté, tous les indigents d'elle[6].

---

[1] Τοῦ ἀνιῶντος. « Ἡγ᾽ἀνία τὸ ἐμποδίζον τοῦ ἰέναι..... φαίνεται, la tristesse exprime un obstacle à aller. » (Plat., *Crat.*, I, 309.) Ἀνία, R. ἀ pr., εἶμι je vais. — [2] Εὐφροσύνης gaîté. *V.* sur l'étymologie de ce mot, p. 393. note 4. — [3] Prov., IX, 2. Grec : « ... ἐκέρασεν εἰς κρατῆρα τὸν ἑαυτῆς οἶνον. » Latin : « ... *miscuit vinum.* » Suppression de cratère, dont l'Aréopagite nous explique à ravir le charmant et profond symbolisme. — [4] Prov., IX, 2. — [5] Prov., IX, 3. — [6] Prov., IX, 4. « ... τοῖς ἐνδέεσι. »

La divine sagesse offre donc deux nourritures : l'une solide et à l'état de consistance; l'autre liquide et à l'état d'effusion.

Or, du cratère ruissellent ses bontés providentielles : car le cratère, par sa rondeur et son évasement, symbolise l'universelle providence, sans commencement et sans fin, dont le déploiement embrasse tout. Mais, bien qu'elle s'étende à tout, — elle demeure en soi, affermie dans son immobile mêmeté, dont elle ne se départ jamais, ainsi que le cratère reste constamment et indissolublement le même.

Il est dit que la sagesse s'est bâti une maison [1], où elle a disposé de solides mets [2], des breuvages [3] et un cratère [4], pour montrer aux divins appréciateurs du divin, que c'est l'auteur de tout être et de tout bien-être qui est la providence parfaite, qui se communique à tout, qui se trouve en tout, qui enveloppe tout, en même temps qu'à raison de sa supereminence, il n'est rien en rien selon rien. Au contraire, il s'abstrait de tout, étant, stationnant et demeurant le même en lui-même mêmement et éternellement, — se comportant toujours selon le même et de même, — ne sortant jamais de lui-même, — ne quittant pas sa fixe et immobile demeure et stabilité, où il exerce avec bonté ses providences entières et parfaites, passant à tout et demeurant en lui-même, toujours stationnant et se mouvant, ni stationnant ni se mouvant, c'est-à-dire, que naturellement et supernaturellement à la fois, il agit par sa providence en sa stabilité, et garde sa stabilité en agissant par sa providence.

[1] Prov., ix, 1. — [2] Prov., ix, 2, 5. — [3] Prov., ix, 2. — [4] Ibid.

§ IV.

Mais que signifie la nourriture solide, et que signifie la nourriture liquide? Car il est dit que la bonne sagesse les offre providentiellement l'une et l'autre.

La nourriture solide symbolise, je crois, la perfection et la mêmeté intellectuelle et stable, où, par une puissante, unique et indivisible gnose, participent au divin ces sens intellectuels auxquels le très-divin Paul, après l'avoir reçue de la sagesse, distribuait la nourriture vraiment solide [1].

Et la nourriture liquide, ce fleuve qui s'épanche à flots impétueux sur tout, et, par le variable, le multiple, le partible, élève avec bonté ses nourrissons, dans la mesure de leur aptitude, à la simple et immuable gnose de Dieu [2].

Aussi la parole intelligible de Dieu se compare à la rosée [3], à l'eau [4], au lait [5], au vin [6] et au miel [7], — parce qu'elle a la puissance de vivifier [8], comme l'eau; d'accroître, comme le lait [9]; de raviver, comme le vin [10]; de purifier [11] à la fois et de conserver [12], comme le miel.

Voilà ce que la divine sagesse accorde à ceux qui s'approchent d'elle [13], en leur versant à pleins bords le torrent de ses impérissables et indéfectibles délices [14]. C'est là réellement se délecter [15], d'où on lui attribue de vivifier [16], de nourrir [17], de renouveler [18], et de parfaire [19].

---

[1] Heb., v, 14. « Aux parfaits appartient la nourriture solide, à ceux-là qui, par l'habitude, ont des sens exercés à discerner le beau et le mal. » — [2] Ps. xxxvi, 8, 9. — [3] Os., xiv, 5. — [4] Apoc., xiv, 2. — [5] I. Cor., iii, 2. — [6] Prov., ix, 2. — [7] Ps. cxix, 103. — [8] Gen., i, 20. — [9] Heb., v, 13. — [10] Luc. x, 34. — [11] Is., vii, 15. — [12] Matth., iii, 4. — [13] Prov., ix, 4. — [14] Ps. xxxvi, 8. — [15] I. Cor., v, 8. — [16] Prov., viii, 35. — [17] Prov., ix, 5. — [18] Prov., ix, 11. — [19] Prov., ix, 6.

§ V.

C'est en prenant la délectation en ce sens sacré, qu'on dit que Dieu, auteur de tous les biens, s'enivre, à raison de la superpleine et superintelligible immensité de sa délectation εὐωχίας, ou, à parler plus proprement, à raison de la parfaite et ineffable immensité de sa béatitude εὐεξίας [1] divine.

Signification de l'ivresse de Dieu, et de la mise à table des bienheureux.

De même que, chez nous, l'ivresse se prend en mauvaise part pour une réplétion immodérée et une extase de l'intelligence et de l'esprit [2], — ainsi, par rapport à Dieu, l'ivresse doit s'interpréter de la seule immensité de tous les biens dont la superplénitude préexiste en lui en vertu de sa causalité, et, dans cette spirituelle extase qui accompagne l'ivresse, il faut voir la superéminence superintelligible par laquelle Dieu s'abstrait de l'intellection, lui qui est au-dessus de l'intellection, au-dessus de l'intelligibilité, au-dessus de l'être même. En un mot, Dieu est enivré et extatique relativement à tout ce qui existe de biens, en ce qu'il est simultanément superplein de tous par sa transcendance sur toute infinité, et puis en ce qu'il habite au-dessus, en dehors et au delà de tous.

C'est en partant de là que nous comprendrons de la

---

[1] Εὐεξία, εὐωχία, même syllabe initiale, εὖ bien, et quasi même terminaison, εξία — ωχία, R. Ἔχω je suis, j'ai; bien-être, *bien-avoir*; ce qu'on *a* de *meilleur*, d'après les adorateurs de messer Gaster, consistant dans le manger et le boire, εὐωχία ne tarda pas à signifier spécialement le *banquettement*, la délectation de la table, autel de ce dieu. *V.* S. Thom., Op. LXI, *De divinis moribus.* — [2] Φρενῶν esprit, φρήν-ενός, R. Φράσσω je clos, diaphragme, entrailles, esprit, âme, cœur, intelligence, pensée, etc., etc., toutes les dispositions de la phréno-logie.

même manière les festins des saints dans le royaume de Dieu.

Car il est dit : Le roi lui-même *passera, les étendra et les servira* [1] ; ce qui indique la générale et unanime participation des saints aux biens divins [2], l'église des premiers-nés incrits dans les cieux [3], les esprits des justes perfectionnés par tous les biens [4], et remplis de tous les biens [5].

L'*étendre* nous représente le repos de leurs peines multipliées [6], la vie exempte de tourment [7], la conversation πολιτείαν divine [8] dans la lumière [9] et la région des vivants [10], avec la plénitude de toute sacrée eupathie [11], l'intarissable flux des divers biens béatifiques [12], qui les remplit de toute gaîté [13], gaîté dont la source est Jésus [14] qui les *étend*, qui les *sert,* qui leur accorde le perpétuel repos [15], et qui leur distribue à flots la plénitude du beau [16].

§ VI.

Signification du sommeil et du réveil de Dieu.

Tu me demanderas, je sais bien, de t'expliquer ce qu'on nomme le sommeil [17] et le réveil [18] de Dieu.

Puis, — lorsque je t'aurai montré que le sommeil de Dieu est l'abstraction et l'incommunicabilité de Dieu vis-à-vis des objets providentiels, et que son réveil est la

---

[1] Luc., XII, 37. Ἀνακλινεῖ étendra, R. Ἀνά en montant, κλίνω j'incline. Les modernes s'asseyent à table ; les anciens s'y couchaient, s'y *étendaient*. — [2] Ps. CXXII, 3. — [3] Heb., XII, 23. — [4] *Ibid.* — [5] Ps. LXV, 4. — [6] Matth., XI, 28. — [7] Heb. VII, 16. — [8] Phili., III, 20. — [9] Apoc., XXI, 24. — [10] Ps. XXVI, 13. — [11] I. Cor., XV, 42-44. — [12] Tit., II, 13. — [13] Is., XXV, 9. — [14] Heb., IV, 8. — [15] Heb., IV, 10. — [16] Num., XXIV, 5. — [17] Ps. XLIV, 23. — [18] Jer., I, 12.

sollicitude de sa providence envers les indigents de discipline [1] ou de salut [2], — tu passeras à d'autres symboles
théologiques.

Aussi, — d'une part, persuadé que ce serait superfluité
que d'avoir l'air de parler de l'autre, en ne répétant que
le même dans le même, et, d'autre part, croyant avoir
pleinement obtempéré à tes désirs, — je me borne à cette
exposition, dans la conviction que mon épître a payé
plus qu'il n'était dû à ta lettre.

Au reste, je t'envoie ma *Théologie symbolique,* où tu
trouveras l'explication de la maison de la sagesse [3], et
de ses sept colonnes [4], et de sa solide nourriture divisée
en victimes et en pain [5].

Ce que signifie le mélange du vin [6], ce que signifie la
crapule [7] de l'ivresse en Dieu, et tout ce que nous avons
traité tout à l'heure, y est développé plus en détail article par article.

C'est, à mon avis, une bonne exploration de tous les
symboles, en harmonie avec les sacrées leçons et vérités
des oracles.

[1] Ps. xviii, 15. — [2] Ps. xxii, 1. — [3] Prov., ix, 1. — [4] *Ibid.*
— [5] Prov., ix, 2-5. — [6] Prov., ix, 2. — [7] Ps. lxxviii, 65.

ÉPITRE X.

A JEAN, THÉOLOGIEN, APOTRE ET ÉVANGÉLISTE,

EN EXIL DANS L'ILE DE PATHMOS.

Je t'invite à te réjouir, âme sacrée, ô toi, chéri, titre qu'il m'appartient, plus spécialement qu'au vulgaire, de te décerner, véritablement chéri [1], excessivement chéri de l'essentiellement désirable, aimable, chérissable [2].

Faut-il s'étonner que le Christ dise la vérité, et que les méchants expulsent des villes [3] ses disciples, se traitant eux-mêmes selon leur mérite, alors que les non-saints se retranchent de la société des saints?

Oui, les choses visibles sont les manifestes images des choses invisibles [4] :

Car, dans les perpétuités à venir,

Ce n'est pas Dieu qui se séparera justement des uns [5], mais ceux-ci qui se seront eux-mêmes séparés de Dieu ;

De même que nous voyons ici-bas les autres déjà réunis avec Dieu, — parce que, êtres amants de la vérité [6], ils renoncent à l'affection matérielle [7], dans le complet affranchissement de tout mal [8] et la céleste ardeur de tout bien [9], ils cherchent la paix [10] et la sainteté [11], et par la vie présente ils préludent à la vie future [12], se conduisant en anges au milieu des hommes [13], sans aucune

---

[1] Jo., xxi, 7. — [2] Jésus-Christ dont Jean était le disciple bien-aimé. — [3] Matth., xxiii, 34. — [4] Rom., i, 20. — [5] Matth., xiii, 49. — [6] i. Cor., xiii, 6. — [7] Gal., v, 24. — [8] Rom., xii, 9. — [9] *Ibid.* — [10] Heb., xii, 14. — [11] *Ibid.* — [12] ii. Cor., iv, 11. — [13] Phili., iii, 20.

passion [1], au sein des pieuses invocations [2], de la pureté [3], et de la bonté enfin [4].

Je ne suis donc pas assez insensé pour imaginer que vous éprouviez quelque peine; et, quant à vos souffrances corporelles, ce n'est que parce que vous les percevez, j'en suis convaincu, que vous les ressentez.

Au reste, tout en blâmant avec raison vos persécuteurs qui pensent follement éteindre le soleil de l'Evangile, je prie que, se désistant de ce qu'ils accomplissent contre eux-mêmes, ils se convertissent au bien, et vous attirent à eux pour entrer en participation de la lumière.

Pour nous, au contraire, rien ne nous privera des éblouissantes splendeurs de Jean :

Présentement, nous jouissons des vérités de ta théologie, que nous rappelons à notre mémoire,

Et avant longtemps, et je te le dis avec hardiesse, nous serons réunis à vous.

Car je mérite une entière confiance, lorsque j'avance sciemment ce qui t'a été révélé de Dieu : c'est que tu seras délivré de la prison de Pathmos, que tu retourneras sur la terre asiatique, que tu y donneras l'exemple d'imiter le Dieu bon, et que tu le légueras à la postérité.

[1] I. Thes., iv, 5. — [2] Rom., x, 13. — [3] I. Thes., iii, 13. — [4] Tit., iii, 1.

FIN DES ÉPITRES.

TABLE

culaire, N. D., c. **iv**, § **xiv**, **xvii**. — Amours divin, angélique,
intellectuel, animal , physique, N. D., c. **iv**, § **xv**. — Les
différents amours se ramènent à deux , amours intelligents et
intelligibles, N. D., c. **iv**, § **xvi**. — L'amour divin est intelligible par soi, N. D., c. **iv**, § **xvi**. — L'amour divin est un ,
collectif, père de tous les autres amours, N. D., c. **iv**, § **xvi**.
— Tous les amours dérivent de l'amour un, et retournent à
l'amour un, N. D., c. **iv**, § **xvi**. — Le véritable amour se
rapporte au divin, et est uniforme, N. D., c. **iv**, § **xii**. —
L'amour convenable aux corps est divisible , et seulement
une image ou une dégradation de l'amour divin, N. D.,
c. **iv**, § **xii**. — Une est la force de l'amour qui circule dans
l'univers, N. D., c. **iv**, § **xvii**. — La théarchie impose la
parturition de l'amour divin envers sa bonté, N. D., c. **x**, § **i**.
— Divin et infatigable amour des substances célestes, N. D.,
c. **iv**, § **ii**. — Amour des Séraphins, H. E., c. **iv**, p. **iii**, § **v**.
— On ne doit jamais se refroidir dans l'amour de la vérité,
H. E., c. **ii**, p. **iii**, § **v**. — Divin amour de la science des symboles sacrés , H. E., c. **vi**, p. **i**, § **ii**. — L'amour du beau
s'élève et nous élève à Jésus, H. E., c. **i**, § **i**. — Perfection
par le divin amour, H. E., c. **i**, p. **iii**, § **x**. — Le divin amour
est comme un cercle éternel qui, par le bon, du bon, dans le
bon, au bon, tourne dans le même et selon le même, N. D.,
c. **ix**, § **xiv**. — A quel titre Dieu est appelé amour, N. D.
c. **iv**, § **xiv**. *V. Charité.*

Amphibie. Animaux amphibies, N. D., c. **iv**, § **ii**.

Anagogie ἀναγωγή. On doit toujours opérer son anagogie vers le
plus parfait de la théarchie, H. E., c. **ii**, p. **iii**, § **v**. —
L'anagogie supermondaine consiste dans l'assimilation à
Dieu, H. E., c. **iii**, p. **iii**, § **xi**. — Anagogie en rapport
avec la multiplicité ou l'uniformité , H. E., c. **ii**, p. **iii**, § **ii**.
— Anagogie à la latrie spirituelle, H. E., c. **v**, p. **i**, § **ii**. —
Anagogie au supercéleste repos, H. E., c. **ii**, p. **i**. — Ordres
et puissances en rapport avec les anagogies , H. C., c. **x**,
§ **iii**. — Anagogie des êtres intelligents vers Dieu , H. C.,
c. **ix**, § **ii**. — Anagogies simples et atypiques , H. C., c. **i**,
§ **iii**. — Les plus hautes anagogies sont dépourvues de figures ou symboles, H. C., c. **i**, § **iii**. — Besoin pour notre
nature d'une anagogie spéciale en vue de s'élever au monde
supernaturel, H. C., c. **ii**, § **ii**. — Notre hiérarchie s'appuie

Les anges mêmes resteraient au-dessous de la réalité en traitant de Dieu, N. D., c. xiii, § iv. — Anges, illuminés sur
les raisons propres des êtres, N. D., c. iv, i. — Les anges
transmettent leurs dons à leurs inférieurs, N. D., c. iv, § i.—
Tous les anges sont messagers de leurs supérieurs, H. C.,
c. x, § ii. — Mission des anges envers les hommes, H. E.,
c. iv, § ii. — Ce n'est pas aux anges qu'il faut imputer les
égarements des nations sur lesquelles ils veillaient, H. C.,
c. ix, § iii. — Les anges ne sont pas mauvais, parce qu'ils
punissent les pécheurs, N. D., c. iv, § xxii. — Les Prêtres
sont anges des jugements divins, Ep. viii, § i. — Les bons,
durant la vie comme après la mort, sont avec les anges, Ep.
viii, § v. — Le neuvième ordre des substances célestes est
plus particulièrement appelé anges, H. C., c. ix, § ii; se
place après toutes les substances célestes, H. C., c. v; possède au plus bas degré la propriété angélique, H. C., c. ix,
§ ii. — De ce que ce nom d'anges s'applique, en général,
aux neuf ordres, et, en particulier, au neuvième ordre des
substances célestes, il n'en résulte aucune confusion, H. C.,
c. xi, § ii.

Animal ζῶον. Les animaux reçoivent de la vie divine leur vie et
leur développement, N. D., c. vi, § i, iii. — Divers animaux, N. D., c. iv, § ii. — Symbolisme des animaux, Ep.
ix, § i. — Animaux de feu, H. C., c. xv, § ii.

Anommate ἀνόμματος. Intelligences anommates, T. M., c. i, § i.

Apollophane. Ce sophiste se sert du divin contre le divin, nie
les miracles, Ep. vii, § ii. — Mot d'Apollophane à Denys,
Ep. vii, § iii. — Apollophane sage en beaucoup de choses,
Ep. vii, § iii.

Apostat. Les démons apostats, H. E., c. iii, p. iii, § ii; c. vi,
p. iii, § vi. — L'homme apostat dans le Paradis terrestre,
H. E., c. iii, p. iii, § xi.

Apôtre. Les Apôtres et les successeurs des Apôtres commandent à l'Hiérarque et aux subalternes de l'Hiérarque, Ep. viii,
§ iv.

Arbre. Symbolisme des arbres, Ep. ix, § i.

Arcane κρύφιον. L'arcane théarchique est en dehors et au-dessus
de tout, H. C., c. xii, § ii. — C'est par les vertus supérieures que la théarchie commence à passer de son arcane
au rayonnement, H. C., c. xiii, § iv. — Les substances cé-

lestes manifestent l'arcane de la théarchie avant tout et de
plus de façons, H. C., c. IV, § II. — Les intelligences célestes imitent l'arcane divin, H. C., c. XV, § VIII. — Nous
devons honorer par le silence l'arcane au-dessus de nous,
H. C., c. XV, § IX. — Illustration relativement à l'arcane
supersubstantiel, H. C., c. XIII, § IV. — La première hiérarchie des substances célestes en rapport direct avec l'arcane divin, H. C., c. IX, § II. — Intellection que l'on a de
l'arcane supersubstantiel par les forces intellectuelles, et par
la cessation des forces intellectuelles, N. D., c. II, § II. —
Arcane du vent, H. C., c. XV, § VI.

Archange ἀρχάγγελος. Archanges, huitième ordre des substances
célestes; leurs propriétés et leurs fonctions; ils unifient les
anges; signification du nom des Archanges, H. C., c. IX, § II.
— Archanges, supérieurs aux Anges, H. C., c. V.

Archétype ἀρχέτυπον. Les archétypes constituent l'intelligible,
H. E., c. III, p. III, § III. — Beauté des archétypes, H. E.,
c. IV, p. III, § II. — Archétypes manifestés sous des représentations, H. E., c. V, p. I, § I. — L'archétype se reflète
dans l'image, H. C., c. III, p. III, § III; N. D., c. IV, § IV.
— L'archétype est la raison du symbole, H. E., c. III, p. III,
§ II. — Les archétypes immatériels ont des vestiges dans la
matière, d'où l'on peut remonter à eux, H. C., c. II, § IV.—
Vérité déiforme des archétypes des images, H. E., c. III,
p. III, § I.

Archifiliation ὑπαρχία. De l'archifiliation dérive toute filiation,
N. D., c. II, § VII.

Archipaternité πατριαρχία. De l'archipaternité dérive toute paternité, N. D., c. II, § VII.

Archisymbole ἀρχισύμβολον. La cène d'abord et l'eucharistie ensuite est un archisymbole, H. E., c. III, p. III, § I.

Armure. Armure des barbares attribuée à Dieu; symbolisme,
Ep. IX, § I.

Artisan. Dieu représenté comme un artisan; symbolisme, Ep.
IX, § I.

Ascension ἀνάβασις. Ascensions divines, T. M., c. I, § III.

Assimilation ἀφομοίωσις. Assimilation à Dieu, H. E., c. III, p. III.
§ XI; c. IV, p. III, § I. — La déification est l'assimilation à
Dieu, H. E., c. I, § III. — Assimilation à Dieu, but de la
hiérarchie, H. C., c. III, § I, II; H. E., c. II, p. I. — Assi-

milation de l'Hiérarque à Dieu dans l'illumination, H. E., c. II, p. I, § I.

Assistant περιεστώς. Assistants de l'Hiérarque dans la consécration de l'onguent, H. E., c. IV, p. III, § VI, VII, VIII.

Athlète. Athlètes de la foi, H. C., c. II, p. III, § VI.

Atypique ἀτύπωτος. Similitudes atypiques, H. C., c. I, § III. — L'atypique à bon droit paraît sous un type, H. C., c. II, § II. L'atypique s'apprend par le typique, Ep. IX, § I.

Autel θυσιαστήριον. Consécration de l'autel par l'onguent, H. E., c. IV, p. III, § XII; symbolisme, *ibid.* — L'Hiérarque baise l'autel dans l'illumination, H. E., c. II, p. II, § IV. — Encensement de l'autel dans la synaxe, H. E., c. III, p. II; symbolisme, *ibid.*, p. III, § III. — Encensement de l'autel dans la télète de l'onguent, H. E., c. IV, p. II; symbolisme, *ibid.*, p. III, § III. — Présentation des ordinands à l'autel, H. E., c. V, p. II; symbolisme, *ibid.*, p. III, § I. — Défunts de l'ordre sacré étendus devant l'autel, H. E., c. VII, p. II; symbolisme, *ibid.*, p. III, § I.

Autoptique αὐτοπτικός. Vue autoptique, N. D., c. III, § II.

Autorité. Moyse au-dessus de l'amour de l'autorité, Ep. VIII, § I.

Autotélétarchie αὐτοτελεταρχία. L'autotélétarchie est excellemment en dehors et au-dessus de toute chose sacrée, H. C., c. III, § II.

Autre ἕτερος. Dieu coordonne l'autre avec l'autre, N. D., c. IX, § IV. — A l'auteur universel est attribué l'autre, N. D., c. IX, § I. — Comment Dieu est autre, N. D., c. IX, § V.

Autreté ἑτερότης. L'autreté en Dieu ne marque aucune diversification de sa mêmeté, mais sa multiplication une et les processions uniformes de sa fécondité considérable en toutes choses, N. D., c. IX, § V. — L'autreté des figures variées de Dieu dans les visions multiformes suggère des objets autres que les phénomènes, N. D., c. IX, § V. — Il faut spiritualiser en Dieu l'autreté des formes et des figures, N. D., c. IX, § V. — L'autreté des êtres n'empêche pas la paix, N. D., c. XI, § III. L'autreté n'est pas une déchéance de la paix, N. D., c. XI, § V. — Comment Jésus réduit nos multiples autretés, H. E., c. I, § I.

B

Babyloniens. Soumission des Babyloniens à Ezéchias, Ep. vii,
§ ii.

Baiser ἀσπασμός. Baiser de l'autel dans l'illumination, H. E.,
c. ii, p. ii, § iv; symbolisme, *ibid.*, p. iii, § iii. — Baiser de
paix dans la synaxe, H. E., c. iii, p. ii; symbolisme, *ibid.*,
p. iii, § viii. — Baiser dans les ordinations, H. E., c. v,
p. ii; symbolisme, *ibid.*, p. iii, § vi. — Baiser donné aux
défunts, H. E., c. vii, p. ii; symbolisme, *ibid.*, p. iii, § iv,
viii.

Balance ζυγά. Balances de Dieu très-justes, H. E., c. vii, p. iii,
§ vii.

Baptême βάπτισμα. Le baptême est une divine génération, H. E.,
c. ii, p. i. — Nous mourons mystiquement au péché par le
baptême, H. E., c. ii, p. iii, § vi. — Divin baptême, H. E.,
c. vii, § viii. — Sans le baptême, impossible à l'homme de
s'élever à la connaissance et à la réalisation de la vérité divine, H. E., c. ii, p. i. — Pourquoi le baptême s'appelle
illumination, H. E., c. iii, p. i. *V. Illumination.*

Barthélemy. Comment Barthélemy, surnommé divin, envisage
la théologie de l'Evangile, T. M., c. i, § iii.

Bateau. Comparaison de la prière à un bateau, N. D., c. iii,
§ i.

Béatitude μακαριότης. Béatitude superéminemment théarchique,
trine monade, H. E., c. i, § iii. — Trois hypostases de la
divine béatitude, H. E., c. ii, p. ii, § vii; c. vi, p. ii. — La
béatitude théarchique n'est comme aucun des êtres, H. C.,
c. ii, § iii. — En quel sens l'adorable béatitude est nommée
raison, intelligence, substance, lumière, vie, H. C., c. ii,
§ iii. — Bonté de la divine béatitude, H. C., c. ii, p. ii, § vii.
— Volonté de la béatitude théarchique, le salut de toute
créature raisonnable, H. E., c. i, § iii. — La béatitude théarchique dans ses processions vers les êtres ne sort pas de sa
mêmeté, H. E., c. iii, p. iii, § iii. — La béatitude théarchique, divinité par nature, principe de la déification, par un
effet de la bonté divine, a octroyé la hiérarchie, H. E., c. i,
§ iv. — Béatitude divine, pure, lumineuse, parfaite, purifiant,
illuminant, perfectionnant, essentiel principe de la perfection.

hiérarchie, H. E., c. v, p. iii, § vi. — Beautés de notre hiérarchie, H. E., c. vii, p. iii, § xi. — Notre déiformité est
modelée sur les beautés archétypiques, H. E., c. iii, p. iii,
§ vii. — Intelligence élevée à la beauté déiforme, H. E.,
c. v, p. iii, § vi. — Beautés unes et monadaires de la vie
déiforme, H. E., c. vi, p. iii, § iii. — Le statuaire manifeste, par la division, la beauté latente de la matière, T. M.,
c. ii.

Bête θηρίον. Symbolisme des bêtes sauvages, Ep. ix, § i.

Bien. Habiter avec Dieu, le plus grand des biens, Ep. viii, § v.

Bienfaisance ἀγαθουργία. Bienfaisance du Christ, Ep. viii, § i. —
Bienfaisance des anges, Ep. viii, § i.

Blanc λευκός. Pierres blanches; symbolisme, H. C., c. xv,
§ vii. — Chevaux blancs; symbolisme, H. C., c. xv, § viii.

Bœuf. Les anges représentés sous forme de bœufs; symbolisme,
H. C., c. xv, § viii.

Bon ἀγαθός. Bon, nom divin commun aux trois hypostases,
N. D., c. ii, § i. — L'absence de formes dans le bon constitue dans le bon au plus haut point la présence de ces mêmes
formes, N. D., c. iv, § iii. — Bon immatériel et impartible,
T. M., c. iii. — Le bon est au-dessus de tous les êtres,
N. D., c. iv, § iii. — Le bon, premier attribut de Dieu,
N. D., c. iv, § i. — Qualités du bon supersubstantiel, N. D.,
c. iv, § iii. — D'une cause unique et totale le bon, N. D.,
c. iv, § xxx. — Le bon est le résultat d'un principe un et
d'une cause une, N. D., c. iv, § xix. — Le nom de bon
seul exprime la providence de Dieu selon son universalité,
N. D., c. v, § ii. — Le nom de bon révèle toutes les processions de la cause universelle, N. D., c. v, § i. — Le nom
divin de bon outre-passe tous les êtres et tous les non-êtres,
N. D., c. vi, § iii; c. v, § i. — Le bon est véritablement
être, N. D., c. v, § iv. — Le un beau et bon est la cause de
tous les êtres multiples beaux et bons, N. D., c. iv, § vii, x.
— Par le beau et le bon, toute cause paradigmatique, finale,
efficiente, formelle, matérielle, N. D., c. iv, § x. — Le bon
produit d'abord les puissances en soi, puis la généralisation
ou l'individualisation de ces puissances en soi, enfin les
êtres qui y participent plus ou moins, N. D., c. xi, § vi. —
Le bon produit, coordonne, conserve et perfectionne tous les
êtres, N. D., c. iv, § i. — Le un beau et bon est la cause de

C

alice ποτήριον. Participation à un calice un et même, H. E..
c. III, p. II; symbolisme, *ibid.*, p. III, § I.

antique ᾆσμα. Symbolisme des passions des Cantiques, Ep. IX.
§ I.

arpus. Vision de Carpus, Ep. VIII, § VI.

atagogie. Transmission par catagogie, H. C., c. XV, § IX.

atéchumène κατηχούμενος. Les Catéchumènes appartiennent à
l'ordre des Purifiés, H. E., c. VI, p. I, § I; occupent le dernier rang dans la hiérarchie; H. E., c. III, p. III, § VI. —
Accouchement des Catéchumènes, H. E., c. III, p. III, § VI.
Catéchumènes exclus à une certaine partie de la synaxe, H.
E., c. III, p. II; symbolisme, *ibid.*, p. III, § VI. — Catéchumènes exclus de la télète de l'onguent, H. E., c. IV, p. II;
symbolisme, *ibid.*, p. III, § IV. — Catéchumènes exclus des
funérailles, H. E., c. VII, p. II; symbolisme, *ibid.*, p. III.
§ III.

ause αἰτία. La bonté est cause de tout, N. D., c. IV, § II. —
La cause universelle fait tout par bonté, N. D., c. IV, § X.—
La cause universelle est le divin amour bon du bon pour le
bon, N. D., c. IV, § X. — La cause divine est une et superunie, N. D., c. IV, § VIII. — Plusieurs causes n'ont pas produit les êtres, N. D., c. IV, § II. — La cause du bon est une,
N. D., c. IV, § XXX, XXXI. — Le Christ, cause de tout, Ep.
VII, § II.—La cause de tout renferme tous les êtres unement
ἑνωμένως insaisissablement, ἀσχέτως, éminemment ἐξῃρημένως,
N. D., c. I, § VII. — Dieu est la cause de l'être et du voir,
H. C., c. XIII, § III. — La théarchie est la cause des substances, H. C., c. VII, § IV. — Jésus, cause supersubstantielle des substances supercélestes, H. C., c. IV, § IV. — La
divinité est la cause efficiente des substances, H. C., c. XIII,
§ IV. — Par le beau et le bon, toute cause paradigmatique,
finale, efficiente, formelle, matérielle, N. D., c. IV, § X. —
Le un beau et bon est la cause de tout mouvement et de toute
station, N. D., c. IV, § VII. — Dieu est la cause de toute
puissance, N. D., c. VIII, § II. — Dieu est la cause de la mêmeté, N. D., c. IX. § IV. — De la cause élevée au-dessus de
tout émanent les parties constitutives de la sainteté, de la
royauté, de la seigneurie, de la divinité, N. D., c. XII, § III.
— Dieu est la cause de la purification, H. C., c. XII, § IV.
Cause de la victoire, H. E.. c. VII, p. I, § III.—On s'élève à

— Charité, terme de toute hiérarchie , H. E., c. i, § iii. — La charité est divinement inspirée et se consomme par l'union, H. E., c. i, § iii. — Nous ne parvenons à l'assimilation et à l'union vis-à-vis de Dieu que par la charité, H. E., c. ii, p. i. — La principale procession de la charité dans l'exécution des divines ordonnances, c'est l'ineffable production en nous de l'être divin, H. E., c. ii, p. i. — Le premier mouvement de l'intelligence vers le divin est la charité de Dieu, H. E., c. ii, p. i. *V. Amour.*

Chérissable ἀγαπητός. A quel titre Dieu est appelé chérissable, N. D., c. iv, § xiv. *V. Aimable.*

Chérubin χερουβ. Etymologie du mot chérubin, H. C., c. vii, § i. — Les Chérubins avec les Séraphins et les Trônes forment la première hiérarchie, H. C., c. vi, § ii; c. vii, § i. — Chérubins, deuxième ordre des substances célestes, H. C., c. vi, § ii; c. vii, § i. — Les Chérubins participent à la sagesse et à la gnose à un plus haut degré que toutes les substances au-dessous d'eux, H. C., c. xii, § ii. — Propriétés et fonctions des Chérubins, H. C., c. vii, § i.

Cheval. Dieu monté sur des chevaux; symbolisme, Ep. ix, § i.— Substances célestes représentées sous forme de cheval, H. C., c. xv, § viii; symbolisme du cheval, *ibid.*; du cheval blanc , *ibid.*; du cheval rouge , *ibid.*; du cheval cyanique, *ibid.*; du cheval blanc et noir, *ibid.*

Chien. Le chien qui caresse tout le monde n'est plus un chien , N. D., c. iv, § xxv.

Chrétien. Gnose des chrétiens, N. D., c. vii, § iv. — La Triade guide les chrétiens dans la divine sagesse ou la théosophie , T. M., c. i, § i.

Christ Χριστός. Mystère de l'incarnation du Christ, Ep. iii. — Christ, sage, beau, bon, H. E., c. ii, p. iii, § vi. — Bienfaisance du Christ, Ep. viii, § i. — Douceur du Christ, Ep. viii, § iv. — Christ, notre souverain prêtre, Ep. viii, § v.— Le Christ, auteur de tout, a opéré des merveilles sans nombre, Ep. vii, § ii. — Le Christ Jésus est notre vie intellectuelle , H. E., c. iii, p. iii, § xiii. — Le Christ inspire toute élucidation hiérarchique, H. C., c. ii, § v. — Le Christ dit la vérité, Ep. x. — Le Christ est notre initiateur, Ep. viii, § iv. — Le Christ court après les pécheurs, Ep. viii, § v. — L'initié dans l'illumination se soumet au Christ, H. E., c. ii. p. ii.

H. E., c. iii, p. ii; symbolisme, *ibid.*, p. iii, § xii. — L'Hiérarque reçoit la communion avant de la distribuer, H. E., c. iii, p. ii; symbolisme, *ibid.*, p. iii, § xiv. — Communion aux choses saintes interdite aux Catéchumènes et aux Energumènes, H. E., c. iii, p. iii, § vii. *V. Eucharistie, Synaxe.*

Composition θέσις. Compositions, union de la Triade, N. D., c. ii, § iv. — On part des priorités dans les divines compositions, T. M., c. iii. — Dans les compositions il faut procéder de haut en bas, T. M., c. ii. — La cause de tout est au-dessus de toute composition, T. M., c. v. *V. Division.*

Compréhension σύνεσις. Compréhension théarchique, H. E., c. vii, p. iii, § xi.—La bonne et perpétuelle vie est au-dessus de toute compréhension, N. D., c. vii, § i.

Concrétif. L'amour est une force concrétive, N. D., c. iv, § xv.

Concrétion σύγκρασις. Concrétion des intelligences, H. C., c. i, § ii.

Concupiscence ἐπιθυμία. Concupiscence dans les êtres irraisonnables, H. C., c. ii, § iv, et dans les êtres intelligents, *ibid.* — Symbolisme de la concupiscence par rapport aux substances célestes, en qui elle marque l'amour divin, H. C., c. xv, § viii. — La raison commande à la concupiscence, Ep. viii, § iv. — Il faut garder son rang à la concupiscence, Ep. viii, § iii. — La concupiscence en soi n'est pas mauvaise, N. D., c. iv, § xxv.

Connaissable. La cause de tout n'est rien de connaissable, T. M., c. v.

Consacré ἀφιερωμένος. Nous devenons consacrés, H. E., c. i, § i.

Consécrateur ἀφιερωτής. Nous devenons consécrateurs, H. E., c. i, § i.

Consécration. Consécration dans la synaxe, H. E., c. iii, p. ii; symbolisme, *ibid.*, p. iii, § xii. — Onguent employé dans quasi toutes les divines consécrations, H. E., c. iv, p. ii; symbolisme, *ibid.*, p. iii, § x.

Contemplation θεωρία. L'homme ne s'exhausse que par de sensibles images aux divines contemplations, H. E., c. i, § ii.— Sublime contemplation vis-à-vis des substances célestes, H. C., c. xv, § i. — Contemplations intellectuelles dans notre hiérarchie, H. E., c. v, p. i, § ii. — Contemplation du primaire par l'Hiérarque, H. E., c. ii, p. ii, § viii.—Contemplation de l'illumination, H. E., c. ii, p. iii; de la synaxe, H. E., c. III, p. III; de la télète de l'onguent, H. E., c. IV, p. III; des consécrations hiératiques, H. E., c. V, p. III; de la consécration monacale, H. E., c. VI, p. III; des funérailles, H. E., c. VII, p. III.

Contraire ἐναντίος. Rien n'est contraire à Dieu, N. D., c. VI, § II. — Dieu renferme en lui les contraires, N. D., c. IX, § IV.—La justice divine empêche les conditions des êtres de se tourner dans leurs contraires, N. D., c. VIII, § IX. — On ne peut pas participer à la fois à de souverains contraires, H. E., c. II, p. III, § V. — Le terme de toute hiérarchie est le dépouillement des contraires, H. E., c. I, § III. — Vie contraire, H. E., c. III, p. III, § VII. — Mollesses et perturbations contraires, |H. E., c. III, p. III, § VII; imaginations et terreurs contraires, *ibid.* — Mortification des contraires, H. E., c. II, p. III, § V. — Les Liturges dégagent des contraires, H. E., c. V, p. I, § VI. — Le baptizand abjure tous les contraires au déiforme, H. E., c. II, p. III, § V. — L'ordre et la forme succèdent à l'expulsion des contraires, H. E., c. II, p. III, § VIII.

Coré. Réprouvé par la hiérarchie légale, H. C., c. II, p. I.

Corne. Substances célestes représentées avec des cornes; symbolisme, H. C., c. XV, § VIII.

Corps σῶμα. Les corps ont trois figures, N. D., c. IX, § V. — Le mal n'est pas dans les corps, N. D., c. IV, § XXVII. — Corps, demeure de l'âme, H. E., c. III, p. III, § XI. — Nos corps, membres du Christ, H. E., c. VII, p. I, § I. — Corps admis aux participations théarchiques simplement par des images, des symboles, etc., H. E., c. VII, p. III, § IX. — Restauration du corps, H. E., c. III, p. III, § XI. — Où va le corps après la mort, H. E., c. II, p. III, § VII. — Résurrection des corps à la vie divine, H. E., c. VII, p. I, § I. — Réunion du corps à l'âme dont il partagea la déiformité, H. E., c. VII, p. I, § I. — Repos des corps après la résurrection, H. E., c. VII, p. I, § I. — Le corps de Marie fut le principe de la vie et le réceptacle d'un Dieu, N. D., c. III, § II. — La cause de tout n'est pas corps, T. M., c. IV.

Corruption φθορά. La corruption en soi n'est pas la force en soi, N. D., c. IV, § XX. — Le mal, de soi, est corruption, N. D., c. IV, § XX. — Le temps gît dans la corruption, N. D., c. X, § III. — Le Christ lutte avec nous contre l'empire de

la corruption , H. E., c. II, p. III, § VI. — La cause de tout
n'est ni n'éprouve corruption, T. M., c. IV.

Cou. Le cou est le symbole de l'opinion, N. D., c. IX, § V.

Crapule κραιπάλη. Crapule de Dieu ; symbolisme, T. M., c. III ;
Ep. IX, § I.

Cratère κρατήρ. Cratère de la sagesse ; symbolisme, Ep. IX , § III.

Crète. Saint Denys en Crète, Ep. VIII , § VI.

Croix σταυρός. Jésus s'est assujéti à la croix , H. E., c. V, p.
III, § IV. — Eclipse pendant que le Sauveur était en croix,
Ep. VII, § II. — Signe de la croix dans l'illumination, H. E.,
c. II, p. II , § V; symbolisme, *ibid.*, p. III, § IV; dans l'ordination, H. E., c. V, p. II; symbolisme, *ibid.*, p. III, § IV ;
dans la consécration des Moines, H. E., c. VI, p. II; symbolisme, *ibid.*, p. III, § III. — Infusion de l'onguent dans le
baptistère en forme de croix, H. E., c. II, p. II, § VII.

Cyanique κύανος. *V. Cheval.*

D

Daniel. Vision de Daniel, H. C., c. VIII, § II. — Daniel interprète des visions, H. C., c. IX, § IV.

David. David , aïeul de Joseph , époux de Marie , H. C., c. IV,
§ IV. — David, exemple de douceur, Ep. VIII, § I.

Défaut ἔλλειψις. Les noms précédés de *in* ne se disent pas de
Dieu par défaut, mais par excès, N. D , c. VII, § II.

Défunt κεκοιμημένος. Trépas des défunts bons, H. E., c. VII, p. I,
§ I; des défunts méchants, *ibid.*, § II. — Défunt bon félicité
par les bons, H. E., c. VII, p. I, § III. — Défunt bon porté à
l'Hiérarque, H. E., c. VII, p. I, § III. — Place du défunt
dans les funérailles, suivant qu'il a appartenu ou non à un
ordre sacré, H. E., c. VII, p. II; symbolisme, *ibid.*, p. III,
§ I. — Nom du défunt proclamé par le premier des Liturges
dans le catalogue des saints, H. E., c. VII, p. II; symbolisme,
ibid., p. III, § III. — Prière de l'Hiérarque sur le défunt,
H. E., c. VII, p. II; sens, *ibid.*, p. III, § IV. — Défunt baisé
par tous, H. E., c. VII, p. II; symbolisme, *ibid.*, p. III, § IV.
— Défunt oint d'huile, H. E., c. VII, p. II; symbolisme,
ibid., p. III, § VIII. — Défunt déposé avec les saints du même
ordre , H. E., c. VII, p. II; symbolisme, *ibid.*, p. III, § IX.

Déificateur θεουργικός. Nous devenons déificateurs, H. C., c. ɪ, § ɪ. — Puissance déificatrice, N. D., c. ɪɪ, § vɪɪ.

Déification θέωσις. Déification en soi, N. D., c. xɪ, § vɪ. — La déification est l'assimilation et l'union à Dieu, H. C., c. ɪ, § ɪɪɪ. — La béatitude théarchique est le principe de la déification, H. C., c. ɪ, § ɪv. — La puissance divine procure la déification, N. D., c. vɪɪɪ, § v. — Dieu assimile à lui par l'union avec lui les objets unis autant qu'ils se prêtent à la déification, H. E., c. ɪɪ, p. ɪɪɪ, § ɪ. — Dieu se fait autre, c'est-à-dire, tout à tous, pour la déification de ce qui se convertit à lui, N. D., c. ɪx, § v. — Déification reçue de Dieu par l'Hiérarque et transmise des supérieurs aux inférieurs, H. E., c. ɪɪ, § ɪɪ, v. — Déification opérée par les télètes, H. C., c. ɪɪɪ, p. ɪ; p. ɪɪɪ, § vɪɪ. — Hommes élevés par symboles sensibles à l'uniforme déification, H. C., c. ɪ, § ɪɪ. — Génération de dieux nombreux par la déification, N. D., c. ɪɪ, § xɪ. *V. Divinisation.*

Déiforme θεοειδής. Tous les êtres déiformes participent au un, H. E., c. ɪ, § ɪɪ. — Notre déiforme est modelé sur la beauté archétypique, H. E., c. ɪɪɪ, p. ɪɪɪ, § vɪɪ. — Les ordres les plus rapprochés de Dieu sont plus déiformes que ceux qui s'en rapprochent moins, Ep. vɪɪɪ, § ɪɪ. — Intelligences déiformes, N. D., c, ɪ, § v. — Le baptizand abjure tous les contraires au déiforme, H. E., c. ɪɪ, p. ɪɪɪ, § v.

Delta δέλτος. Deltas agiographes et théologiques, H. E., c. ɪ, § ɪv. — Lecture des deltas dans la synaxe, H. E., c. ɪɪɪ, p. ɪɪ; symbolisme, *ibid.*, p. ɪɪɪ, § ɪ; dans la télète de l'onguent, H. E., c. ɪv, p. ɪɪ; symbolisme, *ibid.*, p. ɪɪ, § ɪɪɪ.

Démiurge δημιουργός. L'être supersubstantiel est le démiurge de tout, N. D., c. v, § ɪv. — Dieu, démiurge de la purification, H. C., c. xɪɪɪ, § ɪv. — Nulle substance et nulle hypostase, en dehors de Dieu, ne sont les démiurges des êtres, N. D., c. xɪ, § vɪ.

Démon δαίμων. Les démons ne sont pas mauvais par nature, N. D., c. ɪv, § xxɪɪɪ. — Les démons ne sont mauvais ni pour eux ni pour d'autres, N. D., c. ɪv, § xxɪɪɪ. — En quoi les démons sont mauvais, N. D., c. ɪv, § xxɪɪɪ. — Les démons ont conservé dans leur intégrité les biens angéliques, N. D., c. ɪv, § xxɪɪɪ. — Le mal des démons résulte de la déchéance de leur perfection angélique, N. D., c. ɪv, § xxxɪv. — Les démons désirent le bon, en tant qu'ils désirent être, vivre, *intellectionner*, et, en tant qu'ils ne désirent pas le bon, ils désirent le non-être, N. D., c. IV, XXXIV. — Les démons confessent la divinité de Jésus, Ep. VIII, § I. — Les démons saisissent les fils de Scéva, Ep. VIII, § I. — Imitateurs des démons, H. E., c. III, p. III, § VII. — Les méchants, durant la vie comme après la mort, sont avec les démons, Ep. VIII, § V.

Démophile. Démophile, thérapeute, exemple d'*allotriopragie*, de violence, Ep. VIII. — L'épître VIII est adressée à Démophile.

Dent. Symbolisme des dents par rapport aux substances célestes, H. C., c. XV, § III.

Denys Διονύσιος. Denys à Hiéropolis, Ep. VII, § II. — Mot d'Apollophane à Denys, Ep. VII, § III. — Denys n'a pas disputé contre les Grecs ou autres : son opinion sur la controverse. Ep. VII, § I. — Denys se sert de la doctrine des Grecs contre les Grecs, Ep. VII, § II. — Denys en Crète, Ep. VIII, § VI. — Denys a communiqué à Timothée le don de Dieu, H. E., c. I, § V. — Denys au trépas de la mère de Dieu, N. D., c. III, § II.

Dépouiller. Catéchumène dépouillé de ses vêtements, H. C., c. II, p. II, § VII; symbolisme, *Ibid.*, p. III, § VIII; c. V, p. I, § VI. — Moine dépouillé de ses vêtements, H. E., c. VI, p. II; symbolisme. *Ibid.*, p. III, § IV.

Dieu Θεός. Dieu est supersubstantiellement à tout point de vue. N. D., c. V, § VIII. — Dieu est tout ce qui est, N. D., c. V, § X. — Dieu n'est rien de ce qui est, N. D., c. V, § X; c. VII, § III. — Dieu est par delà tout sensible et tout intelligible, Ep. V. — Dieu est un, N. D., c. II, § XI. — Dieu est nommé un, N. D., c. XIII, § I. — Pourquoi Dieu est nommé un, N. D., c. XIII, § II. — Dieu est au delà du un, N. D., c. II, § XI, — Dieu, pluralité impartible, superplénitude irremplie, N. D., c. II, § XI. — Dieu seul est le principe des êtres, N. D., c. XI, § VI. — Dieu un est la cause de tous les êtres, N. D., c. VI, § II. — Dieu produit, perfectionne et contient tout un et toute pluralité, N. D., c. II, § X. — Dieu demeure un dans la multiplication, un dans la procession, plein dans la distinction, N. D., c. II, § XI. — Dieu se diversifie en autant qu'il se conçoit d'êtres, N. D., c. V, § VIII. — Comment Dieu est appelé être en soi, puissance en soi, vie en soi, paix en soi, etc., etc., et créateur de l'être en soi, de la puissance en soi, de la vie en soi, de la paix en soi, etc., etc., N. D., c. xi, § vi. — L'auteur de tout est appelé Dieu des dieux, N. D., c. xii, § i; en quel sens, *ibid.*, § iv. — Un familier de Dieu doit se modeler sur le Dieu bon avec autant d'exactitude que possible, Ep. viii, § i. — Les saints dès ici-bas sont avec Dieu, Ep. x. — Conquérir Dieu, Ep. viii, § v. — Dieu ne s'offre pas en spectacle, T. M., c. i, § iii. — Dieu ne se sépare pas des pécheurs, mais les pécheurs se séparent de Dieu, Ep. x.

Dieu (par similitude). Les substances célestes et les hommes saints se nomment dieux, H. C., c. xii, § iii. — Comment les êtres intelligents et raisonnables méritent cette qualification de dieux, H. C., c. xii, § iii. — Dieu des dieux, N. D., c. xii, § i. — Génération de dieux, N. D., c. ii, § xi.

Dieu (faux). Adoration des faux dieux, H. C., c. ix, § iii. — Les faux dieux ne régnèrent pas sur les nations, H. C., c. ix, § iii. — Des dieux n'exercèrent pas sur les nations une suprématie étrangère, subordonnée ou contraire à celle du vrai Dieu, H. C., c. ix, § iv.

Diptyques πτύχες. Lecture des diptyques dans la synaxe, H. E., c. iii, p. ii; symbolisme, *ibid.*, p. iii, § ix.

Disposition εὐταξία. Les ordres des substances célestes connaissent leur disposition, H. C., c. vi, § i.

Dissemblable ἀνόμοιος. Dieu est dissemblable, N. D., c. ix, § vii. — Pourquoi Dieu est dissemblable, N. D., c. ix, § i. — Les créatures sont dissemblables à Dieu, N. D., c., ix, § vii. — Comment les créatures sont tout à la fois semblables et dissemblables à Dieu, N. D., c. ix, § vii. — Les imitateurs de Dieu sont invisibles au dissemblable et ne cherchent pas à le voir, H. E., c. iv, p. iii, § i. — Choses sacrées dérobées aux dissemblables, H. E., c. iv, p. iii, § ii. — Les Liturges discernent les dissemblables, H. E., c. v, p. i, § vi. V. *Dissimilitude.*

Dissimilitude ἀνομοιότης. La béatitude divine est pure de toute dissimilitude, H. C., c. iii, § ii. — Dominations, exemptes de toute dissimilitude, H. C., c. viii, § i. — Dissimilitude des yeux intellectuels, H. C., c. ix, § iii; effets de cette dissimilitude, *ibid. V. Iconographie, Symbolisme.*

Distinct διακεκριμένος. La théologie présente certaines choses

comme unes et certaines choses comme distinctes, N. D.,
c. II, § II. — Ne pas diviser ce qui est un ni confondre ce
qui est distinct, N. D., c. II, § II. — Distincts les noms ὄνομα
et choses χρῆμα du Père, du Fils et de l'Esprit, N. D., c. II,
§ III. — Distincts la substance de Jésus comme homme et
les mystères substantiels de son incarnation, N. D., c. II,
§ III. *V. Distinction*.

Distinction διάκρισις. Définition des distinctions divines, N. D.,
c. II, § IV, XI. — D'où résultent les distinctions divines, N.
D., c. II, § V. — Quelles sont les distinctions divines, N.
D., c. II, § III, V, VI. — Distinction renfermant des unions et
des distinctions propres, N. D., c. II, § IV. — Dieu se distingue dans le un en créant, N. D., c. II, § XI. — Distinction entre Dieu et les créatures, N. D., c. II, § V. — Dieu,
principe de toute distinction, N. D., c. V, § VII. — La distinction des êtres n'empêche pas la paix, N. D., c. XI, § III.
— Inconfuses distinctions des anges, N. D., c. IV, § II. —
Symbole des distinctions divines, Ep. IX, § I.

Diversité ποικιλία. La collective unité nous est transmise dans
la diversité, H. E., c. I, § V.

Divin θεῖος. Le divin doit s'entendre comme il sied à Dieu,
N. D., c. VII, § II. — Le divin n'est circonscrit ni par notre
gnose ni par la gnose des substances supérieures à nous,
H. E., c. VII, p. III, § XI. — Anagogie des voyants vers le
divin, H. C., c. IV, § III. — Le divin, apparent soit-il, n'est
connu que par les participations et non dans son principe,
N. D., c. II, § VII. — Le divin nous est transmis dans l'humain, H. E., c. I, § V. — Hiérothée pâtissait le divin, N. D.,
c. II, § X. — Ne communiquer le déifique qu'aux divins,
H. E., c. I. § V.

Divinisation ἐκθέωσις. Divinisation par la bonté de la providence,
N. D., c. XII, § III. *V. Déification*.

Divinité θεότης. Etymologie et définition de θεότης. N. D., c. XII,
§ II. — Divinité superdivine, union de la Triade, N. D.,
c. II, § IV. — Divinité en soi, N. D., c. XI, § VI; c. XII,
§ I, II. — La cause élevée au-dessus de tout est la divinité
la plus simple, N. D., c. XII, § III. — La cause de tout n'est
pas divinité, T. M., c. V.

Divisible μεριστός. Dieu connaît le divisible indivisiblement,
N. D., c. VII, § II. — Indivisible appris par le divisible,

des dons divins, Ep. ix, § i. — Après les substances célestes, la théarchie a répandu sur nous les dons les plus sacrés, H. E., c. v, p. i, § ii. — Les premiers chefs de notre
hiérarchie remplis par la théarchie du don sacré, H. E., c. i.
§ v. — Les ordres subalternes participent aux dons de Dieu
par l'intermédiaire des principaux, N. D., c. xii, § iv. — A
qui et à quelle condition il faut communiquer le don émané
de Dieu, H. E., c. i, § v. — Dons divins, dignes d'action de
grâces, H. E., c. iii, p. iii, § xv. — Les justes à la mort
célèbrent les dons de la théarchie, H. E., c. vii, p. i, § ii. —
Mépris des dons divins, H. E., c. vii, p. iii, § vi. — Désert
des dons divins, H. E., c. iii, p. iii, § vii. — Le sort
tombé sur Matthias, était raisonnablement un don théarchique, H. E., c. v, p. iii, § v.

Dorothée. Dorothée, liturge, Ep. v; cette épître v lui est adressée.

Dos. Symbolisme du dos par rapport aux substances célestes,
H. C., c. xv, § iii.

Douceur πραότης. Esprit de douceur, Ep. viii, § v. — Exemples
de douceur, Ep. viii, § i.

Douleur λύπη. Douleur de Dieu, T. M., c. iii. — Lieu exempt
de douleur, H. E., c. vii, p. iii, § iv.

Dyade δυάς, Nulle dyade n'est principe, N. D., c. iv, § xxi. —
L'unité est le principe de la dyade, N. D., c. iv, xxi.

E

Eau ὕδωρ. Eau, symbole de la parole intelligible de Dieu,
Ep. ix, § iv. — Emploi de l'eau dans l'illumination, H. E.,
c. ii, p. ii, § vii; symbolisme, *ibid,* p. iii, § i. — Ablution des
mains avec l'eau dans la synaxe, H. E., c. iii, p. ii; symbolisme, *ibid,* p. iii, § x. — Jésus marche sur l'eau, Ep. iv.

Eclipse. Eclipse pendant que le Sauveur était en croix, Ep. vii,
§ ii.

Ecriture γραφή. Théologie des Ecritures, H. E., c. i, § ii. —
Oracles en dehors des Ecritures, H. E., c. i, § iv. *V. Oracle,
Théologie.*

Egal ἴσος. Dieu est égal, et pourquoi, N. D., c. x, § x.

Egalité ἰσότης. La cause de tout n'est pas égalité, T. M., c. v.
— Dieu anticipe toute égalité dans l'absolu et le un, N. D.,

c. i, § iv, v. — Signification des discursions de l'enseignement sacré, H. C., c. i, § iii.

Enthéastique ἐνθεαστικός. Paul enthéastique, N. D., c. ii, § xi. — Hymnodies enthéastiques, N. D., c. iii, § ii.

Epaisseur ἑάθος. Epaisseur de Dieu, N. D., c. ix, § v; symbolisme, *ibid.*

Epaule. Symbolisme des épaules par rapport aux substances célestes, H. C., c. xv, § iii.

Epopsie ἐποψία. Le terme de toute hiérarchie est le rassasiement de l'épopsie, H. E., c. i, § iii. — L'illumination du baptême conduit à l'épopsie des autres mystères, H. E., c. iii, § i. — Le prêtre mène à l'épopsie des télètes, H. E., c. v, p. i, § vi. — Epopsie des plus brillantes télètes par le Peuple saint ou les Illuminés, H. E., c. vi, p. i, § ii. — Epopsie de Jean, H. E., c. iii, p. iii, § iv.

Erreur πλάνη. La cause de tout n'est pas erreur, T. M., c. v.— Par la foi on rompt avec l'erreur, N. D., c. vii, § iv.

Espèce εἶδος. La justice divine maintient chaque être dans son espèce, N. D., c. viii, § ix. — Les êtres unis par la paix gardent l'intégrité de leur propre espèce, N. D., c. xi, § ii. — Choses semblables par l'espèce, N. D., c. ix, § vi. — Toutes choses unies sont réputées s'unir dans l'espèce préconçue de chaque un, N. D., c. xiii, § iii. — Ce qui est multiple en nombre ou en puissances est un dans l'espèce, N. D., c. xiii, § ii. — Ce qui est multiple en espèces est un dans le genre, N. D., c. xiii, § ii. — *V. Forme, Nombre, Puissance* δύναμις.

Espérance ἐλπίς. Espérance des justes à la mort, H. E., c. vii, p. i, § i. — Point d'espérance pour les pécheurs mourants, H. E., c. vii, p. i, § ii.

Esprit πνεῦμα. La cause de tout n'est pas esprit, comme nous en avons l'idée, T. M., c. v. — Nom ὄνομα et chose χρῆμα de l'Esprit, N. D., c. ii, § iii. — Nom de l'Esprit, T. M., c. iii. — L'Esprit est le rejeton, la fleur, la lumière de la divinité, N. D., c. ii, § vii. — Esprit un, N. D., c. xiii, § iii. — Symboles de la procession de l'Esprit, Ep. ix, § i. — L'Esprit n'a coopéré à notre salut tout au plus que par sa volonté, N. D., c. ii, § vi. — Esprit de douceur et de bonté, Ep. viii, § v. — L'Esprit théarchique un souffle dans toute l'Ecriture, H. E., c. iii, p. iii, § v. — L'Esprit théarchique dirige l'Hiérarque, H. E., c. ii, p. ii, § viii. — L'Esprit télétarchique parle par l'organe de l'Hiérarque, H. E., c. vii, p. iii, § vii. — Esprit théarchique infusé dans la théogénésie, H. E., c. iv, p. iii, § xi. — Commerce intellectuel avec l'Esprit, H. E., c. ii, p. iii, § viii. — Union avec l'Esprit théarchique, H. E., c. ii, p. iii, § viii.

Etoile. Etoile matutinale, H. C., c. ii, § v ; symbolisme, *ibid.*

Etre ὤν. Le nom divin d'être s'étend au delà de tous les êtres et surpasse tous les êtres, N. D., c. v, § i. — La cause de tout n'est pas être, T. M., c. v. — Dieu se célèbre à juste titre comme être ὤν, N. D., c. v, § v. — Le bon est être véritable, N. D., c. v, § iv. — Dieu se définit l'être, N. D., c. ix, § iv. — L'être vient de Dieu, et Dieu ne vient pas de l'être, N. D., c. v, § viii. — Le bon est la cause de l'être, N. D., c. v, § iv. — Tout être participe au un, N. D., c. xiii, § ii. — La cause universelle part de l'être dans sa procession substancifiante, N. D., c. v, § ix. — La Triade, par bonté, donne aux êtres l'être et le bien-être, H. E., c. i, § iii. — De la divinité, tout être et tout bien-être, N. D., c. v, § viii ; H. C., c. xiii, § iv. — Celui qui est [est l'être des êtres quelconques, N. D., c. v, § iv. — Les êtres de raison dérivent de Dieu, N. D., c. v, § viii. — L'être potentiel n'obtient son être que de la puissance supersubstantielle, N. D., c. viii, § iii. — Ce que c'est que l'être en soi, N. D., c. xi, § vi. — L'être en soi est la substance et la perpétuité de tous les êtres, N. D., c. v, § v. — L'être en soi a la priorité sur l'être vie en soi, sur l'être sagesse en soi, sur l'être similitude divine en soi, etc., N. D., c. v, § v. — Dieu produit d'abord l'être universel, N. D., c. v, § v, et par l'être soi en soi, il finit par produire tous les êtres, *ibid.* — La déification consiste dans la participation au véritable être beau, sage, bon, H. E., c. i, § ii. — Les êtres ne connaissent pas la cause de tout telle qu'elle est, et elle ne connaît pas les êtres tels qu'ils sont, T. M., c. v. *V. Substance.*

Eucharistie εὐχαριστία. Différence entre l'eucharistie et les autres télètes, H. E., c. iii, § i. — L'eucharistie est la télète des télètes, H. E., c. iii, p. i, § i. — L'eucharistie s'appelle communion et synaxe, H. E., c. iii, p. i, § i. — Eucharistie, source de sainteté et de perfection, H. E., c. ii, p. iii, § vii. — L'eucharistie réunit tous les dons sacrés de Dieu envers nous, H. E., c. iii, p. iii, § vii. — L'eucharistie possède par

excellence ce qui est commun aux autres télètes, H. E., c.
III, p. I, § I. — L'eucharistie, plus que toutes les autres té-
lètes, auxquelles elle met le comble, unit à Dieu, H. E., c.
III, p. I, § I. — Le baptisé déclaré participant à l'eucharistie,
H. E., c. II, p. II, § VII. — Le baptisé admis à l'eucharistie,
H. E., c. II, p. III, § VIII. — Symbolisme de la participation
à l'eucharistie, H. C., c. I, § III. *V. Communion*, *Synaxe*.

Eucharistie (action de grâces). Eucharistie dans l'illumination,
H. E., c. II, p. II, § III, IV. — Eucharistie après la communion, H. E., c. III, p. II; symbolisme, *ibid.*, p. III, § XIV, XV.

Eupathie εὐπάθεια. Eupathie des substances célestes, H. C., c.
XV, § IX. — Eupathie des âmes, H. E., c. IV, p. III, § IV. —
Eupathie apparente, non réelle, H. E., c. III, p. III, § VII.

Évangile εὐαγγέλιον. Évangile annoncé dans l'illumination, H.
E., c. II, p. II, § I; symbolisme, *ibid.*, p. III, § III. — Évangile vaste et développé, néanmoins concis, T. M., c. I, § III.

Excès ὑπεροχή. Par excès on s'élève à Dieu, N. D., c. VII, § III.
V. Défaut.

Exposition. Exposition à la vue des symboles eucharistiques,
H. E., c. III, p. II; symbolisme, *ibid.*, p. III, § XII, XIII.

Extase ἔκστασις. Extase mystique, ou sortie des créatures et de
soi-même, T. M., c. I, § I. — Extase par l'union, N. D., c.
VII, § I. — Par l'extase on s'élève à Dieu, T. M., c. I, § I.—
Extase de l'ivresse, Ep. IX, § V; symbolisme, *ibid*.

Extatique ἐκστατικός. Le divin amour est extatique, et comment.
N. D., c. IV, § XIII.

Ézéchias. V. Babyloniens.

Ézéchiel. Ézéchiel, théologien; vision d'Ézéchiel, H. C., c. VIII,
§ II.

F

Face πρόσωπον. Séraphins représentés avec plusieurs faces, H.
C., c. XIII, § IV; symbolisme, *ibid*. — Séraphins représentés
se voilant les faces, H. E., c. IV, p. III, § VIII; symbolisme,
ibid.

Feu πῦρ. Nature et propriétés du feu, H. C., c. XV, § II; symbolisme, *ibid*.—L'image du feu doit se prendre différemment,
Ep. IX, § II. — Dieu s'assimile comme le feu, H. E., c. II,
p. I, § I. — Substances célestes représentées sous forme de

feu, H. C., c. xv, § ii, symbolisme, *ibid.*; sous forme de roues de feu, H. C., c. xv, § ii, symbolisme, *ibid.*; sous forme d'animaux de feu, H. C., c. xv, § ii; symbolisme, *ibid.*; sous forme d'hommes de feu, H. C., c. xv, § ii; au milieu de charbons de feu, H. C., c. xv, § ii, symbolisme, *ibid.*; parmi des torrents de feu, H. C., c. xv, § ii, symbolisme, *ibid.*— Le nom des Séraphins signifie de feu, H. C., c. xv, § ii; symbolisme, *ibid.* — Un séraphin purifia le prophète par le feu, H. C., c. xiii, § ii. — Trônes de feu, H. C., c. xv, § ii; symbolisme, *ibid.*

Figure σχῆμα. La cause de tout n'a pas de figure, T. M., c. iv. — L'infiguré apparaît à bon droit sous une figure, H. C., c. ii, § ii. — Figures divines, objet de la *Théologie symbolique*, T. M., c. iii. — Figures variées de Dieu dans les visions multiformes ; ce qu'elles signifient, N. D., c. ix, § v. — Spiritualiser en Dieu les figures symboliques, N. D., c. ix, § v. — Hiérarchies immatérielles retracées sous des figures matérielles, H. C., c. i, § iii. — Triple figure des corps, N. D.. c. ix, § v.

Filiation Υἱότης. La cause de tout n'est pas filiation, T. M., c. v. — Filiation divine, N. D., c. ii, § vii ; T. M., c. iii.—Toute filiation dérive de la filiation divine, N. D., c. ii, § viii.

Fils Υἱός. Nom ὄνομα et chose χρῆμα du Fils, N. D., c. ii, § iii. — Génération du Fils, N. D., c. ii, § vii. — Symboles de la génération du Fils, Ep. ix, § i. — Fils bon, être, vie, beau. sage, cause, un avec le Père et l'Esprit, N. D., c. i, § i. — Fils en Egypte, H. C., c. iv, § iv. *V. Christ, Jésus, Verbe.*

Fin τέλος. Dieu est la fin de tout, N. D., c. v, § viii, x. — Dieu est la fin des êtres comme *pour lequel*, N. D., c. v, § x. — Dieu s'étend du principe à la fin, N. D., c. x, § v. — Le bon est la fin de tout, N. D., c. iv, § xxxi. — Toute fin découle de Dieu, N. D., c. v, § vii. — Fin des télètes autres que l'eucharistie, H. E., c. iii, p. i.

Flambeau. Comparaison tirée de plusieurs flambeaux relativement au mystère de la Triade une, N. D., c. ii, § iv.

Fleur. Le Fils et l'Esprit sont comme les fleurs de la divinité, N. D., c. ii, § vii ; Ep. ix, § i.

Flux ῥεῦσις. La cause de tout n'éprouve aucun flux, T. M., c. iv.

Foi πίστις. La foi est l'inébranlable fondation des fidèles, N. D., c. vii, § iv. — La foi fixe les fidèles dans la vérité et la

G

H. C., c. IV, § IV. — Gnose du véritable amour, N. D., c. IV,
§ XII. — La véritable gnose élève à la cause universelle ,
N. D., c. V, § IX. — Gnose par la foi, N. D., c. VII, § IV. —
La gnose des chrétiens est seule la véritable, une et simple
gnose de Dieu , N. D., c. VII, § IV. — La plus divine gnose
de Dieu s'obtient par agnosie, N. D., c. VII, § III. — Les
gnoses dissipent l'agnosie, Ep. I. — Inaction de la gnose dans
l'union mystique, T. M., c. I, § III. — La théologie mystique n'est pas destinée aux profanes qui pensent saisir Dieu
par leur gnose , T. M., c. I, § II. — Le terme de toute hiérarchie est la gnose des êtres en tant qu'êtres, H. E., c. I,
§ III. — Dieu , gnose des gnoses , Ep. IX, § I. — La cause
de tout n'a pas de gnose, T. M., c. V. — Dieu a la gnose de
tout en lui-même en tant qu'il est cause, N. D., c. VII, § II.
— Dieu a la gnose du causé dans la cause une , N. D.,
c. VII, § II. — Dieu transmet la gnose aux êtres au lieu de
la recevoir des êtres, N. D., c. VII, § II. — L'ordre le plus
élevé des intelligences célestes est après Dieu le principe de
toute gnose divine , H. C., c. XIII, § III. — La gnose n'est
pas pour tous , H. C., c. II, § II ; H. E., c. I, § IV. — Mode
de transmission des gnoses. H. E., c. V, p. I, § II. — Toutes
les intelligences participent à la gnose, les unes immédiatement et les autres médiatement, H. C., c. XII, § II — La
première hiérarchie tourne simplement par rapport à la gnose
perpétuelle de Dieu, H. C., c. VII, § IV. — La première hiérarchie participe en première main à la gnose, H. C., c. VII,
§ III. — Communication des gnoses théologiques, entre les
Séraphins, par les supérieurs aux inférieurs, H. C., c. X,
§ II. — Les anges ne recueillent la gnose divine ni dans le
divisible ni du divisible, sens ou raisonnements sériels, pas
plus qu'ils ne se posent sous ce rapport à des points de vue
généraux, mais bien intellectuellement, immatériellement,
uniformément. N. D., c. VI, I § II. — La gnose du mystère
de la philanthropie de Jésus descendit des anges à nous,
H. C., c. IV, § IV. — Ame éclairée des divines gnoses par son
mouvement oblique, N. D., c. IV, § IX. — Les gnoses les
plus hautes reviennent à l'Hiérarque, H. E., c. V, p. III,
§ III. — Ouïe , symbole de la gnose par rapport aux substances célestes, H. C., c. XV, § III. — Nourriture solide ,
symbole de l'unique et indivisible gnose, Ep. IX, § IV.

H

prière d'intercession, H. E., c. vii, p. iii, § vi. — Effets de la psalmodie sur les habitudes de l'âme, H. E., c. iii, p. iii, § iv, v. — Habitude sacrée de l'enfant dès le baptême, H. E., c. vii, p. iii, § xi. — Il est blâmable de rompre avec l'habitude du bon, N. D., c. iv, § xxxv. — Le mal pour les intelligences, les âmes et les corps, consiste dans l'affaiblissement de l'habitude relative aux biens propres, N. D., c. iv, § xxvii. — Les anges sont devenus mauvais par l'affaiblissement de l'habitude concernant la perfection angélique qui leur convenait, N. D., c. iv, § xxxiv. — Les démons délaissent d'habitude les biens divins, N. D., c iv, § xxiii. — Les âmes deviennent mauvaises en ce qu'elles défaillent dans les habitudes du bon, N. D., c. iv, § xxiv.

Hache. Substances célestes armées de haches, H. C., c. viii, § ii; c. xv, § v; symbolisme, *ibid.*, c. xv, § v.

Harmonie ἁρμονία. Dieu est le principe de toute harmonie, N. D., c. v, § vii. — Divine et hiérarchique harmonie, H. E., c. i, § ii. — Harmonie des substances célestes, H. E., c. vi, p. iii, § vi.

Hébreux. Histoire des Hébreux, Ep. viii, § i. — Hébreux élevés aux divines illustrations, H. C., c. ix, § iii.

Hiérarchie ἱεραρχία. — (En général.) La hiérarchie est la raison complète des sujets sacrés..... H. E., c. i, § iii. — La hiérarchie est une distribution sacrée... image de la beauté théarchique... H. C., c. iii, § ii; H. E., c. v, p. i, § vii. — La Triade est le principe de la hiérarchie, H. E., c. i, § iii. — Jésus, principe, substance et vertu de la hiérarchie, H. E., c. i, § i. — Hiérarchie octroyée pour le salut des substances raisonnables et intelligentes, H. E., c. i, § iv. — But de la hiérarchie, assimilation à Dieu, union avec Dieu, déification, H. C., c. iii, § i, ii; c. vii, § ii; H. E., c. i, § ii; c. ii, p. i. — La hiérarchie renferme 1º Télètes; 2º Mystagogues ou Initiateurs; 3º Initiés, H. E., c. v, p. i, § i. — Purification, Illumination, Perfection, H. C., c. x, § iii; H. E., c. v, p. i, § iii. — Purificateurs, Illuminateurs, Perfecteurs, H. E., c. v, p. i, § iii. — Purifiés, Illuminés, Perfectionnés, H. E., c. v, p. i, § iii. — La subordination de l'inférieur au supérieur dans la participation au véritable être beau, sage et bon, est la loi de la hiérarchie, H. E., c. i, § ii. — Anagogie de la hiérarchie inférieure par la supérieure,

H. C., c. x, § i; H. E., c. i, § ii. — Hiérarchie pleine de
justice, H. E., c. iii, p. iii, § vi. *V. ces différents mots.*
— (*Céleste* οὐρανία). Hiérarchie céleste intelligible et supermondaine, H. E., c. i, § ii; octroyée d'une manière plus immatérielle et plus intellectuelle que la hiérarchie humaine,
H. E., c. i, § iv. — Unique télète de la hiérarchie céleste,
H. E., c. v, p. i, § ii. — La hiérarchie céleste comprend trois
hiérarchies, hiérarchie première, hiérarchie deuxième ou
moyenne, hiérarchie troisième ou dernière, H. C., c. vi,
§ ii. — La première hiérarchie embrasse Séraphins, Chérubins, Trônes ; la deuxième, Dominations, Vertus, Puissances ;
la troisième, Principautés, Archanges, Anges, H. C., c. vi,
§ ii. — La première hiérarchie reçoit en première main les
illustrations de la théarchie, H. C., c. vi, § ii; c. vii, § i,
iv. — La deuxième hiérarchie reçoit en deuxième main les
illustrations de la théarchie, H. C., c. viii, § i. — La troisième hiérarchie reçoit en troisième main les illustrations de
la théarchie. H. C., c. ix, § ii. *V. ces différents mots.*
— (*Humaine.*) La hiérarchie humaine a été donnée sous une
multiplicité et une variété de symboles sensibles et divisibles,
H. E., c. i, § ii, iv. — Hiérarchie humaine modelée sur
la hiérarchie céleste, H. C., c. i, § iii. — Les divins oracles
forment la substance de la hiérarchie humaine, H. E., c. i,
§ iv. — La hiérarchie humaine est basée sur la distinction
des ordres et sur des attributions en rapport avec la capacité.
H. E., c. i, § v. — Définition de la hiérarchie humaine, H. E.,
c. i, § iii. — La hiérarchie humaine enveloppe la hiérarchie
légale et la hiérarchie ecclésiastique, H. E., c. v, p. i, § ii.
— (*Légale* νομική.) Hiérarchie légale accordée sous des symboles
éloignés des archétypes, H. E., c. v, p. i. § ii; modelée sur le
tabernacle sacré, H. E., c. v, p. i, § ii; véritable hiérarchie,
H. E., c. ii, p. i. — Télète de la hiérarchie légale, anagogie
à la latrie (culte) spirituelle, H. E., c. v, p. i, § ii. — Initiateurs et initiés de la hiérarchie légale, H. E., c. v, p. i, § ii.
— La hiérarchie légale réprouva Osias, Coré, Nadab et
Abiud. *V. ces différents mots.*
— (*Ecclésiastique* ἐκκλησιαστική.) Hiérarchie ecclésiastique, accomplissement et repos sacré de la hiérarchie légale, H. E.,
c. v, p. i, § ii; symbolique et spirituelle, *ibid.*; milieu entre
la hiérarchie légale et la hiérarchie céleste, *ibid.* — La hié-

rarchie ecclésiastique se rapproche de la hiérarchie céleste, H. E., c. vi, p. ii, § v. — Télètes de la hiérarchie ecclésiastique, H. E., c. ii, iii, iv, v, vi. — Initiateurs de la hiérarchie ecclésiastique, Hiérarques (Perfecteurs), Prêtres (Illuminateurs), Liturges (Purificateurs), H. E., c. v, p. i, § iii. — Initiés de la hiérarchie ecclésiastique, Moines (Perfectionnés), Peuple saint (Illuminés), Catéchumènes, Energumènes, Pénitents (Purifiés), H. E., c. vi, p. i, § i, ii, iii. *V. ces différents mots.*

Hiérarque ἱεράρχης. Le nom d'Hiérarque dérive de hiérarchie, H. E., c. i, § iii. — Toute la hiérarchie est consommée et reconnue dans l'Hiérarque, H. E., c. i, § iii; c. v, p. i, § v. — L'Hiérarque possède la puissance et la science perfective de tout le sacerdoce, H. E., c. v, p. iii, § vii. — L'Hiérarque commande aux Prêtres et aux subalternes des Prêtres, Ep. viii, § iv. — L'Hiérarque reçoit de Dieu la déification et la transmet à ses subordonnés, H. C., c. i, § ii. — Notre Hiérarque est appelé ange du Seigneur pantocrate, H. C., c. xii, § i, ii. — Notre Hiérarque partage avec les anges la propriété de l'enseignement, H. C., c. xii, § ii. — Deux enseignements de nos Hiérarques, écrit et oral, H. E., c. i, § iv. — Nos Hiérarques baptisent, H. E., c. ii, p. i, § vii; sacrifient, H. E., c. iii, p. ii; consacrent l'onguent, H. E., c. iv, p. ii; confèrent des ordres hiératiques, H. E., c. v, p. ii; président aux funérailles, H. E., c. vii, p. ii. — Hiérarques interprètes des jugements de Dieu, H. E., c. vii, p. iii, § vii. — Rites de la consécration de notre Hiérarque, H. E., c. v, p. ii; symbolisme, *ibid.*, p. iii, § i-viii.

Hiérographie ἱερογραφία. Hiérographie, description des choses sacrées, H. C., c. ii, § i. — La théologie a modelé les hiérographies anagogiques à portée de notre intelligence, H. C., c. ii, § i. — Hiérographies scripturales, H. C., c. i, § i; H. E., c. iii, p. iii, § iv. — Les hiérographies scripturales initient, H. C., c. ii, § i. — Intelligences célestes représentées par des hiérographies, H. C., c. i, § iii. — Hiérographie du feu, H. C., c. xv, § ii. *V. Hiéroplastie, Iconographie, symbole.*

Hiérologie ἱερολογία. L'initié, dans l'illumination, se soumet à toutes les divines hiérologies, H. E., c. i, p. i; p. ii, § vi.

Hiéroplastie ἱεροπλαστία. Hiéroplastie, représentation des choses

H. E., c. III, p. II ; symbolisme, *ibid.*, p. III, § VII. *V. Hymne.*

Hypostase ὑπόστασις. Les trois hypostases divines les unes dans les autres, N. D., c. II, § IV. — Chaque hypostase au sein de l'union divine se pose inconfuse, N. D., c. II, § V. — A chaque hypostase divine ses propriétés particulières, N. D., c. II, § V. — Invocation des trois hypostases de la divine béatitude dans l'illumination, H. E., c. II, p. II, § VII ; dans la consécration du moine, *ibid.*, c. VI, p. II. — Le bon est la cause de l'hypostase, N. D., c. V, § IV. — Les êtres n'ont pas pour principes ou démiurges des hypostases, non-êtres incompris, N. D., c. XI, § VI. — Le mal n'a pas d'hypostase, mais une contre-hypostase, N. D., c. IV, § XXXI.

Hypotypose ὑποτύπωσις. *Hypotyposes théologiques*, traité de Denys, N. D., c. I, § I, V ; c. II, § II, VII. — Affirmation des *Hypotyposes théologiques*, T. M., c. III. — Pourquoi les *Hypotyposes théologiques* s'épanouissent en moins de paroles que les *Noms divins* et la *Théologie symbolique*, T. M., c. III.

I

Iconographie εἰκονογραφία. Iconographie des Ecritures, H. C., c. II, § II. — Iconographie par similitudes semblables et par similitudes dissemblables, H. C., c. II, § II, III. — Avantages de l'iconographie par similitudes dissemblables, H. C., c. II, § III. — L'iconographie scripturale ne nous offre que des représentations fort différentes de la réalité, H. C., c. II, § II. — L'iconographie immatérielle elle-même, moins inexacte que l'iconographie matérielle, n'offre pas cependant la rigoureuse expression de la théarchie, H. C., c. II, § III. — Anagogie par iconographie, H. C., c. XV, § IX. — Iconographie de la divinité par les symboles de la synaxe, H. E., c. III, p. III, § III. — Iconographie des roues intelligentes, H. C., c. XV, § IX. *V. Hiérographie, Hiéroplastie, Symbole.*

Idée ἰδέα. Dieu pour avoir les notions des choses ne les considère pas chacune selon son idée, N. D., c. VII, § II. — Tout participe a l'idée du petit, N. D., c. IX, § III. — Substances célestes sous l'idée de nuée, H. C., c. XV, § VI.

Ignace. Mot de S. Ignace sur l'amour, N. D., c. IV, § II.

Ignorance ἄγνοια. L'ignorance est une source de versatilité et d'incohérence, N. D., c. **vii**, § **iv**. — L'ignorance divise les êtres, N. D., c. **iv**, § **vi**. — Ignorance des substances célestes, H. E., c. **vi**, p. **iii**, § **vi**. — La communication à la science théarchique purifie de toute ignorance, H. C., c. **vii**, § **iii**.

Illimitation ἀοριστία. Illimitation de la béatitude théarchique, supersubstantielle, inintelligible et inexprimable, H. C., c. **ii**, § **iii**.

Illuminateur φωτιστικός. Illuminateurs, ordre moyen des initiateurs, H. C., c. **iii**, § **ii**; H. E., c. **v**, p. **i**, § **iii**. — Les Prêtres sont Illuminateurs, H. E., c. **v**, p. **i**, § **vi**. — Fonctions des Illuminateurs, H. E., c. **v**, p. **i**, § **vi**. — Les Illuminateurs transmettent la lumière aux inférieurs, H. C., c. **iii**, § **iii**.

Illumination φωτισμός. Illumination, deuxième vertu des télètes, H. E., c. **v**, p. **i**, § **iii**; c. **vi**, p. **iii**, § **v**.—La béatitude divine est l'illumination sacrée, H. C., c. **iii**, § **ii**, et au-dessus de toute illumination, *ibid.* — La participation à la science théarchique est illumination, H. C., c. **vii**, § **iii**. *V. Illustration.*

— φωταγωγία. La théogénésie est le principe des illuminations divines, H. E., c. **iii**, p. **i**.

— φώτισμα. Mystère de l'illumination ou baptême, H. E., c. **ii**, p. **ii**. *V. Baptême.*

Illuminé φωταγωγούμενος. Illuminés, ordre moyen des initiés, H. C., c. **iii**, § **ii**; H. E., c. **vi**, p. **i**, § **ii**. — Les Illuminés contemplent les plus divins symboles auxquels ils participent, H. E., c. **vi**, p. **i**, § **ii**. — Les Illuminés participent à la divine lumière, H. C., c. **iii**, § **iii**.

Illuminer. La béatitude divine illumine, H. C., c. **iii**, § **ii**. — La première hiérarchie est plus secrètement et plus brillamment illuminée, H. C., c. **x**, § **i**. — La hiérarchie moyenne est illuminée par la première, H. C., c. **viii**, § **i**. — Notre Hiérarque illumine par ses Prêtres, H. C., c. **xiii**, § **iv**.

Illustration ἔλλαμψις. Illustration providentielle, H. C., c. **ix**, § **iii**. — Illustration de la théogénésie, H. E., c. **v**, p. **i**, § **iii**. — Illustration déifique, H. E., c. **v**, p. **i**, § **ii**. — Mode de transmission des illustrations théarchiques, H. C., c. **xiii**, § **iii**. — Les plus sublimes substances ne préviennent pas la divine illustration, H. C., c. **vii**, § **iii**. — Les ordres supérieurs possèdent les illustrations des inférieurs, mais non *vi·*

Propriétés du feu , images des opérations théarchiques,
H. C., c. xv, § ii. — Vent, image de l'opération théarchique,
H. C., c. xv, § vi. — Supercélestes intelligences sous des
images sensibles, H. C., c. i, § iii. — Différentes parties de
notre corps , images des vertus célestes, H. C., c. xv, § iii.—
Remonter des images à la cause de tout, N. D., c. v, § vii, à
la simplicité des substances célestes , H. C., c. xv, § i.

Imagination φαντασία. La cause de tout n'a pas d'imagination,
T. M., c. v. — La supersubstantielle splendeur est au-dessus
de l'imagination, N. D., c. i, § v. — Dieu prête à l'imagination , N. D., c. vii , § iii. — Le bon, lumière intelligible,
ramène les imaginations à une gnose unique, N. D., c. iv,
§ vi. — Les premières substances célestes sont étrangères à
toute imagination matérielle, H. C., c. vii, § ii. — Les démons ont une imagination vagabonde, N. D., c. iv, § xxiii.—
Le moine renonce à toute imagination de vie divisée, H. E.,
c. vi, p. ii. — Bannir les imaginations dans la synaxe, H. E.,
c. iii, p. iii, § x.

Imitateur. Dieu excelle sur les imitateurs , Ep. ii.

Imitation μίμησις. Dieu excelle sur les imitations, Ep. ii. — Imitation inimitable du superdivin et du superbon, Ep. ii. —
Imitation de Dieu par la vertu , H. E., c. iii, p. iii, § i. —
Les membres de la hiérarchie tenus à l'imitation de Dieu ,
H. C., c. iii, § iii. — L'ordre le plus élevé des intelligences
célestes est après Dieu le principe de l'imitation divine,
H. C., c. xiii, § iii. — Notre hiérarchie, imitation de la
hiérarchie céleste , H. C., c. i, § iii. — Notre hiérarchie
s'élèvera à l'imitation de la hiérarchie céleste, H. C., c. i,
§ iii.

Immatériel ἄϋλος. Les hiérarchies célestes sont immatérielles,
H. C., c. i, § iii. — L'immatériel à nous transmis dans le
matériel, H. E., c. i, § v.

Immersion. Immersion baptismale , H. E., c. ii, p. ii, § vii,
symbolisme, *ibid.*, p. iii, § vii ; répétée par trois fois, H. E.,
c. ii, p. ii, § vii ; symbolisme, *ibid.*, p. iii, § vii.

Immission ἐπιβολή. Immission vis-à-vis de la bonté divine,
N. D., c. i, § v. — Immission des Séraphins par rapport aux
spectacles de Jésus, H. E., c. iv, p. iii, § iv. — Immission
de l'âme par rapport à la lumière inaccessible, N. D., c. iv,
§ xi.

Immobile ἀκίνητος. Comment Dieu immobile se meut, N. D.,
c. ix, § ix.

Immobilité ἀκινησία. Justus appelle la paix divine immobilité,
N. D., c. xi, § i.

Immodération ἀκολασία. N. D., c. iv, § xix.

Immodéré ἀκόλαστος. Comment l'immodéré participe au bon,
N. D., c. iv, § xx.

Immortalité ἀθανασία. Dieu, principe de toute immortalité,
N. D., c. v, § vii. — Immortalité exempte de douleur et
pleine de lumière, H. E., c. vii, p. iii, § v. — Immortalité
des anges, N. D., c. vi, § i. — Vie de l'immortalité réservée
aux âmes et aux corps, N. D., c. vi, § ii.

Imparticipable ἀμέθεκτος. Dieu imparticipable, N. D., c. xi, § vi.

Impeccabilité ἀναμαρτησία. Impeccabilité de Jésus, H. E., c. v,
p. iii, § iv. — Jésus imprime à ses semblables le sceau de
son impeccabilité, *ibid.*

Imposition. Imposition de la main de l'Hiérarque sur la tête de
l'initié dans l'illumination ou baptême, H. E., c. ii, p. ii,
§ v ; symbolisme, *ibid.,* p. iii, § iv ; dans l'ordination des
Prêtres et des Liturges, H. E., c. v, p. ii ; symbolisme, *ibid.,*
p. iii, § iii. — Imposition des Ecritures sur la tête de l'initié
dans l'ordination des Hiérarques, H. E., c. v, p. ii, symbolisme, p. iii, § vii.

Impuissant ἀδύναμος. La cause de tout n'est pas impuissante,
T. M., c. iv.

Impur ἐναγής. Dieu ne se manifeste à découvert qu'à ceux qui
franchissent toute chose impure, T. M., c. i, § iii.

Indivisible ἀμέριστος. L'indivisible s'apprend par le divisible,
Ep. ix, § i.

Ineffabilité ἀφθεγξία. Justus appelle la paix divine ineffabilité,
N. D., c. xi, § i.

Ineffable ἄφθεγκτος. Ineffable, union de la Triade, N. D., c. ii,
§ iv. — La puissance de Dieu est ineffable, N. D., c. viii,
§ ii. — La paix divine en soi est ineffable, N. D., c. xi, § i.
— Commerce avec l'ineffable, N. D., c. i, § i. — Union de
la parole aphone avec l'ineffable, T. M., c. iii.

Ineffablement. Nous commerçons ineffablement avec l'ineffable,
N. D., c. i, § i.

Inégalité ἀνισότης. La cause de tout n'est pas inégalité, T. M.,
c. v. — Mêmeté substituée à l'inégalité, N. D., c. xii, § iii.

— La justice divine exclut des divers êtres l'inégalité de privation, mais y conserve l'inégalité de nature, N. D., c. VIII, § IX.

Inexprimable ἄῤῥητος. La substance supersubstantielle de Dieu est inexprimable, N. D., c. V, § I. — La puissance de Dieu est superinexprimable, Ep. VII, § II. — L'incarnation de Jésus est inexprimable, Ep. III. — La vérité divine est inexprimable, N. D., c. VII, § I. — Raison inexprimable, N. D., c. VII, § I. — Science inexprimable recouverte de symboles pour les profanes, Ep. IX, § I. — Enigmes inexprimables, H. C., c. II, § II. *V. Ineffable.*

Infiguré ἀσχημάτιστος. L'infiguré paraît à bon droit sous une figure, H. C., c. II, § II.

Inintelligent ἄνους. La cause de tout n'est pas inintelligente, T. M., c. IV.

Inintelligibilité ἀνοησία. Dieu est inintelligibilité, N. D., c. I, § I.

Initiateur ἱεροτελεστής. Le Christ est notre initiateur, Ep. VIII, § IV. — Trois ordres d'initiateurs : Purificateurs, Illuminateurs, Perfecteurs, H. C., c. III, § II; H. E., c. V, p. I, § III. *V. Mystagogue.*

Initiation μύησις. L'initiation au divin en apprend les grâces, H. E., c. III, p. III, § XV. — Triple initiation : Purification, Illumination, Perfection, H. E., c. V, p. I, § III. — Initiation légale, H. E., c. V, p. I, § II — Initiation de la théogénésie, H. E., c. III, p. III, § VI. *V. Enseignement.*

Initié μεμυημένος, τελούμενος. Définition des initiés, H. E., c. V, p. I, § II. — Initiés, troisième division de la hiérarchie, H. E., c. V, p. I, § I. — Trois ordres d'initiés : Purifiés, Illuminés, Perfectionnés, H. C., c. III, § II; H. E., c. V, p. I, § III. — Initiés des substances célestes, H. E., c. V, p. I, § II. — Initiés sous la loi, H. E., c. V, p. I, § II. — L'initié dans l'illumination ou baptême se présente à un parrain, H. E., c. II, p. II, § II.

Injustice ἀδικία. N. D., c. IV, § XIX.

Innommabilité ἀνωνυμία. Dieu est innommabilité, N. D., c. I, § I.

Inspiration ἐπίπνοια. Christ, inspiration de toute élucidation hiérarchique, H. C., c. II, § V. — Invocation de l'inspiration hiérarchique, H. E., c. III, p. III, § XI. — Mystérieuse inspiration, H. C., c. II, § V. — Inspiration appelant au commandement, H. E., c. iii, p. iii, § xiv. — Inspirations départies aux intelligences ferventes et pures, H. E., c. iv, p. iii, § x. — Ouïe, symbole de l'inspiration théarchique chez les substances célestes, H. C., c. xv, iii.

Instrument σκεῦος. Substances célestes réprésentées avec des instruments, H. C., c. xv, § v. — Symbolisme des instruments géométriques et architectoniques par rapport aux substances célestes, H. E., c. xv, § v.

Insubstantiel ἀνούσιος. La cause de tout n'est pas insubstantielle, T. M., c. iv.

Intellection νόησις. Dieu est au delà de toute intellection, Ep. v. — La cause de tout n'est pas intellection, T. M., c. v, et n'a pas d'intellection, *ibid.* — Intellections de Dieu stables et permanentes, N. D., c. vii, § i. — Dieu, principe de toute intellection, N. D., c. v, § vii. — Dieu prête et ne prête pas à l'intellection, N. D., c. vii, § iii. — Intellection archétype, H. E., c. iv, p. iii, § i. — Intellection des substances célestes, H. C., c. xiv. — Chaque substance céleste divise et multiplie l'intellection en faveur d'une substance inférieure, H. C., c. xv, § iii. — Les intellections des substances célestes sont simples, N. D., c. vii, § ii. — Point d'intellection dans l'obscurité mystique, T. M., c. iii.

Intellectivité διάνοια. Intellectivité humaine sujette à l'erreur, N. D., c. vii, § i.

Intelligence νοῦς. Dieu s'élève par delà toute intelligence, N. D., c. vii, § i; H. C., c. iv, § i. — La cause de tout n'est pas intelligence, T. M., c. v. — Jésus, intelligence souverainement théarchique et supersubstantielle, H. E., c. i, § i. — Intelligences supermondaines, circamondaines, mondaines, N. D., c. iv, § vi. — Les intelligences célestes sont simples et nous sont agnostes et invisibles, H. C., c. ii, § ii. — L'intelligence des démons, en tant qu'intelligence, émane de la sagesse divine; mais comme intelligence déraisonnable, elle est plutôt une déchéance de la sagesse, N. D., c. vii, § ii. — Eminente vertu de notre intelligence, H. C., c. xv, § iii. — Notre intelligence a la puissance de contempler l'intelligible, mais non pas ce qui surpasse sa nature, N. D., c. vii, § i. Restauration de notre intelligence, H. E., c. iii, p. iii. § xi. — Chaque intelligence céleste ou humaine renferme en particulier des ordres ou puissances en correspondance avec les

divines anagogies de la purification , de l'illumination et de la
perfection, H. C., c. x , § III. — Dans toute intelligence céleste on distingue substance, vertu et opération, H. C., c. XI,
§ II. — Intelligences anommates, T. M., c. I, § I. — Les
intelligences célestes communiquent plus que tout le reste au
beau et au bon, N. D., c. V, § III. Les intelligences déiformes sont appelées dieux, fils de dieux et pères de dieux,
N. D., c. II, § VIII. — Prier avec une intelligence sans
trouble, N. D., c. III, § II. — Intelligence pure et tranquille
pour vaquer aux lumineuses contemplations des oracles,
N. D., c. II, § VII. — Connaître Jésus au delà de l'intelligence, Ep. IV.

Intelligent νοηρός. Les êtres intelligents participent à la sagesse
de la divinité, H. C., c. IV, § I.

Intelligible νοητός. Dieu est par delà tout intelligible, Ep. V. —
Dieu n'est pas intelligible, N. D., c. VII, § III. — Du causé
à la cause on remonte à l'intelligible, H. E., c. III, p. III,
§ III. — L'intelligible brille de la beauté des archétypes,
H. E., c. III, p. III, § III. — L'intelligible est le principe et
la science du sensible dans la hiérarchie, H. E., c. II, p. III,
§ II. — Notre hiérarchie a besoin du sensible pour nous
élever plus divinement à l'intelligible, H. E., c. I, § V. —
Synopsis de l'intelligible, T. M., c. III. — Laisser de côté
tout intelligible dans l'agnosie mystique, T. M., c. I, § I. —
Intelligible du divin, N. D., c. III, § III. — Clartés intelligibles de la résurrection, N. D., c. I, § IV. — Nourriture
intelligible , H. C., c. XV, § III.

Intempérance τὸ ἀκρατές. Intempérance chez les substances célestes , H. C., c. II, § IV ; symbolisme, *ibid.*

Interminé ἄπειρος. Béatitude théarchique interminée , H. C.,
c. II, § III.

Invisible ἀόρατος. L'invisible a pour image le visible, Ep. X. —
Béatitude théarchique invisible, H. C., c. II, § III.

Invivant ἄζωος. La cause de tout n'est pas invivante, T. M.,
c. IV. — Les êtres invivants participent à l'être de la divinité,
H. C., c. IV, § I.

Invocation. Invocation de Denys à Jésus, H. C., c. I, § II, au
Christ, *ibid.*, c. II, § V.

Irraisonnabilité ἀλογία. Dieu est irraisonnabilité, N. D., c. I,
§ I.

Irraisonnable ἄλογος. La cause de tout n'est pas irraisonnable, T. M., c. IV.

Isaac. Sein d'Isaac, H. E., c. III, p. III, § IV.

Israël. Dieu n'a pas obtenu en partage la conduite d'Israël, H. C., c. IX, § IV. — Israël providentiellement gouverné par Dieu, H. C., c. VIII, § II. — Israël confié à un ange, Michel, H. C., c. IX, § IV. — Israël a été à peu près le seul peuple qui se soit tourné vers la connaissance et la lumière de l'essentiel Seigneur, H. C., c. IX, § IV.

Ivresse μέθη. Ivresse de Dieu, T. M., c. III; Ep. IX; symbolisme, Ep. IX, § V.

J

Jacob. Sein de Jacob, H. E., c. VII, p. III, § IV.

Jacques. Jacques, frère de Dieu, N. D., c. III, § II.

Jaloux ζηλωτής. Dieu jaloux, N. D., c. IV, § XIII.

Jaune ξανθός. Jaunes (pierres), H. C., c. XV, § VII; symbolisme, *ibid.*

Jean. Jean exilé à Pathmos, Ep. X. Cette épître X est adressée à Jean.

Jésus Ἰησοῦς. Nous ignorons ce qui regarde la nature supersubstantielle de Jésus, N. D., c. II, § IX. — Jésus, Verbe trèsthéarchique, H. E., c. III, p. III, § XII. — La divinité de Jésus, cause et consommation de tout, parfaite, superparfaite, protoparfaite, forme formatrice et superforme, définissant tout et au delà de tout, etc., a supernaturellement le supernaturel, et supersubstantiellement le supersubstantiel, N. D., c. II, § X. — Jésus, cause supersubstantielle des substances supercélestes, H. C., c. IV, § IV. — Les démons confessent la divinité de Jésus, Ep. VII, § I. — Philanthropie de Jésus, H. C., c. IV, § IV. — Les affirmations relatives à la philanthropie de Jésus équivalent aux négations les plus absolues, Ep. IV. — Jésus supernaturel en notre naturel et supersubstantiel en notre substantiel, N. D., c. II, § X. — Incarnation de Jésus supérieure à toute parole et à toute intelligence, Ep. III; inexprimable et inconcevable même aux plus élevés des anges, N. D., c. II, § IX. — Jésus ne se définit pas humainement, Ep. IV. — [Théologie supermondaine de Jésus, H. E., c. III, p. III, § IV. — Jésus est homme, en quel sens, Ep. IV. — Jésus a pris substantiellement et véritablement la nature humaine, T. M., c. III. — Jésus a pris la substance d'homme, N. D., c. II, § IX. — Jésus substantiellement rangé parmi les hommes en général, Ep. IV. — Jésus né d'une vierge supersubstantiellement, Ep. IV. — Jésus formé du sang d'une vierge contrairement à la loi de la nature, N. D., c. II, § IX. — Jésus condescendit à être sanctifié, H. E., c. IV, p. III, § X. — Miracles de Jésus, Ep. IV. — Jésus marche sur l'eau, N. D., c. II, § IX; Ep. IV. — Jésus fait de la théologie en paraboles, Ep. IX, § I. — Vie théandrique de Jésus, H. E., c. V, p. III, § IV. — Opération théandrique de Jésus, Ep. IV. — Œuvres théandriques de Jésus, H. E., c. III, p. III, § IV. — Jésus adopta notre nature sans altération de la sienne, H. E., c. IV, § IV. — La subsistance de Jésus comme homme est distincte, N. D., c. II, § III. — Jésus, intelligence la plus théarchique et supersubstantielle, principe, substance et vertu la plus théarchique de toute hiérarchie, sanctification et théurgie, H. E., c. I, § I. — Jésus, principe et perfection de toutes les hiérarchies, H. E., c. I, § II. — La hiérarchie universelle se résume en Jésus, H. E., c. V, p. I, § V. — Jésus, ange du grand conseil, H. C., c. IV, § IV. — Jésus, soumis à la direction des anges, H. C., c. IV, § IV. — Jésus, fortifié par un ange, H. C., c. IV, § IV. — Jésus, prêtre, H. E., c. V, p. III, § V, et archiprêtre, Ep. VIII, § V. — Jésus, notre vie intellectuelle, H. E., c. III, p. III, § XIII. — Jésus éclaire dans la recherche de la vérité, H. E., c. III, p. III, § II; guide par sa lumière, *ibid.*, c. VII, p. III, § I. — Jésus, consécration des intelligences divines, H. E., c. IV, p. III, § XII. — Les premières substances célestes communiquent avec Jésus, et comment, H. C., c. VII, § II. — Jésus nous renouvelle dans une divine et perpétuelle subsistance, H. E., c. IV, p. III, § X. — Jésus, auteur de la vie, H. E., c. II, p. III, § VII. — Jésus, source de la gaîté, Ep. IX, § V. — Apparition de Jésus à Carpus, Ep. VIII, § VI. — Jésus, simple, se compose; éternel, se temporalise; supersubstantiel, se substantialise, Dieu, s'humanise, N. D., c. I, § IV. — Providence de Jésus qui opère tout en tous, N. D., c. XI, § V. — Jésus, rejeton de la divinité, N. D., c. II, § VII; fleur, lumière de la divinité, N. D., c. II, § VII; supersubstantielle bonne odeur, H. E., c. IV,

p. III, § IV; divin autel, *ibid.*, § XII. — L'Ancien Testament
a prédit les œuvres de Jésus et le Nouveau les raconte,
H. E., c. III, p. III, § V. *V. Christ.*

Job. Job, exemple de douceur, Ep. VIII, § I.

Joie χαρά. Joie des ordres célestes, H. C., c. XV, § IX.

Joseph (fils du patriarche Jacob). Joseph, exemple de douceur,
Ep. VIII, § I.—Joseph, interprète des visions, H. C., c. IX, § IV.

Joseph (époux de Marie). Mission d'un ange à Joseph, H. C.,
c. IV, § IV.

Judée. Retour de Jésus dans la Judée, H. C., c. IV, § IV.

Jugement δικαιωτήριον. *Du juste et divin jugement,* raité de Denys, N. D., c. IV, § XXXV.

— δικαίωμα. L'Hiérarque est l'interprète des jugements théarchiques, H. E., c. VII, p. III, § VII.

— κρίμα. Théarchiques jugements relativement à la distribution des dons divins, H. E., c. VII, p. III, § VI. — Justes
jugements de Dieu après la mort, H. E., c. VII, p. III, § I.

Justice δικαιοσύνη. Définition de la justice, N. D., c. VIII, § VII.
— La vérité divine et la sagesse supersage est appelée justice, N. D., c. VIII, § I. — Pourquoi Dieu est nommé justice,
N. D., c. VIII, § VII.—Justice convenable à Dieu, H. C.,
c. VIII, § II. — La justice de Dieu est véritable, N. D., c. VIII,
§ VII. — La parfaite justice de Dieu ne tolère pas les violateurs de la loi, exemples, Ep. VIII, § I. — Justice de la hiérarchie, H. E., c. III, p. III, § VI. — Divine justice après la
mort, H. E., c. VII, p. III, § I. — Divine justice par rapport
au corps et à l'âme, H. E., c. VII, p. III, § IX. — La justice
divine est nommée salut universel, N. D., c. VIII, § IX. —
Objections contre la justice divine : à propos de la répartition
des biens, N. D., c. VIII, § VII; sur ce que les pieux sont
abandonnés aux vexations des impies, N. D., c. VIII, § VIII.
— Caractère de la justice divine à l'égard des bons persé-
cutés, N. D., c. VIII, § VIII.—Soleil de justice, H. C., c. II, § V.

Justus. N. D., c. XI, § I. — *V. Immobilité, Ineffabilité.*

L

Laideur αἶσχος. La laideur est un défaut de forme, N. D., c. IV,
§ XXVII.

Lait. Lait, Ep. IX, § IV; symbolisme, *ibid.*

Loi. La loi de Moyse est une sacrée et divine esquisse , H. C.,
c. ɪv, § ɪɪɪ. — Loi de Moyse transmise par les anges, H. C.,
c. ɪv, § ɪɪɪ. — Loi relative à la gnose, N. D., c. ɪɪɪ , § ɪɪɪ ; à
l'illumination de l'inférieur par le supérieur, H. C., c. ɪɪɪ,
§ ɪɪ ; H. E., c. v, p. ɪ, § ɪv.

Longueur μῆκος. Longueur appliquée à Dieu, N. D., c. ɪx, § v;
symbolisme, *ibid.*

Lumière φῶς. La cause de tout n'est pas lumière, T. M., c. v,
et n'est pas indigente de lumière, *ibid.*, c. ɪv. — Béatitude
divine, pleine de lumière, H. C., c. ɪɪɪ , § ɪɪ. — Du bon immatériel et impartible ont jailli les lumières de la bonté ; cir-
cuminsession, T. M., c. ɪɪɪ. — Lumière , nom divin commun
aux trois Hypostases, N. D., c. ɪɪ , § ɪɪ. — Dieu est la substance de la lumière, H. C., c. xɪɪɪ , § ɪɪɪ. — Le bon est appelé lumière intelligible , N. D., c. ɪv, § v, vɪ ; excellence ,
ibid., § vɪ ; effets, *ibid.*, § v, vɪ. — Lumières divines de
l'illustration providentielle, H. C., c. ɪx, § ɪɪɪ. — La beauté
divine départ à chacun sa lumière suivant sa dignité, H. C.,
c. ɪɪɪ, § ɪ. — La hiérarchie reçoit et transmet la lumière divine, H. C., c. vɪɪ , § ɪɪ. — Mode de transmission de la lumière divine, H. C., c. xɪɪɪ , § ɪɪɪ ; c. xv, § vɪ. — Lumière
acceptée ou repoussée, H. E., c. ɪɪ , p. ɪɪɪ , § ɪɪɪ. — La lumière qui vient du Père simplifie en élevant , et unifie de
manière à ramener à l'unité et à la simplicité déifique du
Père qui rallie tout, N. D., c. ɪv, § vɪ ; H. C., c. ɪ, § ɪ. —
Jésus transforme les substances au-dessus de nous en sa
propre lumière, H. E., c. ɪ, § ɪ. — Unique et pure lumière
de la vue intellectuelle, H. E., c. ɪɪɪ , p. ɪɪɪ , § ɪɪ. — Lumière
théologique cachée sous les symboles, Ep. ɪx, § ɪ. — Les
lumières supersubstantielles, intelligibles et divines se diversifient en des symboles typiques , Ep. ɪx , § ɪɪ. — Signification des lumières matérielles, H. C., c. ɪ, § ɪɪɪ. — La lumière mesure les heures , les jours et le temps, N. D., c. ɪv,
§ ɪv. — Effets de la lumière, N. D., c. ɪv, § ɪv. — Lumière,
symbole divin, Ep. ɪx, § ɪ ; image du bon, N. D., c. ɪv,
§ ɪv. — Comparaison de la gnose de Dieu à la lumière, N. D.,
c. vɪɪ , § ɪɪ. — Lumière inaccessible où l'on entre par l'union
mystique, N. D., c. ɪv, § ɪɪ. — Il faut laisser de côté toutes
les divines lumières pour s'élever à la cause de tout, T. M..
c. ɪ, § ɪɪɪ. — Les ténèbres se dissipent devant la lumière,

Ep. i. — L'agnosie échappe à qui possède la lumière des êtres, Ep. i. — Les anges sont des lumières placées à l'entrée du sanctuaire pour annoncer l'être qui s'y cache, N. D., c. iv, § ii. *V. Splendeur*.

Lune. Station et mouvement de la lune dans différents miracles astronomiques, Ep. vii, § ii.

M

Mage. *V. Elymas*, *Simon*.

Main χείρ. Symbolisme des mains par rapport aux substances célestes, H. C., c. xv, § iii. — L'initié dans l'illumination ou baptême tend les mains du côté de l'occident, H. E., c. ii, p. ii, § vi; symbolisme, *ibid.*, p. iii, § v; lève les mains au ciel vers l'orient, *ibid.*, p. ii, § v; symbolisme, *ibid.*, p. iii, § v; est placé sous la main de l'Hiérarque, *ibid.*, p. ii, § vii, symbolisme, *ibid.*, p. iii, § vi. *V. Imposition*.

Maison οἶκος. Maison de la sagesse, Ep. ix, § vi.

Mal κακόν. Le mal en soi n'est pas, n'est pas bon, ne génère pas, et ne produit nul être ni nul bon, N. D., c. iv, § xx. — Le mal n'est ni être ni non-être, N. D., c. iv, § xix. — Le mal n'est que par accident, N. D., c. iv, § xxxii. — C'est par le bon que le mal est être, et être bon, et auteur d'êtres bons, N. D., c. iv, § xx. — Le mal ne vient pas du bon, N. D., c. iv, § xix. — Le mal est le contraire du bon, N. D., c. iv, § xxxi. — Le mal est le bon imparfait, N. D., c. iv, § xx; faiblesse et atténuation dans le bon, N. D., c. iv, § xxx. — Le mal ne peut rien que par son mélange avec le bon, N. D., c. iv, § xx, xxxii. — Le mal est privation, défectuosité, etc., N. D., c. iv, § xxxii. — Le mal n'est pas une réalité, N. D., c. iv, § xx, xxxiv. — Le mal n'a qu'une contre-hypostase, N. D., c. iv, § xxxi. — Le mal n'est pas dans les êtres, N. D., c. iv, § xx, xxi. — Le mal n'est pas dans le bon, N. D., c. iv, § xxi. — Le mal n'altère pas la nature des êtres, N. D., c. iv, § xxxiii. — Le mal n'est en Dieu ni absolument ni accidentellement, N. D., c. iv, § xxi. — Le mal n'est ni en Dieu ni rien de divin, N. D., c. iv, § xxi. — Le mal n'est pas dans les anges, N. D., c. iv, § xxii. — Le mal n'est ni dans les démons ni dans l'homme, en tant que mal, mais comme défaut et manque de perfection dans les biens propres, N. D., c. iv, § xxiv. — Le mal n'est pas essentiellement dans les démons, N. D., c. iv, § xxiii. — Quand les démons désirent le non-être, ils désirent le mal, N. D., c. iv, § xxiii. — Le mal n'est pas dans les âmes en tant que mal. N. D., c. iv, § xxiv. — Le mal n'est pas dans les animaux, N. D., c. iv, § x xv; pas dans la nature universelle, N. D., c. iv, xxvi; § pas dans les corps, N. D., c. iv, § xxvii : pas dans la matière, N. D., c. iv, § xxviii; pas dans la privation en soi, N. D., c. iv, § xxix. — Multiples sont les causes du mal, N. D., c. iv, § xxxi. — Le mal ne vient pas du bon, N. D., c. iv, § xxi; pas de Dieu, *ibid.* — En quel sens le mal vient de l'âme, N. D., c. iv, § xxx. — De multiples et particulières défectuosités, le mal, N. D., c. iv, § xxx. — Les causes effectrices du mal ne sont ni des raisons ni des puissances, N. D., c. iv, § xxxi. — Pour les intelligences, les âmes et les corps, le mal consiste dans l'affaiblissement et la ruine de leurs biens propres, N. D., c. iv, § xxvii. — C'est d'un mouvement irrégulier et désordonné que le mal éclôt dans les âmes, N. D., c. iv, § xxviii. — Le mal n'est pas stable, N. D., c. iv, § xxiii. — Comment le mal existe sous la providence, N. D., c. iv, § xxxiii. — La providence tire du mal le bien, N. D., c. iv, § xxxiii.

Maladie νόσος. La maladie n'est qu'un défaut d'ordre, N. D., c. iv, § xx, xxvii.

Malédiction ἀρά. Malédictions divines, T. M., c. iii; symbolisme, *ibid.*

Mansion μονή. Symbolisme des mansions divines, Ep. ix, § i.— Dieu ne quitte jamais sa mansion, Ep. ix, § iii. — Mansion des lumières divines, T. M., c. iii. — Mansion des Hypostases les unes dans les autres, union de la Triade, N. D., c. ii, § iv.

Manuducteur χειραγωγός. Les ordres et les puissances les plus divins sont les manuducteurs des moins avancés, H. C., c. iv, § iii.

Manuduction χειραγωγία. Manuduction matérielle vers l'immatérielle, H. C., c. i, § iii; exemples, *ibid.* — Manuduction vers la science théologique, N. D., c. ii, § ii.

Marie (sœur de Moyse). Marie outre-passe ses droits, Ep. viii, § i.

— (épouse de Joseph). Gabriel député à Marie , H. C., c. IV, § IV. *V. Vierge.*

Matériel ὑλικός. Dieu connaît le matériel immatériellement, N. D., c. VII, § II.

Matière ὕλη. La matière n'est pas mauvaise , N. D., c. IV, § XXVIII. — La matière possède des vestiges de la beauté intelligente, H. C., c. II, § IV. — Le feu a besoin d'une matière extérieure pour montrer son opération , H. C., c. XV, § II.

Matrie. N. D., c. IV, § XI.

Matthias. Sort tombé sur Matthias , H. C., c. V, p. III, § V.

Melchisédech. Melchisédech, hiérarque, H. C., c. IX, § III. — Jésus, prêtre selon l'ordre de Melchisédech, H. E., c. V, p. III, § V.

Membre μέρος. Membres divins, T. M., c. III ; symbolisme, *ibid.*

Même αὐτός. A l'auteur universel est attribué le même, N. D., c. IX, § I ; en quel sens, *ibid.*, IV. — Dieu est partout selon le même et le même entier, N. D., c. V, § X. Tous les êtres déiformes participent à l'être même et un, H. E., c. I, § II.

Mêmeté ταυτότης. Mêmeté de Dieu, N. D., c. IX, § IV. — La béatitude théarchique ne sort pas de sa mêmeté, H. E., c. III, p. III, § III. — Mêmeté au delà de tout , union de la Triade , N. D., c. II, § IV. — Mêmeté immobile de la splendeur simple de la vérité, H. C., c. I, § II. — Mêmeté de la foi, N. D., c. VII, § IV. — Dieu , cause de la mêmeté dans les êtres, N. D., c. IX, § IV. — Mêmeté des anges dans leur aspiration au bon, N. D., c. IV, § II. — Les démons sont devenus mauvais par la variation dans la mêmeté par rapport à la perfection angélique qui leur convenait, N. D., c. IV, § XVIII, XXXIV. — Mêmeté substituée à l'inégalité , N. D., c. XII, § III.

Mémoire μνήμη. Mémoire de Dieu, H. E., c. III, p. III, § IX.

Mère. Mère de l'adoption, H. E., c. II, p. II, § VII.

Mesure μέτρον. Dieu est la mesure de l'être, N. D., c. V, § VIII.

Méthode μέθοδος. Méthode de Denys dans les *Noms divins*, N. D., c. XIII, § IV.

Michel. Michel, prince du peuple juif, H. C., c. IX, § II.

Miel. Symbolisme du miel, Ep. IX, § IV.

Milieu μέσος. Dieu, milieu de toutes choses, N. D., c. V, § VIII.

Miroir ἔσοπτρον. Les membres de la hiérarchie , miroirs de la splendeur divine , H. C., c. III, § II. — Les âmes des saints, miroir de Dieu, H. E., c. III, p. III, § X. — Les énigmes des divines contemplations se réfléchissent dans les miroirs naturels des symboles, H. E., c. II, p. III, § I.

Mithra. Mithra, soleil chez les Perses, Ep VII, § II ; triple Mithra , *ibid*.

Modération σωφροσύνη, N. D., c. IV, § XIX.

Moine μοναχός. Etymologie du mot μοναχός moine, H. E., c. VI, p. I, § III. — Moines, ordre perfectionné, troisième ordre des initiés, H. E., c. VI, p. I, § III. — Consécration du moine, H. E., c. VI, p. II. — Les Prêtres consacrent le moine, H. E., c. VI, p. I, § III ; p. II ; symbolisme, *ibid.*, p. I, § III. — Invocation, H. E., c. VI, § II ; symbolisme, *ibid.*, p. III, § I. — Le moine debout derrière le prêtre , H. E., c. VI, p. II ; symbolisme, *ibid.*, p. III, § I. — Abjuration du moine, H. E., c. VI, p. II ; symbolisme, *ibid.*, p. III, § II. — Le moine marqué du signe de la croix, H. E., c. VI, p. II ; symbolisme, *ibid.*, p. III, § III. — Cheveux du moine coupés, H. E., c. VI, p. II ; symbolisme, *ibid.*, p. III, § III. — Le moine dépouille l'ancien vêtement et en prend un nouveau, H. E., c. VI, p. II ; symbolisme, *ibid.*, p. III, § IV. — Baiser du moine, H. E., c. VI, p. II ; symbolisme, *ibid.*, p. III, § IV. — Admission du moine à l'eucharistie, H. E., c. VI, p. II ; symbolisme, *ibid.*, p. III, § V.

Monade μονάς. Dieu est monade, N. D., c. I, § IV. — Dieu se définit sous la raison de la monade , N. D., c. XIII, § III. — Nulle monade ne manifeste Dieu, N. D., c. XIII, § III. — La divinité proclamée monade n'est pas connue comme monade, N. D., c. XIII, § III. — On peut tout considérer dans la cause de tout suivant la monade, N. D., c. V, § VII. — Monade trihypostatique, H. C., c. VII, § IV. — La Triade est trine monade, H. E., c. I, § III. — Monade de la synaxe, H. E., c. III, p. III, § III. — Moine recueilli dans la sacrée monade , H. E., c. VI, p. III, § II. — Moine ramené à la monade déiforme, H. E., c. VI, p. I, § III. — La monade précède tout nombre multiple, N. D., c. XIII, § II. — Tout nombre participe à la monade, N. D., c. XIII, § II, et préexiste dans la monade. *ibid.*, c. V, § VI. — La monade et les nombres qui se rapprochent de la monade, précèdent comme principes les nombres qui progressent vers le multiple, N. D., c. X, § II.

Mort θάνατος. Définition de la mort, H. E., c. ii, p. iii, § vii. — Mort dissolutrice, suite de la chute, H. E., c. iii, p. iii, § xi. — Incertitude de la mort, H. E., c. vii, p. iii, § iii. — Jésus s'est assujéti à la mort, H. E., c. v, p. iii, § iv. — Le Christ lutte avec nous contre l'empire de la mort, H. E., c. ii, p. iii, § vi. — Mort dissemblable des saints et des non saints, H. E., c. vii, p. i, § i. — Les saints passent de la mort à la vie très-divine, H. E., c. iii, p. iii, § ix. — La mort des saints est la perfection en la sainteté, H. E., c. iii, p. iii, § ix. — Sort des bons et des méchants après la mort, Ep. viii, § v.

Mortification νέκρωσις. Mortification des contraires, H. E., c. ii, p. iii, § v.

Mouvement κίνησις. A l'auteur universel est attribué le mouvement, N. D., c. ix, § i. — Mouvement de translation, d'altération, de variation, de conversion, local, direct, circulaire, mixte, intellectuel, psychique, naturel : Dieu ne se meut pas de ces mouvements, N. D., c. ix, § ix. — En quel sens s'appliquent à Dieu les mouvements direct, mixte ou oblique et circulaire, N. D., c. ix, § ix. — Dieu est appelé amour et charité comme mouvement qui préexiste dans le bon, du bon déborde sur les êtres, et puis retourne au bon, N. D., c. iv, § iv. — Dieu est le principe de tout mouvement, N. D., c. v, § vii. — Tout mouvement vital dérive de la vie divine, N. D., c. vi, § i. — Le premier mouvement de l'intelligence vers le divin est la charité, H. E., c. ii, p. i. — Ce qui n'est pas n'a pas de mouvement, H. E., c. ii, p. i. — Mouvement des substances célestes de haut en bas et de bas en haut, H. C., c. xv, § vi. — Mouvement direct, oblique et circulaire chez les substances célestes, signification, N. D., c. iv, § viii; dans l'âme, signification, *ibid.* — Le mouvement dans les choses mobiles de leur nature ne les empêche pas d'être en paix, N. D., c. xi, § iv.

Mouvoir. La cause de tout ne se meut pas, T. M., c. v.

Moyse. Moyse, exemple de douceur, Ep. viii, § i. — Moyse favorisé de la théophanie, Ep. viii, § i. — Comment Moyse est préparé à la vision de Dieu, T. M., c. i, § iii. — Dieu donna la loi à Moyse, H. C., c. iv, § iii. — Moyse, premier mystagogue sous la loi, H. E., c. v, p. i, § ii. — Comment Moyse promut Aaron au sacerdoce, H. E., c. v, p. iii, § v.

— On doit tout nier de Dieu, T. M., c. ı, § ıı. — Négations vraies touchant le divin, H. C., c. ıı, § ııı, v. — Exemples de négations pour le sensible, T. M., c. ıv; pour l'intelligible, *ibid.*, c. v. — Les affirmations dont la philanthropie de Jésus est l'objet, équivalent aux négations les plus absolues, Ep. ıv. — Les négations ne contredisent pas les affirmations dans la cause de tout, T. M., c. ı, § ıı. — Le procédé par négation pour aller à Dieu consiste à passer de l'inférieur au supérieur, à l'inverse du procédé par affirmation, T. M., c. ıı, ııı. — La négation étend notre intelligence plus que l'affirmation concernant le divin, H. C., c. ıı, § ııı. — Le procédé par négation préférable au procédé par affirmation pour monter à Dieu, N. D., c. xııı, § ııı. *V. affir-mation.*

Nom ὄνομα. Dieu supérieur à tout nom, N. D., c. xııı, § ııı. — Supersubstantielle splendeur au-dessus du nom, N. D., c. ı, § v. — La divinité n'a pas de nom, T. M., c. v. — Dieu accessible et inaccessible au nom, N. D., c. vıı, § ııı. — Les théologiens célèbrent Dieu comme innommable et par tous les noms, N. D., c. ı, § vı. — Dieu a des noms infinis, N. D., c. xıı, § ı. — Noms divins empruntés aux providences générales ou particulières, aux apparitions sous des figures sensibles, à divers symboles suivant la diversité des causes et des puissances, N. D., c. ı, § vııı. — Le traité des *Noms divins* roule sur les noms divins intelligibles, T. M., c. ııı. — Pourquoi les *Noms divins* s'épanouissent en plus de paroles que les *Hypotyposes théologiques*, et en moins de paroles que la *Théologie symbolique*, T. M., c. ııı. — Le nom de bonté est le plus auguste des noms, N. D., c. xııı, § ııı. — Le nom de bon exprime la providence de Dieu selon son universalité, et les autres noms plus ou moins en général, plus ou moins en particulier, N. D., c. v, § ıı. — Noms divins basés sur les processions théarchiques, N. D., c. ı, § ıv. — Les noms divins qui concernent la nature divine s'appliquent aux trois Hypostases, au Père, au Verbe et à l'Esprit, N. D., c. ıı, § ı. — Les noms divins dans le traité ainsi intitulé, universels, s'appliquent aux trois Hypostases. N. D., c. ıı, § ı. — Le nom des intelligences célestes exprime leur respective propriété déiforme, H. C., c. vıı, § ı.

rassasiement par les nourritures intellectuelles chez les substances célestes, H. C., c. xv, § iii.

Nu. Substances célestes représentées nues, H. C., c. xv, § iii ;
symbolisme, *ibid.*

O

Obscurité γνόφος. Superlumineuse obscurité, T. M., c. i, § i. —
L'obscurité divine est la lumière inaccessible, Ep. v. — La
lumière inaccessible se nomme impalpable et invisible obscurité par excès et non par défaut, N. D., c. ii, § ii. — Il faut
plonger dans l'obscurité mystique pour monter à la cause de
tout, T. M., c. i, § iii. — Le procédé des divisions conduit
à l'obscurité mystique, T. M., c. ii. — Point de parole ni
d'intellection dans l'obscurité mystique, T. M., c. iii. *V.*
Ténèbres.

Occident. L'initié dans l'illumination ou baptême est tourné
vers l'occident, H. E., c. ii, p. ii, § vi ; symbolisme, *ibid.*,
p. iii, § v ; p. i, § vi.

Odeur. Bonne odeur de l'assimilation à Dieu par la vertu,
H. E., c. iv, p. iii, § i. — Symbolisme de la bonne odeur
sensible, H. C., c. i, § iii.

Odorat. Symbolisme de l'odorat par rapport aux substances célestes, H. C., c. xv, § iii.

OEil ὀφθαλμός. Yeux supermondains, H. C., c. iv, § i ; c. viii,
§ i. — Yeux immatériels et fixes, H. C., c. i, § ii. — Yeux
contemplatifs, H. E., c. iv, p. iii, § x. — On doit s'examiner d'un œil impassible, H. E., c. ii, p. iii, § v.

OEuvres. L'Hiérarque dans la synaxe loue les œuvres divines
(théurgies), H. E., c. iii, p. ii ; symbolisme, *ibid.*, p. iii,
§ xii.

Omniintelligibilité τὸ παννόητον. Omniintelligibilité, union de la
Triade, N. D., c. ii, § iv.

Onction χρίσις. *V. Huile, Onguent.*

Onguent μύρον. Composition de l'onguent, H. E., c. iv, p. iii,
§ iv ; symbolisme, *ibid.* — Bénédiction de l'onguent, H. E.,
c. iv, p. ii, § ii. — Onguent voilé, H. E., c. iv, p. ii ; symbolisme, p. iii, § i. — Emploi de l'onguent dans la plupart
des consécrations, H. E., p. iv, § ii ; p. iii, § x. — Autel
oint d'onguent, H. E., c. iv, p. iii, § xii ; symbolisme, *ibid.*

d'opération les biens divins, N. D., c. iv, § xxiii. — Opération du feu, H. C., c. xv, § ii. — Laisser de côté les opérations intellectuelles dans l'agnosie mystique, T. M., c. i, § i.

Opinion δόξα. La supersubstantielle splendeur est au-dessus de l'opinion, N. D., c. i, § v. — La cause de tout n'a pas d'opinion, T. M., c. v. — Dieu est accessible à l'opinion, N. D., c. vii, § iii. — Le bon, lumière intelligible, délivre des multiples opinions, N. D., c. iv, § vi. — Ce n'est pas une victoire que d'invectiver contre une opinion qui ne semble pas bonne, Ep. vi.

Or χρυσός. — Symbolisme de l'or par rapport aux substances célestes, H. C., c. xv. § vii.

Oracles λόγιον. Oracles mystiques, H. C., c. ii, § ii. — Oracles intelligibles, H. C., c. xii, § i. — Oracles donnés par Dieu, θεοπαράδοτα, H. E., c. v, p. ii, et *passim*. — Oracles écrits, et oracles oraux, H. E., c. i, § iv. — Cette double classe d'oracles forme la substance de notre hiérarchie, H. E., c. i, § iv. — Les oracles oraux se rapprochent plus de la hiérarchie céleste, H. E., c. i, § iv. — Les oracles sont un canon et une lumière, N. D., c. ii, § ii. — Oracles, convertisseurs, H. E., c. vi, p. i, § i. — Oracles, accoucheurs, H. E., c. iii, p. iii, § vi; c. vi, p. i, § i. — Oracles, source de puissance, H. E., c. vi, p. i, § i. — Les oracles contiennent toute théologie, théurgie, théophanie, hiérologie, hiérurgie, H. E., c. v, p. iii, § vii. — Imposition des oracles sur la tête de l'Hiérarque dans l'ordination, H. E., c. v, p. ii; symbolisme, *ibid.*, p. iii, § vii. *V. Ecriture, Théologie.*

Ordre τάξις. La cause de tout n'est pas ordre, T. M., c. v. — Dieu est le principe de l'ordre, *V. Taxiarchie.* — Ordres purs et clairs des opérations divines, H. E., c. v, p. i, § vii. — Ordre en soi, N. D., c. v, § v. — Ordre dans la distribution des dons divins, H. E., c. vii, p. iii, § vi. — La hiérarchie est un ordre, H. C., c. iii, § i. — L'ordre de la hiérarchie renferme trois ordres d'initiateurs : Purificateurs, Illuminateurs, Perfecteurs, et trois ordres d'initiés : Purifiés, Illuminés, Perfectionnés, H. C., c. iii, § ii. — Ordres premiers, moyens, derniers dans chaque hiérarchie, H. C., c. iv, § iii, et dans chaque intelligence céleste ou humaine, H. C., c. x, § iii. — La hiérarchie céleste embrasse trois hiérarchies dont chacune trois ordres, H. C., c. vi, § ii. — La hiérarchie ecclésiastique embrasse trois ordres d'initiateurs : Liturges (Purificateurs), Prêtres (Illuminateurs), Hiérarques (Perfecteurs), H. E., c. vi, p. iii, § v ; et trois ordres d'initiés : Catéchumènes, etc. (Purifiés), Peuple saint (Illuminés), Moines (Perfectionnés), *ibid.* — Les ordres supérieurs possèdent les illustrations et les puissances des inférieurs, mais non *vice versá*, H. C., c. v. — Les ordres les plus divins élèvent les moins avancés, H. C., c. iv, § iii. — Un ordre ne doit pas se confondre avec un autre ordre, Ep. viii, § iv. — Il ne faut pas pour rétablir l'ordre renverser l'ordre, Ep. viii, § i. — Subordination des ordres ecclésiastiques, Ep. viii, § iv. — Signification des ordres d'ici-bas, H. C., c. i, § iii. — Les ordres de la hiérarchie retracent les ordres des opérations divines, H. E., c. v, p. i, § vii. — Tout ordre doit s'exhausser à la coopération avec Dieu, H. C., c. iii, § iii.

Organe ὄργανον. Symbolisme des organes par rapport à Dieu, T. M., c. iii.

Orient. Initié dans l'illumination ou baptême tourné vers l'orient, H. E., c. ii, p. ii, § vi ; symbolisme, *ibid.*, p. iii, § v ; c. v, p. i, § vi.

Ornement κόσμος. Symbolisme, par rapport à Dieu, des ornements, T. M., c. iii ; des ornements de femme, Ep. ix, § i.

Ouïe. Symbolisme de l'ouïe par rapport aux substances célestes, H. C., c. xv, § iii.

Ourse. Symbolisme de l'ourse par rapport à Dieu, H. C., c. ii, § v.

Ozias. Ozias outre-passe ses droits, Ep. viii, § i ; réprouvé par la hiérarchie, H. E., c. ii, p. i.

P

Pain ἄρτος Participation à un pain un et même, H. E., c. iii, p. ii ; symbolisme, *ibid.*, p. iii, § i.

Paix εἰρήνη. Justus appelle la paix divine ineffabilité et immobilité, N. D., c. xi, § ii. — La paix divine se superunifie, N. D., c. xi, § i, et est superunie, *ibid.*, § ii. — La paix divine

Participateur μετέχων. Dieu excelle sur les participateurs,
Ep. ii.

Participation μετουσία, μετοχή. Participation en soi, N. D., c. v,
§ v. — Participation à la divine béatitude, H. E., c. ii,
p. iii, § iv. — La première participation à Celui qui est,
c'est l'être, N. D., c. v, § v. — Participation au beau,
H. C., c. ii, § iii. — Participation à la superchaste pureté,
à la superpleine lumière, à la superachevée perfection,
H. C., c. x, § iii. — Participation à la paix divine, N. D.,
c. xi, § i. — Participation à l'eupathie, H. C., c. xv, § ix.
— Participation des substances célestes à la vertu providentielle, H. C., c. xv, § i. — Le genre humain est appelé à la
participation des biens divins, H. E., c. iii, p. iii, § xiii. —
La participation à l'eucharistie couronne les autres participations aux biens théarchiques, H. E., c. vi, p. iii, § v. — Le
terme de toute hiérarchie est la divine participation à l'uniforme perfection du un même, H. E., c. i, § iii. — La participation précède la distribution, H. E., c. iii, p. iii, § xiii.

Participer μετέχω. Toute la divinité est participée tout entière
pour chacun des participants, et par aucun dans nulle fraction, union des trois Hypostases, N. D., c. ii, § v. — Les
rapports des êtres avec Dieu sont d'autant plus étroits, qu'ils
participent plus abondamment à ses dons, N. D., c. v, § iii.

Particulier μερικός. Beauté particulière, beau particulier, N. D.,
c. xi, § vi.

Partie μόριον. Sans le un, pas de partie, N. D., c. xiii, § iii. —
Ce qui est multiple en ses parties est un dans sa totalité,
N. D., c. xiii, § ii. — Symbolisme des multiples parties des
animaux sans raison par rapport aux substances célestes,
H. C., c. xv, § viii.

Partition μερισμός. La cause de tout n'est ni n'éprouve partition, T. M., c. iv.

Parturition ὠδίς. Parturition vitale, H. E., c. vi, p. i, § i. —
Parturitions de la terre, N. D., c. viii, § v. — Parturition
de l'amour divin, N. D., c. x, § i.

Passion πάθος. Les passions ont divers mouvements, N. D.,
c. x, § v. — La cause de tout ne se désordonne ni ne se
trouble sous le choc des passions grossières, T. M., c. iv.—
Corps affranchi des passions, H. E., c. iii, p. iii, § xi. —
Les méchants remplis d'atroces passions, Ep viii, § v. —

teurs, H. C., c. III, § II. — Les Perfecteurs transmettent la
science des sacrés objets de l'épopsie, H. C., c. III, § III. —
Nous devenons perfecteurs, H. E., c. I, § I. *V. Initiateur*.

Perfection τελειότης. La béatitude divine ne manque d'aucune
perfection, H. C., c. III, § II. — Dieu perfectionne tout en le
remplissant de sa propre perfection, N. D., c. XIII, § I. —
Quelle doit être la perfection de celui qui rassasie les autres
de la nourriture solide, N. D., c. III, § II.

— τελείωσις. La perfection hiérarchique consiste à ressembler à
Dieu le plus possible et à l'imiter dans son opération, H. C.,
c. III, § II. — La béatitude divine est perfection, H. C.,
c. III, § II. — Jésus, perfection de toutes les hiérarchies,
H. E., c. I, § II. — Perfection, suprême vertu des télètes,
H. E., c. V, p. I, § III; c. VI, p. III, § V. — La participation
à la science théarchique est perfection, H. C., c. VII, § III. —
Il ne nous est pas donné de savoir les perfections des intelli-
ligences supercélestes, H. C., c. VI, § I. — Perfection de la
première hiérarchie, H. C., c. VII, § I. — Perfection de la
théogénésie, H. E., c. II, p. III, § VIII. — Perfection des
Moines, H. E., c. VI, p. I, § III. — La perfection s'obtient
en raison de sa procession vers des êtres inférieurs, H. C.,
c. VIII, § II. — La perfection dans le Christ constitue le véritable bonheur, H. E., c. VII, p. III, § III. — Perfection du
bonheur, H. E., c. VII, p. III, § V.

Perfectionné τελούμενος. Perfectionnés, premier ordre des initiés,
H. C., c. III, § II. — Les Perfectionnés sont admis à la
science des sacrés objets de l'épopsie, H. C., c. III, § III. —
Nous devenons perfectionnés, H. E., c. I, § I.

Perfectionner τελῶ. Par qui et comment est perfectionnée la
première hiérarchie, H. C., c. VII, § II; c. X, § I. — La
hiérarchie moyenne est perfectionnée par la première, H. C.,
c. VIII, § I.

Perle. Perles intelligibles, H. C., c. II, § V.

Perpétuité αἰών La cause de tout n'est pas perpétuité, T. M.,
c. V. — Dieu est la perpétuité des perpétuités et présubsiste
aux perpétuités, N. D., c. V, § IV. — Dieu est la perpétuité
de l'être, N. D., c. V, § VIII. — De celui qui est le premier
dérivent toutes les perpétuités, N. D., c. V, § IV. — Dieu,
roi des perpétuités, N. D., c. V, § IV. — Le bon est la perpétuité des êtres, N. D., c. V, § IV. — Le bon est le prin-

cipe et la mesure des perpétuités, N. D., c. v, § iv. — L'homme changea la perpétuité contre la mutabilité, H. E., c. iii, p. iii, § xi. — Perpétuité toujours existante, Ep. viii, § v.

Perse. Monuments hiératiques des Perses, Ep. vii, § ii.

Petit μικρός. Le petit est attribué à l'auteur universel, N. D., c. ix, § i; en quel sens, *ibid.*, § iii.

Petitesse σμικρότης. La cause de tout n'est pas petitesse, T. M., c. v.

Philanthrope φιλάνθρωπος. Jésus, le plus grand des philanthropes, H. E., c. v, p. iii, § v.

Philanthropie φιλανθρωπία. Philanthropie infinie de la bonté théarchique, H. E., c. iii, p. iii, § xi. — Philanthropie de la théarchie à nous pardonner les fautes de fragilité, H. E., c. vi, p. iii, § vii. — Philanthropie de Jésus, Ep. iv; du Christ, Ep. iii. — Divin mystère de la philanthropie de Jésus, H. C., c. iv, § iv. — Philanthropie de l'Hiérarque, H. E., c. iii, p. iii, § iii. — Nous avons besoin de la divine philanthropie pour nous-mêmes, Ep. viii, § iv. — Cantique à la philanthropie théarchique, H. C., c. iii, p. iii, § viii.

Philosophie φιλοσοφία. Objet de la philosophie, Ep. vii, § ii. — Paul appelle la philosophie sagesse de Dieu, Ep. vii, § ii. — Philosopie des hommes antiques, H. E., c. iii, p. iii, § iv. — Philosophie très-parfaite du moine, H. E., c. vi, p. iii, § ii.

Phinées. Phinées, exemple de zèle, Ep. viii, § v.

Pied. Substances célestes représentées avec des pieds, H. C., c. xv, § iii, et avec plusieurs pieds, *ibid.*, c. ii, § i; symbolisme, *ibid.*, c. xv, § iii; avec des pieds ailés, *ibid.*; symbolisme, *ibid.*; avec les pieds déchaussés, *ibid.*; symbolisme, *ibid.*; symbolisme des pieds par rapport aux Séraphins, H. C., c. xiii, § iv.

Pierre λίθος. Symbolisme des pierres par rapport à Dieu, Ep. ix, § i. — Symbolisme de la pierre angulaire par rapport à Dieu, H. C., c. ii, § v. — Symbolisme des pierres blanches, rouges, jaunes, vertes, polychromes, par rapport aux substances célestes, H. C., c. xv, § vii.

Pierre Πέτρος. Pierre, le plus haut et le plus auguste chef des théologiens, N. D., c. iii, § ii.

Plante φυτόν. Les plantes reçoivent du bon leur vie de nutrition et de mouvement, N. D., c. ɪv, § ɪɪ. — Les plantes reçoivent de la vie divine leur vie de nutrition et de développement, N. D., c. vɪ, § ɪ, ɪɪɪ. — Les plantes n'ont que le dernier vestige ou le dernier écho de la vie, N. D., c. vɪ, § ɪ. — Symbolisme des plantes par rapport à Dieu, Ep. ɪx, § ɪ.

Plasmes πλάσμα. Plasmes représentatifs, H. C., c. ɪ, § ɪɪɪ. — Des plasmes remonter à la simplicité, H. C., c. ɪɪ, § ɪ.

Plénitude ἀποπλήρωσις. Notre hiérarchie est la plénitude de la hiérarchie légale, H. E., c. v, p. ɪ, § ɪɪ.

Poitrine. Symbolisme de la poitrine par rapport aux substances célestes, H. C., c. xv, § ɪɪɪ. — Poitrine, symbole de la colère, N. D., c. ɪx, § v.

Polycarpe. Polycarpe, hiérarque, Ep. vɪɪ. — Cette épître vɪ est adressée à Polycarpe.

Polymorphe. *V. Amorphe.*

Porte. Liturges placés aux portes, H. E., c. v, p. ɪ, § vɪ ; symbolisme, *ibid.* — Thérapeutes placés et consacrés aux portes, Ep. vɪɪɪ, § ɪ ; symbolisme, *ibid.*

Potier. Symbolisme du potier par rapport à Dieu, Ep. ɪx, § ɪ.

Prêtre ἱερεύς. Prêtres, deuxième ou moyen ordre des initiateurs, H. E., c. v, p. ɪ, § ɪɪɪ ; ordre illuminateur, *ibid.* — Les prêtres sont unificateurs, H. E., c. v, p. ɪ, § vɪɪ. — Jésus, prêtre, H. E., c. v, p. ɪɪɪ, § v, — et archiprêtre, Ep. vɪɪɪ, § v. — Notre Hiérarque illumine par ses Prêtres, H. C., c. xɪɪɪ, § ɪv. — Les Prêtres commandent aux Liturges et aux subalternes des Liturges, Ep. vɪɪɪ, § ɪv. — Fonctions des Prêtres, H. E., c. v, p. ɪ, § vɪ. — Rites de l'ordination des Prêtres, H. E., c. v, p. ɪɪ ; p. ɪɪɪ, § ɪ ; symbolisme, *ibid.*, p. ɪɪɪ, § ɪ-vɪɪɪ.

Prière εὐχή. Qualités de la prière, N. D., c. ɪɪɪ, § ɪ ; H. E., c. vɪɪ, p. ɪɪɪ, § vɪ. — Correspondre dignement aux prières des saints intercesseurs, H. E., c. vɪɪ, p. ɪɪɪ, § vɪ. — Mauvaise disposition dans la prière, cécité vis-à-vis du soleil, H. E., c. vɪɪ, p. ɪɪɪ, § vɪ. — Prière comparée à une chaîne, à un navire, à un bateau, N. D., c. ɪɪɪ, § ɪ. — La prière unit à Dieu, N. D., c. ɪɪɪ, § ɪ. — Ne rien entreprendre, surtout la théologie, que par la prière, N. D., c. ɪɪɪ, § ɪ. — Prière de l'Hiérarque avant la paix, H. E., c. ɪɪɪ, p. ɪɪ ; dans

de la synaxe est un , simple, indivisible, H. E., c. iii, p. iii,
§ iii. — L'Hiérarque contemple les principes des symboles ,
H. E., c. iii, p. ii. — L'homme tire son principe d'une génération complexe, H. E., c. iii, p. iii, § xi. — Principes du
mouvement du vent , H. C., c. xv, § vi. — L'ordre le plus
élevé des intelligences célestes est , après Dieu, le principe de toute divine gnose et de toute similitude divine,
H. C., c. xiii, § iii. *V. Procession.*

Privation στέρησις. La cause de tout n'est et n'éprouve pas privation , T. M., c. iv ; et est au-dessus des privations, *ibid.*,
c. i, § ii. — Les théologiens emploient à l'égard de Dieu des
expressions de privation dans un sens opposé, N. D., c. vii,
§ i. — Dieu ne sait pas ne pas savoir par privation, N. D.,
c. viii, § vi. — Ce n'est pas par privation que dans l'obscurité divine, nous échappe la gnose des êtres , Ep. i. — Privation totale ou partielle, N. D., c. iv, § xxix. — Ce qui
subit la complète privation du bon n'a pas été, n'est pas ,
ne sera pas, et ne peut pas être en un temps quelconque ni
de n'importe quelle sorte, N. D., c. iv, § xx. — Le bon en
se communiquant substancifie même sa privation, N. D.,
c. iv, § xx. — C'est par la privation même du bon que les
êtres peuvent s'élever à sa pleine participation, N. D.,
c. iv , § xx. — La privation par sa puissance propre ne
lutte pas contre le bon, N. D., c. iv, § ix. — Le mal est
privation, N. D., c. iv, § xxxii. — La privation de ce qui
constitue une nature est le mal de cette nature , N. D.,
c. iv, § xxvi. — Inégalité de privation, N. D., c. viii, § ix.
— L'irraisonnabilité et l'insensibilité , privation de la raison
et des sens dans les brutes et la matière; comment elles s'entendent chez les immatérielles intelligences, H. C., c. ii, § iv.

Procession πρόοδος. Le bon exprime toutes les processions de
Dieu, N. D., c. iii, § i. — Bonne procession de l'unité absolue , N. D., c. iv, § xiv. — Du Dieu un sont toutes les
bonnes processions, N. D., c. v, § ii. — Processions des
créatures , distinction de la divinité, N. D., c. ii, § v, et
union dans les trois Hypostases, *ibid.* — La cause universelle part de l'être dans sa procession substancifiante, N. D.,
c. v, § ix. — Procession substancifiante de la substanciarchie , N. D., c. v, § i. — Procession de Dieu sur toutes les
hiérarchies, H. C., c. ix, § ii. — La principale procession de

bon exprime seul la providence de Dieu selon son universalité, N. D., c. v, § ii. — La providence est le rayonnement de la divinité, H. C., c. iv, § i. — Tous les êtres participent à la providence, H. C., c. iv, § i; sont autour d'elle et pour elle, N. D., c. i, § v. — Dieu par sa providence est présent à tout, N. D., c. ix, § v. — Providence une, H. C., c. ix, § iv; une et même, N. D., c. i, § v. — Providence une de toutes choses supersubstantiellement élevée au-dessus de toutes les puissances visibles ou invisibles, H. C., c. ix, § iv. — Providences générales et particulières, N. D., c. i, § viii. — La Triade révèle ses très-bonnes providences, N. D., c. iii, § i. — L'amour ou la charité excite les supérieurs à être la providence des inférieurs, N. D., c. iv, § xii. — Providences de Dieu, sorte d'extase, N. D., c. iv, § xiii. — La divinité en soi est une providence, N. D., c. xii, § ii. — La paternelle providence met sa lumière à notre portée, H. C., c. i, § ii. — Providence source de paix, N. D., c. xi, § iii. — Providence dans la restauration de l'homme, H. E., c. iii, p. iii, § xi. — Providence de Jésus qui opère tout en tous, N. D., c. xi, § v. — Comment le mal existe sous la providence, N. D., c. iv, § xxxiii. — Ce n'est pas le propre de la providence que de violenter la nature, N. D., c. iv, § xxxiii. — La providence traite chaque chose comme elle doit être traitée, N. D., c. iv, § xxxiii. — Symboles de la providence divine, Ep. ix, § i, iii. — Les êtres supérieurs servent de providence aux inférieurs, N. D., c. iv, § x. — Les supérieurs dans leur providence se dévouent aux inférieurs, sorte d'extase, N. D., c. iv, § xiii. — Providences des anges supérieurs à l'égard des inférieurs, N. D., c. iv, § ii. — Ordre de la providence dans la distribution des biens impartis par les supérieurs aux inférieurs, Ep. viii, § iii.

Psaume. But du chant des psaumes, H. E., c. iii, p. iii, § i, v. — Chant des psaumes dans la synaxe, H. E., c. iii, p. ii; symbolisme, p. iii, § i, iv, v; dans la télète de l'onguent, *ibid.*, c. iv, p. ii; symbolisme, *ibid.*, p. iii, § iii; dans les funérailles, *ibid.*, c. vii, p. ii; symbolisme, p. iii, § ii.

Puissance δύναμις. Dieu est au-dessus de toutes les puissances réelles ou imaginables, N. D., c. viii, § i. — La cause de tout n'a pas de puissance, T. M., c. v, et n'est pas puissance, *ibid.* — Dieu, puissance une et simple, Ep. ix, § i.

— ἐξουσία. Archipuissance, effectrice des Puissances, H. C.,
c. viii, § i. — Les Puissances, avec les Dominations et les
Vertus, forment la deuxième hiérarchie, H. C., c. vi, § ii.
— Puissances, sixième ordre des substances célestes, H. C.,
c. vi, § ii; c. viii, § i. — Propriétés et fonctions des Puissances, H. C., c. viii, § i.

Pur καθαρός. Traiter avec pureté ce qui est pur, H. E., c. i,
§ v. — Dieu ne se manifeste qu'à ceux qui traversent toutes
choses pures, T. M., c. i, § iii.

Pureté καθαρότης. Pureté unificatrice, N. D., c. xi, § ii. — Pureté intellectuelle une, N. D., c. xi, § ii. — La sainteté requiert la pureté, N. D., c. xii, § ii. — La hiérarchie a pour
fonction de recevoir et de transmettre la pureté sans mélange, H. C., c. vii, § ii. — Transmission de la pureté,
H. C., c. xiii, § iv. — L'ordre des Illuminés est en toute pureté, H. E., c. vi, p. i, § i.

Purificateur καθαρτικός. Purificateurs, ordre dernier des initiateurs, H. C., c. iii, § ii; H. E., c. v, p. i, § iii. — Les Liturges
sont Purificateurs, H. E., c. v, p. i, § vi. — Fonctions des
Purificateurs, H. E., c. v, p. i, § vi. — Les Purificateurs
transmettent la pureté à leurs inférieurs, H. C., c. iii, § iii.

Purification κάθαρσις. Purification, première vertu des télètes,
H. E., c. v, p. i, § iii; c. vi, p. iii, § v. — La béatitude
divine est la purification sacrée, H. C., c. iii, § ii, et au-
dessus de la purification, *ibid.* — La communication à la
science théarchique est purification, H. C., c. vii, § iii. —
Dieu, principe, substance, démiurge et cause de la purification, H. C., c. xiii, § iv. — Purification des substances célestes, H. E., c. vi, p. iii, § vi. — Purification de Moyse,
T. M., c. i, § iii. Purification de la théogénésie, H. E., c. v,
p. i, § iii. — La plus extrême purification s'opère sous l'œil
du Christ, H. E., c. iii, p. iii, § x. — Mode de la purification, H. C., c. xiii, § iv.

Purifié καθαιρόμενος. Purifiés, ordre dernier des initiés, H. C.,
c. iii, § ii; H. E., c. v, p. i, § ii. — En quel sens la hiérarchie céleste renferme des Purifiés, H. E., c. vi, p. iii, § vi.
— Dans notre hiérarchie, l'ordre des Purifiés, embrasse
Catéchumènes, Energumènes, Pénitents, H. E., c. vi, p. i,
§ i; *V. ces mots.* — Les Purifiés dépouillent toute dissimilitude, H. C., c. iii, § iii.

§ ɪɪ. — Raisons uniformes des cérémonies, H. E., c. ɪɪɪ,
p. ɪɪɪ, § ɪɪɪ.

Raisonnabilité λογιότης. Raisonnabilité de Dieu, H. C., c. ɪɪ,
§ ɪɪɪ. — Raisonnabilité des substances immatérielles, H. C.,
c. ɪɪ, § ɪv.

Raisonnement τὸ λογικόν. Les âmes obtiennent de la divine sagesse le raisonnement, N. D., c. vɪɪ, § ɪɪ. — Par le raisonnement les âmes ramènent le multiple au un et se rapprochent
ainsi des anges dans leur intellection, N. D., c. vɪɪ, § ɪɪ.

Récompense ἀμοιβή. Récompense céleste proportionnée à notre
vie ici-bas, H. E., c. vɪɪ, p. ɪɪɪ, § ɪ.

Rédemption ἀπολύτρωσις. La vérité divine et la sagesse supersage
est appelée rédemption, N. D., c. vɪɪɪ, § ɪ. — La rédemption
divine réintègre les êtres dans le beau et le bon, N. D.,
c. vɪɪɪ, § ɪx.

Rejeton βλαστός. Symbolisme des rejetons par rapport à Dieu,
Ep. ɪx, § ɪ.

Religion θρησκεία. Vérité supersage de notre religion, Ep. vɪɪ,
§ ɪɪɪ. — Ce n'est pas une victoire que d'invectiver contre
une religion qui ne semble pas bonne, Ep. vɪ.

Repos ἡσυχία. La cause de tout ne garde pas le repos, T. M.,
c. v.

— λῆξις. Repos déiforme, H. E., c. ɪɪɪ, p. ɪɪɪ, § ɪx. — Repos
béatifique, H. E., c. v, p. ɪ, § ɪɪ; c. vɪɪ, p. ɪɪɪ, § ɪɪ. —
Anagogie du supercéleste repos, H. E., c. ɪɪ, p. ɪ. — Repos
perpétuel des bons, Ep. vɪɪɪ, § v. — Repos de l'âme, H. E.,
c. vɪɪ, p. ɪɪɪ, § ɪx. — Repos du corps, H. E., c. vɪɪ, p. ɪ,
§ ɪ; p. ɪɪɪ, § ɪx. — Notre hiérarchie est le repos de la hiérarchie légale, H. E., c. v, p. ɪ, § ɪɪ. — Symboles des repos
divins, Ep. ɪx, § ɪ.

Ressentiment μῆνις. Symbolisme du ressentiment par rapport à
Dieu, T. M., c. ɪɪɪ.

Résurrection ἀνάστασις. Symboles de la plus parfaite résurrection, H. E., c. vɪɪ, p. ɪɪɪ, § ɪx.

Réveil ἐγρήγορσις. Symbolisme du réveil par rapport à Dieu,
T. M., c. ɪɪɪ; Ep. ɪx, § vɪ.

Révolution συνέλιξις. Révolutions des anges, N. D., c. ɪv, § ɪɪ.

Robe ποδήρης. Robe talaire, symbole hiérarcal, H. C., c. vɪɪɪ,
§ ɪɪ. — Ange revêtu d'une robe talaire, H. C., c. vɪɪɪ, § ɪɪ.
V. Vêtement.

supersubstantiellement principe, cause substancifique, collectrice vertu et circondante borne de tous les êtres ensemble, H. C., c. xiv. — La divine sagesse en se connaissant connaît tout, le matériel immatériellement, le divisible indivisiblement, le multiple simplement ; elle connaît tout et produit tout dans le un même, N. D., c. vii, § ii. — Sagesse simple et variée, H. C., c. xv, § iv. — Toutes les intelligences participent à la sagesse, les unes immédiatement et les autres médiatement, H. C., c. xii, § ii. — La sagesse appartient spécialement à la première hiérarchie, H. C., c. xiii, § iii. — Les Séraphins reçoivent et transmettent la sagesse, H. C., c. vii, § i. — Les Chérubins participent à la sagesse à un plus haut degré que les substances au-dessous d'eux, H. C., c. xii, § ii. — Nourriture, cratère, maison de la sagesse ; symbolisme, Ep. ix, § ii, iii, iv.

Saint ἅγιος. Sens du mot saint dans l'Ecriture, N. D., c. xii, § iv. — Dieu appelé Saint des saints, N. D., c. xii, § i, et pourquoi, *ibid.*, § iv. — Les saints sont les amants de la vérité, Ep. x. — Les saints se conduisent en anges au milieu des hommes, Ep. x. — Dieu ne se manifeste à découvert qu'à ceux qui franchissent toute hauteur de toutes choses saintes, T. M., c. i, § iii. — Ne communiquer le saint qu'aux saints, N. D., c. i, § viii ; H. E., c. i, § v. — Le Grand-prêtre entrait dans le Saint des saints, Ep. viii, § i. — Les Thérapeutes ne doivent pas toucher au Saint des saints, Ep. viii, § i. — Les saints du même ordre doivent ramener les délinquants au devoir, Ep. viii, § iv. — Les non-saints se retranchent eux-mêmes de la société des saints, Ep. x.

Sainteté ἁγιότης. Définition de la sainteté en soi, N. D., c. xii, § ii. — Sainteté attribuée à Dieu, et en quel sens, N. D., c. xii, § iii. — La cause élevée au-dessus de tout est la sainteté superéminente, N. D., c. xii, § iii. — Les saints aiment la sainteté, Ep. x.

Salut σωτηρία. La justice divine est appelée salut, en tant qu'elle dispose les choses d'après leurs raisons respectives, N. D., c. viii, § ix. — Salut opéré par la déification des sauvés, H. E., c. i, § iii. — La vérité divine et la sagesse supersage est appelée salut, N. D., c. viii, § i. — La volonté de la Triade est le salut des créatures raisonnables, H. E., c. i, § iii. — Dieu pour le salut de tout devient tout en tout,

— La hiérarchie a pour fonction de recevoir et de transmettre la science , H. C., c. VII, § II. — Science parfaite des illuminations, H. E., c. V, p. I, § III. — Science perfective de l'initiation , H. C., c. III, § III. — Science des mystères , H. C., c. VII, § III. — Le terme de toute hiérarchie est la science de la vérité, H. E., c. I, § III. — L'Hiérarque possède la science perfective de tout le sacerdoce, H. E., c. V, p. III, § VII. — L'Hiérarque communique à fond la science des mystères, H. E., c. V, p. III, § VIII, et la science une [de sa hiérarchie, *ibid.*, c. III, p. III, § III. — La première hiérarchie est initiée à la science théologique par la théarchie elle-même, H. C., c. VII, § IV, participe au plus haut degré à la science théarchique, H. C., c. VII, § IV, et à la science la plus élevée des illustrations divines, H. C., c. XIII, § III. — Les premières substances célestes ont la science la plus sublime qu'un ange comporte du déifique, H. C., c. VII, § II, et ne sont pas illuminées par rapport à la science analytique de la diversité sacrée, H. C., c. VII, § II. — Divin amour de la science des symboles sacrés, H. E., c. VI, p. I, § II. — Les divines fictions recouvrent la science interdite à la foule, Ep. IX, § I. — Odorat, symbole de la science par rapport aux substances célestes , H. C., c. XV, § III.

Seigneur κύριος. Sens du mot seigneur dans l'Ecriture, N. D., c. XII, § IV. — Dieu appelé Seigneur des seigneurs, N. D., c. XII, § I, et pourquoi *ibid.*, § IV. — Un Seigneur Jésus-Christ, N. D., c. XIII, § III.

Seigneurie κυριότης. Etymologie de κυριότης seigneurie, N. D., c. XII, § II. — Définition de la seigneurie en soi, N. D., c. XII, § II. — Seigneurie attribuée à la théarchie, N. D., c. VIII, § I, et à Dieu , *ibid.*, c. XII, § III , et en quel sens , *ibid.* — La cause élevée au-dessus de tout est la seigneurie souveraine, N. D., c. XII, § III.

Sein κόλπος. Sein générant de Dieu , Ep. IX, § I. — Sein d'Abraham , d'Isaac, de Jacob, des justes, H. E., c. VII, p. III, § IV ; symbolisme, *ibid.*, § V.

Semblable ὅμοιος. Dieu appelé semblable comme créateur des semblables et de la similitude, N. D., c. IX, § I, et comme même, *ibid.*, § VI. — Dieu n'est semblable à aucun être, mais les êtres lui ressemblent plus ou moins , comme le causé à la cause, par image et similitude, N. D., c. IX, § VI. — Comment les créatures sont tout à la fois semblables et dissemblables à Dieu, N. D., c. ix, § vii. — Le Christ nous rendra semblables à lui, H. E., c. iii, p. iii, § xii. — Union de l'homme à l'Esprit théarchique, semblable à semblable, H. E., c. iii, p. iii, § vii. — Union des hommes, semblable à semblable, H. E., c. iii, p. iii, § viii.

Sens αἴσθησις. Dieu est le principe de tout sens, N. D., c. v, § vii. — Tout sens dérive de la sagesse de Dieu, N. D., c. vii, § ii. — Les sens sont un vestige ou un écho de la sagesse, N. D., c. vii, § ii. — Les anges ne connaissent pas le sensible par les sens, mais par leur intelligence, N. D., c. vii, § ii. — L'homme, en comparaison des animaux irraisonnables, ne possède le sens qu'à un moindre degré, H. C., c. xv, § iii. — La supersubstantielle splendeur est au-dessus du sens, N. D., c. i, § v. — Laisser de côté les sens dans l'agnosie mystique, T. M., c. i, § i. — Dieu ouvre un champ au sens, N. D., c. vii, § iii. — On ne doit pas s'armer des arguments évidents des sens contre la cause inévidente de l'univers, N. D., c. vi, § ii. — Symbolisme des sens des animaux sans raison par rapport aux substances célestes, H. C., c. xv, § viii. — αἰσθητήριον. Sens intellectuels, Ep. ix, iv.

Sensible αἰσθητός. Dieu est au delà de tout sensible, Ep. v. — Dieu n'est pas sensible, N. D., c. vii, § iii. — Dieu n'est ni n'éprouve rien de sensible, T. M., c. iv. — Le sensible dans la hiérarchie est l'image de l'intelligible, H. E., c. ii, p. iii, § ii. — Symboles sensibles, N. D., c. ix, § v; Ep. ix, § i. — Notre hiérarchie a besoin du sensible pour nous élever plus clairement à l'intelligible, H. E., c. i, § v. — Laisser de côté tout sensible dans l'agnosie mystique, T. M., c. i, § i.

Séraphin σέραφ. Etymologie du mot séraphin, H. C., c. vii, § i; c. xiii, § iv; c. xv, § ii. — Les Séraphins, avec les Chérubins et les Trônes, forment la première hiérarchie, H. C., c. vi, § ii; c. vii, § i. — Séraphins, premier ordre des substances célestes, H. C., c. vi, § ii; c. vii, § i. — Propriétés et fonctions des Séraphins, H. C., c. vii, § i. — Les Séraphins crient l'un à l'autre, H. C., c. x, § ii; symbolisme, *ibid.* — Explications sur le séraphin qui purifia le prophète, H. C., c. xiii, § ii, iii.

Serment ὅρκος. Symbolisme des serments par rapport à Dieu,
T. M., c. III.

Session καθέδρα. Session de Dieu, N. D., c. IX, § I ; symbolisme,
ibid., § VIII.

Silence σιγή. Les anges sont les hérauts du divin silence, N. D.,
c. IV, § II ; et les miroirs de la bonté du silence impénétrable,
ibid., § XXII. — Nous devons honorer par le silence l'arcane
au-dessus de nous, H. C., c. XV, § IX. — Silence initiateur
à l'arcane, T. M., c. I, § I.

Similitude ὁμοιότης. La cause de tout n'est pas similitude,
T. M., c. V. — Similitude en soi, N. D., c. V, § V. — Dieu,
créateur de la similitude en soi, N. D., c. IX, § VI. —
Vérité dans la similitude, H. E., c. IV, p. III, § I. — La similitude divine convertit tous les êtres à soi, N. D., c. IX,
§ VI. — Les créatures ressemblent à Dieu par similitude,
N. D., c, IX, § VI. — Le monde offre des similitudes des paradigmes divins, N. D., c. VII, § III. — La similitude de
l'opération divine s'imprime dans les images hiéroplastiques,
H. C , c. VII, § II, et dans les visions théophaniques, *ibid.,*
c. IV, § III. — Similitudes dissemblables dans le symbolisme,
H. C., c. XV, § VIII. — Similitudes dissemblables appliquées
aux êtres intelligents, H. C., c. II, § IV. — On loue la divinité par des similitudes semblables et par des similitudes
dissemblables, H. C., c. II, § III. — Les similitudes dissemblables élèvent plus notre intelligence, H. C., c. II, § III. —
Notre Hiérarque s'exhausse à la similitude des anges par
l'interprétation des mystères, H. C., c. XII, § II.

Simon. Opinion de Simon sur la vie immortelle de l'homme,
N. D., c. VI, § II.

Simple ἀπλοῦς. La cause au-dessus de tout est la divinité la plus
simple, N. D., c. XII, § III. — Dieu, puissance simple,
Ep. IX, § I. — Mystères simples, T. M., c. I, § I. — Première hiérarchie illuminée de splendeurs simples, H. C.,
c. VII, § IV. — Le simple en soi nous est agnoste, H. C.,
c. II, § II.

Simplicité ἀπλότης. La raison divine se simplifie au delà de
toute simplicité, N. D., c. VII, § IV. — Simplicité des substances célestes, H. C., c. XV, § I. — Simplicité déiforme
des substances supermondaines, H. C., c. II, § II. — Les
ordres inférieurs en se diversifiant multiplient la simplicité

des dons divins transmis par les supérieurs, N. D., c. XII, § IV. — La simplicité de l'intelligence perce le voile des symboles, Ep. IX, § I. — Remonter des mystérieuses fictions à leur simplicité déiforme, H. C., c. IV, § I. — Réduction à la simplicité divine, H. C., c. I, § I.

Simulacre ἄγαλμα. Les membres de la hiérarchie transformés en simulacres de Dieu, H. C., c. III, § II. — Simulacre de la vertu, H. E., c. IV, p. III, § I. — Simulacres des noms divins, N. D., c. IX, § I. — Amoureux contemplateurs des simulacres sacrés, H. C., c. II, § V.

Soleil ἥλιος. Etymologie de ἥλιος soleil, N. D., c. IV, § IV. — Effets du soleil, N. D., c. IV, § IV. — Soleil, image de la bonté, N. D., c. IV, § IV. — Soleil théarchique, H. C., c. XV, § VIII. — Comparaison de la cause universelle au soleil, N. D., c. V, § VIII. — Soleil de justice, H. C., c. VII, § V. — Les persécuteurs pensent follement éteindre le soleil de l'Evangile, Ep. X. — Prière et soleil, H. E., c. VII, p. III, § VI. — Paul nommé soleil, N. D., c. VII, § I.

Sommeil. Symbolisme du sommeil par rapport à Dieu. T. M., c. III; Ep. IX, c. II, VI.

Son ἦχος. Laisser de côté tous les sons pour s'élever à la cause de tout, T. M., c. I, § III.

Sophiste. V. Apollophane.

Sort κλῆρος. Explication du sort tombé sur Matthias, H. E., c. V, p. III, § V. ·

Sosipatre. Sosipatre, prêtre, Ep. VI. — Cette épître VI est adressée à Sosipatre.

Soudainement ἐξαίφνης. Explication du mot ἐξαίφνης soudainement, Ep. III.

Sourcil. Symbolisme des sourcils par rapport aux substances célestes, H. C., c. XV, § III.

Spectacle θέαμα. Dieu ne s'offre pas en spectacle, T. M., c. I, § III. — Spectacles amorphes et supernaturels, H. C., c. II, § II. — Spectacles divins et uns dérobés aux hommes divisés, H. E., c. VII, p. III, § VIII. — Spectacles divins dévoilés au secondaire par le primaire, H. E., c. V, p. I, § IV. — Spectacles vis-à-vis de Jésus, H. E., c. I, § I. — Les Séraphins s'élancent aux spectacles de Jésus, H. E., c. IV, p. III, § IV. — Spectacles mystiques, T. M., c. I, § I; H. C., c. XV, § IV. — Spectacles vis-à-vis des anges, H. C., c. VI,

§ i. — Spectacles uniformes de notre hiérarchie, H. E., c. vii, p. iii, § xi. — Spectacles intelligibles de la synaxe, H. E., c. iii, p. ii. — Les spectacles intelligibles de la synaxe nous élèvent au commerce avec le un, H. E., c. iv, p. i. — Rassasiement par les spectacles intelligibles, H. E., c. iv, p. iii, § iii.

Splendeur ἀκτίς. La splendeur ingénérée, en rayonnant, demeure une, simple, même et superpleine, H. C., c. ix, § iii. — Simple splendeur de la lumière divine ; cette splendeur ne déchoit jamais de son unique unité ; raisons de la multiplication de cette splendeur, H. C., c. i, § ii. — Splendeur du soleil théarchique, H. C., c. xv, § viii. — La bonté de la divine béatitude déploie les splendeurs de sa lumière, H. E., c. ii, p. iii, § iii. — Exemple tiré de la splendeur solaire pour expliquer la transmission de la splendeur divine, H. C., c. xiii, § iii. — Mode de transmission de la splendeur divine, H. C., c. xiii, § iii. — A qui se communique la splendeur des choses sacrées, H. E., c. iv, p. iii, § ii.

Station στάσις. A l'auteur universel est attribué la station, N. D., c. ix, § i. — Signification de la station en Dieu, N. D., c. ix, § viii. — La béatitude divine ne sort pas de sa station, H. E., c. iii, p. iii, § iii. — Dieu, principe de toute station, N. D., c. v, § vii. — Station monadaire du moine, H. E., c. vi, p. iii, § i.

Stationner ἵστημι. La cause de tout ne stationne pas, T. M., c. v.

Subsistance ὕπαρξις. La bonté en soi caractérise la subsistance théarchique, N. D., c. ii, § i. — Le bon est la subsistance même de Dieu, N. D., c. iv, § xxi. — Subsistance ineffable de la Triade, N. D., c. ii, § v. — Subsistance supersubstantielle, union dans la Triade, N. D., c. ii, § iv. — La théarchie est appelée substance pour marquer qu'elle est la subsistance essentielle, et la vraie cause de la subsistance des êtres, H. C., c. ii, § iii. — La subsistance de Jésus comme homme est distincte, N. D., c. ii, § iii. — La providence est la subsistance de la bonté, N. D., c. i, § v. — Jésus nous renouvelle dans une divine et perpétuelle subsistance, H. E., c. iv, p. iii, § x. — Le bon est la cause de la subsistance, N. D., c. v, § iv. — Ce qui n'est pas n'a pas de subsistance, H. E., c. ii, § i. — Subsistances contraires à la déification, H. E., c. ii, p. iii, § vi. — La subsistance de la matière remonte au beau essentiel, H. C., c. II, § IV.

Substance οὐσία. Dieu en dehors de toute substance subsiste d'une façon supersubstantielle, N. D., c. IV, § XX. — La théarchie est au-dessus de toute substance, H. C., c. II, § III. — La cause de tout n'est pas substance , T. M., c. V. — Substance est véritablement le nom de celui qui est véritablement, N. D., c. V, § I. — Substance, nom commun aux trois Hypostases , N. D., c. II, § I. — La substance supersubstantielle est inexprimable et insaisissable même par l'union, N. D., c. V, § I. — La divinité est principe et cause effectrice des substances, H. C., c. XIII, § IV. — Le bon est la cause de la substance, N. D., c. V, § IV. — Substance de notre sanctification , H. E., c. IV, p. III, § XII. — Dieu , substance de la purification , H. C., c. XIII, § IV. — Les substances avoisinent d'autant plus la divinité , qu'elles participent à elle en plus de manières , H. C., c. IV, § I. — Les êtres n'ont pas pour principes ou démiurges des substances, non-êtres incompris , N. D., c. XI, § VI. — Les substances intelligibles et intelligentes des anges , de même que les substances des âmes, dérivent de la cause universelle , N. D., c. V, § VIII. — Supériorité des substances célestes sur les êtres *in*vivants, vivants, raisonnables , H. C., c. IV, § I. — Substances célestes en général appelées anges , H. C., c. V ; plus ou moins déiformes, *ibid.*; supérieures ou inférieures, *ibid.* — Les substances célestes ou supermondaines sont sans figure, H. C., c. I, § III; incorporelles , *ibid.*, c. II, § II ; immatérielles , *ibid.*, c. I, § III ; simples , *ibid.*, c. II, § II; invisibles, *ibid.*, c. II. § II; agnostes en soi vis-à-vis de nous, *ibid.* — Toutes les divines intelligences se distinguent en substance, vertu et opération, H. C., c. XI, § II. — Les substances les plus rapprochées de Dieu l'imitent le plus par leur vertu et leur opération, et deviennent les hiérarques des autres, H. C., c. XIII, § III.

Substanciarchie οὐσιαρχία. Procession substancifiante de la substanciarchie théarchique, N. D., c. V, § I.

Substancification οὐσίωσις. Substancification, union dans les trois Hypostases , N. D., c. II, § I. — Substancification en soi , N. D., c. XI, § VI.

Sujet ὑποκείμενον. Ce qui est multiple en accidents est un en sujet N. D., c. XIII , § II. *V. Accident.*

Superagnoste. Hauteur superagnoste, T. M., c. i, § i. *V. Agnoste.*

Superbeau. Charmes superbeaux dont l'obscurité mystique superemplit les intelligences anommates, T. M., c. i, § i.

Superbonté. Superbonté, N. D., c. i, § v. — La superbonté en soi est louée par le premier de ses dons, l'être en soi, N. D., c. v, § vi.

Supermondainement ὑπερκοσμίως. Choses révélées supermondainement aux anges, H. C., c. i, § iii.

Supernaturel ὑπερφυής. Supernaturel opéré par le Christ, Ep. vii, § ii.

Supersubsistance. Supersubsistance de la superbonté, N. D., c. i, § v.

Supersubstantialité ὑπερουσιότης. N. D., c. i, § v. — Jésus en prenant notre substance a gardé sa supersubstantialité, Ep. iv.

Supersubstantiel. Le supersubstantiel nous a esté transmis dans le nôtre, H. E., c. i, § v.

Superunion. Superunion des Hypostases divines totale, sans confusion partielle, N. D., c. ii, § iv.

Susception ὑποδοχή. Susception de la bonté divine, N. D., c. i, § v. — Susception des communications divines par les Séraphins, H. E., c. iv, p. iii, § iv. — Susception du divin par les Trônes, H. C., c. vii, § i. — Susception des illustrations théarchiques par les Vertus, H. C., c. viii, § i; par les Puissances, *ibid.* — Susception de l'illustration d'un ange supérieur par un autre inférieur, H. C., c. viii, § ii. — Susception des ondées intellectuelles, H. C., c. xv, § viii.

Symbole σύμβολον. Démiurge des symboles, H. E., c. iii, p. iii, § i. — Les symboles sont les copies des divins originaux ; ne pas les mépriser, Ep. ix, § ii. — Ne pas prendre le symbole pour la vérité du symbolisé, H. C., c. ii, § i. — Les symboles mettent la lumière divine à notre portée, H. C., c. i, § ii. — Du symbole nous nous élevons au simple, H. C., c. i, § iii; exemples, *ibid.* — Les hommes s'exhaussent par les symboles sensibles à l'uniforme déification, H. E., c. i, § ii. — Nous avons peine à croire les mystères enveloppés de symboles sensibles, Ep. ix, § i. — Double motif des symboles, notre faiblesse et la nécessité de cacher les secrets divins, H. C., c. ii, § ii. — Autre motif des symboles, les

deux éléments de notre nature, Ep. ix, § i. — Les substances célestes ne contemplent pas par des symboles sensibles, H. C., c. vii, § ii. — Symboles toujours employés
comme enseignement, Ep. ix, § i. — Les hiérarques ont
exposé les objets sous des symboles dans la partie commune
de leur ministère, H. E., c. i, § iv. — Les initiateurs connaissent les raisons des symboles, H. E., c. i, § v. — La
multitude ne considère que les symboles dont les parfaits
contemplent les principes, H. E., c. iii, p. ii. — Pour qui
se lève le voile des symboles, Ep. ix, § i. — Les profanes
ne doivent pas même toucher aux symboles, H. E., c. i, § v.
— Dieu est désigné sous des symboles matériels, H. C.,
c. ii, § v ; exemples, *ibid.* — Ne pas confondre vis-à-vis de
Dieu les noms immatériels avec les symboles sensibles,
N. D., c. ix, § v. — Hiérarchies célestes manifestées sous
des symboles, H. C., c. i, § ii ; *ibid.*, c. ii, § v. — Les instruments affectés aux anges sont parfois les symboles des jugements de Dieu à notre égard, H. C., c. xv, § v. — Symboles
sensibles de notre hiérarchie, H. E., c. i, § ii ; c. v, p. i,
§ ii. — Les symboles s'adaptent avec justesse aux sacrements, H. E., c. ii, p. iii, § vii. — Symboles légaux,
H. E., c. v, p. i, § ii. — Symboles de la théogénésie, H. E.,
c. ii, p. i. — Symboles de religion, H. E., c. iii, p. iii,
§ vii. — Participation des illuminés aux plus divins mystères qu'ils contemplent, H. E., c. vi, p. i, § ii. — Par
l'onction de l'huile on participe au premier symbole sacré,
H. E., c. vii, p. iii, § viii. — Comment expliquer les symboles, Ep. ix, § ii. *V. Iconographie, Image, Plasme, Similitude.*

Symboliquement. Choses révélées symboliquement aux hommes,
H. C., c. i, § iii.

Symboliser. Le monde intelligible est symbolisé par le monde
matériel, H. C., c. ii, § iv.

Sympathie συμπάθεια. Le divin s'apprend par une sympathie qui
façonne à l'union et à la foi vis-à-vis de ce divin, N. D.,
c. ii, § ix. *V. Hiérothée.*

Synaxe σύναξις. Eucharistie appelée synaxe, H. E., c. iii, p. i.
— Synaxe une, simple, indivisible dans son principe, diversifiée dans ses symboles, H. E., c. iii, p. iii, § iii. — Comment la synaxe unifie ceux qui la reçoivent dignement,

H. E., c. iii, p. iii, § iii. — Anagogie unifique de la synaxe,
H. E., c. v, p. i, § iii. — Judas ne reçut pas la synaxe,
H. E., c. iii, p. iii, § i.

Synopsis σύνοψις. Synopsis de l'intelligible, T. M., c. iii. — Les
anges procèdent par synopsis dans les intellections divines,
N. D., c. vii, § ii. *V. Hiérothée.*

T

Tabernacle σκηνή. Tabernacle sacré, H. E., c. v, p. i, § ii.

Taction ἐπαφή. Toute taction vient du bon et du beau, N. D.,
c. iv, § x. — Dieu ouvre un champ à la taction, N. D., c. vii,
§ iii. — La cause de tout n'a ni la taction sensible, T. M.,
c. iv, ni la taction intellective, *ibid.*, c. v. — Symbolisme de la
taction par rapport aux substances célestes, H. C., c. xv, § iii.

Tautologie ταυτολογία. Denys fuira la tautologie, N. D., c. iii, § ii.

Taxiarchie ταξιαρχία. Subordination établie dans les hiérarchies
par la taxiarchie, H. C., c. ix, § i. — La taxiarchie règle la
participation et l'administration concernant les choses divines, Ep. viii, § i. — Loi de la taxiarchie supersubstantielle pour l'élévation des divers ordres, H. C., c. iv, § iii. —
Manière de s'élever par anagogie jusqu'à la taxiarchie, H. C.,
c. viii, § ii. — Comment les Principautés réfléchissent la
taxiarchie, H. C., c. ix, § i.

Télétarchie τελεταρχία. Dieu est la télétarchie des perfectionnés,
N. D., c. i, § iii. — La télétarchie seule connaît le nombre,
les qualités et l'initiation des substances supercélestes,
H. C., c. vi, § i. — La télétarchie révèle elle-même à la
première hiérarchie les raisons scientifiques du déifique,
H. C., c. vii, p. ii. — La télétarchie initie les premières
substances célestes, H. C., c. vii, § iii. — Télétarchie philanthrope, H. C., c. i, § iii. — Comment la télétarchie a
réglé les anagogies de notre hiérarchie, H. C., c. i, § iii.

Télète τελετή. Dieu est le principe des télètes, H. C., c. i, § iii.
— Télètes, première division de la hiérarchie, H. E., c. v,
p. i, § i. — Triple vertu des télètes, purification, illumination,
perfection, H. E., c. v, p. i, § iii; c. vi, p. iii, § v. — Les
télètes ont pour but de ramener la multiplicité de la vie à la
simplicité divine, d'unifier, H. E., c. iii, p. i. — Déification

par les télètes, H. E., c. iii, p. iii, § vii. — Transformation
en Dieu par la plus divine des télètes, H. C., c. iii, § i. —
Préparation aux télètes, Ep. viii, § vi. — Unique télète des
substances célestes, H. E., c. v, p. i, § ii. — Télète de la
loi, H. E., c. v, p. i, § ii. — Télètes sous des symboles,
Ep. ix, § i. — Télètes dans notre hiérarchie, H. E., c. v,
p. i, § ii. — Télète de la théogénésie, H. E., c. ii, p. iii,
§ ii. — L'eucharistie est appelée télète des télètes, H. E.,
c. iii, p. i. — Télète de l'onguent, H. E., c. iv, p. i. — Les
télètes ont besoin, pour consommer ou perfectionner leurs
sujets, des trésors de l'eucharistie, H. E., c. iii, p. i. *V.
Type*.

Temps χρόνος. La cause de tout n'est pas temps, T. M., c. v. —
De celui qui est dérive le temps, N. D., c v, § iv, v. —
Celui qui est est l'entité des temps, le temps des générés,
N. D., c. v, § iv. — Principalité de Dieu dans le temps,
N. D., c. x, § ii. — Nature du temps, N. D., c. x, § iii. —
Le temps gît dans la génération, la corruption et les vicissi-
tudes, N. D., c. x, § iii. — Evolution du temps, N. D.,
c. viii, § v. — Temps perpétuel, N. D., c. x, § iii.

. *Ténèbres* σκότος. La cause de tout n'est pas ténèbres, T. M.,
c. v. — Dieu caché dans les ténèbres, T. M., c. i, § ii. —
Les ténèbres superéminentes se dérobent à toute lumière et
s'effacent sous toute gnose, Ep. i. *V. Obscurité*.

Terme πέρας. Dieu est le terme de tout, N. D., c. v, § x. —
La grandeur de Dieu est sans terme, N. D., c. ix, § ii, et
franchit tout non-terme, *ibid*. — La sagesse effectrice est le
terme circondant de tous les êtres, H. C., c. xiv. — Terme
de toute hiérarchie, H. E., c. i, § iii. — Anagogie de toutes
les hiérarchies vers leur terme, H. C., c. x, § i. — Terme
du mouvement du vent, H. C., c. xv, § vi.

Testament διαθήκη. L'Ancien Testament a peint la vérité sous
des images et le Nouveau Testament la montre dans la réalité, etc., H. E., c. iii, p. iii, § v.

Tête. Tête, symbole de l'intelligence, N. D., c. ix, § v.

Théandrique θεανδρικός. Opération théandrique de Jésus, Ep. iv.
— Œuvre théandrique de Jésus, H. C., c. iv, § iv. —
Œuvres théandriques de Jésus, H. E., c. iii, p. iii, § iv. —
Vie théandrique de Jésus, à laquelle on doit se conformer,
H. E., c. v, p. iii, § iv.

Théarchie θεαρχία. La théarchie, par un effet de sa bonté, a tout créé, H. C., c. iv, § i. — Sous quels noms est célébrée la théarchie, N. D., c. i, § iv. — La théarchie totale est désignée sous le nom du un, N. D., c. xiii, § iii. — Théarchie, principe de déification, Ep. ii. — Comment Dieu est au-dessus de la théarchie, Ep. ii. — Les membres de la hiérarchie doivent faire par grâce ce que Dieu fait par nature, H. C., c. iii, § iii. — Théarchie autoparfaite et effectrice de la sagesse, H. E., c. v, p. i, § ii.

Théogénésie θεογενεσία. Don et grâce de la théogénésie, H. E., c. iv, p. iii, § x. — Infusion de l'Esprit théarchique par la théogénésie, H. E., c. iv, p. iii, § xi. — Effets de la théogénésie, H. E., c. ii, p. i. — Théogénésie, principe de la lumière et donnant la lumière, H. E., c. vii, p. iii, § iii. — Théogénésie, principe des illuminations divines, H. E., c. iii, p. i. — Salutaire initiation de la théogénésie, H. E., c. iii, p. iii, § vi. — Symboles de la théogénésie, H. E., c. ii, p. iii, § i. *V. Baptême, Illumination.*

Théologie θεολογία. La théologie contient une perfection vivifiante, Ep. ix, § i. — Théologie, toute sage, H. C., c. iv, § iii. — Théologie affirmative, T. M., c. iii. — *Théologie mystique,* traité de Denys, T. M. — *Théologie symbolique,* traité de Denys, N. D., c. i, § viii; c. xiii, § iv. La théologie symbolique s'occupe des symboles sensibles, N. D., c. ix, § v, ou des noms translatés du sensible au divin, T. M., c. iii. — Des expressions en apparence monstrueuses s'expliquent dans la théologie symbolique, Ep. ix, § i. — Pourquoi la *Théologie symbolique* s'épanouit en plus de paroles que les *Hypotyposes théologiques* et les *Noms divins,* T. M., c. iii. — Théologie vaste et concise, T. M., c. i, § iii. — *Théologie symbolique* envoyée à Titus, Ep. ix, § vi. — Vraie théologie de Jean, Ep. x. — Théologie supermondaine de Jésus, H. E., c. iii, p. iii, § iv.

Théologien θεολόγος. Un séraphin purifie un des théologiens, H. C., c. xiii, § i. — Ezéchiel, théologien, H. C., c. viii, § ii. — Théologiens de l'Ancien Testament, H. C., c. x, § ii, — Pierre, chef des théologiens sous le Nouveau Testament, N. D., c. iii, § ii. — Hiérothée, théologien sublime, N. D., c. iii, § ii. *V. Tradition.*

Théophanie θεοφάνεια. Théophanies vis-à-vis de la première hié-

rarchie, H. C., c. vii, § i. — Théophanies vis-à-vis des saints
auxquels Dieu n'a pas essentiellement apparu, H. C., c. iv,
§ iii. — Moyse favorisé de la théophanie, Ep. viii, § i. —
Théophanie dans le ciel, N. D., c. i, § iv. *V. Théopsie,
Vision.*

Théopsie θεοπτία. Qualités pour la théopsie, Ep. viii, § vi. —
Moyse, plus que pas un, digne de la théopsie, Ep. viii.
§ vi. *V. Théophanie, Vision.*

Thérapeute θεραπευτής. Etymologie de θεραπευτής thérapeute,
H. E., c. vii, p. i, § iii. — Les Thérapeutes reçoivent des
Prêtres la consécration thérapeutique, Ep. viii, § i. — Thé-
rapeutes consacrés et placés aux portes, Ep. viii, § i. —
Il n'appartient pas aux Thérapeutes de corriger les Prêtres,
Ep. viii, § i. — Moyse thérapeute de Dieu, Ep. viii, § i.
V. Moine, Caïus, Démophile.

Théurgie θεουργία. Jésus, principe, substance et vertu de toute
théurgie, H. E., c. i, § i.

Timothée. Denys appelle Timothée sacré, Ep. ix, § i; lui a
communiqué le don émané de Dieu, H. E., c. i, § v; l'exhorte à s'appliquer à la gnose mystique, T. M., c. i, § i. —
A Timothée sont adressés les *Noms divins,* la *Théologie mystique,* la *Hiérarchie céleste,* la *Hiérarchie ecclésiastique.*

Titus. Titus appelé beau, Ep. ix, § i. — A ce Titus hiérarque
est adressée cette épître ix.

Tonsure. Tonsure monacale, H. E., c. vi, p. ii; symbolisme,
ibid., p. iii, § iii.

Totalité ὅλον. Du un dans la totalité, N. D., c. xiii, § ii. —
Sans un, pas de totalité, N. D., c. xiii, § iii. *V. Partie.*

Tradition παράδοσις. Les théologiens ont deux traditions : l'une
inexprimable et mystique, symbolique et télétique; l'autre
évidente et plus notoire, philosophique et apodictique, Ep. ix,
§ i, effets de ces deux traditions, *ibid.* — Lumières de la
tradition, N. D., c. i, § iv. — Ce qu'enseigne la tradition
sur les unions de la Triade, N. D., c. ii, § iv. — Tradition
relativement à la connaissance des raisons ou causes mystiques, N. D., c. ii, § vii. *V. Enseignement.*

Triade τριάς. Dieu est Triade, N. D., c. i, § iv. — Triade supersubstantielle, N. D., c. v, § viii. — La Triade est trine
monade, H. E., c. i, § iii. — La divinité proclamée Triade
n'est pas connue comme Triade, N. D., c. xiii, § iii. —

U

Un εἷς. Signification du mot un, N. D., c. xiii, § ii. — Le un principe des êtres n'est pas un un multiple, N. D., c. xiii, § ii. — Le un est l'élément de tout, N. D., c. xiii, § iii. — Le un détermine tout multiple et tout un, N. D., c. xiii, § ii. — Sans le un, il n'y a plus ni tout ni partie, N. D., c. xiii, § ii, iii. — Chaque chose et chaque partie de chose participe au un, N. D., c. xiii, § ii. — Le un embrasse tout sous la raison du un, N. D., c. xiii, § iii. — Le un bon et beau est unement la cause de la multitude d'objets bons et beaux, N. D., c. iv, § vii. — L'ordre et la forme résultent de l'aspiration au un, H. E., c. ii, p. iii, § viii. — Pacifique union du un, H. E., c. iii, p. iii, § viii. — Théarchie nommée un, comme cause de tout, N. D., c. xiii, § iii; Père un, Jésus-Christ un, Esprit un, *ibid.* — Dieu est un, N. D., c. ii, § xi. — La divine nature est dite une, T. M., c. iii. — Le un divin n'est ni exprimé par le discours ni saisi par l'intelligence, N. D., c. i, § v. — La cause de tout n'est pas un, T. M., c. v. — Dieu, puissance une, Ep. ix, § i. — Dieu anticipe et produit tous les êtres dans le un, N. D., c. v, § x. — La divine sagesse connaît et produit tout dans le un même, N. D., c. vii, § ii. — Dieu se distingue dans le un, N. D., c. ii, § xi. — Dieu procrée tout selon le un, N. D., c. ii, § xi. — Dieu se multiplie dans la création sans sortir du un, N. D., c. ii, § xi. — Dieu se pluralise par le un en créant, N. D., c. ii, § xi. — Le un supersubstantiel détermine le un en soi, N. D., c. xiii, § iii. — C'est de la cause élevée au-dessus de tout qu'émanent dans le un les dépendances de la sainteté, de la royauté, de la seigneurie, de la divinité, N. D., c. xii, § iii. — Le Christ, dans l'incarnation, descendit du un de sa nature au divisible de la nôtre, H. E., c. iii, p. iii, § xiii. — Tous les êtres déiformes participent au un, H. E., c. i, § ii. — Ames remplies du un, H. E., c. iv, p. iii, § iii. — Le un dans l'intellection ou le raisonnement, N. D., c. vii, § ii. — On ne peut pas commercer avec le un et mener une vie divisée, H. E., c. ii, p. iii, § v. — L'unité divine nous ramène du multiple au un, N. D., c. xiii, § iii. — Communion et union avec le un par

N. D., c. vii, § i. — L'union des intelligences déifiées avec la lumière supersubstantielle s'opère par la cessation des facultés intellectuelles, N. D., c. i, § v. — La paix produit l'union mystique des intelligences et des âmes, N. D., c. xi, § ii. — Union mystique des anges, N. D., c. i, § v. *V. Immissions et Susceptions.* — Elévation à l'union mystique par agnosie, N. D., c. vii, § iii ; T. M., c. i, § i. — Union mystique de l'âme par des immissions anommates, N. D., c. iv, § xi. — Union par l'eucharistie, H. E., c. iii, p. iii, § xiii.— Union béatifique, N. D., c. i, § iv. *V. Distinction.*

Unité ἑνότης. L'unité au-dessus du principe du un, union de la Triade, N. D., c. ii, § iv. — Unité trihypostatique, H. C., c. vii, § iv. — Un Père, un Jésus-Christ et un esprit dans l'unité, N. D., c. xiii, § iii. — La splendeur simple de la théarchie ne déchoit jamais de son unité une, H. C., c. i, § ii. — On peut tout considérer dans la cause de tout suivant l'unité, N. D., c. v, § vii. — La cause de tout n'est pas unité, T. M., c. v. — Réduction à l'unité divine, H. C., c. i, § i. — Nous sommes ramenés du multiple au un par la puissance de l'unité divine, N. D., c. xiii, § iii. — La paix ramène la multiplicité divisible à une unité entière, N. D., c. xi, § i. — Les ordres supérieurs ramènent providentiellement et divinement à l'unité la diversité des inférieurs, N. D., c. xii, § iv. — Dans la synaxe l'unité est multipliée et divisée, H. E., c. iii, p. iii, § xii ; symbolisme, *ibid.* — Unité de la théarchique réfection, H. C., c. vii, § iv.

Universel ὅλος. Beauté universelle, N. D., c. xi, § vi. — Beau universel, N. D., c. xi, § vi.

V

Variation ἀλλοίωσις. La cause de tout n'est ni n'éprouve aucune variation, T. M., c. iv.

Vent. Le vent est une image et un type de l'opération théarchique, H. C., c. xv, § vi.

Ventre γαστήρ. Ventre, symbole de la concupiscence, N. D., c. ix, § v. — Symbolisme du ventre par rapport à Dieu, Ep. ix, § i. — Ventre où l'eau jaillit, H. C., c. ii, § v.

Ver. Symbolisme du ver par rapport à Dieu, H. C., c. ii, § v.

Verbe Λόγος. Verbe, bon, être, vie, sage, cause, etc., un avec le Père et l'Esprit, N. D., c. i, § i. — Le Verbe de Dieu, Dieu lui-même, a seul opéré notre rédemption, distinction divine, N. D., c. ii, § vi. *V. Fils, Jésus, Christ.*

Verge ράβδος. Symbolisme de la verge par rapport aux substances célestes, H. C., c. xv, § v.

Vérité ἀλήθεια. La vérité simple porte toujours de même sur le même, N. D., c. vii, § iv. — Vérité une et simple, suprême objet de nos contemplations, N. D., c. i, § iv. — Vérité inexprimable et avant toute raison, N. D., c. vii, § i. — Vérité supersage de notre religion, Ep. vii, § iii. — La vérité simple et substantielle constitue l'objet de la foi divine, N. D., c. vii, § iv, et est la pure et infaillible gnose de tout, *ibid.* — Gnose une de la vérité pour les chrétiens, N. D., c. vii, § iv. — Le terme de toute hiérarchie est la vision et la science de la vérité, H. E., c. i, § iii. — Manière de démontrer la vérité, Ep. vi; vii, § i. — Vérité divine et mystique révélée en énigmes aux âmes imparfaites, Ep. ix, § i. — Vérité des symboles, Ep. ix, § i. — On ne doit jamais se refroidir dans l'amour de la vérité, H. E., c. ii, p. iii, § v. — Martyrs pour la vérité, N. D., c. vii, § iv.

Vert χλωρός. Vertes (pierres), H. C., c. xv, § vii; symbolisme, *ibid.*

Vertu ἀρετή. La vertu et le vice sont contraires, N. D., c. iv, § xix. — La vertu sacrifie l'apparence à la réalité, H. E., c. iv, p. iii, § i. — La vertu discerne ce qui est essentiellement bien ou mal, fuit le mal et s'attache au bien, H. E., c. iv, § xix. — Si le mal n'existe pas, la vertu et le vice seraient chose identique, N. D., c. iv, § xix. — La providence ne nous entraîne pas violemment à la vertu, N. D., c. iv, § xxxiii. — La vertu rend boniforme, N. D., c. iv, § xxx. — La vertu assimile à Dieu, H. E., c. iv, p. iii, § i. — Eclat et odeur de la vertu qu'il faut cacher, H. E., c. iv, p. iii, § i. — Les bons remplis de vertus divines, Ep. viii, § v. — Les premières substances aspirent éminemment à la vertu divine, H. C., c. xiii, § iii.

— δύναμις. Dans toute intelligence céleste on distingue la substance, la vertu et l'opération, H. C., c. xi, § ii. — La sagesse divine est une vertu collectrice, H. C., c. xiv. — Vertu une et même de la hiérarchie céleste et de la hiérarchie ecclésiastique, H. E., c. ɪ, § ɪɪ. — Vertu de notre sanctification, H. E., c. ɪv, p. ɪɪɪ, § xɪɪ. — Triple vertu des télètes, Purification, Illumination, Perfection, H. E., c. v, p. ɪ, § ɪɪɪ. — Vertus des substances célestes, H. C., c. xv, § ɪ. — Participation des substances célestes à la vertu providentielle, H. C., c. xv, § ɪ. — Symbolisme des vertus optique, olfactive, auditive, gustative, tactile, vitale, génératrice de la vie par rapport aux substances célestes, H. C., c. xv, § ɪɪɪ. — Vertu de la première hiérarchie, H. C., c. xɪɪɪ, § ɪɪɪ, de la deuxième hiérarchie, *ibid.*, *V. Puissance* δύναμις.

— δύναμις. Les Vertus forment avec les Dominations et les Puissances la deuxième hiérarchie, H. C., c. vɪ, § ɪɪ; c. vɪɪɪ, § ɪ. — Vertus, quatrième ordre des substances célestes, H. C., c. vɪ, § ɪɪ; c. vɪɪɪ, § ɪ. — Propriétés et fonctions des Vertus, H. C., c. vɪɪɪ, § ɪ. — Pourquoi l'on appelle vertus toutes les substances célestes indifféremment, H. C., c. xɪ, § ɪ, ɪɪ. — Toute hiérarchie comprend des vertus premières, moyennes, dernières, H. C., c. ɪx, § ɪɪ; c. xv, § ɪ. — Vertu supersubstantielle, effectrice des Vertus, H. C., c. vɪɪɪ, § ɪ. — La divinité l'emporte sur toute vertu visible et invisible, H. C., c. xɪɪɪ, § ɪv. — C'est par les vertus supérieures que la théarchie commence à passer de l'arcane au rayonnement, H. C., c. xɪɪɪ, § v.

Vestibule πρόθυρον. Les plus sublimes des anges sont établis pour ainsi dire dans le vestibule de la Triade supersubstantielle, N. D., c. v, § vɪɪɪ; H. C., c. vɪɪɪ, § ɪɪ.

Vestige ἀπήχημα (écho). La colère est le plus faible vestige de la force intelligente, H. C., c. xv, § vɪɪɪ. — La matière possède des vestiges de la beauté intelligente, et de ces vestiges on peut remonter aux archétypes immatériels, H. C., c. ɪɪ, § ɪv. — Les plantes n'ont que le dernier vestige de la vie, N. D., c. vɪ, § ɪ. — Assimilations autres du divin aux derniers des vestiges, H. C., c. ɪɪ, § v. *V. Sens.*

Vêtement ἐσθής. Substances célestes représentées avec des vêtements, H. C., c. xv, § ɪv; symbolisme, *ibid.* *V. Robe, Dépouiller.*

Vice κακία. La vertu et le vice sont contraires, N. D., c. ɪv, § xɪx. — Si le mal n'existe pas, la vertu et le vice sont chose identique, N. D., c. ɪv, § xɪx.

Vie ζωή. Vie en soi, N. D., c. v, § v; c. xɪ, § vɪ. — La vie en

Vivant ζῶν. Les êtres vivants participent à la puissance vivifiante de la divinité, H. C., c. IV, § I.

Vivificateur. Puissance vivificatrice, N. D., c. II , § VII.

Vivification. Vivification, union dans les trois Hypostases, N. D., c. II, § V. — Vivification en soi, N. D., c. XI, § VI.

Vivre ζῶ. La cause de tout ne vit pas , T. M., c. V.

Voir ὁρῶ. La cause de tout n'est pas vue , T. M., c. IV.

Voix. Comparaison de la cause de tout à la voix, N. D., c. V, § IX.

Volonté θέλημα. La volonté de la béatitude superéminemment théarchique est le salut de toute créature raisonnable , H. E., c. I , § III.

Volume ὄγκος. La cause de tout n'a pas de volume, T. M., c. IV.

Volupté ἡδονή. Les substances célestes sont incapables de notre volupté passible, H. C., c. XV, § IX. — Divine volupté dont Jésus nous inonde, H. E., c. IV, p. III, § IV. — Divine volupté des justes à la mort, H. E., c. VII, p. I, § II, III. — Funestes voluptés des passions, H. E., c. VII, p. I, § II. — Voluptés malheureuses et corruptrices, H. E., c. III, p. III, § VII.

Voyant ὁρῶν. Visions divines en rapport avec les voyants, H. C., c. IV, § III.

Vrai ἀληθής. Le vrai est un et caché , Ep. VI.

Vue θέα. Vue des choses saintes interdite aux Catéchumènes, etc., H. E., c. III, p. III, § VII.

— ὄψις. Splendeurs bienfaisantes vis-à-vis des vues intellectuelles, H. E., c. II, p. III, § III. — Ne pas fixer les splendeurs au-dessus de la vue en soi, H. E., c. II, p. III, § III. — Unique et pure lumière de la vue intellectuelle, H. E., c. III, p. III, § II. — Symbolisme de la vue par rapport aux substances célestes , H. C., c. XV, § III, *V. Vision* ὄψις.

Z

Zacharie (prophète). Zacharie, théologien, H. C., c. VIII , § II. — Vision de Zacharie, H. C., c. VIII, § II.

Zacharie (père de Jean). Zacharie, hiérarque, H. C., c. IV, § IV.

TABLE DES MATIÈRES.

PROLÉGOMÈNES.

ARTICLE QUATRIÈME.

(Examiner, succinctement, quelle influence il a exercée, à différentes époques, sur les productions de l'esprit humain.)

ARTICLE CINQUIÈME.

ARTICLE SIXIÈME.

(Conclure par certaines raisons qui, à présent plus que jamais, recommandent l'étude de l'Aréopagite.)

DES NOMS DIVINS.

CHAPITRE I.

Quel est le but de ce discours, et qu'est-ce qui nous est enseigné touchant les noms divins.

Pages.

CHAPITRE II.

Noms divins communs et distincts, et ce que c'est qu'union et distinction en Dieu.

CHAPITRE III.

De la force de la prière ; du bienheureux Hiérothée ;
de la piété et des écrits théologiques.

CHAPITRE IV.

Du bon ; de la lumière ; du beau ; de l'amour ; de l'extase ; du
zèle ; et que le mal n'est pas un être, ne procède pas de
l'être, ne subsiste pas dans les êtres.

CHAPITRE V.

De l'être, et aussi des paradigmes.

CHAPITRE VI.

De la vie.

CHAPITRE XII.

Du Saint des saints ; du Roi des rois ; du Seigneur des seigneurs ; du Dieu des dieux.

CHAPITRE XIII.

Du parfait et du un.

DE LA THÉOLOGIE MYSTIQUE.

CHAPITRE I.

Ce que c'est que l'obscurité divine.

CHAPITRE II.

*Comment il faut s'unir et rendre gloire à l'auteur
de tout et au-dessus de tout.*

CHAPITRE III.

*De la nature des affirmations et des négations
en parlant de Dieu.*

CHAPITRE IV.

*Que la superéminente cause de tout sensible
n'est rien de sensible.*

CHAPITRE V.

*Que la superéminente cause de tout intelligible
n'est rien d'intelligible.*

DE LA HIÉRARCHIE CÉLESTE.

CHAPITRE I.

*Que toute illustration divine, qui émane avec bonté en se
diversifiant sur les objets de la providence, demeure
simple, et, de plus, unifie les objets illuminés.*

CHAPITRE II.

*Que les choses divines et célestes se montrent convena-
blement sous des symboles dissemblables.*

CHAPITRE III.

*Ce que c'est que la hiérarchie, et qu'elle est l'utilité
de la hiérarchie.*

CHAPITRE IV.

Ce que signifie le nom d'ange.

CHAPITRE V.

Pourquoi toutes les substances célestes sont indistinctement nommées anges.

CHAPITRE VI.

Des célestes substances quelle est la première hiérarchie, quelle est la moyenne, quelle est la dernière.

CHAPITRE VII.

Des Séraphins, des Chérubins, et des Trônes, et de cette première hiérarchie.

CHAPITRE VIII.

Des Dominations, des Vertus et des Puissances, et de cette moyenne hiérarchie.

CHAPITRE IX.

Des Principautés, des Archanges et des Anges, et de cette dernière hiérarchie.

CHAPITRE X.

Répétition et conclusion sur la distribution angélique.

CHAPITRE XI.

Pourquoi les substances célestes sont indistinctement nommées vertus célestes.

CHAPITRE XII.

Pourquoi les Hiérarques humains sont appelés anges.

~<∽>~

DE LA HIÉRARCHIE ECCLÉSIASTIQUE.

CHAPITRE I.

Ce qu'est, d'après la tradition, la hiérarchie ecclésiastique, et quel est son but.

CHAPITRE II.

PARTIE I.

De ce qui s'accomplit dans l'illumination.

PARTIE II.

Mystère de l'illumination.

PARTIE III.

Contemplation.

CHAPITRE III.

PARTIE I.

De ce qui s'accomplit dans la synaxe.

PARTIE II.

Mystère de la synaxe ou communion.

PARTIE III.

Contemplation.

CHAPITRE IV.

PARTIE I.

De ce qui s'accomplit dans la bénédiction de l'onguent, et des consécrations auxquelles il sert.

PARTIE II.

Mystère de la télète de l'onguent.

PARTIE III.

Contemplation.

~⁂~

ÉPITRES.

ÉPITRE I.

A Caïus, thérapeute.

(L'agnosie dont il est question dans la *Théologie mystique*,
n'est point le défaut mais l'excès de la gnose, qui n'est ja-

ERRATA.

Page 1, ligne 18, au lieu de : *Parmy*, lisez : *Parmi*.
— 6, ligne 17, au lieu de : *en-haut*, lisez : *en haut*.
— 9, ligne 4, supprimez la virgule après *profferse*.
— 15, notes, ligne 2, au lieu de : *Appollophane*, lisez : *Apol-lophane*.
— 16, ligne 25, au lieu de : *énormes*, lisez : *normes*.
— 18, ligne 9, au lieu de : *d'autres*, lisez : *autres*.
— — — 10, au lieu de : *du participant*, lisez : *de la parti-cipation*.
— — — 11, au lieu de : *du participé*, lisez : *du participant*.
— 31, ligne 9, au lieu de : *principes*, lisez : *participées*.
— 40, ligne 1, au lieu de : τελετικὴν, lisez : τελεστικὴν.
— — — 3, au lieu de : ἀποδικτικὴν, lisez : ἀποδεικτικὴν.
— 51, ligne 8, au lieu de : *verses*, lisez : *vines*.
— — — 9, au lieu de : *impartible*, lisez : *impassible*.
— 59, ligne 18, au lieu de : *supernaturel*, lisez : *perpétuel*.
— 62, ligne 11, au lieu de : 2, lisez : 3.
— 76, ligne 23, au lieu de : *inouis*, lisez : *inouïs*.
— 132, ligne 1, ajoutez *au* devant *milieu*.
— 183, ligne 11, supprimez 2.
— 253, folio, au lieu de : 353, lisez : 253.
— 277, ligne du folio, au lieu de : xi, lisez : ix.
— 300, ligne 12, remplacez le point par un point-virgule.
— 318, notes, ligne 4, au lieu de : *trasmis*, lisez : *transmis*.
— 350, ligne 13, au lieu de : *gneut*, lisez : *gneux*.

Bar-le-Duc. — Imprimerie Contant-Laguerre et Cie.

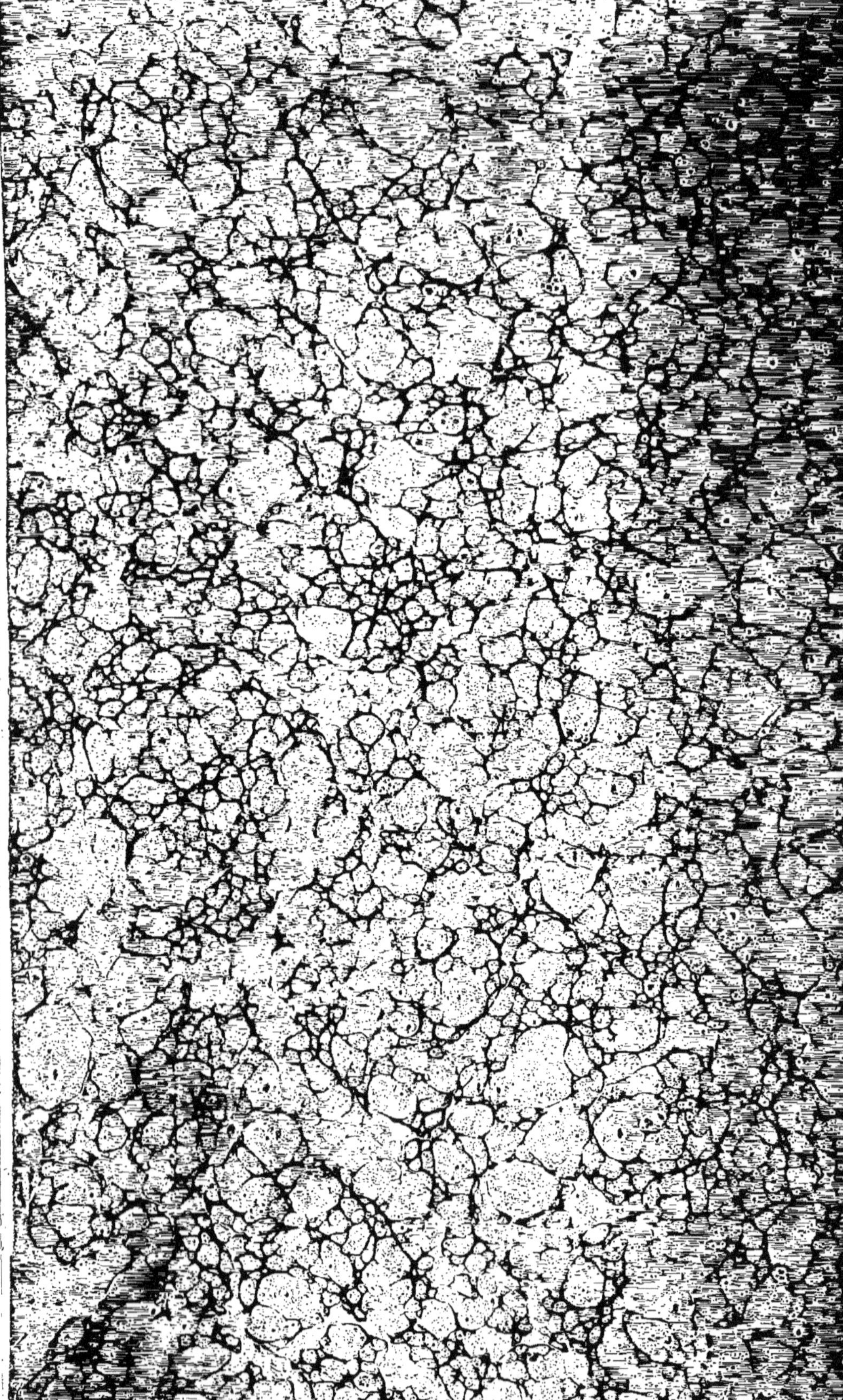

www.ingramcontent.com/pod-product-compliance
Lightning Source LLC
Chambersburg PA
CBHW070708100726
47907CB00001B/97